W0293143

mona kasten

begin again

roman

LYX

LYX in der Bastei Lübbe AG
Dieser Titel ist auch als E-Book erschienen.

MIX
Papier aus verantwortungsvollen Quellen
FSC® C014496

Originalausgabe

Copyright © 2016 by Bastei Lübbe AG, Köln

»A Beautiful Lie« by 30 Seconds to Mars
© Universal Music – Z Tunes LLC /
Apocraphex Music (ASCAP) o/b/0 Jared Leto
Mit freundlicher Genehmigung von
IMAGEM Music GmbH, Berlin

Textredaktion: Stephanie Bubley
Covergestaltung: ZERO Werbeagentur GmbH
Coverabbildung: FinePic®, München
Satz: Greiner & Reichel, Köln
Gesetzt aus der Adobe Caslon
Druck und Einband: GGP Media GmbH, Pößncek

Printed in Germany
ISBN 978-3-7363-0247-1

26 28 30 32 34 33 31 29 27

Sie finden uns im Internet unter: lyx-verlag.de
Bitte beachten Sie auch: luebbe.de und lesejury.de

Für Christian, meinen größten Unterstützer

begin again playlist

Brain – Banks
Waiting Game – Banks
Feel Real – Deptford Goth
Meet You There – Busted
Can't Break Thru – Busted
Strong – One Direction
Right Now – One Direction
Ocean Avenue – Yellowcard
Breathing – Yellowcard
Irresistible – Fall Out Boy
The Kids Aren't Alright – Fall Out Boy
Fourth Of July – Fall Out Boy
I Wish You Would – Taylor Swift
New Romantics – Taylor Swift
Red – Taylor Swift
Fearless – Taylor Swift
A Beautiful Lie – Thirty Seconds To Mars
Attack – Thirty Seconds To Mars
Jealous – Nick Jonas
Where Are Ü Now – Jack Ü, Skrillex, Diplo, Justin Bieber

kapitel 1

White.

Ich starrte auf das Klingelschild. Den Kopf zur Seite geneigt hob ich meinen Finger, hielt dann aber inne und zog ihn in letzter Sekunde wieder zurück. Ich presste meine Lippen fest aufeinander und ballte die Hand zur Faust, während ich die Ereignisse der vergangenen Tage in Gedanken noch einmal an mir vorbeirasen ließ.

Wochenlange Streits mit meinen Eltern, 1079 Meilen und eine zwanzigstündige Autofahrt lagen hinter mir. Ich war bereits vorgestern in Woodshill angekommen, hatte seitdem zwei Nächte in einem heruntergekommenen Hostel verbracht, und während ich die ersten paar Stunden drauf und dran gewesen war, einfach wieder umzukehren, war mein Kopf jetzt schon viel klarer. Denn ich hatte es geschafft. Ich war tatsächlich hier.

Wobei mein Start eindeutig anders verlief, als ich es mir vorgestellt hatte. Natürlich hatte ich mir meine neue Heimat aus der Ferne angeschaut. Oregons Gebirge, die Wälder und auch den Unicampus kannte ich bereits aus dem Netz. Gestern waren die Einführungsveranstaltungen für Erstsemester gewesen, und danach hatte ich angefangen, die Wohnungen zu besichtigen, die ich mir zuvor im Internet rausgesucht hatte. Scheinbar umsonst, denn bisher waren leider alle absolute Reinfälle gewesen. Aber immerhin war ich endlich in Oregon.

Freiheit.

Nur dieser eine Gedanke hatte mich durch die letzten Monate gebracht. Endlich mein eigenes Leben aufbauen zu können, endlich das tun und lassen zu können, was ich wollte. Die vergangenen neunzehn Jahre waren so verdammt beengend gewesen. Manchmal hatte ich mich wie ein Vogel gefühlt, der nur für wenige Minuten am Tag aus seinem Käfig herausgelassen wurde, um ein paar Kunststücke vorzuführen. Wenn man es als Kunststück bezeichnen konnte, auf Partys eine gute Figur zu machen, nett zu lächeln und mit fremden Menschen Small Talk zu halten, war ich eine ziemlich gute Künstlerin. Oder aber ein ziemlich eingeschränkter Vogel.

Der Schein stand bei meinen Eltern immer an oberster Stelle. Ich hatte elegant gesträhntes Haar und trug feinst geschnittene Designermode – das perfekte Lächeln dazu beherrschte ich auf Knopfdruck. Ich hatte immer perfekt sein müssen – zumindest nach außen hin. Deshalb war meine erste Amtshandlung als Collegestudentin gewesen (neben dem Packen von ein paar Kartons), in den nächstgelegenen Friseursalon zu gehen und meine lange blonde Mähne abschneiden und färben zu lassen. Jetzt umrahmten meine Wangen braune Spitzen. Zum ersten Mal seit Jahren trug ich meine Naturwelle – eine Sache, die Mom zutiefst missbilligt hätte. Sie hasste, dass ich sie von Dad geerbt hatte.

Jahrelang hatte sie mich alle vier Wochen in einen dieser Elite-Salons geschleift, in denen man bereits schräg beäugt wurde, sobald der Ansatz mehr als einen halben Zentimeter betrug. Sie bestand darauf, dass ich meine Haare honigblond färbte, damit meine ungewöhnliche Augenfarbe – eine Mischung aus grau und grün – bestmöglich zur Geltung kam. Schon als junges Mädchen hatte ich morgens extra früh aufstehen und mich mit dem Glätteisen abmühen müssen, damit meine Naturwellen gebändigt wurden und seidig mein Gesicht umrahmten. Damit war jetzt endgültig Schluss. Niemals wieder würde ich jemanden – und am allerwenigsten meine Mutter – meine verdammte Haarfarbe und -struktur kontrollieren lassen!

Jedes Mal, wenn die Spitzen meiner Haare, die nur noch knapp bis zum Kehlkopf reichten, an meinen Wangen kitzelten, erinnerte mich das an meine neugewonnene Freiheit. Die Frisur war quasi ein erster Schritt dahin gewesen, und auch wenn es albern erscheinen mochte: Ich fühlte mich wie ein neuer Mensch.

Allerdings hatte mir das noch nicht viel bei der Wohnungssuche gebracht. Für einen Platz im Wohnheim hatte ich mich gar nicht erst beworben. Ich verspürte keine große Lust, eines Tages aufzuwachen und Mom in meinem Zimmer stehen und alles naserümpfend mustern zu sehen. Allein deswegen hatte ich mich lieber auf die Suche nach einer WG im Umkreis vom Campus gemacht – dort, zumindest hoffte ich das, würde sie mich nicht so schnell finden. Allerdings verkomplizierte das für mich alles, wie ich während der letzten anderthalb Tage hatte feststellen müssen.

Mal abgesehen davon, dass ich sowieso nur eine Handvoll Zimmer gefunden hatte, die an dem Tag frei wurden, an dem ich mein Bett im Hostel würde räumen müssen, konnte ich auch noch jede einzelne der Wohnungen als kompletten Reinfall verbuchen.

Bei der ersten Besichtigung war mein potenzieller Mitbewohner mehr an meiner Körbchengröße interessiert gewesen als an meinen schlechten Angewohnheiten. Bei dem Gedanken an diesen Perversling schüttelte es mich noch immer. Wenig besser war die junge Mutter, die penetrant nach Rauch gestunken und mich nicht nur als Mitbewohnerin, sondern vor allem als Babysitterin hatte haben wollen. In Wohnung Nummer sechs war ich einem Pärchen begegnet, das sich bereits bei der Besichtigung volle Kanne an die Wäsche ging. Und alle anderen Wohnungen waren entweder zugemüllt oder von Schimmel befallen gewesen. Keine Ahnung wieso, aber ich hatte mir die Suche nach einer Unterkunft leichter vorgestellt.

Gerade deshalb fiel es mir wahrscheinlich so schwer, die Klingel zur letzten Besichtigung zu drücken. Die Buchstaben des Klingelschilds waren inzwischen von hinten beleuchtet und brannten sich förmlich in meine Netzhaut.

White.

Das hier war meine letzte Chance. Weitere Wohnungsangebote hatte ich nicht gefunden. Wenn ich hier nicht Anfang nächster Woche einziehen konnte, würde ich auf der Straße sitzen. Zum Semesterbeginn war einfach alles ausgebucht. Ausnahmslos. Und außerdem wurden die Preise immer weiter in die Höhe getrieben. Die sieben Nächte im Zwölfbettzimmer kosteten mich jetzt schon ein halbes Vermögen. Auf meinem Konto lag zwar eine beachtliche Summe, aber eigentlich war das Geld nicht für ein schäbiges Zimmer mit elf Mitbewohnern und gemischtgeschlechtlichen Gruppenduschen gedacht gewesen.

Ich brauchte dringend diese Wohnung, und sollte ich sie nicht bekommen, dann würde ich mir für den Unistart wohl oder übel eine nette Parkbank suchen oder in meinem winzigen Auto schlafen müssen. Auf keinen Fall wollte ich zurück nach Denver. Die Option Aufgeben existierte einfach nicht. Ich würde hier mein neues Zuhause finden, koste es, was es wolle, und wenn ich ein paar Nächte unter freiem Himmel verbringen musste, dann sollte mir das auch recht sein. Solange ich nur nicht zurück nach Denver musste.

Ich atmete tief ein und drückte mit meinem Finger auf die Klingel. Während ich wartete, ließ ich die warme Abendluft in meine Lunge strömen. Ich spürte kaum den Druck, der sich in meiner Brust aufbaute.

Eins, zwei, drei, vier, fünf …

Im Stillen zählte ich und kniff die Augen zusammen.

Endlich erklang das Summen des Türöffners, und ich atmete ein letztes Mal tief ein, bevor ich mich gegen die Tür stemmte.

Mr K. White – seinen Vornamen kannte ich noch nicht – hatte in seiner E-Mail erwähnt, die Wohnung läge im zweiten Stock auf der linken Seite. Noch bevor ich einen Fuß auf die Treppe gesetzt hatte, hörte ich, wie sich über mir eine Tür öffnete, und kurz darauf ertönte gedämpftes Gemurmel, das deutlicher wurde, je weiter ich nach oben kam.

»Meine Nummer hast du«, säuselte eine weibliche Stimme.

Ein Räuspern. »Du weißt, dass ich …«

»Nichts Verbindliches, ich weiß, ich weiß. Das hast du mir unmissverständlich klargemacht.«

Im nächsten Moment ertönte ein verdächtiges Schmatzgeräusch. Ich hörte genauer hin. Ich war mir ziemlich sicher, dass da gerade jemand knutschte. Ehe ich michs versah, kamen mir Schritte auf der Treppe entgegen. Ich hatte gar nicht gemerkt, dass ich stehen geblieben war, und während ich nun weiter Stufe für Stufe nahm, richtete ich meinen Blick auf meine blau lackierten Zehennägel und meine silbernen Riemchen-Sandaletten. Eines der wenigen teuren Kleidungsstücke, die ich mitgenommen hatte. An ein paar Dingen hing ich mehr, als ich zugeben wollte.

Ein leises Seufzen erklang dicht über mir, und ich hob den Kopf. Im Vorbeigehen musterte ich das Mädchen, das mit Sicherheit aus der Wohnung gekommen war, die ich gleich besichtigen würde. Sie sah mich nicht an, sondern lief mit einem seligen, verträumten Lächeln an mir vorbei. Ihren geröteten Wangen und den zerzausten Haaren nach zu urteilen, war sie bis eben noch mit etwas *ganz* anderem beschäftigt gewesen.

Oh Mann.

Stirnrunzelnd stieg ich die letzten paar Stufen nach oben. Mr White konnte ich nirgends entdecken. Zögerlich lief ich den Hausflur entlang und sah mich nach beiden Seiten um. Am linken Ende stand eine Tür einen Spaltbreit offen. Das musste wohl die besagte Wohnung sein.

Ich drückte die Tür ein Stück weit auf und verharrte unschlüssig auf der Schwelle.

Der Flur war aufgeräumt, und ich konnte eine Garderobe sehen, an der spärlich ein paar Jacken hingen. Darunter standen verschiedene Sneakers sowie ein paar Engineer-Boots und Wanderstiefel. Anerkennend hob ich die Brauen. Die Schuhsammlung zeugte schon mal von vielfältigen Interessen. Ich traute mich über die Schwelle und betrat den schmalen Flur. Beim Anblick des hellen Laminats atmete ich erleichtert auf. Endlich mal kein Teppich. Hastig zog ich die Schuhe aus und stellte sie zu den anderen. Wenn ich in den vergangenen Tagen etwas gelernt hatte, dann, dass das einen guten Eindruck machte – man es bei dreckigem Teppich allerdings unbedingt bleiben lassen sollte.

»Sorry, Alter!«, erklang eine gedämpfte Stimme aus dem Zimmer, das direkt an den Flur angrenzte. »Ich habe eine geschlagene Stunde versucht, sie aus der Wohnung zu bekommen, ohne wie ein Arsch dazustehen. Aber manche verstehen einfach den Wink mit dem Zaunpfahl nicht …«

Wow. Das schien ja mal ein netter Typ zu sein.

Die Stimme wurde deutlicher. »Das war ziemlich kurzfristig mit der Besichtigung, aber schön, dass es noch geklappt hat.«

Ich hörte, wie er näher kam. Seine Schritte hallten über das Laminat.

»Wenn du mal ’ne Braut da hast, bin ich der Letzte, der dich verurteilt. Zumindest so lange, bis …«

Mr White erschien im Türrahmen. Nicht nur ihm blieb der Mund offen stehen.

Ich sog hörbar die Luft ein.

Das Erste, was ich wahrnahm, war sein Oberkörper. Ein nackter, straffer Bauch, der von Muskeln nur so strotzte. Das Zweite waren seine Tätowierungen. Unwillkürlich legte ich den Kopf schräg und betrachtete die Tinte auf seiner gebräunten Haut. Blöd, dass ich meine Brille nicht dabeihatte. Die Schriftzüge auf seinen Unterarmen konnte ich nur verschwommen erkennen, und was die Ringe darstellen sollten, die sich um seinen Bizeps zogen, wusste ich nicht.

Heilige Mutter Gottes.

Er räusperte sich, und das riss mich aus meiner Trance.

»Was zur Hölle willst du hier?«

Völlig perplex starrte ich ihn an. Er war nicht viel älter als ich, höchstens ein oder zwei Jahre, und er hatte warme, karamellfarbene Augen, Bartstoppeln auf den Wangen und Haare, die oben länger und an den Seiten kürzer waren.

Endlich fand ich meine Stimme wieder. »Ich bin wegen der Besichtigung hier. Wir hatten gemailt«, blubberten die Worte viel zu schnell und aufgeregt aus mir hervor.

Mr White – in meinem Kopf nannte ich ihn immer noch so, was, wie mir sehr wohl bewusst war, an totaler Dämlichkeit grenzte – neigte den Kopf und musterte mich voll Argwohn. »A. Harper …«, murmelte er leise. Anschließend schien etwas in seinem Kopf einzurasten. Er ließ seinen Blick ein zweites Mal über meinen gesamten Körper wandern, dann verdunkelten sich seine Züge, und er schüttelte langsam den Kopf. »Nein.«

Nein? Wie, nein? Verwirrt erwiderte ich seinen kritischen

Blick und setzte zu einer Antwort an, doch da wiederholte er: »Nein.«

»Was soll das heißen, nein?« Ich verschränkte die Arme vor der Brust. »Natürlich haben wir gemailt!«

»Da muss ein Missverständnis vorliegen. Du wirst hier ganz sicher nicht einziehen«, sagte er und wandte sich ab. Dann verschwand er in Richtung … Ich hatte keine Ahnung in welche Richtung, schließlich hatte ich mir die blöde Wohnung noch überhaupt nicht ansehen können! »Du findest alleine raus«, rief er mir über die Schulter zu.

Mein Mund klappte erneut auf. Ich war sprachlos.

Der Typ war einfach verschwunden. Er hatte mich in seinem Flur stehen lassen, ohne mir auch nur eine Chance zu geben. Nicht mal ein einziges Wort des Textes, den ich mir für die Besichtigungen zurechtgelegt hatte, hatte ich loswerden können. In den letzten achtundvierzig Stunden hatte ich mich mit unglaublich viel Scheiße abgefunden, aber das hier … das hier war die Höhe.

In meinem Kopf brannte eine Sicherung durch, und ein frustriertes Quieken drang aus meiner Kehle. Mit stampfenden Schritten lief ich Mr White hinterher.

»Hey!«, rief ich aufgebracht und stürmte in einen Raum, den ich als helles, behagliches Wohnzimmer ausmachte. Der Blödmann hielt mitten im Gehen inne und drehte sich zu mir um. Seine Brauen hatte er verärgert zusammengezogen. »Du kannst mich nicht einfach rausschmeißen, ohne mir die Wohnung überhaupt gezeigt zu haben!«

Verwunderung blitzte in dem warmen Braun auf, das so gar nicht zu seiner unterkühlten Ausstrahlung passen wollte. »Und ob ich das kann.« Jetzt verschränkte er die Arme vor der Brust, und ich konnte noch mehr Schriftzüge auf seinen Unterarmen erkennen. Wieder hörte ich dieses empörte Keuchen meiner

Mutter in den Ohren, das sie manchmal ausstieß, wenn sie etwas absolut schrecklich fand.

»Nein, kannst du nicht. Wir haben gemailt, verdammt noch mal! Du hast mich zu einer Wohnungsbesichtigung eingeladen, und ich will jetzt wenigstens das Zimmer sehen und den Versuch bekommen, dich davon zu überzeugen, dass ich eine gute Mitbewohnerin wäre.« Ich bemühte mich angestrengt darum, nicht zu fauchen. Gelingen wollte mir das nicht so recht.

Der Blödmann hob eine Braue und blickte mich herablassend an. »Wie gesagt, da liegt ein Missverständnis vor. Ich dachte, du wärst ein Kerl. Bist du aber definitiv nicht.« Wieder sah er mich abschätzig von oben bis unten an. »Ich suche einen Mitbewohner, keine *Mitbewohnerin*.« Er spuckte das Wort förmlich aus.

Meine Alarmleuchten flackerten inzwischen im Sekundentakt. Die anderen Besichtigungen waren allesamt schlimm gewesen, aber diese hier übertraf alles.

»Ist dir eigentlich klar, was ich in den letzten beiden Tagen erlebt habe?«, fing ich an, und mein Puls schoss immer weiter in die Höhe. »Ich wurde von einem Typen nach meiner Körbchengröße gefragt, der im Unterhemd in der Küche saß. In einem sehr dreckigen Unterhemd. Dreimal wurden mir sexuelle Gefälligkeiten als Mietpreis genannt, einmal sollte ich die hauseigene Nanny werden und zweimal konnte ich es nur gerade so verhindern, dass meine potenziellen Mitbewohner sich vor meinen Augen dem Koitus hingegeben haben!« Inzwischen war ich richtig laut geworden, doch ich dachte nicht daran, meine Stimme zu senken. Der Wortschwall ließ sich nicht mehr stoppen, so aufgelöst war ich. Wenn ich nur gewusst hätte, wo sich in dieser gottverdammten Wohnung die Küche befand, wäre ich dort hingestapft, hätte nach einer Pfanne gegriffen und diesem arroganten Mistkerl eine übergebraten – so wie ich es vor Kurzem von Rapunzel in der Disney-Verfilmung gelernt hatte. »Ich war in Zimmern, deren Wände komplett schwarz waren vor Schimmel. Ich war in Wohnungen, die derart zugemüllt waren, dass man den Boden nicht ausmachen konnte. Im Ernst – ich wusste manchmal nicht, ob ich da auf Teppich oder etwas anderem stehe. Ich war in Appartements, wo es so sehr nach Gras gerochen hat, dass ich allein schon vom Geruch high geworden bin.« Ich trat einen weiteren Schritt auf ihn zu und drückte die Schultern nach hinten. »Ich hatte einen absoluten Scheißstart in Woodshill, *Alter*. Also sag du mir nicht, dass ich einfach wieder verschwinden soll. Ich will dieses beschissene Zimmer sehen!«

Jetzt blickte er nicht mehr argwöhnisch drein, sondern einfach nur gleichgültig. So, als würde ich gerade kostbare Sekunden seiner Zeit verschwenden.

»Genau deswegen will ich keine Mitbewohnerin«, sagte er völlig ruhig. »Auf endloses Gebrabbel und emotionalen Weiberkram kann ich echt gut verzichten.«

Meine Schultern bebten, so heftig schoss das Adrenalin durch meinen Körper. Vermutlich war es keine schlaue Idee gewesen, den Kerl mit meinen Problemen zu überhäufen. Aber manchmal konnte ich einfach erst dann mit dem Reden aufhören, wenn alles raus war.

»Bist du fertig oder muss ich noch mehr davon über mich ergehen lassen? Falls ja, dann würde ich mir vorher gerne etwas anziehen«, fuhr er ungerührt fort und machte mich mit seiner Gleichgültigkeit noch rasender.

»Schön«, fauchte ich und drehte mich auf dem Absatz um – nur um gleich darauf über eine Stehlampe zu stolpern. Ich fluchte. Laut. Vor allem, als ich sein Lachen hinter mir hörte. Es klang dunkel, was mir bei jedem anderen Mann wahrscheinlich gefallen hätte. Aber sicher nicht bei diesem arroganten, überheblichen Mistkerl. Im Rausgehen hörte ich noch, wie ein Telefon klingelte. Es war ein Song von Fall Out Boy. Der Blödmann hatte also auch noch Musikgeschmack. Ich verspürte erneut den Impuls, wie eine Katze zu fauchen. Vielleicht sollte ich mir demnächst eine zulegen. So verbunden wie in diesem Moment hatte ich mich noch keinem Tier gefühlt.

Tränen der Wut brannten mir in den Augen, als ich wieder in meine Sandaletten schlüpfte. Ich wollte nicht zurück nach Denver, in ein Leben, das unecht war – so ähnlich wie Plastik.

Meine gesamte Persönlichkeit war eine Fassade gewesen, die meine Mutter nach ihren Wünschen errichtet hatte. Klar geworden war mir das erst vor knapp drei Jahren – an jenem Tag, als ich am eigenen Leib erfahren musste, wie weit sie tatsächlich bereit war zu gehen. Und als mein Vertrauen in sie zunächst erschüttert und letztendlich in tausend Teile zerschmettert wurde. Ich hatte geglaubt, dass meine Mom mich immer beschützen würde. Doch stattdessen hatte sie bloß den Schein aufrechterhalten und mir immer mehr Lügen aufgebürdet, die ich kaum hatte schleppen können. Seither war nichts mehr wie zuvor.

Ich schluckte schwer und versuchte, die negativen Gedanken aus meinem Kopf zu verbannen.

Da inzwischen auch meine Hände vor Adrenalin bebten, brauchte ich diesmal länger, den Verschluss der Sandalette durch die kleine Öse zu bekommen. Gedämpft nahm ich die Stimme des Blödmanns wahr. Anscheinend telefonierte er. Wenige Sekunden später fluchte er laut.

Wieder hörte ich seine nackten Füße auf dem Boden, als er in den Flur kam. Verflucht, wieso hatte ich ausgerechnet diese Schuhe anziehen müssen? Vans hätten sich eindeutig besser zum schnellen An- und Ausziehen geeignet.

»Hey«, erklang seine Stimme hinter mir. Ich ließ meinen rechten Schuh offen und erhob mich langsam.

»Was?«, blaffte ich und starrte ihn wütend an.

Inzwischen hatte er ein enges marineblaues Shirt angezogen, das über seinem Torso spannte. Er verschränkte erneut die Arme vor der Brust und blickte mich mit zusammengezogenen Brauen an. »Mein anderer Anwärter ist gerade abgesprungen«, sagte er und hob seine Hand, in der er ein Smartphone hielt.

»Aha«, machte ich unbeteiligt und kramte in meiner Tasche nach dem Autoschlüssel.

Er atmete unüberhörbar aus und tippte so lange mit dem Fuß auf dem Boden herum, bis ich keine andere Wahl hatte, als ihn wieder anzusehen.

»Es wird Regeln geben«, fing er nach einer Weile an und kniff die Augen zusammen, als würde er mich scannen.

»Regeln? Wofür, wenn ich fragen darf?« Meine Geduld war wirklich am Ende. Ich wollte einfach nur noch ins Hostel und mich in Selbstmitleid suhlen, bis ich mich genug aufgerappelt hatte, um nach neuen Inseraten zu schauen. Auf das Gelaber von unfreundlichen Mistkerlen konnte ich jetzt echt gut verzichten.

»Für dich. Wenn du das Zimmer willst, wird es Regeln geben, an die du dich halten musst.« Er machte eine Armbewegung, die vermutlich einladend wirken sollte, und schlenderte zurück ins Wohnzimmer. Als würde ich ihm jetzt noch folgen!

»Ich will dein beschissenes Zimmer nicht!«, rief ich ihm hinterher, bückte mich und schloss nun endlich meine zweite Sandalette.

Sein Kopf erschien wieder im Türrahmen. Er fuhr sich mit der Hand durch die Haare. »Hör zu, ich brauche die Kohle und habe keinen Bock mehr, weiterzusuchen. Ständig springen mir die Leute ab.«

»Woran das wohl liegt …«, schnaubte ich.

Er ignorierte mich. »Und du hast eine Unterkunft dringend

nötig. Also hör auf, dich anzustellen, und schau dir das Zimmer an.«

Ich öffnete den Mund, um etwas zu erwidern, aber der Blödmann war bereits im Wohnzimmer verschwunden, ohne meine Reaktion abzuwarten.

Eigentlich wollte ich durch die Wohnungstür stürmen und sie geräuschvoll hinter mir zuknallen. Stattdessen hielt ich inne.

Wenn ich ehrlich war, waren allein schon dieser Flur und das Wohnzimmer schöner als alle Wohnungen, die ich gestern und heute gesehen hatte – und mit ziemlicher Sicherheit würde es netter sein, den Semesterstart hier und nicht auf einer Parkbank zu verbringen. Einen Blick in das Zimmer zu werfen konnte nicht schaden. Egal, wie bescheuert der Kerl war – ich hatte heute schon so oft meinen Stolz zurückgestellt, auf ein weiteres Mal würde es jetzt auch nicht mehr ankommen.

»Also gut.« Ich machte mir nicht noch mal die Mühe, meine Sandaletten auszuziehen, sondern ging direkt zurück ins Wohnzimmer. Jetzt, wo ich mich allmählich beruhigt hatte, konnte ich erst richtig wertschätzen, wie nett die Einrichtung war. Ein riesiges Sofa in U-Form, auf dem etliche Kissen drapiert waren, stand in der Mitte des Raumes, schräg dahinter war eine breite Fensterfront, hinter der ich einen Balkon erahnte. Rechts davon gab es eine offene Küche mit Stehtresen und einer großen Arbeitsfläche. »Wohnzimmer kennst du ja schon, da hinten ist die Küche. Hier ist das Bad«, sagte der Blödmann, während wir durchs Wohnzimmer liefen. Er machte eine vage Handbewegung in Richtung einer halb offenen Tür, und ich erhaschte einen Blick auf hellblaue Fliesen und eine große Badewanne, bevor wir vor einer letzten Tür zum Stehen kamen.

»Hier ist es. Nicht besonders groß, aber trotzdem besser als das Wohnheim.«

Er drückte die Klinke runter.

Mit angehaltenem Atem betrat ich den Raum.

Das Zimmer war tatsächlich klein. Dreizehn Quadratmeter vielleicht, aber die beige Wandfarbe und das Fenster, durch das das letzte Licht des Tages von draußen hereinschien, machten das wieder wett. Man sah dem Raum an, dass niemand mehr darin wohnte – bis auf einen Schreibtisch, einem weißen Drehstuhl, einem kleinen Regal und einem Bett war er vollkommen leergeräumt. Beim Anblick der fleckigen Matratze zog ich die Nase kraus. Was auf dem Teil schon alles passiert war, wollte ich lieber nicht wissen.

»Keine Sorge, Ethan holt sein Bett noch ab«, sagte der Blödmann mit einem Nicken in Richtung des besagten Möbelstücks. »Schreibtisch und Regal kannst du übernehmen, falls du magst.«

Ich nickte langsam und riss meinen Blick vom Bett los. Auch in diesem Zimmer war helles Laminat verlegt worden. Ich hob meinen Kopf und untersuchte jede einzelne Zimmerecke, ob auch nur das geringste Anzeichen von Feuchtigkeit zu erkennen war. Alles schien in Ordnung zu sein.

Dort drüben würde ich lernen können. Und wenn das Bett abgeholt worden war, würde ich ein Schlafsofa aufstellen, um Platz zu sparen. Vor meinem inneren Auge sah ich bereits den schönen Überwurf, den ich darauf ausbreiten würde. Und Lichterketten! In diesen Raum gehörten Lichterketten!

Mom hatte die Dinger immer gehasst, weil sie ihrer Meinung nach billig wirkten und nicht zum Rest der von ihr sorgfältig ausgewählten Einrichtungsgegenstände passten. Außerdem hatte sie mich immer ermahnt, dass ich zu alt für derartigen Kinderkram wäre, und sogar einmal, als ich mir heimlich welche von meinem Taschengeld gekauft hatte, unserem Dienstmädchen aufgetragen, sie sofort wieder zu entsorgen.

Oh ja, ich würde Lichterketten aufhängen. Und ich würde das ganze Zimmer mit Dingen vollstellen, die ich früher nie hatte haben dürfen, weil sie Moms Ansprüchen nicht genügt hatten.

Genauso wenig, wie dieser Kerl ihren Ansprüchen genügen würde, schoss es mir durch den Kopf. Wahrscheinlich würde sie bei seinem Anblick einen Herzinfarkt bekommen. Oder sich übergeben. Bei der Vorstellung musste ich beinahe lachen.

»Ich nehme es«, sagte ich, ohne weiter zu zögern. Ich drehte mich zu ihm um und blieb einen Moment lang an seinem grüblerischen Ausdruck hängen. Dann fuhr ich mit den Augen die Schreibschrift auf seinen Unterarmen entlang, und … ja, Mom würde definitiv auf der Stelle umfallen. Abgesehen von der Tatsache, dass ich mit diesem Zimmer ein Dach über dem Kopf haben würde, machte das die Wohnung umso reizvoller.

»Du kennst die Regeln noch nicht«, warnte er mich, aber in seinen Augen war nun auch ein amüsiertes Funkeln zu erkennen.

»Dann schieß mal los«, sagte ich und drehte mich noch einmal im Kreis. Bei keinem der anderen Zimmer hatte ich dieses Gefühl gehabt, das sich jetzt gerade in mir ausbreitete. Ich spürte instinktiv, dass ich mich hier wohlfühlen würde. Ganz gleich, an welche Regeln ich mich würde halten müssen.

Mr Auf-keinen-Fall-kommt-mir-eine-Frau-in-die-Wohnung ging langsam zum Schreibtisch. Rücklings lehnte er sich dagegen, die Arme noch immer verschränkt. Mittlerweile erschien mir die Haltung nicht mehr provozierend, sondern fast abwehrend.

»Erstens«, fing er an und hob einen Finger, »lässt du mich mit deinem Weiberkram in Ruhe. Mich interessiert es einen Dreck, was in deinem Leben abläuft, also dräng mir bloß nicht deine Gesellschaft auf! Es werden keine Mädelsabende auf meiner Couch veranstaltet, das Fernsehprogramm entscheide ich, und du kommst auch nicht tränenüberströmt an und heulst dich bei mir aus.«

»Damit kann ich leben«, erwiderte ich kühl.

»Zweitens«, fuhr er ungerührt fort, »hältst du die Klappe, wenn ich jemanden aufreiße. Ich kann gut drauf verzichten, mich in meiner eigenen Wohnung rechtfertigen zu müssen.«

»Mir doch egal, mit wem du was treibst«, schoss ich zurück, warf allerdings einen skeptischen Blick in Richtung der Tür. Sein Zimmer lag zwar auf der gegenüberliegenden Seite der Wohnung, aber wer weiß, wie laut er war. Ich runzelte die Stirn. Hoffentlich würde ich es nicht mitbekommen, wenn er mit jemandem rummachte.

»Und drittens …« Er stieß sich vom Schreibtisch ab und baute sich dicht vor mir auf. Er überragte mich um einige Zentimeter, und ich musste den Kopf in den Nacken legen, um den finsteren Blick seiner Karamell-Augen zu erwidern. »… ist es mir scheißegal, wie heiß deine Beine in diesen Shorts aussehen.«

Hitze schoss in meine Wangen, doch ich zuckte nicht mal mit der Wimper.

»Wir beide werden unter keinen Umständen miteinander in der Kiste landen. Also mach dir keine Hoffnungen, hast du mich verstanden?«

Seine dunkle Stimme strich über mich hinweg, und sein Atem kitzelte an meiner Schläfe. Sofort fühlte ich ein Kribbeln in meinem Magen, das nichts mit dem Hunger zu tun hatte, der sich dort allmählich bemerkbar machte. Er roch angenehm – nach einer Mischung aus würzigem Duschgel und Minze. Angesichts dieser plötzlichen Nähe dauerte es einige Sekunden, bis ich verstand, was er da gerade von sich gegeben hatte.

»Tut mir leid, wenn das deinem Ego einen Knacks verpasst«, sagte ich trocken, »aber meinen Bedarf an Bad Boys habe ich schon vor Jahren gestillt.« Was der Wahrheit entsprach. Ich hatte nicht vor, in absehbarer Zeit irgendwas mit einem Kerl anzufangen.

Damit hatte er nicht gerechnet. In seinen Augen flackerte Überraschung auf, bevor er sich übers Gesicht rieb und einen Schritt von mir wegtrat.

»Na dann, herzlich willkommen in der Casa de White.« Er streckte den Arm aus und hielt mir seine Hand hin. »Ich bin Kaden.«

Für einen Moment war ich völlig perplex. Dann riss ich die Augen auf und machte einen aufgeregten Hüpfer. »Bedeutet das, ich habe das Zimmer?«, quiekte ich.

Kaden verzog das Gesicht. »Du verstößt jetzt schon gegen Regel eins.«

Ich hörte augenblicklich mit dem Hüpfen auf und senkte meine Stimmlage wieder in menschliche Höhen. »Sorry. Ich bin Allie.« Inzwischen ging mir der neue Name von den Lippen wie Butter. Wahrscheinlich weil ich mich damit schon bei den vorausgegangenen Besichtigungen vorgestellt hatte.

Ich schlug ein. Kadens Hand war warm und rau. Der Blitz, den der Händedruck in meine Magengrube sandte, traf mich völlig unvorbereitet.

Ebenso wie das Kribbeln, das sich in mir ausbreitete, als Kaden begann, mit seinem Daumen Kreise auf meinen Handrücken zu zeichnen. Sofort riss ich meine Finger zurück und blickte ihn empört an.

»Ich wollte nur sehen, ob du Regel drei verstanden hast.« Mit einem selbstgefälligen Grinsen vergrub er beide Hände in den Hosentaschen.

Ich schnaubte verächtlich. Der Kerl war zwar heiß, aber so

unwiderstehlich nun auch wieder nicht. Seine sogenannten Regeln waren lächerlich und überflüssig. Mehrmals rieb ich über meinen Handrücken, um das Kribbeln zu vertreiben. Verdammt, warum musste er auch so warme Hände haben.

»Also, wann kann ich einziehen?«

Kaden zuckte mit einer Schulter und drehte sich in Richtung Tür. »Überweis mir die Miete und die Hälfte der Kaution, und das Zimmer gehört dir.«

Meinen Freudentanz vollführte ich erst, als er den Raum verlassen hatte.

kapitel 2

»Die. Sehen. So. Süß. Aus!« Dawns runde Augen wurden noch ein Stück größer, als sie die sternchenförmigen Lichterketten in unserem übergroßen Einkaufswagen entdeckte. Inzwischen waren wir bei der Abteilung mit den Überwürfen angelangt, doch die grellen Blumenmuster, die mir von allen Seiten ins Auge sprangen, ließen mich die Nase rümpfen. Ich strich ein letztes Mal über einen der bunten Stoffe, dann drehte ich mich zu meiner neuen Freundin um.

Dawn hatte ich bei den Einführungsvorlesungen kennengelernt. Wir waren beide viel zu früh dran gewesen und, während wir warteten, sofort ins Gespräch gekommen – eine Fügung des Schicksals, da war ich mir ziemlich sicher. Etwas anderes konnte es nicht gewesen sein. Dawn war nämlich ebenfalls neu hier. Zwar war sie nicht umgezogen, um vor ihrer Familie zu flüchten, dafür aber vor ihrem Exfreund, der sie nach sechs Jahren Beziehung betrogen hatte. Sie hatte einfach fortgemusst – und jetzt befanden wir uns zusammen bei Target, um Dekokram für unsere Zimmer zu kaufen. Der zweistündige Roadtrip nach Portland tat uns beiden gut, außerdem konnten wir uns so mit Woodshills Umgebung vertraut machen.

»Nimm den mit den Blumen«, meinte sie und verschwand im nächsten Gang. »Oder den Pinken!«

Ihr kastanienroter Haarschopf lugte einen Moment später

über dem Regal mit den Lampen hervor. Wahrscheinlich stand sie auf Zehenspitzen, es sah so aus, als müsste sie ganz schön ihren Hals recken.

Wieder beäugte ich die Auswahl vor mir. Ich wollte unbedingt eine Einrichtung haben, die ich selbst zusammengewürfelt hatte, aber Blümchenmuster waren nicht so mein Ding. Auch wenn mir ein femininer Stil gefiel, bevorzugte ich eher schlichtere Designs.

Ich lief weiter durch den Gang. Dawn hielt ein paar Lampen hoch, zu denen ich meine Meinung kundtat. Am Ende der Reihe entdeckte ich einen cremefarbenen Überwurf, der grob gehäkelt war und Fransen an den Enden hatte. Der würde super zu den beigen Vorhängen passen, die ich schon in den Wagen gepackt hatte.

»Wie findest du den hier?«, rief ich und hielt den Überwurf hoch. Dawn kam um die Ecke, eine Nachttischlampe mit rosa Schirmchen in der Hand.

»Schlicht und schön. Passt zu den anderen Sachen«, sagte sie und hielt die Lampe hoch. »Was ist mit der hier?«

Selbst aus dieser Entfernung konnte ich den Glitzer auf dem Schirm erkennen. »Sieht aus, als hättest du die aus der Kinderabteilung entführt.«

Dawn grinste und legte die Lampe in unseren Einkaufswagen. »Bingo!«

Bestimmt würde Kaden durchdrehen, wenn ich mit so etwas ankäme. Andererseits hatte es ihn nicht zu interessieren, wie ich mein Zimmer einrichtete.

Ich hatte noch die gesamte letzte Woche im Hostel verbringen müssen, bevor Kaden mir endlich die Schlüssel für die Wohnung geben konnte. Der Vormieter hatte länger gebraucht als angekündigt, um sein Bett abzuholen. Aber heute war es endlich so weit – ich würde mein neues Zimmer beziehen. Wobei Kaden bei der Schlüsselübergabe am Morgen immer noch ziemlich argwöhnisch wirkte. Als würde er seine Entscheidung bereits bereuen. Doch das war sein Problem, nicht meins.

Gleich danach war ich mit Dawn aufgebrochen, um mir meine erste eigene Einrichtung zu kaufen. Ich hatte schon während der Highschool einiges angespart, weil ich das Geld, das ich bei der Nachhilfe verdient oder von Verwandten zu Geburtstagen oder anderen Anlässen geschenkt bekommen hatte, immer gleich auf die Seite gelegt hatte. Davon konnte ich alles, was hier in meinem Einkaufswagen lag, locker bezahlen. Ich verfügte auch über ein Sparbuch, das Mom angelegt hatte, aber das rührte ich nur in Notfällen an. Oder für Dinge, die zwangsläufig notwendig waren – wie beispielsweise die Studiengebühren. Schließlich sollte sie die letzten Jahre nicht umsonst darauf eingezahlt haben. Mir wurde übel, als ich daran dachte, weshalb sie mir das Geld überhaupt zur Verfügung stellte. Sie glaubte wirklich, ich würde mich bestechen lassen und beim Anblick von ein paar Scheinen vergessen, was geschehen war – da konnte sie lange drauf warten. Aber auch wenn ich nicht käuflich war – einen Teil von Moms Geld auszugeben war wenigstens eine kleine Rache, die ich nehmen konnte.

Ich atmete tief ein und schob die unguten Gedanken in meinen Hinterkopf. Ich musste mich voll und ganz auf diesen Einkauf konzentrieren.

»Brauchst du noch einen Tisch?«, fragte Dawn, während wir unseren Einkaufswagen durch die nächsten Gänge rollten. Sie blieb bei einem ausklappbaren Modell stehen und begutachtete es mit nachdenklicher Miene. Sie griff unter die Platte und rüttelte so lange daran, bis ein Mechanismus einsetzte und der Tisch sich ausklappte. Dawn ächzte, und einen Moment lang sah es so aus, als würde sie das Gleichgewicht verlieren, doch dann fing sie sich wieder und besah ihr Werk mit zusammengekniffenen Augen.

»Nein, der Vormieter hat seinen Schreibtisch und ein Regal dagelassen. Kaden meint, wenn mir der Kram nicht gefällt, soll ich ihn selbst entsorgen.« Ich rollte mit den Augen. »Zum Glück hat er sein Bett noch abgeholt. Das sah nämlich echt eklig aus.«

Dawn hob eine Braue. »Der Typ klingt ja wirklich reizend.«

»Das ist nicht unbedingt das erste Wort, das mir für ihn einfallen würde«, gab ich zurück.

Oh Mann. Hoffentlich würde das gut gehen. Ich hatte keine große Lust, mein Zimmer allzu bald wieder aufzugeben. Die Wohnungssuche war furchtbar gewesen. Ich fühlte mit allen, die sich durch einen ähnlich frustrierenden Besichtigungsmarathon quälen mussten wie ich.

Ich würde die perfekte Mitbewohnerin sein. Zumindest hatte ich mir das vorgenommen.

Kaden würde keinen Grund finden, mich wieder rauszuschmeißen.

»Ich wünschte, ich hätte keinen Platz im Wohnheim bekommen«, seufzte Dawn und stützte ihre beiden Hände auf dem niedrigen Tisch hinter sich ab, was nur aufgrund ihrer Größe funktionierte. Dawn war klein und insgesamt eher zierlich, hatte aber im Gegensatz zu mir weibliche Kurven. »Dann hätten wir uns zusammen eine Wohnung nehmen können.«

»Ja, echt schade«, stimmte ich zu und schob den Wagen weiter. Inzwischen war er richtig voll – diverse Kissen, der Überwurf, ein flauschiger Teppich, Lichterketten und etliche Dekorationsartikel flogen wild durcheinander. Dennoch konnte man auf den ersten Blick erkennen, wem von uns was gehörte. Dawn war ein bunter Vogel, und genau so würde auch ihr

Zimmer aussehen, während ich mich für Pastelltöne und eine Grundfarbe entschieden hatte, die Vanilleeis nicht unähnlich sah.

»Meine Mitbewohnerin ist nämlich echt eine blöde Zicke«, fuhr Dawn fort. »Ich bin erst seit zwei Wochen dort, und sie hat in der Zeit schon drei Kerle abgeschleppt. Jedes Mal will sie mich einfach rauswerfen! Manchmal überlege ich, aus Protest einfach sitzen zu bleiben. Aber mal ehrlich – würdest du deinem Mitbewohner gerne beim Sex zuschauen?«

Augenblicklich verzog ich das Gesicht. Der Satz ließ Bilder vor meinem inneren Auge aufpoppen, die ich dort lieber nicht haben wollte. Gut, Kaden war nicht schlecht in Form, das musste ich zugeben. Allein seine wohlgeformten Arme wiesen darauf hin, dass er Sport trieb. Dann waren da diese schwarzen Linien, die sich quer über seinen Bizeps zogen, und die Schriftzüge …

Entschieden schüttelte ich das Bild von seiner nackten, schweißüberzogenen Haut aus dem Kopf. »Nein, das würde ich nicht wollen. Wobei das bei uns noch etwas anderes ist«, antwortete ich schließlich.

Wahrscheinlich war die Pause zu groß gewesen – der Blick, mit dem meine Freundin mich bedachte, war erst prüfend, dann breitete sich ein Grinsen auf ihrem Gesicht aus, das die Grübchen in ihren Wangen vertiefte.

»Ach ja? Etwas anderes?«, hakte sie nach und wackelte mit den Augenbrauen.

Ich tat es ihr gleich und hob ebenfalls eine Braue. »Ja. Schließlich wohne ich nicht im selben Zimmer und muss nicht alles hautnah miterleben.«

Blitzschnell schnappte sich Dawn eines der Kissen aus dem Einkaufswagen und begann, damit nach mir zu schlagen. Ich wich lachend aus.

»Das ist nicht witzig!« Sie ließ das Kissen wieder in den Wagen fallen und vergrub stöhnend das Gesicht in den Händen. »Wirklich nicht. Zumal sie anscheinend problemlos immer wieder einen neuen Typen findet. Ich meine, wir sind hier in Woodshill! Wer hätte gedacht, dass in einer Kleinstadt so viele sexyschmexy Kerle rumlaufen?«

Da musste ich ihr zustimmen. Gerade jetzt, zum Semesterstart, liefen einem an jeder Ecke Kerle unseren Alters über den Weg – einer der Vorteile einer Universitätsstadt. Sexyschmexigkeit so weit das Auge reicht.

»Wir können ja eine Abmachung treffen«, schlug ich vor und legte Dawn den Arm um die Schultern.

Sie lugte zwischen ihren Fingern hindurch, und ihre haselnussbraunen Augen blitzten interessiert auf. »Ich höre.«

»Du kommst einfach immer, wenn du Probleme mit deiner Mitbewohnerin hast, zu mir. Ist wahrscheinlich nicht die optimale Lösung, die Regeln von meinem tollen Mitbewohner kennst du ja«, sagte ich mit einer Grimasse, und Dawn schnaubte verächtlich. Ich hatte ihr von meiner Besichtigung berichtet und natürlich kein Detail ausgelassen. Sie fand Kadens Regeln genauso dämlich wie ich. »Aber wir könnten uns dann in meinem Zimmer verschanzen. Zumindest so lange, bis du wieder sturmfrei hast.«

Inzwischen waren wir in der Abteilung für Kerzen und Bilderrahmen angekommen. Automatisch griff ich nach ein paar riesigen Kerzen, die nach Vanille und Kokos dufteten. Auch die hätte es bei uns zu Hause nie gegeben. Meine Mom fand, sie rochen billig. Ich hingegen fand den Duft himmlisch und freute mich schon auf die gemütliche Atmosphäre, die ich damit in meinem Zimmer schaffen würde.

»Du bist eine von den Guten, Allie Harper«, sagte Dawn. Sie klopfte mir auf die Schulter und sah mich ernst an. »Danke.«

Mir wurde warm, und sofort wandte ich den Blick ab. Noch nie hatte jemand so etwas zu mir gesagt. Ich war immer nur Allie, die Super-Zicke, gewesen. Allie, das reiche Miststück von nebenan. Allie, die Schlampe. Wie ich mit Worten, die so lieb gemeint waren, umgehen sollte, wusste ich nicht.

Dawn runzelte die Stirn. Sie schien mein Unbehagen zu spüren und wechselte rasch zu einem Thema, das unverfänglicher war. »Die Dinger dort oben sind hübsch, kommst du da ran?« Sie deutete mit dem Finger auf weiße Bilderrahmen mit schnörkeligen Verzierungen. Ich musste mich zwar auf die Zehenspitzen stellen, kam aber gerade so an das obere Regal heran.

»Echt süß«, sagte ich gedankenverloren. »Leider habe ich kein Bild, das ich reintun könnte.«

Das war mir rausgerutscht. Selbst ich hörte, wie armselig das klang. Oh Mann, hoffentlich hielt Dawn mich jetzt nicht für einen absoluten Loser. Es war schließlich meine eigene Entscheidung gewesen, keine Andenken aus Denver mit hierher zu schleppen. Der Ballast, der sich tief in mir verankert hatte, war bereits schwer genug – da brauchte ich nicht auch noch Fotos, die mich tagtäglich an meine Vergangenheit erinnerten.

»So ein Quatsch. Dann machen wir eben eins«, schlug Dawn vor und zückte augenblicklich ihr Handy. Sie stellte sich vor mich, sodass ich über ihre Schulter blicken musste, und stellte die Frontkamera ein.

»Jetzt? Hier?«, entfuhr es mir eine Oktave höher als normal. Leute liefen an uns vorbei, und ich spürte, wie einige gaffende Blicke in unsere Richtung geworfen wurden.

»Klar, wieso nicht?«, entgegnete Dawn unbekümmert und lächelte breit in die Kamera. »Und jetzt: Spaghetti Bolognese!«

Ich grinste verhalten. Meine grüngrauen Augen wirkten trüb auf dem Handybildschirm.

»Scheiß auf die Leute!« Dawn stieß mir mit dem Ellenbogen in die Seite. »Jetzt sag es so laut, dass der ganze Laden es hört: Spaghetti Bolognese! Komm schon, Allie.«

Ich konnte nicht anders. Ich schüttelte den Kopf, grinste breit und rief: »Spaghetti Bolognese!«

Und diesmal war das Lächeln, das mir vom Display entgegenstrahlte, echt.

Der Rahmen war die erste Dekoration, die ich im Zimmer aufstellte. Wir hatten auf dem Rückweg extra noch an der Mall angehalten, um das Foto auszudrucken, und jetzt lächelten Dawn und ich von der Fensterbank in den Raum. Wenn man ehrlich war, sahen wir auf dem Bild nicht mal besonders toll aus – wir trugen beide das Shirt der Woodshill University und hatten unsere Haare zu unordentlichen Dutts zusammengebunden, wobei aus meinem ein Großteil der Strähnen bereits herausgerutscht war. An die kurzen Haare musste ich mich echt noch gewöhnen. Aber trotzdem gefiel mir das Foto.

Auch Dawn hatte sich den Rahmen gekauft und würde ihn in ihr Zimmer stellen. Keine Ahnung, wie wir das hinbekommen hatten, aber es fühlte sich bereits jetzt so an, als ob dieser Tag den Grundstein für eine wunderbare Freundschaft gelegt hatte.

Dawn gab mir das Gefühl, dass es so etwas tatsächlich gab. Freundschaft, nur um der Freundschaft willen. Und nicht, um einen größtmöglichen Nutzen aus der anderen Person zu ziehen. Ohne den Druck, den anderen ständig übertrumpfen zu müssen.

Ich musste zugeben, ich war ziemlich stolz auf uns. Wir hatten ein Regal und eine große Kommode besorgt, die millimetergenau hinter die Tür passten. Da ich so überaus intelligent gewesen war und vergessen hatte, das Zimmer auszumessen, war das ein echtes Glück. Mit dem Zusammenbauen der Kommode und dem zweiten weißen Regal waren wir bereits durch. Jetzt fehlte nur noch das Schlafsofa, dessen Montage sich allerdings um einiges komplizierter herausstellte, als wir gedacht hatten. An der Unterseite schienen einige Löcher zu fehlen, außerdem passten die Bauteile nicht übereinander, die entlang des ausziehbaren Kastens verliefen. Eines war länger als das andere, was mit Sicherheit ein Verarbeitungsfehler war. Eigentlich hätte ich das Teil sofort reklamieren müssen, doch ich hatte keine große Lust, es die beiden Stockwerke wieder runterzuschleppen und den ganzen Weg zurückzufahren. Allerdings besaßen weder Dawn noch ich irgendwelches Werkzeug, und ohne eine Bohrmaschine würden wir hier nicht weiterkommen.

Frustriert ließ ich mich auf den Boden sinken. Inzwischen war meine Stirn feucht vor Schweiß, und ich konnte jeden einzelnen meiner Muskeln spüren. Das würde ein mörderischer Muskelkater werden. Durch Pilates war ich zwar ganz gut in Form, aber eine Möbelpackerin war ich keineswegs. »Das ist unmöglich!«

»Keine Ahnung, was hier falsch gelaufen ist«, fügte Dawn mit einem Bleistift im Mund hinzu. Ich hatte Mühe, sie zu verstehen. Gleich darauf klemmte sie ihn sich hinters Ohr.

»Wahrscheinlich werde ich hier drauf schlafen müssen«, sagte ich missmutig und hievte den zusammengerollten Teppich in meinen Schoß. Ich kraulte das flauschige helle Kunstfell, als wäre es ein Haustier. Vorzugsweise eine Katze.

»Quatsch, wir bekommen das hin«, knurrte sie und erinnerte mich dabei ein kleines bisschen an einen Chihuahua. Unwillkürlich musste ich kichern.

In diesem Moment hörte ich die Haustür zuschlagen und gedämpfte Stimmen drangen aus dem Flur zu uns. Wunderbar, mein Mitbewohner war zu Hause.

Dawn riss die Augen auf. »Wollen wir ihn fragen, ob er eine Bohrmaschine hat?« Sie hatte sich so schnell aufgerichtet, dass sie jetzt vielmehr einem Erdmännchen glich. Wieder kicherte ich.

»Du willst ihn doch nur abchecken.«

»Und ob ich das will«, gab sie zu und erhob sich mit Leichtigkeit. Sie strich ihr Shirt glatt, das über und über mit Holzspänen besprenkelt war, und tastete gleich darauf an ihrem Dutt herum. »Wie sehe ich aus?«, fragte sie und drehte sich einmal um die eigene Achse.

»Ich glaube, wir sehen beide so aus, als könnten wir eine Dusche gebrauchen«, erwiderte ich und stand nun ebenfalls auf.

Wir traten zur Tür und lauschten einen Moment lang. Die andere Stimme war eindeutig eine Männerstimme. Kaden war also gerade nicht dabei, eine Frau aufzureißen.

»Meinst du, es verstößt gegen die Regeln, wenn wir ihn nach einer Bohrmaschine fragen?«, flüsterte ich, so als könnten sie uns hören.

»Quatsch. Lass dich doch nicht so einschüchtern von diesem Mistkerl«, gab Dawn zurück und trat einen Schritt von der Tür weg.

Ich zupfte am Saum meines Shirts und grübelte einen Moment. Natürlich wollte ich mich nicht einschüchtern lassen, aber das Zimmer war mir wichtig. Ich wollte dem Blödmann keineswegs auf die Nerven gehen, schon gar nicht am ersten Tag unseres Zusammenlebens.

Doch bevor ich eine weitere Sekunde nachdenken konnte, riss Dawn die Tür auf und stapfte ins Wohnzimmer.

»Dawn!«, zischte ich und eilte ihr hinterher.

Kaden befand sich in der Küche und holte gerade Bier aus dem Kühlschrank. Auch von hinten – oder vielleicht gerade von hinten – war er eine Wucht. Er trug eine rostrote Jeans, die seinen Hintern ziemlich nett betonte, und ein eng anliegendes dunkelgrünes Shirt, das über seinen Schultern spannte, und meinen Blick automatisch auf seinen muskulösen Rücken lenkte. Neben Kaden, an den Küchentresen gelehnt, stand ein Kerl mit schwarzem Haar. Er war ziemlich hochgewachsen und machte eher einen schlaksigen Eindruck. Sein kariertes Hemd saß locker und die Ärmel waren bis zu den Ellenbogen hochgekrempelt.

»Hey, du musst der merkwürdige Mitbewohner sein!« Dawn trat vor den dunkelhaarigen Kerl, der sich überrascht zu ihr umwandte. Sein neugieriger Blick war erstaunlich freundlich, ganz im Gegensatz zu Kadens. »Erst mal wollte ich dir sagen, dass ich deine Regeln absolut bescheuert finde. Ich meine, guck dich an, und dann guck sie an.« Dawn deutete wüst mit dem Arm auf mich, und am liebsten wäre ich einfach nur im Boden versunken. Oder hätte mich aufgelöst. Eins von beidem definitiv. »Ich glaube nicht, dass sie es nötig hat, mit dir rumzumachen. Außerdem finde ich es unmöglich, dass du so ein klischeebeladenes Bild von Frauen hast und uns alle in eine Schublade steckst! Woher willst du überhaupt wissen, was wir in unserer Freizeit tun und lassen? Ich meine, es kann doch genauso gut sein, dass wir auf Wrestling stehen und professionell Football spielen.«

Kaden schloss die Kühlschranktür und drehte sich langsam um. Er beäugte Dawn mit hochgezogener Braue und verfolgte interessiert, wie sie seinen Freund niedermachte. Es sah fast so aus, als würde er schmunzeln.

Aber eben nur fast.

Hastig trat ich hinter Dawn und legte ihr die Hände auf die Schultern. Ich beugte mich vor und wisperte: »Das ist er nicht.«

Sie versteifte sich unter meinem Griff. »Wie, das ist er nicht?«

Ich nickte mit dem Kinn in Kadens Richtung. »Das ist Kaden, mein Mitbewohner. Kaden, das ist meine Freundin Dawn.«

Der andere Kerl hatte mittlerweile ein fettes Grinsen im Gesicht. Tiefe Grübchen erschienen auf seinen Wangen. Er drehte sich zu Kaden um. »Alter, kann es sein, dass du nicht besonders nett zu den Mädels warst?«

Kaden zuckte augenrollend mit den Schultern und öffnete geräuschvoll ein Bier. Er schob es seinem Kumpel über den Küchentresen zu und öffnete ein zweites, das er gleich darauf an die Lippen setzte. Dann wischte er sich mit dem Handrücken über den Mund und betrachtete mich von oben bis unten. Irgendetwas schien ihm nicht zu gefallen, denn er furchte seine Stirn und wandte sich dann ab, um zur Couch zu gehen. Dawn ignorierte er komplett.

»Ich bin Spencer«, sagte sein Freund stattdessen und reichte erst Dawn und dann mir die Hand. »Freut mich, euch kennenzulernen.«

»Hi«, erwiderte ich. »Ich bin Allie.«

»Hab schon von dir gehört«, murmelte er und warf einen flüchtigen Blick zu Kaden. Er schüttelte den Kopf, und sein Grinsen wurde noch breiter. »Und du bist also Dawn, die wrestlinginteressierte, professionelle Footballspielerin.«

»Sorry, ich wollte keinen schlechten Eindruck hinterlassen.« Auf einmal war sie erstaunlich kleinlaut, und ich konnte mir ein Lachen nicht verkneifen.

»Oh, das hast du nicht. Glaub mir.« Spencer zwinkerte, und ich realisierte erst jetzt, wie strahlend blau seine Augen waren.

Während sich die beiden unterhielten, fiel mir der eigentliche Grund ein, weshalb wir aus dem Zimmer gekommen waren. Wenn ich heute Nacht ruhig schlafen wollte, brauchte ich dringend mein Sofa.

»Hey«, sagte ich und trat hinter meinem Mitbewohner an die Couch. Kaden legte seinen Kopf in den Nacken und sah mit gerunzelter Stirn zu mir auf. »Du hast nicht zufällig eine Bohrmaschine, oder?«

»Was willst du denn mit einer Bohrmaschine?«, fragte er neugierig, behielt seinen kritischen Blick aber bei.

Am liebsten hätte ich »Kann dir doch egal sein« geantwortet, entschied mich aber in letzter Sekunde um. Schließlich wollte ich etwas von ihm. »In der Vorrichtung meines Schlafsofas sind irgendwie zu wenig Löcher«, sagte ich und zwang mich, einen möglichst freundlichen Tonfall anzuschlagen. »Ich muss welche nachbohren.«

Kaden nickte kurz und richtete seinen Blick wieder nach vorn. »Ich habe keine Bohrmaschine.«

Ich brauchte einen Moment, bis ich realisiert hatte, was er meinte. »Wieso interessiert es dich dann, was ich damit vorhabe?«

»Ich wollte nur wissen, ob du tatsächlich eine brauchst, oder einfach zu blöd bist, eine Gebrauchsanweisung zu lesen«, gab er achselzuckend zurück. Dann klaubte er die Fernbedienung vom Wohnzimmertisch und schaltete den Fernseher ein.

Ich spürte, wie ein ganzer Schwall fieser Beleidigungen in mir aufstieg, doch ich würgte ihn runter. »Das heißt, du hast eine Bohrmaschine, willst sie mir aber nicht geben?«, fragte ich bemüht ruhig. Es machte mich wahnsinnig, wie er dasaß, mit seinem verdammten Bier in der Hand, locker und vollkommen unbekümmert, als hätte er keine einzige Sorge auf dieser Welt.

Er machte sich nicht einmal die Mühe, seinen Blick von der Mattscheibe zu wenden. »Genau das heißt es.«

Ich stieß ein frustriertes Knurren aus und drehte mich auf dem Absatz um. Mit zu Fäusten geballten Händen stapfte ich in mein Zimmer, schnappte mir die Anleitung vom Boden und kehrte zurück ins Wohnzimmer. Diesmal lief ich um das Sofa herum und baute mich so vor Kaden auf, dass ich ihm die Sicht auf den Fernseher versperrte. Mit Genugtuung beobachtete ich, wie sich seine Gleichgültigkeit allmählich in Wut verwandelte. Er kniff die Augen zusammen und öffnete den Mund, doch ich ließ ihn nicht zu Wort kommen.

»Hier.« Ich hielt ihm die Anleitung direkt vor die Nase. Wahrscheinlich etwas zu dicht, denn er wich ein Stück zurück. »Schritt 13b. Wir haben die Keile vorgeschoben, das erste Teil zusammengebaut, und in die rechte Seite haben wir alle Schrauben gemacht. Hier«, ich tippte verärgert auf das Bild, »sollen eigentlich vorgebohrte Löcher sein. Aber da sind keine. Also wäre es superfreundlich, wenn du mir deine verdammte Bohrmaschine geben würdest!«

Jetzt war es plötzlich still in der Wohnung. Dawn und Spencer hatten mitten in der Unterhaltung innegehalten und starrten mich an.

»Sei kein Arsch, Alter«, sagte Spencers schließlich.

»Ja, genau. Sei kein Arsch, *Alter*«, stimmte Dawn zu, was mich unter normalen Umständen zum Lachen gebracht hätte. Doch ich kochte vor Wut, und ein Blick auf Kadens zusammengepresste Lippen verriet mir, dass auch er die Situation alles andere als lustig fand.

Er musterte mich schon wieder auf diese unerträglich argwöhnische Weise. »Du bewegst dich auf dünnem Eis«, sagte er kaum hörbar und erhob sich so plötzlich, dass ich erschrocken zurückwich und mit den Waden gegen den Wohnzimmertisch prallte. Ich riss die Augen auf, als ich zu straucheln begann, und ruderte wild mit den Armen, um mein Gleichgewicht nicht zu verlieren. Doch Kaden hatte mich bereits an den Unterarmen gepackt. Perplex starrte ich auf seine Hände, die sich angenehm kühl auf meiner verschwitzten Haut anfühlten. Wahrscheinlich wegen des Bieres, das er bis eben noch gehalten hatte. Ich ließ meinen Blick von seinen Fingern über seine starken Arme zurück zu seinem Gesicht wandern. Zum ersten Mal fiel mir der Schwung seiner volleren Unterlippe auf sowie ein kleines Grübchen in seinem Kinn, das von den Bartstoppeln größtenteils verdeckt wurde.

Kaden schien mich genauso intensiv zu studieren wie ich ihn. Vermutlich konnte er sogar die wenigen Sommersprossen auf meiner Nase erkennen, so dicht, wie er vor mir stand. Ich fühlte seinen Brustkorb an meinem und erahnte seinen Herzschlag.

Dann blinzelte er und der Moment war vorbei.

Augenblicklich ließ er mich los und stürmte an mir vorbei aus dem Wohnzimmer.

Ich rang nach Atem und hoffte inständig, dass das alles unbemerkt an Dawn und Spencer vorbeigegangen war. Als ich mich umdrehte, hatten beide den Kopf in Richtung Flur gedreht, von wo lautes Scheppern zu hören war.

Kaden erschien im Türrahmen. »Hier«, sagte er schroff und hielt einen dunkelgrünen Koffer in die Höhe. »Wehe, du machst irgendeinen Scheiß damit.«

»Du könntest auch einfach kurz helfen, statt dich wie ein Arschloch aufzuführen«, schlug Dawn mit einem süßen Lächeln vor. Sie konnte offenbar ein richtiger kleiner Teufel sein, wenn sie wollte.

Ich mochte diese Seite an ihr, aber großer Gott, wenn sie nicht bald freundlicher zu Kaden wäre, würde ich sie eigenhändig erwürgen müssen. Mir missfiel seine unfreundliche Art genauso wie ihr, und am liebsten hätte ich ihm eine fiese Bemerkung nach der anderen an den Kopf geworfen. Irgendjemand musste ihm schließlich mal einen Realitätscheck verpassen. Aber egal wie unerträglich ich Kaden fand – ich würde die folgenden Monate mit ihm auf engem Raum verbringen müssen. Da wollte ich ihn erst einmal nicht unnötig reizen, schon gar nicht nach so kurzer Zeit des Zusammenlebens. Dafür konnte ich ihn und unsere Situation noch nicht gut genug einschätzen.

»Ich glaube, ich schaffe das schon alleine«, sagte ich deshalb schnell und lief zu Kaden, um ihm den Koffer abzunehmen. Er war viel schwerer, als ich erwartet hatte, und wäre fast auf den Boden geknallt, hätte ich nicht schnell den zweiten Arm dazugenommen. War ja klar, dass der Kerl keinen stinknormalen Werkzeugkoffer, sondern irgendeine Sonderausführung besaß, mit etlichem Zubehör, den wahrscheinlich nie jemand brauchen würde.

»Ich helfe euch«, verkündete Spencer und lief quer durchs Wohnzimmer. »Wo ist das gute Stück?«

Ich ignorierte Kadens wütenden Blick und folgte Spencer zu meinem Zimmer. Die Tür stand offen, doch bevor er eintrat, warf er einen fragenden Blick über seine Schulter. Ich nickte.

»Oh wow! Hier hat sich aber einiges verändert, seit Ethan ausgezogen ist.«

Spencer nahm die Duftkerzen und Lichterketten in Augenschein, warf einen Blick hinter die Zimmertür und betrachtete die Kommode und die Regale, in die ich bereits ein paar Habseligkeiten gestellt hatte. Meine Parfumflakons waren fein säuberlich nebeneinander aufgereiht, ebenso ein paar Schuber, in denen ich Papierkram lagern würde. Meine Schuhe standen in Reih und Glied auf der Kommode, die Lichterketten waren quer über den Schreibtisch gespannt und provisorisch um Nägel gewickelt, die noch in der Wand gesteckt hatten.

»Hier riecht es, als hätte jemand Unmengen Vanilleeis gegessen und sich dann mitten auf den Boden erbrochen«, ertönte Kadens Stimme dicht hinter mir.

Ich drehte mich um.

Kaden nahm naserümpfend das Chaos auf dem Boden in Augenschein, dann drängte er sich an mir vorbei und ging vor den Keilen des Schlafsofas in die Hocke.

»Da fehlen Löcher«, erläuterte ich. »Wir haben schon versucht, die Teile umzudrehen, aber das hat auch nicht geklappt. Also dachte ich«, ich stellte den Werkzeugkoffer ab, ging zu Kaden und deutete über seine Schulter auf das Holzstück, das fehlerhaft verarbeitet war, »dort müssen welche gebohrt werden. Ich glaube, dass es dann passen dürfte. Allerdings ist da auch noch ein Stück, das zu lang ist.«

»Vielleicht könnte man es absägen«, schlug Dawn vor.

Ich schüttelte den Kopf. »Ich glaube nicht, dass das funktioniert. Dann franst das Holz aus und bricht. Das Ding muss mich beim Schlafen aushalten. Am Ende traue ich mich nicht, irgendetwas auf dem Bett zu machen.«

Kaden sah von unten zu mir hinauf. Zwischen dem dichten Wimpernkranz konnte ich seine Augen funkeln sehen. »Das wäre natürlich ziemlich schade.«

Ich verdrehte die Augen. Spencer lachte leise, und auch ihm warf ich einen vernichtenden Blick zu. War ja klar. Wahrscheinlich würde ich mich an diese Art Humor gewöhnen müssen, wenn ich ab sofort ständig von Männern umgeben war.

»Ich glaube nicht, dass ich dafür verantwortlich sein möchte, wenn Allie sich nicht mehr traut, gewisse Dinge auf ihrem Bett zu veranstalten«, sagte Spencer wehmütig und legte eine Hand auf seinen Brustkorb. »Dagegen müssen wir etwas unternehmen, Mann.«

Zum allerersten Mal sah ich Kaden White grinsen. Es war schön – richtig ehrlich. Er grinste nicht nur mit dem Mund, sondern auch mit den Augen. Kleine Fältchen bildeten sich darum, und ein schelmisches Funkeln war in dem Karamellton seiner Iris zu erkennen. »Du hast recht. Das können wir nicht verantworten.«

Mit diesen Worten zog er den Werkzeugkoffer zu sich heran, klappte die Schnallen auf und griff nach der Bohrmaschine.

»Mein Gott, ich bin fix und fertig«, stöhnte ich und ließ mich auf die Couch im Wohnzimmer fallen. Dawn folgte mir wenig später und lehnte ihren Kopf an meine Schulter.

»Ich auch. Ich glaube, ich werde mich nie wieder bewegen können.« Sie hob probehalber den Kopf ein Stück. Sofort sackte er zurück. »Siehst du?«

»Das ist echt ungünstig«, sagte Spencer, der auf der anderen Seite des U-Sofas saß. »Wenn ich mich nicht irre, hat Kaden für später ein paar Leute eingeladen.«

»Oh.« Sofort begann ich, fieberhaft zu überlegen, was das wohl für mich bedeutete. Würde ich mich in meinem Zimmer verschanzen müssen? Oder war »ein paar Leute einladen« etwa ein Code und mein Mitbewohner würde heute Abend eine Party schmeißen? So war es bei uns in Denver immer gewesen.

»Keine Sorge. Ich glaube, er hat nicht vor, eine Orgie zu veranstalten.« Spencer zwinkerte. Mir fiel auf, dass er das erstaunlich oft tat. Warum er sich so sehr darum bemühte, die Stimmung in unserer Wohnung zu kitten, war mir ein Rätsel. In manchen Momenten wirkte seine Freundlichkeit auf mich fast etwas erzwungen. Nichtsdestotrotz konnte ich ihn gut leiden.

»Ich könnte eigentlich auch gleich schlafen gehen«, sagte ich nachdenklich. »Wärst du dabei?«

»Also ich wäre sofort dabei«, antwortete Spencer grinsend.

Dawn und ich sahen ihn mit hochgezogenen Brauen an.

Er hob entschuldigend die Hände. »Sorry, aber wenn du so eine Steilvorlage lieferst ...«

Kopfschüttelnd erwiderte ich sein Grinsen.

Dawn gähnte laut an meiner Schulter. »Ich fürchte, ich muss gleich rüber. Heute hab ich sturmfrei, außerdem wollte ich meinen Dad noch anrufen.«

»Klar, kein Problem. Soll ich dich fahren?«

»Nein, ach was. Ich brauche nur zehn Minuten. Mach du dich mal frisch und leb dich ein. Wir haben ja nicht umsonst den ganzen Tag geackert.« Sie richtete sich auf und streckte ihre Arme über den Kopf. »Oh, ich werde richtigen Muskelkater bekommen.«

»Ich auch!« Stöhnend rieb ich mir die Schultermuskeln, die es besonders schlimm erwischt hatte. »Zum Glück haben wir morgen frei. Ansonsten würde ich in meinen Kursen wie ein Roboter herumlaufen.«

Dawn lachte, und gemeinsam gingen wir in Richtung Flur. An der Wohnungstür umarmte ich sie fest. »Danke. Du hast mich gerettet. Alleine hätte ich das niemals hinbekommen.«

»Doch, hättest du. Du bist eine starke, unabhängige Frau«, erwiderte Dawn übertrieben ernst, und wieder musste ich grinsen. »Schreib mir wegen Montag. Dann können wir uns vor den Vorlesungen noch einen Kaffee holen.«

Dawn studierte auch Englisch als Hauptfach, allerdings hatte sie andere Nebenfächer als ich gewählt. Ich freute mich schon auf unsere gemeinsamen Vorlesungen. So würde ich wenigstens nicht die gesamte Zeit alleine über den riesigen Campus irren müssen.

»Klar, mach ich. Und mein Angebot steht: Wenn deine Mitbewohnerin nervt, dann komm einfach rüber.«

»Mach ich.« Bevor Dawn ins Treppenhaus verschwand, rief sie noch einmal über den Flur in Richtung Wohnzimmer: »Tschüss, Jungs!«

Ich hörte ein Murmeln, das mit Sicherheit von Spencer kam und nicht von Kaden. Dawn warf mir noch einen letzten Lass-dich-bloß-nicht-unterkriegen-Blick zu, dann zog sie die Tür hinter sich ins Schloss, und ich war allein.

Ich ging zurück in mein Zimmer, suchte meine Kosmetikartikel zusammen und machte mich anschließend auf den Weg ins Bad. Dort sah ich mich zum ersten Mal richtig um. Es war erstaunlich hell, was wahrscheinlich an den Fliesen lag und dem kleinen Fenster direkt über der Toilette. Als ich mich umdrehte, um hinter mir abzuschließen, stutzte ich jedoch.

Was zur Hölle?

Ich riss die Tür auf und blickte mich im Wohnzimmer um. Lediglich Spencer saß auf der Couch und spielte mit einer Konsole, die von hier aus wie die neueste Playstation aussah.

»Kaden?«, rief ich quer durch die Wohnung. Keine Antwort.

»Ich glaube, er ist in seinem Zimmer«, sagte Spencer, ohne aufzusehen, und nickte in Richtung der einzigen geschlossenen Tür in der Wohnung.

Ich zögerte, durchquerte dann aber das Wohnzimmer und klopfte zaghaft an der Tür. Keine Antwort. Ich klopfte erneut. Unschlüssig wartete ich einen Augenblick, doch als wieder keine Antwort kam, drückte ich kurzerhand die Klinke herunter.

»Hey, kannst du mir sagen, wo der Schlüssel fürs Bad ist?«, fragte ich in den Raum. Flüchtig registrierte ich mit zerfledderten Zeitschriften gefüllte Regale, einen riesigen Schreibtisch mit zwei Bildschirmen, auf denen Grafikprogramme geöffnet waren, und cappuccinofarbene Wände. Ein großes Bettgestell aus Ebenholz, über dessen Rahmen einige Shirts hingen, direkt daneben einen Nachtschrank, auf dem vereinzelt Stifte lagen.

Doch bevor ich auch nur ein einziges weiteres Detail in seinem Zimmer erfassen konnte, stand Kaden plötzlich vor mir und versperrte mir die Sicht.

»Es ist eine Sache, dass du mich dazu zwingst, deine beschissenen Möbel aufzubauen«, knurrte er. »Aber in mein Zimmer zu platzen, während ich arbeite, geht gar nicht.«

Irritiert blickte ich an ihm hoch. Seine Augen funkelten finster.

»Sorry, ich wollte bloß wissen, wo …«

»Ich habe dich schon verstanden. Dich zu überhören ist ein Ding der Unmöglichkeit.« Er rieb sich mit der Hand über die Stirn. »Hör zu, mein Limit für heute ist erreicht.«

»*Dein* Limit ist erreicht?«, fragte ich ungläubig.

Ich hatte den ganzen Tag damit verbracht, Möbel aufzubauen und mein Zimmer einzurichten. Ich war völlig geschafft und wollte einfach nur eine Dusche, und zwar hinter abgeschlossener Tür und ohne Angst haben zu müssen, dass Kaden jeden Augenblick hereinplatzen und mir Unfreundlichkeiten an den Kopf werfen würde.

Ich stemmte die Hände in die Hüfte. »Komm mal wieder klar!«, fuhr ich ihn an. »Erstens habe ich dich nicht dazu gezwungen, meine Möbel aufzubauen. Du hast bloß drei Löcher in den Holzrahmen gebohrt – alles andere habe ich mit Dawn alleine gemacht! Und zweitens wollte ich dich nur nach dem Schlüssel für das Bad fragen, Kaden. Das ist keine große Sache. Du sagst mir, ich soll dich nicht mit Weiberkram nerven, aber du hast schlimmere Stimmungsschwankungen als eine Frau mit PMS!«

Kaden zuckte nicht mal mit der Wimper. »Ich habe keine Stimmungsschwankungen, Süße. Ich bin immer unausstehlich.« Er fasste mich bei den Schultern. Seine feste Berührung ließ die Haut unter meinem Shirt prickeln, und ich verfluchte meinen Körper dafür, wie sehr er sich nach einer Massage sehnte. Dann stieß Kaden mich von der Schwelle seines Zimmers nach draußen. »Und jetzt verpiss dich.«

Im nächsten Moment schlug er mir die Tür vor der Nase zu.

kapitel 3

Die Dusche war leider überhaupt nicht entspannend. Eigentlich hätte ich viel lieber gebadet, aber aufgrund des nicht vorhandenen Schlüssels und Kadens Unberechenbarkeit traute ich mich nicht. Stattdessen duschte ich in Windeseile und verkroch mich dann in meinem Zimmer.

Ich ließ mich mit dem Rücken gegen die kühle Holztür sinken und atmete zum ersten Mal seit meiner Ankunft in Woodshill wirklich ein. Und aus. Bis es sich anfühlte, als würde die Luft durch meinen gesamten Körper strömen.

Eine gewisse Ruhe breitete sich in mir aus, und ich öffnete meine Augen.

Es war genauso, wie ich es mir immer erträumt hatte. Auf dem fertig zusammengebauten Sofa lagen der flauschige Überwurf und die Kissen in den verschiedenen Größen und Formen. Über dem Schreibtisch hingen Lichterketten, ebenso entlang einem der Regale, in denen ich inzwischen all meine Sachen untergebracht hatte. Meine Stifte und Hefte waren ordentlich in Behältern und Schubern auf dem Schreibtisch verstaut. Von der Fensterbank lächelte mir mein eigenes Gesicht direkt neben Dawns entgegen, zur Rechten des Rahmens stand ein weißer Wecker in demselben Design. Meine Vorhänge hingen einen Spaltbreit offen, und das letzte Licht des Tages schien durch mein Fenster.

Und in diesem Moment, als ich das alles in Augenschein nahm, konnte ich nicht anders.

Ich schluchzte laut.

Sofort presste ich mir die Hand vor den Mund und hoffte, dass mich niemand gehört hatte. Tränen brannten in meinen Augen und ich schaffte es nicht einmal bis zum Bett. An der Tür sank ich zu Boden und umschlang meine Knie mit beiden Armen.

Ich hatte es tatsächlich geschafft. Ich war in Woodshill – über tausend Meilen trennten mich von meinen Eltern. Ich hatte in dieser Woche mehr für mich selbst getan als jemals zuvor, und plötzlich schien mir alles derart überwältigend, dass ich die Tränen nicht länger zurückhalten konnte. Warm liefen sie über mein Gesicht.

Ich war völlig aufgewühlt. Drei Jahre lang hatte ich jeden Tag und jede Nacht von diesem Moment geträumt – es endlich an einen Ort zu schaffen, der mir Frieden bot.

Vorsichtig hob ich den Kopf und betrachtete noch einmal mein Zimmer. Ab jetzt hatte ich alles in der Hand. Nie wieder würde jemand über mein Leben bestimmen. Nie wieder würde ich mich von jemandem in eine Schublade stecken lassen, in der ich nicht sein wollte. Ab sofort schrieb ich meine eigene Geschichte. In meinem neuen Zuhause.

Langsam breitete sich unter den Tränen ein Lächeln auf meinem Gesicht aus.

Keine Ahnung, wie viele Leute Kaden zu Besuch hatte. Ich hörte bloß, dass sie laut waren. Meinen Abend wollte ich mir davon aber nicht versauen lassen. Ich zog mir gemütliche Klamotten an: ein Spaghettiträgertop mit Spitze am Ausschnitt, das zu meinem liebsten Schlafanzug gehörte, und eine graue Shorts aus weichem Jersey. Von mir aus konnte Kaden jede

Nacht eine Party feiern. Ich war einfach nur froh, endlich nicht mehr im Hostel schlafen zu müssen.

Ich zog das Sofa aus. Dafür brauchte ich mehrere Anläufe, und ich schlug mir den Ausziehkasten zweimal mit voller Wucht gegen meine Schienbeine, aber schließlich bekam ich es hin, ohne mich ernsthaft zu verletzen. Dann machte ich es mir auf meinem Kissen-Paradies gemütlich.

Endlich hatte ich Zeit, die ganzen TV-Folgen aufzuholen, die ich in den vergangenen Tagen verpasst hatte. Ich war ein totaler Serienjunkie und schaute mir so ziemlich alles an, was ich in die Finger bekam – oder was ich auf Netflix finden konnte. Besonders Superheldenserien wie *Arrow*, *Agents of S.H.I.E.L.D.* oder *The Flash* hatten es mir seit Neuestem angetan. Wobei so etwas immer auch von meiner aktuellen Laune abhing. An einigen Tagen konnte ich nicht ohne Teenieserien wie *The Vampire Diaries* leben, an anderen musste ich einfach die neuesten Episoden von *Dancing With The Stars* schauen. Manchmal hegte ich wiederum eine Obsession für historische Dramen wie *The Borgias* oder *Outlander*.

Heute waren aber eindeutig die Superhelden an der Reihe. Ich schloss meinen Laptop an und stellte ihn auf mein Bett, danach kramte ich im letzten noch nicht ausgeräumten Umzugskarton nach meinen Lieblingskopfhörern, die zwar riesig, dafür aber unheimlich bequem auf den Ohren waren. Nachdem ich mein Entertainment für den Abend fertig aufgebaut hatte, kuschelte ich mich in die Decken und verfolgte begeistert, wie Helden die Welt retteten.

Ich hätte nicht sagen können, wie viele Folgen ich geschaut hatte, aber irgendwann nickte ich ein. Kein Wunder, nachdem ich den gesamten Tag auf den Beinen gewesen war.

Ich wachte auf, als ein gedämpfter Knall durch meine Kopfhörer drang. Ein Lichtstrahl schien in mein Gesicht, und ich blinzelte verschlafen. Jemand hatte meine Zimmertür aufgestoßen und sie dabei gegen das dahinterliegende Regal geschlagen.

»Sorry«, sagte dieser Jemand, und die Tür ging wieder zu.

Verwirrt streifte ich mir die Kopfhörer ab und befreite meine Haare aus den Knoten des Kabels.

»Kaden, Mann! Da ist eine hammermäßige Braut in meinem Zimmer!«, hörte ich die Stimme von eben quer durch die Wohnung rufen. Der Typ lallte. Vermutlich hatte er schon ein paar Drinks zu viel gehabt. Plötzlich wurde die Tür erneut aufgeschlagen. Ich riss die Decke bis an mein Kinn hoch und starrte den Typ an, der jetzt mitten in meinem Zimmer stand und mich angrinste. Er sah aus wie ein Surferboy. Wäre sein Kopf nicht so rot gewesen, hätte er auf der Stelle einen Werbespot für Abercrombie drehen können.

»Hi, ich bin Ethan. Das hier war mal mein Zimmer und ursprünglich eine weiberfreie Zone. Bis ich meine Freundin kennengelernt habe zumindest. Genau dort stand mal mein Bett, da haben Monica und ich oft …«

»Baby«, sagte eine behutsame Stimme hinter dem Typ, »ich glaube, es interessiert sie nicht, was wir in diesem Zimmer schon alles getrieben haben. Nerv das arme Ding nicht.« Eine junge Frau erschien im Türrahmen. Sie fasste Ethan am Arm, zog ihn aus dem Raum und gab ihm einen sanften Schubs in Richtung Wohnzimmer.

Dann drehte sie sich wieder zu mir um. Sie war ziemlich stark geschminkt, ihr Haar bunt gesträhnt. In meinem halbverschlafenen Zustand konnte ich die Farben nicht richtig erkennen. »Sorry. Ich bin Monica, das war mein Freund Ethan. Wir wollten nur mal hallo sagen.«

»Ähm … Hallo.« Ich rieb mir die Augen. Mein Gott, wie spät war es überhaupt?

»Hallo«, wiederholte Monica und betrachtete die leuchtenden Sterne über meinem Schreibtisch. »Nett hast du es hier. Ethan hat mich früher immer angemotzt, sobald ich auch nur mein Deo in diesem Raum benutzt habe. Aber das dort«, sie deutete auf die Lichterketten und meine Deko, »ist echt hübsch.«

»Dankeschön.« Ich wusste nicht so recht, was ich noch sagen sollte. Aus dem anderen Teil der Wohnung drang Musik in mein Zimmer. Ich hörte ein paar Rufe, Klirren von Gläsern und laute Gespräche.

»Und du bist wirklich ein Mädchen?«, platzte es aus Monica raus.

Verwirrt starrte ich sie an.

»Ja, ich glaube schon«, sagte ich und ließ die Decke ein paar Zentimeter sinken. Monica würde mir wohl kaum etwas weggucken.

Sie kniff die Augen zusammen und beäugte interessiert mein Spitzentop. »Oh, ja, eindeutig.« Ein Grinsen breitete sich auf ihrem Gesicht aus. »Mann, Kaden muss dich echt schwer in Ordnung finden, wenn er dich hier wohnen lässt.«

»Hm«, machte ich unentschlossen und schwang langsam die Beine über die Sofakante. »Ich weiß nicht so recht. Er meinte, er bräuchte das Geld und seine anderen Anwärter wären abgesprungen.«

»Glaub mir, er muss dich okay finden. Normalerweise schickt er jedes Mädchen zum Teufel.« Anscheinend gefiel ihr der Song, der gerade eingesetzt hatte, denn sie wippte leicht mit ihrem Kopf. »Bevor Ethan hier eingezogen ist, hatte Kaden eine Mitbewohnerin, von der er dummerweise nicht die Finger lassen konnte. Sie hat sich verliebt, und er …« Sie machte eine Geste, als würde sie sich das Herz aus der Brust reißen. »Nach Der-deren-Namen-wir-niemals-und-unter-keinen-Umständen-in-dieser-Wohnung-laut-aussprechen herrschte hier absolutes Mädchenverbot. Es ist am Ende einfach abartig aus dem Ruder gelaufen. Ich glaube, sie hat ihm sogar Enthaarungscreme ins Duschgel gemischt. Stell dir Kaden mal ohne Bein- und Armbehaarung vor.«

Ich prustete los.

Monica nickte energisch. »Ich hatte genau die gleiche Reaktion! Das Lachen ist mir aber jedes Mal wieder vergangen, sobald Kaden mich von hier verjagt hat. In den letzten Monaten waren alle weiblichen Wesen, die sich in seine Wohnung verirrt haben, Eindringlinge, die es zu bekämpfen galt. Nicht einmal frühstücken durfte ich hier. Du kannst froh sein, wenn er dir was vom Kaffee abgibt.« Sie zuckte lachend mit den Schultern und drehte sich um, um jemandem im Wohnzimmer etwas zuzurufen. Dann sah sie noch mal zu mir zurück. »Wenn du magst, dann komm doch zu uns. Wir beißen nicht.«

Unsicher blickte ich an mir hinab. Ich war ungeschminkt und hatte Schlafzeug an – nicht die optimale Voraussetzung für eine Party. Zumal ich seit meinem elften Geburtstag nirgendswo mehr ungeschminkt hingegangen war. Meine Mutter hatte stets betont, wie wichtig es war, sein Gesicht aufzusetzen, bevor man das Haus verließ. Da gehörte Make-up nun mal dazu. Was war es für eine Schweinearbeit gewesen, jeden Morgen fein säuberlich Foundation aufzutragen, den Lidstrich zu ziehen, das Gesicht zu konturieren. Am Anfang hatte ich es kaum hinbekommen. Aber inzwischen schminkte ich mich seit acht Jahren täglich. Die Vorstellung, diesen Raum ohne Make-up zu verlassen, war absurd.

»Zumindest die meisten«, fuhr Monica fort. »Bei Kaden weiß man nie. Er kann ein ziemlicher Arsch sein, aber irgendwann gewöhnt man sich dran, glaub mir.« Mit einer knappen Kopfbewegung deutete sie in Richtung Wohnzimmer. »Na komm. Ich spendiere dir auch ein Bier.«

Jetzt grinste ich. Ihre unbeschwerte Art war ähnlich ansteckend wie die von Dawn. »Gib mir eine Sekunde. Ich muss mich umziehen.«

Sie hob eine Augenbraue und ließ ihren Blick einen bedeutungsvollen Moment lang auf meinem Ausschnitt ruhen. »Das will ich dir auch geraten haben. Nicht, dass Ethan noch die Augen aus dem Kopf fallen.« Sie lachte laut über ihren eigenen Witz, was mein eigenes Grinsen noch breiter werden ließ. Anschließend zog sie sich zurück und schloss die Tür hinter sich.

Ich stand auf und kramte in meiner Kommode nach einer Hose, die bequem war und nicht zu eng saß. Meine Wahl fiel auf eine gemütliche Stretch-Jeans. Das Spitzentop behielt ich an und zog mir lediglich einen Cardigan über.

Anschließend warf ich einen Blick in den kleinen Stehspiegel auf meinem Schreibtisch. Meine Augen wirkten müde. Für einen Moment erwog ich, wenigstens Concealer aufzutragen, verwarf den Gedanken aber wieder. Was würde das denn über mich aussagen?

Dass du die oberflächliche Bitch bist, für die dich immer alle gehalten haben, erklang eine gehässige Stimme in meinem Kopf. Sofort brachte ich sie zum Schweigen.

Stattdessen beäugte ich zum wiederholten Mal meine neue Frisur. Ich strich einmal mit der Hand durch die Strähnen und zupfte an den Wellen herum, die jetzt immer etwas wirr aussahen, egal, was ich damit anstellte. Immerhin ein Teil von mir, über den ich mir keine Gedanken zu machen brauchte.

Ich ging zur Tür und zählte innerlich bis drei. Sollte mir irgendwer dumm kommen, würde ich einfach wieder ins Bett gehen. Mit einem entschlossenen Lächeln trat ich aus meinem Zimmer.

In der Wohnung war ein so großes Chaos, dass ich es im

ersten Moment gar nicht richtig erfassen konnte. Einige Leute standen gedrängt in der Küche, und auch der Balkon war voll mit Menschen, die rauchten und sich laut unterhielten. Allein von dem Anblick bekam ich Platzangst. Auf dem Küchentresen befand sich eine Anlage, aus der Musik dröhnte. Überall standen Becher, Gläser und Flaschen diverser alkoholischer Getränke verteilt. Keine Ahnung, wie mir das gelungen war, aber ich hatte all das tatsächlich ausgeblendet und seelenruhig geschlummert, während hier eine riesige Party stattfand.

Automatisch suchte ich den Raum nach Kaden ab. Ich entdeckte seinen braunen, gestylten Schopf hinter einem Mädchen, das auf seinem Schoß saß. Sie flüsterte ihm etwas ins Ohr, wobei sich ihre blonden Haare über seinen Brustkorb ergossen. Er sah nicht so aus, als würde ihn ihre Zuwendung besonders glücklich machen. Allerdings bezweifelte ich, dass Kaden überhaupt jemals irgendetwas glücklich machte, so griesgrämig, wie er ständig war. Selbst wenn er eine Party schmiss, sah er aus wie der Grinch. Bei Gelegenheit würde ich ihm sagen müssen, dass diese heruntergezogenen Mundwinkel ganz schreckliche Falten verursachten.

»Hey, da bist du ja!«, rief Monica und fasste mich bei der Hand.

Überrumpelt ließ ich mich zum Küchentresen ziehen. »Willst du ein Bier?«

»Nein, danke«, sagte ich. Auf ihren enttäuschten Blick hin setzte ich schnell hinterher: »Bier ist nicht so mein Ding.«

»Ah. Mal sehen, was wir hier noch so haben … Ich glaube, Spencer hat irgendeinen teuren Wein von seinem Vater mitgehen lassen.«

»Wein ist super«, sagte ich und beobachtete sie dabei, wie sie mit routiniertem Griff an einen der Küchenschränke ging, um mir ein Weinglas rauszuholen. Kurz darauf nahm sie besagte

Flasche und goss mir das Glas so voll, dass sie es kaum balancieren konnte, ohne etwas überschwappen zu lassen.

Ich bedankte mich bei ihr und nippte an dem Wein. Aus dem Stehgreif konnte ich die Sorte benennen, selbst den Jahrgang erahnte ich. In den letzten Jahren war es mir manchmal so vorgekommen, als ob ich meinen Vater einzig in den Momenten stolz auf mich machen konnte, in denen ich mit seinen Geschäftsfreunden über die Qualität eines seltenen Jahrgangs fachsimpelte. Das hatte dazu geführt, dass ich mir schon viel zu früh ein viel zu umfangreiches Wissen über Wein angeeignet hatte.

»Allie, du bist ja noch wach!«

Ich drehte mich in die Richtung, aus der Spencers Stimme kam. Er saß auf einem der hohen Hocker beim Stehtresen und winkte mich mit einer Hand zu sich.

»Ja, ich schätze schon«, murmelte ich in mein Glas. Ich sah zu Monica, die kichernd nach meiner Hand griff und daran zog, bis wir bei Spencer angekommen waren.

Monica begann sofort, von Ethans eindrucksvoller Vorstellung in meinem Zimmer zu berichten, was dazu führte, dass Spencer sich vor Lachen an seinem Wasser verschluckte und die Hälfte davon durch seine Nasenlöcher quer über den Tresen prustete.

»Also Allie, was hat dich nach Woodshill verschlagen?«, fragte Monica schließlich, nachdem wir Spencer erfolgreich vor einem Erstickungstod bewahrt hatten und er wieder gleichmäßig atmen konnte.

Ich lehnte mich seitlich an den Stehtresen und hielt Monicas Flasche, während sie sich auf den Hocker neben Spencers hievte. Danach bedankte sie sich mit einem Nicken und nahm sie zurück.

»Ich wollte einfach mal etwas anderes sehen.« Das war meine Standard-Antwort. Ich hatte sie und das zugehörige Schulterzucken perfekt einstudiert.

»Ging mir genauso«, erwiderte Monica und prostete mir mit ihrer Bierflasche zu. Wir stießen an, und ich nippte an meinem Wein. Allmählich taute ich auf. Das war doch gar nicht übel – ich war ein normales Mädchen auf einer normalen Party und sprach mit normalen Leuten. Niemand hier kannte mich. Ich konnte einen ganz neuen ersten Eindruck hinterlassen. Und bisher stellte ich mich auch gar nicht so blöd an. Ganz im Gegenteil, es lief besser als erwartet. Vielleicht hatte sich das Aufstehen ja sogar gelohnt.

»Ich bin nur hier, weil ich in Portland nicht genommen wurde«, seufzte Spencer.

Monica wollte ihn hauen, aber er wich mit einem Grinsen aus.

»Woodshill wäre nicht meine erste Wahl gewesen, mehr sage ich doch gar nicht«, fügte er beschwichtigend hinzu.

»Ich bin empört!« Monica blickte verletzt drein. »Dabei haben wir hier doch so viel zu bieten! Neben der schönen Landschaft gibt es tolle Sehenswürdigkeiten. Das Kabarett, das Museum für Kunst und Archäologie, die Innenstadt und der wunderbare Campus mit der Statue von Shakespeare …«

Woodshills Attraktionen schienen ein Herzensthema von Monica zu sein, deshalb beeilten Spencer und ich uns, anerkennend zu nicken.

»Ich finde es wirklich schön hier«, sagte ich. »Die Landschaft war einer der Gründe, weshalb ich unbedingt nach Woodshill wollte. Seit ich hier bin, habe ich so viel frische Luft abbekommen, dass mein Körper komplett entgiftet sein muss.«

Monica lächelte selig. »Ich glaube, das geht jedem so, der aus einer Großstadt kommt.«

Ethan erschien hinter ihr und schlang seinen Arm um sie.

»Hält sie schon wieder ihren Vortrag darüber, weshalb Woodshill die beste Stadt zum Studieren ist?«

»Sie versucht, Allie zu überzeugen.« Spencer nickte zu mir. »Obwohl sie schon hier wohnt.«

»Hey! Du bist das Mädchen aus meinem Zimmer«, sagte Ethan an mich gewandt. »Ich meine, es ist natürlich nicht mehr mein Zimmer. Ab sofort ist es dein Reich, mit allem, was dazugehört.«

Ich musste darüber lächeln, wie er sich an seine Freundin klammerte, um geradestehen zu können. »Danke für das Regal und den Schreibtisch, Ethan.«

»Danke, dass du den Kram übernommen hast. Du hast uns ein bisschen Umzugslast abgenommen«, erwiderte er und vergrub dann sein Gesicht in Monicas Halsbeuge, was sie zum Kichern brachte.

Die beiden waren entzückend. Er mit diesem Surferlook, sie mit ihrem schrillen, bunten Haar und den schwarz lackierten Nägeln. Dass sie so gegensätzlich aussahen, machte sie zu einem noch niedlicheren Pärchen.

»So geht es mir auch immer, wenn ich den beiden zusehe«, sagte Spencer leise und beugte sich mit verschwörerischer Miene vor. Er hatte unfassbar blaue Augen. »Am Anfang scheint es noch süß, aber irgendwann hast du die Nase voll und bist nur noch angepisst.«

»Ich kann euch übrigens hören«, warf Monica ein, wobei ihre Stimme dadurch gedämpft wurde, dass Ethan weder seinen Mund, noch seine Hände von ihr lassen konnte. Seine wilden Haare verdeckten die Hälfte von ihrem Gesicht.

Spencer rümpfte die Nase. »Ihr seid nun mal eklig, sorry. Das ist eine Tatsache.«

»Eklig? Ich zeig dir, was eklig ist.« Monica sprang von ihrem Hocker auf und stürzte sich auf Spencer. Ethan verlor seinen

Halt, taumelte unerwartet nach vorne und versuchte vergeblich, den Tresen zu fassen zu bekommen. Reflexartig griff ich nach seinem Arm und hielt ihn fest, damit er nicht umfiel.

»Ich glaube, du solltest vielleicht ein Glas Wasser trinken. Was meinst du, Ethan?«

Er grinste und schüttelte sich die Haare aus seinem Gesicht. Dann begann er zu nicken. Und hörte gar nicht mehr auf damit. Offensichtlich wurde ihm davon schwindelig, denn er schwankte noch ein bisschen mehr als zuvor. Ich half ihm dabei, auf den Hocker zu klettern, während Monica und Spencer neben uns noch immer einen Kampf austrugen, der eine Mischung aus Karate, Boxen und Kitzeln zu sein schien und von lautem und theatralischem Kampfgeschrei begleitet wurde. Als ich den Stehtresen umrundete, um ein Wasser für Ethan zu besorgen, konnte ich aus dem Augenwinkel sehen, wie Monica Spencer in den Schwitzkasten nahm und sein sorgfältig gestyltes Haar zerzauste. Dann wanderte mein Blick wie von selbst über die beiden hinweg quer durch den Raum zur Couch.

Ich erstarrte.

Kadens dunkle Augen waren direkt auf mich gerichtet.

Das Mädchen von vorhin saß inzwischen nicht mehr auf seinem Schoß, sondern dicht neben ihm. Er hatte einen Arm um ihre Schulter gelegt, und ihr Mund befand sich dicht an seinem Ohr. Jetzt wusste ich auch, warum sie mir so bekannt vorgekommen war – sie war das Mädchen, von dem er sich vor meiner Wohnungsbesichtigung verabschiedet hatte.

Ich dachte an Kadens Regeln. Ihn anzustarren, während er mit jemandem rummachte, war bestimmt ziemlich weit oben auf der Liste von Dingen, die unter keinen Umständen okay waren. Also wandte ich den Blick wieder ab und konzentrierte mich stattdessen auf das Wasser für Ethan.

Als ich es vor ihn auf den Tresen stellte, hatten Monica und

Spencer endlich mit dem Kämpfen aufgehört. Sie sahen beide ziemlich mitgenommen aus, und ich musste Monica helfen, ihre Frisur wieder zu richten, so zerzaust waren ihre Haare.

»Ich mag deine Haare«, sagte ich anschließend zu ihr und ließ meine Finger ein letztes Mal durch die bunten Strähnen gleiten. »Ich glaube, das hätte ich mich nie getraut.«

»Manchmal wünsche ich mir ehrlich gesagt, dass ich ein bisschen weniger mutig wäre«, erwiderte sie mit einem resignierten Blick. »Ich denke immer viel zu wenig nach, wenn es um Veränderungen geht. Ich bin zu impulsiv und kann mich nie für eine Sache entscheiden – also nehme ich zum Beispiel nicht eine Haarfarbe, sondern einfach alle, auf die ich gerade Lust habe.«

»Mir gefällt's. Die größte Veränderung, die ich mich je getraut habe, war die hier.« Ich deutete auf meine kurzen Haare.

Monica runzelte die Stirn. »Wie sahst du denn vorher aus?«

Ich überlegte kurz, ob ich ihr ein Foto zeigen sollte, bis mir einfiel, dass ich jedes einzelne von meinem Handy gelöscht hatte. »Meine Haare waren honigblond«, antwortete ich stattdessen. »Und gingen mir bis über die Brust.«

Ihre Augen wurden groß. »Du siehst gar nicht aus wie ein Blondie.«

»War ich aber. Ich sah ungefähr so aus wie …« Ich ließ meinen Blick durch den Raum schweifen, bis er an Kadens Begleitung hängen blieb. »… wie sie, nur ein bisschen dunkler.«

Monica drehte ihren Kopf in die Richtung, in die ich deutete. »Du hast ausgesehen wie Sawyer?«, platzte sie fassungslos – und ziemlich laut – heraus.

Das Mädchen bei Kaden wirbelte zu uns herum und starrte Monica an. Dann verengte sie ihre Augen zu Schlitzen und erhob sich.

»Oh nein«, murmelte Monica und schien augenblicklich etwas kleiner zu werden.

Während Sawyer auf uns zukam, erlaubte ich mir zum ersten Mal, sie genauer in Augenschein zu nehmen. Sie war sehr hübsch und hatte eine tolle Figur mit Kurven an den richtigen Stellen und einem Dekolletee, das jede Frau neidisch werden ließ. Ihre langen Haare waren wellig und ein bisschen unordentlich, was zu ihrem dunklen Augen-Make-up und ihrem kurzen schwarzen Kleid passte, das sie mit breiten Dr. Martens kombiniert hatte. Wenn ich es mir genau überlegte, gehörte sie mit ihrem rockigen Outfit eigentlich eher auf eine Bühne neben Hayley Williams als auf diese Party.

»Ich habe meinen Namen gehört«, sagte Sawyer anstelle einer Begrüßung und sah Monica mit einem aufgesetzten Lächeln auf den Lippen an.

Kaden, der ebenfalls aufgestanden war und Sawyer mit zwei schnellen Schritten eingeholt hatte, schien die Spannung in der Luft zu spüren. Er schlang einen Arm um Sawyers Taille und zog sie dichter an sich heran. Die Geste hatte allerdings nicht den gewünschten Effekt – im Gegenteil. Statt zu entspannen machte sich Sawyer mit einem Ruck von Kaden los und verschränkte die Arme vor der Brust.

»Gibt es etwas, das du mir mitteilen willst, Monica?«

»Nein, ehrlich, Allie hat bloß …« Monica versagte die Stimme, und sie sah hilfesuchend zu mir.

»Ich habe bloß erzählt, dass ich bis vor Kurzem ziemlich ähnliche …«

Sawyer fuhr zu mir herum. »Ich habe nicht mit dir geredet, sondern mit ihr.«

Ihr Ton war eiskalt, und ich blinzelte perplex.

Kaden neigte seinen Kopf, und seine Lippen streiften Sawyers Ohr, als er murmelte: »Es ist alles gut, Sawyer. Bitte mach kein Drama.« Doch auch dieser Versuch, sie runterzubringen, missglückte.

»Lass mich. Die haben über mich geredet«, zischte Sawyer und brachte erneut Abstand zwischen sich und Kaden. Dann wandte sie sich an Monica. »Es ist schließlich nicht das erste Mal, dass sie über mich lästert.«

»Das ist doch Schnee von gestern, Sawyer«, meldete sich nun Spencer zu Wort.

»Halt die Klappe, Spencer«, fauchte sie. Sie sah aus, als würde sie jeden Moment die Krallen ausfahren und sich auf einen von uns stürzen. Ich hatte keine Ahnung, ob ich das verhindern konnte – aber einen Versuch war es wert. Ich hob beschwichtigend die Hände.

»Ich habe bloß gesagt, dass ich eine ähnliche Frisur hatte wie du. Du hast schöne Haare, ehrlich. Und ich weiß nicht, was vorher zwischen euch vorgefallen ist, aber wir haben auf keinen Fall schlecht über dich geredet. Ehrlich nicht.«

Wow, der Wein hatte seine Wirkung anscheinend schon entfaltet. Ich hatte keine Ahnung, dass ich so schnell reden konnte. Die Worte waren geradezu aus mir heraus geschossen, und ich fragte mich, ob mich überhaupt irgendjemand verstanden hatte.

»Erzähl das jemandem, der dir glaubt. Wenn ihr das nächste Mal etwas an mir auszusetzen habt, dann sagt es mir doch einfach direkt, statt mir danach ins Gesicht zu lügen. Das ist nämlich ziemlich armselig.«

»Jetzt komm mal wieder runter«, entgegnete Monica erhitzt, aber Sawyer fiel ihr sofort ins Wort.

»Wenn du noch einmal über mich redest, kann ich für nichts garantieren.« Sie machte einen drohenden Schritt auf Monica zu.

Das war der Moment, in dem mein Beschützerinstinkt einsetzte. Ich kannte ihre gemeinsame Vergangenheit nicht, aber ich mochte Monica. Und ich würde nicht länger dabei zusehen, wie dieses Mädchen sie grundlos fertigmachte.

»Hör mal«, begann ich diplomatisch. »Das ist nicht der richtige Ort, um so was zu besprechen.«

Um uns herum war es verdächtig still geworden. Die anderen Partygäste verfolgten das Geschehen neugierig, jemand hatte sogar die Musik leiser gedreht.

Ich räusperte mich. »Wahrscheinlich haben wir alle ein bisschen zu viel Alkohol intus – zumindest der Wein hat echt reingehauen. Ich denke nicht, dass das ein Gespräch ist, das man betrunken führen sollte. Eher nüchtern, oder? Auf neutralem Grund. Ohne Zuschauer.« Ich bemühte mich, ein versöhnliches Lächeln aufzusetzen.

»Ich glaube, es wäre besser, wenn du jetzt gehst.«

Kadens kalte Stimme ließ Sawyer erstarren.

»Du willst mich doch verarschen«, rief sie fassungslos und fuhr zu Kaden herum. Mit der Hand deutete sie erst auf mich und dann auf Monica. »Deine beschissenen Freunde machen mich fertig, in deiner Gegenwart. Und du wirfst mich raus? Du bist echt ein Riesenarschloch.«

Kaden öffnete den Mund, um etwas zu erwidern, aber bevor er dazu kommen konnte, blubberten weitere Worte aus mir hervor.

»Nur weil dein Stolz verletzt ist, brauchst du nicht alle Leute hier beleidigen. Kaden kann auch nichts dafür, dass du so empfindlich bist. Es war überhaupt nichts los, bis du angekommen bist und Ärger gemacht hast. Das ist echt nicht in Ordnung.«

Sawyer lief so rot an, dass ich damit rechnete, dass sie mir jeden Moment eine Ohrfeige verpassen würde. Aber bevor die Situation vollständig eskalieren konnte, fasste Kaden sie bei der Taille und führte sie aus dem Wohnzimmer.

Er schloss die Tür hinter sich. Einen Moment lang hätte man eine Stecknadel fallen hören können, so still war es im Raum. Es schien, als ob alle den Atem anhielten.

Dann stellte irgendjemand die Musik wieder laut, und die Party ging weiter, als ob nichts gewesen wäre.

Monica hakte sich bei mir unter und lehnte ihren Kopf an meine Schulter. »Sorry, Allie«, seufzte sie. »Das wollte ich nicht.«

Ich tätschelte ihre Hand. »Ach, komm. Mit ein bisschen Drama werde ich schon fertig. Außerdem gehört das zur College-Erfahrung dazu.«

Aus dem Flur drangen gedämpfte Gesprächsfetzen zu uns, und Monica zuckte zusammen, als Kadens Stimme lauter wurde.

»Das wird er mir richtig übelnehmen«, sagte sie zerknirscht.

Spencer schüttelte den Kopf. »Mach dir keine Gedanken. Du weißt doch, wie Sawyer ist. Ich glaube, ihr Ego hat noch immer nicht verkraftet, dass Ethan damals …«

Monica riss ihren Arm aus meinem und hielt sich die Ohren zu. Außerdem summte sie laut.

Spencer schüttelte grinsend den Kopf. An mich gewandt erklärte er: »Sawyer hat auf einer Erstsemesterparty mal mit Ethan rumgeknutscht. Als er aber dann kurz darauf mit Monica zusammenkam, war sie ziemlich wütend – anscheinend hatte sie sich mehr erhofft.«

Ich nickte. Hätte Sawyer sich eben nicht völlig daneben benommen, hätte ich sie fast etwas bemitleidet. Aber selbst ein gebrochenes Herz war kein Grund, derart auf uns loszugehen.

Ich zuckte zusammen, als die Wohnungstür laut ins Schloss fiel. Kaden kam mit polternden Schritten zurück ins Wohnzimmer, und als sich unsere Blicke kreuzten, lief es mir eiskalt den Rücken hinunter.

Er sah wütend aus. Richtig, richtig wütend. Sein Gesicht war verzerrt, sein gesamter Körper schien zum Zerreißen angespannt. Ich musste wieder an die blöden Regeln denken und verfluchte mich innerlich dafür, mich eingemischt zu haben.

»Ich bin müde«, sagte ich in die Runde und verabschiedete mich in Windeseile. In meinem Zimmer ließ ich mich erleichtert mit dem Rücken gegen die Tür sinken.

Toll. Meine erste Party in Woodshill, und ich sorgte mit meinem Geblubbere dafür, dass der Gastgeber seine eigene Freundin aus der Wohnung schmeißen musste.

Ich war ein Fiasko auf zwei Beinen.

kapitel 4

Ein unangenehmes Gefühl weckte mich. Eigentlich hatte ich vorgehabt, auszuschlafen, aber das hatte eindeutig nicht geklappt. Es musste verdammt früh am Morgen sein. Meine Lider wollten sich kaum öffnen. Ich brummte und zog mir die Decke über den Kopf.

Ich erstarrte, als in meinem Zimmer etwas rumpelte. Langsam ließ ich die Decke wieder ein Stück sinken und blinzelte verschlafen gegen das Sonnenlicht, das direkt auf mein Bett schien.

Kaden saß in meinem Zimmer. Genauer gesagt hatte er es sich in meinem Schreibtischstuhl bequem gemacht und seine Beine auf meinem Schreibtisch überkreuzt. Er sah mich ungerührt an, als ob es das Normalste der Welt wäre, dass er mir beim Schlafen zugeschaut hatte.

»Guten Morgen, Sonnenschein.« Seine Stimme triefte vor Ironie, und ich verspürte den Drang, irgendetwas nach ihm zu werfen.

Er hatte vor wenigen Stunden eine Party geschmissen und sicherlich noch weniger geschlafen als ich. Wie konnte er hier sitzen und so fit aussehen?

»Kaffee«, stöhnte ich in mein Kissen. »Ohne Kaffee, Allie nicht reden.«

Der amüsierte Blick, mit dem er mich betrachtete, überraschte mich. So einen Gesichtsausdruck kannte ich von ihm nicht. Bis zu diesem Zeitpunkt hatte er immer geguckt, als wäre draußen schlechtes Wetter. Oder als hätte er in eine Zitrone gebissen. Aber jetzt gerade wirkte er schlicht und einfach belustigt. Nach dem gestrigen Abend hatte ich mit allem gerechnet, nur nicht damit.

»Wer hätte gedacht, dass ausgerechnet du ein Morgenmuffel bist.«

»Das hätte ich dir vielleicht verraten, wenn du ein normales Bewerbungsgespräch mit mir geführt hättest«, nuschelte ich. Ich richtete mich auf, angestrengt darauf bedacht, dass die Decke über meinen Brüsten blieb. Ich wusste genau, wie tückisch Spitzentops sein konnten – selbst bei meiner winzigen Oberweite.

»Kaffee steht in der Küche. Hab dir welchen übrig gelassen.«

Misstrauisch blinzelte ich ihn an. War das ein Traum, oder wieso war er so nett? Hier stimmte doch was nicht. Das Verlangen nach meinem Lebenselixier war allerdings um einiges größer als der Wunsch, hinter Kadens Absichten zu kommen, also richtete ich mein Top, stand auf und blickte mich suchend nach meinem Cardigan um.

»Hier«, Kaden warf mir das graue Bündel zu. Es landete mitten in meinem Gesicht. »Jetzt sieh zu, dass du wach wirst.«

»Wieso?«, maulte ich. Bevor ich das Zimmer verließ, drehte ich mich noch einmal zu ihm um. Er hatte die Arme hinter dem Kopf verschränkt und betrachtete mich von oben bis unten.

»Wir unternehmen heute etwas.« In seiner dunklen Stimme schwang ein Unterton mit, den ich nicht genau deuten konnte. Aber es war einfach zu früh, und ich war einfach zu müde, um irgendwelche Rätsel lösen zu können.

Kopfschüttelnd lief ich in die Küche. Mir fiel auf, dass die

Wohnung bereits aufgeräumt war. Vom Chaos der letzten Nacht war überhaupt nichts mehr zu sehen. Stattdessen lag der Geruch von Putzmittel in der Luft, der sich mit dem herrlichen Duft von frisch gebrühtem Kaffee vermischte.

Im Gegensatz zu Monica, die gestern auf den Zehenspitzen hatte stehen müssen, kam ich glücklicherweise mühelos an alle Hängeschränke der Küche ran.

Ich griff nach der größten Tasse, die ich finden konnte, und schenkte sie voll. Danach öffnete ich den Kühlschrank, um nach Milch zu sehen, doch da fiel mir ein, dass ich noch etwas viel Besseres im Unterschrank meines Schreibtisches hatte. Mit der Tasse in der Hand ging ich zurück in mein Zimmer. Meinen Mitbewohner, der noch immer wie selbstverständlich auf meinem Stuhl lümmelte, ignorierend, beugte ich mich an ihm vorbei zum untersten Fach des Schreibtisches. Aus dem Augenwinkel sah ich, wie Kaden die Stirn runzelte.

»Keine Sorge«, murmelte ich. »Ich will dir nicht an die Wäsche … Halleluja!« Mit einem triumphierenden Grinsen holte ich meinen Coffee Creamer aus dem letzten Eck des Faches und hob ihn in die Höhe. Ich schüttelte die Flasche und zog die Plastikfolie vom Verschluss, bevor ich sie über meine Tasse hielt und eine ordentliche Portion in meinen Kaffee goss. Das Aroma von Minze breitete sich im Zimmer aus.

»Du hast gerade nicht Kaffeeweißer mit Minzgeschmack in deinen Kaffee gekippt«, meinte Kaden angeekelt. Er beugte sich vor und nahm mir die Flasche aus der Hand. »Das ist einfach nur widerlich.«

»Du hast ja keine Ahnung«, erwiderte ich und setzte zu einem großen Schluck an. Ich seufzte verzückt. »Das schmeckt wie After Eight. Willst du probieren?«

Er verzog das Gesicht, als er die Flasche musterte. Mit einem deutlichen »Nein, danke« stellte er sie auf den Schreibtisch und schob sie so weit von sich weg, wie seine Position im Schreibtischstuhl es zuließ.

Ich zuckte mit den Schultern und widmete mich meinem Kaffee. »Auch eine der Sachen, von denen ich dir erzählt hätte, wenn du mir die Chance dazu gegeben hättest.«

»Gibt es noch irgendwelche Angewohnheiten, von denen ich im Nachhinein erfahren sollte?« Während er aufmerksam mein Gesicht studierte, beugte er sich nach vorne und stützte die Ellenbogen auf seinen Oberschenkeln ab.

Jetzt, wo ich allmählich vollständig wach war, merkte ich, wie angenehm Kaden roch. Sein würziges Duschgel passte ganz hervorragend zu der After-Eight-Vanillekerzen-Mischung in meinem Zimmer. Wie nett.

Seine Haare waren noch feucht und nicht gestylt, und ich verspürte plötzlich das seltsame Bedürfnis, mit meinen Händen durchzufahren.

»Außer dass du gestörte Geruchs- und Geschmacksnerven hast.« Er nickte erst zu den Duftkerzen, dann zu meinen Kaffee.

Ich überlegte einen Moment und lehnte mich neben ihn gegen den Schreibtisch. »Ich mag Taylor Swift. Bis auf ein paar Ausnahmen kenne ich jedes ihrer Lieder auswendig und singe sie wahnsinnig gerne unter der Dusche. Ich habe eine Vorliebe für Serien aller Genres. Seit ich in Woodshill bin, könnte ich mich ausschließlich von Fastfood ernähren. Zu Hause durfte ich das nicht. Meine Mom hat so einen Kalorien-Zähl-Tick, der ganz schlimm ist. Ach, und ich hätte unheimlich gerne eine Katze. Aber keine Sorge«, fügte ich schnell hinzu, denn Kaden hatte bereits den Mund geöffnet, um zu protestieren. »Ich werde mir natürlich keine anschaffen, solange ich in einer WG wohne. Ich hab mir den hier«, ich deutete mit der Hand auf den flauschigen Teppich unter meinen Füßen und wackelte mit den Zehen, »als Ersatz geholt. Er hat mich irgendwie an eine Katze erinnert. Was sonst noch? Oh, wenn ich einen traurigen Film gucke, fang ich an zu heulen, meistens ohne dass ich es merke. Wahrscheinlich weil ich ziemlich empathisch …«

Ich hielt mitten im Satz inne, als ich Kadens Gesichtsausdruck bemerkte. Er starrte mich mit leicht geöffneten Lippen an, und ich konnte genau sehen, dass es in seinem Kopf arbeitete wie in einem Uhrwerk.

»Habe ich schon wieder geblubbert?«, fragte ich zerknirscht. Hoffentlich hatte ich ihn mit meinen ganzen Ticks nicht überfordert und er überlegte gerade nicht fieberhaft, wie er mich schnellstmöglich wieder loswerden konnte.

»Schon okay.« Kaden fuhr sich mit beiden Händen übers Gesicht und schließlich über die kurz rasierten Haare an den Seiten.

»Wie war die Party gestern noch?«, fragte ich, um das Thema zu wechseln.

Jetzt lehnte er sich wieder zurück und verschränkte die Arme vor der Brust. Wie von selbst wanderte mein Blick zu seinen vielen Tätowierungen. Sie waren wirklich ästhetisch, nicht so klobig, wie ich es schon bei anderen gesehen hatte. Auf Kadens rechtem Unterarm war ein Schriftzug, der in einer schönen Schreibschrift gestochen wurde. Die Worte standen von meiner Position aus auf dem Kopf, deshalb konnte ich sie nicht genau entziffern. Ich erahnte aber, dass sie englisch waren. Um den Bizeps seines linken Oberarms zogen sich einige Ringe, von denen manche breiter waren und manche viel schmaler, fast schon zart.

»Nach eurem Auftritt ist die Stimmung etwas gesunken.«

Erschrocken riss ich meinen Blick von den Tattoos. »Oh nein. Das tut mir leid.« Ich stellte den Kaffee ab und fuhr mit einer Hand durch meine Haare. Früher war ich immer an den

Enden meiner Strähnen hängengeblieben und hatte mehrere Anläufe gebraucht. Jetzt ging es so schnell. Und schmerzlos. »Wirklich, ich wollte deiner Freundin nicht zu nahe treten. Es hat mir nur nicht gefallen, wie sie mit Monica gesprochen und mit Beleidigungen um sich geschmissen hat.«

Ich hielt den Atem an, als Kaden seine Augen über meinen Körper gleiten ließ. Dann schüttelte er leicht den Kopf und hob das Kinn an, um mir wieder in die Augen zu sehen. »Sie ist nicht meine Freundin. Und mir hat es auch nicht gefallen.«

»Ich weiß, und deshalb tut es mir leid. Ich hatte einfach so eine lange Woche und hatte mich nicht mehr unter Kontrolle und dann der ganze Wein und …« Ich hielt inne und blinzelte. »Wie bitte?«

»Es hat mir auch nicht gefallen, wie sie mit Monica gesprochen hat.« Er schien einen Moment lang nachzudenken und verschränkte anschließend die Arme hinter dem Kopf. »Wenn ich ehrlich bin, hat mir überhaupt nichts von dem gefallen, was *aus* ihrem Mund gekommen ist. Es waren mehr die Dinge, die sie *mit* ihrem Mund so angestellt hat …«

Ich verschluckte mich an meinem Kaffee. Ein bisschen Flüssigkeit platschte zurück in die Tasse und spritzte von dort aus in mein Gesicht. »Igitt, Kaden!«

Er grinste. Ein richtig durchtriebenes, von sich selbst überzeugtes Grinsen. Am liebsten hätte ich den gesamten Kaffee über seinem Kopf ausgekippt. »Was denn? Ich finde, jetzt, wo wir Mitbewohner sind, können wir über solche Sachen offen und ehrlich sprechen, oder nicht? Das habe ich mit Ethan auch immer getan.«

Ich verzog angewidert das Gesicht. »Nein, danke. Kein Bedarf. Wenn du mich jetzt entschuldigen würdest? Ich gehe mir die Ohren putzen.«

»Du hast ziemlich schmutzige Fantasien.«

»Du warst doch derjenige, der die Bemerkung mit dem Mund gemacht hat«, gab ich zurück.

Kadens Grinsen wurde schief. »Blowjobs sind nicht das einzige, was man mit einem Mund anstellen kann. Man kann sich damit auch ganz unschuldig küssen, nur zum Beispiel. Aber gut zu wissen, wie unanständig es in deinem Kopf zugeht.«

»In meinem Kopf geht es überhaupt nicht unanständig zu.« Ich sprach zu schnell, und die Hitze, die in meine Wangen schoss, strafte mich Lügen. »Weißt du was? Ich muss meine Zähne putzen«, sagte ich und wandte mich ab, um ins Bad zu gehen. Ich kam nicht weit.

Kaden hatte mich beim Handgelenk gefasst und zu sich herumgedreht. In einer fließenden Bewegung zog er mich an sich heran, mitten zwischen seine Beine. Ich stolperte und musste mich mit der anderen Hand an seiner Schulter abstützen, um nicht waagerecht in seinem Schoß zu landen. Unter dem dünnen Stoff seines Baumwollshirts spürte ich harte Muskeln. Halleluja.

»Monica ist die einzige weibliche Person, die ich als Freundin bezeichnen würde.«

Sein Griff um mein Handgelenk war sanft. Ich hätte mich jederzeit befreien können. Allerdings wollte ich das gerade überhaupt nicht. Er roch so angenehm, dass ich fast vergaß, von wem mich da nur wenige Millimeter trennten.

Fast.

»Also hast du gegen keine Regel verstoßen«, raunte er und ließ mich los.

Verwirrt blieb ich, wo ich war, und blickte stirnrunzelnd auf Kadens Gesicht hinunter. »Das heißt, ich habe alles richtig gemacht?«

Kaden hob eine Braue. »So würde ich das eigentlich nicht ausdrücken, nein.«

»Eigentlich«, wiederholte ich und grinste ihn breit an.

»Werd nicht gleich übermütig, Allison.«

Das Grinsen gefror auf meinem Gesicht. Ich versteifte mich und wich einen Schritt zurück. Woher wusste er, dass Allie eine Kurzform von Allison war? Er konnte doch unmöglich meinen wirklichen Namen wissen … oder etwa doch?

»Woher weißt du, dass ich Allison heiße?«, fuhr ich ihn an.

Es war, als ob es den Moment gerade eben zwischen uns nicht gegeben hätte. Kaden war mit dem Schreibtischstuhl ein Stück zurückgerollt und schenkte mir diesen fiesen abschätzigen Blick, den ich schon so gut von ihm kannte. »Gut geraten würde ich sagen. So viele Möglichkeiten gibt es da ja nicht.«

»Ah.« Ich wandte mich von ihm ab. »Ich muss jetzt wirklich ins Bad«, brachte ich abgehackt hervor und verließ fluchtartig den Raum.

Im Badezimmer wollte ich die Tür verriegeln, doch dann fiel mir wieder ein, dass es keinen Schlüssel gab. Seufzend beugte ich mich über das Waschbecken und stützte mich mit beiden Händen auf der kühlen Oberfläche ab. *Durchatmen, Allie. Alles ist okay.* Es war kein Hexenwerk, von Allie auf Allison zu kommen. Und das war ja auch nur mein zweiter, nicht mal mein erster Name. Alles war okay. Es gab nichts, worüber ich mich aufregen musste.

Ich atmete ein letztes Mal tief durch, dann riss ich meine Zahnbürste aus dem Becher und klatschte etwas Zahncreme drauf.

Gerade als ich sie mir in den Mund schob, klopfte es. Natürlich öffnete Kaden die Tür, ohne mein »Herein« abzuwarten.

Am liebsten hätte ich geschrien. Was wäre gewesen, wenn ich auf der Toilette gesessen hätte? Doch stattdessen bemühte ich mich, ihn möglichst unbeteiligt anzusehen, und machte nur: »Hm?«

»Hast du Wanderschuhe?«, fragte er und fasste mit den Händen über den Türrahmen. Dann ließ er sich leicht nach vorne fallen. Verdammt, er hatte wirklich schöne Arme.

Ich schüttelte den Kopf und schrubbte meine Zähne ein bisschen vehementer, als es vielleicht nötig gewesen wäre. Aber irgendwie musste ich mich ja abreagieren.

»Das ist unvorteilhaft«, grübelte Kaden.

Ich spuckte den Schaum aus und spülte meinen Mund ausgiebig. »Willst du mit mir wandern gehen?«

Ich trocknete mein Gesicht mit einem Handtuch ab, weshalb meine Worte nur gedämpft zu hören waren.

»Du meintest, du bist wegen der Landschaft hergezogen. Ich dachte, ich könnte dir ein paar Ecken zeigen.«

Skeptisch sah ich Kaden an. »Wieso?«

Mir war klar, dass ich ihm diese Frage gefühlt bereits zum zehnten Mal an diesem Morgen stellte. Aber dass er quasi über Nacht eine solche Wandlung durchmachen konnte – von unfreundlichem Blödmann zu akzeptablem Mitbewohner – verwirrte mich einfach total.

Kaden zuckte lediglich mit den Schultern. »Du musst nicht mitkommen. Wenn du willst, kannst du auch gerne weiter hier rumsitzen und heulen.«

Oh. Mein. Gott. Hatte er meinen kleinen Nervenzusammenbruch gestern etwa gehört?

Er hob die Brauen und funkelte mich von oben herab an. »Die Wände sind dünn.«

»Ich war bloß …«, fing ich an, doch Kaden unterbrach mich.

»Ist mir scheißegal, weshalb du geflennt hast. Regel eins«, ermahnte er mich, und ich presste die Lippen aufeinander. Natürlich. »Aber wenn du Bock hast, ein bisschen was von

Woodshill zu sehen und ernsthaft interessiert an der Landschaft bist, kannst du mit mir kommen. Ich will heute nach draußen.«

Als hätten sie gespürt, dass ich mit dem Gedanken spielte, mitzugehen, machten sich augenblicklich meine schmerzenden Muskeln bemerkbar. »Eigentlich bin ich ziemlich geschafft von gestern.« Ich drängte mich an Kaden vorbei und ging zurück in mein Zimmer.

»Da tut frische Luft gut, glaub mir«, sagte er dicht hinter mir.

Ich drehte mich schwungvoll um. »Überredet. Aber lass mich bitte allein, während ich mich anziehe.«

Seine Augen blitzten amüsiert. »Ich könnte dir behilflich sein.«

»Regel drei, Kaden«, ermahnte ich ihn und war selbst überrascht darüber, wie gut es mir gelang, seinen Tonfall von vorhin zu imitieren. Hoffentlich merkte er mal, wie lächerlich das Ganze war.

»Nein, ich meine bei der Wahl deiner Klamotten«, erwiderte er, ohne auf meinen Witz einzugehen. Mit zusammengezogenen Augenbrauen ging er an mir vorbei zum Regal und inspizierte meine Schuhe, die ich fein säuberlich darin aufgereiht hatte. »Hast du wirklich keine Wanderschuhe?«

»Nein. Ich bin erst seit ein paar Tagen in Woodshill und in Denver habe ich nie welche gebraucht.«

Er hob einen meiner High Heels hoch. »Aber von solchen hast du jede Menge.«

»Man kann nie genug High Heels haben.«

»Die sehen bestimmt wahnsinnig sexy aus, aber ich bezweifle, dass du lange Zeit in ihnen gehen kannst.« Er stellte den Schuh zurück an seinen Platz. Anschließend griff er nach meinen Sportschuhen. Es waren alte Dinger, die ich eigentlich nur noch anzog, wenn ich zum Pilates ging. »Die hier werden es tun müssen.«

Er stellte das Paar vor mir auf dem Boden ab und verließ dann mein Zimmer. »Beeil dich. Ich wollte eigentlich schon vor einer halben Stunde los.«

Zum Glück sah er nicht, wie ich meine Augen verdrehte. Einerseits war es nett von ihm, dass er mich mitnehmen wollte, andererseits machte mich seine herrische Art schon jetzt wahnsinnig.

Nichtsdestotrotz freute ich mich insgeheim, endlich etwas von den Gebirgen sehen zu können, die ich bisher nur aus der Ferne oder aus dem Internet kannte. Hastig schlüpfte ich in eine Jeans und zog eine Bluse an. Zum Schluss schnürte ich feste Schleifen in meine Turnschuhe und packte meine Handtasche.

Als ich ins Wohnzimmer kam, lehnte Kaden gegen den Küchentresen. Bei meinem Anblick zog er so sehr die Brauen zusammen, dass ich seine Augen darunter fast nicht mehr erkennen konnte. »Willst du mich verarschen?«, fragte er fassungslos.

»Wieso?« Ich sah an mir herab. Das sah doch nicht schlecht aus.

»Dein Oberteil geht gar nicht. Das fällt doch schon auseinander, wenn es nur in die Nähe eines Astes kommt. So was kann ja in der einen oder anderen Situation ganz praktisch sein …« Für den Bruchteil einer Sekunde wanderte sein Blick zu meiner Oberweite. »Zum Wandern ist dein Aufzug aber absolut ungeeignet.«

Schon wieder eine von seinen sexuellen Anspielungen. Ich hörte solche Sprüche nicht zum ersten Mal, klar, aber aus seinem Mund klang so ein Kommentar noch mal ganz anders. Es schüchterte mich beinahe etwas ein, vielleicht weil man nie wissen konnte, woran man bei Kaden gerade war. Würde er motzen? Die Tür knallen? Kaffee kochen? Flirten?

In seiner Gegenwart war ich nonstop verwirrt, und ich konnte nur hoffen, dass sich das in absehbarer Zeit legen würde.

»Komm mit«, sagte er und lief in sein Zimmer.

Verdutzt folgte ich ihm und verharrte im Türrahmen.

Er stand vor seinem Schrank und wühlte in einem der oberen Fächer. Als er sich streckte, rutschte sein Sweatshirt so weit hoch, dass ich ein Stück seiner Haut sehen konnte. Ein sehr netter Anblick. Vor allem, als ich meinen Blick über den Bund seiner Boxershorts hinweg weiter nach unten wandern ließ. Mein Mitbewohner hatte wirklich einen äußerst netten …

»Hier«, sagte er und warf mir ein graues Bündel entgegen. Oh Gott, hoffentlich hatte er nicht gemerkt, dass ich seinen Hintern angestarrt hatte. »Zieh das an.«

Ich stellte meine Tasche auf Kadens Schreibtisch ab und faltete das Kleidungsstück auseinander. Es war ein dicker Pullover mit Taschen, in denen man die Hände sicher gut vergraben konnte. Auf der Vorderseite war die Maske von Deadpool, was mich zum Schmunzeln brachte. Anscheinend war ich nicht der einzige Superhelden-Fan in dieser Wohnung. »Danke.«

Ich zog mir die Bluse über den Kopf. Obwohl ich ein Top darunter trug, weiteten sich Kadens Augen leicht, und ich wandte mich hastig ab. Als ich in seinen Pulli schlüpfte, schnüffelte ich unauffällig an dem Kragen. Er roch nach Waschmittel, aber unverkennbar auch nach Kaden. Ich nahm meine Tasche vom Schreibtisch und drehte mich wieder zu ihm um.

»Wieso um alles in der Welt willst du eine Handtasche mit zum Wandern nehmen?«, fragte er und nickte mit dem Kopf darauf.

»Weil ich bestimmt Geld brauche. Und natürlich mein Handy. Und Lippenbalsam, Taschentücher und …«

Kaden verzog das Gesicht. »Vielleicht sollte ich dich doch hier lassen.«

Mein Gott, es war, als ob dieser Typ noch nie in Begleitung eines weiblichen Wesens unterwegs gewesen war. Entnervt fischte ich mein Handy aus der Tasche, hielt jedoch inne, als er meinen Namen sagte.

»Allie.«

Es war das erste Mal, dass er mich bei dem Namen nannte, mit dem ich mich vorgestellt hatte.

Ich hob den Blick von meiner Tasche und sah ihn an.

»Beim Wandern geht es darum, einfach mal alles hinter sich zu lassen und den Kopf freizubekommen. Dafür wirst du weder dein Handy brauchen noch dein Portemonnaie. Geschweige denn den anderen Kram.«

Ich seufzte laut. Dann legte ich meine Tasche zurück auf den Schreibtisch und hob meine leeren Hände in die Höhe. »Zufrieden?«

Kaden grinste schief. »Sehr.«

Meine Güte.

Worauf hatte ich mich nur eingelassen?

kapitel 5

Ich blieb ruckartig mitten auf dem Parkplatz stehen.

»Kommst du oder was?«, rief mir Kaden genervt entgegen, während er seinen Jeep aufschloss.

Ja, genau. Seinen Jeep. Der Kerl besaß tatsächlich einen riesigen, funkelnagelneuen stahlgrauen Jeep Wrangler.

Ich blickte von Kaden zu dem gigantischen Auto und wieder zurück. Eigentlich hätte ich es mir denken können. Zu einem grantigen Typen wie ihm passte ein solches Auto perfekt. Es wirkte einschüchternd und männlich, und als Kaden den Motor startete, röhrte er so laut, dass ich zusammenzuckte.

Ich lief hastig zur Beifahrertür, und kaum war ich eingestiegen, fuhr Kaden los und bog auf die Hauptstraße.

Unauffällig sah ich mich im Innern des Wagens um. Es war sauber, aber nicht ganz so blitzblank, wie das Äußere hatte vermuten lassen. Ein paar leere Dosen und Tüten lagen auf der Rückbank, und der Fußraum auf meiner Seite hätte mal wieder gesaugt werden können. Hier war mehr als einmal jemand mit schlammigen Schuhen eingestiegen.

Nichtsdestotrotz war das Auto ein Traum. Ich hätte alles dafür gegeben, um ausprobieren zu können, wie es sich fuhr. Allerdings war ich mir ziemlich sicher, dass Kaden niemanden, den er erst eine Woche kannte, ans Steuer dieses Babys lassen würde.

»Im Handschuhfach sind CDs«, meinte er und riss mich damit aus meinen Gedanken.

Das ließ ich mir nicht zweimal sagen. Zum einen bekam man in fremden Autos selten die Gelegenheit, die Musik zu bestimmen, und zum anderen interessierte es mich ungemein, wie Kadens Geschmack war.

Ich klappte das Fach auf und begann augenblicklich, mich durch die zahlreichen Platten darin zu wühlen. Ich staunte nicht schlecht. Da waren einige, die ich nicht kannte, aber ich fand auch ein paar, die zu meinen absoluten Lieblingen zählten.

Aus dem Augenwinkel sah ich, dass Kaden mich von der Seite beobachtete. Er fuhr zwar sehr aufmerksam, aber immer wieder huschte sein Blick zu mir, was die Stelle unterhalb meines Ohres seltsam kribbeln ließ. Inzwischen kam es mir beinahe wie eine Prüfung vor, den richtigen Soundtrack für unseren Roadtrip auszuwählen. Ich kramte weiter durch seine Sammlung, bis ich ganz hinten ein paar gebrannte CDs entdeckte.

»Was ist denn bitte der K-Mix?«, fragte ich grinsend und hielt eine Scheibe mit lauter aufgemalten Herzchen hoch.

Sofort bereute ich meine Frage. Für den Bruchteil einer Sekunde erschien ein bitterer Ausdruck auf Kadens Gesicht. Doch so schnell, wie er da gewesen war, war er wieder verschwunden, und plötzlich blickte ich in eine harte, undurchschaubare Maske.

»Nimm sie aus der Hülle und gib sie mir«, sagte er beunruhigend leise.

Ich schluckte schwer und kam seiner Bitte nach, obwohl mir dabei nicht ganz wohl war. Innerhalb eines Wimpernschlags hatte Kaden die CD an sich gerissen und mit einer Hand zerbrochen. Ich riss die Augen auf und sah panisch durch die Windschutzscheibe, als er die zweite Hand vom Lenkrad nahm und die CD ein weiteres Mal zerbrach. Dann warf er die Bruchteile achtlos hinter sich auf die Rückbank und umfasste wieder das Lenkrad. So fest diesmal, dass seine Knöchel weiß hervortraten.

Aufgrund der aufgemalten Herzchen vermutete ich, dass eine Exfreundin ihm diese CD geschenkt hatte. Vielleicht die aufdringliche Mitbewohnerin, von der Monica mir berichtet hatte. Einen anderen Grund konnte ich mir bei einer solchen Reaktion nicht vorstellen.

»Jetzt, wo du deine Wut herausgelassen hast, könnten wir die hier einlegen«, schlug ich nach einer Weile vorsichtig vor und hielt mein liebstes Album von Thirty Seconds To Mars in die Höhe.

Er nahm es mir aus der Hand, ohne genauer hinzusehen, und schob es in den schmalen Spalt der Anlage. Ich schaltete einen meiner Lieblingssongs ein.

Als die ersten Takte erklangen, spürte ich wieder Kadens Blick auf mir. »Taylor Swift hab ich dir sofort abgenommen, aber du siehst nicht gerade wie jemand aus, der auch noch Thirty Seconds To Mars hört.«

Für einen Moment erwiderte ich seinen intensiven Blick, bevor ich meinen Kopf wegdrehte und wieder aus dem Fenster schaute. Die Umgebung war einfach zu schön, um etwas zu verpassen. Heute war herrliches Wetter, Sonnenstrahlen kämpften sich zwischen den Gipfeln der Berge hindurch und tauchten alles in helles Licht. »Jemand wie du sollte eigentlich wissen, dass Vorurteile mit Vorsicht zu genießen sind.«

Er gab ein Geräusch von sich, das einem Grunzen nicht unähnlich war. »Was soll das denn heißen?«

»Ich bin mir sicher, dass Leute dich manchmal anders einschätzen, als du tatsächlich bist. Menschen neigen dazu, voreilige Schlüsse zu ziehen.«

»Du doch auch, oder?«, meinte Kaden. Jetzt musste ich ihn wieder ansehen.

Sein Arm lag locker auf der Kante des geöffneten Fensters, sein Blick war nach vorne gerichtet. Mit der Baseballcap, die er heute trug, sah er ganz anders aus.

»Wieso?«, fragte ich ernsthaft interessiert. Ich war es von früher nicht anders gewohnt, Leute nach ihrem Äußeren zu beurteilen. Diese Art von Oberflächlichkeit war in den Kreisen, in denen meine Eltern verkehrten, ganz normal. Aber seit ich in Woodshill war, bemühte ich mich, diese Gewohnheit abzulegen – vor allem bei Kadens und meiner ersten Begegnung hatte ich mich angestrengt. Dass sie trotzdem nicht gerade beispielhaft verlaufen war, war sicherlich nicht meine Schuld.

»Du hast einen Blick auf meine Tattoos geworfen und mich sofort in die Schublade der Bad Boys gesteckt«, erinnerte er mich und drehte den Schirm seiner Cap nach hinten.

»So ein Quatsch«, fuhr ich ihn an, etwas lauter als eigentlich beabsichtigt.

Skeptisch beäugte er mich.

»Das habe ich doch nicht wegen deiner Tätowierungen gemacht, sondern weil du so eine heftige Ausstrahlung hast«, erklärte ich.

Kadens Mundwinkel zuckten verdächtig. »Ich habe was für eine Ausstrahlung?«

»Ach komm, Kaden.« Ich hob spöttisch eine Braue und drehte meinen Kopf wieder zum Fenster. Jared Leto sang gerade von freier Wahrheit und wie immer bekam ich eine Gänsehaut bei seiner Stimme. Die Musik ging mir unter die Haut.

»Nein, im Ernst. Was meinst du?«

Ich seufzte. Entweder war er tatsächlich schwer von Begriff, oder er wollte, dass ich ihm sagte, wie heiß ich ihn fand. »Ich werde niemandem Honig ums Maul schmieren, der es nicht nötig hat.«

Jetzt lachte er. Es war volltönend und vermischte sich mit der Musik.

Den Rest der Fahrt verbrachten wir in einvernehmlichem Schweigen. Es war schön, mehr von Woodshill zu sehen. Irgendwann wurde die Straße unebener, und dichte Bäume säumten unseren Weg. Kaden hielt auf einem Parkplatz, dessen Schilder mir verrieten, dass hier verschiedene Wanderwege mündeten. Es gab auch einen Laden für Zubehör und Souvenirs, der allerdings geschlossen war. Die kleine Holzhütte sah ziemlich heruntergekommen, aber gleichzeitig niedlich aus. Ich bezweifelte, dass hier viele Leute vorbeikamen.

Kaden hatte sich eine Sonnenbrille aufgesetzt, die Kappe ließ er verkehrt herum auf seinem Kopf. Er trug ein Sweatshirt, das ziemlich kuschelig aussah, dazu eine beigefarbene Hose und festes Schuhwerk. In seiner rechten Hand hielt er eine Plastikflasche.

Toll. Er durfte sich Accessoires mitnehmen und das einzige, was er mir erlaubt hatte, war dieser verdammte Pullover. Ich hüpfte aus dem Auto und vergrub gleich darauf die Hände in den Taschen vor meinem Bauch.

Ich schaute mich um und lief zu den Schildern an der Holzhütte, um mir Orientierung zu verschaffen. Wahrscheinlich würde ich sie nicht brauchen, da ich einen fähigen Reiseführer an meiner Seite hatte, aber gucken konnte nicht schaden.

Auf der Karte hinter der Glasscheibe war mit einem roten Punkt unser Standort markiert. Von dort führten diverse Wanderwege den Berg hinauf, deren Schwierigkeitsgrade farblich gekennzeichnet waren. Je nachdem, wie viele Meilen man laufen wollte oder welche Art der Steigung man sich zutraute, konnte man sich für eine der Farben entscheiden.

»Nehmen wir den hier?«, fragte ich und deutete auf eine blaue Linie, die zur leichtesten Route gehörte. Ich drehte mich zu Kaden, doch er war bereits losgelaufen und beachtete mich nicht.

»Hey!«, rief ich ihm hinterher.

Er hatte einen der Wege eingeschlagen und war schon ein paar Meter von mir entfernt. Ich schaute zurück auf die Karte, dann wieder zu ihm. »Wohin gehst du? Wir müssen doch erst entscheiden, welche Route wir nehmen!«

Kaden ignorierte meine Frage. »Weniger reden, mehr laufen«, gab er stattdessen zurück und lief unbeirrt weiter.

Natürlich wäre es zu viel verlangt gewesen, eine Tour zu wählen, bei der ich mich behutsam auf das Wandern in den Bergen einstellen und langsam Kondition aufbauen konnte. Nein, Kaden musste gleich in die Vollen gehen und den Weg mit geschätzten hundert Prozent Steigung hinaufmarschieren. Bereits jetzt hatte ich Probleme, ihn einzuholen, dabei trennten uns keine fünfzig Meter voneinander. Als ich es endlich geschafft hatte, war ich bereits mehrere Male ausgerutscht. Wenn ich vorhatte, von nun an öfters durch die Natur zu laufen, würde ich mir dringend Wanderschuhe besorgen müssen.

»Welche Route laufen wir jetzt?« Ich hielt mir die Hand vor Augen, um nicht von der Sonne geblendet zu werden.

»Jetzt? Noch die schwarze«, antwortete er ruhig. Er war kein bisschen außer Atem. Natürlich nicht.

Obwohl ich bestimmt noch irgendwo Muskeln von den vielen Pilateskursen haben musste, die ich in Denver besucht hatte, war das hier ganz schön heftig. Die Sonne und die Steigung brachten mich ins Schwitzen, und ich bereute es mit jedem Schritt mehr, dass ich Cardio-Training bis jetzt immer kategorisch abgelehnt hatte.

»Die schwarze war aber nicht die leichte Route, oder?«, fragte ich und hatte Mühe, mit ihm gleichauf zu bleiben. Meine

Güte, der Kerl musste Motoren in seinen Wanderstiefeln haben. Es war mir unerklärlich, wie er diese Geschwindigkeit beibehalten konnte, ohne völlig aus der Puste zu sein.

»Die blaue ist für Senioren.« Etwas Beunruhigendes lag in seinem Unterton. »Jetzt hör auf zu plappern und lauf, Bubbles.«

Ich ignorierte den bescheuertsten Spitznamen der Menschheitsgeschichte und blieb stehen. »Das hier ist die härteste Route, nicht wahr?«

Kaden drehte sich um und lief rückwärts weiter. Hoffentlich würde er über einen Stein stolpern und den Berg wieder runterrollen. Das war das Einzige, was ich mir angesichts seines fiesen Grinsens wünschte. »Weniger reden, mehr laufen«, meinte er wieder und wandte sich nach vorne.

Leider wurden meine Gebete nicht erhört.

Ich hatte keinen blassen Schimmer, wie lange wir liefen. Mein Muskelkater und die fehlende Kondition ließen es mir wie Stunden vorkommen.

Irgendwann hatte Kaden den markierten Weg verlassen. Auf meinen fragenden Blick hin hatte er schlicht gesagt: »Vertrau mir, es wird sich lohnen.«

Vertrau mir. Dass ich nicht lache.

Ich würde nie wieder etwas mit ihm unternehmen. Nie. Wieder.

Er führte mich über die fiesesten Baumwurzeln und durch das dichteste Geäst. Zweimal war ich hingefallen, ohne dass er mir aufgeholfen hatte, und ich spürte bereits jetzt ein Brennen an meinem Hals, wo ich mich in einer Dornenranke verfangen hatte.

»Gleich hast du's geschafft«, erklang Kadens Stimme etwa zwei Meter über mir.

Das hatte er die letzten beiden Stunden ständig wiederholt.

Auch diesmal glaubte ich ihm kein Wort. Ich war so von Wut erfüllt, dass einzig die Vorstellung, wie ich ihn von diesem verdammten Berg runterstoßen würde, wenn wir erst einmal oben angekommen waren, mich weitergehen ließ.

Ich verlagerte mein Gewicht und zog mich an einem massiven Felsbrocken hoch. Als ich es geschafft hatte, rang ich nach Atem. Meine Güte, ich war fix und fertig. Völlig durchgeschwitzt saß ich auf dem Stein und wollte mich gerade nach hinten fallen lassen, um mich dem Schmerz meiner Muskeln hinzugeben, da griff Kaden unter meine Arme und hievte mich sofort wieder hoch. Ich taumelte eine Sekunde, bevor er mich umdrehte und ein paar Schritte mit sich zog.

Und dann war Atmen plötzlich nebensächlich.

Unwillkürlich krallte ich mich an Kadens Arm fest, weil ich mir auf einmal so unsäglich klein vorkam.

Dort unten lag die Welt.

Kein Bild im Internet hätte diesen Ausblick einfangen können. Die Sonne spiegelte sich auf der klaren Wasseroberfläche wider, ihr Licht so hell, dass ich mir eine Hand über die Augen halten musste, um alles genau erkennen zu können. Wir befanden uns so weit oben auf dem Berg, dass wir sogar auf die riesigen Baumwipfel hinabblicken konnten.

Ich atmete tief ein und spürte nur eines: Klarheit.

Hier oben hörte man nichts bis auf das angenehme Rascheln der Bäume, das Zirpen von Grillen und das Gezwitscher der Vögel. Es war so ... friedlich.

In diesem Augenblick konnte ich die Freiheit, die ich mir so lange so sehr gewünscht hatte, nicht nur erahnen. Es war, als ob sie mich vollkommen erfüllte, von meinen Zehenspitzen bis zu meinen Haarwurzeln. Nicht einmal meine Muskeln schmerzten mehr, so sehr prickelte diese Lebensenergie in meinem Körper. Ich war überwältigt von einem wahnsinnigen Gefühl, das ...

»Du fängst doch jetzt nicht wieder mit dem Flennen an, oder?« Kaden klang angewidert.

Ich konnte nicht antworten. Die Worte waren verschwunden. Auch mein Wunsch, Kaden den Berg runterzuschubsen, hatte sich verflüchtigt. Stattdessen ließ ich seinen Arm los und wischte mir schnell mit dem Ärmel über die Augen, die feucht geworden waren, ohne dass ich es überhaupt gemerkt hatte. Erst nach ein paar Sekunden war meine Stimme wieder da. »Die Sonne blendet nur.«

»Ist schon okay«, meinte er. Er ließ sich auf dem Felsen nieder.

Vorsichtig tat ich es ihm gleich und lehnte mich auf meine Handflächen gestützt zurück.

»Als ich zum ersten Mal hier oben war, war ich genauso überwältigt.«

»Hattest du auch Pipi in den Augen?«, fragte ich belustigt und schloss die Augen. Die Sonne schien in mein Gesicht, und ich genoss ihre angenehme Wärme. Trotz der Sporteinheit, die wir gerade eingelegt hatten, war mir erstaunlich kühl. Wahrscheinlich weil ich völlig durchgeschwitzt war.

Kaden schnaubte verächtlich. »Falls du es vergessen hast: Ich bin ein Mann.«

»Ach, wirklich?«, meinte ich ironisch.

»Hast du das etwa noch nicht bemerkt?« Kadens Stimme erklang so dicht an meinem Ohr, dass ich aufschreckte und die Augen aufriss. »Muss ich dir Beweise liefern?«

Bei seinem tiefen Tonfall bekam ich eine Gänsehaut, die nichts mit der Kälte zu tun hatte. Ich schluckte schwer. Er war mir so nah, dass ich jedes Fältchen um seine Augen erkennen konnte, genau wie den schönen Schwung seiner Lippen, die jetzt zu einem leichten Lächeln verzogen waren.

»Ist es das, was du hier oben normalerweise machst? Mädchen solche Beweise liefern?«, fragte ich und wandte hastig den Blick ab. Verärgert rieb ich mir über den Brustkorb, in der Hoffnung, dass das meinen Puls wieder beruhigen würde. Verdammter Kaden mit seiner verdammten Ausstrahlung und seinen verdammten zweideutigen Kommentaren.

»Hier war ich bisher bloß mit Ethan und Spencer. Das eben war quasi deine Aufnahmeprüfung«, erklärte er und sank nun auf die Ellenbogen zurück. Er legte den Kopf in den Nacken und reckte sein Gesicht in Richtung Sonne.

»Und?«, fragte ich und schlang die Arme um die Knie.

Er hob das Kinn ein Stück. »Was, und?«

»Na, hab ich bestanden?«

Kadens Blick war unergründlich. »Das weiß ich noch nicht.«

Wir schwiegen eine Weile, und ich ließ den wunderschönen Ausblick auf das Tal auf mich wirken. Ich war schon in ein paar Städten gewesen, hatte Reisen mit meinen Eltern und jede Menge Sightseeing gemacht, aber noch nie hatte ich mir etwas so hart erkämpft wie heute. Ich war unheimlich stolz. Nicht nur, weil ich es auf den Berg geschafft hatte, sondern allgemein. Weil ich endlich dort angekommen war, wo ich schon so lange hinwollte.

Dieser Ausflug war ein wunderbares Symbol für meine bisherige Reise.

»Danke«, sagte ich unwillkürlich. Wieder spürte ich ein Brennen in meinen Augen, doch diesmal konnte ich die Tränen zum Glück wegblinzeln.

Ich fühlte, dass Kaden mich beobachtete, aber ich brachte es nicht über mich, ihn anzusehen. Dafür hätte ich meinen Blick von der Perfektion abwenden müssen, die vor uns lag, und das war das Letzte, was ich gerade wollte.

kapitel 6

Am Abend vor meiner ersten Vorlesung an der Uni war ich so aufgeregt, dass ich unter normalen Umständen kein Auge zubekommen hätte – aber ich war ja tagsüber auf einen Berg gestiegen. Mit Sicherheit lag mein komatöser Schlaf am Wandern und der frischen Luft.

Die Aufregung war allerdings augenblicklich wieder da, als ich am nächsten Morgen die Augen öffnete, und als Dawn und ich uns schließlich in unserem ersten Literaturkurs einfanden, waren wir fast euphorisch vor Vorfreude.

Die Realität holte uns ziemlich schnell auf den Boden der Tatsachen zurück. Wir saßen mittig in einem riesigen, hoffnungslos überfüllten Hörsaal. Ich konnte der Vorlesung kaum folgen, weil der Lärmpegel derart hoch war, dass ich rein gar nichts von dem verstand, was die Dozentin von ihrer Präsentation ablas. Dazu kam, dass sie sich nicht einmal die Mühe machte, ihre Stimme anzuheben oder die Leute um Ruhe zu bitten. Auch mündliche Beteiligung war nicht erwünscht, woran ich mich definitiv erst gewöhnen musste.

»Wie lebt es sich mit dem Mistkerl?«, flüsterte Dawn, während sie mir ein Bonbon über die Holzbank zuschob. Beim morgendlichen Kaffee hatte ich ihr bereits von der Party am Samstag erzählt und Rede und Antwort stehen müssen. Anscheinend war jetzt das nächste Thema an der Reihe.

Ich wickelte langsam die Folie ab und verschaffte mir dadurch etwas Zeit zum Nachdenken. »Er ist ziemlich mürrisch, aber ich glaube, wir werden miteinander auskommen«, sagte ich nach einer Weile. »Gestern hat er mich zum Wandern mitgenommen.«

»Ist das ein Codewort für irgendwas Perverses?«, fragte Dawn hoffnungsvoll und ihre Augen hellten sich auf.

Ich versuchte, ein Lachen zu unterdrücken, woraufhin mir ein gurgelnder Laut entwich. Ein Mädchen, das in der Bank vor uns saß, drehte sich um und blickte mich streng an.

Ich presste mir die Hand auf den Mund. »Nein«, nuschelte ich. »Wir waren wirklich wandern.«

»Warum?«

»Ich wollte etwas von der Landschaft sehen, und er wandert anscheinend ganz gerne«, sagte ich schulterzuckend.

Dawn kicherte. »Oh, ich glaube dir aufs Wort, dass Kaden ganz gerne *wandern* geht.« Nun fing sie sich einen wütenden Blick von dem Mädchen vor uns ein.

»Pscht, Dawn«, tadelte ich sie in gespieltem Ernst.

Vor unseren Vorlesungen am Nachmittag – Dawn würde einen Kurs für kreatives Schreiben, ich ein Seminar über Film und Fernsehen besuchen – machten wir uns gemeinsam auf den Weg in die Mensa.

Wir reihten uns in die lange Schlange an der Essensausgabe ein und stellten uns auf die Zehenspitzen, um einen Blick auf die verschiedenen Gerichte zu erhaschen. Keine Chance. Zu viele Leute drängten sich davor.

»Nächstes Mal nehmen wir uns etwas mit oder fahren zu mir«, schlug ich vor. Ich musste fast schreien, um das Geschnattere um uns herum zu übertönen. Diese Enge gefiel mir ganz und gar nicht. Ich kam jetzt schon ins Schwitzen.

»Ich bezweifle, dass wir es dann noch rechtzeitig zu den Kursen schaffen«, gab meine Freundin zu bedenken und stellte ihre Versuche ein, die Schilder über der Theke zu erkennen.

Als wir endlich an der Reihe waren, hatten wir nicht lange Zeit, um über unsere Entscheidung nachzudenken. Kurzentschlossen nahm Dawn eine Portion Mac n Cheese, und meine Wahl fiel auf die Tortellini mit Gemüse.

»Die würde ich an deiner Stelle nicht nehmen«, raunte jemand dicht hinter mir, gerade als ich bestellen wollte.

Ich zuckte zusammen und ließ beinahe mein Tablett fallen.

»Ah, der merkwürdige Mitbewohner«, meinte Dawn und hob mechanisch die Hand zum Gruß.

Erst jetzt drehte ich meinen Kopf zur Seite und sah Kaden an. Mit gerümpfter Nase strich er sich über seine kurzen Haare.

»Wieso nicht?«, fragte ich.

»Die Füllung ist eklig. Manchmal sind Knorpel drin, das ist nicht schön.«

Ich nickte und deutete auf das nächste Gericht. Chicken Wings mit Kartoffelbrei und Erbsen. Auch diesmal schüttelte Kaden den Kopf und machte ein Würgegeräusch.

»Was ist mit der Gemüsepfanne?«, fragte ich. Jetzt leuchteten seine Augen und ich bestellte schulterzuckend.

Als die Kantinenbedienung mir meinen Teller reichte, schnappte Kaden ihn mir vor der Nase weg und stellte ihn auf sein eigenes Tablett. »Das ist dafür, dass du mir heute Morgen keinen Kaffee übrig gelassen hast«, sagte er und verschwand an die Kasse.

Vor Empörung blieb mir der Mund offen stehen.

Dieser verdammte Mistkerl! Sofort drehte ich mich zur Bedienung um, doch sie hatte sich bereits an die nächsten Studenten hinter mir gewandt. Jegliche Versuche, ihre Aufmerksamkeit auf mich zu lenken, scheiterten kläglich.

»Sonst teilen wir einfach«, meinte Dawn und deutete auf den gelben Matsch auf ihrem Teller. Ich seufzte und nickte schließlich.

Kaden würde sein blaues Wunder erleben, wenn ich heute Abend nach Hause kam.

Wir setzten uns an einen Tisch mit einigen Erstsemestern, die wir bereits von den Einführungstagen kannten. Während des Essens tauschten wir uns über unsere Dozenten und die bisherigen Seminare aus und erzählten, wo wir jeweils untergekommen waren. Wie sich herausstellte, hatten ein paar von uns sogar dieselben Wohnungen besichtigt.

»Ich war bei einer Frau, die mir ihr Kind unterjubeln wollte«, meinte der Kerl mir gegenüber. Alle prusteten angesichts des angewiderten Ausdrucks auf seinem Gesicht.

»Da war ich auch«, sagte ich und spießte eine weitere Makkaroni mit meiner Gabel auf. Zum Glück war die Portion riesig. So brauchte ich kein schlechtes Gewissen haben, dass ich Dawn ihr Mittagessen wegfutterte.

»Ja, ich auch!« Ein Mädchen am anderen Ende des Tisches nickte eifrig. »Aber die Kleine war echt süß.«

»Ich war bei einem Kerl, der als allererstes klarstellte, dass er nicht mit mir rummachen würde, sollte ich einziehen«, erzählte ein Junge, der Scott hieß. Glaubte ich zumindest.

»Hättest du das denn gewollt?«, fragte ich.

»Oh, aber Hundertprozentig!«, stöhnte er und verdrehte verzückt die Augen. »Eine Sahneschnitte, das sage ich euch. Tattoos, Muskeln und eine *so* erotische Stimme … Am liebsten wäre ich eingezogen, nur um mir von ihm Gute-Nacht-Geschichten erzählen zu lassen.«

Wir lachten laut.

»Die Regel mit dem Rummachen ist Allie auch mehr als bekannt«, stichelte Dawn.

Auch ich stöhnte und verdrehte die Augen – im Gegensatz zu Scott allerdings eher genervt.

»Halt mal. Sprecht ihr etwa von demselben Kerl?«, fragte das Mädchen schräg gegenüber von mir und richtete sich auf.

Scott wurde hellhörig. »Wenn er Tattoos und eine so tiefe Stimme hat, dass Höschen bereits vom Zuhören feucht werden, dann definitiv.«

»Oh, ihr meint bestimmt Kaden White«, sagte eine andere verträumt. Ich verschluckte mich an einer Nudel. »Er steht ganz oben auf meiner Liste.«

»Welcher Liste?«, fragte Dawn neugierig, während sie mir auf den Rücken klopfte.

»Auf meiner Wenn-ich-jeden-Mann-der-Welt-haben-könnte-Liste«, seufzte sie.

Dawn und ich wechselten einen amüsierten Blick. Kaden war heiß, keine Frage. Aber wenn ich jeden Mann der Welt haben könnte, dann würde ich mir mit Sicherheit jemand anderes aussuchen. Beispielsweise Theo James. Yum.

»Dann solltest du dich vertrauensvoll an Allie wenden, sie wohnt nämlich bei ihm.«

Sofort stieß das Mädchen ein Quietschen aus, und Scott seufzte verträumt. Er stützte das Kinn auf der Hand ab. »Halleluja, Süße. Ich kann nicht glauben, dass du dann noch hier bist, statt auf ihm zu sitzen.«

»Kannst du mich ihm vorstellen?«, fragte das Mädchen hoffnungsvoll.

»Woher kennt ihr ihn denn überhaupt? Ich meine, ich bin erst seit ein paar Tagen hier und habe offensichtlich irgendwas nicht mitbekommen«, sagte ich belustigt. »Ich glaube, ich habe die falschen Informanten angestellt.«

»Kaden ist eine von den Sahneschnitten. Ebenso wie Spencer Cosgrove«, erläuterte ein anderes Mädchen links von mir.

»Spencer?« Dawn lachte laut, verstummte allerdings augenblicklich wieder, als sie mit einem bösen Blick bestrafte wurde.

»Ja, es gibt so einige Sahneschnitten hier«, meinte Scott.

Jetzt entstand eine Diskussion, wer der heißeste Kerl am Campus war. Kaden stand bei einigen ziemlich weit oben. Zum Glück wechselte bald jemand das Thema, und das Gespräch entwickelte sich in eine andere Richtung. Ich hatte nämlich keine große Lust, irgendwen mit nach Hause schleppen oder Kadens Handynummer an wildfremde Erstsemester verteilen zu müssen.

Wobei ...

Ich sah zu dem Mädchen mit dem verträumten Blick.

Und grinste breit.

Als ich kurze Zeit später auf dem Weg zu meiner letzten Vorlesung war, brummte mein Handy in der Tasche. Im Gehen kramte ich es heraus.

Was zur Hölle fällt dir ein?, stand auf meinem Handydisplay.

Das war für meine Gemüsepfanne, du Arsch.

Ich hatte dem einen Mädchen nach dem Mittagessen zwinkernd Kadens Handynummer zugeschoben. Es konnte ja nicht schaden, vielleicht würden sich die beiden verstehen. Vielleicht aber – und das hielt ich für viel wahrscheinlicher – würde Kaden durchdrehen, weil ich seine Nummer einfach weitergegeben hatte.

Wieder vibrierte mein Handy.

Glaub nicht, dass du jemals noch einen Tropfen Kaffee bekommst. Ich werde die Maschine in meinem Zimmer einsperren.

Ich schnaubte und blieb mitten auf dem Gehweg stehen, um eine Antwort zu tippen.

Ich dachte, in unserer Wohnung gibt es keine Schlüssel?

Das habe ich nur gesagt, damit du dich nicht stundenlang im Bad einschließt. Ich bin und bleibe Schlüsselmeister.

Was?! Hieß das etwa, dass ich mich die letzten drei Tage umsonst jedes Mal im Bad so abgehetzt hatte? Das konnte unmöglich sein Ernst sein!

Du kannst mich mal.

Das wäre ein Verstoß gegen Regel drei, und das weißt du auch, Bubbles.

Ich schnaubte frustriert und stopfte das Handy zurück in meine Tasche. Dieser Blödmann! Erst klaute er mein Essen, und dann stellte sich heraus, dass er mich angelogen hatte. Nach den Vorlesungen würde ich erst einmal im Internet recherchieren, ob es überhaupt erlaubt war, seiner Mitbewohnerin den Badezimmerschlüssel zu verwehren.

Und was sollte überhaupt dieser sinnfreie Spitzname, den ich anscheinend nicht mehr loswurde? *Bubbles*. Etwa weil ich zu viel brabbelte? Ernsthaft? Kaden gehörte anscheinend einer ganz besonderen Spezies von Idiot an.

Als ich den Gebäudeblock betrat, in dem meine letzte Vorlesung für diesen Tag stattfand, beschloss ich, alle Gedanken an Kaden aus meinem Kopf zu verbannen. Ich orientierte mich an den Pfeilen an den Wänden, und fand meinen Kursraum im ersten Stock, gleich am Anfang des länglichen Flurs. Ich schlüpfte durch die Tür.

Ein Großteil der Studenten war bereits anwesend. Zum Glück würde die Vorlesung in einem kleineren Rahmen stattfinden, sodass hier ein nicht ganz so wildes Durcheinander herrschte wie bei meinen anderen Veranstaltungen. Es nahmen sogar ein paar ältere Studenten teil, die man wunderbar von den Erstsemestern unterscheiden konnte. Sie unterhielten sich nämlich laut und ungezwungen, während die Neulinge still auf ihren Plätzen saßen und etwas eingeschüchtert schienen.

Ich entdeckte ein kurzhaariges Mädchen, das mit uns in der Mensa zu Mittag gegessen hatte, und lächelte ihr zu. Sie signalisierte mir, dass der Platz neben ihr noch frei sei, und ich kämpfte mich durch die Reihen.

»Hey Frischfleisch!«, rief ein Kerl mir von der Seite zu.

Ich beschloss, den Spruch zu ignorieren. Doch kaum hatte ich mich an ihm vorbeigezwängt, kippelte er mit dem Stuhl zurück und verpasste mir mit der flachen Hand einen Klaps auf den Hintern.

Ein stechender Schmerz schoss durch meinen Kopf. Erinnerungen, die ich nicht sehen wollte, breiteten sich vor meinen inneren Augen aus. Kochende Hitze jagte durch meinen Körper.

Ich wollte weitergehen. Kein Drama machen.

Aber als ich Denver verlassen hatte, hatte ich mir vorgenommen, so etwas niemals wieder hinzunehmen. Ich drehte mich auf dem Absatz um und starrte den Typen wuterfüllt an.

»Fass mich nicht noch einmal an. Hast du das verstanden?« Ich bemühte mich um einen ruhigen Tonfall, was mir nur halb gelang.

Der Typ hob beschwichtigend seine Hände und grinste frech zu mir hoch. »Reg dich ab, war nur ein Scherz.«

»Dann hast du einen ziemlich geschmacklosen Humor«, sagte ich mit zusammengebissenen Zähnen.

»Komm runter, Mann«, maulte er, und sein Sitznachbar murmelte einen zustimmenden Laut.

»Nein, *Mann*, ich werde nicht runterkommen. Wenn Frauen an deiner Berührung interessiert sind, dann werden sie es dir deutlich machen. Glaub mir, wir können da recht fordernd sein«, fauchte ich. »Aber wenn jemand an dir vorbeigeht, ohne dich auch nur eines Blickes zu würdigen, ist das eindeutig kein Zeichen dafür, dass man betatscht werden will.«

Mittlerweile war der Typ rot angelaufen. Ob vor Wut oder Scham konnte ich nicht genau sagen.

»Lass deine Hände bei dir, Ryan«, erklang eine mir inzwischen vertraute Stimme. »Es sei denn, du willst Bekanntschaft mit meinen machen. Glaub mir, das möchtest du nicht.«

Kaden saß gegenüber von uns. Er hatte die Arme hinter dem Kopf verschränkt, seine Beine unter dem Tisch ausgestreckt und überkreuzt. Seine Augen blitzten amüsiert, als er meinen überraschten Gesichtsausdruck sah, aber sein Kiefer blieb angespannt. Er nickte mir kaum merklich zu und griff dann in seine Hosentasche.

Als die Vorlesung begann und der Dozent sich uns vorstellte, hörte ich, wie mein Handy in meiner Tasche vibrierte. Ich fischte es unauffällig heraus und entsperrte den Bildschirm, um die Nachricht zu lesen.

Du hast bestanden.

kapitel 7

In den nächsten Wochen zog mehr und mehr Routine in meinen Alltag ein, und der Sommer neigte sich dem Ende zu. Endlich konnte ich meine Stiefel und Halstücher wieder rauskramen. Ich besuchte meine Vorlesungen, unternahm viel mit Dawn und anderen Leuten aus meinen Kursen und lebte mich allmählich ein. Inzwischen konnte ich in der Mensa sogar das leckere von dem ungenießbaren Essen unterscheiden – wenn das kein Fortschritt war.

Kaden bekam ich selten zu Gesicht, was vor allem an meinem eng getakteten Stundenplan und der Eingewöhnungsphase lag. Ich verbrachte viel Zeit in der Bibliothek und bemühte mich darum, mir den Stoff von Anfang an einzuprägen. Die Dozenten verschwendeten keine Zeit und kündigten bereits jetzt die ersten Prüfungen an. Ich hatte mich bereits mehreren Lerngruppen angeschlossen, und manchmal saßen wir bis spät abends in der Bibliothek. Wenn ich dann nach Hause kam, hatte sich mein Mitbewohner entweder in seinem Zimmer verschanzt, oder saß im abgedunkelten Wohnzimmer und zockte auf seiner Konsole. Ich hatte auf die harte Tour gelernt, dass er dabei lieber allein war und es keine gute Idee war, ihn zu stören. Seit er einmal wegen mir verloren und mich daraufhin mit wütenden Blicken in mein Zimmer verbannt hatte, teilten wir uns nur noch den Kaffee am Morgen. Wobei er jedes Mal das Gesicht angewidert verzog, sobald ich meinen Kaffeeweißer herausholte.

An diesem Abend wollten meine Freunde und ich zum ersten Mal einen Club besuchen. Keine Ahnung, wie wir reinkommen sollten, schließlich waren einige von uns – mich eingeschlossen – noch unter einundzwanzig, aber man hatte uns versichert, dass um den Campus herum so gut wie nie kontrolliert wurde und es keine Probleme geben würde.

Ich war gerade dabei, meinen zweiten Lidstrich zu ziehen, als es an der Tür klingelte.

»Ist für mich!«, rief ich durch die Wohnung, falls Kaden sich überhaupt bemühen sollte, seinen Hintern zu bewegen.

Als ich aus meinem Zimmer lief, sah ich ihn in der Küche hantieren. Stirnrunzelnd wandte ich den Blick ab und spähte durch den Spion. »Ist doch nicht für mich«, sagte ich und öffnete Spencer die Tür.

»Hi Allie«, grüßte er und umarmte mich fest, wobei mir der Duft eines angenehm herben After Shaves in die Nase stieg.

»Hi Spencer.« Ich drückte ihn ein Stück von mir weg und musterte ihn von oben bis unten. »Du siehst aus, als hättest du heute was Großes vor«, sagte ich anerkennend.

Er wackelte mit den Brauen. »Oh ja.«

Er trug eng anliegende Jeans und eines seiner karierten Hemden. Sein dunkles Haar hatte er aus der Stirn gestrichen und mit Wachs gestylt. Er sah blendend aus.

»Hat Kaden dir nicht erzählt, dass heute im *Hillhouse* eine Party steigt?«, fragte er und lief mit mir ins Wohnzimmer. Ich warf einen flüchtigen Blick in Richtung Küche und schüttelte den Kopf.

»Nein, aber ich gehe mit meinen Freunden hin.«

»Wir könnten zusammen hingehen, wenn du magst«, schlug er vor. Offensichtlich wusste er nicht, dass Kaden mich mied, als wäre ich die Pest höchstpersönlich. »Könnte witzig werden.«

»Ich glaube nicht, dass …«

»Guter Vorschlag«, unterbrach Kaden mich und kam zu uns ins Wohnzimmer. »Wir können uns auch gegenseitig Zöpfe flechten und dann Disney-Filme gucken.«

»Ironie steht dir nicht, Kaden.« Ich biss die Zähne zusammen, bis sie knirschten.

»Und dir steht dieser Fummel nicht«, gab er trocken zurück und reichte Spencer eine Cola. Dann holte er sein Handy aus der Hosentasche und begann, konzentriert auf dem Display herumzudrücken.

Ich blickte an mir herab. Mein Kleid war blau und reichte beinahe zu den Knien. Ich hatte es nur angezogen, weil es so ein hübsches Dekolleté zauberte, das zwar etwas gewagt, aber keinesfalls anstößig war.

»Na, wenn ein Kenner wie du das sagt, werde ich mich natürlich sofort umziehen.« Ich rückte meinen Ausschnitt zurecht und sah Spencer mit hochgezogenen Augenbrauen an. »Oder was meinst du?«

Spencers Blick wanderte von meinem Gesicht zu meinen Brüsten und wieder zurück. Dann schüttelte er langsam den Kopf. »Ich finde, du siehst heiß aus.«

»Wirklich?«, fragte ich und drehte mich vor ihm. »Also nicht noch mal umziehen?«

»Nein, definitiv nicht.« Er nippte an seiner Flasche, während er mich noch einmal eingehend von oben bis unten musterte.

Ich formte mit den Lippen ein lautloses »Danke« und warf ihm ein breites Grinsen zu, das er, ohne zu zögern, erwiderte.

Von der Couch ertönte ein Schnauben. Doch bevor ich zu einem weiteren Wortgefecht mit meinem Mitbewohner ansetzen konnte, rettete mich glücklicherweise die Klingel.

Ich bewunderte Dawn, als sie neben mir auf ihren hohen Plateau-Schuhen die letzten Meter zum *Hillhouse* stöckelte. Zwar trug ich selbst Absätze, aber mit solchen Schuhen hätte ich mich keinen Meter sicher vorwärtsbewegen können. Zum Glück brauchte ich das auch nicht. Mit meinen Einsfünfundsiebzig überragte ich selbst in flachen Schuhen viele andere Mädchen.

Letztendlich waren wir doch gemeinsam mit den Jungs losgezogen. Spencer hatte darauf bestanden, und da wir sowieso in dieselbe Richtung mussten, war es einfach unsinnig, dass Kaden ein solches Drama daraus machte.

Im *Hillhouse* nahmen sie es mit der Altersbeschränkung wirklich nicht so genau. Kommentarlos bekamen wir Stempel auf unsere Handgelenke gedrückt, die das Logo des Clubs zeigten, und wurden durchgewunken. Drinnen angekommen, suchten Dawn und ich nach unseren Kommilitonen, während Spencer und Kaden auf Monica und Co. zusteuerten.

Als Scott uns entdeckte, winkte er uns aufgeregt zu sich heran. Sein blondes Haar hatte er heute mit Gel nach hinten gestrichen, und er trug ein hellblaues Hemd, das er in seine Jeans gesteckt hatte. Er sah echt knuffig aus, und ich begrüßte ihn mit dem Küsschen auf beide Wangen, das er stets von uns verlangte. Danach umarmten wir Grace, Cody und Madison, die ebenfalls mit uns studierten und mit denen wir regelmäßig die Pausen zwischen unseren Seminaren verbrachten. Sie rückten näher um den Stehtisch zusammen, sodass eine Lücke für Dawn und mich entstand.

»Ihr seht rattenscharf aus«, säuselte Scott und schnipste zu beiden Seiten seines Gesichts. »Wieso habt ihr eure Begleiter nicht mitgebracht?« Er reckte den Kopf, um über die Menge zu blicken, und hielt anscheinend nach Spencer und Kaden Ausschau.

»Wir sind nur zusammen hergekommen«, meinte Dawn schulterzuckend und stieß mir in die Seite. »Außerdem ist Mr White nicht besonders lieb zu unserer Kleinen.«

»Unserer Kleinen?«, wiederholte ich ungläubig und starrte auf Dawn herunter.

Heute hatte ich ihr Augen-Make-up auftragen dürfen, weshalb sie viel dunkler geschminkt war als sonst. Mit der knallengen Jeans und dem schwarzen Top mit Wasserfall-Ausschnitt war sie echt heiß – aber eben winzig. Trotz ihrer extra Zentimeter war ich mehr als einen Kopf größer als sie – eine Tatsache, über die sie sich auf dem Weg hierher mehr als einmal lauthals beschwert hatte.

»Ja, du bist mein Küken. Unabhängig von der Körpergröße«, sagte Dawn grinsend. »Ich hüte meine Küken. Ich pflege sie, baue sie auf und helfe ihnen, bis sie selbst fliegen können.«

»Hühner fliegen kaum. Das ist eine ganz miese Metapher«, erwiderte ich lachend. Dann scannte ich die Getränkekarte. Die anderen hatten bereits Longdrinks vor sich stehen. Vermutlich kam ich in diesem Schuppen mit Wein nicht besonders weit. »Prüfen die hier keine Ausweise an der Bar?«, fragte ich misstrauisch und warf einen Blick über die volle Tanzfläche. Dahinter konnte ich die blau beleuchtete Bar ausmachen, an der etliche Leute standen und um die Aufmerksamkeit des Barkeepers rangelten.

»Nein, mach dir keine Gedanken«, versicherte Scott. »Oder soll ich euch was holen?«

»Nein, Quatsch«, meinte ich.

Dawn und ich kämpften uns durch die Menschenmenge hindurch zur Bar. Mit den Ellenbogen lehnte ich mich auf den Tresen, hielt die zwischen meine Finger geklemmten Scheine in die Höhe und rief laut meine Bestellung. Niemand beachtete mich – dafür war es einfach viel zu voll. Also wartete ich geduldig, bis der Barmann zufällig meinen Blick kreuzte. Ich lächelte breit und schüttelte mir das Haar aus dem Gesicht.

Das hatte den gewünschten Effekt.

Ich drückte Dawn ihr Getränk in die Hand und gemeinsam kehrten wir an unseren Tisch zurück.

»Irgendwie habe ich das Gefühl, dass du schon öfter in Clubs wie diesem warst«, kommentierte Dawn nachdenklich und nahm einen tiefen Schluck aus ihrem Glas.

Auch wenn ich wusste, dass sie nicht böse gemeint gewesen war, versetzte mir ihre Bemerkung einen Stich. Erinnerungen wollten sich in den Vordergrund meines Bewusstseins drängen, und ich kippte meinen Long Island Iced Tea wie Wasser herunter, in der Hoffnung, sie so zu ertränken. Das hier war kein Ausflug in die Vergangenheit – es war mein Neuanfang mit Freunden.

Weniger als eine Stunde später bestellte ich mir einen weiteren Drink. Jetzt, wo ich leicht beduselt war, konnte ich mich wieder entspannen. Es machte Spaß, mich zu unterhalten und mit den Mädels aus meinem Literaturkurs ein Spiel zu spielen, bei dem wir den heißesten Kerl im Raum finden mussten. Eigentlich war es mehr ein Vorwand, Typen abzuchecken, als ein Spiel, aber natürlich beschwerte ich mich nicht.

Nach einer Weile griff Scott nach meiner Hand und zog mich zusammen mit Dawn auf die Tanzfläche. Es lief der Remix eines Songs, den er liebte, und wir bewegten uns ausgelassen. Es war schön, einfach mal nicht darauf achten zu müssen, was andere über mich dachten. Der Abend war schon jetzt ein voller Erfolg, und ich spürte die Ausgelassenheit bis in die Zehenspitzen. Zumindest bis ich mich zur Seite drehte und Kaden entdeckte.

Selbst von hinten erkannte ich ihn sofort. Allerdings hätte ich es niemals für möglich gehalten, dass er tanzen konnte.

Seine Bewegungen waren fließend und im Takt, immer wieder spannten sich die Muskeln seines Rückens an. Er trug seine rostrote Jeans, dazu ein schlichtes, beiges Shirt mit Knopfleiste. Im bunten Licht der Tanzfläche wirkten die Linien auf seinen Armen noch faszinierender. Ich wollte ihn nicht anstarren, aber irgendwie blieb mein Blick auf ihm haften.

Genauer gesagt auf ihm und auf dem Mädchen, um das er seine wohlgeformten Arme geschlungen hatte und das sich eng an ihn presste und sich mit ihm bewegte.

Ich schluckte.

»Das können wir auch«, meinte Scott und tanzte um mich herum. Er legte seine Arme um meine Taille und zog mich zu sich, bis ich seinen Körper an meinem Rücken spürte. Ich ließ mich auf sein Spiel ein und schloss die Augen. Da ich wusste, dass Scott sich nicht auf *diese* Art für mich – oder irgendeine andere Frau – interessierte, konnte ich mich sogar richtig gehen lassen. Ich hob meine Arme in die Luft und schwang meine Hüften, dann drehte ich mich zu ihm um und legte eine Hand auf seine Schulter. Dawn tanzte Scott von hinten an, und wir bewegten uns lachend im Gleichtakt. Als ich mich wieder in die andere Richtung drehte, fielen mir meine Haare vor die Augen. Ich hob die Hand und strich sie mir aus dem verschwitzten Gesicht.

Kadens Blick traf mich völlig unvorbereitet. Er stand bloß wenige Meter von mir entfernt und verfolgte jede meiner Bewegungen aufmerksam mit seinen Augen. Das Mädchen von eben war noch immer bei ihm, doch Kaden schenkte ihr keine Beachtung mehr, auch nicht, als sie besitzergreifend ihre Arme um seinen Hals schlang.

Stattdessen neigte er den Kopf leicht und grinste verschlagen. Seinen Blick wandte er kein einziges Mal von mir ab.

In diesem Moment stellte ich mir vor, dass er es war, mit

dem ich tanzte, und dass es seine Hand war, die auf meiner Taille lag und meine Bewegungen steuerte.

»Bingo«, hörte ich Scott dicht an meinem Ohr murmeln.

Ich drehte mich grinsend zu ihm und Dawn um.

»Habe ich euch schon gesagt, dass ich euch echt gern habe?«, fragte ich und schlang meine Arme kurzerhand um sie beide.

Dawn lachte und erwiderte meine Umarmung. »Ja, aber das kann ich gar nicht oft genug hören.«

Im Laufe des Abends merkte ich, dass Dawn nicht übertrieben hatte: Sie vertrug wirklich überhaupt keinen Alkohol. Bereits nach dem zweiten Drink hing sie über dem Klo, und ich musste ihr die Haare halten, woraufhin sie mir ihre ewige Liebe und Freundschaft schwor. Abgesehen von den unschönen Geräuschen, die sie von sich gab, war sie echt niedlich. Und wer konnte schon von sich behaupten, selbst beim Kotzen einen Niedlichkeitsfaktor zu haben? Ich sicher nicht.

Allerdings lag meine letzte Eskapade mittlerweile Jahre zurück. Damals hatte ich öfter auf Alkohol zurückgegriffen, um meine Gedanken zum Schweigen zu bringen.

Während wir auf unser Taxi warteten, bestellte ich an der Bar ein Wasser für Dawn.

»Mach das, was du vorhin gemacht hast, und bestell mir einen Tequila«, erklang es leise an meinem Ohr. Kadens Atem traf meinen Nacken und ließ mich erschauern. Normalerweise begannen meine Alarmglocken sofort zu schrillen, wenn ein Mann mir so nahe kam, aber bei Kaden schien mein Körper andere Gesetze zu befolgen. Denn statt auf der Stelle Abstand zwischen uns bringen zu wollen, drängte alles in mir darauf, mich nach hinten sinken zu lassen, um seinen Oberkörper an meinem spüren zu können.

Ich widerstand der Versuchung und drehte mich mit skeptischem Blick zu Kaden um. Seine Pupillen waren geweitet, seine Wangen gerötet. »Du hast mich beobachtet.«

Kaden kam näher und stützte sich links und rechts von mir mit den Händen auf der Bar ab. Ich wich zurück und spürte den Tresen im Rücken. Er kam noch näher und berührte mit den Lippen mein Ohr. Wieder erschauerte ich. »Vielleicht.«

»Du bist betrunken«, stellte ich fest.

Kaden nahm etwas Abstand und runzelte die Stirn. »Das mag sein.«

»Was ist los mit dir?«, fragte ich ihn. Als er nichts sagte und mich nur weiter mit seinem dunklen Blick fixierte, lehnte ich mich betont lässig zurück und hob meine Arme, um meine Ellenbogen auf den Tresen hinter mir legen zu können. Ich würde Kaden sicherlich nicht merken lassen, wie sehr mich seine Nähe einschüchterte.

»Du bist los mit mir«, sagte er schließlich und legte den Kopf schräg. »Ich werde nicht schlau aus dir.«

»Dann weißt du ja, wie sich das anfühlt«, gab ich zurück.

»Ständig heulst du rum und verbreitest deinen Geruch in der Wohnung«, fuhr er fort.

»Hör auf zu jammern, Kaden. Das passt nicht zu dir.«

»Wieso kannst du kein Kerl sein, Bubbles?« Er beugte sich wieder ein Stück vor und kam mir gefährlich nahe. Mein Puls beschleunigte sich. Nach den Wochen, in denen wir uns kaum gesehen hatten, war die Nähe zu ihm in diesem Moment fast zu viel. Alle meine Gliedmaßen kribbelten, als wären sie aus einem tiefen Schlaf erwacht. Ich spürte ein Ziehen im Unterleib.

»Ich weiß, dass dir das lieber wäre, aber da lässt sich nichts machen. Die Dinger hier sind leider angewachsen«, meinte ich und deutete auf meinen Ausschnitt.

Mit seinen Augen folgte Kaden der Bewegung meiner Hände und starrte an mir hinab. Dann hob er seinen Blick wieder, langsam und aufmerksam, so als wollte er sichergehen, dass er keinen Zentimeter meiner Haut übersah. Er blieb einen Moment zu lange an meinen Lippen hängen, bevor er mir wieder in die Augen sah. Ich hielt unwillkürlich den Atem an.

Kaden blinzelte mehrmals. Und dann, als schien er plötzlich zu realisieren, wie nah er mir war, trat er einen Schritt zurück und löste die Hände vom Tresen, um sich durchs Haar zu fahren. Ein frustrierter Laut kam über seine Lippen.

In dem Moment knallte der Barmann das Wasser für Dawn neben mich auf die Bar. Ich drehte mich um und bezahlte. Als ich mich an Kaden vorbeischieben wollte, hielt er mich vorsichtig am Oberarm fest. Sein Daumen streichelte über meine Haut, und eine Gänsehaut breitete sich auf meinem gesamten Arm aus. »Wohin gehst du?«

»Ich muss mich um Dawn kümmern, und dann fahre ich nach Hause. Mach dir einen schönen Abend mit der da drüben«, sagte ich und nickte zu dem Mädchen, mit dem er vorhin getanzt hatte und das mir nun einen mordenden Blick nach dem anderen durch den Raum zuwarf. »Sie sehnt sich schon nach dir.«

Er zog mich ein Stück näher zu sich heran. Ich spürte seinen Atem an meiner Schläfe, als er mit einem warnenden Ausdruck in seinem Blick murmelte: »Und wonach sehnst du dich, Allie?«

Ich schüttelte grinsend den Kopf. »Nach meinem Bett, Kaden. Nach meinem Bett.«

Mit diesen Worten ließ ich ihn stehen und brachte Dawn ihr Wasser.

Ein lautes Poltern weckte mich. Ich schreckte hoch und hielt automatisch die Arme in Abwehrhaltung vor meinen Körper. Dann erklang ein Fluch aus dem Flur.

Erleichtert sackte ich zusammen. Es war bloß Kaden, der

nach Hause gekommen war. Ich warf einen Blick auf die Uhr. Halb Vier.

Ich hörte ein Scheppern, dann knallte etwas auf den Boden. Kaden schimpfte lauthals.

Klang er etwa so, wenn er Weiber abschleppte? Hoffentlich nicht. Ich fand das nicht besonders sexy. Vielleicht war das aber auch einfach seine Art, Liebesbekundungen zu machen. Es gab ja Leute, die auf Dirty Talk standen.

Plötzlich wurde es still. Das fand ich noch merkwürdiger. Nach ein paar Minuten begann mir die Stille Sorgen zu bereiten und ich stieg aus dem Bett. Vorsichtigen Schrittes lief ich zur Tür und öffnete sie einen Spaltbreit.

Ich sah bloß Füße, die aus dem Flur durch die Tür ins Wohnzimmer ragten. Sofort eilte ich aus meinem Zimmer.

»Was machst du da?«, fragte ich und verschränkte die Arme vor der Brust.

Kaden lag auf dem Bauch ausgestreckt mitten im Flur. Jetzt erkannte ich, was so gescheppert hatte: Beim Versuch, seine Schuhe auszuziehen, war er gegen die Garderobe geknallt und hatte sie im Fallen mit sich umgerissen.

Er stieß ein gedämpftes Stöhnen aus.

Ich seufzte und hockte mich zu ihm, um ihm seine Engineer-Boots von den Füßen zu streifen. Gerade, als ich es geschafft hatte, begann er zu strampeln. Ich stellte den zweiten Schuh zum ersten und baute mich wieder vor ihm auf.

»Lass mich«, murmelte er. Er versuchte, sich aufzurichten, schaffte es allerdings gerade einmal, sich mit dem Rücken gegen die Wand zu lehnen. Sein Kopf sackte zur Seite. Seine Lippen waren leicht geöffnet, die Augen geschlossen.

»Du kannst nicht im Flur schlafen«, sagte ich laut.

Er rümpfte die Nase und machte eine wegwerfende Handbewegung.

Ich schüttelte seufzend den Kopf. Wie konnte es sein, dass ich die Jüngste von meinen Freunden war und doch besser mit Alkohol umzugehen wusste als alle anderen? Einzig Spencer war mir vernünftig erschienen. Andererseits war es eigentlich ganz normal, in diesem Alter mit dem Trinken anzufangen. Meine Vorgeschichte war definitiv kein Maßstab.

»Komm schon, Kaden«, murmelte ich und hockte mich neben ihn. Ich schlang einen Arm um seine Taille und legte mir seinen um die Schulter, damit er sich abstützen konnte.

»Du sollst mich in Ruhe lassen.« Diesmal war seine Stimme laut und deutlich.

»Stell dich nicht so an und lass dir helfen, verdammt noch mal!«

Unbeirrt zog ich ihn hoch. Es gelang mir nur gerade so, sein Gewicht zu halten und ihn durch das Wohnzimmer zu manövrieren. Alle zwei Schritte stieß er gegen ein anderes Möbelstück. Man hätte fast denken können, dass er das mit Absicht tat.

In seinem Zimmer angekommen, half ich ihm, seine Decke auszubreiten und beiseite zu schlagen, damit er beim Hinlegen keine Probleme damit bekommen würde. Das Gleiche hatte ich wenige Stunden zuvor auch für Dawn getan. Danach machte ich mich auf die Suche nach Aspirin und holte eine Wasserflasche aus der Küche.

Als ich zurück in sein Zimmer kam, kämpfte Kaden mit seinem Gürtel. Sein Shirt lag bereits am Boden, ebenso wie seine Socken. Ich stellte die Flasche auf dem Nachttisch ab, gerade als er sich rücklings auf das Bett fallen ließ. Er trug nichts als eine enge Boxershorts. Hastig wandte ich meinen Blick ab. Und ich hatte gedacht, dass es nur diese elenden Schriftzüge auf seinen Armen wären, die mir das Leben hier zur Hölle machen würden.

»Hier, nimm die«, forderte ich und hielt ihm die Tabletten hin. Brav schob er sie in den Mund und würgte sie trocken runter. Schon vom Zusehen wurde mir übel, und ich reichte ihm die Wasserflasche. »Und jetzt trinkst du mindestens bis hier aus.« Ich deutete auf die oberste Rille.

»Dir ist klar, dass ich schon öfter betrunken war, oder?«, meinte Kaden mit einem schiefen Grinsen, setzte sich aber gleich darauf das Wasser an die Lippen.

»Kann ich dich jetzt alleine lassen, ohne dass du gegen irgendwelche Sachen schepperst?«, fragte ich.

Kaden stellte die Flasche auf seinem Nachttisch ab. Noch immer umspielte dieses freche Lächeln seine Lippen. Mit dem zerzausten Haar und den Lachfältchen um seine Augen sah er unwiderstehlich aus. Obwohl ich eigentlich weggucken wollte, konnte ich meinen Blick nicht von ihm reißen.

Er musste Gewichttraining machen, da war ich mir ziemlich sicher. Solche ausgeprägten Muskeln bekam man nicht vom Wandern. Ich starrte seinen nackten Oberkörper an, die Muster auf seinem Bizeps, seinen Bauch und den schmalen Pfad an Härchen, der unter dem Bund seiner Boxershorts verschwand.

Er hatte wirklich einen tollen Körper. Kein Wunder, dass meinen Freundinnen das Wasser im Mund zusammenlief. Mir ging es nicht anders, ganz gleich, wie sehr ich mich dagegen sträubte.

»Du checkst mich ab«, stellte Kaden fest und setzte sich auf. Er sah ziemlich zufrieden mit sich aus, wirkte beinahe erfreut.

»Was?« Ertappt riss ich die Augen auf und schüttelte heftig den Kopf. »Tue ich überhaupt nicht!«

»Du wirst rot, wenn du lügst. Wusstest du das?« Er betrachtete mich eindringlich.

Ich fasste an meine Wangen und lief um das Bett herum, um

so schnell wie möglich zurück in mein Zimmer zu verschwinden. »So ein Quatsch.«

»Du weißt, dass es wahr ist!«, rief er lachend und warf sich zurück in die Kissen. Selbstgefällig verschränkte er die Arme hinter dem Kopf. Er dachte überhaupt nicht daran, sich zuzudecken, sondern hob stattdessen provozierend eine Braue. Als wollte er mich herausfordern, ihn noch eine Weile länger anzusehen. Dieser selbstverliebte Blödmann.

»Gute Nacht, Kaden.«

Ich kehrte ihm den Rücken zu und ging zur Tür.

»Allie?«

Ich hielt inne und drehte mich noch einmal zu ihm um. Wieder hatte er sich leicht aufgerichtet. Das Grinsen war aus seinem Gesicht verschwunden.

»Ich habe gelogen«, sagte er nachdenklich. Ich hörte, dass er sich Mühe gab, deutlich zu sprechen, doch die Worte kamen langsam und schwerfällig, so als klebte seine Zunge am Gaumen. Seine Stimme war noch tiefer als sonst.

»Was meinst du?«, fragte ich und löschte das Oberlicht.

»Das Kleid«, murmelte Kaden. Ich hörte die Decke rascheln, als er sie im Dunkeln über sich zog. »Es stand dir ganz fantastisch.«

Grinsend schloss ich die Tür hinter mir.

kapitel 8

Am nächsten Morgen wachte ich von einem Kribbeln im Nacken auf. Ich blinzelte schläfrig, bekam aber kaum die Augen auf, so geschafft war ich von letzter Nacht. Ich beschloss, mich noch einmal umzudrehen und weiterzuschlafen.

Ein tiefes Lachen ertönte.

Ich stöhnte laut, griff nach einem meiner Kissen und warf es blind in die Richtung, aus der das Lachen kam. »Raus hier!«

»Ich komme in Frieden und bringe Kaffee.«

Sofort wurde ich hellhörig und setzte mich auf. Ich rieb ein paarmal über mein Gesicht, in der Hoffnung, dadurch etwas wacher zu werden. Dann klaubte ich meine Brille von der Fensterbank und setzte sie auf. Ich hatte keine große Sehschwäche, aber in manchen Situationen brauchte ich sie, um einigermaßen scharf zu sehen. Zum Beispiel beim Autofahren. Oder morgens, wenn mich ein Wahnsinniger viel zu früh aus dem Schlaf riss.

Ein Becher tauchte direkt vor meiner Nase auf. Ich blickte an ihm vorbei in die Augen eines erstaunlich fit wirkenden Kadens. Einzig sein blasses Gesicht ließ vermuten, dass er womöglich einen Kater hatte.

»Womit habe ich Kaffee am Bett verdient, Mr White?«, neckte ich ihn und legte die Hände um den warmen Becher.

Als ich zum Trinken ansetzen wollte, stieg mir ein vertrauter Geruch in die Nase. Ich stutzte. »Du hast ja sogar Creamer reingemacht!«

Kaden zuckte mit den Schultern und ließ sich auf meinen Schreibtischstuhl fallen. »Ich schätze, das bin ich dir nach gestern Nacht schuldig.«

»So ein Quatsch«, entgegnete ich aufrichtig. Ich hatte ihm lediglich einen Freundschaftsdienst erwiesen. Er hätte schließlich nicht im Flur schlafen können.

»Ich meine es ernst. Danke.«

»Wirst du jetzt zum Softie oder was?«, fragte ich stirnrunzelnd. »Oder gibt es hier irgendeinen Haken? Muss ich noch das Kleingedruckte lesen?«

»Du blubberst schon wieder.« Kaden schüttelte den Kopf. Er blickte ernst drein, aber das Funkeln in seinen Augen verriet mir, dass ihn unser Gespräch amüsierte.

Ich nahm einen riesigen Schluck von meinem Kaffee und seufzte genüsslich. »Müsstest du nicht eigentlich einen fetten Kater haben?«

Auch wenn es mir an diesem Morgen verhältnismäßig gut ging und ich die Cocktails von letzter Nacht gut vertragen hatte, wollte ich es unbedingt wissen, wenn er ein Heilmittel für solche Fälle hatte. So etwas würde bestimmt irgendwann mal hilfreich sein.

»Mein Kopf pocht ein bisschen, aber ich glaube, die Aspirin haben ihren Dienst getan.« Er rieb sich kurz über die Stirn. »Aber ich hätte sonst auch noch eine andere Medizin, die gegen Kater hilft.«

»Die da wäre?«, fragte ich.

Kaden grinste schief. »Frische Luft.«

Ich sah das Funkeln in seinen Augen und schüttelte sofort den Kopf. »Oh, nein. Beim letzten Mal habe ich solche Blasen bekommen, ich glaube nicht, dass ich das ein zweites Mal überleben würde. Ich meine, es hat echt Spaß gemacht, wenn man mal von den ganzen Verletzungen absieht, die ich mir zugezogen habe, aber …«

»Du erweckst meinen Kater zum Leben, wenn du so schnell und viel auf einmal redest«, stöhnte er und presste sich die Hände auf die Ohrmuscheln.

Ich verdrehte die Augen. »Was ich sagen wollte, war, dass ich mir erst geeignetes Schuhwerk besorgen muss, bevor ich das nächste Mal einen Berg mit dir besteige.«

Kaden deutete auf meine Kommode. »Da hab ich mich schon drum gekümmert.«

Mein Blick folgte der Bewegung seines Arms und ich stutzte. Nachdem ich kurz sichergestellt hatte, dass ich eine präsentable Hose trug, strampelte ich mich aus meiner Decke frei und stieg aus dem Bett. Ich lief zu meiner Kommode, um mir die Schuhe anzusehen, die dort standen.

Wanderschuhe.

Braun, mit Schnürung und einem dicken, robusten Profil.

Kaden hatte mir tatsächlich Wanderschuhe besorgt.

Fassungslos drehte ich mich zu ihm um. »Hast du mir etwa Schuhe gekauft?«

Angesichts meines Gesichtsausdrucks lachte er leise und schüttelte den Kopf. »Monica wollte ihre nicht mehr. Ethan hat sie früher manchmal gezwungen, ihn zu begleiten, aber inzwischen ziehen die beiden kaum noch los. Ich dachte, vielleicht passen sie dir.«

»Das ist echt nett von dir.« Ich war ehrlich überrascht über diese aufmerksame Geste.

»Nett ist ein widerliches Wort.« Er sträubte sich und sah dabei ein bisschen wie eine Katze aus.

Ich musste lachen. »Da bist du einmal lieb zu mir und wehrst dich dann gleich, wenn ich mich darüber freue«, sagte ich, bevor ich wieder an meinem Kaffee nippte.

Kaden verzog das Gesicht. »Ich bin nicht lieb. Diese Brille ist hässlich.«

Ich verdrehte die Augen. »Na, vielen Dank auch.«

»Ohne Scheiß, du siehst aus wie eine biedere Bibliothekarin oder so. Und jetzt mach, dass du aus dem Bett kommst. Ich will los.« Er warf mir denselben Pullover zu, den ich auch beim letzten Mal angehabt hatte.

Ich seufzte, als er den Raum verließ. Gleichzeitig konnte ich ein Lächeln nicht unterdrücken.

Diesmal war es viel kälter als bei unserer ersten Wanderung. Der Herbst war bereits ein ganzes Stück näher gerückt, und ich fröstelte, während wir die Steigung hinaufliefen. Auch heute hatte ich den Soundtrack im Auto bestimmen dürfen. Ich hatte mich für ein altes Album von Fall Out Boy entschieden und glaubte, dass Kaden meine Wahl gefiel. Die ganze Fahrt über hatte er im Takt auf das Lenkrad getippt, während ich mit einer beeindruckenden Luftgitarren-Performance die Solos begleitet hatte.

»Ein bisschen langsamer«, japste ich und stemmte für einen Moment die Hände in die Hüften. Mein Seitenstechen war nicht von schlechten Eltern.

»Wenn wir noch langsamer werden, sind wir vor Sonnenuntergang nicht oben, und dann ist der Ausblick scheiße«, rief Kaden mir ungerührt über seine Schulter zu. Er hatte einen Vorsprung von gut zehn Metern und machte keine Anstalten, auf mich zu warten. Der Kerl kannte keine Gnade.

Diesmal führte er mich einen anderen Weg hinauf. Es war unglaublich, wie gut er sich auskannte – hier waren keinerlei Trampelpfade, und obwohl wir kein GPS Gerät bei uns hatten, fand Kaden sich ohne Probleme zurecht. Als hätte er einen siebten Sinn einzig für diese Gegend.

Plötzlich hielt ich inne. Ich konnte ein entferntes Rauschen hören. Zwar nur schwach, aber ich war mir sicher, dass hier in der Nähe ein Bach floss oder dergleichen.

»Komm schon!« Kaden war nun doch stehen geblieben und tippte ungeduldig mit den Füßen. An ihm war ein Motivationstrainer verloren gegangen.

Das brachte mich auf eine Idee. »Sag mal, was studierst du eigentlich?«, fragte ich zwischen abgehackten Atemzügen, als wir endlich wieder auf einer Höhe waren.

»Journalistik im Hauptfach. Im Nebenfach Grafikdesign.«

»Das klingt spannend. In welche Branche willst du?« Ein Glück hatten mir Monicas Schuhe gerade so gepasst. Mit ihnen klappte das Wandern schon viel besser, und es bereitete mir weniger Probleme, Kaden durchs Geäst zu folgen.

»Keine Ahnung.« Er klang nachdenklich. »Am liebsten irgendwas im Bereich Film, aber ich weiß, wie schwer es ist, in der Medienbranche Fuß zu fassen. Gerade im Moment, wo der Printbereich den Bach runtergeht. Deshalb halte ich meine Kurse breit gefächert, statt einen Schwerpunkt zu setzen.«

Ich war völlig verblüfft. So viel hatte er noch nie auf einmal gesagt.

»Was ist mit dir?«, fragte er und warf einen Blick über die Schulter.

»Ich möchte Lehrerin werden«, sagte ich schlicht.

»Welches Level?«, hakte er nach und hielt einen Zweig, der in unseren Weg hineinragte, hoch, damit erst ich und dann er hindurchschlüpfen konnten.

»Highschool.«

Ich spürte Kadens Blick auf mir, doch ich lief unbeirrt weiter.

»Eine ziemlich wortkarge Antwort für deine Verhältnisse, Bubbles«, meinte er spöttisch.

Ich zuckte mit den Schultern. Besonders viel gab es dazu nicht zu sagen. Meine Eltern hielten es für absurd, dass ich Kinder unterrichten wollte. Aber meine Entscheidung stand fest.

»Warst du eines dieser Mädchen, die in der Schule gemobbt wurden und jetzt das Leben anderer verändern möchten?«, fragte Kaden.

Ich blieb ruckartig stehen. Mein Herz raste. »Nein.«

»Dann warst du der Star der Highschool und Captain der Cheerleader und hängst immer noch deinen Erfolgen nach«, vermutete er weiter.

Mir wurde übel, so sehr schoss mein Puls in die Höhe. Ich wollte nicht an die Schulzeit zurückdenken, nicht daran, wer ich gewesen war. Ich blieb stumm.

Kaden interpretierte das als Aufforderung, mit dem Raten fortzufahren.

»Oder vielleicht warst du eines dieser Mädchen, das alles Mögliche getan hat, um Aufmerksamkeit zu bekommen? Alkohol, Partys, Männer und so weiter?«

»Halt die Klappe!«, zischte ich und ballte die Hände so fest zu Fäusten, dass es schmerzte. Die Augen zu wütenden Schlitzen zusammengekniffen, starrte ich Kaden an.

Er hatte ins Schwarze getroffen. Und der überraschte Ausdruck auf seinem Gesicht verriet mir, dass er das soeben realisiert hatte.

»Allie …«

»Nein.«

Er trat einen Schritt auf mich zu, während ich meine zitternden Arme vor der Brust verschränkte. »Tut mir leid, wenn ich dir zu nahe getreten bin.«

Ich schnaubte.

Er war plötzlich ganz ernst und sah mich eindringlich an. »Es interessiert mich wirklich, wieso du unterrichten möchtest.«

Ich schluckte schwer und wandte den Blick von ihm ab. Den wahren Grund hatte ich bisher noch niemandem erzählt. Eigentlich wollte ich auch nicht, dass ihn jemand erfuhr. Schon gar nicht Kaden.

»Okay, dann mache ich den Anfang«, sagte Kaden unvermittelt. »Wenn es nach meinem Vater ginge, würde ich Wirtschaft und Betriebswesen studieren, um später in seine Firma einzusteigen, genau wie mein älterer Bruder Alex.« Er schüttelte den Kopf und schob seine Kappe nach hinten. »Es interessiert ihn nicht, dass ich eigentlich genau das Gegenteil tun möchte. Meine Leidenschaft gehörte schon immer dem Film und Design. Meine Mom hat mich auf Journalistik gebracht.«

Diesmal hielt ich ein paar Äste hoch, damit Kaden darunter durchgehen konnte. Ich sagte nichts, sondern presste meine Lippen fest aufeinander. Ich wusste, dass das Ganze bloß eine von Kadens üblichen Kabbeleien und seine Worte nicht böse gemeint gewesen waren. Trotzdem hatten sie unliebsame Erinnerungen in mir hervorgerufen, die meinen Puls zum Rasen brachten.

Das ist doch nur wieder eine Eskapade, weil du zu wenig Aufmerksamkeit bekommst, hörte ich Dads Stimme deutlich in meinem Kopf.

Krampfhaft versuchte ich mich auf Kaden zu konzentrieren. Auf meine Umgebung, den Berg, die festen Baumwurzeln unter meinen Stiefeln, das Zwitschern der Vögel.

Ich war frei. Das hier war meine Freiheit. Ich war nicht mehr die Person, die ich früher gewesen war, und das hier hatte nichts mit dem zu tun, was damals geschehen war.

Ich wiederholte das in meinem Kopf, einmal, zweimal, dreimal. Solange bis ich das Gefühl hatte, wieder nach mir selbst zu klingen.

»Was hat dein Dad dazu gesagt?«, fragte ich nach einer Weile.

Kaden vergrub die Hände in den Taschen. »Er war nicht sonderlich begeistert. Meinte, ich solle lieber ein Fach studieren, das mir in Zukunft auch etwas bringt. Als ich hergezogen bin, hat er mir jegliche Unterstützung verweigert.«

»Was?«, stieß ich laut hervor.

Kaden zog bloß die Schultern hoch.

»Nur weil deine Träume nicht seinen entsprechen, kann er dich doch nicht einfach im Stich lassen. Ich meine, du bist sein Sohn!« Auch wenn ich nicht genau sagen konnte, warum, machte mich das, was Kaden erzählte, unsagbar wütend.

»Auf seine Unterstützung kann ich verzichten.« Kaden mied meinen Blick. Er hob eine Hand und nestelte an seiner Cap herum.

»Was für ein Arschloch«, sagte ich aufgebracht. Sofort bemerkte ich meinen Fehler und starrte Kaden erschrocken an. »Oh, das habe ich nicht so gemeint. Ich wollte nur …«

»Schon in Ordnung.« Er grinste schief und seine Karamell-Augen funkelten im Sonnenlicht. »Mir gefällt dein loses Mundwerk.«

Meine Wangen wurden warm, als er mich so ansah. Verrückt, wie viele Emotionen innerhalb eines so kurzen Zeitraums durch einen Körper strömen konnten. Panik, Verzweiflung unsägliche Angst … jetzt dieses heftige Flattern, das sich in meinem Brustkorb breitmachte.

»Ich … ich möchte das Leben von jungen Menschen verändern.« Die Worte kamen wie von selbst, sie purzelten einfach aus mir heran. Noch nie hatte ich jemandem davon erzählt. »Völlig naiv, ich weiß. Aber die Schulzeit ist für so viele die härteste Zeit im Leben. Abgesehen davon, dass ich den Schülern natürlich auch gerne Dinge beibringen möchte, will ich für sie jemand sein, zu dem sie kommen können, wenn ihnen etwas auf dem Herzen liegt. Ich möchte ihnen beibringen, was wirklich wichtig ist. Ich will …« Ich stockte. Das Rauschen von vorhin war hier deutlicher wahrzunehmen, und ich setzte meinen Weg instinktiv in die Richtung fort, aus der es kam.

»Was willst du?«, fragte Kaden dicht hinter mir. Er klang nicht urteilend oder gelangweilt, wie meine Eltern, wenn ich versucht hatte, ihnen meine Wünsche zu offenbaren.

»Ich will ihnen nicht nur die Dinge beibringen, die im Lehrplan stehen. Es gibt so viele Werte, die darin nicht berücksichtigt werden und auf dem Weg verloren gehen. Unmengen von Jugendlichen haben keine Bezugsperson, niemand interessiert sich für sie. Ich möchte diese Person für sie sein – jemand, zu dem sie kommen können, wenn sie Führung brauchen. Es ist nicht so, dass ich besonders gut in der Schule war … darum geht es auch gar nicht. Ich wünsche mir einfach, etwas Positives im Leben dieser Kinder zu bewirken. Ihnen das zu geben, was sie von ihrer Familie möglicherweise nicht bekommen, und sie auf die richtige Bahn zurückzulenken, wenn sie mal falsch abgebogen sind.«

Kaden lief nun wieder neben mir. Er sah mich von der Seite an, und ich spürte, dass mein ganzer Kopf hochrot war. Doch je mehr ich redete, desto leichter fiel es mir. Es tat gut, diese Gedanken einmal laut auszusprechen.

»Deine Intentionen gefallen mir«, meinte Kaden wenig später. »Es gibt zu viele Leute, die nur an Schulen wollen, weil sie der tollen Zeit hinterherhängen, die sie dort hatten. Man findet selten Lehrer, die ihr ganzes Herz in ihre Arbeit stecken. Die sich ernsthafte Gedanken um ihre Schüler machen.« Er warf mir einen weiteren Blick von der Seite zu. »Ich denke, du wirst eine fabelhafte Lehrerin abgeben.«

»Meinst du wirklich?«, platzte es aus mir heraus.

Kaden zuckte die Achseln und grinste. »Du plapperst ununterbrochen. Ich glaube, das ist eine gute Voraussetzung. Die meisten Lehrer hören sich doch ganz gerne selbst reden.«

Ich machte eine Grimasse und stolperte prompt über eine Baumwurzel. Kaden bekam meinen Arm zu fassen und stützte mich. Als ich mich wieder gefangen hatte, ließ er ihn sofort los.

»Außerdem wirst du dann die Ehre haben, in vielen feuchten Träumen die Hauptdarstellerin zu sein.« Er hob die Brauen anzüglich. »Ich erinnere mich noch genau an meinen ersten Traum mit meiner damaligen Klassenlehrerin. Ms Shaw war echt heiß.«

Ich verzog angewidert das Gesicht. »Igitt.«

»Nein, im Ernst. Sie hatte immer diese Blusen an, deren Knöpfe so sehr über der Brust gespannt haben, dass wir Wetten darauf abgeschlossen haben, ob sie …«

»Kaden!«, rief ich.

»Bei deinen Beinen wird es nicht lange dauern, bis die vorpubertären Scheißer sabbernd in der ersten Reihe sitzen.«

»Das klingt, als hättest du mit so was reichlich Erfahrung.« Ich schaffte es nicht länger, mein Grinsen zu unterdrücken.

»Ach, auf der Highschool war ich harmlos.«

Seine Stimme hatte einen merkwürdigen Beiklang bekommen, und sein Blick wirkte verschleiert, als hätte ihn plötzlich eine Erinnerung eingeholt. Er runzelte die Stirn.

»Aber jetzt bist du es nicht mehr«, stellte ich vorsichtig fest.

Kaden bemerkte meinen fragenden Blick. »Nein, jetzt nicht mehr«, sagte er und grinste wieder durchtrieben. »Harmlos sein wird überbewertet. Da entgeht einem doch der ganze Spaß.«

Ich schüttelte den Kopf. »Dann ist also alles wahr, was man so über dich hört.«

»Was hört man denn so über mich?«, fragte er und bog plötzlich rechts ab. Hier war das Wasserrauschen noch lauter, und er musste die Stimme anheben.

Ich erinnerte mich an die Geschichten, die über Kaden am Campus die Runde machten, und beschloss, seine Frage nicht allzu ausführlich zu beantworten.

»Man hört von reichlich Herzschmerz«, japste ich, während ich versuchte, mich an einem Felsen hochzuziehen. Kaden war direkt über mir und hielt sich nur mit einer Hand fest. Er ließ das Wandern und Klettern so mühelos erscheinen – ich hingegen musste wie eine Sumoringerin aussehen, die einen Militärmarsch absolvierte.

»Glaub mir, die Frauen wissen immer, worauf sie sich bei mir einlassen, ich mache niemandem etwas vor. Aber letzten Endes sind wir Kerle immer die Bösen«, sagte er.

Ich rollte mit den Augen. »Da wundert es mich nicht, wenn du mit Höchstgeschwindigkeit auf die Schnauze fällst. Unverfänglich rummachen wollen, ohne Verpflichtungen – das kann ja nur schiefgeh…« Ich schrie auf, als ich mit dem Fuß abrutschte und meinen Halt auf dem Stein verlor.

Ein fester Griff um meinen Oberarm verhinderte, dass ich fiel. Kaden zog mich zu sich hoch, dann ließ er meinen Arm wieder los und betrachtete mich kritisch.

Ich seufzte. »Du brauchst gar nicht so gucken. Die Mädchen fangen an, dich zu mögen, und machen sich Gedanken um dich. Bei Leuten, die ich mag, geht mir das genauso.«

Kaden neigte seinen Kopf und ließ seine Augen langsam über mein Gesicht wandern. Ich hatte keine Ahnung, was er dachte, als er schließlich sagte: »Deshalb hast du mich gestern ins Bett gebracht.«

»Ich habe dich ins Bett gebracht«, gab ich zurück, »weil du schlecht im Flur hättest schlafen können. Außerdem hast du mich mit deinem Gepolter wach gehalten.« Ich wollte Kadens intensivem Blick ausweichen, doch das ließ er nicht zu. Stattdessen kam er mir so nahe, dass seine Stirn fast meine berührte und raunte: »Du hast mich ins Bett gebracht, weil du mich magst.«

»Tue ich überhaupt nicht.« Meine Stimme sollte eigentlich kühl und emotionslos klingen. Das beherrschte ich doch auf Knopfdruck – wieso gelang es mir gerade jetzt nicht?

»Und ob du das tust. Es liegt in deiner Natur, dich um Dinge zu kümmern, das hast du selbst gesagt. Und ich könnte wetten, dass dich genau die Dinge am meisten reizen, die nicht mehr zu reparieren sind.«

Ich spürte seinen Atem auf meiner Stirn und schluckte schwer. »Was soll das heißen? Dass du kaputt bist?«

Er antwortete nicht auf die Frage und ließ seinen Blick stattdessen wortlos über mein Gesicht schweifen. Für einen kurzen Augenblick verharrte er an meinen Lippen, bevor er zurück zu meinen Augen zuckte. »Glaub mir, Bubbles. Das möchtest du nicht herausfinden«, sagte er schließlich.

Kaden wusste gar nicht, wie sehr ich ihn in diesem Moment verstand. Das tat ich wirklich. Jedes seiner Worte konnte ich auf meine eigene Situation anwenden. Es war fast, als sprächen wir über mich, nicht über ihn.

»Du bist nicht kaputt, Kaden. Bloß ein bisschen verbogen. Das ist nichts, was man nicht wieder hinbekommt«, sagte ich leise. Das Wasserrauschen war inzwischen so laut, dass ich mir nicht sicher war, ob er mich überhaupt verstanden hatte. Eine Weile lang standen wir uns einfach nur gegenüber und sahen einander an, bis Kaden schließlich kurz den Kopf schüttelte und sich abwandte.

Er nahm seine Cap vom Kopf und fuhr sich mit der Hand durch die Haare. Dann trat er einen Schritt zur Seite und gab mir die Sicht auf das frei, was vor uns lag.

Mein Mund klappte auf.

Endlich konnte ich erkennen, woher das Rauschen kam. Kaden hatte mich zu einem riesigen Wasserfall geführt.

»Oh mein Gott …«, entfuhr es mir ungläubig.

Zwischen etlichen ineinander verschlungenen Bäumen und Büschen hindurch brachen mächtige Wassermassen aus den Gesteinsöffnungen des Berges hervor. Sonnenstrahlen ließen das Wasser bunt schillern, während es steil die Felswand nach unten auf einen See stürzte.

»Komm«, meinte Kaden und nickte mit dem Kinn zu dem See.

Ich konnte kaum den Blick von dem schönen Ausblick abwenden, doch mein Bergführer war bereits wieder losgegangen.

Ich folgte ihm einen schmalen Pfad entlang, der an moosbehangenen Steinen vorbei direkt zum lauten Wassersturz führte. Je weiter wir nach unten kamen, desto glitschiger und glatter wurden die Steine. Feiner Regen nieselte auf uns hinab. Ich war von diesem Naturereignis überwältigt.

Irgendwann kamen wir beim Ufer des Sees an. Ich musste den Kopf in den Nacken legen und mich mit einer Hand vor meinen Augen vor dem Nieseln schützen, um den Wasserfall zu sehen.

Eine Bewegung zu meiner Rechten ließ mich stutzen.

Eine Sekunde später starrte ich auf Kadens nackten Rücken.

»Was tust du da?«, stammelte ich, als er auch seine Boots abstreifte und an seinem Gürtel zu fummeln begann. Hilflos betrachtete ich die schwarze Feder über seiner linken Taille, die so fein gestochen war, dass ich alle Details gar nicht auf einen Blick erkennen konnte.

»Wonach sieht's aus, Bubbles?«, gab er ungerührt zurück, den Blick auf das Wasser geheftet. Er drehte sich kurz um und zwinkerte mir zu, bevor er Anlauf nahm und in den See sprang.

Ich hielt die Luft an, bis er wieder auftauchte, das nasse Haar aus seiner Stirn schüttelte und einen Jauchzer ausstieß.

»Ist das nicht viel zu kalt?«, rief ich, die Hände vor meinem Mund zu Lautsprechern geformt.

»Teste doch selbst«, rief er zurück.

Ich konnte seine Worte nur gerade so verstehen. Das Rauschen des Wasserfalls war unglaublich laut.

Eines musste man Kaden lassen: Er machte sich keine Gedanken darüber, was andere von ihm dachten. Was die Gesellschaft von ihm erwartete, war ihm vollkommen egal – wenn er im Herbst halbnackt in einem See baden wollte, dann tat er das, ohne eine Sekunde zu zögern. Ich bewunderte ihn in dieser Hinsicht. Er versprühte nicht nur Leben, sondern auch Freiheit. Kaden machte sich von allem frei und war einfach er selbst. Ich wollte auch so durchs Leben gehen wie er.

Also zögerte ich nicht länger, sondern streifte mir das Sweatshirt über den Kopf und strampelte mir die Hose von den Beinen.

Flüchtig sah ich an mir hinab und stellte glücklich fest, dass ich präsentable Unterwäsche trug. Das Set war rosafarben und aus Spitze, die Panties nicht zu knapp. In einem Bikini hätte ich genauso viel Haut gezeigt. Abgesehen davon beachtete mich Kaden auch überhaupt nicht, sondern schwamm mit kräftigen Zügen in Richtung der Mitte des Sees.

Vorsichtig berührte ich mit meinen Zehen das Wasser – und quiekte auf. Es war verdammt kalt.

Natürlich musste Kaden sich genau in dieser Sekunde umdrehen. Ich wich ein Stück zurück und hüpfte ein paar Mal auf der Stelle, um mir Mut zu machen.

»Sei kein Schisser«, rief er herausfordernd, und ich beschloss, das mit der Bewunderung für ihn noch mal zu überdenken.

Ich kniff die Augen zusammen und ballte meine Hände zu Fäusten. Dann nahm ich Anlauf.

Mit einem lauten Schrei stürzte ich mich ins Wasser und tauchte unter. Kälte umschloss mich, und das Rauschen verschwand. Ich tat ein paar kräftige Züge unter Wasser und öffnete sogar übermütig die Augen. Ich erkannte nichts, alles war grün und trüb. Als ich wieder auftauchte, war ich bereits viel näher an der Aufprallstelle des Wasserfalls. Hier war die Gischt dichter, und über mir schillerte das herunterstürzende Wasser in Regenbogenfarben.

»Hab dich.«

Wie aus dem nichts war Kaden hinter mir aufgetaucht und hatte meine Taille mit seinen starken Armen umschlossen. Ich schnappte nach Luft, als ein Schauer sich über meinem gesamten Körper ausbreitete, und schluckte schwer …

Da hob Kaden mich in die Luft und schleuderte mich gefühlte drei Meter weit von sich.

Ich prallte auf und tauchte augenblicklich unter. Jegliche Luft wich aus meinen Lungen, was aber vor allem an dem Schreck lag. Wütend strampelte ich mich an die Wasseroberfläche.

»Du verdammter …«, schrie ich keuchend.

»Ist was?« Kaden ließ sich auf dem Wasser treiben, seine Arme entspannt von sich gestreckt. Er tat, als wäre nichts gewesen.

Wenn er dachte, dass ich das auf mir sitzen ließ, kannte er mich wirklich kein bisschen.

Ich machte einen Satz auf ihn zu und drückte ihn mit beiden Armen unter Wasser. Mit so einem Angriff hatte er eindeutig nicht gerechnet. Erst, als er unter Wasser war, schien er zu realisieren, was gerade geschehen war, und schüttelte mich ab. Er packte mich mit festem Griff an der Hüfte, hob mich hoch und warf mich über seine Schulter.

»Lass mich sofort runter!«, kreischte ich und strampelte wie eine Verrückte.

Kaden schnaubte. »Träum weiter.«

Ich trommelte mit den Fäusten auf seinen Rücken, doch das ließ ihn kalt. Stattdessen begann er zu schwimmen, seinen einen Arm um mich geschlungen. Immer dichter wurden die Wasserspritzer, immer fester prasselte es auf mich nieder. Ich schrie Kaden weiter an, obwohl ich wusste, dass er mich bei dem ohrenbetäubenden Rauschen nicht hören konnte. Wir erreichten den Wasserfall. Ich versuchte, den Kopf zu heben, doch das Wasser stürzte so kraftvoll auf uns herab, dass es ihn wieder nach unten drückte.

Einzig Kadens starkem Griff hatte ich es zu verdanken, dass ich auf der anderen Seite des Wasserfalls ankam. Sein Griff wurde erst jetzt wieder sanfter, und als er mich von seiner Schulter gleiten ließ und wieder auf die Beine stellte, spürte ich die gesamte Länge seines Körpers an meinem. Ich merkte kaum, wie meine Füße auf festen Grund trafen – viel zu heftig war die Hitze, die mich durchlief.

Kaden blickte mit dunklen Augen auf mich hinab, das Karamell darin war zu einem satten Bronze geworden. Von seinen Lippen, überall von seiner Haut perlte das Wasser. Ich wusste nicht, wie, aber meine Hände hatten ihren Weg zu seiner Brust gefunden, genau wie seine zu meinen Hüften.

Jeder Muskel meines Körpers war angespannt, alles in mir prickelte beinah unerträglich. Ich spürte einen Knoten tief in meinem Inneren, der noch nie zuvor da gewesen war. Meine Brustwarzen verhärteten sich, ein Kribbeln breitete sich von meinem Magen in meinen Unterleib aus.

Diese Spannung, die zwischen uns herrschte … Ich konnte sie nicht nur darauf zurückführen, dass wir fast nackt waren. Sie kam von woanders, von viel tiefer in mir. Und genau das bereitete mir plötzlich eine Heidenangst.

Ich hielt diese Nähe keine Sekunde länger aus. Das Verlangen und die Hitze waren schlichtweg zu überwältigend. Ich fürchtete, dass ich jeden Moment etwas tun könnte, was ich im Nachhinein bereuen würde.

Trocken schluckte ich und ließ meine Hände sinken. »Regel drei«, brachte ich heiser hervor und wich ein Stück zurück. Als würden die paar Zentimeter reichen, um meine innerliche Unruhe zu tilgen.

Kaden blinzelte mehrmals, bevor sich sein Blick wieder klärte.

Mit einem Mal fühlte es sich viel zu intim an, lediglich mit meiner Unterwäsche bekleidet vor ihm zu stehen. Ich knickte die Beine ein und tauchte mit meinem Körper in das Wasser, sodass nur noch mein Kopf an der Oberfläche war.

Ich sah mich um. »Es ist wunderschön hier«, meinte ich betont locker. Ich suchte zwanghaft nach einem unverfänglichen Thema, das die Spannung zwischen uns löste. »Bist du öfter hier?«

Wir befanden uns in einer kleinen Bucht, die direkt hinter dem Wasserfall lag. Hier war das Rauschen nicht mehr so laut, man konnte sogar das Echo meiner Stimme leise vernehmen. Ich legte den Kopf in den Nacken und betrachtete das Innere der Höhle. Die Felsen waren dunkel, fast schwarz, und an einigen Stellen von Moos und anderen sich entlangschlängelnden Pflanzen bewachsen.

»Ja, im Sommer fast täglich. Habe sie letztes Jahr entdeckt.«

Bei Kadens rauer Stimme schoss mein Puls von Neuem in die Höhe. Noch immer kam mein Atem stoßweise. Ich musste mich dringend beruhigen.

»Wie kommt es, dass du dich so gut auskennst? Man könnte meinen, du machst das beruflich.« Ich schwamm ein Stück in die Bucht hinein. Je mehr Abstand ich zwischen mich und Kaden brachte, desto besser. »Vielleicht wäre das etwas, das du Studenten anbieten könntest. Sie zahlen dafür, dass du mit einer Fahne in der Hand voranmarschierst und den Berg raufjagst. Das ist bestimmt eine Nische, damit würdest du eine Menge Kohle machen. Wie bist du hier überhaupt gelandet? Ich meine, wie findet man Höhlen, die sich hinter Wasserfällen verbergen? Auf der Karte unten am Hang habe ich zumindest keine eingezeichnet gesehen.« Wie immer blubberten die Worte einfach aus mir heraus, was ich im Gegensatz zu sonst aber begrüßte. Immerhin löste das meine Anspannung.

Ich war mir ziemlich sicher, ein resigniertes Seufzen aus Kadens Richtung zu hören, und rechnete schon damit, dass er meine Fragen ignorieren würde. Doch dann begann er zu erzählen. Anscheinend war er mit Spencer und Ethan öfter hier unterwegs gewesen. Sie hatten sich zunächst an die Routen der Karte am Holzhaus gehalten, allerdings waren ihnen dort zu viele Touristen begegnet. Irgendwann hatten sie angefangen, sich neue Wege zu suchen und Schnitzeljagden durch das gesamte Tal veranstaltet.

Ich sah ihn nicht an, sondern konzentrierte mich ganz auf seine Stimme, während ich gespannt jedem seiner Worte lauschte.

So verbrachten wir die nächste Stunde – ich fragte ihn über Woodshill und seine Familie aus, während er mir Rede und Antwort stand. Und je länger wir uns unterhielten, desto mehr spürte ich, wie die Anspannung aus meinem Körper wich.

Ich erfuhr, dass Kadens Mutter in Portland lebte und somit bloß wenige Stunden Autofahrt entfernt war. Seine Eltern waren geschieden, und er hatte noch einen älteren Bruder, der mehr nach seinem Vater kam und mit dem er sich nicht sehr gut verstand.

Ich fand es unheimlich spannend, mehr von Kaden zu erfahren, und war überrascht, wie viel er mit mir teilte. Ich hing an seinen Worten und merkte gar nicht, dass mir irgendwann so kalt war, dass meine Zähne klapperten.

Wir beschlossen, zurück ans Ufer zu schwimmen.

Meine nasse Unterwäsche hinterließ Flecken auf Kadens Pullover und meiner Hose, als ich mich wieder angezogen hatte. Die blöden Sprüche konnte er sich natürlich nicht verkneifen. Dann zog er, ohne zu zögern, seine Boxershorts aus – woraufhin ich bestürzt den Blick abwendete und mein Handy aus der Pulli-Tasche kramte. Mein Bedarf an Nacktheit war für heute erfüllt. Ich wollte definitiv nicht freie Sicht auf Kaden Junior haben.

Gedankenverloren entsperrte ich meinen Bildschirmschoner und erstarrte.

Da stand der Name meiner Mutter.

Sie hatte zwei Mal versucht, mich anzurufen.

Hastig löschte ich die Mitteilung und schob meine Hand samt Handy in die Tasche des Pullovers. Ich umklammerte das Gehäuse so fest, dass es in meinen verkrampften Fingern heiß wurde.

Ich würde alles tun, um zu verhindern, dass sie noch einmal versuchte, mich zu erreichen. Ich wollte überhaupt nicht wissen, was sie von mir wollte. Vermutlich war ihr jetzt, einen Monat nachdem ich Denver verlassen hatte, aufgefallen, dass ich abends nicht mehr nach Hause kam.

Kaden betrachtete mich mit einem unergründlichen Blick, sagte aber nichts. Schweigend machten wir uns auf den Rückweg.

Die ganze Zeit über presste ich meine Lippen fest aufeinander, stampfte mit den Füßen fester als nötig auf den Boden und schlug kraftvoll nach den Ästen, die mir den Weg versperrten. Der Name meiner Mutter hatte eine unsägliche Wut in mir hervorgerufen, die ich um jeden Preis wieder loswerden wollte.

»Ich hätte niemals gedacht, dass ich das mal sage«, fing Kaden irgendwann an, als sein Jeep bereits in Sichtweite war. »Aber es gefällt mir nicht, wenn du so still bist. Das passt irgendwie nicht. Ist wie Pizza ohne Käse.«

Meine Hände zitterten in den Taschen seines Pullovers. Ein Anruf von meiner Mutter, und ich war schlagartig wieder dieses schwache, wehrlose Mädchen, das ich nie wieder hatte sein wollen. Verdammter Bockmist. »Ich dachte, das ist genau das, was du willst.«

Er blieb stehen. »Was ist los?«

Ich lief unbeirrt weiter. Ich wollte mich einfach nur in meinem Bett verkriechen und mit einer meiner Lieblingsserien ablenken. »Nichts.«

»Wenn du mir nicht sofort sagst, was los ist, Allison, dann kannst du zu Fuß nach Hause gehen.«

Ich drehte mich um und starrte ihn ungläubig an.

»Guck nicht so. Ich werde dich hier stehen lassen, und dann kannst du sehen, wie du zur Wohnung kommst.« Seine Augen blitzten. »Es ist, weil wir zusammen nackt gebadet haben, nicht wahr? Komm schon, du müsstest eigentlich wissen, dass ich nichts mit dir anfangen würde, selbst wenn …«

»Mach mal halblang!«, rief ich und fühlte, wie meine Wangen heiß wurden. »Mein Gott, du bist so unglaublich von dir überzeugt, dass mir schlecht wird. Erstens waren wir nicht nackt baden – falls du es nicht gesehen hast: Ich hatte Unterwäsche an.«

»Oh, habe ich gesehen. Glaub mir.« Kadens Mundwinkel zuckten.

Ich rollte mit den Augen und drehte mich wieder nach vorne.

»Was ist mit zweitens?«, hakte er nach und schloss mit zwei großen Schritten zu mir auf, sodass wir auf einer Höhe waren.

»Es gibt kein zweitens.« Wer hätte gedacht, dass dieser schöne Tag mit einer solchen Talfahrt enden würde.

»Gut.« Kaden stapfte an mir vorbei und stürmte in einer solchen Geschwindigkeit zu seinem Auto, dass ich nur perplex blinzeln konnte. Er stieg ein und startete den Motor.

Wollte er mich auf den Arm nehmen? Er konnte mich doch nicht einfach zurücklassen! Was, wenn es hier wilde Tiere gab, die nach Beute suchten? Ich wollte nicht als verfaulender Kadaver in der Wildnis enden!

Kaden fuhr einen Schlenker und hielt neben mir an. Das Fenster öffnete sich einen Spaltbreit. »Entweder du sagst mir, weshalb du aussiehst, als hätte sich deine Lieblingsband heute getrennt, oder ich fahre. Deine Entscheidung.«

Ich wurde wütend und verspürte den Drang, fest gegen sein verflixtes Auto zu treten. »Was interessiert es dich?«, fauchte ich. »Du warst es doch, der gesagt hat, ich soll meinen Weiberkram für mich behalten. Ich komme bloß deinen Wünschen nach!«

»Wie du willst«, sagte Kaden und trat aufs Gas. Der Motor heulte auf.

Er würde tatsächlich wegfahren und mich hier stehen lassen.

Ich ballte die Hände so fest zu Fäusten, dass es in ein paar Gliedern knackte. »Meine verdammte Mutter hat mich angerufen!«, schrie ich.

Der Jeep kam ruckartig zum Stehen und wirbelte eine Staubwolke auf. Dann fuhr er ein Stück rückwärts.

»Siehst du? So schwer war das doch nicht.« Ich hatte erwartet, dass Kaden nachhaken und eine Erklärung verlangen würde. Doch das tat er nicht. Er zwinkerte mir nur einmal zu, bevor er sich über die Mittelkonsole beugte und die Beifahrertür aufstieß. »Steig ein.«

Ich brauchte einen Moment, bis ich mich wieder beruhigt hatte. Am liebsten hätte ich gegen die offene Tür getreten, aber ich bezweifelte, dass Kaden mich dann noch mit nach Hause genommen hätte. Deshalb presste ich den Rest der Fahrt die Lippen aufeinander und überließ ihm die Musikwahl. Er suchte etwas aus, das ich noch nicht kannte, das aber bestens zu meiner Laune passte. Es war laut, schnell und fetzte mir beinahe die Trommelfelle weg.

Die Musik vermischte sich mit meinem Zorn und vertrieb ihn mit ihren lauten Drums aus meinem Körper. Irgendwann entspannte ich mich und ließ die Schultern sinken.

Ich würde mir meine Freiheit nicht von dieser Frau nehmen lassen.

In Gedanken spielte ich unseren Ausflug noch einmal vor meinem inneren Auge ab. Der ganze Tag war so schön gewesen, und das hatte ich Kaden zu verdanken. Ich drehte meinen Kopf und sah ihn an. Unwillkürlich musste ich lächeln. Inzwischen bereute ich es gar nicht mehr so sehr, bei ihm gelandet zu sein.

kapitel 9

In den nächsten Tagen versuchte ich zu verdrängen, dass mich meine Mom angerufen hatte. Ich stürzte mich förmlich in meine Essays und verbrachte noch mehr Zeit in der Bibliothek, was ziemlich schnell Auswirkungen zeigte. Am Ende der Woche war ich total geschafft und fertig mit den Nerven.

Als ich an diesem Abend nach Hause kam, war von Kaden weit und breit keine Spur. Zum ersten Mal, seit ich bei ihm wohnte, hatte ich sturmfrei. Erleichtert ließ ich mich aufs Sofa fallen, bereute es aber sofort wieder, als gleich mehrere Regionen meines Körpers schmerzhaft protestierten. Die Wanderung hatte ihre Spuren hinterlassen. Ich hatte noch immer einen fiesen Muskelkater, und auch die Kratzer an meinem Hals und die Blasen an meinen Füßen verheilten nur langsam.

Ich beschloss, meinem armen Körper ein Bad zu gönnen. Ich hatte sogar noch ein paar der duftenden Badekugeln von meinem letzten Besuch bei *Lush* übrig. Während das Wasser in die Wanne lief, suchte ich mein Schlafzeug zusammen und nahm die Kerzen von meiner Fensterbank, um sie auf den Wannenrand zu stellen. Am liebsten hätte ich auch den Laptop mit ins Bad genommen. Im Wasser zu entspannen, während ich eine meiner Lieblingsserien schaute, war so ziemlich der Inbegriff eines perfekten Abends für mich. Allerdings traute ich mir den gleichzeitigen Umgang mit Wasser und Technik nicht so recht zu. Ich wollte weder, dass mein Laptop kaputtging, noch dass ich einen qualvollen Tod durch Stromschlag starb und Kaden mich nackt in der Badewanne fand.

Glücklich beobachtete ich, wie sich die glitzernde, bunte Kugel im Wasser auflöste, und inhalierte den himmlischen Duft von Vanille und Kakao, der sich langsam im ganzen Bad ausbreitete. Ich band meine Haare zu einem Dutt – wobei auch diesmal die Hälfte der Strähnen rausfiel – und ließ mich ins Wasser sinken.

Es war herrlich.

Ich schloss die Augen und genoss die Wärme des Wassers und den weichen Schaum, der süß duftete und meinen gesamten Körper einhüllte. Baden zählte schon seit Jahren zu meinen liebsten Entspannungsritualen.

Ich war so versunken, dass ich nur am Rande ein leises Fluchen im Flur wahrnahm.

Dann stürmte Kaden ins Bad und riss mich mit einem Schlag aus meinem Dämmerzustand.

»Was zur …«

»Raus!«, kreischte ich und riss die Arme hoch, um mich zu bedecken. Geistesgegenwärtig packte ich den Duschvorhang und zog ihn zu.

Aber mein Mitbewohner dachte anscheinend gar nicht daran, aus dem Bad zu verschwinden. Ich erkannte seine Umrisse deutlich hinter dem Vorhang. »Wieso riecht es hier wie im Puff?«

»Kaden, falls es dir entgangen ist: Ich bade«, stieß ich zähneknirschend hervor und sah mich nach einem Gegenstand um, den ich nach ihm werfen konnte.

»Würdest du vielleicht aufhören, die ganze Wohnung mit deinem ekligen Süßkram zu verpesten?«

»Würdest du vielleicht freundlicherweise aus dem Bad verschwinden und mir endlich den Schlüssel geben, damit ich hier mal meine Ruhe haben kann?«

»Würdest du mir vielleicht erklären, weshalb deine merkwürdige Freshman-Freundin der Meinung ist, ich wäre Single und scharf auf ihre Gesellschaft? Dieses Mädchen lauert mir seit Wochen auf – sie hat sogar eine Kopie von meinem Stundenplan.«

Seine knurrende Stimme kam näher, und ich schaufelte rasch so viel Schaum wie möglich an alle wichtigen Stellen.

»Von wem hat sie meinen Stundenplan, Allie?«

Ich presste die Lippen fest aufeinander, um mir ein Grinsen zu verkneifen. Es war nur eine Frage der Zeit gewesen, bis Kaden dahinterkam. Aber Madison hatte einfach nicht lockergelassen! Wir waren in derselben Lerngruppe, und sie hatte immer und immer wieder nachgefragt – was hätte ich denn tun sollen? Nein sagen, nur um dann aus der Lerngruppe geworfen zu werden, die sie gegründet hatte? Kaden war doch für unverbindliche Dates zu haben, das hatte er selbst zugegeben. Er sollte sich nicht so anstellen. Außerdem war Madison wirklich hübsch und – mal abgesehen von ihrer leicht zwanghaften Art – ein liebes Mädchen. »Ich dachte, du bräuchtest mal wieder weibliche Gesellschaft, wo ich deine letzte doch verjagt habe. War nur nett gemeint. Echt«, murmelte ich.

Er lachte verächtlich. »Ja, genau. Und ich bin Spiderman.«

Ich hörte, wie die Tür zuknallte, und ließ mich erleichtert zurücksinken.

Nur ein paar Sekunden später flog sie wieder auf.

Der Vorhang wurde beiseite gerissen.

»Kaden!«, quietschte ich.

Sein Grinsen war so bösartig, dass ich für einen Moment ernsthaft Angst bekam. Dann hob er einen riesigen Eimer und leerte den gesamten Inhalt über mir aus.

Ich schrie. Laut.

Der Mistkerl hatte eiskaltes Wasser über mich gekippt. Hastig griff ich nach dem Duschvorhang und hielt ihn vor mich, bevor ich aufsprang und mein Handtuch von der oberen Stange zog. Ich band es mir um, rieb mir über das klitschnasse Gesicht und funkelte Kaden wütend aus zusammengekniffenen Augen an.

»Das bedeutet Krieg.«

Er lehnte an der Tür, eine Hand in der Hosentasche vergraben, und hob eine Braue. Der selbstsichere Blick, mit dem er mich bedachte, sollte mir eindeutig sagen, dass Kaden *alles* gesehen hatte.

Ich schielte zu dem Eimer, den er neben der Wanne achtlos hatte fallen lassen, und dachte nicht groß nach. Ich schnappte ihn mir, fuhr damit kräftig durchs Badewasser, und schüttete den gesamten Inhalt in Kadens Richtung. Er bekam die volle Breitseite ab.

Egal, was jetzt folgen würde: Der schockierte Ausdruck auf seinem Gesicht war es auf alle Fälle wert gewesen.

Nicht nur Kadens Shirt war voll Schaum, auch in seinen Haaren und in seinem Gesicht klebte das Zeug. Der Glitzer war überall. Kaden sah aus wie eine Fee, die den Feenstaub in die falsche Richtung geschossen hatte.

Ich musste kichern.

»Das war ein Fehler.«

In der nächsten Sekunde stürzte er sich auf mich. Mein Kichern verwandelte sich in ein Kreischen. Mit beiden Händen hielt ich mein Handtuch fest, da ich fürchtete, er würde es mir herunterreißen, doch da lag ich falsch.

Kaden sprang komplett angezogen in die Wanne. Augenblicklich war seine Kleidung völlig durchnässt, aber es schien ihn nicht zu stören. Er schlang einen Arm um meinen Hals und nahm mich in den Schwitzkasten, während er mit der anderen Hand nach dem Duschkopf griff. Aus dem Augenwinkel sah ich, wie er den Regler auf kalt stellte.

»Nein!«, brachte ich hervor, meine Finger noch immer in das Handtuch vor meiner Brust gekrallt. »Kaden, ich warne dich!«

»Was willst du denn machen?« Ich konnte hören, dass er grinste.

So fest ich konnte, trat ich auf seinen Fuß. Leider klappte das unter Wasser nicht ganz so gut, wie ich es mir vorgestellt hatte.

»Netter Versuch«, sagte er unbeteiligt und packte mich noch ein bisschen fester.

Dann stellte er die Dusche an.

Mein Schrei ging in eiskaltem Wasser unter. Aus meinem Mund kam bloß ein Blubbern, als die Kälte mir die Luft aus meinen Lungen trieb. Auch mein Handtuch konnte mich nicht vor dem Wasserstrahl schützen.

Der Schock ließ nach, und ich begann, mich zu wehren. Zwar hatte ich nur eine Hand frei, aber irgendwann bekam ich seinen Arm zu fassen. Ich wollte ihn fest kneifen, aber dafür waren seine Muskeln zu hart und seine Haut zu glitschig. Ich stöhnte laut und versuchte, ihn abzuschütteln. Als auch das nicht funktionierte, aktivierte ich das wenige Wissen, das ich noch von meinem Selbstverteidigungskurs an der Highschool besaß – und stieß meinen Ellenbogen mit aller Macht in Kadens Magen.

Das erzielte zwar nicht den gewünschten Effekt, es brachte ihn allerdings zum Straucheln. Lustigerweise war sein erster Impuls, sich an mir festzuklammern. Idiot.

Ich konnte sein Gewicht keine Sekunde tragen und versuchte gar nicht erst, mich im Duschvorhang festzukrallen. Ich riss die Augen auf und spürte noch, wie seine Hand zu meinem

Hinterkopf schoss, bevor wir gemeinsam in die Wanne stürzten. Wasser spritzte in die Höhe und durch das gesamte Badezimmer.

Bunte Punkte tanzten vor meinen Augen, und ich stöhnte vor Schmerz. Ich war direkt aufs Steißbein gefallen.

»Alles okay?« Kaden hatte sich mit einem Arm am Wannenrand abgestützt. Sein anderer Arm lag unter meinem Kopf und hatte den Aufprall abgefangen. »Allie?«

Ich brummte und versuchte, mich zu orientieren. Mein Kopf tat nicht weh, dafür aber mein linker Ellenbogen und mein Rücken. Ich blinzelte mehrmals und hob verwirrt meinen Kopf.

Kaden war dicht über mir und starrte mich mit weit aufgerissenen Augen an. Ich konnte seinen Atem an meinen feuchten Wangen spüren. Er ging schnell und abgehackt.

Unwillkürlich streckte ich die Hand aus und strich ihm die nassen Strähnen aus der Stirn. Er kam näher. Und noch näher. So nahe, bis sein Gesicht vor meinem verschwamm und ich seine festen Muskeln dicht an meinem Körper spürte. Ich nahm nur noch ihn wahr. Mein Atem ging flach und ein vertrautes Gefühl breitete sich in mir aus. Mir blieb die Luft weg, als ich realisierte, dass es Verlangen war. Ich schloss die Augen und krallte meine Finger in seinen Arm.

Das schien ihn aus seiner Trance zu wecken. Ich spürte, wie er sich sofort über mir versteifte. Er stieß einen lauten Fluch aus.

Ich blinzelte benommen.

»Genau deshalb will ich keine Mitbewohnerin«, stieß er zwischen zusammengebissenen Zähnen hervor und erhob sich schneller, als ich es für möglich gehalten hätte. Innerhalb eines Wimpernschlags war er verschwunden und hatte die Tür hinter sich zugeknallt.

Ich brauchte einen Moment, bis sich mein Atem wieder beruhigt hatte.

Was zur Hölle war das gerade gewesen?

kapitel 10

Mir rauchte der Kopf. Angesichts der unzähligen Bücher und Zettel, die auf dem Wohnzimmertisch und dem Boden verteilt lagen, war das kein Wunder.

Dawn stieß einen tiefen Seufzer aus. Sie streckte die Beine unter dem Tisch aus und lehnte sich auf ihre Arme zurück. »Ich glaube, mehr bekomme ich nicht in meinen Kopf rein. Der ist voll. Speicherplatz überlastet«, meinte sie und schloss für einen Moment die Augen.

»Geht mir genauso.« Ich zog die Knie an, ließ meinen Kopf nach hinten gegen die Kante des Sofas fallen und starrte an die Wohnzimmerdecke.

Nächste Woche stand unsere erste Prüfung in Literatur an, für die wir die Grundlagen der Textanalyse sowie die verschiedenen Epochen samt ihrer Merkmale und Vertreter lernen mussten. Der Stoff war so umfangreich, dass ich nicht wusste, wo ich anfangen sollte. Dawn und ich hatten uns zwar immer bemüht, in der Vorlesung aufzupassen und nicht zu viel zu quatschen. Da aber erwartet wurde, dass man sich einen Großteil des Wissens selbst aneignete, machte das ohnehin keinen Unterschied. »Vielleicht sollten wir es für heute gut sein lassen?«

Wie um mich in diesem Vorhaben zu bestärken, klingelte es an der Wohnungstür. Ich kämpfte mich vom Boden hoch, lief in den Flur und blickte durch den Spion. Ich stutzte. Monica und Ethan schoben grinsend ihre Gesichter vor das Guckloch.

»Hallo ihr Zwei«, sagte ich, als ich die Tür öffnete.

»Allie!« Monica hatte sofort ihre Arme um mich geschlungen. Bevor sie mich wieder losließ, schnüffelte sie laut an meinen Haaren. »Ich sage doch, Kaden übertreibt! Sie stinkt überhaupt nicht.«

Empört schnappte ich nach Luft. »Er erzählt, dass ich stinke?«

Ethan nickte mit übertrieben ernstem Blick. Anschließend beugte er sich zu mir runter und atmete ebenfalls tief ein. »Aber es stimmt nicht, falls dich das tröstet.«

Ich schüttelte resigniert den Kopf.

»Spencer und Kaden kommen gleich. Wir wollten heute einen gemütlichen Abend auf der Couch machen …« Monica stellte sich auf die Zehenspitzen und blickte über meine Schulter zu Dawn, die ihr vom Boden vor dem Sofa aus zuwinkte. »Ihr seid beide herzlich eingeladen.«

»Oh«, sagte ich zögerlich. Ich war mir ziemlich sicher, dass Kaden diese Einladung auf der Stelle zurückgenommen hätte, wäre er in der Wohnung gewesen.

»Hey, da sind ja meine Wanderstiefel!« Sie zeigte auf die Schuhe, die neben Kadens ordentlich vor der Garderobe standen. »Leisten sie dir gute Dienste?«

»Ja, noch mal vielen Dank«, sagte ich lächelnd. »Beim letzten Mal hatte ich kaum noch Blasen. Bloß ein paar blaue Flecken vom ständigen Hinfallen und Kratzer an meinen Armen und Beinen.«

Monica lachte, während sie ihre Jacke auszog. »Glaub mir, ich weiß, was du meinst.« Sie drückte meinen Arm und lief dann ins Wohnzimmer, um sich Dawn vorzustellen.

»Du hast ihr die perfekte Ausrede geliefert, nicht mehr mit

mir wandern zu müssen«, meinte Ethan grinsend. »Dafür liebt sie dich umso mehr.«

»Tut mir leid, Ethan«, gab ich zurück und klopfte ihm freundschaftlich auf die Schulter, bevor ich ins Wohnzimmer zurückkehrte und anfing, meine Sachen einzusammeln.

Seit dem Badewannenvorfall waren Kaden und ich einander aus dem Weg gegangen, und ich trat lieber jetzt den Rückzug an, solange er noch nicht wieder hier war. Doch gerade als Dawn mit dem letzten Ordner in mein Zimmer verschwand, hörte ich, wie sich die Wohnungstür öffnete. Ich drehte mich um, und Spencer und Kaden erschienen mit großen, flachen Kartons beladen im Flur.

»Hey, Allie«, meinte Spencer, als er mich im Wohnzimmer erblickte. Er streifte im Stehen seine Schuhe ab und schob sie mit den Füßen ordentlich neben die von Kaden und mir.

»Hi, Spencer. Wie geht's dir?«

»Kann mich nicht beklagen. Hab bisher alle Prüfungen gemeistert, es fehlen nur noch zwei. Drück mir die Daumen!« Er und Kaden begrüßten Monica und Ethan, dann legten sie die Kartons auf der Anrichte in der Küche ab.

»Daumen sind gedrückt«, bestätigte ich und machte mich auf den Weg in mein Zimmer.

»Wo willst du hin?«, rief Kaden mir hinterher.

Ich blieb stehen und blickte über meine Schulter zu ihm. Er war gerade dabei, Teller und Servietten aus den Schränken zu holen.

»Dawn ist zum Lernen da«, erklärte ich. »Wir wollen euch nicht stören.«

Er runzelte die Stirn und öffnete den ersten Karton. »Das trifft sich schlecht. Wir haben euch Pizza mitgebracht.«

Ich öffnete den Mund und schloss ihn wieder. War das etwa eine Art Friedensangebot von ihm? Schon bei dem Duft, der sich in der Wohnung auszubreiten begann, lief mir das Wasser im Mund zusammen. »Echt?«

Kaden schob konzentriert die erste Pizza auf einen Teller und reichte diesen über den Tresen Spencer, der ihn vor Monica und Ethan auf den Tisch stellte.

Ich erwachte aus meiner Starre und lief in die Küche, gerade als Kaden den nächsten Karton öffnete. »Ah, da haben wir sie ja. Bacon, Eier, Sauce Hollandaise und Brokkoli. Mit Abstand die ekligste Pizza, die auf der Karte stand. Dachte mir, das wäre genau das Richtige für dich und deinen abartigen Geschmack.«

Ich konnte nicht glauben, was ich da sah. Plötzlich fühlte ich eine merkwürdige Leere in meinem Bauch. Kaden fuhr mit einem Pfannenwender unter die Pizza und hob sie auf einen Teller, den er mir mit erwartungsvollem Blick hinhielt.

Und dann passierte das denkbar Peinlichste.

Ich begann, zu heulen.

»Nicht schon wieder«, stöhnte Kaden und stellte den Teller klirrend auf der Arbeitsfläche ab. »Regel eins, verdammt!«

Einen Moment starrte ich ihn regungslos an, dann machte ich auf dem Absatz kehrt und flüchtete in mein Zimmer. Ich stieß die Tür zu, damit ich meinen Tränen freien Lauf lassen konnte.

»Allie«, rief Dawn alarmiert und erhob sich sofort vom Bett. »Was ist los?«

Ich blieb mit gesenktem Kopf an der Tür stehen und ballte die Fäuste. Wütend presste ich die Handballen auf meine Augen und zwang mich zu ruhigen Atemzügen. Erst nach ein paar Minuten hatte ich mich so weit gefasst, dass ich Dawn antworten konnte.

»Kaden hat Pizza mitgebracht«, sagte ich mit zitternder Stimme. Langsam ließ ich meine Hände sinken.

Dawn blinzelte perplex. »Dieser Mistkerl. Was fällt ihm ein?«

Ich lachte auf und wischte über meine Augenwinkel. Dann ließ ich mich seufzend auf mein Schlafsofa plumpsen. »Das meine ich gar nicht.«

»Was ist denn dann los? Ich will ihn ja hassen, aber das fällt mir gerade schwer«, meint Dawn und lehnte sich gegen die Wand. »Ich kann die Pizza nämlich riechen und bekomme echt Kohldampf.«

Ich hob den Blick, als das Brennen in meinen Augen langsam nachließ. »Ich habe noch nie eine Pizza zu Hause gegessen.«

Dawns Augen wurden kugelrund. »Wie jetzt?«

»Bei uns gab es kein Fast Food. Meine Mutter hatte so einen Detox-Tick und hat ständig Kalorien gezählt. Sie wollte nicht, dass ich zunehme, und hat mir jede Woche einen Ernährungsplan erstellt. Strenges Sportprogramm inklusive.« Ich zuckte hilflos mit den Schultern. »Die einzige Pizza, die ich gegessen habe, war in Rom, während eines Familienurlaubs.«

Das war nur ein Teil der Wahrheit. Noch immer war ich völlig verunsichert wegen der Anrufe meiner Mutter. Als Kaden mir eben die Pizza hingehalten hatte, hatte ich plötzlich wieder ihre Stimme im Ohr gehabt, die mich vor Kalorien warnte und mir vorwarf, dass ich mich gehen ließe. Ich hasste es, dass sie noch immer so präsent in meinem Leben war.

Ich sah, wie es hinter Dawns Augen arbeitete.

»Welche Mutter verbietet ihrem Kind Fast Food?«, rief sie schließlich empört und stieß sich von der Wand ab. »Ein paar meiner schönsten Kindheitserinnerungen habe ich bei McDonald's gesammelt. Die fette Rutsche, das leckere Essen und die Spielzeuge – bitte sag mir nicht, dass du noch nie bei McDonald's warst.«

Als ich den Kopf schüttelte, schlug sie sich schockiert die Hand vor den Mund. »Allie, das kann unmöglich dein Ernst sein.«

Ich atmete tief ein. »Du kennst Sharon Harper nicht, Dawn. Sie ist ein Imperator. Selbst jetzt würde sie am liebsten mein ganzes Leben kontrollieren. Meinen Studiengang, meine Freunde, meine Essgewohnheiten – selbst meine verdammte Haarfarbe.«

Dawn schüttelte fassungslos den Kopf und trat dann vor mich. »Allie Harper«, fing sie mit todernstem Blick an. »Wir werden jetzt da rausgehen und du wirst diese Pizza verschlingen. Wenn du vor Genuss stöhnen musst, ist mir das recht. Wenn dir dabei die Tränen kommen, super!« Sie beugte sich ein Stück zu mir runter und sah mir direkt in die Augen. »Du bist frei, Allie. Du hast alles in der Hand und musst nie wieder zulassen, dass jemand anderes in dein Leben eingreift. Hörst du?«

Wieder stiegen mir Tränen in die Augen. Mit Mühe blinzelte ich sie weg und schluckte den dicken Kloß in meinem Hals runter. »Okay.«

»Sehr schön! Und jetzt komm«, sagte Dawn, während sie bereits die Tür öffnete und aus dem Zimmer lief, ohne darauf zu achten, ob ich ihr folgte.

Ich warf einen Blick in den Spiegel und wischte die gräulichen Flecken an meinem unteren Wimpernkranz fort. Anschließend atmete ich ein paar Mal tief ein und drückte die Schultern nach hinten. Die anderen sollten nicht merken, wie verkorkst ich in Wirklichkeit war. Bei Dawn war das eine Sache – ich wusste, dass ich ihr vertrauen konnte. Aber Kaden und seine Freunde kannte ich viel zu wenig. Für sie wollte ich einfach Allie sein und nicht diese schwache, leere Hülle, die meine Mutter in Denver aus mir gemacht hatte.

»Das ist Allies erste Pizza!«, verkündete Dawn lauthals.

Ich rollte mit den Augen. Gut, jetzt wussten alle Bescheid.

Ich ging zaghaft ins Wohnzimmer, stellte aber erleichtert fest, dass die anderen gar keine Notiz von mir nahmen. Entweder hatten sie nichts von meiner Flucht mitbekommen oder sie waren taktvoll genug, es nicht anzusprechen.

»Haut rein, Leute«, meinte Spencer bereits mit vollem Mund.

Ich setzte mich neben Dawn auf den Boden und nahm die Serviette, die sie mir entgegenhielt. Dankbar lächelte ich sie an. Im Hintergrund lief leise Musik. Ich nahm mir ein Stück von der Pizza, die Kaden für mich ausgesucht hatte, und kämpfte einen Moment mit den Käsefäden. Ich spürte Dawns Blick auf mir, als ich den ersten Bissen nahm.

Bedächtig kaute ich. Es war köstlich. Die Mischung aus Sauce, Käse und Bacon war einfach perfekt. Ich schob gleich einen Bissen hinterher und stöhnte genüsslich.

Dawn lachte, und auch Kaden stieß einen amüsierten Laut aus.

»Ich glaube, du hast die richtige Wahl getroffen«, meinte Spencer. Kaden zuckte bloß mit den Schultern und biss selbst von seiner Pizza ab.

»Ich kann mir mein Leben jetzt schon nicht mehr ohne Pizza vorstellen«, seufzte ich nach einer Weile, woraufhin alle lachten.

»Wie kommt es, dass du nie welche gegessen hast? Ich meine, das ist irgendwie nicht normal«, grübelte Ethan. Monica boxte ihm sogleich gegen den Arm.

»Wir sind doch alle irgendwie nicht normal, Ethan«, meinte sie. »Guck uns mal an. Mich faszinieren Nägel. Ich liebe es, sie in Form zu bringen, sie zu lackieren, sie anzufassen …«

Ethan betrachtete naserümpfend ihre lackierten Fingernägel. »Eine Eigenschaft, die schwer an meiner Liebe zu dir zehrt, Baby.«

Sie winkte ab und grinste. »Du hast mal versucht, mit einem Surfbrett den Mount Wilson runterzurasen. Wer tut so was?«

»Das war eine Wette. Kaden hat mich herausgefordert«, erklärte er in Dawns und meine Richtung.

»Alter, das geht nicht auf meine Kappe. Ich kann nichts dafür, wenn du alles tust, was man dir sagt.«

Ich konnte genau sehen, dass Kaden hinter seinem Pizzastück ein Grinsen verbarg. Die Fältchen um seine Augen verrieten ihn.

»Ich stehe auf rote Haare«, meinte Spencer mit vollem Mund. Neben mir versteifte sich Dawn. »Kein Witz, wenn eine Frau rote Haare hat, ist sie in meinen Augen gleich zehnmal schärfer.«

Ich lachte.

»Du hast sie nicht mehr alle, Mann.« Kaden lehnte sich zurück und wischte sich kopfschüttelnd mit einer Serviette über den Mund.

»Was denn? Monica hat schon recht. Von uns ist keiner so richtig normal«, gab Spencer zurück. »Du bist bindungsgestört, Allie hat aus irgendeinem unerfindlichen Grund noch nie richtige Pizza gegessen, Monica steht auf Nägel, und Dawn … hat rote Haare.« Spencer blinzelte mehrmals, als wäre ihm diese Tatsache gerade zum ersten Mal aufgefallen. »Lust, mit mir auszugehen?«

Alle prusteten los, bis auf Dawn, die knallrot anlief. »Nein, danke.«

Spencer zuckte die Schultern und wandte sich wieder seiner Pizza zu. Er nahm mit präziser Genauigkeit die Gemüsesorten einzeln runter und schob sie sich in den Mund, bevor er den Boden der Pizza aß.

»Ich bin nicht bindungsgestört«, sagte Kaden plötzlich. »Ich entscheide mich freiwillig dafür, auf eine Beziehung zu verzichten. Ich finde so was unnötig.«

»Ja, und guck, was dir entgeht«, entgegnete Monica kichernd und deutete auf sich selbst. »Beweisstück A.«

Er verdrehte bloß die Augen.

»Erinnerst du dich noch dran, wie ich euch Jungs morgens Pancakes gemacht habe? Eine wunderbare Zeit«, schwärmte sie. Ethan gab einen brummenden Laut von sich, den ich als Zustimmung deutete.

»Deine Pancakes waren immer verbrannt«, sagte Kaden trocken. »Außerdem hast du deinen Kosmetikkram ständig überall im Bad rumliegen lassen.«

»Du hast dich nie über die Pancakes beschwert, sondern immer ordentlich zugelangt, soweit ich mich erinnern kann.«

»Nur, weil Ethan mich gezwungen hat, freundlich zu dir zu sein.«

»Wenn das Freundlichkeit sein soll, dann bin ich die Königin von China!«

»Der Kaiser von China müsste es eigentlich heißen«, murmelte Ethan. Seine Mundwinkel zuckten verräterisch.

»Mir doch egal. Kaden ist ein Mistkerl und überhaupt nicht freundlich. Aber weißt du was? Ich habe dich trotzdem lieb!« Sie sprang auf und umarmte ihn stürmisch. Er verzog das Gesicht, als sie seine Wange küsste, und versuchte halbherzig, sie von sich zu schieben.

Ich war nicht die Einzige, die sein Lächeln bemerkte.

In der darauffolgenden Woche verbrachte ich abends viel Zeit mit Kaden und seinen Freunden. Dawn besuchte uns immer, sobald ihre Mitbewohnerin Männerbesuch bekam – was tatsächlich erstaunlich oft der Fall war –, und wir probierten alle

Lieferservices der Umgebung aus. Allerdings konnte selbst der grandiose Cheeseburger, den wir am Mittwochabend verschlangen, nicht an meine erste Pizza heranreichen.

Das Zusammenleben mit Kaden wurde leichter. Inzwischen erlaubte er mir sogar, seinen Fernseher zu benutzen, wenn er nicht da war. Und wenn er da war, verscheuchte er mich nicht mehr von der Couch, sondern ließ mich mit ihm Serien schauen.

An diesem Nachmittag sahen wir uns einen Superhelden-Streifen an, der gerade auf Blu-Ray herausgekommen war. Am Vormittag hatte ich endlich meine Literaturprüfung hinter mich gebracht, und zur Feier des Tages hatten wir eine riesige Portion Sushi bestellt.

»Das ist so bescheuert«, meinte ich mit vollem Mund und tunkte ein weiteres Maki in die Sojasauce. Sushi kam auf der Liste meiner Lieblingsgerichte auf Platz zwei.

»Was?« Kaden blickte nicht auf, sondern fixierte weiterhin das Geschehen auf dem Bildschirm.

»Kann es nicht einmal einen Actionfilm geben, in dem es keine Frau gibt, auf die die Schurken es abgesehen haben?«, fragte ich ihn kopfschüttelnd. »Ich meine, schön und gut. Jede Frau will mal gerettet werden, aber dieses ständige Hin und Her geht mir auf den Keks.«

»Das gehört halt zu den grundlegenden Elementen. Held verliebt sich, bereut es im Nachhinein und gibt besagte Frau nach einer Weile zum Wohle der Menschheit auf.«

»Ich finde, Comics könnten hin und wieder auch sehr gut ohne diese erzwungenen Romanzen auskommen.« Ich schnaubte, als der besagte weibliche Charakter auf der Bildfläche erschien und ihren Helden herzzerreißend anblickte. »Außerdem kann ich einfach nicht glauben, wie schlecht diese Schauspielerin ist. Mal ehrlich, die hat ungefähr so viel Charisma wie eine verdammte Kartoffel.«

Kaden warf den Kopf zurück und lachte laut. Es klang angenehm, irgendwie rau und tief zugleich. »Bin ganz deiner Meinung.«

Das Maki fiel von meinen Stäbchen zurück auf unsere Platte, und ich starrte ihn an. »Was hast du gerade gesagt?«

»Bin ganz deiner …« Er hielt inne und erwiderte meinen überraschten Blick. Anscheinend hatte er realisiert, dass er mir zum ersten Mal zugestimmt hatte.

»Ha! Wer hätte das gedacht«, meinte ich und spießte das Reisröllchen mit einem Stäbchen auf. Siegessicher hielt ich es in die Luft. Bevor ich es mir jedoch in meinen Mund stecken konnte, hatte Kaden sich vorgebeugt und es sich geschnappt.

»Hey!«, rief ich empört.

»Selbst Schuld«, sagte er mit vollem Mund und rieb sich den flachen Bauch.

Keine Ahnung, wie er es schaffte, so schlank zu sein. Er aß meistens eine riesige Portion und dann zusätzlich noch meine Reste. Ich ging seit zwei Wochen wieder regelmäßig zum Pilates, und trotzdem hatte ich schon ein bisschen zugelegt. Nicht viel, aber definitiv ein paar Pfunde, die meine Jeans enger sitzen ließen.

Die Türklingel riss mich aus meinen Gedanken, und ich schreckte hoch.

»Bekommst du Besuch?«, fragte Kaden.

Ich schüttelte den Kopf und erhob mich, da er noch nicht mit seiner Platte fertig war. Ich lief in den Flur und spähte durch den Spion.

Mir stockte der Atem.

Es war meine Mutter.

kapitel 11

Es fühlte sich an, als hätten sich eiskalte Krallen um meinen Nacken gelegt.

Meine Knie wurden weich.

Mein Herz blieb still stehen.

Ich konnte nicht atmen.

Sofort machte ich einen Satz von der Tür weg und presste mich mit dem Rücken gegen die Garderobe.

»Bubbles?«, rief Kaden und lehnte sich auf der Couch nach links, damit er mich vom Wohnzimmer aus sehen konnte.

Mit geweiteten Augen starrte ich ihn an und schüttelte heftig den Kopf.

»Was ist los?«, fragte er lauter.

Hastig blickte ich an mir hinab. Da mein Plan für den restlichen Tag gewesen war, auf der Couch zu gammeln und fernzusehen, hatte ich mich bereits aus meinen engen Jeans gepellt und sie gegen eine gemütliche Jogginghose eingetauscht. Dazu trug ich ein Shirt der Woodshill University, das mir gut zwei Nummern zu groß war. Ich hatte mich zwar noch nicht abgeschminkt, aber auch schon eine Weile nicht mehr in den Spiegel gesehen. Vermutlich hing das Make-up überall da, wo es nicht hingehörte. Von meinen Haaren ganz zu schweigen. In diesem Zustand konnte ich die Tür auf gar keinen Fall öffnen.

Kaden war mit wenigen Schritten bei mir und betrachtete

mich stirnrunzelnd, bevor er ebenfalls einen Blick durch den Spion warf. Erst jetzt registrierte ich vage, dass ich auf seinen Schuhen stand. Ich wagte es jedoch nicht, mich auch nur einen Millimeter zu bewegen.

Wieder ertönte die Türklingel, dreimal hintereinander.

»Ist das …« Er hob beide Brauen.

»Meine Mutter«, flüsterte ich und hoffte, dass er mich verstand.

»Crystal!«, drang ihre Stimme von der anderen Seite der Tür gedämpft zu uns durch. Ein energisches Klopfen folgte.

Diesmal blieb mein Herz wirklich stehen. Kaden würde einen Krankenwagen rufen müssen, um mich wiederbeleben zu lassen.

»Crystal Allison Harper, ich weiß genau, dass du hier bist! Ich habe dein Mobiltelefon orten lassen!«

Meine Finger zitterten, und ich unternahm den Versuch, mein Shirt glattzustreichen. Kaden trat vor mich und fasste mich bei den Schultern. Seine Augen wurden ganz dunkel, als er intensiv mein Gesicht musterte. Er konnte keine Ahnung haben, was hier gerade vor sich ging, doch sein Blick verriet mir, dass er verstanden hatte, dass ich Hilfe brauchte. »Zieh dich in Ruhe um«, sagte er geistesgegenwärtig. »Ich mache ihr eine Tasse Kaffee oder so.«

Sprechen konnte ich nicht, bloß nicken. Ich nickte immer und immer wieder.

»Dafür solltest du am besten in dein Zimmer gehen, Allie«, sagte er ruhig und schob mich aus dem Flur.

Meine Beine waren schwer wie Blei, als ich zurück in mein Zimmer ging und die Tür hinter mir schloss. Mein Blick fiel auf den Schreibtisch, der zwar nicht chaotisch, aber trotzdem nicht so ordentlich war, wie Mom es mochte. Die Klamotten, die ich heute angehabt hatte, lagen auf meinem Schreibtischstuhl, und das Schlafsofa hatte ich heute Morgen gar nicht erst zusammengeschoben.

Ich betrachtete das Zimmer mit Moms Augen und mir wurde übel. Sie würde es hassen, da war ich mir sicher. Und sie würde auch keine Skrupel haben, mir das zu sagen.

Wütend riss ich meine Hose runter und schlüpfte in eine Jeans. Ich war doch gerade erst hierhergekommen. Hatte mich jetzt erst richtig eingelebt. Es war nicht fair, dass sie mich derart überfiel!

Ich hörte Stimmen im Flur, verstand aber nicht, was gesagt wurde. Wie in Trance zog ich eine rosafarbene Bluse aus meinem Schrank, die ich das letzte Mal in Denver getragen hatte. Doch als ich mein Glätteisen aus meiner Kommode kramte, hielt ich inne.

Nein.

Ich würde mich nicht verkleiden.

Ich warf einen Blick in den Spiegel. Mein Make-up saß einigermaßen, meine Haare waren auch in Ordnung. Zwar war die Farbe schon etwas rausgewaschen, aber meiner Meinung nach war das vor allem in Verbindung mit den Wellen natürlicher als das Blond von früher. Plötzlich überkam mich eine merkwürdige Ruhe.

Ich würde mich wohler fühlen, wenn ich ich selbst war und ihr nicht die Genugtuung gab, dass sie mich allein durch ihre Anwesenheit wieder in das Mädchen von früher verwandeln konnte. Kurzerhand stopfte ich die Bluse zurück in den Schrank und behielt stattdessen mein Woodshill-Shirt an.

Jetzt musste ich nur noch meinen Puls in den Griff bekommen. Früher oder später hätte ich ihr eh wieder gegenübertreten müssen. Ob jetzt oder in zwei Monaten – das machte keinen Unterschied.

Kalter Schweiß rann mir den Rücken runter, und meine

Hände waren klebrig, als ich meine Tür öffnete und entschlossen ins Wohnzimmer trat. Mom saß mit dem Rücken zu mir auf dem hohen Stuhl an unserem Küchentresen. Kaden sagte etwas zu ihr, doch ich war zu aufgeregt, um eines seiner Worte zu verstehen.

»Hallo, Mutter«, krächzte ich.

Wie in Zeitlupe drehte sie sich um. Ich hielt die Luft an.

Es war, als hätte man mich einige Wochen in der Zeit zurückversetzt, in unsere Küche in Denver, als ich meinen Eltern zum ersten Mal von meinen Plänen fürs College erzählt hatte. Moms herrischer Blick von oben, das angehobene Kinn, der perfekte blonde Longbob. Und auf ihrem Gesicht, das von den häufigen Besuchen beim Schönheitschirurgen immer unnatürlich starr wirkte, ein Ausdruck puren Entsetzens.

»Himmel, Crystal. Wie siehst du denn aus?« Ihre Stimme klang fassungslos, so als würde sie etwas ganz besonders Ekelhaftes betrachten.

»Wieso?« Ich blickte gespielt überrascht an mir hinunter.

»Was hast du mit deinem Haar angestellt?«, fuhr sie fort und glitt vom Stuhl. Sie strich sich über das Kostüm, das mit Sicherheit mehr gekostet hatte als Kadens gesamte Einrichtung, und kam dann mit zusammengekniffenen Augen einen Schritt auf mich zu.

Sie fasste mich beim Kinn und drehte meinen Kopf in beide Richtungen, dann zupfte sie naserümpfend an mehreren Haarsträhnen. Ich musste mich ernsthaft zusammenreißen, ihre Hand nicht wegzuschlagen.

»Also wirklich. Ich habe mehr von dir erwartet.«

»Freut mich auch, dich zu sehen, Mutter«, brachte ich hervor und zwang mich, sie anzulächeln.

Sie schnalzte mit der Zunge und lief dann an mir vorbei zum Sofa.

Ich folgte ihr in einigem Abstand. »Was verschafft mir die Ehre?«, fragte ich.

Sie schlug die Beine übereinander und legte ihre Chanel-Flapbag neben sich. Wieder rümpfte sie die Nase, als sie sich im Wohnzimmer umsah. Dann strich sie sich über das fein geföhnte Haar. »Du hast nicht auf meine Anrufe reagiert. Dein Vater und ich sorgen uns.«

Ich lachte auf. Es klang mehr wie ein Bellen. »Ach, wirklich?«

»Verhalte dich nicht kindisch, Crystal.«

Jedes Mal, wenn sie mich so nannte, zuckte ich zusammen.

»Wir sind der Ansicht, dass dein Ausflug in dieses … dieses *Städtchen*«, das Wort schien ihr nur schwer über die Lippen zu kommen, »lang genug war. Hör endlich auf mit dieser lächerlichen Rebellion.«

Mir fehlten die Worte. Glaubte sie wirklich, ich hatte vor, nach Denver zurückzukehren?

Kaden stellte eine Tasse Kaffee vor meiner Mutter auf den Wohnzimmertisch. Seine gesamte Kieferpartie war merkwürdig angespannt, so als müsse er sich stark zurückhalten, um sich nicht in unser Gespräch einzumischen.

»Sieh dich doch mal an.« Den kleinen Finger abgespreizt, griff sie nach der Tasse, ohne sich bei Kaden zu bedanken. »Du lässt dich ja völlig gehen. Wie viele Pfund hast du zugenommen, seit du hier wohnst?«

Ich schluckte schwer und ertrug es still, als sie ihren eisigen Blick langsam über meinen Körper gleiten ließ. Anschließend betrachtete sie die Sushiplatte auf dem Tisch.

»Kein Wunder, bei diesem Fraß.«

Kaden machte einen undefinierbaren Laut. Mom sah ihn mit hochgezogenen Augenbrauen an, und ich wusste, dass sie dabei war, zum nächsten Angriff auszuholen. Diesmal auf Kaden. Ich ging dazwischen.

»Bist du nur hergekommen, um über mein Leben zu urteilen, oder wolltest du mir irgendetwas mitteilen?«

»Dein Vater und ich erwarten, dass du noch vor Thanksgiving nach Hause kommst. Es ist ja sicherlich nicht zu viel verlangt, dass unsere eigene Tochter an unserer jährlichen Benefizgala teilnimmt.«

Es kostete mich alle Mühe, ein verächtliches Schnauben zu unterdrücken. Ich hatte unzählige Galas und Partys mit meinen Eltern besuchen müssen. Eher würde die Hölle einfrieren, als dass ich noch ein einziges Mal an einer solchen Veranstaltung teilnahm. »Ich werde mein Studium nicht aufgeben, nur weil du der Ansicht bist, dass dieser Weg nicht der richtige für mich ist, Mutter.«

Sie spitzte ihre perfekt geschminkten Lippen und neigte den Kopf. »Du musst allmählich mit diesem kindischen Aufstand aufhören, Crystal. Es gibt ein Erbe, das du antreten wirst – ob du es willst oder nicht.«

»Ich weiß nicht, wie oft ich dir das noch sagen soll, aber ich studiere, um Lehrerin zu werden«, brachte ich zwischen zusammengepressten Zähnen hervor.

»Ach, Kindchen. Und ich weiß nicht, wie oft ich dir noch sagen soll, dass du damit keine Zukunft hast«, sagte sie spitz und schüttelte den Kopf. »Du kannst froh sein, dass wir deine Studiengebühren zahlen.«

Meine Nägel bohrten sich in meine Handflächen, so fest ballte ich die Fäuste. »Das ist das Mindeste nach dem, was ich deinetwegen durchmachen musste!«, zischte ich. Es war mir egal, dass Kaden neben uns stand und alles mit anhörte. Mir war alles egal. Sie sollte verschwinden.

»Das Mindeste?« Sie stieß ein affektiertes Lachen aus und hielt sich dabei eine manikürte Hand vor den Mund. »Du bist so naiv und spielst das Opfer, obwohl du sehr wohl weißt, dass …«

»Sei still«, sagte ich mit bebender Stimmte.

»Ich lasse mir doch nicht von meiner eigenen Tochter den Mund verbieten!« Wieder strich sie sich über ihr Haar. »Glaub mir, Crystal. Wir haben die richtige Entscheidung getroffen. Und auch jetzt will ich dir einen Gefallen tun. Sieh dich hier doch nur um. Du lebst mit einem … einem *Freak* zusammen.« Sie warf Kaden einen verächtlichen Blick zu. »Du schneidest dein Haar ab und lässt dich völlig gehen. Weißt du denn nicht, wie du aussiehst?« Sie schüttelte den Kopf. »Ich will doch nur das Beste für dich.«

Ich stand so steif da, dass mein Rücken schon anfing, wehzutun. »Du kannst mich beleidigen, so viel du willst, Mutter. Aber meinen Mitbewohner lässt du da raus.«

Sie lächelte überheblich. »Wie entzückend. Du springst mit einem tätowierten Rüpel ins Bett und denkst, du könntest tun und lassen, was du willst. Hör zu, ich bin nicht hier, um …«

Weiter kam sie nicht. Kaden stellte sich vor mich, seine Arme vor der Brust verschränkt. »Ich denke es wäre besser, wenn Sie jetzt verschwinden.«

Meine Mutter starrte zu ihm hinauf. Das Lächeln wich nicht von ihren Lippen, auch nicht, als Kaden einen weiteren Schritt auf sie zumachte. Sie erhob sich grazil und griff nach ihrer Tasche.

»Früher oder später wirst du wieder nach Hause kommen, Crystal. Wenn alles den Bach runtergeht, wirst du heulend vor unserer Tür stehen und um Einlass bitten. Wundere dich bloß nicht, wenn dein Vater und ich dann nicht mehr bereit sind, dich aufzufangen.«

Sie ließ ihren Blick ein letztes Mal abschätzig über mich wandern, dann verschwand sie in den Flur. Wenige Sekunden später hörte ich die Haustür ins Schloss fallen, doch das drang gar nicht richtig zu mir durch.

Ich war wie betäubt. Ich wusste nicht, wie lange ich so dastand. Minuten? Stunden?

Die Worte meiner Mutter hallten in meinem Kopf wider, selbst noch, als ich das Wohnzimmer verließ, um mich in meinem Zimmer zu verkriechen. Wie ich es auf mein Bett schaffte, wusste ich nicht. Es war, als würde mein Körper nicht zu mir gehören. Am liebsten hätte ich geweint, aber die Tränen kamen nicht. Stattdessen war da diese Leere in meinem Inneren, die mir nur allzu vertraut war.

Ich hörte nicht, wie Kaden in mein Zimmer kam. Er sagte etwas, aber ich konnte ihn nicht verstehen. Irgendwann schob sich sein Gesicht vor meines. Ich hob den Kopf leicht. Alles um mich herum war verschwommen. Mir war kalt.

»Geh«, krächzte ich.

Er war vor mir in die Hocke gegangen und betrachtete mich eingehend. Seine karamellfarbenen Augen wanderten über mein Gesicht, hinunter zu meinen verkrampften Händen, und wieder zurück. Er wirkte erstaunlich ruhig. So ging es den wenigsten Menschen nach einer Begegnung mit Sharon Harper.

»Hey«, sagte er leise.

Mein Mund war trocken, und ich musste mir ein paarmal mit der Zunge über die Lippen fahren, um sie zu befeuchten. »Ich wäre jetzt lieber allein«, flüsterte ich. Ich schob mir eine Haarsträhne aus der Stirn und merkte, dass ich völlig durchgeschwitzt war. Noch immer spürte ich einen Druck in meinem Brustkorb. Das Atmen fiel mir schwer.

Er runzelte die Stirn. »Ich werde dich in diesem Zustand nicht alleine lassen.«

»Geh einfach, Kaden.«

»Nein.«

»Ich sagte, du sollst verschwinden!«, fauchte ich und wollte mich von ihm wegdrehen, doch er umfasste meine Handgelenke. Er zog mich nach vorne, und ich musste wortwörtlich die Beine spreizen, weil er direkt vor meinem Bett hockte. »Kaden«, warnte ich ihn.

»Ich werde dieses Zimmer erst wieder verlassen, wenn ich mir sicher sein kann, dass du dir nichts antust.«

Ich hob die Brauen. »Ich werde mir nichts antun.«

»Schön. Ich werde dieses Zimmer erst verlassen, wenn ich mir sicher sein kann, dass du jedes einzelne Wort dieser … *Frau* …«, ich war mir ziemlich sicher, dass er eigentlich eine andere Vokabel hatte wählen wollen und sich nur aus Rücksicht auf mich für eine neutrale Bezeichnung entschieden hatte, »… wieder vergessen hast und nicht mehr wie ein verprügelter Welpe aussiehst.« Kaden strich mit seinem Daumen über meine Hände. Seine Haut war warm und im Gegensatz zu meiner überhaupt nicht klebrig.

»Ich seh gar nicht aus wie ein verprügelter Welpe«, murmelte ich.

Er kam noch ein Stück näher und runzelte die Stirn. »Doch, tust du, Allie.«

»Höchstens wie eine Katze.«

»Hm?«

»Ich meine, ich würde lieber wie eine verprügelte Katze aussehen. Ich bin eher der Katzentyp.«

Ich merkte, wie ich mich allmählich entspannte. Kadens Nähe hatte eine angenehme Wirkung auf mich, und seine Berührung ließ mich fast vergessen, was eben vorgefallen war.

Aber eben nur fast.

»Katzen haben es faustdick hinter den Ohren«, dachte Kaden laut nach. »Ich glaube, die lassen sich gar nicht erst verprügeln.«

Ich lächelte schwach.

»So ist's schon besser«, sagte er zufrieden. Dann wurde er wieder ganz ernst und der Griff um meine Handgelenke fester. »Nichts von dem, was sie gesagt hat, stimmt. Das weißt du, oder?«

Seine Stimme war leise, aber dennoch eindringlich.

Ich zuckte mit den Schultern.

»Die ist doch Cruella de Vil höchstpersönlich. Da hat nur der Dalmatinerfellmantel gefehlt. Allie, du kannst diese Frau unmöglich ernst nehmen«, fuhr Kaden fassungslos fort.

»Aber sie hat recht!«, sagte ich kraftlos. Ich wollte dieses Gespräch nicht führen. Ich wollte nicht, dass er merkte, wie nahe mir das alles ging.

»So ein Quatsch!« Kaden wurde lauter. »Sie hat nur Schwachsinn von sich gegeben – was davon soll bitte stimmen?«

»Ich … ich habe zugenommen!«, rief ich verzweifelt. Ich befreite mich aus seinem Griff und schlug mir die Hände vors Gesicht. Kadens Finger ruhten nun auf meinen Oberschenkeln.

»Okay, das stimmt vielleicht.«

Ich lugte zwischen meinen Fingern hindurch. »Vielen Dank.«

»Was denn, ist doch die Wahrheit.« Er grinste schief. »Als wir uns das erste Mal getroffen haben, sahst du aus wie eine verdammte Bohnenstange. Jetzt erkennt man deine Kurven. Ist echt scharf, Bubbles.«

Er kniff mich in die Seite, und ich schlug nach ihm. Er wich lachend aus. Ein letztes Mal beugte er sich vor und inspizierte mich prüfend. Dann nickte er. »Jetzt kann ich dich alleine lassen.«

Mit diesen Worten erhob er sich und verließ mein Zimmer.

Ich schluckte schwer. Kaden hatte es gut gemeint, das wusste ich. Aber es brauchte mehr als ein paar aufmunternde Worte, um die Leere zu vertreiben, die der Besuch meiner Mutter in meinem Innern hinterlassen hatte.

Und gegen die kannte ich nur ein Heilmittel.

kapitel 12

Ich legte den Kopf in den Nacken und stürzte den Tequila runter. Anschließend leckte ich das Salz von meiner Hand und biss in die Zitrone.

Wie oft ich diesen Vorgang an diesem Abend bereits wiederholt hatte, konnte ich nicht genau sagen. Ich vertrug viel, wahrscheinlich zu viel, und es dauerte eine Weile, bis Alkohol bei mir überhaupt eine Wirkung zeigte. Doch jetzt drehten sich die Wände, und ich fühlte mich blendend.

»Wie macht sie das?«, fragte Scott über mich hinweg. Ich saß zwischen ihm und Dawn an der Bar im *Hillhouse.*

»Keine Ahnung. Ihre Leber muss aus Stahl sein«, gab meine Freundin zurück und starrte mich bewundernd an. Leber aus Stahl. Ich schnaubte. Musste mir meine Mutter vererbt haben. Die hatte nämlich ein Herz aus Stahl.

Ich hielt inne. Wenn ich noch derart klar denken konnte, brauchte ich definitiv mehr. Ich beugte mich über die Bar und hob die Hand. Innerhalb weniger Sekunden stand das nächste Glas vor mir, und ich prostete dem Barmann dankbar zu.

»Ich will tanzen«, rief ich Dawn und Scott zu, nachdem ich den Tequila runtergekippt hatte. Ich zog sie mit mir auf die Tanzfläche und begann, mich zur Musik zu bewegen. Ich war betrunken und umgeben von meinen Freunden. Gleich würde es mir besser gehen. Zumindest redete ich mir das ein.

Scott zog nach einer Weile mit einem Typen ab, der mir aus einem meiner Kurse bekannt vorkam. Dawn und ich lernten kurz darauf eine Gruppe von Jungs und Mädchen kennen, mit denen wir ausgelassen tanzten. Es war bereits nach Mitternacht, als sie uns fragten, ob wir mit ihnen zu der Hausparty von einem ihrer Kumpels weiterziehen wollten. Kurzentschlossen willigten wir ein.

Das Wohnheim befand sich ebenfalls auf dem Campus. Eigentlich war es bloß ein zehnminütiger Fußweg vom *Hillhouse*, doch weil ein Großteil unserer Gruppe gefährlich torkelte, brauchten wir schließlich doch eine halbe Stunde. Dawn hatte es heute etwas ruhiger angehen lassen als ich – keine schlechte Idee, wenn man bedachte, dass wir uns auf eine Verbindungsparty wagten – und gab ihr Bestes, mich heil ans Ziel zu bringen.

Bereits von weitem konnte ich den zugemüllten Vorhof des Gebäudes sehen. Studenten tummelten sich mit Bechern in den Händen vor dem Eingang, und es lag ein Geruch in der Luft, der verriet, dass hier nicht nur Zigaretten geraucht wurden.

Unsere neuen Freunde stellten uns drinnen dem Gastgeber vor und stürzen sich dann ins Getümmel. Auch hier wummerte die Musik, und ich zog Dawn augenblicklich in die Richtung der provisorischen Tanzfläche am anderen Ende des Raums. Ich musste noch mehr tanzen.

»Dich habe ich hier noch nie gesehen«, meinte ein Typ, als wir näher kamen. Sein Freund begann gleich darauf, sich mit Dawn zu unterhalten.

»Ich bin erst seit diesem Semester am Campus«, sagte ich lächelnd und bewegte mich im Takt zum Beat.

»Lust auf einen Drink?«

Ich betrachtete ihn. Er hatte schöne grüne Augen und sandfarbenes Haar, das etwas zu lang war. Als hätte er meinen Gedanken gehört, schüttelte er es sich aus der Stirn.

Ich grinste. »Wieso nicht«, meinte ich schulterzuckend und folgte ihm zu einem Tisch, auf dem Bierflaschen und andere Spirituosen standen.

»Wie heißt du?«, fragte der Typ und reichte mir einen Becher mit einer roten Flüssigkeit. Ich roch daran und kräuselte die Nase. Eigentlich mochte ich süßen Alkohol überhaupt nicht. Heute würde ich allerdings eine Ausnahme machen.

»Ich bin Allie. Und du?«

»Brix.« Er stieß mit mir an.

Wir unterhielten uns eine Weile, bevor er mich ein paar anderen Leuten aus seiner Verbindung vorstellte. Bunte Farben zischten an mir vorbei, und ich lachte laut über die Witze, die Brix' Freunde machten. Bald bemerkte ich, dass sich eine angenehme Wärme in meinem Körper ausgebreitet hatte. Keine Ahnung, was genau in diesem Drink gewesen war, aber es zeigte seine Wirkung. Und solange die Leere nicht zurückkehrte, war mir alles recht. Brix und ich standen nahe beieinander. Es fiel mir zunehmend schwerer, die Finger von seinen breiten Schultern und muskulösen Armen zu lassen.

Gemeinsam gingen wir tanzen, zu so vielen Songs, dass ich irgendwann den Überblick verlor. Ich war verschwitzt und außer Atem. So musste es sich anfühlen, wenn man in Trance war, dachte ich, als ich mit diesem Fremden tanzte, der seine Hände an meinem Körper auf und ab wandern ließ. Es war gar nicht seltsam oder beängstigend. Es bereitete mir sogar Freude.

Ich wusste nicht, wie ich dorthin gekommen war, aber plötzlich stand ich mit einem Mädchen, das ebenfalls zu Brix' Freundeskreis gehörte, auf einem der Tische. Sie nahm meine Hand und wir bewegten uns gemeinsam zur Musik.

Aus dem Augenwinkel sah ich Dawn, die mit dem Handy am Ohr in der Nähe der Eingangstür stand. Sie bemerkte nicht, dass ich sie zu uns heranwinkte, sondern wirkte abwesend, doch das beunruhigte mich nicht weiter. Bald, wenn der Alkohol etwas abgeflaut war, würde ich mich wieder um sie kümmern und vielleicht sogar nach Hause gehen. Vielleicht aber auch nicht. Vielleicht würde ich einfach hier bleiben. Bei Brix und seinen Freunden, bei denen alles unheimlich unkompliziert war.

Brix jubelte, als das Mädchen und ich noch enger miteinander tanzten. Ich schloss die Augen und konzentrierte mich nur auf die Musik. Das hier war genau, was ich heute brauchte. Nicht mein Zimmer, in dem die Worte meiner Mutter über mir hingen wie giftiger Rauch.

Als ich meine Augen wieder öffnete, entdeckte ich plötzlich ein bekanntes Gesicht in der Menge unter mir. Während die männlichen Studenten einen respektvollen Abstand zu ihm wahrten und ihn aufmerksam beobachteten, verfolgten Dutzende von Mädchen mit glasigen Augen, wie Kaden sich seinen Weg zu mir bahnte. Ich konnte es ihnen nicht verübeln. Mit seinem angespannten Kiefer und funkelnden Augen, den zerzausten Haaren und dem Dreitagebart sah er unfassbar gut, aber auch unfassbar gefährlich aus.

»Mitbewohner!«, kreischte ich und sprang vom Tisch, was in meinen High Heels ein ziemliches Kunststück war. Zum Glück hatte ich gut gezielt. Ich landete genau in seinen Armen.

»Was machst du denn?«, fragte er. Sein Atem kitzelte an meinem Hals.

Ich kicherte. »Ich tanze.«

»Unübersehbar.« Kaden löste meine Arme von seinem Hals. Sein angespannter Gesichtsausdruck holte mich augenblicklich von meinem Hoch runter.

Ich hörte, wie ein paar Leute lachten. Ich drehte mich zu ihnen um, und Brix grinste mich breit an.

»Ich wusste gar nicht, dass du einen Freund hast, Allie.«

»Oh nein, Kaden ist nicht mein Freund.« Meine Zunge war auf einmal ganz schwer, und ich hatte Probleme, gerade zu stehen. »Er ist mein Mitbewohner. Und er hat Regeln. Weil nur so unser Zusammenleben funktioniert.«

»Regeln?«, wiederholte Brix amüsiert und nippte an einer Bierflasche.

»Regel eins: Lass mich mit deinem Weiberkram in Ruhe«, mimte ich Kadens tiefe Stimme. Die anderen lachten wieder. »Regel zwei … Hey!«

Kaden hatte mich am Arm gepackt. »Lass den Scheiß.«

»Lass selbst deinen Scheiß.« Offensichtlich war ich in betrunkenem Zustand nicht in der Lage, angemessen zu argumentieren. So würde ich jedenfalls nicht gegen Kaden ankommen.

»Tut mir leid, dass ich dich angerufen habe«, erklang plötzlich eine kleinlaute Stimme neben Kaden. »Ich habe mir Sorgen um sie gemacht.«

»Rede nicht über mich, als wäre ich nicht da, Dawn«, fauchte ich und entriss Kaden meinen Arm. »Du hast ihn herbestellt?«

Meine Freundin blickte schuldbewusst drein und biss sich auf die Unterlippe. Klasse.

»Ich denke, wir sollten jetzt nach Hause gehen«, sagte Kaden leise. Ich spürte deutlich die Blicke der Leute um uns herum, doch Kaden schenkte ihnen keine Beachtung. »Du hattest einen langen Tag.«

Ich funkelte ihn an. »Genau deswegen bin ich hier.«

»Alter, ich glaube, du solltest sie selbst entscheiden lassen«, ging Brix dazwischen. »Wenn sie hierbleiben will, lass sie doch einfach.«

»Halt dich da raus, Tucker.« Kaden sprach leise und eindringlich. Er überragte Brix zwar nicht, war dafür aber breiter gebaut. Jeder Muskel seines Körpers schien zum Zerreißen angespannt. Brix hob beschwichtigend die Hände und trat einen Schritt zurück. Dieser Versager.

»Also, ich lasse mich nicht von dir herumkommandieren.« Ich drehte Kaden den Rücken zu und ging zur Bar. Doch bevor ich auch nur eine der Flaschen hochheben konnte, wurde ich bei den Hüften gepackt und herumgerissen, sodass ich gegen einen harten Brustkorb prallte.

»Du kommst jetzt mit nach Hause. Sofort.« Kadens Augen blitzten wütend.

»Sonst was?«, fragte ich herausfordernd. Ich hob meine Hände und legte sie auf seine Brust. Er fühlte sich besser an als Brix. Besser als alle anderen Kerle, mit denen ich heute getanzt hatte. Als ich ihn berührte, atmete er stockend aus. Dann fasste er mich bei den Händen. Sein Griff war erstaunlich sanft.

»Tu das nicht«, murmelte er.

»Was soll ich nicht tun?«, fragte ich unschuldig und legte den Kopf in den Nacken, um ihm in die Augen sehen zu können.

»Allie.«

Ich schluckte schwer, und ein Schauer lief über meinen Rücken. Ich liebte es, wenn er meinen Namen sagte. Wie er jeden einzelnen Buchstaben formte und nahezu liebkoste. Wenn allein seine Stimme diese Reaktion in mir hervorrufen konnte … was konnte er sonst noch mit mir anstellen?

»Ich kann nicht nach Hause, Kaden.« Ich brachte gerade mal ein Kopfschütteln zustande.

»Wir müssen auch nicht nach Hause, wenn du nicht willst. Aber das hier«, er machte eine vage Handbewegung zu dem Tisch, auf dem ich eben noch wie eine Irre getanzt hatte, »das ist nicht richtig.« Es war echt nervig, dass er mich so gut kannte. Wann war das passiert?

»Woher willst du wissen, was richtig und falsch für mich ist?«, fragte ich leise. Von meiner guten Stimmung von gerade eben war nichts mehr übrig. Stattdessen hatte sich ein dicker Knoten in meiner Magengegend gebildet.

Kaden neigte leicht den Kopf und verzog einen Mundwinkel. »Weil ich dich kenne. Ich weiß, wie du wirklich bist, Bubbles. Und das Mädchen, das eben auf dem Tisch getanzt hat … das bist nicht du.«

Der Knoten wanderte nach oben und schnürte meine Kehle zu. »Du kennst mich überhaupt nicht.« Meine Stimme brach. Ich klang genauso schwach, wie ich mich fühlte.

»Leider schon«, gab er zurück und rieb sich mit der Hand frustriert über die Stirn. Er atmete tief ein und hielt mir dann seinen Arm hin. »Jetzt wäre ich dir sehr verbunden, wenn du mit dem Scheiß aufhören würdest. Komm jetzt oder ich schleife dich hier raus. Deine Entscheidung.«

»Gut. Meine Entscheidung«, sagte ich und drehte mich um, um nach einer Flasche Sekt zu greifen.

Ich hatte nicht mal Zeit, einen Blick auf den billigen Schriftzug zu werfen. Kaden knurrte und machte seine Drohung ohne ein weiteres Wort wahr. Er hob mich hoch, mühelos, wie er es auch schon beim Wasserfall getan hatte. Ich stieß einen schrillen Schrei aus und schlug fest auf seinen Rücken ein, doch er beachtete mich kein Stück. Stattdessen klatschte er mit der freien Hand auf meinen Hintern.

»Kaden, ich schwöre dir, wenn wir zu Hause sind, werde ich dich in Stücke reißen!«

Er lachte tief und dunkel, und ich spürte, wie ein Vibrieren erst durch seinen und dann durch meinen Körper ging. »Fahr schon mal die Krallen raus. Ich kann es kaum erwarten.«

Der Alkohol, den ich auf der Party getrunken hatte, breitete auf dem Heimweg seine volle Wirkung aus. Ich brauchte mehrere Anläufe, um aus dem Jeep auszusteigen, und als ich es endlich geschafft hatte, knickte ich auf meinen hohen Schuhen um und stürzte beinahe zu Boden – was ich so witzig fand, dass ich nicht aufhören konnte, zu kichern.

»Mein Gott, du bist unerträglich, wenn du betrunken bist«, murmelte Kaden und schlang einen Arm um meine Taille.

»Das musst du gerade sagen. Wenigstens bin ich nur unerträglich, wenn ich getrunken habe.«

Kaden blickte mich grimmig an, aber ich sah seine Mundwinkel zucken. »Bekommst du das mit den Treppen hin?«

Ich lachte überheblich und streifte mir die Schuhe von den Füßen. »Na, und ob.«

Leichter gesagt als getan. Ich schaffte nicht einmal die ersten drei Stufen, bevor ich das Gleichgewicht verlor und zur Seite sackte. Mit aller Kraft hielt ich mich am Treppengeländer fest, doch alles drehte sich. Kaden schnaubte genervt und hielt mir seinen Arm hin, damit ich mich einhaken konnte. In seiner anderen Hand hielt er meine Schuhe. Ich fand es echt niedlich, wie er mir mit diesem zerknirschten Gesichtsausdruck die Treppe hinaufhalf. Er erinnerte mich an einen niedlichen, brummigen Bär. Am liebsten hätte ich ihm das mitgeteilt, doch ich fürchtete, dass er mich dann die Treppen wieder hinabstoßen würde.

In der Wohnung angekommen führte er mich auf direktem Weg ins Bad und brachte mir sogar meinen Schlafanzug, damit ich gar nicht erst auf die Idee kam, in dem nach Alkohol stinkenden Kleid ins Bett zu gehen. Sehr rücksichtsvoll, wie ich fand.

Während ich mein Gesicht wusch, klammerte ich mich am Beckenrand fest, um nicht zur Seite zu kippen.

Das Wasser war kalt und weckte mich aus meinem umnebelten Zustand. Und plötzlich sah ich alles wieder viel klarer, als ich eigentlich wollte.

Meine Mom hatte mich gefunden. Obwohl ich alles getan hatte, um es zu verhindern, war sie hierhergekommen. Sie wollte, dass ich zurückkehrte. Und was am allerschlimmsten war: Sie respektierte meine Wünsche noch immer nicht. Ihr war egal, was mit mir passierte, solange ich wieder nach Hause kam und den Schein wahrte, den sie die letzten Jahre über aufgebaut hatte. Sie besaß sogar die Dreistigkeit, Dankbarkeit von mir zu verlangen für das Geld, das auf meinem Sparkonto lag. Ich hatte zwar geahnt, dass es irgendwann so weit kommen würde und deshalb nichts von dem Geld ausgegeben, das ich selbst verdient hatte, aber dass sie es vorhin wirklich laut ausgesprochen hatte, machte mich nichtsdestotrotz fassungslos. Nach allem, was passiert war.

Ich schluckte schwer und versuchte, meine Gedanken abzuschalten. Leider funktionierte es nicht. Meine Augen brannten, doch ich spritzte mir so lange kaltes Wasser ins Gesicht, bis ich alle Tränen weggespült hatte. Danach putzte ich meine Zähne und schälte mich mühsam aus dem Kleid. Als ich meinen Schlafanzug angezogen hatte, setzte ich mich auf den Klodeckel und vergrub das Gesicht in den Händen.

Alles drehte sich, und ich hörte wieder und wieder Moms Stimme in meinen Ohren.

Ich konnte diesen Raum erst verlassen, wenn ich mich unter Kontrolle hatte. Anderenfalls würde Kaden mich so sehen, und ich wollte auf keinen Fall, dass er erkannte, wie verkorkst ich wirklich war.

Als hätte er meine Gedanken gelesen, öffnete sich die Tür. Ich verharrte auf meinem Platz. Vielleicht wollte er nur Zähneputzen.

»Ab ins Bett, Schnapsdrossel.« Seine Stimme war dicht über mir. Ich wollte ihn nicht ansehen.

»Kann ich nicht heute Nacht hierbleiben?«, fragte ich hoffnungsvoll.

Er nahm meine Hände und zog sie von meinem Gesicht weg. »Nein. Und jetzt hoch mit dir, ich muss schiffen.«

Müde schüttelte ich den Kopf und erhob mich. Nur Kaden schaffte es, in einem Moment fürsorglich, im nächsten schon wieder unflätig zu klingen.

Ich wankte durchs Bad und schloss die Tür hinter mir. Der Weg zu meinem Zimmer kam mir unendlich lang vor. Als ich es endlich geschafft hatte, ließ ich mich erleichtert auf mein Schlafsofa fallen und vergrub das Gesicht in einem der Kissen. Meine Schultern bebten, weil ich die Tränen unterdrückte. Aber ich würde nicht weinen. Nicht wegen Mom.

Stell dich nicht so an.

Das war doch nichts Ernstes.

Wegen einer solchen Lappalie kannst du doch nicht alles wegwerfen, Crystal.

Denk an deinen Vater.

Am liebsten hätte ich auf irgendetwas eingeschlagen, um meine Wut rauszulassen. Heute Nachmittag, als meine Mutter mich angesehen und mit mir gesprochen hatte, war es mir so vorgekommen, als hätte sie noch immer absolute Macht über mich und mein Leben. Aber die hatte sie nicht. Ich war nicht mehr ihre Gefangene. Das musste ich mir immer und immer wieder sagen.

Meine Zimmertür öffnete sich leise. Wie üblich hatte Kaden nicht angeklopft, sondern war einfach in den Raum gekommen. Mir fehlte die Kraft, um ihn anzuschreien. Außerdem wusste ich, dass er nicht das richtige Ziel für meinen Zorn war.

»Hier.«

Ich hob den Kopf. Er hielt mir seine ausgestreckte Hand hin. Stöhnend griff ich nach den beiden Tabletten darauf und nahm auch das Glas Wasser, das er mir dazu reichte.

Nachdem ich die Tabletten runtergewürgt hatte, wollte ich das Glas auf der Fensterbank abstellen, doch Kaden schüttelte den Kopf. »Austrinken«, befahl er.

Ich fluchte laut, tat aber, was er sagte.

»So ist's brav«, lobte er mich mit einem selbstgefälligen Grinsen.

»Kannst du mich jetzt endlich in Ruhe lassen?«

Anstatt zu antworten, ließ Kaden sich auf meinen Schreibtischstuhl fallen, verschränkte die Arme hinter dem Kopf und beäugte mich misstrauisch.

»Gut, dann guck mir eben beim Schlafen zu«, sagte ich betont gleichgültig und legte mich wieder hin. Ich kämpfte eine Weile mit der Decke, bis ich es gemütlich fand. Anschließend drehte ich mich auf die Seite und sah ihn an.

»Willst du reden?«, fragte er plötzlich stirnrunzelnd.

»Regel eins«, gab ich automatisch zurück.

»Ich bestimme die Regeln. Wenn ich frage, dann will ich auch eine Antwort.«

Ich seufzte. »Ich will nicht reden, Kaden.«

Er nickte langsam, ließ mich aber nicht aus den Augen. »Soll ich gehen?«

Ich überlegte eine Weile. Dann schüttelte ich kaum merklich den Kopf. »Nein.«

Jetzt wurde sein Gesichtsausdruck weicher. »Was war das eben? Auf der Party meine ich.«

Ich sah ihn an, und sein Blick war warm. Nicht fordernd, sondern ein stummes Angebot. Ich wusste nicht, ob es am Alkohol lag oder einfach nur an Kaden, aber mit einem Mal verspürte ich das dringende Bedürfnis, ihm ein paar Dinge anzuvertrauen. Nicht alles, aber zumindest den Teil, der mich zu der Person gemacht hatte, die ich heute Abend gewesen war. Ich seufzte. »Ich wollte meine Gedanken ausschalten.«

»Sah so aus, als hättest du das schon öfter gemacht.« Er klang nicht neugierig, aber ich hörte trotzdem die unterschwellige Frage in seinen Worten.

»Ich habe früher ziemlich viel Alkohol getrunken, um meinen Kopf zum Schweigen zu bringen. Ich schätze, das heute war eine Art Rückfall«, sagte ich und zuckte mit den Achseln.

»Das klingt, als wäre es da oben ziemlich oft laut zugegangen«, meinte Kaden und deutete auf meine Stirn.

Ich lächelte. »In meinem Kopf herrscht pures Chaos.«

Er erwiderte mein Lächeln vorsichtig.

»Erzähl mir etwas«, bat ich ihn. »Irgendetwas. Damit ich nicht durchdrehe.«

»Was willst du hören?«, fragte er und rieb sich über den Hinterkopf.

»Deine Tattoos.« Ich deutete auf seine verschränkten Arme. »Ich möchte wissen, was sie bedeuten. Vor allem die Schriftzüge. Ich will nie hinstarren, weil ich glaube, dass du das nicht besonders gerne magst, aber ich wollte schon immer wissen, was da steht.«

Da war es wieder, dieses schiefe Grinsen. »Das wüsstest du wohl gerne, du kleine Spannerin.«

Ich verdrehte die Augen und war kurz davor, mich auf die andere Seite zu drehen, da stand er auf und machte einen großen Schritt. Mehr benötigte er nicht, um beim Bett anzukommen. »Rück mal ein Stück«, raunte er.

Ich kam seiner Bitte nach und beobachtete mit angehaltenem Atem, wie er sich neben mich auf das Bett setzte.

»Mit welchem soll ich anfangen?«, fragte er, als wäre die Situation, in der wir uns gerade befanden, völlig normal.

Ich brauchte einen Moment, um mich zu sammeln, dann deutete ich auf die Außenseite seines linken Unterarms. »Mit dem dort.« Ich wollte mich aufsetzen und mich auf die Ellenbogen stützen, sackte aber sofort wieder zurück. Ich musste liegen bleiben. Die Wände drehten sich zu sehr.

Kaden rückte ein Stück näher an mich heran und hob den linken Arm. »Das hier habe ich mir machen lassen, als ich sechzehn geworden bin.«

With great power comes great responsibility stand dort in kursiver Schrift.

»Spiderman?«, fragte ich grinsend. Ich hätte die Buchstaben gern eingehender betrachtet, leider verschwammen sie aber nach kurzer Zeit vor meinen Augen, und ich musste den Blick abwenden.

»Meine Mom ist durchgedreht, als sie es gesehen hat. Ich hatte mindestens einen Monat lang Hausarrest.« Er grinste. »Du glaubst gar nicht, wie cool ich Peter Parker damals fand. Also, den ersten. Der in der neuen Verfilmung ist ein Witz.«

Ich machte ein lautes Würgegeräusch. »Ich weiß! Seit wann ist Peter Parker ein cooler Skaterboy?« Ich schüttelte den Kopf, bereute es aber augenblicklich, als mir wieder schwindelig wurde.

Kaden blinzelte mich überrascht an, bevor er lachte und über die Worte auf seinem Unterarm rieb. »Genau das habe ich auch gedacht. Welches als nächstes?«

»Die Ringe«, meinte ich und berührte mit einem Finger den Obersten der Kreise, die sich um seinen Bizeps schlossen. Zum ersten Mal fiel mir auf, dass darüber ein paar fein gestochene Punkte und Linien waren. Als ich sie nachfuhr, schien Kaden die Luft anzuhalten. Sein Arm spannte sich an.

»Ich muss irgendwas zwischen achtzehn und neunzehn gewesen sein, als ich mir die habe machen lassen.« Er rieb mit dem Daumen über seinen Arm. »Ich hatte eine … schwierige Phase. Aber ich bin drüber hinweggekommen. Jeder Ring steht für einen Monat, den ich überstanden habe.«

»Warum sind sie verschieden breit?«

Er schluckte schwer und mied meinen Blick. »Die ersten sind breiter, weil der Schmerz da am größten war. Irgendwann wurde er dann weniger und die Kreise auch.«

»Das da oben über den Ringen sieht aus wie eine Art Code oder so«, murmelte ich.

»Mist.« Kaden hob einen Mundwinkel. »Ich dachte, das entgeht dir.«

Meine Augen wurden groß. »Bitte sag mir nicht, dass du dir den Namen einer Ex hast stechen lassen, Kaden.«

»Wäre das denn schlimm?«

»Du armer Junge«, sagte ich und tätschelte seinen Arm sanft. »Und jetzt wirst du jeden Tag an sie erinnert?«

Er schüttelte den Kopf. »Sehe ich etwa wie jemand aus, der sich den Namen eines Mädchens stechen lässt? Ich bin doch nicht bekloppt.«

»Nicht?«, stichelte ich und erntete einen festen Knuff durch die Decke in mein Knie. Ich quietschte, doch Kaden verzog keine Miene.

»Da steht ›Rachel‹ im Morsecode.«

»Ich hoffe, du hast Rachel nicht das Herz gebrochen«, sagte ich wehmütig und betrachtete die Punkte.

»Doch, habe ich. Und zwar mit jedem einzelnen Tattoo. Meine Mom steht nicht so auf die Dinger.« Er klang zerknirscht, aber seine Augen funkelten.

»Moment mal – du hast dir den Namen deiner Mutter tätowieren lassen?«, fragte ich überrascht.

»Ja, und?«

Ich presste mir beide Hände aufs Herz. »Das ist so süß, Kaden. Zuckersüß.«

Er verzog angewidert das Gesicht. »Welches als nächstes?«

Den mehrzeiligen Schriftzug auf seinem anderen Unterarm wollte ich mir bis zum Schluss aufsparen. »Die Feder auf deinem Rücken.«

»Ich kann es nur wiederholen: Spannerin.«

»Was kann ich denn dafür, wenn du mich an einen Wasserfall schleifst und dich da vor mir ausziehst?«

Ich glaube, ich hatte Kaden noch nie so viel lächeln sehen. Es bedeutete mir viel, dass er das hier tatsächlich mitmachte – einzig und allein, um mich abzulenken. Diese gesamte Situation war so unwirklich – sie kam mir fast wie ein Traum vor. Wahrscheinlich war in dem roten Zeug von Brix tatsächlich mehr als nur Alkohol gewesen, und ich halluzinierte gerade.

»Ich hatte dir doch von meinem Dad erzählt«, fing er an und ich nickte. Natürlich erinnerte ich mich an diesen Arsch. Kaden wandte den Blick ab und rutschte so lange auf dem Bett zurück, bis er sich mit dem Rücken an die Wand lehnen konnte. »Die Feder ist mein neuestes Tattoo. Das klingt bestimmt total albern, und das Motiv ist vielleicht auch längst verbraucht, aber … Sie bedeutet Freiheit. Es hat lange gedauert, bis ich es endlich geschafft habe, mich von meinem Vater loszusagen. Früher wollte ich immer seine Anerkennung und habe meinem älteren Bruder Alex nachgeeifert, obwohl ich eigentlich viel mehr nach meiner Mom komme. Ich habe ewig gebraucht, um diese Tatsache zu akzeptieren, aber seit ich das geschafft habe, fühle ich mich frei. Die Feder habe ich, damit ich das niemals vergesse.«

Ich glaube, in dieser Sekunde war es um mich geschehen. Ich betrachtete Kadens markantes Profil, seine starke Kieferpartie und die dichten Wimpern vor seinen Augen.

»Du glaubst gar nicht, wie gut ich das nachvollziehen kann. Jetzt wünschte ich, ich hätte auch eine Feder irgendwo auf meinem Körper«, murmelte ich.

Er sah zu mir runter und lächelte. »Nachdem mir die Ehre zuteilwurde, deine Mutter kennenzulernen, kann ich das sogar ziemlich gut verstehen.«

Ich versteifte mich. Ich wollte nicht an meine Mutter denken, nicht jetzt. Schnell zeigte ich auf das letzte Tattoo. »Was ist mit dem Schriftzug?«

Kaden drehte seinen Oberkörper und hielt die Innenseite seines Unterarms vor mein Gesicht. Ich kniff die Augen zusammen. Die Buchstaben waren in einer Handschrift tätowiert, die man nur bei genauem Hinsehen entziffern konnte.

It's time to forget about the past
To wash away what happened last
Hide behind an empty face
Don't ask too much, just say
'Cause this is just a game

Ich hielt die Luft an. Das konnte nicht sein. Kaden konnte unmöglich diese Worte auf seinem Arm stehen haben.

Ich umfasste seinen Ellenbogen mit der einen, sein Handgelenk mit der anderen Hand und ging noch ein bisschen näher an das Tattoo heran.

»Das steht da nicht wirklich oder?«, fragte ich ungläubig.

Bei den Worten handelte es sich um die zweite Strophe von *A Beautiful Lie* von Thirty Seconds To Mars. Kaden hatte die Lyrics meines Lieblingssongs auf seinem Arm tätowiert.

Ich blinzelte mehrmals, doch die schwarzen Linien blieben stehen.

»Ich glaube, wir haben mehr gemeinsam, als du denkst, Bubbles.« Kaden senkte seinen Arm und rutschte ein Stück weiter runter, sodass wir nebeneinander lagen. Ich rückte nach links, damit er mehr Platz hatte. Dann drehte ich mich auf die Seite. Mein Herz klopfte wie wild.

Noch einmal betrachtete ich seine Tattoos, eins nach dem anderen. Es war verrückt, wie sie nicht nur seinen Körper schmückten, sondern jedes auch eine eigene Geschichte erzählte. Ich hob langsam meinen Blick. Bis auf die Lichterketten war es dunkel in meinem Zimmer. Seine karamellfarbenen Augen glitzerten verheißungsvoll.

»Ich sollte rüber«, murmelte er.

Ich nickte. »Solltest du.«

Keiner von uns machte Anstalten, aufzustehen. Stattdessen blieben wir liegen und sahen einander an, bis meine Lider schwer wurden. Eingehüllt von Kadens angenehm würzigem Geruch, der Wärme, die sein Körper neben mir ausstrahlte, und mit seinen Geschichten im Ohr schlief ich ein.

kapitel 13

Helles Licht schien durch die Vorhänge und blendete mich. Ich blinzelte, und streckte mich träge, bis ich etwas Schweres auf meinem Bauch spürte. Ich drehte den Kopf und hielt den Atem an.

Kaden.

Kaden White lag in meinem Bett.

Und er hatte einen Arm um mich geschlungen.

Dem Pochen in meinem Kopf nach zu urteilen, war die letzte Nacht kein Traum gewesen. Auch keine Halluzination oder Wahnvorstellung. Lächelnd betrachtete ich meinen Mitbewohner. Er sah friedlich aus, wenn er schlief, gar nicht mehr hart und unnahbar. Seine Lippen waren leicht geöffnet, und die sonst so sorgfältig gestylten Haare standen in alle Richtungen ab. Ich musste grinsen und beschloss, den Anblick so lange zu genießen, wie es ging.

Dann spürte ich seine Finger auf meinem nackten Bauch. Und erstarrte.

Mein Shirt war mir in der Nacht bis zu den Rippen hochgerutscht, und die Decke befand sich irgendwo am Ende des Bettes, verheddert zwischen seinen und meinen Beinen.

Ich wagte es nicht, mich zu bewegen, als Kaden ein weiteres Mal sanft über meine Haut streichelte. Ein Schauer breitete sich über meinem gesamten Körper aus. Seine Finger waren grazil, aber auf männliche Weise rau. Sie fühlten sich anders auf meiner Haut an. Schwer, warm, aber nicht so fordernd, dass ich Angst bekam. Im Gegenteil. Ich verspürte vielmehr das Verlangen, mich gegen ihn zu drücken, meine Arme um ihn zu schlingen und die Nase an seinem Brustkorb zu vergraben, damit ich seinen Geruch, der mich immer an die Berge erinnerte, einsaugen konnte.

Das war ganz und gar nicht gut.

Vorsichtig hob ich seine Hand von meinem Bauch und setzte mich auf. Dann robbte ich so lautlos wie möglich nach vorne und schwang die Beine über die Sofakante.

Auf Zehenspitzen machte ich mich auf den Weg in die Küche und setzte Kaffee auf. Dann ging ich ins Bad, um meine Zähne zu putzen. Während ich die letzten Spuren der vergangenen Nacht von meinem Gesicht wusch, beschloss ich, Rührei und Pancakes zum Frühstück zu machen. Mein Magen war zwar flau, aber ich wusste aus Erfahrung, dass ein gutes Katerfrühstück dafür die beste Medizin war.

Gerade als ich die Eier aus dem Kühlschrank nahm, hörte ich, wie meine Zimmertür aufging. Mit der Packung in der Hand drehte ich mich zu Kaden um. Ich wusste nicht, was ich erwarten sollte, aber …

In wenigen Schritten durchquerte er das Wohnzimmer und schlug die Tür zu seinem Zimmer hinter sich zu. Der Knall war so laut, dass mir beinahe die Packung mit den Eiern aus der Hand fiel. Ich presste die Lippen aufeinander und starrte auf die verschlossene Tür. Dahinter schepperte es. Als hätte er irgendetwas gegen die Wand geschleudert.

Wahrscheinlich hatte er den gestrigen Abend furchtbar gefunden. Erst war meine Mutter in unserer Wohnung aufgetaucht, dann hatte er seine Abendplanung über den Haufen werfen und mich in meinem betrunkenen Zustand nach Hause bringen müssen. Anschließend die Nähe in meinem Zimmer … Das war bestimmt zu viel für ihn gewesen.

Allerdings war es das für mich selbst ja auch! Ich hatte gehofft, dass wir die Kluft zwischen uns mittlerweile geschlossen hatten. Vielleicht waren wir noch keine Freunde. Aber wir sollten es wenigstens hinbekommen, wie zwei normale Menschen miteinander umzugehen.

Es knallte erneut.

Da hatte ich mich anscheinend geirrt.

Seufzend machte ich mein Frühstück fertig und verzog mich wieder in mein Zimmer. Leider roch das gesamte Bett nach Kaden. Ich zündete meine Kerzen an und riss das Fenster auf. Keine Minute später hörte ich ihn in der Küche hantieren.

Fabelhaft.

Wir waren wieder bei Tag eins angekommen.

Am Nachmittag fuhr ich zu Dawn, um mich bei ihr zu entschuldigen. Zum Glück war ihre Mitbewohnerin nicht da, ansonsten hätten wir uns bei mir treffen müssen, und das wäre bei der momentanen Stimmung in der Wohnung nicht besonders angenehm gewesen.

»Hey«, sagte ich zerknirscht, als Dawn mir die Tür öffnete.

Auch sie sah mich schuldbewusst an, dabei hatte sie dazu doch überhaupt keinen Grund. Ich war diejenige gewesen, die gestern Mist verzapft hatte.

»Es tut mir so leid, Süße«, sagte ich schnell und hob die Hände. »Ich wollte dich da nicht so stehen lassen. Ich weiß überhaupt nicht, was in mich gefahren ist, eigentlich bin ich nicht so und …«

Weiter kam ich nicht. Dawn hatte einen Satz auf mich zu gemacht und ihre Arme um meine Taille geschlungen. Fest drückte sie mich an sich. »Kaden hat mir erzählt, dass du Besuch von deiner Mom hattest.«

Ich versteifte mich. Mechanisch hob ich meine Hand, um ihr den Rücken zu tätscheln. »Ach, hat er das?«

»Erst, nachdem ich angerufen habe, damit er uns abholt. Und auch keine Details, also guck nicht so sauer«, sagte sie und zog mich in ihr Zimmer. Sie schloss die Tür und ließ sich anschließend auf ihrem Schreibtischstuhl nieder. »Ich habe mir einfach Sorgen um dich gemacht. Du hattest so viel getrunken, dann diese ganzen zwielichtigen Typen …«

»Ist schon okay. Du warst einfach nur eine gute Freundin. Ich dagegen war einfach nur eine Idiotin.« Ich seufzte. »Dawn, es tut mir leid. Ich hätte mit dir oder irgendwem reden sollen, statt so durchzudrehen.«

Sie nickte langsam. Ihr rundes Gesicht so ernst und traurig zu sehen, zog mich noch weiter runter. »Kein Problem. Jeder hat doch irgendwelche Dinge, die ihn belasten und über die er nicht gerne reden mag. Bei mir ist das mein Ex.« Sie schüttelte sich. »Also mach dir bitte keine Gedanken. Ich hoffe nur, Kaden war nicht zu fies zu dir.«

Anscheinend musste sich mein Gesichtsausdruck völlig verändert haben, denn Dawn setzte sich sofort auf und starrte mich mit großen Augen an.

»Halt mal. Ihr habt doch nicht …?«

»Nein!«, rief ich empört. »Er … er hat mich nur ins Bett gebracht. Und ist dann heute Morgen in sein Zimmer gestürmt, als hätte ich versucht, ihn zu vergewaltigen.«

Dawn lachte auf. »Das glaube ich nicht. Der Idiot mit den hundert Regeln für ein gesittetes Zusammenleben hat dich *ins Bett gebracht?*« Sie machte Anführungszeichen in der Luft.

Ich nickte und erzählte ihr, was in der letzten Nacht passiert war. Die Geschichten, die Kaden mir zu seinen Tattoos erzählt hatte, behielt ich allerdings für mich. Sie gehörten nur ihm und mir.

Okay, und vermutlich allen anderen Mädchen, die er irgendwann mal von einer Party mit nach Hause genommen hatte.

»Vielleicht dachte er, dass du dich heute eh an nichts mehr erinnern kannst«, grübelte Dawn. Stirnrunzelnd strich sie sich die Haare aus dem Gesicht.

»Kann sein«, meinte ich und zuckte mit den Schultern. Ich würde an Kadens Verhalten nichts ändern können, egal wie sehr es mich verletzte.

»Willst du mir von deiner Mom erzählen?«, fragte Dawn nach einer Weile sanft.

Ich schluckte schwer und schüttelte den Kopf. »Eigentlich will ich diese Begegnung nur verdrängen.«

»Damit kenne ich mich bestens aus, glaub mir.« Dawn seufzte. »Mein Ex hat mehrmals versucht, mich anzurufen.«

Ich hob eine Braue. »Das Betrügerschwein?«

Sie nickte.

»Pass auf, dass er nicht bald einfach vor der Tür steht«, scherzte ich. Die Farbe wich so schnell aus Dawns Gesicht, dass mir das Grinsen augenblicklich wieder verging. »War nur ein blöder Witz!«

Sie klatschte in die Hände. »Ich bin dafür, dass wir uns ein Verdrängungs-Beauty-Programm gönnen. Mit selbst gemachten Gesichtsmasken und einem Kinobesuch. Was sagst du?«

Ich stimmte zu.

Je weiter der Tag voranschritt, desto besser ging es mir. Wir rührten Masken aus Quark und Honig an, lackierten uns gegenseitig die Fingernägel und machten uns schließlich auf den Weg ins nächstgelegene Kino, um uns dort eine Liebeskomödie anzusehen. Der Film war echt schlecht, aber das Popcorn dafür umso besser. Außerdem kicherten wir jedes Mal los, wenn eine besonders schnulzige Zeile gesprochen wurde oder tanzten in unseren Sitzen, wenn ein mitreißender Song lief. Zeit mit Dawn zu verbringen tat unheimlich gut. Es war wie Balsam für meine Seele, und ich hatte das Gefühl, alles könnte wieder gut werden.

Als ich abends nach Hause kam, war Kaden nicht da. Ebenso am darauffolgenden Morgen. Er hatte mir keine SMS geschrieben und auch keine Nachricht am Kühlschrank hinterlassen, wo er steckte. Letzten Endes ging ich davon aus, dass er jemanden aufgerissen und dort die Nacht verbracht hatte. Am liebsten hätte ich mich für den Stich, den dieser Gedanke meinem Körper versetzte, selbst geohrfeigt.

Wunderbar. Dafür musste ich mit niemanden um den Kaffee kämpfen. Ich konnte duschen, ohne Gefahr zu laufen, dass jemand unangemeldet ins Bad platzte. Und das allerbeste war, dass ich den Fernseher ohne Gemecker benutzen konnte.

Trotzdem kam mir die Wohnung ohne Kaden erstaunlich leer vor.

kapitel 14

Es gab Cheeseburger in der Mensa. Scott, Dawn und ich hatten uns beim Essen völlig eingesaut, genau wie alle anderen an unserem Tisch, die sich für Burger entschieden hatten.

Mittlerweile war Kaden seit zwei Tagen abgetaucht. Am Morgen hatte ich ihn auf dem Weg zum Seminar von Weitem auf dem Campus gesehen. Dawn hatte meinen Blick bemerkt und begonnen, einen Scherz nach dem anderen zu machen, aber irgendwie hatte das nicht wirklich geholfen. War jene Nacht wirklich ein solcher Albtraum für ihn gewesen, dass er mich mit Abwesenheit und Schweigen bestrafte? Nur weil wir Regel eins gebrochen hatten?

»Habt ihr schon gesehen? Die Literaturergebnisse sind da«, sagte Grace, neben der ich in Film und Fernsehen saß. »Ich bin gerade so durchgekommen.« Sie wischte sich erleichtert die Stirn und grinste in die Runde. Sofort zückten alle ihre Handys und loggten sich über ihren Online-Zugang in das Uni-Netzwerk ein.

Dawn jauchzte neben mir. »Gott sei Dank. Geschafft!«

Ich starrte auf meinen Ladebildschirm. Madison, die neben Grace saß, sackte seufzend in sich zusammen. »Ich auch.«

Scott stöhnte laut. »Durchgefallen.«

»Oh nein, Scott.« Dawn tätschelte ihm den Arm. »Mach dir nichts draus. Du hast noch zwei Chancen.«

Er streckte die Arme aus und legte seinen Kopf darauf. »So ein Scheiß.«

Ich schluckte schwer, als ich sah, dass meine Seite fertig geladen hatte. Ich scrollte runter.

Literatur – nicht bestanden.

Für einen Moment blieb mir die Luft weg. Eine Welle der Enttäuschung überkam mich, und mir wurde von einer Sekunde auf die andere übel.

Doch dann spürte ich die erwartungsvollen Blicke der anderen auf mir.

»Und du, Allie?«, fragte Dawn zaghaft.

Ich räusperte mich und atmete tief durch. Ich wollte mir nicht anmerken lassen, wie enttäuscht ich über dieses Ergebnis war.

»Ich fürchte, wir müssen zusammen lernen, Scott«, sagte ich schließlich mit einem schiefen Grinsen und hob mein Handy hoch.

Scott hielt mir seine Hand für einen High Five hin.

»Dafür hast du alle anderen bestanden«, meinte Grace und lächelte mir aufmunternd zu. »Oder?«

Ich nickte. Alle anderen Prüfungen hatte ich bestanden. Zwar nicht mit Bestnoten, aber das ging vielen meiner Kommilitonen so. Es hieß, dass die Professoren im ersten Semester gnadenlos diejenigen aussiebten, die nicht die richtigen Voraussetzungen für unseren Studiengang mitbrachten.

»Siehst du.« Dawn knuffte mich in die Seite. »Dann setzen wir uns noch mal gemeinsam ran. Ihr packt das schon.«

Ich nickte und zwang mich zu einem Lächeln.

Den Rest des Tages blieb ich für mich. In meinen Seminaren konnte ich mich kaum konzentrieren, weil zwei Wörter in meinem Kopf lauter waren als alle anderen.

Nicht bestanden.

Wenn ich schon das erste Semester nicht schaffte, wie würde es erst bei den richtig harten Prüfungen sein? Immer wieder musste ich an meine Mutter denken. Sie würde sich sicherlich wahnsinnig über meinen Misserfolg freuen. Nicht nur, weil sie mir mit voller Genugtuung ein »Habe ich es dir nicht gleich gesagt?« an den Kopf werfen könnte, sondern vor allem, weil sie wollte, dass ich spätestens zu Thanksgiving nach Denver zurückkehrte.

Ich schloss die Wohnung auf und zog meine Schuhe aus. Wie erwartet, war Kaden nicht da.

Missmutig ging ich in die Küche und holte mir Eis aus dem Gefrierschrank. Ich steckte den Löffel in die feste Masse und hebelte eine große Portion heraus.

Du lässt dich gehen, hörte ich plötzlich die Stimme meiner Mutter in meinen Ohren. Ich schluckte schwer und knallte das Eis zurück auf die Arbeitsfläche.

Nicht nur, dass meine Mutter mich gefunden hatte … Nein. Jetzt verfiel ich auch noch in alte Verhaltensmuster. Die Leere in meinem Inneren war wieder da, und ich wusste nicht, wie ich sie füllen sollte. Einzig bei Kaden hatte ich mich wie ich selbst gefühlt. Aber der schaute mich seit Tagen nicht einmal mehr an.

Ein dicker Kloß bildete sich in meinem Hals, und ich räusperte mich, um ihn zum Verschwinden zu bringen.

Vielleicht hatte Mom recht.

Möglicherweise hatte ich mit meinem Umzug einen riesigen Fehler begangen. In Dads Firma hätte ich eine gute Stelle haben können. Er hatte Kontakte in der ganzen Welt – vielleicht hätte ich sogar eine Zeitlang im Ausland leben können. Stattdessen wohnte ich in einer WG zusammen mit einem Kerl, der mich hasste, und fiel durch meine Prüfungen.

War das tatsächlich die Freiheit, für die ich von zu Hause ausgezogen und nach Woodshill gekommen war?

Hör endlich auf mit dieser lächerlichen Rebellion.

Mit verkrampften Schritten machte ich mich auf den Weg in mein Zimmer und verharrte in der Tür.

Die Lichterketten, die Überwürfe, die Kerzen ... Wie Schuppen fiel es mir von den Augen. Ich war nichts als ein bockiges Kind, das einfach genau das getan hatte, was man ihm lange Zeit verboten hatte, ohne auch nur kurz darüber nachzudenken, ob das Ganze überhaupt irgendeinen Sinn ergab.

Ich stieß ein Wimmern aus, das sich in ein wütendes Knurren verwandelte. Fest entschlossen trat ich in den Raum.

Es war eine Schnapsidee gewesen, hierher zu kommen. Ein fehlgeschlagenes Experiment. Manchen Dingen konnte man nicht entfliehen, egal, wie sehr man sich es wünschte. Wenn Mom wollte, dass ich ihr beschissenes Erbe antrat, dann hatte ich keine Wahl. Und wahrscheinlich würde ich ohnehin keine Lehrerin werden können, wenn ich schon jetzt durch meine Prüfungen fiel und meine Eltern mir ihre finanzielle Unterstützung strichen. Mom würde mich fallen lassen wie eine heiße Kartoffel, das hatte sie mehr als deutlich gemacht. Und dann? Wie sollte ich den Rest meines Studiums finanzieren?

Mit heißen Wangen riss ich meinen Koffer hinter der Kommode hervor. Ich griff blindwütig nach meinen Habseligkeiten und schaufelte sie hinein. Ich klaubte meine Bücher und die Parfumflakons vom Regal, dann riss ich die Schubladen der Kommode auf. Ein Teil meiner Klamotten nach dem anderen landete auf dem Stapel. Ich begann, laut zu fluchen. Mir wurde immer heißer. Mit Sicherheit hatte ich rote Flecken auf meinem Gesicht und meinem Hals.

»Was machst du da?«

Ich hörte nicht auf. Mir war scheißegal, dass Kaden es auf einmal wieder für angebracht hielt, mit mir zu sprechen.

»Wonach sieht's denn aus?«, schoss ich zurück, ohne ihn anzusehen.

»Nach einer Irren, die ihr Zimmer in Kleinteile zerlegt.«

Ich fuhr zu ihm herum und starrte ihn wutentbrannt an. Er sah einfach perfekt aus, wie er da im Türrahmen lehnte, mit seinen hochgestylten Haaren und dem T-Shirt, das seine starken Schultern genau richtig betonte. Der amüsierte Blick, mit dem er das Chaos um mich herum betrachtete, machte mich nur noch wahnsinniger.

Meine Brust hob und senkte sich rasend schnell. »Ich packe.«

»Wofür?«

»Ich fliege nach ... nach Hause«, presste ich mühsam hervor, obwohl ich Denver eigentlich nicht als zu Hause bezeichnen konnte. Nicht, nachdem ich hier erfahren hatte, wie es sich wirklich anfühlte, wenn man an einem Ort glücklich war.

»Wieso?«, hakte er nach und verschränkte die Arme vor der Brust.

Ich musste mich sammeln, um ihn nicht anzuschreien. »Bist du die Inquisition?«

Er hob die Schultern und seine Mundwinkel zuckten verräterisch.

Eine Sicherung in meinem Hirn brannte durch. »Ich weiß nicht, wieso du ausgerechnet jetzt hier auftauchen musst, wo du die letzten Tage wirklich alles gegeben hast, um mir nicht über den Weg zu laufen.«

Jetzt grinste er. »Ach, gib's zu. Du hast mich vermisst.«

Ich drehte mich schnaubend um und warf die nächsten Teile in den Koffer. Als ich seinen Pullover in meiner Kommode fand, schleuderte ich ihm das Ding kurzerhand entgegen. Zu meiner Enttäuschung fing er ihn lässig auf. Jetzt war ich so zornig, dass ich einen Moment lang nichts tun konnte als schwer atmend in die leere Schublade zu starren.

»Hat deine Mutter dich derart fest in ihren Klauen?« Kaden kam näher, das konnte ich spüren, ohne hinzusehen. »Du musst nicht das tun, was sie von dir verlangt, Allie. Keine Ahnung, was sie dir angetan hat, aber du kannst tun und lassen, was du willst.«

Ich drehte mich um und stutzte eine Sekunde. Er stand so dicht vor mir, dass ich den Kopf in den Nacken legen musste, um in sein Gesicht zu blicken. »Du kannst dir diesen Luxus vielleicht erlauben. Ich nicht.«

»Wieso nicht?« Er sah ernst aus, den Pullover hatte er über seine Schulter gelegt.

»Kannst du mich nicht einfach in Ruhe lassen?«, fragte ich.

»Nein.«

»Gut, dann eben anders: Lass mich gefälligst in Ruhe und such dir ein Mädchen, das sich deinen Scheiß gefallen lässt! Ich habe weder Zeit noch Lust, mich mit deinen Launen auseinanderzusetzen.«

Er warf den Kopf in den Nacken und lachte laut. »Meine Launen? Wer ist denn hier die Durchgeknallte?«

Ich machte ein frustriertes Geräusch und ballte die Hände zu Fäusten. Am liebsten hätte ich trotzig mit dem Fuß aufgestampft.

»Denk ruhig von mir, was du willst, Bubbles. Ich werde schon fertig damit«, sagte er. Sein überhebliches Grinsen und die Art und Weise, wie er mich eingehend musterte, machten mich wahnsinnig.

»Nenn mich nicht so«, knurrte ich.

»Soll ich dich lieber Crystal nennen?«

Ein Blitz jagte durch meinen Kopf, und ich erstarrte.

Du bist wunderschön, Crystal.

Meine Unterlippe begann zu beben, und ich biss die Zähne fest aufeinander. Durch meinen Körper jagte so viel Adrenalin, dass ich es dringend loswerden musste. Ich riss die Arme hoch und stieß Kaden gegen den Brustkorb. Er taumelte einen Schritt zurück, fing sich aber schnell wieder. »Lass. Mich. In. Ruhe.«

Kaden dachte nicht daran, auf mich zu hören. Stattdessen machte er den Fehler und kam näher. Ich wich automatisch zurück. Mit dem Rücken stieß ich gegen die Kommode.

»Ich weiß, dass du es gewöhnt bist, Leute von dir zu stoßen. Aber ich sage es dir noch mal: Wenn ich frage, was los ist, will ich auch eine Antwort«, sagte er in ruhigem Tonfall.

Sein Blick war fest auf mein Gesicht geheftet, und das Atmen fiel mir schwer.

»Mich interessiert nicht, was du willst«, fauchte ich. »Hier geht es nicht um dich, okay?«

Er hob ungläubig eine Braue.

»Na gut, vielleicht ein kleines bisschen! Erst kommt meine Mutter, und du bist derart geistesgegenwärtig, dass ich mich frage, ob du tatsächlich *du* bist, und abends bringst du mich ins Bett und erzählst mir all diese persönlichen Dinge, bis mir der Kopf schwirrt.« Ich holte tief Luft und schüttelte den Kopf. »Das war einfach zu viel, Kaden. Es ist nicht so, dass ich gegen deine bescheuerten Regeln verstoßen *wollte*. Es ist einfach passiert! Manchmal geschehen Dinge, für die ich nichts kann. Das ist noch lange kein Grund, mich tagelang zu ignorieren. Herrgott, ich habe mir Sorgen um dich gemacht!«

Er öffnete den Mund, doch ich war noch nicht fertig.

»Und dann ist da meine Mom, deine Abwesenheit, meine nicht bestandene Literaturprüfung, und ich habe plötzlich das Gefühl, alles geht den Bach runter. Das einzige, was ich wollte, war Freiheit. Und jetzt fühle ich mich genauso gefangen wie noch vor wenigen Monaten. Ich bekomme keine Luft mehr, und alles um mich herum ist so schwarz, und außerdem habe ich zugenommen und …«

»Allie …«, sagte Kaden eindringlich und fasste mich sanft bei den Schultern.

»Nein!«, rief ich und reckte trotzig das Kinn. »Du kannst nicht einfach auftauchen, dich über mich lustig machen, mir befehlen, dir von meinen Problemen zu erzählen, wenn du doch eigentlich …«

Weiter kam ich nicht.

Kaden beugte sich vor und presste seine Lippen auf meine.

Ich erstarrte. Die Worte wollten noch immer aus mir heraus, doch plötzlich war da nur noch Kaden, der meine Wangen mit seinen warmen, rauen Händen umfasste und mich mit seinem Körper gegen die Kommode drängte. Seine Hüfte stieß gegen meine, und seine Lippen verboten mir jedes weitere Wort.

Stattdessen begann er, seinen Mund auf meinem zu bewegen. Es überraschte mich, wie sanft er war. Er strich mit den Daumen über meine Wangen, und dann spürte ich seine Zunge an meinen Lippen. Nicht drängend, sondern vorsichtig. Wie eine Frage, die zuerst beantwortet werden musste.

Rasend schnell breitete sich in mir eine Hitze aus, die meine Gedanken und meine verwirrten Gefühle ausschaltete. Ich schlang die Arme um Kadens Hals und gab ihm die Antwort, auf die er gewartet hatte. Ein tiefer Laut drang aus seiner Kehle. Er fuhr mit den Händen an meiner Taille hinab. Wie von selbst schlang ich die Beine um ihn, als er mich hochhob und auf die Kommode setzte. Er legte eine Hand auf meinen Rücken und zog mich bis zur Kante vor.

Seine Zunge strich langsam über meine Unterlippe. Ich seufzte in seinen Mund, als er sie zwischen seine Zähne zog, und fuhr mit den Händen seinen Rücken bis zu seiner schmalen Hüfte. Er fühlte sich genauso an, wie ich es mir vorgestellt hatte. Sehnig, trainiert und an allen Stellen hart, an denen ich weich war.

Er löste sich atemlos von mir. Ich ließ meine Augen geschlossen.

Bisher hatte ich in meinem Leben nur Kerle geküsst, die – das wusste ich jetzt – keine Ahnung davon hatten, was sie taten. Nie zuvor war ich *so* geküsst worden. Voller Verlangen, so wild und sanft zugleich. Dieser Kuss war aufwühlend gewesen – auf eine wunderbare Art – und gleichzeitig so elektrisierend, dass mein gesamter Körper wie aufgeladen war.

Benommen blinzelte ich.

»Das sollte ich ab sofort immer machen, wenn du nicht aufhörst, zu reden.« Kaden wirkte ziemlich zufrieden mit sich selbst. Er lächelte schief.

Ich konnte nicht einmal mehr die Kraft aufbringen, ihn zu boxen, obwohl ich das liebend gern getan hätte. Stattdessen ließ ich meinen Kopf nach vorne fallen, an seine Brust.

Kaden versteifte sich eine Sekunde lang, bevor er die Hand hob und sie in meinem Haar vergrub. »Wie wäre es, wenn du deinen Koffer wieder auspackst, während ich Pizza bestelle?«

Ich gab ein zustimmendes Brummen von mir, verharrte aber weiterhin in der Position.

Plötzlich waren Kadens Hände an meinen Rippen. Er hob mich von der Kommode. Ich stand zwar wieder auf beiden Beinen, aber sie fühlten sich wie Pudding an. Meine Güte, ich war schon öfter geküsst worden. Aber nie hatte mein Körper derart überwältigt reagiert.

»Pack aus«, sagte er ernst und ging dann zur Tür. Er drehte sich noch einmal zu mir um. Sein Blick verweilte kurz auf meinen heißen Wangen und glitt langsam meinen Körper hinab. Er schüttelte den Kopf und murmelte: »Verdammt.«

Wie recht er damit hatte.

»Ich erteile dir hiermit die Erlaubnis, zu heulen«, sagte Kaden feierlich, als ich ins Wohnzimmer kam. Die Pizza stand bereits auf dem Wohnzimmertisch.

Ich musste wider Willen grinsen. »Wie nett von dir. Aber ich glaube, das ist nicht nötig.«

»Nicht?« Er deutete auf die Pizza. »Bist du dir ganz sicher?«

Ich sah ihn an. »Wo warst du die letzten Tage?«

Kaden senkte seine Hand und lehnte sich auf dem Sofa zurück. »Bei Spencer.«

»Wieso?«

»Die Pizza wird kalt.« Er wich meinem Blick aus und griff nach einer Serviette.

»Wieso?«, fragte ich erneut und setzte mich auf die gegenüberliegende Seite des Sofas.

Kaden stöhnte auf. »Können wir es nicht einfach dabei belassen?«

»Nein.«

Er hob eine Braue. »Du bist erstaunlich frech für jemanden, der gerade den besten Kuss seines Lebens bekommen hat.«

»Und du ziemlich selbstverliebt für jemanden, der recht mittelmäßig küsst«, schoss ich zurück.

Kaden grinste bedrohlich, dann erhob er sich in beunruhigender Langsamkeit. »Was hast du gerade gesagt?«

Bevor er auf dumme Gedanken kommen konnte, schnappte ich mir ein Stück Pizza vom Tisch und biss hinein. »Ich finde, du küsst mittelmäßig.«

Schnaubend ließ er sich in die Mitte des Sofas fallen. »Ich glaub dir kein Wort.«

Ich zuckte nur mit den Schultern und grinste mit vollem Mund. Wenn ich ehrlich war, hatte ich Kadens Kuss in jedem noch so kleinen Winkel meines Körpers gespürt. Aber das würde ich ihm sicherlich nicht auf die Nase binden.

Wir aßen schweigend unsere Pizzen. Obwohl ich mittags schon einen riesigen Burger verdrückt hatte, fühlte ich mich wie ausgehungert.

»Also, wieso wolltest du fliehen?«, fragte Kaden mich nach einer Weile.

Ich betrachtete die Maserung des Wohnzimmertisches, um ihn nicht anschauen zu müssen. »Müssen wir darüber reden?«

»Ja. Das ist der Preis für die Pizza«, meinte er.

Jetzt wurde ich hellhörig. »Das heißt, ich muss nichts zahlen, wenn ich dir erzähle, was los ist?«

»Sehr richtig.«

Ich hob den Blick. Kadens gesamte Haltung wirkte angespannt. Während er sich das letzte Stück Pizza aus dem Karton nahm, ließ er mich nicht aus den Augen.

»Ich bin durch meine Literaturprüfung gefallen«, sagte ich zaghaft.

»Wenn ich jedes Mal einen Fluchtinstinkt entwickeln würde, wenn ich in irgendeinem Fach durchfalle, dann wäre ich längst um die halbe Welt gezogen«, meinte er mit vollem Mund.

Ich schnaubte.

»Die Wenigsten bestehen den Kurs bei Mrs Falcony beim ersten Durchlauf«, fuhr er fort und hob die Achseln. »Ich musste ihn vor einem Jahr auch belegen und habe es erst beim zweiten Versuch geschafft. Von daher ist das definitiv kein legitimer Grund, einfach sang- und klanglos zu verschwinden.«

Ich zog einen langen Käsefaden von meiner Pizza und schob ihn mir in den Mund. Ein Stück Bacon folgte gleich darauf.

»Wolltest du wirklich einfach weg, ohne dich zu verabschieden? Ohne mir Bescheid zu geben?« Seine Stimme war leise geworden.

Hilflos hob ich die Schultern. »Ich dachte, dass … Nach Samstagnacht hast du mich gemieden. Ich dachte, du würdest mich nicht mehr hier haben wollen.«

»Wieso erwartest du denn immer das Schlechteste? So ein Mistkerl bin ich nun auch nicht.« Er sagte das nicht vorwurfsvoll, sondern klang ehrlich verwundert.

Ich hob fragend die Brauen.

»Okay, ich kann ein Mistkerl sein. Aber …« Er hielt inne und schüttelte den Kopf. Dann lehnte er sich zurück und rieb sich übers Gesicht.

»Aber was?« Ich runzelte die Stirn. »Du bist einfach aus dem Zimmer gestürmt, als hätte ich versucht, dich zu vergewaltigen.«

»Du könntest mich niemals vergewaltigen, Bubbles.« Er schüttelte den Kopf und grinste verschmitzt. »Alles, was du mit mir anstellst, würde ich sehr willkommen heißen.«

»Du kannst nicht ständig solche Sachen sagen und auf deine bescheuerten Regeln bestehen!«, rief ich aufgebracht und riss die Hände in die Luft. Ein Fehler. Ein Stück Bacon löste sich von meiner Pizza und flog quer über meinen Kopf hinweg. Ich hörte es auf dem Boden plumpsen.

»Ich kann tun und lassen, was ich will. Wenn ich Andeutungen machen will, dann tue ich das. Wenn ich mit dir wandern gehen will«, er stellte seinen Teller auf dem Tisch ab und rückte auf dem Sofa näher an mich heran, »dann tue ich das. Und wenn ich dich küssen möchte«, er stützte sich mit beiden Händen zu meinen Seiten ab, »dann werde ich auch das verdammt noch mal tun. *Ich* bestimme die Regeln.«

Seine Nase war jetzt nur wenige Millimeter von meiner entfernt. Ich hielt die Luft an, wich aber kein Stück zurück.

»Und ich bestimme, von wem ich mich küssen lasse, Kaden.« Meine Stimme war kehlig, aber fest. »Du kannst mich nicht wie ein Höhlenmensch mit sexuellen Gefälligkeiten zum Schweigen bringen. So funktioniert das nicht.«

Für einen kurzen Moment blitzte in seinen Augen Überraschung auf. »Ich wollte dich nicht zum Schweigen bringen.«

»Ach was.«

Er runzelte die Stirn. »Ich wollte, dass du dich beruhigst. Deine Hysterie hat mir irgendwie Angst gemacht. Dein Kopf ist so rot angelaufen, dass ich Angst hatte, er platzt jeden Moment.«

Ich musste wider Willen grinsen.

Kaden betrachtete zufrieden meine Mundwinkel, dann wanderte sein Blick zurück zu meinen Augen. »Rede mit mir.«

»Wir reden doch«, gab ich zurück. Meine Wangen wurden allmählich heiß, so nah war er mir. Ich konnte sein Duschgel riechen, ebenso den typischen Kaden-Geruch. So als wäre er gerade erst von einer seiner Wanderungen zurückgekehrt.

»Über das, was dir eine solche Angst macht.« Er schob seine Hände noch dichter an meine Beine heran. Seine Daumen streiften meine Oberschenkel leicht. »Sprich mit mir über das, was die starke junge Frau, die normalerweise immer positiv ist, in eine solche Panik versetzt. Du redest doch sonst so gerne.«

Meine Kehle war staubtrocken. Um nichts sagen zu müssen, wollte ich von dem Stück Pizza abbeißen, das ich noch immer in der Hand hielt. Bevor ich es zu meinem Mund führen konnte, nahm Kaden es mir aus der Hand und legte es auf meinen Teller.

»Allie.«

Ein Schauer fuhr durch meinen Körper. Ich konnte seinem drängenden Blick nicht ausweichen.

»Was bringt es dir, wenn ich davon erzähle?«, fragte ich kaum hörbar.

Kaden neigte seinen Kopf leicht. »Interpretier da doch nicht so viel rein. Ich will einfach wissen, was in dir vorgeht.«

Ich schwieg. Ich wollte die Knie anziehen und sie mit den Armen umschlingen, aber Kaden saß viel zu dicht bei mir, als dass ich die Bewegung hätte ausführen können. Auch sein eindringlicher Blick sagte mir klar und deutlich, dass ich gar nicht erst zu versuchen brauchte, mich erneut vor ihm zu verschließen, in welcher Art und Weise auch immer.

»Wenn es dir damit besser geht«, murmelte er. »Wir sind so etwas wie Freunde, oder?«

Ich zuckte die Schultern. »So etwas.«

»Na siehst du. Freunde reden miteinander über solche Dinge.«

Ich öffnete den Mund, doch zum ersten Mal, seit ich Kaden kannte, kam kein einziges Wort heraus. Ich konnte ihm nicht sagen, was der wahre Grund für meine Angst war. Es ging einfach nicht. So lange hatte ich geschwiegen … Es war, als könnte ich die Wahrheit überhaupt nicht mehr aussprechen. Es funktionierte nicht.

Meine Zunge wurde schwer und meine Brust eng. Ich biss auf die Innenseite meiner Wangen und schüttelte den Kopf. Meine Augen brannten wie verrückt, doch die Worte … Sie kamen einfach nicht. Ich hatte noch nie jemandem davon erzählt. Einzig Mom kannte die Wahrheit. Und sie hatte mir verboten, jemals auch nur ein Wort darüber zu verlieren. Je länger ich geschwiegen hatte, desto höher war die Mauer geworden, die ich um mich herum errichtet hatte. Nichts konnte sie durchdringen. Erst recht nicht Kaden.

»Ich kann nicht«, krächzte ich. »Ich kann das nicht.«

Kaden schien sich meine Gesichtszüge einzuprägen, so konzentriert sah er mich an. Schließlich stieß er ein leises Seufzen aus. Er packte mich sanft, aber bestimmt an beiden Oberarmen, und als er sich auf dem Sofa zurücklehnte, hatte ich keine Wahl, als ihm zu folgen. Mein Kopf landete auf seiner Schulter, mein Körper war der Länge nach an seinen gelehnt. Ich erstarrte, als ich seinen Griff um meine Hüfte spürte, doch dann strich seine andere Hand über meinen Arm, hinauf zu meiner Schulter und wieder hinab, und mir wurde klar, dass er mich nur halten wollte. Ich verlor den Kampf gegen mich selbst und begann, zu weinen. Nicht wie ein Schlosshund, dafür war ich zu erschöpft. Aber all die unausgesprochenen Worte liefen lautlos aus meinen Augenwinkeln und tropften auf Kadens Shirt, eine Träne nach der anderen, bis dort ein riesiger nasser Fleck zu sehen war.

Kaden hielt mich einfach fest. Er verlor kein Wort über meinen Zustand, machte sich nicht über mich lustig oder drängte mich, ihm mehr zu erzählen.

Er war einfach für mich da. Und das war mehr, als ich jemals von ihm erwartet hätte.

kapitel 15

Bis zum Nachschreibtermin meiner Prüfung lernte ich wie eine Verrückte. Scott, Dawn und ich trafen uns jeden Abend, um Literatur zu büffeln, wobei Dawn schon für die nächsten Prüfungen lernte und uns immer mal wieder einen Sachverhalt näherbrachte, den wir nicht verstanden.

Heute ließ Kaden uns sogar im Wohnzimmer lernen, obwohl Spencer, Monica und Ethan da waren. Monica hatte einen riesigen Haufen dunkelbrauner Pancakes zubereitet, den sie auf einem Teller herumreichte und den wir – trotz der ausgeprägten Röstaromen – bis auf den letzten Krümel verputzten. Sie saßen auf den Hockern bei der Kücheninsel und unterhielten sich leise, während wir in unsere Notizen vertieft waren. Ich erwischte Spencer mehr als einmal dabei, wie er Dawn anstarrte. Als ich sie anstupste, um sie darauf hinzuweisen, zog sie die Nase kraus und lief puterrot an.

»Und, was macht ihr so an Thanksgiving?«, fragte Spencer in die Runde.

»Wir streiten uns schon wieder darüber, zu welcher Familie wir zuerst fahren sollen«, seufzte Monica.

Ich heftete meinen Blick auf die Notizen vor meiner Nase. Die Buchstaben tanzten vor meinen Augen. Die ganze Woche war ich diesem leidigen Thema erfolgreich entflohen. Wenn ich über meine Familie sprechen musste, wurde mir immer unheimlich flau im Magen, und meine Wangen wurden heiß. Außerdem fing ich an zu stammeln und fand nie die richtigen Worte. Ich war keine besonders gute Lügnerin. Aber ich hatte auch keine Lust, meinen Freunden meine katastrophale familiäre Situation zu erklären.

»Ich weiß noch nicht genau. Meine Mom ist wahrscheinlich bei ihrem neuen Freund. Ich glaube, sie lernt seine Kinder kennen«, hörte ich Kaden sagen.

»Der Kerl kann sich echt glücklich schätzen. Deine Mom ist eine Wucht.« Spencer klang verträumt.

Ein dumpfer Schlag ertönte, dann stöhnte Spencer schmerzerfüllt.

»Noch ein Wort über meine Mom, und ich breche dir die Nase«, knurrte mein Mitbewohner.

Monica lachte. »Spencer kann doch nichts dafür, dass deine Mutter heiß ist, Kaden.«

»Trotzdem sagt man so etwas nicht«, schaltete Ethan sich ein. »Auch wenn ich Spencer gerne zustimmen würde.«

»Ethan!«

Jetzt konnte ich mich wirklich nicht mehr auf die Grundzüge der impressionistischen Lyrik konzentrieren – das musste ich mir einfach ansehen. Monica baute sich vor ihrem Freund auf.

Dieser hob abwehrend die Hände. »Sorry, Baby. Aber guck ihn dir an. Da sind ganz eindeutig Attraktivitätsgene vererbt worden. Und da die sicher nicht von seinem Vater kommen, muss seine scharfe …«

Kaden holte aus und schlug mit der Faust fest gegen Ethans Schulter.

»Verdammt, Kaden!« Monicas Stimme hatte einen schrillen Klang angenommen. »Du bist nicht der Anstandshund deiner Mutter!«

»Und ob ich das bin«, gab Kaden zurück. Als schien er meinen Blick zu spüren, sah er mich plötzlich an. Seit jenem Tag, an dem ich mich bei ihm ausgeheult hatte, hatte sich etwas zwischen uns verändert. Ich konnte nicht genau sagen, was es war, aber der Ausdruck in seinen braunen Augen war weicher, fast … einladend. Ganz anders als noch vor wenigen Wochen. Manchmal ertappte ich mich dabei, wie ich auf das Kräuseln auf seinem Nasenrücken starrte, wenn er lachte, und die Fältchen um seine Augen.

»Was machst du an Thanksgiving?«, fragte Dawn mich plötzlich und ich versteifte mich. Ich riss meinen Blick von Kaden los und senkte ihn wieder zu meinen Notizen.

»Ich weiß noch nicht.« Das war die Wahrheit. Zur Benefiz-Gala meiner Eltern würde ich unter keinen Umständen gehen.

Scott stieß einen wehmütigen Seufzer aus. »Also *ich* werde mich mit Micah treffen.«

Von seiner neuesten Flamme hatte er uns bereits berichtet – in aller Ausführlichkeit. Zu Gesicht hatten wir ihn leider noch nicht bekommen. Was nicht daran lag, dass wir es nicht versucht hätten.

»Zu eurer Info: Wir werden den Abend damit verbringen, übereinander herzufallen«, verkündete Scott laut, und Dawn und ich prusteten los. »Ich habe Räucherstäbchen und Massageöl besorgt und denke, dass wir uns wunderbar miteinander amüsieren werden.«

»Ernsthaft?«, fragte ich und richtete mich auf. Ich schob meinen Stift hinters Ohr. »Das sind deine Must-Haves für eine erfolgreiche Verführung?«

Scott wackelte mit den Brauen. »Oh, glaub mir, wenn Micah und ich erst mal das Öl ausgepackt haben, gibt es die Welt um uns herum nicht mehr. Solltest du auch mal probieren.«

»Bitte erspar uns diesmal die Details«, meinte Dawn.

»Wieso? Nur, weil du eine Durststrecke hast, darf ich nicht mit meinen sexuellen Abenteuern prahlen? Wie egoistisch von dir!« Er rief das so theatralisch, dass ich noch lauter lachen musste.

»Ich habe keine Durststrecke«, knurrte Dawn mit ausdrucksloser Miene und steifen Schultern.

»Falls doch, helfe ich gern aus«, bot ihr Spencer betont lässig an.

Ich warf ihm einen warnenden Blick zu. Er konnte froh sein, in der anderen Ecke des Raums zu sitzen. Andernfalls hätte ich ihm einen ebenso festen Hieb verpasst wie Kaden. Dawn schüttelte jedoch nur den Kopf und stöhnte gequält.

Am späten Abend rauchte mir der Kopf, und auch meine Freunde sahen so aus, als könnten sie eine Pause gebrauchen. Kaden und Konsorten hatten sich gerade ihre Jacken angezogen und waren dabei, zum *Hillhouse* aufzubrechen. Kurzerhand entschlossen wir uns, trotz unserer Prüfung am nächsten Tag mitzugehen. Ich war an einem Punkt angekommen, an dem ich unmöglich noch weiteren Lernstoff in meinen Kopf bekommen würde – ich brauchte dringend frische Luft und Ablenkung.

Im Club setzten wir uns zunächst um einen der Tische, wobei ich neben Kaden auf der Sitzbank landete. Zu seiner anderen Seite saßen Monica und Ethan, gegenüber von uns Spencer, Scott und Dawn. Der Raum war in blaues Licht getaucht, und die Luft roch nach Alkohol und dem künstlichen Nebel, der über der Tanzfläche schwebte.

Wir bestellten uns ein Bier und stießen gemeinsam an. Es war eine angenehme Abwechslung, mal nicht über die Uni zu sprechen. Stattdessen erzählte Monica, wie sie die anderen kennengelernt hatte. Ethan und sie waren sich in einem Kurs über Angewandte Thermodynamik begegnet, in dem Monica, die eigentlich Kunstgeschichte studierte, eigentlich nur aus Versehen gelandet war – und hatten sich nach einem einzigen Blick Hals über Kopf ineinander verliebt. Die Anziehung zwischen den beiden war anscheinend so stark gewesen, dass Monica sich durch einen halben Vormittag Thermodynamik gequält hatte, nur um danach an Ethans Nummer zu gelangen. Das lag mittlerweile zwei Jahre zurück. Ethan hatte seit dem ersten Semester mit Kaden zusammengewohnt, und Spencer war schon davor mit ihm befreundet gewesen. Die beiden hatten sich vor einigen Jahren in Portland kennengelernt, als Kaden auf einer Ausstellung Spencers Bilder als »äußerst scheußlich« bezeichnet hatte.

»Also bin ich ihm hinterher und habe gefragt, was ihm an den Bildern nicht gefallen hat«, gluckste Spencer, und Kaden verschränkte die Arme vor der Brust.

»Und?«, fragte Dawn.

»Er meinte, der Stil sei nicht authentisch und die Farben völlig falsch eingesetzt.« Spencer schüttelte grinsend den Kopf. »Also habe ich ihm gesagt, dass die Bilder von mir sind. Aber statt vor Scham im Boden zu versinken, hat er mich bloß von oben bis unten gemustert und mir gesagt, ich solle lieber etwas Sinnvolles mit meinem Leben anfangen.«

Ich versteckte mein Grinsen hinter meiner Bierflasche. Diese Begegnung konnte ich mir bildlich vorstellen.

»Kaden hatte damals seine Grufti-Phase. Ich meine sogar, er hat Kajal getragen«, fuhr er mit einem amüsierten Funkeln in den Augen fort.

»Habe ich überhaupt nicht.« Kadens Tonfall ließ keinen Zweifel daran, dass er sich an diese Zeit nicht sonderlich gern zurückerinnerte.

»Nein, deine Augen waren von Natur aus schwarz umrandet«, sagte Spencer trocken und lehnte sich zurück.

»Du hattest damals keine Haare«, erinnerte Kaden ihn. »Was war das noch gleich? Eine Wette, die du verloren hast?«

Spencer schnaubte. »Meine Kopfform ist optimal für einen rasierten Schädel. Wenigstens habe ich mir damals keine Tätowierungen stechen lassen, die mich jetzt noch jeden Tag an meine Zeit als liebeskranker Teenager erinnern.«

Ich spürte, wie die Stimmung von einer Sekunde auf die andere kippte. Monica schien den Atem angehalten zu haben, Ethan starrte Spencer mit geweiteten Augen an. Kaden war neben mir wie versteinert.

»Was hast du gerade gesagt?«, fragte er ruhig. Seine Stimme war wie die Ruhe vor dem Sturm – leise, aber gefährlich.

Spencer kapitulierte sofort und hob die Hände. »Tut mir leid, Mann.«

Mein Blick zuckte zwischen den beiden hin und her. Ich traute mich kaum, Luft zu holen, so angespannt wirkten alle am Tisch.

»Hast du dir den Namen deiner Ex stechen lassen, oder wieso regst du dich so auf?«, fragte Scott und lehnte sich vor. Er schien der Einzige zu sein, der den Umschwung der Stimmung nicht bemerkt hatte.

Kaden erhob sich so plötzlich, dass er gegen den Tisch rempelte. Die Flaschen begannen, gefährlich zu schwanken. Er zwängte sich wortlos an mir vorbei.

»Musste das sein, Spence?«, hörte ich Monica fragen, doch ich blickte Kaden hinterher, der mit schnellen Schritten hinter der Tanzfläche verschwand, vermutlich geradewegs an die Bar.

»Ich dachte, er wäre inzwischen darüber hinweg«, sagte Ethan.

»Wahrscheinlich bringt es nichts, zu fragen, worum es geht, oder?«, fragte Dawn.

Monica antwortete etwas, aber ich konnte mich nicht mehr

auf das Gespräch konzentrieren. Alles, was ich wollte, war, zu Kaden zu gehen. Nicht nur, weil er in der letzten Woche für mich da gewesen war, sondern einfach … weil ich das Gefühl hatte, dass er mich jetzt brauchte.

Ich murmelte eine Entschuldigung und erhob mich. Dawns fragenden Blick ignorierend, lief ich in die Richtung, in die Kaden gegangen war.

Ich entdeckte ihn auf einem der Barhocker. Er trommelte mit den Fingern auf dem Tresen herum und hatte den Blick auf das Whiskeyglas geheftet, das vor ihm stand. Sein Knie wippte im Takt des Lieds, das gerade lief. Vorsichtig lief ich auf ihn zu und hielt erst an, als ich direkt neben ihm an der Bar stand. Sofort versteifte er sich.

»Nicht jetzt, Bubbles«, knurrte er und drehte sich demonstrativ von mir weg.

Ich hatte ihn genau gesehen – den Schmerz, den er versuchte, mit einem wütenden Gesichtsausdruck zu verbergen. Ich konnte ihn so gut verstehen. Als vorhin das Thema Thanksgiving zur Sprache kam, hätte ich auch nichts lieber getan, als mich in meinem Zimmer zu verkriechen. Ich wusste, wie er sich fühlte – obwohl ich keinen blassen Schimmer hatte, an was oder wen er gerade dachte. Und ich wollte auch nichts aus ihm herausquetschen, wenn er nicht darüber reden wollte.

Ich legte meine Hand auf seinen Arm. Sofort riss er den Kopf herum und funkelte mich wütend aus zusammengekniffenen Augen an. »Ich sagte …«

»Tanz mit mir«, sagte ich mit fester, beherrschter Stimme.

Er zog seine Brauen zusammen und musterte mich misstrauisch. »Was?«

»Tanz mit mir«, wiederholte ich und zog an seinem Arm.

Kadens Augen weiteten sich. Er schien zu überrascht, als dass er sich gegen meine Aufforderung hätte wehren können.

Wie von selbst rutschte er vom Barhocker – in einer einzigen geschmeidigen Bewegung – und ließ sich von mir in die Mitte der Tanzfläche führen. Ich sah ihn dabei an, versuchte, so viel Verständnis wie möglich in meinen Blick zu legen, und lockerte den Griff um seinen Arm erst, als wir uns auf der entgegengesetzten Seite des Raumes befanden, weit weg von unserem Tisch und den anderen.

Ich schloss die Augen und lauschte der Musik. Sie war laut und vibrierte durch meinen Körper. Ich fing an, mich zu bewegen. Als ich das Gefühl hatte, den Takt der Musik gefunden zu haben, öffnete ich die Augen wieder. Kaden stand regungslos da und starrte auf mich herab. Ich streckte mich, bis mein Mund auf derselben Höhe war wie sein Ohr.

»Nicht grübeln«, wisperte ich. »Tanzen.«

Ich fuhr mir durchs Haar und legte meine Hand danach sanft auf Kadens Schulter. Seine Lippen waren leicht geöffnet, seine Lider gesenkt. Plötzlich spürte ich eine Berührung an meiner Hüfte, und in der nächsten Sekunde hatte Kaden mich der Länge nach an seinen Körper gezogen. Für einen Moment blieb mir die Luft weg. Kadens Griff war fest, sein Blick unergründlich. Ich versuchte erst gar nicht, Abstand zwischen uns zu bringen.

Stattdessen begannen wir, uns im Rhythmus der Musik zu bewegen. Kaden war mir so nah, ich konnte seinen Atem an meiner Wange spüren. Mein Herz klopfte schneller, und wie von selbst fuhr meine Hand über seinen Bauch zu seinem Brustkorb und weiter hinauf. Kaden atmete zischend ein, als meine Finger seine Halsbeuge streiften. Der düstere Ausdruck war inzwischen völlig von seinem Gesicht verschwunden.

Und so tanzten wir. Wir schalteten unsere Gedanken aus, vergaßen alles um uns herum und ließen uns gehen. Ich wusste nicht, wie lange wir uns gemeinsam im Takt der Musik bewegten, aber irgendwann fühlte ich mich schwerelos. Einzig Kadens Berührungen hielten mich in der Wirklichkeit, sein Oberkörper, der sich an meinen Rücken presste, seine Finger, die auf meiner Taille lagen. Irgendwann verlangsamten sich seine Bewegungen, bis wir beinahe stillstanden.

»Ich möchte nach Hause«, raunte er dicht an meinem Ohr.

Ich drehte mich zu ihm um und sah ihn an. Sein Gesicht glänzte vor Schweiß und sein Blick war verschleiert, doch er wirkte nicht mehr so angespannt wie vorhin.

»Okay. Wenn du noch ein bisschen Zeit für dich haben willst, gehe ich wieder zu den anderen«, sagte ich betont locker, aber das Krächzen meiner Stimme verriet mich. »Sie machen sich sicher schon Sorgen.«

»Ich glaube, ich habe mich nicht deutlich genug ausgedrückt.« Wieder zog mich Kaden an sich. Er neigte den Kopf, bis seine Haare meine Stirn trafen. »Wir gehen jetzt nach Hause. Du und ich. Gemeinsam.«

Ich hielt den Atem an und erwiderte seinen Blick. Wie von selbst nickte ich langsam, eine Bewegung, die ich nicht bewusst steuerte. Es schien mir vielmehr, als würde von Kaden eine magische Anziehungskraft ausgehen, gegen die ich machtlos war. Jeglicher Abstand zwischen uns war verschwunden – und das nicht nur körperlich.

Ohne ein weiteres Wort fasste er mich bei der Hand und führte mich aus dem Club. Selbst als wir draußen waren, ließ er mich nicht los, sondern zerrte mich den kurzen Weg nach Hause. Er nahm die Treppen im Treppenhaus in erstaunlicher Geschwindigkeit und stieß die Wohnungstür so heftig auf, dass sie gegen die Wand knallte.

»Kaden!«, rief ich bestürzt und starrte auf die Macke.

Ich kam nicht dazu, den Schaden genauer in Augenschein zu nehmen. Plötzlich spürte ich die Wand in meinem Rücken, und Kaden umfasste mein Gesicht mit seinen Händen. Bevor ich auch nur Luft holen konnte, küsste er mich.

Eine Sekunde lang war ich wie erstarrt, dann erwiderte ich seinen Kuss hitzig. Ich krallte meine Finger in seine Schulter und streichelte mit der anderen Hand seinen Nacken. Sein Haar fühlte sich im Gegensatz zum Rest seines Körpers wunderbar weich an. Er stöhnte.

In diesem Moment gab es für mich nur noch Kaden – Kaden, dessen Bartstoppel über meine Haut kratzten, dessen Finger über meine Wangen strichen und dessen Körper sich an meinen presste, so fest, dass nicht einmal mehr Luft zwischen uns passte.

Seine Finger schoben sich unter den Saum meines Shirts und hinterließen sengend heiße Spuren auf meiner Haut.

Dann drängte er seine Hüften gegen meine. Und was ich dort fühlte, riss mich aus diesem fieberhaften Moment.

Halleluja.

Ich legte meine Hände auf seinen Brustkorb und drückte ihn ein Stück von mir weg. Schwer atmend starrte er auf mich herunter. Seine Augen glänzten dunkel, sein Mund war geschwollen von unserem heftigen Kuss.

»Was tun wir hier?«, flüsterte ich erschrocken.

Kaden stützte sich mit einem Arm über mir an der Wand ab. Seine andere Hand lag noch immer in meinem Rücken. Er schien mich nicht loslassen zu wollen.

»Ich dachte, du willst mich ablenken«, sagte er mit rauer Stimme.

Seine Worte waren wie ein Eimer kaltes Wasser in mein Gesicht.

»Nein.« Ich befreite mich aus seinem Griff, streifte gleichzeitig meine Schuhe ab und schlüpfte an ihm vorbei ins Wohnzimmer.

»Wie, nein?«, fragte Kaden direkt hinter mir. Er wollte mich festhalten, doch ich entriss ihm meinen Arm.

»Nein!«, rief ich laut und fuhr herum.

Kaden blickte völlig perplex drein. Er blinzelte mehrmals. »Du warst doch diejenige, die mich zum Tanzen aufgefordert hat!«

Fassungslos schüttelte ich den Kopf. »Aber doch nicht, um dich ins Bett zu bekommen! Ich wollte dich ablenken.«

»Ach, ja?«, fragte er herausfordernd. Er machte einen Schritt auf mich zu.

Automatisch wich ich zurück. Ich würde endgültig meine Selbstbeherrschung verlieren, wenn er mich noch mal so berührte wie eben.

»Kaden«, sagte ich in einem bemüht ruhigen Tonfall.

Er hob eine Braue und machte einen weiteren Schritt auf mich zu. »Allie.«

Ich schüttelte den Kopf und schob ihn mit einer Hand auf seinem Brustkorb von mir weg.

»Das wird nicht passieren. Auf gar keinen Fall. Nicht so, nicht unter diesen Umständen.«

Kaden zuckte kaum merklich zusammen. Er starrte auf meine Hand, die noch immer über seinem pochenden Herzen lag, als würde ihm jetzt erst bewusst werden, in welcher Situation wir uns gerade befanden und was wir beinahe getan hätten.

Ein paar Momente vergingen. Kaden stand regungslos da, er schien nicht mal mehr zu atmen. Ich beschloss, dass es am besten wäre, wenn ich einfach in mein Zimmer gehen würde. Doch ehe ich mich zurückziehen konnte, legte er seine Hand über meine und hielt sie auf seiner Brust fest. Er senkte seinen Kopf, und für einen Moment fürchtete ich, er würde mich wieder küssen. Doch das tat er nicht. Ganz vorsichtig lehnte er seine Stirn gegen meine und schloss die Augen. Wir verharrten in dieser Haltung, und ich spürte, wie sich sein Herzschlag allmählich beruhigte.

»Ich werde jetzt schlafen gehen«, murmelte ich.

Kaden machte sofort einen Schritt zurück und gab meine Hand frei. Er sah mich mit einem Blick an, den ich nicht einordnen konnte – traurig und sehnsuchtsvoll zugleich.

Dabei war das alles hier doch nur Ablenkung für ihn gewesen. Ich kannte das sehr gut – vor drei Jahren hatte ich Abend für Abend genau das gleiche getan. So etwas bedeutete nichts.

»Gute Nacht, Allie.« Kadens Stimme klang belegt.

»Schlaf gut, Kaden.«

kapitel 16

Mein Stift kratzte über das Papier, fieberhaft schrieb ich die letzte Antwort auf. Ich wurde in dem Moment fertig, als die kleine Eieruhr klingelte, die Mrs Falcony vorne hingestellt hatte.

Diesmal würde ich nicht durchfallen. Da war ich mir hundertprozentig sicher. Abgesehen davon, dass das bei der Menge an Lernstoff, die ich mir in den letzten Wochen in meinen Kopf gehämmert hatte, schlicht und einfach unmöglich war, hatte ich bei dieser Prüfung außerdem ein gutes Gefühl. Die Fragen zu den Epochen und ihren spezifischen Merkmalen waren fair gewesen, und ich hatte jede einzelne beantworten können. Ich drehte mich zu Scott um, der zwei Reihen hinter mir saß. Er sortierte gerade seine beschriebenen Blätter. Als er meinen fragenden Blick sah, reckte er beide Daumen nach oben. Erleichtert atmete ich auf. Wir hatten es beide geschafft.

Als wir unsere Prüfungsbögen abgaben, musterte uns Mrs Falcony über den Rand ihrer Brille hinweg kritisch. Zum Glück waren wir nicht die Einzigen, die sie so ansah. »Ich glaube, ich habe die Textanalyse wieder nicht so richtig gut hinbekommen«, grübelte Scott, als wir eingehakt den Prüfungsraum verließen. »Aber die Wissensfragen liefen großartig.«

»Ging mir genauso«, stimmte ich zu. »Ich bin so froh, dass es endlich rum ist.«

Gemeinsam fuhren wir in die Innenstadt, wo wir uns mit Dawn bei einem Italiener treffen wollten, der angeblich die beste Pasta der Stadt zubereitete. Schon als wir in die Straße einbogen, konnte ich ihren roten Haarschopf erkennen. Er leuchtete mir zwischen den ganzen anderen Leuten förmlich entgegen. Glücklicherweise fand ich einen Parkplatz nicht weit vom Eingang des Restaurants entfernt. Es war eine winzige Lücke, aber begleitet von Scotts mehr oder weniger hilfreichen Anweisungen gelang es mir, meinen Wagen erfolgreich hineinzumanövrieren.

Dawn entdeckte uns, als wir ausstiegen. Sie riss einen Arm hoch und wirkte total hibbelig, wie sie uns zuwinkte und dabei auf der Stelle hüpfte.

»Wie lief die Prüfung?«, fragte sie als erstes, als wir uns umarmten.

»Gut, glaube ich. Wir konnten zumindest alle Fragen beantworten«, meinte Scott. Er zuckte betont lässig mit den Schultern, doch ich wusste, wie erleichtert er in Wirklichkeit war. Mir ging es genau so.

»Ich wusste, dass ihr es schafft!« Auf Dawns Gesicht breitete sich ein strahlendes Lächeln aus. Sie machte kehrt und stieß die Tür zu dem kleinen Bistro auf. Augenblicklich stieg mir der herrliche Duft von frischer Pizza und Pasta in die Nase und mir lief das Wasser im Mund zusammen. Ein paar der Tische waren bereits besetzt mit Leuten, die sich angeregt unterhielten. Das Essen, das vor ihnen stand, sah so lecker aus, dass ich am liebsten meine Bestellung direkt in die Küche gerufen hätte.

Stattdessen wartete ich, bis ein Kellner uns begrüßte und zu einem runden Tisch in der hinteren Ecke des Restaurants führte, vorbei an einem großen, wunderschönen Piano. An den Wänden hingen Bilder mit Menschen, die beim Essen fotografiert worden waren. Eines der Bilder hatte ich schon öfter gesehen – ein Mann war darauf zu sehen, der sich mit beiden Händen Pasta in den Mund stopfte.

Nachdem wir uns hingesetzt und die Speisekarten entgegengenommen hatten, sprachen wir noch eine Weile über die Prüfung. Dawn wollte jede Kleinigkeit wissen, allerdings waren sowohl Scott als auch ich total erschöpft. Als der Kellner wiederkam und unsere Bestellung aufnahm, lenkte Scott das Thema schließlich in eine andere Richtung: »Ich glaube, wir sollten ab sofort vor allen Prüfungen feiern gehen«, meinte er und brach sich etwas von dem Brot ab, das zusammen mit unseren Getränken gebracht worden war. »Ich habe selten so gut geschlafen wie letzte Nacht.«

Ich gab ein zustimmendes Brummen von mir und nippte an meinem Wasser. »Ging mir genauso.«

»Dass du überhaupt Schlaf bekommen hast, wundert mich ehrlich gesagt.« Dawn blickte mich über den Rand ihres Glases hinweg an und hob eine Augenbraue, die daraufhin unter ihrem Pony verschwand.

»Wie meinst du das?«, fragte ich.

Scott und Dawn wechselten einen Blick.

»Naja, du bist Kaden regelrecht hinterhergehechtet, als er gestern so plötzlich verschwunden ist«, fing Dawn vorsichtig an.

»Und dann haben wir eure heiße Tanzshow beobachtet«, warf Scott dazwischen und beugte sich ein Stück weit über den Tisch. Er wackelte mit beiden Brauen und fuhr sich mit der Zunge genüsslich über die Unterlippe. »Du kannst mir nicht weismachen, dass du gestern Nacht auch nur eine Minute mit Schlafen verbracht hast. Nicht, wenn Kaden White dich auf eine solche Art und Weise angesehen hat.«

Ich spürte, wie mir das Blut ins Gesicht schoss. »So ein

Quatsch«, brachte ich hervor. Zugegeben, nicht meine schlagfertigste Antwort.

»Süße, du kannst uns nichts vormachen. Du hast nicht gesehen, was wir gesehen haben«, sagte Scott.

Ich presste meine Lippen aufeinander und überlegte fieberhaft, wieviel ich meinen Freunden erzählen konnte und wollte.

Seit gestern Nacht hatte ich Kaden nicht mehr gesehen. Als ich heute Morgen die Wohnung verlassen hatte, um mit Scott einen letzten Blick auf unsere Notizen zu werfen, hatte er noch geschlafen. Ehrlich gesagt war ich darüber ziemlich froh gewesen und hatte den ganzen Abend erfolgreich aus meinen Gedanken verdrängt … bis jetzt. Vor meinem geistigen Auge sah ich Kaden und mich, unsere verschwitzten Körper beim Tanzen. Ich dachte an das Gefühl von seinen Lippen auf meinen, seinen kratzenden Bartstoppeln, seinen Fingern, die sich brennend heiß auf meiner Haut angefühlt hatten.

»Da war …«

»Wenn du jetzt ›nichts‹ sagst, dann werde ich dein Gesicht gleich in die Pasta drücken«, drohte Dawn mit erhobenem Löffel, obwohl unser Essen noch gar nicht gebracht worden war.

Wieder blickte ich zwischen ihr und Scott hin und her. Letztlich seufzte ich und lehnte mich mit verschränkten Armen zurück. »Wir haben bloß getanzt.«

»Oh ja, und wie ihr das habt.« Scott wackelte so sehr mit den Brauen, dass ich fürchtete, sie würden jeden Moment abfallen und wie Raupen über den Tisch zu mir kriechen.

»Vielleicht sollten wir ihr mal zeigen, wie das gestern ausgesehen hat«, schlug Dawn mit einem liebreizenden Lächeln vor und rückte ihren Stuhl zurück.

Ich verkrampfte die Hände im Schoß, als auch Scott sich erhob.

Dawn zog ihn dicht an sich heran.

»Kommt schon, Leute«, stöhnte ich und rutschte tiefer in meinen Stuhl.

»Oh, Kaden«, säuselte Scott.

»Ich dachte, ich wäre Allie!«, gab Dawn zurück.

Scott drehte sich um und presste seinen Hintern an Dawns Vorderseite. »Entschuldige mal«, sagte er über seine Schulter zu Dawn, »aber für mich kommt nur ein Szenario infrage, in dem mich eine Sahneschnitte wie Kaden antanzt, und nicht eine Bohnenstange wie Allie.«

Ein paar der anderen Gäste drehten sich zu uns um und starrten Dawn und Scott an. Ich schlug mir die Hände vors Gesicht. »Jetzt hört schon auf!«, rief ich.

Endlich ließen die beiden voneinander ab. Ihre Stühle schabten über den Boden, als sie sich wieder hinsetzten. Ich lugte zwischen meinen Fingern hindurch.

»Also?« Dawn stützte ihre Ellenbogen auf den Tisch und blickte mich erwartungsvoll an.

Ich ließ die Hände langsam sinken und seufzte.

Kaden war nicht der erste Kerl, mit dem ich rumgemacht hatte. In Denver hatte es andere gegeben – alles Geschichten, die ich lieber schnellstmöglich wieder vergessen wollte. Ich war nicht völlig unerfahren. Doch noch nie hatte ich ein solches Feuerwerk erlebt, wie das, was gestern zwischen mir und Kaden stattgefunden hatte. Die Art und Weise, wie er mit einem Blick allein meine Knie weich werden ließ …

Aber Kaden würde weiterhin auf seine bescheuerten Regeln bestehen, das wusste ich. Gestern Abend war ich Ablenkung für ihn gewesen – nicht mehr und nicht weniger. Und deshalb musste ich die Erinnerungen an unsere Küsse in die hintersten Regionen meines Kopfes verbannen. Nie wieder würde ich es so weit kommen lassen. Weiche Knie gehörten ab jetzt der Vergangenheit an.

»Ihr seid gemeinsam nach Hause gegangen, richtig?«, half Scott mir nach und riss mich aus meinen Gedanken.

»Wir wohnen zusammen, da ist das nicht ungewöhnlich«, gab ich automatisch zurück.

»Ist es schon, wenn ihr vorher auf der Tanzfläche ein Balzritual durchführt«, warf Dawn ein. »Ihr könnt echt froh sein, dass Monica davon nichts mitbekommen hat. Sie ist eh schon total auf dem Kallie-Trip.«

Scott nickte energisch.

»Kallie-Trip?«, fragte ich stirnrunzelnd. »Sag nicht, sie hat sich einen Ship-Namen für uns ausgedacht.«

»Das macht sie doch für uns alle«, sagte Dawn. »Sie und Ethan sind Methan, und für Spencer und mich«, sie schüttelte sich bei der Vorstellung, »hat sie sich Spawn ausgedacht, was Ausgeburt oder Brut bedeutet.« Sie hielt kurz inne und runzelte die Stirn. »Mh. Eigentlich gar nicht so unpassend.«

Ich rümpfte die Nase. Das waren schreckliche Pärchennamen.

»Also – gibt es euch ab sofort im Doppelpack? Können wir von nun an nicht mehr in eure Wohnung kommen, ohne Gefahr zu laufen, euch bei irgendetwas zu unterbrechen?«, hakte Dawn nach.

Und als hätte ich noch nicht verstanden, was sie meinte, setzte Scott hinterher: »Ich glaube, Dawn meint mit ›irgendetwas‹ diese eine Aktivität, die in der Regel nackt praktiziert wird.«

»Hört mal Leute, so war es nicht«, sagte ich mit Nachdruck.

»Dann erzähl uns doch endlich, wie es war«, sagte Scott, allerdings um einiges sanfter als noch vor ein paar Minuten.

Ich atmete hörbar aus. »Ich wollte ihn nur ablenken. Ich habe gemerkt, dass ihm Spencers blöder Spruch naheging. Also habe ich mit ihm getanzt.« Es entstand eine kurze Pause, als ich nach den richtigen Worten suchte. »Das hat er allerdings falsch aufgefasst.«

Ich erzählte den beiden schließlich, Kaden hätte mich geküsst, was nicht gelogen war, das Ganze aber um einiges harmloser erscheinen ließ, als es in Wirklichkeit gewesen war. Nachdem ich meine Geschichte beendet hatte, servierte der Kellner unsere Pasta, und ich lächelte ihn dankbar an. Als er sich wieder von unserem Tisch abwandte, starrten mich Scott und Dawn ungläubig an.

»Und jetzt?«, fragte Dawn aufgeregt.

»Hm?«, machte ich mit vollem Mund.

»Wie es jetzt mit euch weitergeht, natürlich!«, rief Scott und wippte mit seinem Stuhl, der Teller Nudeln vor ihm völlig vergessen. »Und vor allem: Wie war's?«

Mit einem Seufzen ließ ich meine Gabel sinken und lehnte mich zurück. »Ich habe nicht vor, etwas mit Kaden anzufangen. Die Situation ist einfach aus dem Ruder gelaufen.«

»Du hast die wichtigere der beiden Fragen einfach ignoriert.« Scott schob seine Unterlippe vor, bis ich nicht anders konnte, als zu lachen.

»Es war … nett.« Bei dieser maßlosen Untertreibung wurde mir warm. Ohne Vorwarnung kamen die Bilder von letzter Nacht zu mir zurück. Wie Kaden mich gegen die Wand gedrückt und mir wortwörtlich die Luft zum Atmen genommen hatte.

Aber letzte Nacht hatte nichts bedeutet, das musste ich mir immer wieder bewusst machen. Ich würde sicherlich nicht Kadens Spielpuppe sein, mit der er Spaß haben konnte, wenn er es gerade brauchte, und die er anschließend wieder ignorieren konnte. So etwas wollte ich für niemanden sein, nie mehr im Leben – das hatte ich mir fest vorgenommen.

Doch gestern, als ich wachgelegen hatte, völlig aufgewühlt

und verwirrt einzig und allein an seine Hände auf meinem Körper denken konnte, da war mir etwas klar geworden. Ganz gleich, wie sehr ich mich dagegen sträubte – ich empfand Kaden gegenüber mehr als nur eine körperliche Anziehung. Ich *mochte* ihn. Und ich kannte ihn. Ich wusste, wie er morgens nach dem Aufwachen aussah und wie er seinen Kaffee am liebsten trank. Ich wusste, welche Musik ihn zum Mitwippen brachte. Ich wusste, wie sehr ihn das schlechte Verhältnis zu seinem Vater belastete, konnte spüren, wie schlecht es ihm ging, wenn er an seine Vergangenheit erinnert wurde. Ich hatte hautnah miterlebt, wie einfühlsam er sein konnte und wie liebevoll er mit seinen Freunden umging. Ich wusste, wie sich seine Muskeln anspannten, sobald er etwas Schweres hob, und wie sein Shirt hochrutschte, wenn er eine Schüssel aus dem obersten Fach des Küchenschranks holte und die Feder auf seinem Rücken zum Vorschein kam. Ich kannte jedes einzelne Tattoo von ihm bis ins Detail. Manchmal, wenn wir gemeinsam vor dem Fernseher saßen, erwischte ich mich dabei, wie ich ihn anstarrte und nicht den Bildschirm.

Ich hatte das Gefühl, ihn unglaublich gut zu kennen, aber nach letzter Nacht wusste ich nicht mehr, wie ich ihm wieder gegenübertreten sollte. Ich hatte ihm gesagt, was ich von seiner Annäherung hielt, doch was würde das für uns bedeuten?

»Deinem lüsternen Blick nach zu urteilen«, riss Scott mich aus meinen Gedanken, »war es mehr als bloß nett. Was übrigens die kleine Schwester von du-weißt-schon-was ist.« Scott grinste. Mein Gesicht fühlte sich so heiß an, als würde es jeden Moment in Flammen aufgehen. Ich starrte auf meinen Teller und schob mir eine riesige Portion Pasta in den Mund.

»Ich glaube, wir sollten es für heute gut sein lassen, Scott«, schlug Dawn vor. Dann beugte sie sich über den Tisch und tätschelte meinen Arm. »Ich weiß, wie schwer es dir fällt, über solche Dinge zu reden. Und ich finde, du hast großes Lob dafür verdient, dass du uns täglich erträgst.«

Ich gab einen Laut von mir, der Zustimmung ausdrücken sollte, aber eher nach einem Grunzen klang.

»Das stimmt wohl. Aber irgendwann will ich alle heißen Details erfahren, Allie. Du kannst mir so etwas nicht vorenthalten. Das widerspricht unserem Freundschaftskodex.«

Ich verschluckte mich fast an meinen Nudeln. »Wir haben einen Kodex, der besagt, dass ich dir über mein Liebesleben berichten muss?«

»Aber natürlich. Ich erzähle euch doch auch alles von mir und Micah.«

»Und gehst dabei viel zu sehr ins Detail, mein Lieber«, sagte Dawn und tätschelte Scotts Schulter. Ich nickte energisch. Ich hatte bereits mehr von Micahs Vorlieben im Bett erfahren, als mir lieb war. Angefangen beim Massageöl mit Rosenholzduft. Unwillkürlich schüttelte ich mich.

Mit seinem Glas in der Hand lehnte Scott sich zurück und sah uns an wie ein Gauner, der gerade einen großartigen Coup begangen hatte und seine Beute in Augenschein nahm. »Ach, Kinder. Ihr müsst noch viel lernen.«

Ich blickte auf meinen Teller, um Blickkontakt zu Dawn zu vermeiden. Hätte ich es getan, wären wir vermutlich beide in Gelächter ausgebrochen.

»Ich muss noch packen«, meinte Dawn, nachdem sie sich den Mund mit der Serviette abgetupft hatte.

»Wofür?«, fragte ich automatisch und bereute es sofort.

Natürlich. Heute war der letzte Vorlesungstag vor den Ferien gewesen – an diesem Wochenende würde Dawn nach Hause zu ihrem Vater fahren. »Ach, stimmt ja.«

»Würde ich hierbleiben, hätten wir Freitag shoppen gehen können. Es wird massig Rabatte geben.« Dawn stützte ihr

Kinn auf der Hand ab und zeichnete Muster auf ihr beschlagenes Wasserglas. »Wenn ich ehrlich bin, habe ich herzlich wenig Lust, die Ferien bei Dad zu verbringen. Nates Familie wird dort sein, und wenn er mitkommt, kann ich für nichts garantieren. Das Ganze könnte in einem Blutbad enden.«

Ich biss schuldbewusst auf meine Unterlippe. Ich war in letzter Zeit so sehr mit meinen Prüfungen beschäftigt gewesen, dass ich nicht mehr auf dem Laufenden war, was Dawn und ihren Ex anging.

»Ich bin mir sicher, dein Dad versteht, dass du Nate nicht sehen willst«, sagte ich gefühlvoll.

Dawn blickte auf und verzog das Gesicht. »Wir verbringen Thanksgiving seit Jahren mit den Duffys. Mein Dad ist so gut mit ihnen befreundet, da ist es ziemlich schwierig, ihnen aus dem Weg zu gehen. Was würden sie wohl denken, wenn er sie einfach auslädt?«

»Dass er einen guten Grund dafür haben muss. Wie zum Beispiel, dass ihr Sohn ein mieses Arschloch ist«, kam es von Scott wie aus der Pistole geschossen.

Dawn hatte bisher noch nie im Detail darüber gesprochen, was ihr Exfreund ihr angetan hatte, aber wir wussten, dass er sie betrogen hatte. Das genügte uns, diesen Schweinehund zu verabscheuen, ohne ihm jemals begegnet zu sein.

»Irgendwie werde ich es schon überleben«, meinte Dawn nach einer Weile. »Wenigstens habe ich eine Familie, zu der ich kann.«

Ihre Bemerkung traf mich wie eine Ohrfeige. Zum Glück hatte ich schon aufgegessen, andernfalls wäre mir spätestens jetzt der Appetit vergangen.

Als Dawn realisierte, was sie gesagt hatte, starrte sie mich schuldbewusst aus weit aufgerissenen Augen an. »Oh Gott, Allie, so habe ich das nicht gemeint.«

»Ist schon okay.« Ich setzte ein mechanisches Lächeln auf, überrascht, dass ich das noch immer wie auf Knopfdruck beherrschte. Manche Dinge verlernte man eben nie.

»Das musst du mir glauben, so war das wirklich nicht gemeint. Du hattest mir vom schrecklichen Verhalten deiner Mom erzählt und dass du noch nicht weißt, ob du nach Hause willst, und da habe ich einfach gedacht, du …«

»Wirklich. Alles gut«, beschwichtigte ich sie mit erhobenen Händen.

»Es ist völlig in Ordnung, wenn du Thanksgiving nicht nach Hause möchtest, Allie. Ich verbringe die freien Tage auch lieber mit Micah«, sagte Scott leise.

Ich schluckte schwer, behielt das falsche Lächeln aber auf meinem Gesicht. Dawn fuhr nach Hause, obwohl sie nicht wollte, war aber froh, ihren Dad zu sehen und nicht allein sein zu müssen. Scott würde nicht bei seiner Familie sein, weil er an den Feiertagen lieber mit seinem Freund zusammen war. Das war der schwerwiegende Unterschied zwischen uns. Ich würde in meiner Wohnung sitzen, allein, und meine Zeit damit verbringen, die eingedellte Wand anzustarren, gegen die mein Mitbewohner mich im Rausch gepresst hatte, und in heißen Erinnerungen zu schwelgen. Vermutlich würde ich Eis essen und einen Film schauen. Oder heulen, weil meine Familie derart kaputt war. Vielleicht auch einfach alles gleichzeitig.

Mit einem flauen Gefühl im Magen verabschiedete ich mich nur wenig später von den beiden. Ich versicherte Dawn, dass es mir gut ginge, doch wir wussten beide, dass das nicht der Fall war. Um ehrlich zu sein, ging es mir beschissen. Das Hoch, das ich nach der Prüfung hatte, war völlig verpufft. Stattdessen musste ich die ganze Zeit an meine Mutter denken und daran, wie sie wohl reagieren würde, wenn sie erkannte, dass ich tatsächlich nicht zu ihrer Gala kam. Würde sie wieder hier auftauchen und mich zwingen, mit ihr nach Denver zu kommen? Würde ich mitgehen?

Würde ich jemals von ihr loskommen und endlich das tun können, wonach ich mich immer gesehnt hatte, ohne mich dabei schlecht zu fühlen?

Ich sollte dieses Gefühl von Freiheit auskosten und mich darüber freuen, dass ich Thanksgiving das erste Mal tausende Kilometer entfernt von meinen Eltern verbringen würde. Ohne Verpflichtungen. Ohne Zwänge.

Doch ganz gleich, wie sehr ich mir das einredete – es funktionierte einfach nicht. Stattdessen fühlte sich das Essen in meinem Magen schwer an, und ich hatte das Gefühl, mich übergeben zu müssen, weil sich mein ganzer Körper alle paar Minuten total verkrampfte. In mir kämpfte mein Sehnen nach Freiheit gegen das schlechte Gewissen. Und die Angst, alleine zu sein.

Jared Leto schrie mir seinen Schmerz entgegen. Ich hatte die Musikanlage meines Autos fast auf volle Lautstärke gedreht. Die Scheiben vibrierten gefährlich, doch das war mir egal.

Ohne zu bemerken, welche Richtung ich eingeschlagen hatte, war ich am Stadtrand angelangt. Ich war diese Strecke noch nie selbst gefahren, aber trotzdem schien mich mein Unterbewusstsein genau dahin geführt zu haben, wo ich die Freiheit mit meinem ganzen Körper würde spüren können.

Mein Wagen wirbelte Staub auf, als ich auf den verlassenen Parkplatz am Fuße des Mount Wilson fuhr. Von der Seite beäugte ich meine riesige Unitasche, die bis zum Rand gefüllt war. Wenn ich mich für eine der Routen entschied, die bis ganz nach oben auf den Berg führten, konnte ich es mir nicht leisten, derart viel Ballast mit mir rumzuschleppen. Kurzerhand entschied ich mich, nur mein Handy einzustecken.

Kaden wäre stolz auf mich gewesen.

Ich stieg aus dem Wagen und ging bis zur ersten Gabelung, wo ich den Weg einschlug, den ich bei den letzten Malen auch mit Kaden gegangen war. Obwohl ich keine Wanderschuhe anhatte, sondern meine herbstlichen Lederstiefel, gelang es mir recht gut, die Steigung zu meistern. Ich rammte meine Füße heftig in den schlammigen Boden, ohne darauf zu achten, wie viel der feuchten Erde auf meiner Hose landete.

Ich musste meine Wut loswerden. Aber vor allem den Schmerz, der tief in meinem Inneren wütete, sobald ich an die Feiertage dachte.

Keine Ahnung, wie lange ich wanderte. Irgendwann, als ich bereits mehrmals abgebogen war und keine Trampelpfade mehr zu erkennen waren, machte ich eine kurze Verschnaufpause und hielt inne. Inzwischen war es kühl geworden. Dünne Nebelschwaden zogen sich zwischen den riesigen Bäumen hindurch und benetzten meine Haut. Mein Atem kam in kleinen Wölkchen aus meinem Mund.

Ich lief weiter. Die Äste wurden dichter, und ich schlug mit den Armen nach ihnen, um meinen Frust loszuwerden. Rechts musste bald der Wasserfall kommen, da war ich mir ganz sicher. Doch statt rauschendem Wasser hörte ich leider nur das Zirpen von Grillen und Vogelgezwitscher. Und meinen eigenen Puls, der mir unnatürlich laut in den Ohren hallte.

Als ich eine halbe Stunde später die nächste Pause einlegte, war es zwischen den Bäumen bereits deutlich dunkler geworden. Ich konnte schwören, dass mir aus dem dichten Geäst Tieraugen entgegenblickten, die grün oder rot funkelten, je nachdem, wie sie das Licht reflektierten. Von der Aussichtsplattform, auf die Kaden mich mehrmals mitgenommen hatte, war weit und breit keine Spur. Wobei es mir zunehmend schwerer fiel, weiter als fünf Meter zu blicken. Der Nebel wurde immer dichter, und ich hatte meine Brille im Auto gelassen.

Entmutigt sah ich mich um. Das Ziel dieser Wanderung war gewesen, bis ganz nach oben auf den Berg zu steigen, um dort wieder dieses Gefühl von Freiheit in mich aufsaugen zu können. Ich wollte meinen Frust in die Welt hinaus schreien, an einem Ort, wo niemand mich hören würde. Doch nun stand ich hier – bis zu den Knöcheln im Morast, umgeben von Nebel und gruseligen Tieraugen, die zwar klein waren, mich aber eindeutig feindselig anstarrten.

Ich drehte mich einmal im Kreis und versuchte, herauszufinden, aus welcher Richtung ich ursprünglich gekommen war. Keine Chance. Nichts als Blätter, die meisten bereits rot, braun oder golden verfärbt, einige noch in einem satten Dunkelgrün. Baumstämme. Dichte Büsche. Egal, wohin ich blickte – alles sah vollkommen identisch aus.

Es war ein sinnloses Unterfangen.

Ich suchte den Boden nach meinen eigenen Spuren ab, doch ich erkannte rein gar nichts. Ich musste an Kadens Anweisungen denken.

Weniger reden, mehr laufen.

Dass ich nicht lachte! Diesmal hielt ich mich nicht zurück. Ich stieß einen Schrei aus, und weil es sich so gut anfühlte, die angestaute Energie rauszulassen, gleich noch einen hinterher.

Das war alles seine Schuld! Ich hatte keinerlei Orientierungssinn. Hätte er mir nicht gezeigt, was für einen tollen Ausblick man haben konnte, wenn man die vorgegebenen Wanderwege verließ, dann wäre ich niemals so leichtsinnig gewesen. Ich hätte die blaue Route gewählt. Die für Senioren. Stattdessen war ich wie Rotkäppchen vom Weg abgekommen und würde nun im Morast versinken und von wilden Tieren gefressen werden.

In einer fahrigen Bewegung holte ich mein Handy aus meiner Hosentasche. Innerlich verfluchte ich mich jetzt schon dafür, aber ich scrollte durch meine Kontakte und suchte Kadens Nummer heraus. Wenn einer wusste, wie ich hier wieder rausfinden würde, dann er. Mit zusammengepressten Lippen drückte ich den Hörer an mein Ohr und lauschte dem Freizeichen.

Nach mehrmaligem Klingeln sprang die Mailbox an. Ich probierte es noch einmal, doch auch diesmal ging er nicht ran.

Fabelhaft.

Gut. Da Kaden mir nicht aus der Patsche helfen würde, öffnete ich die Karten-App meines Handys. Leider bestand keinerlei Verbindung zum Internet. Natürlich.

Frustriert stopfte ich das blöde Ding zurück in meine Hosentasche und stapfte weiter. Irgendwann würde ich schon aus diesem Irrgarten herausfinden.

Jedes Mal, wenn ich in der Nähe ein Knacken oder Jaulen hörte, machte ich einen Satz in die Höhe. Ich hatte panische Angst, dass plötzlich ein wildes Tier aus dem Gebüsch springen und sich auf mich stürzen würde. Schließlich begann ich, leise zu summen. Taylor Swift schien mir mit ihren fröhlichen Vibes in dieser Situation die richtige Wahl, wobei mir *Out Of The Woods* doch ziemlich ironisch vorkam. Die Geräusche um mich herum wurden immer unheimlicher. Ich summte lauter.

Nach einer Weile war meine erzwungene Ruhe verschwunden. Mein Puls raste. Mein Atem ging schnell und unregelmäßig. Mir war kalt. Ich war völlig mit Schlamm beschmiert. Und ich hatte Angst.

Ich stand kurz vor einem Nervenzusammenbruch, als mein Handy an meinem Oberschenkel zu vibrieren begann. Ich zerrte es so hastig aus meiner Hosentasche, dass es mir beinahe aus der Hand fiel.

»Endlich!«, rief ich in den Hörer.

»Was ist los?« Kaden klang nicht besonders besorgt. Und ich hatte gedacht, meine stundenlange Abwesenheit wäre ihm vielleicht aufgefallen.

»Ich habe mich verlaufen«, sagte ich viel zu schnell. Es schien eine Ewigkeit her zu sein, dass ich eine menschliche Stimme gehört hatte. »Es ging mir nicht gut, ich wollte nach Hause, und dann … bin ich irgendwie zum Mount gefahren und wollte die Strecke gehen, die wir sonst immer laufen, und jetzt bin ich irgendwo, und alles sieht total gleich aus, und ich weiß nicht, wo mein Auto steht, außerdem wird es immer dunkler, und hier sind so viele Tiere, Kaden, ich will nicht, dass die denken, dass ich ihr Abendessen bin …«

»Allie«, unterbrach er mich. Ich hörte ein leises Klappern. »Luft holen.«

»Tschuldigung«, murmelte ich und atmete tief durch.

»Wo bist du lang gelaufen?«, fragte Kaden weiter. Seine Stimme klang plötzlich weit entfernt.

»Zuerst bin ich dem Hauptweg gefolgt«, fing ich an und bemühte mich darum, langsam und deutlich zu sprechen. »Und dann bin ich an der Stelle abgebogen, an der du immer abbiegst. Die, die zu unserer Aussichtsplattform führt.«

Sofort kniff ich die Augen zusammen und hielt die Luft an. Ich hatte »unsere Aussichtsplattform« gesagt – so hatte ich den Ort bisher nur in meinen Gedanken bezeichnet. Dankenswerterweise ging Kaden nicht darauf ein. Stattdessen schnaubte er ungehalten. »Ich habe knapp ein Jahr gebraucht, um mich abseits der Wege zurechtzufinden. Wir waren meistens zu dritt unterwegs und haben die Abbiegungen farbig markiert, außerdem hatten wir Wanderausrüstung dabei.« Ich konnte seinen grimmigen Blick förmlich spüren. »Eigentlich hättest du es verdient, eine Nacht draußen zu verbringen.«

Sofort wich jegliches Blut aus meinem Gesicht, und meine Beine fühlten sich wackelig an. Gleichzeitig wurde ich wütend. So etwas konnte er doch nicht sagen. Schließlich ging es hier um Leben und Tod! Dummer Klugscheißer.

»Es war ein Fehler, dich anzurufen. Ich probiere es bei Spencer«, stieß ich zwischen zusammengebissenen Zähnen hervor. Tatsächlich zog ich diesen Plan für eine Sekunde in Erwägung.

Am anderen Ende der Leitung hörte ich eine Tür zuknallen. »Ich sitze bereits im Auto, Bubbles. Rühr dich nicht vom Fleck.«

Mit diesen Worten legte er auf. Ich wusste nicht, ob ich erleichtert oder wütend über sein Verhalten sein sollte. Letztendlich entschied ich mich für einen gesunden Mittelweg und lehnte mich mit dem Rücken gegen einen Baumstamm. Ich musste mich beruhigen. Tief durchatmen.

Als ich heute Morgen das Haus verlassen hatte, war ich davon ausgegangen, dass ich mich nach der Prüfung nur noch mit Scott und Dawn in dem Restaurant treffen würde. Dementsprechend hatte ich meine Kleidung ausgewählt. Jetzt, in der abendlichen Kälte, war der Cardigan natürlich viel zu dünn. Und auch meine Jeans, die von oben bis unten mit Matsch bespritzt war, hielt nicht sonderlich warm.

Ich hoffte, dass Kaden sich beeilte.

Bald erfüllte mich jedes Geräusch mit der freudigen Erwartung, sein mürrisches Gesicht zwischen den Bäumen zu entdecken. Leider ließ er auf sich warten. Ich überlegte, ob ich ihm entgegengehen sollte, verwarf den Gedanken aber sofort wieder. Ich wusste ja nicht mal, in welche Richtung ich da gehen müsste.

Als die Sonne beinahe vollständig untergegangen war, hörte ich plötzlich ein leises Pfeifen. Sofort richtete ich mich auf und lauschte.

Die Melodie erklang von neuem. Wenn das ein Vogel war, dann musste er ziemlich begabt sein. Und sich außerdem gut mit zeitgenössischer Rockmusik auskennen. Er trällerte nämlich ein Lied, das mir ungemein bekannt vorkam. Ein Lied, das ich heiß und innig liebte und dessen Text zufälligerweise auf dem Unterarm meines Mitbewohners tätowiert war. Ich machte einen Satz nach vorne.

»Hier bin ich!«, rief ich laut in die Richtung, aus der das Pfeifen kam. »Hier drüben!«

Wenig später trat Kaden zwischen zwei Bäumen hervor und duckte sich unter den dichten Ästen hindurch. Er trug die Cap, die er meistens beim Wandern aufhatte, einen grauen Strickpullover, eine zerschlissene Jeans und seine Wanderstiefel. Um seine Hüften hatte er ein weiteres Sweatshirt gebunden. Ich blinzelte mehrmals. Als ich sicher war, dass er keine Erfindung meiner Fantasie war, überkam mich schlagartig der Impuls, ihm um den Hals zu fallen. Ich schob es auf die pure Verzweiflung, die ich noch vor wenigen Minuten gespürt hatte, und hielt mich zurück.

»Gott sei Dank«, stieß ich hervor.

Kaden betrachtete mich von oben bis unten. Mit einem Grinsen löste er den hellgrauen Pulli von seiner Taille und hielt ihn mir entgegen. Es war der mit der Deadpool-Maske, den er mir mittlerweile schon ein paarmal beim Wandern geliehen hatte.

»Danke«, brachte ich bibbernd hervor. Ich zog ihn mir über und vergrub augenblicklich meine Hände in den Bauchtaschen. In der Aufregung war mir gar nicht aufgefallen, wie sehr ich fror, doch jetzt, als das Adrenalin allmählich aus meinem Körper verschwand, war ich für den warmen Stoff mehr als dankbar.

»Du kleiner Trottel«, sagte Kaden kopfschüttelnd. Er schob

den Schirm seiner Cap nach hinten, ohne mich auch nur einen Moment aus den Augen zu lassen.

Ich brummte und verbarg mein Kinn im Ausschnitt des Pullovers. »Bitte bring mich einfach heil nach Hause.«

Seine Augen blitzten amüsiert. »Du bist im Kreis gelaufen, Allie. Gib mir wenigstens kurz die Gelegenheit, dich ein wenig damit aufzuziehen.«

»Ich bin was?«, rief ich fassungslos.

Jetzt lachte Kaden sein tiefes, raues Lachen. »Du wolltest zur Aussichtsplattform, hast aber die Steigung nicht genommen und bist die ganze Zeit auf derselben Ebene gelaufen. Ist nicht meine Schuld, dass du faul bist.«

Ich stöhnte frustriert. Mein Orientierungssinn war schlecht, ja. Aber so blöd konnte selbst ich nicht sein, oder?

»Komm.« Er drehte sich um und blickte mich über seine Schulter an. Mit dem Kinn nickte er in die Richtung, in die er lief.

»Sag mir bitte, dass du mich jetzt zu meinem Wagen bringst, damit ich mich irgendwo selbst versenken kann«, stöhnte ich und lief ihm hinterher.

»Weniger reden, mehr laufen«, gab er zurück und wandte sich nun nach vorne.

Das war der Satz, der mich erst in diesen Schlamassel gebracht hatte.

Kaden wollte mich auf den Arm nehmen. Statt sofort mit mir zum Auto zurückzugehen, zwang er mich tatsächlich den Weg hinauf, den ich ursprünglich hatte nehmen wollen. Hätte er mich nicht ständig als »faulen Lahmarsch« bezeichnet und damit meinen Ehrgeiz angestachelt, hätte ich mich längst geweigert, ihm auch nur einen einzigen Schritt weiter zu folgen.

Irgendwann erkannte ich die Felsen wieder, die Kaden mich die letzten paar Male hinaufgelotst hatte. Wir redeten kaum, aber dazu war ich auch nicht in der Verfassung. Die Steigung war so steil und fies, wie ich – und alle meine Gliedmaßen – sie in Erinnerung hatte. Bald begannen meine Schenkel, zu brennen. Immer wieder rutschte ich mit meinen Stiefeln von den Steinen ab, doch ich kämpfte mich voran. Ein Matschspritzer mehr oder weniger auf meiner Kleidung würde nun auch keinen Unterschied mehr machen. Ich bemühte mich inständig darum, mir meine Schnappatmung nicht anmerken zu lassen. Einmal mehr musste ich feststellen, dass Pilates etwas völlig anderes war, als steile Bergwände hochzuklettern.

Ich hievte mich den letzten Felsvorsprung hinauf. Oben angekommen, stützte ich mich mit den Händen auf den Oberschenkeln ab und zwang mich, ruhig zu atmen und nicht auf der Stelle umzufallen.

Kaden war bis an den Rand des Felsens getreten und breitete die Arme aus, als wollte er fliegen. »Da wären wir.« Er drehte sich zu mir um und grinste verschlagen. »*Unsere* Aussichtsplattform.«

Ich machte ein Gesicht, ging auf den Seitenhieb aber nicht weiter ein. Der Ausblick war einfach zu schön, genau, wie ich ihn in Erinnerung hatte.

Ich trat neben Kaden, doch bevor ich mit den Fußspitzen die Kante des Felsens erreicht hatte, fasste er mich sanft bei der Schulter und zog mich ein Stückweit zurück.

»Ich traue dir nicht. Am Ende stürzt du dich da runter oder tust andere verrückte Dinge.«

»Wieso sollte ich?« Verwirrt blickte ich zu ihm auf. Sein Blick war dunkel, sein Gesichtsausdruck ernst.

»Beim letzten Mal, als du ausgeflippt bist, wolltest du deine Sachen packen und ausziehen«, erinnerte er mich.

»Und deshalb denkst du, ich würde mich in den Abgrund stürzen?«, fragte ich überrascht.

Er hob eine Schulter. »Damals hattest du wegen deiner Prüfung einen hysterischen Anfall. Da du sie heute wiederholt hast, bin ich auf alles vorbereitet. Du kannst ziemlich unberechenbar sein.« Ein träges Grinsen breitete sich auf seinem Gesicht aus. Seine Augen erreichte es allerdings nicht.

Ich sah an ihm vorbei und beschloss, mich hinzusetzen. Von hier oben wirkte die Welt unendlich. Der Himmel über uns leuchtete in einem so intensiven Dunkelblau, dass ich am liebsten die Hand ausgestreckt hätte, um ihn zu berühren. Ich atmete tief die frische Luft ein und konzentrierte mich nur auf das, was ich in diesem Moment fühlte.

Das war es.

Wegen diesem Gefühl war ich hier. Einzig für diesen einen Augenblick, diesen Moment, in dem ich die Welt vergessen konnte und nichts – absolut nichts – als Freiheit verspürte. Beinahe konnte ich sie greifen. Sie erfüllte jeden Winkel meines Körpers und gab mir neue Kraft. Ich lächelte unwillkürlich. Je länger ich den Moment auf mich wirken ließ, desto mehr löste sich meine Anspannung. Die negativen Gedanken verschwanden einer nach dem anderen, und auch der schwere Knoten in meiner Magengegend lockerte sich.

»Die Prüfung lief super«, sagte ich wenig später, ohne den Blick von der Landschaft vor mir abzuwenden. Obwohl es bereits dunkel war, sah es wunderschön aus, wie der See im Tal glitzerte. Mit Sicherheit würden sich bald die ersten Sterne auf der Oberfläche wiederspiegeln, nur um von den sanften Wellen, die der Wind über das Wasser trieb, gleich wieder davongetragen zu werden.

»Also wirst du dich nicht von dieser Klippe stürzen? Oder völlig überstürzt deinen Kram packen?« Kaden ließ sich neben mir nieder. Er lehnte sich auf den Armen zurück und überkreuzte die ausgestreckten Beine.

Ich schüttelte den Kopf, und mein Lächeln verflog allmählich wieder. »Thanksgiving steht vor der Tür. Scott, Dawn und du … Ihr habt alle Pläne, während ich nicht weiß, was ich mit meiner Zeit anfangen soll. Wenn ich hier bleibe, dann …« Ich brach ab und räusperte mich. »Ich will nicht die armselige Kuh sein, die die Feiertage mutterseelenalleine verbringt, nur weil sie zu stolz ist, um nach Hause zu fahren. Nicht, dass ich diesen Ort überhaupt so nennen könnte. Du hast meine Mutter ja erlebt.«

Kaden schnaubte. »Glaub mir, so jemanden wie deine Mutter vergisst man nicht so schnell.«

Ich stieß ein freudloses Lachen aus. Diesen Satz hatte ich bereits oft gehört, auch wenn er meistens völlig anders gemeint gewesen war. »Und selbst wenn ich nach Denver fliegen sollte – was würde mir das bringen? Mom würde sich doch sowieso nicht um mich kümmern. Sie wird zu beschäftigt damit sein, die perfekte Gastgeberin auf ihrer blöden Gala zu spielen, während ich mich mit Leuten abrackern darf, die ich auf den Tod nicht ausstehen kann, und den Abend damit verbringe, ein gekünsteltes Lächeln nach dem nächsten auf mein Gesicht zu schrauben. Dad wird in wichtige Gespräche verwickelt sein und wie immer keine Zeit für mich haben – außer er will mich einem seiner Geschäftspartner vorstellen, und …« Meine Kehle schnürte sich zu, und ich blinzelte heftig, damit die Bilder vor meinem inneren Auge verschwanden. Ich wollte nicht an die Vergangenheit denken. Andererseits wusste ich, dass das Verdrängen mir auch nicht dabei helfen würde, endlich davon loszukommen. Ich verlor diesen Kampf immer und immer wieder.

»Du machst dir zu viele Gedanken, Bubbles«, meinte Kaden nach einer Weile, und ich sah ihn an. Sein Blick war zum Himmel gerichtet. Selbst aus der Entfernung konnte ich seine dichten schwarzen Wimpern erkennen. »Du zerkaust in deinem Kopf ständig, was andere von dir denken könnten, ohne auch nur einen Gedanken daran zu verlieren, was *du* eigentlich willst. Dabei ist es manchmal ganz schön wichtig, das zu tun, was für einen selbst das Beste ist.«

Ich seufzte leise. »Glaub mir, ich wäre gerne so wie du.«

Er hob fragend eine Braue.

»Du scherst dich gar nicht darum, was andere von dir denken. Und dich scheint kaum was aus dem Konzept zu bringen.«

»Du bringst mich aus dem Konzept«, sagte Kaden augenblicklich. Er schien es nicht zu bereuen, sein Blick lag fest und ruhig auf mir.

»So wie mich die Sache mit Thanksgiving aus dem Konzept bringt?«, fragte ich verwirrt.

Kaden überlegte einen Moment lang, dann schüttelte er den Kopf. »Nein. Du machst mir nicht ganz so viel Angst, Bubbles.«

Eine Wärme breitete sich auf meinem Hals aus und stieg weiter nach oben. Und nach unten. Alles auf einmal, und plötzlich war mein ganzer Körper davon erfüllt.

Trotzdem kreisten meine Gedanken weiter um Thanksgiving. »Ist es falsch von mir, nicht nach Denver zu fliegen?«

Er lachte leise und blickte nun wieder ins Tal. »Hast du mir nicht zugehört? Du sollst an *dich* denken. An das, was *du* willst. Nicht an deine Mutter, nicht an deine Freunde. Die Frage ist: Was möchtest du über die Feiertage machen? Gibt es etwas, das du schon immer erleben wolltest? Oder willst du einfach deine Ruhe und mit deinen stinkigen Glitzerbomben die Wohnung verpesten? Du kannst tun und lassen, was immer du willst. Es ist dein Leben, Allie.«

Ich wiederholte seine Worte in Gedanken und verinnerlichte sie.

Nach einer Weile räusperte ich mich. »Du darfst nicht lachen, okay?«

»Ich garantiere für nichts«, gab er zurück, und ich sah, dass seine Mundwinkel schon jetzt verdächtig zuckten.

Ich verdrehte die Augen. Wenigstens war er ehrlich. Ich rückte meine Beine im Schneidersitz zurecht, um es mir auf den Steinen bequemer zu machen.

»Ich hab mir schon immer ein richtig klassisches Thanksgiving-Dinner gewünscht. Selbstgemachter Truthahn und Pasteten, etliche Beilagen und ein riesiger Tisch, den man gemeinsam dekoriert und deckt. Und dann dieses Ritual, bei dem man sich lauter kitschige Dinge sagt, für die man dankbar ist.«

Kaden zog die Brauen zusammen. »Was gibt es bei deiner Familie denn zu essen?«

»Wir haben Caterer, die Essen liefern. Häppchen, die die Zeit überbrücken sollen, bis die Gala losgeht«, erklärte ich. »Reichlich Wein, natürlich. Mit Wein bekommt mein Dad viele Vertragspartner dazu, lockerer zu werden. So kann er leichter Vereinbarungen schließen. Und auf der Gala selbst gibt es dann ein Drei-Gänge-Menü, meistens Suppe, dann Lamm oder anderes Fleisch und …« Kadens Blick wurde immer fassungsloser. Ich hielt inne. »Was ist denn?«

»Du willst mir weismachen, dass du noch nie ein traditionelles Thanksgiving-Dinner mitgemacht hast?«

Ich schüttelte langsam den Kopf. »Versteh mich nicht falsch, das Essen bei uns war in der Regel schon lecker.«

Kaden verzog das Gesicht. »Das ist das Traurigste, was ich jemals gehört habe.«

Bevor ich etwas erwidern konnte, erhob er sich plötzlich. Er griff mit der Hand in seine Hosentasche, und noch bevor er sein Handy vollständig hervorgeholt hatte, drückte er auf dem Display herum. Er hielt den Hörer an sein Ohr, und wenige Sekunden später hellte sich sein Gesicht auf.

»Hey, Mom. Nein, alles okay. Ja, die lief gut«, sagte er grinsend und hob seine Cap hoch, nur um sie gleich darauf wieder über seine Haare zu schieben. »Hör mal, weshalb ich eigentlich anrufe … Ich weiß, wir haben an Thanksgiving bereits volles Haus mit Chads Kindern.« Er runzelte die Stirn und hob beschwichtigend die Hand, obwohl seine Mutter ihn nicht sehen konnte. »Nein! Natürlich lasse ich dich nicht hängen. Ich wollte eigentlich sogar fragen, ob es für dich in Ordnung wäre, wenn ich jemanden mitbringe.«

Sofort war ich auf den Beinen und wollte Kaden das Handy aus der Hand reißen. Er wich mir geschickt aus und drehte seinen Oberkörper von mir weg. Mit seinem freien Arm hielt er mich auf Abstand.

»Ich wusste, dass du das sagst. Danke, Mom. Bis Dienstag.«

In der nächsten Sekunde hatte er aufgelegt. »Sie sagt, je mehr Leute dabei sind, desto besser.« Er lächelte schief.

»Bist du verrückt?«, fuhr ich ihn wütend an. »Wie soll das denn jetzt rüberkommen?«

Sein Lächeln verrutschte. »Wie, wie soll das rüberkommen?«

»Du nimmst mich nicht nur an einem Feiertag mit zu deiner Mutter, sondern ausgerechnet an *dem* Tag, an dem sie die Kinder ihres neuen Freundes kennenlernt?« Meine Stimme war so schrill geworden, dass es mir selbst in den Ohren wehtat.

Kadens Brauen schossen in die Höhe. »Ja, und?«

»Das … das ist …« Mir fehlten die Worte, ich wusste nicht mal, was ich denken oder fühlen sollte. Hilflos starrte ich Kaden an.

»Bubbles«, murmelte Kaden und seine Augen waren dunkel,

als er mich bei den Schultern packte und zwang, ihn anzusehen. »Wir sind doch so etwas wie Freunde oder?«

Ich hielt den Atem an und erwiderte seinen Blick. Das Kribbeln, das mich bei seiner Berührung durchfuhr, war fast zu viel. Ich spürte den Druck jedes einzelnen seiner Finger auf meinen Schultern.

»So etwas«, stimmte ich zu, obwohl ich genau wusste, dass es gelogen war.

Es war mehr. Und das konnte ich wirklich nicht gebrauchen. *Mehr* jagte mir generell eine Heidenangst ein.

»Siehst du«, meinte er. Seine Stimme klang rau und belegt, und ich sah, wie er mehrmals hintereinander schluckte. Dann setzte er wieder sein Grinsen auf, als wäre nichts gewesen. »Du bekommst dein kitschiges Thanksgiving mit allem Drum und Dran, und meine Mom und ich sind beim Essen nicht in der Unterzahl. So bekommt jeder, was er will.«

Ich wusste nicht, was es war. Vielleicht Kadens eindringlicher Blick. Oder das Prickeln, das er durch meinen Körper schickte, als er mit seinen Daumen sanft über meine Schultern strich. Vielleicht war es auch einfach die Vorstellung, an einem ganz normalen Familienfest teilzunehmen, Spaß zu haben und die Ferien nicht allein in der Wohnung verbringen zu müssen.

Aber schließlich nickte ich langsam.

»Okay.«

kapitel 17

»Auf gar keinen Fall.« Kaden schüttelte den Kopf. Seine Cap verrutschte minimal. »So etwas kommt mir nicht in den Wagen.«

»Komm schon.« Ich gab einen Augenaufschlag zum Besten, den er mit einer hochgezogenen Braue quittierte.

»Nein.«

»Wir hatten eine Abmachung, Kaden.«

Er schnallte sich an und blickte mich dann aus zusammengekniffenen Augen an. Ich beugte mich ein Stück zu ihm und versuchte es mit einem liebreizenden Lächeln. Um hier meinen Willen durchzusetzen, musste ich offensichtlich all meinen Charme einsetzen.

»Ich habe deinen guten Musikgeschmack ja auch eigentlich immer geschätzt«, murrte er und hielt mir dann die Hand entgegen.

Ich jubelte lauthals und reichte ihm den Stapel an Taylor-Swift-CDs, den ich eingepackt hatte. Kaden verdrehte bloß die Augen und nahm sie mir aus der Hand, damit ich in den Jeep klettern konnte.

In ein paar Stunden würde ich Kadens Mutter kennenlernen. Ich brauchte dringend Musik, die meine Stimmung aufputschte. Kein deprimierender Alternative-Rock, sondern Lieder, bei denen ich mitsingen und -tanzen konnte, um mich von meiner Nervosität abzulenken. Dafür war Taylor Swift bekanntlich das beste Mittel, vor allem ihre älteren Alben, die einen noch viel countrylastigeren Sound hatten.

Die ersten Töne von *Fearless* schlugen an und automatisch summte ich mit. Kaden dagegen verzog übertrieben sein Gesicht. Er tat gerade so, als wäre die Musik die reinste Folter für ihn. Er war eine Memme.

»Ich kann nicht glauben, dass ich mir den Scheiß wirklich antue«, murmelte er und warf einen Blick in den Seitenspiegel, bevor er auf die Hauptstraße bog.

»Ich weiß, warum«, gab ich zurück und trommelte mit meinen Fingern auf der Innenseite der Tür herum, während wir unser Mehrparteienhaus hinter uns ließen.

Es war unsere Abmachung gewesen, damit ich heute in dieses Auto stieg.

Als Kaden und ich vor fünf Tagen von unserer Wanderung nach Hause gekommen waren, war ich beinahe ausgeflippt vor Aufregung. Kaden hatte zwar immer wieder betont, dass es keine große Sache wäre und seine Mutter sich auf mich freute – beruhigen konnte er mich damit aber nicht. Stattdessen schaltete mein Hirn von »niedergeschlagen« in »kurz vorm Durchdrehen«, und ich begann, meinen gesamten Kleiderschrank nach Outfits zu durchsuchen, die präsentabel für ein traditionelles Thanksgiving-Dinner aussahen. Irgendwann hatte sich mein Zimmer in ein Schlachtfeld verwandelt, und statt mir zu helfen, lachte mich Kaden, der mich inmitten meiner ganzen Klamotten völlig fertig mit den Nerven vorfand, einfach aus – woraufhin ich wiederum zu weinen begann und ihm sagte, dass ich unter keinen Umständen mit ihm zu seiner Mutter fahren würde.

Kaden meckerte über mein Geheule, schlug mir aber schließlich eine Abmachung vor: Erstens durfte ich den Soundtrack für die zweieinhalbstündige Fahrt aussuchen.

Zweitens half er mir beim Packen.

Letzteres war tatsächlich so lustig abgelaufen, wie es sich anhört. Wobei Kaden viel strukturierter an die Sache herangegangen war als ich. Innerhalb einer Stunde hatten wir nicht nur meine Tasche gepackt, sondern auch seine.

Und jetzt befanden wir uns auf dem Highway in Richtung Portland. Aus dem Augenwinkel beobachtete ich, wie Kaden seine Finger ebenso im Takt bewegte wie ich. Ich konnte ein Kichern nicht unterdrücken. Sofort sah er mich stirnrunzelnd an, bevor er seinen Blick wieder der Straße zuwandte.

»Was lachst du so dämlich?«

Ich verdrehte die Augen. Anscheinend stimmte ihn die Musik im Gegensatz zu mir überhaupt nicht fröhlich. »Ich glaube, du magst sie in Wirklichkeit genauso sehr wie ich.«

Er schnaubte verächtlich. »Die Texte sind schlecht, der Sound widert mich an, und wenn ich mir noch einen Song anhören muss, in dem sie sich über die Highschool oder einen ihrer Exfreunde beklagt, muss ich höchstwahrscheinlich kotzen.«

Ich lachte nur noch lauter.

»Und zwar in deinen Schoß, Allison«, fügte er ungerührt hinzu.

Ich hörte augenblicklich auf zu lachen. Das lag nicht nur an seiner ekligen Drohung, sondern vor allem an der Art, wie er meinen Namen aussprach. Es gefiel mir, das konnte ich nicht abstreiten. Vielleicht wollte ich das auch überhaupt nicht mehr.

»Na gut«, seufzte ich nach einer Weile und öffnete das Handschuhfach. Ich wühlte mich durch die CDs und entdeckte eine Platte von Bon Iver, die ich ganz gerne mochte, wenn mir mal nach etwas Ruhigerem zumute war.

Kaden wirkte äußerst zufrieden und schien im Laufe der nächsten Minuten nicht mehr so verkrampft wie zu Beginn der Fahrt. Er lächelte sogar leicht.

»Du freust dich ziemlich auf deine Mom, nicht wahr?«, fragte ich vorsichtig, fühlte mich aber angesteckt von der guten Laune, die er ausstrahlte.

Und auch wenn er nur locker mit den Schultern zuckte – sein Lächeln war Antwort genug.

Ich spürte ein sanftes Rütteln an meiner Schulter. Ich ignorierte es. Der Traum, in dem ich mich befand, war einfach zu perfekt. Die Hand verschwand. Dann war sie wieder da, streifte erst meinen Oberschenkel, verharrte dann auf meiner Hüfte …

Ich schreckte so heftig aus dem Sitz, dass ich mit dem Kopf die Autodecke streifte. Mein Keuchen erfüllte den Wageninnenraum. Nur nebenbei nahm ich wahr, dass sich mein Anschnallgurt gelöst hatte. Ich riss meinen Kopf herum – und blickte in Kadens bestürztes Gesicht.

Es war nur Kaden. Nur er.

Erleichtert atmete ich auf. Etwas zu gierig, wieder klang es mehr nach einem Japsen. Ich brauchte einen Moment, bis ich mich von dem Schrecken erholt hatte. Erst danach konnte ich ihm wieder in die Augen sehen.

»Wir sind da«, sagte er leise, die Stirn gefurcht. Er musterte mich argwöhnisch, fragte aber nicht, was das gerade zu bedeuten hatte. Dafür war ich unheimlich dankbar.

Endlich blickte ich durch das Autofenster.

Wir befanden uns in der Auffahrt eines weißen Hauses mit einer einladenden Veranda vorne und an den Seiten. Das Haus war klein und hätte an der einen oder anderen Stelle einen neuen Anstrich vertragen können, aber mit der Sitzbank unter dem Küchenfenster, den vielen Blumenkübeln um die Veranda aus dunkelbraunem Holz herum und dem kleinen Dachgiebel wirkte es äußerst liebenswürdig. Man konnte die behagliche

Atmosphäre spüren, die das ganze Grundstück zu umgeben schien.

»Hier bist du aufgewachsen?«, fragte ich ehrfürchtig und öffnete die Beifahrertür, um mich aus dem Sitz gleiten zu lassen. Kaden tat es mir gleich und trat neben mich, als ich gerade meine Tasche schulterte.

»Teilweise. Meine Eltern haben sich scheiden lassen, kurz nachdem ich elf geworden bin.« Er verschränkte die Arme hinter dem Kopf und blickte am Haus seiner Mutter hoch, ein schiefes Lächeln im Gesicht, das nicht besonders glücklich wirkte. »Von da an habe ich an den Wochenenden zwischen ihrem Haus hier und dem meines Vaters am anderen Ende der Stadt pendeln müssen.«

Ich presste die Lippen aufeinander und betrachtete sein Profil. Sein Kiefer war angespannt, und ich konnte sehen, dass er sich Mühe gab, keine Gefühle zu zeigen. Wieder einmal stellte ich fest, wie bemerkenswert schlecht Kaden darin war. Wahrscheinlich lag es an seiner impulsiven Art, aber man konnte ihm in den meisten Fällen genau ansehen, was in ihm vorging. Ich hörte ein lautes Knarren, und sein Gesicht hellte sich schlagartig auf. Jetzt war es ein echtes Lächeln, das die Fältchen um seine Augen zum Tanzen brachte.

»Es ist eine tragische Geschichte. Sie ist mit vielen Tränen verbunden und somit nicht wirklich für den heutigen Tag geeignet, oder Kaden?«, rief eine Frauenstimme und mein Kopf fuhr herum.

Kadens Mutter trat durch die dunkelblaue Haustür auf die Veranda. Sofort konnte ich sehen, wie sehr sich die beiden ähnelten. Sie hatten dieselbe Haarfarbe, dieselben Augen, und auch die Lachfalten, die ich so oft anstarrte, hatte Kaden eindeutig von ihr geerbt. Spencer hatte wirklich kein bisschen übertrieben. Kadens Mutter war wunderschön. Sie war klein, hatte aber eine weibliche Figur mit Kurven an den richtigen Stellen und lange, wellige Haare, die ihr fast bis zur Brust reichten.

Sofort setzte sich Kaden in Bewegung und stieg die Stufe zur Veranda hinauf, um seine Mutter in die Arme zu schließen. Er war mindestens eineinhalb Köpfe größer als sie und hob sie für eine Sekunde hoch, was ihr einen überraschten Lacher entlockte. Als sie sich voneinander lösten, umfasste sie Kadens Gesicht mit beiden Händen.

»Du brauchst dringend eine Rasur. Mit diesem Bart siehst du aus wie ein richtiger Mann, und dafür bin ich noch nicht bereit«, sagte sie mit einem breiten Lächeln, das dem von Kaden so ähnlich war, dass mir für einen Moment der Atem stockte.

»Seit dem letzten Mal hat sich nicht viel an mir geändert, Mom«, meinte Kaden trocken, woraufhin seine Mutter ihm einen Boxschlag gegen die Schulter verpasste. Dann blickte sie an ihm vorbei und entdeckte mich.

»Komm her, Allie. Ich beiße nicht«, rief sie und winkte mich zu sich.

Etwas überrumpelt verharrte ich ein paar Sekunden an Ort und Stelle, bevor ich langsam zu den beiden auf die Veranda trat. Kadens Mom musterte mich von oben bis unten, dann zog sie mich ebenfalls in ihre Arme. Sie presste mir die Luft aus der Brust, so fest drückte sie mich. Einen Moment später legte sie ihre Hände auf meine Schultern und schob mich eine Armeslänge von sich, um mich erneut eingehend zu betrachten.

Schlagartig war die Aufregung zurück, und mein Herz begann, wie verrückt zu pochen. Ich versuchte, mir nichts anmerken zu lassen und ihren Blick zu erwidern.

»Ich bin Rachel. Freut mich, dich kennenzulernen«, sagte sie mit fester Stimme und überrascht stellte ich fest, dass sich das aus ihrem Mund überhaupt nicht wie eine Floskel anhörte.

»Allie«, gab ich zurück und brachte ein Lächeln zustande. »Und die Freude ist ganz meinerseits. Danke, dass du mich … aufnimmst.« Okay, das klang nun wirklich traurig. Als wäre ich ein Welpe, den sie am Straßenrand aufgeklaubt hatte.

»Papperlapapp!«, winkte Rachel ab und drehte sich in Richtung Haustür. Mit der Hand deutete sie mir an, ihr zu folgen. »Dank dir werden wir morgen Abend nicht in der Unterzahl sein, von daher freue ich mich sehr über deine Gesellschaft. Komm, ich zeige dir das Haus.« Sie warf einen Blick über die Schulter zu Kaden. »Und da du damit bereits vertraut bist, darfst du das Gepäck aus dem Kofferraum holen, während ich Allie herumführe.«

Kaden hob die Hand an die Stirn und salutierte wie ein Soldat. Ich konnte sein Augenrollen sehen, aber auch sein unterdrücktes Grinsen.

Ich betrat hinter Rachel das Haus und sah mich um. Von innen war es ebenso charmant wie von außen.

Das Wohnzimmer war im romantischen Landhausstil eingerichtet, mit weißen Möbeln, die hier und da von dunkelblauen Elementen aufgepeppt wurden. Die Dekoration war voller Liebe zum Detail, das gesamte Untergeschoss erstrahlte in herbstlichen Orange- und Brauntönen, die perfekt in die Jahreszeit passten.

»Das hier ist das Wohnzimmer, dort drüben die Küche. Alles recht überschaubar«, sagte Rachel im Schnelldurchgang und ging danach zur Treppe. Das helle Holz knarrte, als wir ins Obergeschoss stiegen. An den Wänden hingen ein paar Bilder, die Rachel gemeinsam mit ihren Söhnen zeigten. Zum ersten Mal erhaschte ich einen Blick auf Kadens Bruder. Eine gewisse Ähnlichkeit war nicht zu leugnen, allerdings hatte er einen helleren Teint als Kaden und dunkelblonde statt braune Haare. Ich ging näher heran. Kaden war als kleiner Junge so niedlich gewesen, mit seinem runden Gesicht und den Pausbacken. Sein Lachen war damals genauso fröhlich gewesen wie heute. Ich lächelte.

Als Rachel bemerkte, dass ich mitten auf der Treppe stehen geblieben war, drehte sie sich um und kam zu mir, um das Bild ebenso zu betrachten.

»Da ging er mir gerade mal bis zum Bauchnabel«, seufzte sie, und ich konnte ihr ansehen, dass sie gedanklich kurz in die Vergangenheit abtauchte.

»Ich finde, er hat sich ziemlich gemacht«, sagte ich ironisch, weil mir nichts Besseres einfiel.

Nun blickte Rachel mich an und das strahlende Lächeln eroberte ihr Gesicht zurück. »Ja, nicht wahr? Er ist zu einem richtigen Mann herangewachsen.«

»Ihr wisst schon, dass ich euch hören kann, oder?«, ertönte Kadens Stimme aus dem Untergeschoss. Gleich darauf hörte ich, wie er unsere Taschen fallen ließ.

Rachel ignorierte ihren Sohn und schüttelte den Kopf. »Wobei ich ihn manchmal einfach nicht verstehen kann. Dieser Bartschatten? Er muss weg.«

»Ich glaube, ich habe ihn noch nie ohne gesehen«, überlegte ich laut.

»Danke, Allie«, kam es trocken von unten.

Ich lachte leise und folgte Rachel weiter in den ersten Stock. Sie führte mich an einem Zimmer vorbei, das vermutlich ihres war, und öffnete die zweite Tür am Ende des schmalen Flurs.

»Hier wirst du schlafen«, sagte sie, nachdem wir den Raum betreten hatten.

Das musste Kadens Kinderzimmer gewesen sein. Man sah noch ein paar Spuren seiner Teenagerzeit: blaue Wände, eine alte Spielekonsole zusammen mit etlichen Spielekassetten unter einem schweren Röhrenfernseher und die Klebereste von

Postern an den Wänden. Allerdings hatte sich Rachel offensichtlich Mühe gegeben, das Zimmer für mich vorzubereiten. Auf dem Nachttisch stand eine Vase mit frischen Blumen, und das Bett war frisch bezogen. Sie hatte sogar ein paar Süßigkeiten auf das Kissen gelegt, fast wie in einem Hotel.

Mir kamen beinahe die Tränen.

Glücklicherweise konnte ich mich diesmal zusammenreißen.

»Vielen Dank, Rachel«, sagte ich. Ich wollte dieser warmherzigen, offenen Frau viel mehr geben als ein bloßes Dankeschön, aber wir kannten uns erst seit ein paar Minuten, und ich wusste nicht, was angebracht war. Also lächelte ich nur und hoffte, dass es für den Moment genügte.

»Kadens Freunde sind bei mir immer willkommen«, gab sie zurück und strich sich eine Haarsträhne hinters Ohr. Obwohl sie kleiner war als ich, strahlte sie Würde und eine gewisse Erhabenheit aus. »Ihr seid doch Freunde, oder?«

Die unterschwellige Frage begriff ich auf Anhieb, und ich hob beschwichtigend die Hände. »Wir sind nur Freunde.«

Leider erschien mir genau in diesem Augenblick das Bild von unserem ersten Kuss vor Augen, unmittelbar gefolgt von einem Film unserer Eskapade von letzter Woche. Meine Wangen wurden heiß, und ich schluckte trocken. So etwas würde nicht noch einmal geschehen. Das hatte ich mir fest vorgenommen. Es wäre besser, die Flamme im Keim zu ersticken, noch bevor daraus ein richtiges Feuer entstehen konnte. Denn die Wohnung, aber vor allem die Freundschaft, die Kaden und mich inzwischen verband, war mir zu wichtig – das konnte ich einfach nicht aufs Spiel setzen.

»Er hat schon lange kein Mädchen mehr nach Hause gebracht. Es würde mich wundern, wenn du nicht etwas sehr Besonderes für ihn bist.« Rachels Ton war fröhlich und locker, aber ihr Blick signalisierte mir deutlich, dass sie versuchte, mich einzuschätzen. »Tu ihm nicht weh.«

Ich öffnete den Mund, um zu protestieren, erinnerte mich dann aber an Spencers Kommentar über Kadens liebeskranke Teenagerzeit und an Kadens Reaktion auf die mit Herzchen bekritzelte CD, die ich damals in seinem Auto gefunden hatte. Also nickte ich nur langsam. »Ich glaube zwar nicht, dass ich das könnte, aber ich versichere dir, dass ich es auf keinen Fall vorhabe.«

Wieder betrachtete sie mich nachdenklich und legte mir dann die Hand auf den Arm. »Ich glaube, wir werden uns blendend verstehen, Allie.«

Dann rauschte sie aus dem Raum und ließ mich völlig perplex stehen.

Kaden und seine Mutter waren sich tatsächlich verflucht ähnlich.

kapitel 18

Gerade als Rachel verschwunden war, brachte Kaden meine Tasche nach oben und stellte sie neben dem Bett ab.

»Dankeschön«, sagte ich und mir blieb überhaupt nichts anderes übrig, als seine Arme anzuschauen. Er hatte seine Strickjacke ausgezogen und trug seine Tattoos in einem schlichten T-Shirt zur Schau, ganz wie ich es mochte. Seit er mir ihre Bedeutungen enthüllt hatte, fand ich sie noch spannender.

Verdammter Kaden mit seinen verdammten Armen.

»Gerne.«

Ich riss meinen Blick los und lächelte ihn an. »Deine Mom ist klasse. Oder wie Spencer sagen würde: eine Wucht.«

Kaden zog die Nase kraus. »Erinnere mich nicht daran.«

Ich lachte. »So schlimm?«

Er verdrehte die Augen und setzte sich dann auf sein Bett. »Du hast ja gar keine Ahnung. Jedes Mal, wenn er hier ist, schleimt er sie voll, bis ich glaube, mich übergeben zu müssen.«

»Es gibt viele Dinge, die dich zum Kotzen bringen«, gluckste ich und betrachtete die inzwischen kahlen Wände des Zimmers. Ich fragte mich, welche Poster hier wohl früher gehangen hatten. Autos? Bands? Nackte Frauen?

»Es gibt ja auch viele schreckliche Dinge auf dieser Welt. Dazu gehören Taylor-Swift-Songs und Spencers Verhalten, sobald meine Mom in der Nähe ist.«

Ich drehte mich zu ihm um und sah, dass er lächelte. Allmählich nahm das schlimme Ausmaße an. Kaum war Kaden im Haus seiner Mom, war er geradezu … zahm.

»Woran denkst du?«, fragte er sofort, als er die Veränderung an mir wahrnahm.

»Daran, wie glücklich es dich macht, hier zu sein«, antwortete ich wahrheitsgemäß.

Sofort verschwand das Lächeln aus seinem Gesicht.

»Es ist schön, das mit anzusehen«, fuhr ich fort und drehte mich wieder um. Ich lief durch den Raum und verharrte vor der Nintendo 64, die zwar ziemlich sauber aussah, aber mit Sicherheit schon ein beeindruckendes Alter aufwies. Ich kniete mich hin und zog den kleinen Karton mit Spielen hervor, der neben der Konsole verstaut war.

»Die habe ich schon ganz vergessen«, sagte Kaden direkt hinter mir. Er setzte sich neben mich und nahm mir den Karton aus der Hand, um ihn auf dem Teppichboden zu entleeren. »Wahnsinn!«

Mit strahlenden Augen fischte er Mario Kart aus dem Berg von Kassetten. Dann beugte er sich vor und griff in das untere Regal des kleinen Fernsehschranks. Gleich darauf hielt er mir einen Controller entgegen. »Hast du Lust auf eine Partie?«

»Klar, wenn du mir erklärst, was ich machen muss, gerne«, gab ich zurück und wollte den Controller nehmen. Allerdings ließ Kaden nicht los. Ich blickte stirnrunzelnd auf.

»Sag nicht, du hast noch nie Mario gespielt. Das kann nicht dein Ernst sein.« Seine Nachdrücklichkeit brachte mich beinahe zum Lachen. Er hörte sich an, als ginge es hier um Leben und Tod.

»Nein, habe ich nicht. Aber ich lasse mich gerne hier und jetzt von dir entjungfern«, sagte ich, ohne mit der Wimper zu zucken. Ich nahm ihm das Teil aus der Hand und wickelte das aufgerollte Kabel ab.

Kaden grinste. »Mit dem größten Vergnügen, Bubbles. Mit dem größten Vergnügen.« Er schaltete den Fernseher ein und schloss ein paar Kabel an verschiedene Anschlüsse, bevor er das Spiel startete.

In der nächsten Stunde verstand ich, wie recht Kaden hatte.

Hier ging es tatsächlich um Leben und Tod. Nachdem er mir gezeigt hatte, welche Einstellungen ich wählen musste und ich mir eine niedliche Pilzfigur ausgesucht hatte, bekriegten wir uns. Heftig.

Die meiste Zeit verbrachte ich auf dem Boden, weil ich im Gegensatz zu Kaden bei jeder Bewegung, die ich mit dem Controller ausführte, mit meinem ganzen Körper mitging. Meine Verrenkungen brachten ihn jedes Mal dazu, laut zu lachen, woraufhin er seine Manöver versäumte, sodass ich aufholen und ihm diese lustigen Fallen stellen konnte, die man einsammelte und dann abwarf wie Granaten.

Noch nie in meinem Leben hatte ich so viel Spaß bei einem Spiel gehabt.

Wir bekamen kaum mit, wie Rachel mit einem Teller Sandwiches in der Hand den Raum betrat und sich auf das Bett setzte. Irgendwann fühlte ich ihren Blick auf mir, was dafür sorgte, dass meine Konzentration ein wenig nachließ. Kaden nutzte das natürlich sofort aus und stieß meinen armen Pilz seitlich von der Strecke, direkt in einen Abgrund.

»Unfair!«, rief ich und hätte ihm am liebsten eins mit dem Controller übergebraten.

»Wer nicht aufpasst, ist selbst schuld«, gab Kaden trocken zurück, den Blick noch immer auf den Bildschirm gerichtet. Seine Schultern waren angespannt, sein Gesicht konzentriert. Nichtsdestotrotz lächelte er leicht.

»Ich glaube, das liegt an dem Duft der Sandwiches«, meinte ich und schnupperte. »Sag mal, Rachel, sollen wir dir eigentlich bei den Vorbereitungen für übermorgen helfen?«

Ich riskierte einen Blick zu ihr, doch sie winkte ab. »Heute nicht mehr, das meiste habe ich schon erledigt. Aber morgen wäre ich für eine helfende Hand sehr dankbar.«

»Das sagst du immer, und dann lässt du dir doch nie helfen«, murmelte Kaden und sagte dann zu mir: »Du musst nur eine Zwiebel falsch schneiden, und schon will sie dich an einer Zielscheibe befestigen und mit Messern auf dich werfen.«

»Pass bloß auf, sonst werde ich dich vor den Augen deiner Mitbewohnerin in Mario Kart schlagen. Das könnte peinlich für dich werden, ich habe es nämlich nicht verlernt«, drohte Rachel, doch Kaden zuckte unbeeindruckt mit der Schulter.

»Versuch's doch«, bluffte er.

Sofort erhob Rachel sich und setzte sich zu uns. Wir spielten unsere Runde noch fertig, bevor ich ihr meinen Controller reichte. Amüsiert sah ich den beiden dabei zu, wie sie sich ein heißes Rennen lieferten. Rachel hatte nicht untertrieben: Sie war wirklich richtig gut. Vermutlich hatten sie und Kaden dieses Spiel ständig miteinander gespielt, als er noch hier gewohnt hatte. Genau die Art von Mutter schien sie nämlich zu sein.

Nach einer Weile stand ich auf und kramte mein Handy aus der Tasche, um Dawn eine Nachricht zu schreiben. Sie hatte mich um einen sofortigen Lagebericht gebeten, sobald ich hier angekommen war, und ich wollte die freie Minute nutzen, um meinem Versprechen nachzukommen.

Als ich wieder aufschaute, begegnete ich Kadens Blick. Er hatte seinen Kopf zu mir gedreht, und der Ansatz eines Grinsens war auf seinem Gesicht zu erkennen. In der nächsten Sekunde stieß Rachel einen triumphierenden Schrei aus, und er fuhr wieder herum. Dann fluchte er laut.

»Ich sagte doch, dass ich keine Scheu habe, dich vor deiner Mitbewohnerin zu schlagen«, sagte seine Mutter. »Anfängerfehler.«

Kaden schnaubte verächtlich. »Ich fordere eine Revanche.«

»Wenn du dich besser fühlen willst, solltest du gegen Allie spielen.« Sie drehte sich in meine Richtung. »Nichts für ungut.«

»Kein Problem«, gab ich wie von selbst zurück und rückte meine Beine im Schneidersitz zurecht.

Kadens Lachen erfüllte den Raum – und meinen ganzen Körper. Mir wurde ganz warm, und anstatt der kleinen bunten Fahrzeuge auf dem Bildschirm, beobachtete ich von da an nur noch ihn.

Noch vor wenigen Tagen hatte ich daran gezweifelt, dass es eine gute Idee war, mit Kaden nach Portland zu fahren. In diesem Moment konnte ich mir allerdings keinen schöneren Ort vorstellen.

Wir verbrachten einen wunderbaren Tag miteinander. Kaden beendete mittags noch die Hausführung, während Rachel kochte. Irgendwann stießen wir zu ihr, und ich stellte fest, dass Kaden nicht übertrieben hatte: Seine Mutter gab wirklich äußerst ungerne das Ruder aus der Hand, was die Küche betraf. Und da sich meine Kochkünste und Fähigkeiten fürs Vorbereiten von Mahlzeiten auf rudimentäre Kenntnisse beschränkten, machte ich gleich Bekanntschaft mit Rachels Stirnrunzeln, was dem von Kaden auch so ähnlich war, dass ich breit grinsen musste. Irgendwann beschränkten Kaden und ich uns darauf, ihr Küchenutensilien herauszuholen, wenn sie danach fragte, und ihr den Rest der Zeit möglichst nicht im Weg zu stehen.

Nachdem wir eine riesige Portion Mac and Cheese verdrückt hatten, räumten Kaden und ich die Küche auf. Es war beinahe wie Zuhause in Woodshill. Ich meinte, Rachels Blicke auf uns zu spüren, ließ mir aber nichts anmerken.

»Hast du Lust auf einen Spaziergang?«, fragte Kaden leise, während wir das Geschirr abtrockneten.

»Gibt es hier Berge, auf die du mich jagen möchtest? Wanderschuhe standen nämlich nicht auf der Packliste«, neckte ich ihn.

Er lehnte sich rücklings gegen die Spüle, beide Hände auf die Fläche hinter ihm gestützt. »Ich dachte, ich zeige dir ein paar Ecken, wo ich früher viel Zeit verbracht habe. Wir könnten einen Kaffee trinken gehen oder so.«

Oder so. Ich lächelte in mich hinein. Ich fand den Portland-Kaden wirklich zauberhaft.

»Sehr gerne.«

Er beäugte mich von der Seite. »Warum grinst du denn schon wieder so?«

Sofort presste ich die Lippen fest zusammen. Unterdrücken konnte ich mein Lächeln trotzdem nicht.

»Hör auf damit. Das ist gruselig. Du siehst aus, als würdest du gerade planen, wie du dein nächstes Opfer in die Falle lockst«, fuhr er fort.

»Was?« Ich stemmte die Hände in die Hüften und starrte ihn an. »So sehe ich nicht aus, wenn ich grinse.«

Er richtete sich auf. »Doch. Wie eine Clownsfigur in einem Horrorstreifen.«

»Kaden«, warnte ich ihn.

»Oder wie der Joker. Als wären deine Mundwinkel …«

Ich schlug mit dem Handtuch nach ihm. Er wich zur Seite aus und lachte laut auf. Mit einem Knurren stürzte ich mich nach vorne und holte erneut aus. Das Handtuch klatschte auf seinen Hintern.

»Ha!«, rief ich aus.

Sein Lachen stoppte jäh. In der nächsten Sekunde riss er mich herum und warf mich über seine Schulter.

Nicht das schon wieder.

»Lass mich sofort runter!«

Jetzt landete das Handtuch auf meinem Hintern und ich jaulte.

»Wir sind nicht alleine, Kaden. Hör auf mit dem Quatsch«, zischte ich und ruderte mit den Armen, damit er losließ.

»Kaden, lass das Mädchen runter«, hörte ich Rachel sagen. Sie klang nicht so, als würde ihr sein Verhalten besonders auffällig erscheinen. Eher so, als wäre sie mit dieser Art von Albernheit bestens vertraut.

Er ignorierte sowohl mich als auch seine Mutter und stapfte mit mir über der Schulter in Richtung Hausflur.

»Wohin geht ihr?«, rief Rachel uns hinterher.

»Ich wollte Allie ein bisschen rumführen«, gab er zurück und versuchte, mit mir über der Schulter in seine Schuhe zu steigen. »Hör auf rumzuzappeln, Bubbles.«

Ich dachte gar nicht dran und versuchte, meinen Oberkörper hochzuschwingen, um mich endlich aus seinem Griff zu befreien. Kaden verlor das Gleichgewicht und stolperte einen Schritt nach vorne. Ich stieß mit dem Kopf gegen die Wand und stöhnte schmerzerfüllt auf.

»Das hast du jetzt davon«, murmelte er, beugte sich nun aber vor und stellte mich auf dem Boden ab. Mit einer Hand umfasste er meinen Oberarm, während er mit der anderen vorsichtig meinen Kopf abtastete. »Alles okay?«

Ich brummte. Vor meinen Augen hatten sich schwarze Punkte gebildet, und ich musste mehrmals tief einatmen und blinzeln, bis ich Kadens Gesicht wieder deutlich vor mir erkennen konnte.

»Bubbles?« Seine Stimme war sanft geworden.

Er stand ganz nah bei mir. Mein Blick wanderte über seine gerunzelte Stirn, zu seinen karamellbraunen Augen und blieb auf verräterische Weise an seinem Mund hängen.

Kaden hatte einen ziemlich schönen Mund. Einen Mund, der bestimmt noch sehr viel mehr konnte, als einen um die Besinnung zu küssen. Seine Lippen waren leicht geschwungen, sie hatten die perfekte Form, um sich meinen anzupassen. Ich musste an unseren letzten Kuss denken und hielt unwillkürlich den Atem an.

Ich blickte wieder auf. Kadens Augen waren jetzt so dunkel, dass sie in dem schwachen Licht im Flur fast schwarz wirkten.

Sofort befreite ich mich aus seinem Griff und wich soweit zurück, dass ich mit dem Rücken gegen die Wand stieß. Um seinem fragenden Blick zu entgehen, beugte ich mich zu meinen Stiefeln und zog sie an. Danach nahm ich meine Jacke von der Garderobe, schlüpfte hinein und wickelte anschließend meinen Schal um meinen Hals. Erst als ich meinen Puls unter Kontrolle hatte, wagte ich es, wieder aufzuschauen.

»Wollen wir?«, fragte ich und deutete mit dem Daumen zur Haustür.

Eine Weile lang sagte Kaden gar nichts, sondern sah mich nur an. Schließlich seufzte er leise. Er nahm seine Jacke von der Garderobe und hielt mir die Tür auf.

»Bis später, Mom!«, rief er über seine Schulter hinweg. Dann traten wir in die kühle Herbstluft.

Portland im Herbst war wunderhübsch und ganz anders als die Städte, in denen ich bisher gewesen war. Große Bäume säumten die Straßen, die unter den bunten Blättern, die sich bereits von den Ästen gelöst hatten, kaum zu erkennen waren. Ich genoss das Rascheln unter meinen Füßen, kickte hin und wieder ein paar von ihnen in die Luft und sah dabei zu, wie sie leise durch die Luft segelten und wieder zu Boden fielen.

Kaden war in einer schönen, gemütlichen Wohngegend aufgewachsen. Alles hier wirkte behütet, und während wir zur Hauptstraße spazierten, begegneten uns mehrere Familien. Kinder sausten auf ihren Fahrrädern durch die Straßen. Ich sah jedem einzelnen von ihnen nach, bis es um die nächste Ecke verschwunden war, dankbar, dass ich einen Grund hatte, Kaden nicht ansehen zu müssen.

Ich schämte mich. Nicht nur, weil ich in diesem Moment alleine in Woodshill sitzen würde, wenn er mich nicht mit hierher genommen hätte. Sondern vor allem, weil ich absolut machtlos gegen das Kribbeln war, das seine Nähe jedes einzelne Mal in mir auslöste. Ich wusste, dass wir niemals mehr sein konnten als Freunde, doch je besser ich ihn kennenlernte, desto mehr geriet mein Entschluss ins Wanken.

»Habt ihr schon immer hier gewohnt?«, fragte ich ihn, als wir das Wohngebiet allmählich hinter uns ließen.

»Mom hat das Haus erst nach der Scheidung gekauft. Es war total heruntergekommen, als wir es zum ersten Mal angesehen haben, und ich konnte mir eigentlich nicht vorstellen, hier zu wohnen«, antwortete er.

»Wirklich? So wirkt es überhaupt nicht.«

»Wir haben versucht, viel selbst zu machen, um ein bisschen Geld zu sparen. Ich war damals noch keine besonders große Hilfe, muss ich ehrlicherweise sagen.« Kaden zuckte mit den Schultern. Wir liefen so nah nebeneinander, dass ich die Bewegung an meinem Arm spürte, und ich machte automatisch einen Schritt zu Seite.

Kaden blieb stehen. »Jetzt reicht's aber«, knurrte er, fasste mich am Arm und zog mich in einer kraftvollen Bewegung wieder zurück, sodass ich an ihn prallte. »Was ist los?«

»Nichts«, beeilte ich mich zu sagen.

Tiefe Furchen bildeten sich auf seiner Stirn. Er neigte seinen Kopf, und sein Blick wurde eindringlich. »Du bist total verkrampft. Ich würde gerne wissen, warum, damit ich etwas dagegen unternehmen kann.«

Ich räusperte mich und konzentrierte mich darauf, nicht wieder seinen Mund anzustarren. »Du könntest ein bisschen Abstand halten, Kaden.«

Nun sah er völlig perplex aus. Erst nach ein paar Sekunden verstand er, was ich meinte. Er ließ mich so abrupt los, als hätte er sich an mir verbrannt. »Du sollst dich in meiner Gegenwart nicht unwohl fühlen.«

Ich fühlte mich nicht unwohl in seiner Gegenwart. Ganz und gar nicht. Ich fühlte mich viel zu wohl in seiner Gegenwart. Aber das konnte ich ihm schlecht sagen.

»Das ist es nicht, Kaden. Ich bin nur ein bisschen ... befangen, was deine Mutter angeht.«

Er stutzte. »Deshalb bist du so verkrampft? Weil du dir Gedanken darüber machst, was meine Mom denken könnte?«

Ich nickte energisch. Das war die perfekte Ausrede, und ich nahm sie mit offenen Armen in Empfang.

»Und ich dachte schon, ich würde nach Schweiß riechen oder so«, meinte Kaden nachdenklich.

Ich beugte mich vor und roch an ihm. »Nein, Fehlanzeige. Wobei ich deinen Freunden das Gegenteil erzählen werde, falls sie mich mal fragen sollten.« Ich versetzte ihm einen leichten Stoß. »Monica meinte mal zu mir, du würdest rumerzählen, dass ich übel rieche.«

Kaden schnaubte. »Das tust du ja auch.«

Ich hob eine Braue.

»Ich bin nur ehrlich. Über deinen gestörten Geschmack haben wir schon gesprochen. Du solltest froh sein, dass ich wenigstens ehrlich zu dir bin. Jedes Mal, wenn du im selben Raum bist wie ich, riecht es, als wäre eine Süßwarenfabrik explodiert.«

Erneut wollte ich ihn schubsen, doch er wich aus und setzte sich wieder in Bewegung. Als ich keine Anstalten machte, ihm zu folgen, drehte er sich zu mir um und lief rückwärts. »Ich will dir den Laden zeigen, in dem ich früher gearbeitet habe. Also weniger schmollen und mehr laufen!«

Alles war wieder beim Alten, und ich war ausgesprochen froh darüber.

»Hier hast du gearbeitet?« Ich legte den Kopf in den Nacken und betrachtete das ramponierte Schild, auf dem in dunkelgrünen Lettern *Bold Records* stand. Die Farbe blätterte an den Rändern bereits ab, und auch die Fassade des Hauses hatte schon bessere Tage gesehen. Trotzdem war ich gespannt darauf, wie es drinnen sein würde. Ich war noch nie in einem richtigen Plattenladen gewesen.

Kaden nickte und hielt mir die Tür auf, die mit einem Klingeln unseren Besuch ankündigte. Drinnen spielte leise Rockmusik, und ich sah mich staunend um. Unzählige Regale, über und über voll mit Vinylplatten, füllten jeden Millimeter des Raums, und von der Decke baumelten zwischen weißen Stoffbahnen Glühbirnen herunter, deren Licht sich auf den CD-Ständern in der Mitte der Ladenfläche spiegelte.

»Das ist ja der Wahnsinn«, murmelte ich und ging, ohne zu zögern, zum ersten Regal. Ich besaß zwar keinen Plattenspieler, aber Schallplatten hatten schon immer einen ganz besonderen Reiz auf mich ausgeübt. Während ich den Gang entlangging, fuhr ich mit dem Finger an den Rücken der Platten entlang. Ab und zu zog ich eine hervor, betrachtete sie eingehend, bevor ich sie wieder zurückschob und die nächste in die Hand nahm. Einige waren dabei, die ich kannte, von anderen wiederum hatte ich noch nie gehört. Ich versuchte, mir die Namen für später einzuprägen. Als ich am Ende des ersten Gangs angekommen war, drehte ich mich zu Kaden um, der mit etwas Abstand hinter mir hergeschlendert war, und strahlte ihn an. Er erwiderte mein Grinsen und deutete mir mit dem Kinn an, weiterzugehen.

Im hinteren Teil des Ladens führten ein paar Stufen nach unten in einen gemütlich eingerichteten Bereich. Auch hier waren die Wände mit Plattencovern tapeziert. Ein gemusterter Teppich lag auf dem dunklen Dielenboden, und zwischen Kisten mit CDs und Platten waren Ledersessel und ein paar mit Samt überzogene Sofas arrangiert. Auf großen flachen Tischen lagen CD-Player und Kopfhörer. Über die rechte Längsseite des Raumes erstreckte sich eine Küchenzeile mit Wasserkochern und auch einer Kaffeemaschine. Ein Mann stand vor einem Kühlschrank, aus dem er sich eine Cola nahm, Jugendliche lümmelten auf den Sofas und nickten im Takt der Musik. Die Stimmung, die hier in der Luft lag, war wirklich besonders. Wie, als hätte man uns in eine andere Welt transportiert, in der nur Musik und nichts anderes zählte.

Kaden ging an mir vorbei zur Kaffeemaschine. Es war kein Automat, sondern der Kaffee wurde ganz altmodisch gebrüht und in einer Kanne warm gehalten. Kaden nahm zwei Becher aus dem Regal, füllte sie und reichte mir einen.

»Leider kein Creamer. Und der Kaffee ist auch nicht besonders gut, aber …« Er ließ den Rest des Satzes unausgesprochen und hob locker eine Schulter.

»Ich finde es großartig hier«, versicherte ich ihm schnell. »Wirklich, Kaden. Am liebsten würde ich auf der Stelle alle meine Lieblingstracks auf Vinyl kaufen. Und ich habe noch nicht mal einen Plattenspieler.«

»Als ich hier gearbeitet habe, ging es mir auch so. Leider musste ich damals Geld für mein Auto sparen. Außerdem nehmen CDs weniger Platz weg. Aber wenn ich mal eine größere

Wohnung haben sollte, oder später vielleicht ein Haus, werde ich mir ein riesiges Musikzimmer einrichten.« Er blies in seinen Kaffee und trank dann einen Schluck. »Mom wollte leider kein Zimmer zu diesem Zweck frei räumen. Fand ich echt egoistisch von ihr.«

»Eine Schande«, pflichtete ich ihm bei und nickte mit ernstem Blick.

»Ja, nicht wahr?«

Für einen Moment grinsten wir uns nur an, dann deutete Kaden mit der Tasse in der Hand auf den letzten freien Ledersessel, der in der Mitte des Raums stand. Auf dem Sofa gegenüber saß eine Gruppe von Jugendlichen, die herumalberten. Einer der Jungen spielte übertrieben hingebungsvoll Luftgitarre, was das Mädchen neben ihn erst zum Kopfschütteln, dann zum Grinsen brachte. Schließlich rückte sie näher an seine Seite.

Kaden bot mir die Sitzfläche des Sessels an, aber ich winkte dankend ab. Stattdessen machte ich es mir auf der breiten Lehne gemütlich. Kaden setzte sich, rutsche aber ganz an die Seite, sodass wir uns einander zugewandt unterhalten konnten. Er erzählte mir, wie er als Vierzehnjähriger beinahe jeden Nachmittag hier verbracht und irgendwann einfach angefangen hatte, den Leuten seine persönlichen Empfehlungen aufzuschwatzen. Die Inhaberin, Trudy, hatte ihn zwar jedes Mal dafür gerügt, allerdings auch erkannt, dass er nicht nur einen guten Geschmack, sondern auch richtig Ahnung hatte. Als sie ihn schließlich fragte, ob er Lust auf einen Aushilfsjob hätte, kannte er den Laden bereits so gut wie die Inhaberin selbst und sagte sofort zu. Zwar durfte er zu Beginn nur Lieferungen annehmen und die Neuerscheinungen auspacken und einräumen, aber seine Augen funkelten, selbst als er darüber sprach.

»Warst du traurig, als du aufhören musstest?«, fragte ich.

Kaden trank den Rest seines Kaffees aus und beugte sich nach vorne, um den leeren Becher auf dem Tisch abzustellen.

»Es war schon schade, ja. Ich hatte hier einen tollen Job und konnte viel Erfahrung mitnehmen. Trudy war allerdings trauriger, als ich es war. An meinem letzten Tag hat sie richtig geheult.« Er zog die Nase kraus.

Ich lachte. »Und wir alle wissen, wie sehr du auf tränenreiche Gespräche abfährst.«

Er hob eine Augenbraue und erwiderte darauf nichts mehr.

Ein Kreischen ließ mich erschrocken herumfahren. Der Luftgitarrenjunge hatte sich auf das Mädchen gestürzt und kitzelte sie in den Seiten. Sie drehte und wandte sich unter seinem Griff und japste nach Luft. Ich grinste gegen den Rand meines Bechers.

»Das ist so süß«, sagte ich leise.

Kaden schnaubte. »Diese Masche wendet seit gefühlt hundert Jahren jeder Sechzehnjährige an, der seine Verabredung hierher bringt. Unglaublich, dass das immer noch funktioniert.«

»Ist doch ein niedlicher Ort für ein erstes Date. Hör auf, mir meine romantische Vorstellung kaputt zu machen«, gab ich zurück.

Kaden schüttelte nur den Kopf.

Nachdem auch ich meinen Kaffee ausgetrunken hatte, gingen wir wieder hoch in den Laden und sahen uns Platten an. Wir fanden viele, die wir beide mochten, aber auch welche, bei denen Kaden einfach nur die Nase rümpfte. Ich ließ mich von ihm zu einer Hörstation führen, wo er mir riesige, schwarze Kopfhörer aufsetzte, die augenblicklich alle Geräusche um mich herum verschluckten. Aus einem Korb, der zwischen den einzelnen Stationen stand, fischte er scheinbar wahllos CDs heraus und legte sie nacheinander ein. Bei den Stücken, die mir gefielen, reckte ich einen Daumen nach oben, bei denen, die mir nicht zusagten, verzog ich automatisch die Mundwinkel. Inzwischen kannte Kaden meinen Geschmack zum Glück recht gut. Ein Album rief regelrechtes Herzklopfen bei mir hervor, weil mir die Songs – obwohl alt und vergessen – so vertraut vorkamen. Strahlend sah ich zu Kaden hoch. Ein zufriedenes Lächeln breitete sich auf seinen Lippen aus.

Nach einer Weile schloss ich die Augen und dachte daran zurück, als ich *Ocean Avenue* von Yellowcard zuletzt gehört hatte. Mit Musik hatte ich mich schon über so viele schlechte Tage hinweggerettet. Manche Lieder hinterließen ein ganz bestimmtes Gefühl, und es brauchte nur ein paar erste Töne, um es wieder heraufzubeschwören, egal in welcher Situation man sich gerade befand. Bei diesem Song war es, als würde er die magische Fähigkeit besitzen, mich zu heilen, jedes Mal aufs Neue.

»Ich liebe diesen Song«, sagte ich, und Kaden zuckte heftig zusammen. Seine Hand schoss nach vorne, und er hielt sie mir vor den Mund. Anscheinend war ich ein bisschen sehr laut gewesen – gleich mehrere Leute hatten sich in unsere Richtung gedreht. Nachdem die letzten Töne verklungen waren, hob ich die Kopfhörer vorsichtig von meinem Kopf und schüttelte mein Haar aus.

»Nach der Fahrt von heute Morgen wollte ich sichergehen, dass dein Geschmack noch intakt ist.«

»Du hast nur zwei Songs von Taylor überstehen müssen, also stell dich nicht so an.«

Ich legte die Kopfhörer ab und zog weiter zu einem Gang, in dem ich bisher noch nicht gewesen war.

Kaden lief auf der linken Seite entlang und durchforstete dort die Regale, während ich auf der rechten Seite stöberte.

Immer wenn wir eine Platte fanden, die uns gefiel, zeigten wir sie uns gegenseitig. Auf dem neuen Cover von Fall Out Boy war ein Gesicht abgebildet, und als Kaden die Platte hochhielt, tat er das unbeabsichtigt genau so, dass es halsabwärts so aussah, als gehörte sein Körper zum Gesicht der Platte. Ich kicherte und zückte mein Handy, um ein Bild davon zu machen. Als ich es ihm zeigte, bestand er darauf, ein ähnliches Bild mit mir zu machen. Ich sah ihm beim Suchen zu, und obwohl Kaden wohl schon seit mindestens zwei Jahren nicht mehr hier arbeitete, wirkten seine Griffe trotzdem noch routiniert. Es dauerte nicht lange, da hielt er mir mit einem triumphierenden Grinsen die Platte zu *Ocean Avenue* entgegen, auf dessen Cover das Gesicht eines Mädchens mit Meer und Sonnenuntergang im Hintergrund zu sehen war. Kaden wollte das Foto machen, aber ich bestand darauf, dass er sich neben mich stellte, damit wir eines gemeinsam mit der Frontkamera machen konnten. Das war gar nicht so leicht, da ich nicht wirklich sehen konnte, was ich tat, und ich zwischendurch so lachen musste, dass mir erst die Platte und dann das Handy runterfielen. Nach mehreren Versuchen klappte es aber schließlich, und am Ende unserer Impromptu-Fotosession hatte ich nicht nur ein cooles Bild, sondern mir tat auch der Bauch weh vor Lachen.

Als wir am Abend zurück zu Rachels Haus liefen, war es völlig dunkel und ich zitterte vor Kälte. Jedoch machte mir das überhaupt nichts aus. Kaden hatte mir nämlich einen der schönsten Tage beschert, den ich jemals mit jemandem verbracht hatte. Wider Erwarten stellte ich fest, dass es mich glücklich machte, die Feiertage hier zu verbringen.

Sehr glücklich sogar.

kapitel 19

So wundervoll der Tag gewesen war, desto schlimmer war die Nacht. Ich verspürte das dringende Bedürfnis, aus dem fremden Bett zu steigen und im Haus nach Kaden zu suchen. Ich konnte meinen Kopf einfach nicht ausschalten. Sobald ich meine Augen schloss, sah ich ihn vor mir, sein Lächeln oder die Art, wie er sich mit der Hand durch die Haare fuhr, wenn er über etwas nachdachte. Und immer wieder schlich sich die Erinnerung an unsere Küsse in meinen Kopf. Ich musste dringend aufhören, auf diese Weise über ihn nachzudenken. Heute war so schön gewesen und hatte wieder bewiesen, dass wir als Freunde eigentlich ein ziemlich gutes Team waren.

Trotzdem kribbelte mein gesamter Körper, auch an Stellen, die mit Freundschaft rein gar nichts zu tun hatten. Mit einem frustrierten Laut drehte ich mich auf die Seite und zog die Decke über meinen Kopf, als könnte ich so meine verräterischen Gedanken oder gar meinen Körper zum Schweigen bringen.

Es funktionierte nicht. Der Schlaf kam nicht, und ich lag ewig wach und wälzte mich in Kadens Bett umher. Einmal erwischte ich mich sogar dabei, wie ich am Kissen schnüffelte, um zu sehen, ob es nach ihm roch.

So weit waren wir inzwischen. Es war wirklich erbärmlich.

Als ich endlich einschlief, war es bereits weit nach Mitternacht, und am nächsten Morgen bekam ich die Nachwirkungen der langen Nacht in Form von tiefen Augenringen zu sehen. Ich schnappte mir das Handtuch, welches Rachel mir rausgelegt hatte, und ging ins Bad, in der Hoffnung, dass eine Dusche mich einigermaßen wach machen konnte. Ich stellte den Temperaturregler so kalt, wie ich es mich traute, und genoss das kühle Wasser auf meiner Haut. Noch immer hatte ich das Lied von Yellowcard im Ohr, und ich summte es leise vor mich hin, während ich meine Haare einshampoonierte. Ich war gerade dabei, Duschgel auf meine Hand zu geben, als sich die Badezimmertür öffnete.

»Guten Morgen.«

Ich zuckte so heftig zusammen, dass ich ausrutschte. In letzter Sekunde gelang es mir, mich an der Duschhalterung festzuklammern.

»Raus hier, Kaden!«, zischte ich. Zum Glück war der Duschvorhang blickdicht.

Ich hörte Kaden lachen. »Du hast nicht abgeschlossen. Das ist quasi eine Einladung.«

Verdammter Mist, er hatte recht. Ich hatte tatsächlich vergessen, abzuschließen. Aber nur, weil ich mich inzwischen an mein schlüsselloses Dasein gewöhnt hatte.

»Du bist doch völlig durchgeknallt, Kaden. Hau ab!« Ich verspürte ein unheilvolles Brennen in meinem rechten Auge und fluchte laut. Das Shampoo vertrug sich nicht besonders gut mit meiner Netzhaut.

»Lass dich nicht von mir stören.«

Ich hörte, wie er den Wasserhahn aufdrehte und dann begann, sich die Zähne zu putzen.

Er hatte sie nicht mehr alle. Das war die einzige Erklärung hierfür.

Aus meiner gemütlichen, morgendlichen Dusche wurde nun ein hektisches Unterfangen. Zunächst versuchte ich, das

Shampoo aus meinen Augen zu spülen, danach schäumte ich in Windeseile meinen Körper ein. Dabei schielte ich alle paar Sekunden zum Vorhang. Hoffentlich war er wirklich so blickdicht, wie ich glaubte.

»Ich hatte viel Spaß gestern«, meinte Kaden plötzlich. Ich hätte ihn fast nicht verstanden. Er hatte die Zahnbürste noch im Mund, und seine Stimme war rau vom Schlaf.

»Ich auch. Trotzdem würde ich ganz gerne ungestört duschen. Ich dachte, das Thema hätten wir geklärt«, sagte ich verbissen.

Er schnaubte, was sich wegen der Zahnpasta echt eklig anhörte. Mit Sicherheit hatte er den Spiegel über dem Waschbecken vollgespuckt. Ih.

»Stell dich nicht so an, Bubbles. Es ist ja nicht so, als hätte ich dich nicht schon mal nackt gesehen.«

Ich erstarrte. »WAS?«

Er lachte. »Du hast den Vorhang damals nicht so schnell zu fassen bekommen, wie du vielleicht glaubst.«

Hitze schoss meinen Hals hinauf und breitete sich auf meinen Wangen aus. Dieser arrogante, miese, kleine …

»Kaden? Bist du da drin?«, erklang plötzlich Rachels Stimme auf der anderen Seite der Tür.

»Oh mein Gott«, flüsterte ich und schlug mir die Hände vors Gesicht. Im Stillen betete ich, dass Rachel nicht auch noch ins Bad kam. Ich würde sonst wahrscheinlich auf der Stelle tot umfallen.

»Ja, ich bin hier.« Im Gegensatz zu mir schien Kaden die Situation völlig kalt zu lassen.

»Trinkt Allie Kaffee oder Tee? Oder will sie vielleicht lieber einen Orangensaft?«

Ich biss mir auf die Unterlippe.

»Ich glaube, Allie würde sich über Kaffee freuen.« Erneut

hörte ich Wasser plätschern, dann spuckte Kaden den Schaum aus. »Aber du kannst sie sonst auch selbst fragen, Mom. Sie duscht gerade.«

»Kaden!«, zischte ich.

Wieder lachte er. »Bin schon weg.«

In der nächsten Sekunde war er verschwunden. Ich fiel beinahe in mich zusammen und rang nach Atem. Dafür würde ich ihn umbringen.

Nach der Dusche schlüpfte ich schnell in eine Jeans und ein schlichtes Shirt und rubbelte meine Haare trocken. Ich brachte meine Schlafsachen zurück ins Zimmer und verstaute sie in meiner kleinen Reisetasche. Nachdem ich das Bett gemacht hatte, schnappte ich mir mein Handy vom Nachttisch und begab mich auf den Weg nach unten.

»Guten Morgen, Rachel«, sagte ich bemüht fröhlich, als ich die Küche betrat. »Kann ich dir bei irgendetwas behilflich sein?« Ich versuchte, mir nicht anmerken zu lassen, wie peinlich mir die Bad-Situation von eben war, allerdings war ich mir ziemlich sicher, dass mein knallroter Kopf mich verriet.

Dankenswerterweise ging Rachel nicht darauf ein, sondern deutete nur auf einen der Stühle. »Nein, nein. Setz dich!«

Kaden saß bereits am Tisch, und als ich an ihm vorbeilief, boxte ich ihn heftig in den Oberarm, damit ihm das dreckige Grinsen verging.

»Du weißt, wofür das war«, knurrte ich und ließ mich auf dem Platz ihm gegenüber nieder. Sein Grinsen verrutschte kein Stück.

Ich verdrehte die Augen und betrachtete stattdessen den Esstisch, den Rachel für uns gedeckt hatte. Es gab Rührei und einen Obstsalat, Bagels, Brot und verschiedene Aufstriche, die mir das Wasser im Mund zusammenlaufen ließen. Alles war liebevoll angerichtet. Wenn Rachel sich schon beim Frühstück so viel Mühe gab, dann war ich gespannt auf den morgigen Thanksgiving-Abend.

»Tut mir leid, aber das war es echt wert«, meinte Kaden und ich sah ihn wieder an. Er hatte sich mit hinter dem Kopf verschränkten Armen zurückgelehnt und seine Augen funkelten amüsiert.

»Ja. Haha. Ich lache immer noch.« Meine Stimme triefte vor Ironie, obwohl ich kurz davor war, einzuknicken und ebenfalls zu grinsen. Doch die Genugtuung wollte ich ihm nicht geben, also konzentrierte ich mich darauf, mein Handy aus meiner Hosentasche zu ziehen, um nachzusehen, ob Dawn sich inzwischen wieder gemeldet hatte. Ich entsperrte das Display – und erstarrte zur Salzsäule.

Ich hatte sieben verpasste Anrufe. Kein einziger davon war von Dawn.

Sie waren von meiner Mutter.

Ich zögerte nur einen Moment, dann löschte ich die Liste. Sie konnte mir mit ihrem Drama und ihren Drohungen gestohlen bleiben – ich würde Thanksgiving hier verbringen, in Portland, und nicht in Denver.

Als hätte Mom gespürt, dass ich gerade das Handy in der Hand hielt, rief sie mich erneut an. Ich warf Kaden einen entschuldigenden Blick zu und erhob mich, um das Esszimmer zu verlassen. Erst, als ich mich im Flur befand, hob ich ab.

»Was willst du?«, blaffte ich in den Hörer.

Ein Schluchzen erklang am anderen Ende der Leitung. Sofort bereute ich meinen Tonfall. Die Gelegenheiten, bei denen ich meine Mom hatte weinen hören, konnte ich an einer Hand abzählen. Meine Finger verkrampften sich um das Handy, und ich spürte, wie meine Beine weich wurden.

»Mom?«, setzte ich vorsichtig hinterher.

Wieder nur ein ersticktes Wimmern.

»Mom, was ist los?«, fragte ich alarmiert. Mein Herz schien stillzustehen, und ich musste mich an der Wand festhalten. »Mom?«

Kaden erschien im Flur. Mit geweiteten Augen erwiderte ich seinen fragenden Blick.

»Es geht um deinen Vater«, stotterte meine Mutter. Ihre Stimme war ganz schrill. »D–d-dein Vater hatte einen Unfall.«

Jeden Moment würden meine Knie nachgeben. Plötzlich schien es mir, als würde ich von außen auf mich selbst blicken. Ich sah mich, wie ich gegen die Wand sackte, nicht mal einen Hauch von Farbe im Gesicht, das Handy mit beiden Händen ans Ohr gepresst.

»Was ist passiert?«, hauchte ich. Meine Stimme war mir abhandengekommen. »Ist er verletzt?«

»Wir sind gerade aus dem Krankenhaus zurück. Du musst sofort nach Hause kommen, Crystal. Es sieht nicht gut aus.«

Das Handy rutschte mir aus der Hand. Kalter Schweiß brach überall auf meinem Körper aus, und ich konnte mich nicht länger aufrecht halten. Ohne dass ich es wirklich merkte, sank ich zu Boden.

Dad hatte einen Unfall gehabt.

Ich hörte Moms Worte in meinem Ohr, immer und immer wieder. *Einen Unfall. Es sieht nicht gut aus. Du musst nach Hause kommen.*

Plötzlich wusste ich, was ich zu tun hatte. Hastig griff ich nach meinem Handy und kämpfte mich wieder auf die Beine. Kaden sagte etwas, doch seine Worte rauschten an mir vorbei wie der Wasserfall, an dem wir gewesen waren.

»Ich muss weg«, hörte ich mich selbst sagen und begann, auf meinem Handy nach Flügen vom Portland International Airport nach Denver zu suchen. Während ich tippte, lief ich die Treppe hinauf, und als ich in Kadens Zimmer einbog, stieß ich mit der Schulter gegen den Türrahmen. Ich nahm den Schmerz nur am Rande wahr. Mit einer fahrigen Bewegung klaubte ich meine Tasche vom Boden und schlang sie mir um, den Blick noch immer auf mein Handydisplay gerichtet. Bedauerlicherweise bebten meine Hände so stark, dass ich die Flugdaten nicht richtig lesen konnte, und sosehr ich mich auch bemühte, es zu unterdrücken, es gelang mir nicht. Ich stieß einen wütenden Laut aus.

Eine warme Hand schloss sich um meine zitternden Finger. Ich blickte auf und starrte Kaden aus aufgerissenen Augen an. Sonst heulte ich immer, bei jeder Kleinigkeit. Aber jetzt, in dieser Situation, kam keine einzige Träne.

»Was ist los, Bubbles?«, fragte er eindringlich.

Sein Daumen strich in sanften, beruhigenden Kreisen über meinen Handrücken, doch in meinem Körper war so viel Adrenalin, dass ich nicht stillstehen konnte. Ich trat vom einen Bein aufs andere.

»Du musst mir sagen, was los ist, Allie. Ansonsten kann ich dir nicht helfen.« Kadens tiefe Stimme war sanft. Als spräche er mit einem verängstigten Tier. Vermutlich sah ich gerade auch wie eins aus.

»Mein Dad«, stieß ich hervor. Oh nein, ich würde mich jeden Moment übergeben. Aber ich musste den nächsten Flieger erwischen, um nach Denver zu gelangen, damit ich bei ihm sein konnte, damit ich wenigstens noch …

»Allie«, unterbrach Kaden meinen Gedankenfluss. Jetzt umfasste er meine Wangen mit beiden Händen und neigte meinen Kopf behutsam nach hinten, damit ich ihn ansah. »Was ist mit deinem Vater?«

»Unfall.« Es schien, als könnte ich keine vollständigen Sätze mehr bilden. »Mein Vater hatte einen Unfall. Ich muss nach … ich muss nach Denver. Jetzt.«

Sofort ließ Kaden mich los. Er nahm mir die schwere Tasche von der Schulter, griff nach meiner Hand und lief mit mir im Schlepptau nach unten und in die Küche. Dort wechselte er ein paar Worte mit seiner Mutter, die ich nicht verstand, da meine Gedanken und mein hämmernder Puls alles um mich herum übertönten. Einen kurzen Moment später war er wieder an meiner Seite und nahm mir das Handy aus der Hand. Rachel legte einen Arm um meine Schulter und schob mich aus dem Raum.

Einen Fuß vor den anderen. Noch ein Schritt.

Mein Kopf war wie leergefegt. Rachel versicherte mir, dass alles gut werden würde, und ich nickte mechanisch. Plötzlich waren wir draußen beim Jeep. Auf kuriose Weise trug ich meine braunen Boots. Kaden öffnete mir die Beifahrertür, doch bevor ich einstieg, drehte ich mich noch einmal zu Rachel um und versuchte mich an einem dankbaren Lächeln, das aller Wahrscheinlichkeit nach missglückte. Bestimmt sah ich aus wie der Joker aus Batman – gruselig und vollkommen irre.

»Danke für die Einladung, Rachel«, brachte ich hervor.

Sie antwortete, dass ich immer willkommen bei ihr wäre, und nahm mich ein weiteres Mal in den Arm, bevor ich ins Auto stieg.

Kaden schnallte mich an wie ein Kleinkind, da meine Hände inzwischen vollkommen nutzlos waren. Er fuhr an der oberen Grenze des Tempolimits durch das Wohngebiet und ließ mir ein paar Minuten zum Verschnaufen, bevor er mir erzählte, dass er ein Flugticket für einen Flug in einer knappen Dreiviertelstunde gebucht hatte. Ich würde nur die App öffnen und direkt zum Terminal gehen müssen.

Das alles zog wie im Rausch an mir vorbei. Ich wusste nur, dass Kaden die Situation im Gegensatz zu mir im Griff hatte. Doch für Scham oder andere Gefühle hatte ich momentan keine Kapazitäten frei. Einzig die Sorge um meinen Vater beherrschte meine Gedanken. Ich versuchte, mich an unser letztes Gespräch zu erinnern, doch es wollte mir einfach nicht einfallen.

»Nicht nachdenken«, schalt Kaden mich.

Er brauchte mich nicht einmal ansehen, um zu wissen, was in mir vorging. Sein Blick war konzentriert auf den Verkehr vor uns gerichtet. Er fuhr schnell, und als er sich an einigen Fahrzeugen vorbeischlängelte, zog er den Zorn der anderen Fahrer auf sich. Auf deren Hupen oder obszöne Gesten reagierte er aber nicht.

Beim Flughafen angekommen parkte Kaden total schief in einer Parklücke. Während ich ausstieg, holte er meine Tasche aus dem Kofferraum. Anschließend packte er mich beim Arm und führte mich geradewegs zum Terminal. Vor dem Check-in hielten wir an, beide außer Atem.

»Arme hoch«, forderte er abrupt.

»Wie bitte?«, fragte ich. In Gedanken überlegte ich gerade, ob ich irgendetwas Flüssiges in meinem Gepäck hatte, das mir bei der Sicherheitskontrolle Probleme machen würde.

»Heb deine Arme«, wiederholte er.

Erst jetzt sah ich, was er in der Hand hielt.

Seinen hellgrauen Pullover.

Wie von selbst hob ich die Arme. Behutsam streifte Kaden ihn mir über den Kopf, und ich war sofort von seinem Geruch umgeben, der mir mittlerweile so vertraut war. Er gab mir das Gefühl von Geborgenheit.

»Danke«, murmelte ich, als Kaden mir auch den Riemen meiner Tasche über die Schulter legte. »Danke.« Und weil es mir nicht genug erschien, wiederholte ich dieses eine Wort noch ein paarmal.

»Alles wird gut«, unterbrach Kaden mich. Er kämmte mit

seinen Fingern durch mein Haar, das mit Sicherheit in alle Richtungen abstand. An meinem Hinterkopf hielt er inne, bevor er sich zu mir runterbeugte und seine Lippen auf meine Stirn presste. Ich schloss die Augen und prägte mir dieses Gefühl ein. Eine jähe Ruhe überkam mich, und ich hielt die Luft an. Viel zu schnell war der Moment vorbei.

»Und jetzt ab mit dir«, murmelte er leise und nickte in Richtung Check-in.

Ich sah noch einmal in Kadens dunkle Augen. Und dann rannte ich los.

kapitel 20

Der Flug nach Denver dauerte genauso lang wie die Fahrt von Woodshill nach Portland. Doch während die zweieinhalb Stunden gestern wie im Nu vergangen waren, schienen sie sich jetzt ewig hinzuziehen. An Schlaf war nicht zu denken, genauso wenig an Stillsitzen. Ich hätte die angestaute Energie gerne irgendwie verbrannt, am liebsten mit Weinen, weil ich aus Erfahrung wusste, dass ich danach ruhiger und klarer im Kopf war. Doch mein Körper schien mir in den letzten Stunden unheimlich fremd geworden zu sein. Es funktionierte einfach nichts. Ich bekam nicht einmal das Wasser runter, das die Stewardess vor mich hinstellte. Mein Hals brannte, mir war schlecht, und das einzige, was meinen Zustand einigermaßen aushaltbar machte, war Kadens Geruch, der mich umgab wie ein vertrauter Kokon. Ich vergrub mein Gesicht bis zur Nase in dem weichen Stoff und zog die Ärmel bis über meine Fingerspitzen, damit niemand sah, wie sehr ich zitterte.

Als ich endlich aus dem Flieger stieg, wollte ich am liebsten losrennen, aber die Menge der Menschen, die mit mir zum Ausgang strömten, ließ das nicht zu. Als ich schließlich draußen angekommen war, sah ich mich nach Taxis um. Mom wollte ich nicht anrufen. Ich hatte Angst, dass sich Dads Zustand in der Zwischenzeit noch weiter verschlechtert hatte. Falls es so war, wollte ich das nicht am Telefon erfahren.

Glücklicherweise verstand der Fahrer, wie eilig ich es hatte. Die Straßen um den Flughafen herum waren verstopft, aber nach wenigen Minuten löste sich der Stau, und er drückte aufs Gas und steuerte die wohlhabende Gegend am Rande der Stadt an, wo das Haus meiner Eltern lag.

Während der Fahrt dachte ich über die merkwürdigsten Dinge nach: dass man innerhalb weniger Stunden von einem Bundesstaat in einen anderen, weit entfernten gelangen konnte, über den Geruch des Taxis, eine Mischung aus Rauch und Leder, und über Mario Kart. In Gedanken warf ich sogar eine Bananenschale auf ein Auto, das uns nicht überholen ließ, was mir ein hysterisches Lachen entlockte.

Gut zu wissen, dass ich noch lachen konnte.

Als der Fahrer endlich unsere breite Straße mit den herrschaftlichen Anwesen erreichte und vor meinem Elternhaus anhielt, glaubte ich, mich jede Sekunde übergeben zu müssen. Ich warf ihm das Geld förmlich in den Schoß und sprang aus dem Auto. Meine Tasche holte ich selbst aus dem Kofferraum, und dann rannte ich den Weg zu unserer Auffahrt hoch.

Ich achtete nicht auf die imposante Fassade, nicht auf den Springbrunnen im Vordergarten, auch nicht auf die Sicherheitskameras. Stattdessen klingelte ich und hämmerte gleichzeitig mit der Hand gegen die wuchtige Tür.

Gleich darauf hörte ich, wie drinnen jemand näherkam und etwas Unverständliches murmelte, das eindeutig verärgert klang. Die Tür öffnete sich.

»Crystal?«, fragte Dad überrascht.

Ich traute meinen Augen nicht. Schwer atmend starrte ich meinen Vater an.

Sein Haar war inzwischen fast komplett ergraut, seine Geheimratsecken noch größer geworden. Er trug einen grauen Anzug, der perfekt saß und ihm ein äußerst seriöses Aussehen verlieh. Dazu ein weißes Hemd und eine dunkle Krawatte. Ich hatte ihn nur selten in etwas anderem gesehen.

Ehe ich mich bremsen konnte, schlang ich meine Arme um seine Taille und vergrub mein Gesicht an seiner Brust. Und endlich spürte ich die Tränen, auf die ich die ganze Zeit gewartet hatte.

»Es geht dir gut«, schluchzte ich in sein Hemd und ruinierte es dabei vermutlich. Meine Mascara war nicht wasserfest.

Dad hob einen Arm und tätschelte unbeholfen meinen Rücken. »Wieso sollte es mir nicht gut gehen?«, fragte er.

Ich hatte seine Stimme so lange nicht mehr gehört. Sie kam mir beinahe fremd vor.

»Was ist mit dem Unfall?«, gab ich zurück und löste mich nun ganz von ihm, um ihn von oben bis unten zu betrachten und nach Verletzungen abzusuchen. In meiner Vorstellung hatte er bewusstlos in einem Krankenhausbett gelegen, mit Schürfwunden im Gesicht und Verbänden an den Armen. Tatsächlich sah er aber völlig unversehrt aus.

»Ach, das«, meinte Dad und runzelte die Stirn. »Ich habe mir die Bänder beim Squash gezerrt.«

Ich starrte ihn wortlos an.

»Du weißt doch, dass Edmund und ich es manchmal etwas übertreiben.«

»Mom …« Ich schluckte schwer. »Mom hat mich angerufen und gesagt, du hättest einen Unfall gehabt«, würgte ich hervor. »Sie hat es … sie hat es echt schlimm klingen lassen.«

Dad stieß ein bellendes Lachen aus und schüttelte dann den Kopf. Er atmete hörbar aus und nahm mir dann meine Tasche von der Schulter. »Das hast du sicher missverstanden.«

Ich war vollkommen fassungslos. Ich setzte zu einer verbissenen Antwort an, doch mein Vater unterbrach mich, indem er beiseitetrat und mich hereinbat.

»Komm doch erst einmal rein«, sagte er ernst.

Während wir ins Haus gingen, sah ich, dass er leicht humpelte. Er stellte meine Tasche auf dem Marmorboden des Foyers ab, bevor er in Richtung des Salons ging, ohne darauf zu achten, ob ich ihm folgte. Ich musste mich ernsthaft zusammenreißen, nicht loszuschreien.

Einerseits war ich unfassbar erleichtert, dass es Dad gutging.

Andererseits wollte ich meine Mutter umbringen.

Ich sah mich nach ihr um, konnte sie aber nirgends entdecken.

Im Salon setzte Dad sich auf das weiße Ledersofa und blickte mich erwartungsvoll an. Kraftlos ließ ich mich auf den Sessel neben ihm fallen. Ich brauchte einen Moment, um mich zu sammeln.

Wortlos sah ich mich um. Hier hatte sich nichts verändert. Die üppige Einrichtung erschien mir nach den Monaten in Woodshill viel zu dekadent. Kaum zu glauben, dass ich mein Leben lang nichts anderes gekannt hatte als Brokattapete, modern geschnittene, dafür unglaublich unbequeme Möbel und Kronleuchter, wohin man blickte. Lediglich die Farbe der Dekoration ließen meine Eltern passend zum Wechsel der Saison ändern. Im Gegensatz zu Kadens Mom hatten sie sich allerdings nicht für warme Herbstfarben, sondern glänzende Champagnertöne und ein edles Cremeweiß entschieden.

Dad nahm sich die Karaffe mit Wasser, die vor uns auf einem Gebilde stand, das wohl ein Tisch sein sollte, auch wenn es nur entfernt danach aussah. Vielmehr waren es einfach Spiegel, die zu einem Sechseck zusammengefügt waren.

»Möchtest du auch ein Glas?«, fragte er und ich nickte langsam.

Jetzt, wo die Aufregung etwas abflaute, merkte ich, wie trocken meine Kehle war. Ich zog meine Beine an und rückte sie im

Schneidersitz zurecht, dann nahm ich das volle Glas entgegen, das dieselbe Form hatte wie der Tisch, und setzte es an die Lippen. Gierig stürzte ich das kühle Wasser hinunter.

»Wo ist Mom?«, fragte ich und wischte mir mit dem Handrücken über den Mund.

Falls Dad von meinem Haarschnitt oder meinen fehlenden Manieren überrascht oder gar bestürzt darüber war, zeigte er es nicht.

»Du kennst sie doch. Vermutlich Vorbereitungen für morgen Abend treffen«, gab Dad zurück.

Was bedeutete, dass sie beim Friseur war oder sich mit ihren Freundinnen zum Kaffeeklatsch traf. Gut für sie. Wäre sie nämlich in diesem Moment durch die Doppelflügeltür gekommen, hätte ich für nichts mehr garantieren können.

»Du bist also nur hier, weil du dachtest, ich liege im Sterben«, sagte mein Vater und nahm einen Schluck aus seinem Glas, bevor er es zurück auf den Tisch stellte.

»Mom hat am Telefon geweint«, wich ich seiner Frage aus.

Dad hob beide Brauen. »Da hat sie sich aber wirklich ins Zeug gelegt, damit du zur Gala kommst.«

Ich schnaubte und schwieg für einen Moment. Um ehrlich zu sein, wusste ich nicht, was ich dazu sagen sollte. »Deinem Bein geht es aber gut, nicht wahr?«, fragte ich schließlich.

»Es tut gut, zu wissen, dass meine Tochter sich doch Sorgen um mich macht und anreist, wenn sie glaubt, dass mir etwas passiert ist«, sagte er mit einem verkniffenen Lächeln.

»Jetzt tu doch nicht so, Dad. Natürlich mache ich mir Sorgen, und das weißt du auch«, schoss ich zurück.

»Tatsächlich?«, fragte er und lehnte sich zurück.

Ich seufzte. Natürlich musste er jetzt auf meinen Auszug anspielen. »Nur, weil ich meinen eigenen Weg gehen will, bedeutet das nicht, dass ihr mir egal seid.«

Obwohl ich mir manchmal wünschte, dass es doch so wäre. Dann hätte ich mir nämlich einigen Schmerz ersparen können.

Dads Blick blieb unnachgiebig. »Es wäre schön, wenn du dich ab und an melden würdest. Freiwillig«, setzte er hinzu, als er sah, wie ich bereits den Mund öffnete.

»Und was ist mit dir? Hast du verlernt, wie man ein Telefon benutzt?« Ich verstummte und zählte in Gedanken bis fünf, bevor ich in versöhnlichem Ton weitersprach. »Wieso soll ich anrufen, wenn ich dann nur wieder vorgeworfen bekomme, dass ich den falschen Weg für meine Karriere eingeschlagen habe? Mom und du, ihr wart nie mit meinem Umzug einverstanden. Mir das immer wieder anzuhören, macht es nur schwerer.«

»Natürlich hätte ich mir gewünscht, dass du etwas Vernünftiges mit deinem Leben anstellst, Crystal«, sagte er, und ich zuckte zusammen.

Ich hatte mich schon sehr daran gewöhnt, dass mich alle Allie nannten. Jetzt war es ungewohnt, diesen fremden Namen zu hören, der überhaupt nicht mehr zu mir passte. Genau so wenig wie dieses Haus. Noch dazu versetzten seine Worte mir einen Stich. So ging es mir immer, wenn er so von oben herab mit mir sprach. Als wäre seine Sicht der Dinge die einzig richtige und der einzige Weg, wie man im Leben etwas erreichen konnte.

Während ich mir meine Antwort zurechtlegte und mich darum bemühte, Dad nicht anzuschreien, hörte ich, wie sich die Haustür öffnete. Moms High Heels klackerten über den Marmorboden. Dann erschien sie im Türrahmen.

Wie immer war alles an ihr, vom Haaransatz bis zu den Zehen, perfekt. Einzig ihr künstliches Lächeln verrutschte für den Bruchteil einer Sekunde, als sie mich neben Dad auf dem Sessel sitzen sah. Sie sah beinahe ängstlich aus, hatte sich aber sofort wieder gefangen.

»Crystal!«, rief sie gespielt überrascht. »Ich hatte nicht vor morgen mit dir gerechnet.«

Ich verlor den letzten Rest meiner Beherrschung und sprang auf. »Aber du warst dir sicher, dass ich kommen würde.«

Sie seufzte. »Natürlich habe ich es mir gewünscht. Ich lasse mir doch nicht den Abend verderben, bloß weil dein kindlicher Stolz dir verbietet, Thanksgiving mit uns zu verbringen.«

Ich zog die Brauen hoch und sah zu Dad, aber der war gerade dabei, sein Mobiltelefon vom Tisch zu nehmen. Dann erhob er sich mit einem entschuldigenden Nicken und verschwand in Richtung seines Arbeitszimmers. Ich stieß ein freudloses Lachen aus. So war es schon immer gewesen: Mom und ich stritten uns, Dad verschwand. Er ging jedem Streit aus dem Weg, der nicht ihn selbst betraf, und als Geschäftsmann hatte er dafür auch jedes Mal die passende Entschuldigung. Das Desinteresse, mit dem er mich behandelte, war wirklich erstaunlich.

»Ich kann nicht glauben, dass du mich derart angelogen hast«, presste ich zwischen zusammengebissenen Zähnen hervor und wandte mich wieder an meine Mutter. Ich wollte eigentlich nicht, dass sie merkte, wie wütend sie mich machte. Das würde sie nur anstacheln. »Wieso hast du das getan?«

Moms steifes Lächeln wurde noch ein Stück breiter. »Ich will nichts weiter als Thanksgiving mit meiner Tochter zu verbringen. Ist das wirklich so viel verlangt?«

Ungläubig starrte ich sie an. »Du glaubst doch nicht wirklich, dass ich jetzt noch zu deiner beschissenen Gala komme, oder?«

Mom keuchte. »Sprich nicht mit mir, als wärst du in der Gosse groß geworden, Crystal. Das ist doch unter deiner Würde. So habe ich dich nicht erzogen.«

Ich schnaubte verächtlich. »Unter meiner Würde …«, murmelte ich. »Du bist wirklich von allen guten Geistern verlassen, wenn du glaubst, dass dein Plan aufgegangen ist, Mom.« Ich machte einen drohenden Schritt auf sie zu und sah mit Genugtuung, wie sie ein kleines Stück zurückwich. »Ich bin nur hier, weil du mich mit einem üblen Trick hergelockt hast. Nicht, weil ich mit dir an Thanksgiving die glückliche Familie spielen und wie eine Puppe vor deinen Freundinnen herumtanzen möchte. Das einzige, wofür ich dieses Thanksgiving dankbar bin, ist, dass ich nicht mehr hier wohnen muss«, zischte ich.

Mit diesen Worten ließ ich sie stehen und rannte ins Foyer, um meine Tasche zu nehmen und zu verschwinden.

Der Ruck, mit dem ich die Tür hinter mir zuzog, ließ hoffentlich die Wände wackeln.

kapitel 21

Das *Bellverton* war das teuerste Hotel, das ich kannte, und ich buchte das luxuriöseste Zimmer, das ich bekommen konnte. Mom würde wahrscheinlich überhaupt nicht merken, dass das Geld vom Sparkonto fehlte, aber die Kreditkarte durch das Lesegerät zu ziehen, verschaffte mir zumindest ein kleines bisschen Genugtuung. Ein freundlicher Portier brachte mich nach oben, und ich bedankte mich mit einem Nicken, während ich ihm einen viel zu großen Schein zusteckte. Moms Geld zum Fenster rauszuschmeißen, war die einzige Möglichkeit, mich für das, was sie mir heute angetan hatte, zu rächen. Und das wollte ich voll und ganz auskosten.

Ich schleppte mich zum Bett und ließ mich darauf sinken. Gedankenverloren strich ich über die weiche Daunendecke und nahm den Duft von frisch gewaschener Wäsche wahr. Auf den Kopfkissen lagen kleine Süßigkeiten. Wie bei Rachel. Meine Finger schlossen sich fester um mein Handy. Ich wusste, dass ich Kaden anrufen musste. Das war ich ihm schuldig. Allerdings kam ich mir so unfassbar dumm vor. Ich war mit den Tricks meiner Mutter doch eigentlich vertraut. Ich hätte zumindest in Betracht ziehen müssen, dass sie eine Show ablieferte. Schließlich hatte ich gewusst, wie sehr sie sich meine Anwesenheit bei der Gala wünschte. Dass Kaden dieses ganze Drama nun hautnah miterleben musste, fand ich schrecklich. Ich schämte mich.

Dafür, dass er mich in einem Zustand gesehen hatte, in dem ich mich selbst nicht ertragen hätte, dafür, dass ich ihm und seiner Mom den Tag versaut hatte, für nichts und wieder nichts.

Ich atmete tief durch, bevor ich endlich seine Nummer wählte. Meine Kehle war wie zugeschnürt, mein Mund staubtrocken.

Nach dem ersten Klingeln hob er ab.

»Allie.« Er sagte meinen Namen, als wäre er eine Erlösung.

Ich kniff die Augen zu, weil ich mir noch lächerlicher vorkam. »Hey.«

»Wie geht es dir?«, fragte er und räusperte sich. Ich hörte, wie etwas über den Boden scharrte. Es klang, als hätte er einen Stuhl zurückgeschoben. »Wie geht es deinem Vater?«

»Es ist alles in Ordnung«, sagte ich und verschluckte die Worte beinahe. »Mom hat gelogen.«

Am anderen Ende der Leitung wurde es still. Dann sagte Kaden: »Sie hat was?«

»Er hatte bloß einen harmlosen Unfall beim Squashspielen«, fuhr ich fort. Meine Stimme klang völlig emotionslos. Ich rieb mir über die Augen. Wieso mussten sie ausgerechnet jetzt brennen? »Seine Bänder sind gezerrt, aber ansonsten geht es ihm blendend. Er war überrascht, mich zu sehen.«

»Diese hinterhältige Schlange«, stieß Kaden hervor, und ich konnte es förmlich vor mir sehen, wie sich sein Kiefer anspannte und er die Brauen dicht zusammenzog. »Dieses verdammte, hinterlistige Miststück!«

Ich lächelte, obwohl mir nicht wirklich danach war. So war Kaden – wenn er meine Mutter beleidigen wollte, dann tat er das. Ich hätte mir gerade keinen besseren Gesprächspartner vorstellen können.

»Es ist schon okay«, beschwichtigte ich ihn trotzdem.

»Nein«, knurrte er. »Nichts ist okay, daran ist wirklich überhaupt nichts *okay*.«

Er wurde lauter, und ich hörte Rachel im Hintergrund. Sie fragte etwas, woraufhin er antwortete: »Nein, ihre Mutter hat sie bloß angelogen, damit sie zu irgendeiner beschissenen Feier kommt. Ist doch in Ordnung, dass ich meiner Mom davon erzähle, oder?«

Ich zuckte mit den Schultern, obwohl ich wusste, dass er es nicht sehen konnte. Rachel hatte sich so rührend um mich gekümmert und mich bei sich aufgenommen – natürlich verdiente sie eine Erklärung, auch wenn Kaden, wenn es nach mir ging, nicht allzu sehr ins Detail hätte gehen müssen.

Rachel sagte noch etwas, das ich nicht verstand, dann wurde es im Hintergrund still. Kaden musste in einen anderen Raum gegangen sein. »Und wie geht es dir?«, fragte er.

Wenn ich ehrlich war, wusste ich nicht genau, wie es mir ging. Auf der einen Seite war ich froh, dass es Dad gut ging, auf der anderen wollte ich am liebsten weinen. Ich hatte den halben Tag damit verbracht, mich zu Tode um ihn zu sorgen. Außerdem brannte die Wut auf meine Mutter heiß und lodernd in mir. Nie zuvor in meinem Leben hatte ich den Wunsch verspürt, ihr wehzutun – aber heute war ich kurz davor gewesen, ihr eine saftige Ohrfeige zu verpassen.

»Ich weiß es nicht«, flüsterte ich und legte mich auf den Rücken. Ich drückte zwei Finger auf meine Nasenwurzel, um mich vom Weinen abzuhalten. Vor Kaden hatte ich schon zu oft geweint, und ich wollte ihm keine Last mehr sein. Nicht, nachdem er auf diese Weise für mich da gewesen war.

»Kann ich irgendetwas tun?«, fragte er leise.

»Ich wünschte, ich wäre nicht auf ihren Trick hereingefallen und bei euch geblieben.« Ich schluckte die Tränen herunter. »Dann würde ich dich nämlich haushoch bei Mario Kart schlagen.«

Er schnaubte. »Das denkst du.«

Ich lächelte in den Hörer, wurde aber gleich darauf wieder ernst. »Ich hoffe, ich habe euch den Tag nicht versaut.«

Jetzt stöhnte Kaden. »Das kannst auch nur du denken.«

»Was meinst du?«

»Du bekommst einen schrecklichen Anruf von deiner Mutter, brichst halb zusammen, steigst in den nächsten Flieger, weil du denkst, dass deinem Vater sonst was passiert ist, stellst fest, dass es ihm gutgeht und deine Mutter dich verarscht hat – und entschuldigst dich bei mir dafür, dass du uns möglicherweise den Tag vermiest hast. Du hast nicht mehr alle Tassen im Schrank, Bubbles.«

»Danke«, brummte ich. Doch mir wurde leichter ums Herz. Kaden war auf meiner Seite. Ohne die genauen Details über meine Vergangenheit oder meine Familie zu kennen, stand er mir bei. Einfach so.

»Wo bist du jetzt?«

»Ich habe mir ein Zimmer im teuersten Hotel gebucht, das ich finden konnte«, sagte ich stolz und strich mit der freien Hand wieder über die feine weiche Bettwäsche. »Um Mom eins auszuwischen. Das war irgendwie das einzige, was mir eingefallen ist.«

»Gut gemacht.«

»Ich bin ein Genie.«

»Das bist du.«

Wieder musste ich lächeln. »Du hast mir zugestimmt.«

»Heute ist eine Ausnahme.« Ich meinte, zu hören, dass Kaden ebenfalls grinste.

Eine Weile blieben wir beide still. Ich lauschte seinen ruhigen, kraftvollen Atemzügen.

»Ich wünschte, du wärst hier«, murmelte ich, bevor ich die Worte zurückhalten konnte.

Das Geräusch seines Atems stoppte jäh und ich kniff die

Augen zusammen. Ich hatte in den letzten Tagen so oft gegen Kadens Regeln verstoßen, dass ich es nicht einmal mehr an beiden Händen abzählen konnte.

»Ich muss los.« Er klang plötzlich abwesend, und ich konnte es ihm nicht verübeln. Ohne es zu beabsichtigen, hatte ich eine Grenze überschritten, und er zog sich zurück.

»Grüß deine Mom von mir«, sagte ich mit falscher Fröhlichkeit, bevor ich auflegte und mein Handy ausschaltete, um nicht wieder auf blöde Ideen zu kommen.

Und für die nächsten Stunden erlaubte ich mir, im Selbstmitleid zu versinken und ausgiebig zu weinen.

Nachdem ich mich ausgeweint und mich einigermaßen beruhigt hatte, ging es mir deutlich besser. Tränen reinigten die Seele – sagte man das nicht so? Bei mir traf es jedenfalls zu.

Als ich mich wieder aufgerafft hatte, sah ich mich zum ersten Mal richtig in dem riesigen Hotelzimmer um.

Die Einrichtung war modern, aber schlicht, die Farben recht geschlechtsneutral: Braun- und Taupetöne wechselten sich mit weißen Akzenten ab. Die Linien der Möbel waren kantig und klar, einzig die violetten Blumen auf dem Tisch nahe dem Fenster und das abstrakte Kunstwerk im schmalen Flur nahmen dem Raum seine Schmucklosigkeit. Aber auch wenn die persönliche Note fehlte, fühlte ich mich wohl. Mein Highlight war das geräumige Badezimmer inklusive eckigem Jacuzzi, das ich schließlich genauer in Augenschein nahm. Wenn ich schon hier in Denver festsaß, dann wollte ich meinen Aufenthalt wenigstens genießen.

Ich drehte den Hahn auf und prüfte die Temperatur des Wassers, bevor ich zurück ins Schlafzimmer lief und mir meine Sachen zurechtlegte. Ich zog mir Kadens Pullover über den Kopf und verstaute ihn in meiner Reisetasche. Ich musste mich davon abhalten, vorher noch einmal daran zu schnüffeln, so sehr vermisste ich seinen Geruch schon jetzt.

Ich brauchte dringend ein Bad. Während der Reise hatte ich vor Aufregung wahnsinnig geschwitzt. Ich zog den Rest meiner Kleidung aus und legte sie zusammengefaltet auf den Stuhl nahe des Betts. Zurück im Bad stellte ich glücklich fest, dass der Badeschaum zu riesigen Bergen mutiert war. Zu meinem Bedauern gab es keine Duftkerzen, aber dafür konnte man das Licht der Lampen mit einem Drehschalter dimmen, bis es wie Kerzenschein wirkte.

Ich ließ mich ins Wasser gleiten. Die Wärme tat unheimlich gut, und ich tauchte komplett unter und rieb mit den Händen über mein Gesicht, um die salzigen Überreste meiner Tränen wegzuspülen. Krampfhaft versuchte ich, meine Gedanken auszuschalten, aber es wollte mir nicht gelingen.

Ich war noch nicht mal einundzwanzig Jahre alt, aber ich wusste, dass es an der Zeit war, mich von meinen Eltern zu lösen. Ihnen war es schon immer wichtiger als alles andere gewesen, nach außen hin den Schein zu wahren, selbst wenn das Wohl ihrer einzigen Tochter dabei auf der Strecke blieb. Das traf auch auf den morgigen Feiertag zu. Ich musste einen Weg finden, mit solchen Situationen umzugehen, ohne dass es mich großartig aus dem Konzept brachte. Ich hatte über Jahre versucht, mich mit meinen Eltern zu arrangieren – aber jetzt sah ich darin keinen Sinn mehr. Nicht jedem war es bestimmt, eine gesunde, heile Familie zu haben, der er sich zugehörig fühlte. Ich hatte es lange Zeit nicht wahrhaben wollen, aber allmählich musste ich akzeptieren, dass ich mich bei meinen Eltern nicht zuhause fühlte. Ich konnte nichts mit ihren Wertevorstellungen anfangen, und wie es aussah, ging es ihnen andersherum genauso.

Dad interessierte sich nicht für das, was ich tat, weil es seinen Ansprüchen nicht gerecht wurde. Und Mom … Mom war eine Klasse für sich. Ich sah für sie und mich einfach keine Zukunft mehr. Nicht nach dem, was sie mir angetan hatte. Heute, aber vor allem damals.

Ich badete, bis das Wasser beinahe ganz abgekühlt war. Als ich aus dem Jacuzzi stieg, fühlte sich mein Körper ziemlich schwer an. Das heiße Wasser hatte meine Anspannung gelöst und mir dabei geholfen, ein wenig runterzukommen. Ich wickelte mich in den flauschigen weißen Bademantel des Hotels und drückte mit einem Handtuch die Flüssigkeit aus meinem Haar. Gerade, als ich zurück ins Schlafzimmer gehen wollte, hörte ich es an der Tür klopfen.

Verwirrt sah ich zu der Karte für den Zimmerservice. Ich hatte zwar vorgehabt, etwas zu bestellen, aber den Anruf noch nicht getätigt.

Wieder klopfte es, diesmal etwas lauter.

Leider hatte die Tür keinen Spion, aber ich wusste ohnehin, wer dort stand. Ich presste die Lippen aufeinander und drückte die Schultern durch. Mich würden keine zehn Pferde zurück in mein Elternhaus bekommen, ich würde diese verdammte Gala auf keinen Fall besuchen! Mom konnte tun und lassen, was sie wollte. Sollte sie mein Handy orten lassen, die Kreditkarte sperren – morgen Abend würde ich wieder in meinem richtigen Zuhause in Woodshill sein.

Wütend stapfte ich zur Tür und riss sie auf. »Ich …«

Ich verstummte mitten im Satz. Mein Mund klappte auf.

Vor der Tür meines Hotelzimmers stand Kaden. Einen Arm hatte er gegen den Türrahmen gelehnt, die andere Hand in seiner Hosentasche vergraben. Er trug noch immer dasselbe Outfit wie heute Morgen, was mir merkwürdig vorkam. Seitdem schienen Wochen vergangen zu sein. Über seiner Schulter hing seine Reisetasche, die wir gemeinsam gepackt hatten.

Ein träges Lächeln breitete sich auf seinem Gesicht aus, als er meinen fassungslosen Ausdruck sah.

In meinem Kopf reagierten alle Nervenenden gleichzeitig, und das führte wohl zu einem Kurzschluss. Denn bevor ich wusste, was ich tat, sprang ich nach vorne. Ich schlang meine Arme um Kadens Hals und vergrub mein Gesicht in seiner Halsbeuge. Sofort erwiderte er meine Umarmung und schloss seine Arme fest um mich. Ich drängte mich an ihn, so dicht wie möglich, bis sich unsere Körper der Länge nach aneinanderpressten. Was zuvor an diesem Tag geschehen war, war plötzlich nicht mehr wichtig. Nur noch Kaden zählte.

»Geht es dir gut?«, fragte er und löste die Umarmung ein bisschen.

Seine Bewegung war behutsam und sanft, und ich konnte mir nicht erklären, was gerade mit meinem Körper geschah. Denn plötzlich stieg ein brennendes Verlangen in mir auf, und meine Gefühle schienen alle auf einmal ungefiltert hervorzubrechen. Ich erschauderte.

Kaden betrachtete mich mit eindringlichem Blick. Er wirkte besorgt. »Kann ich irgendetwas für dich tun?«

Ich nickte langsam und ließ meinen Blick über sein Gesicht wandern, bis ich an seinen Lippen hängen blieb.

»Was brauchst du, Allie?«

Ich zögerte nur für den Bruchteil einer Sekunde, bevor ich meine Hände hob und an seine Wangen legte.

»Dich.«

Das war das einzige, was ich sagte, bevor ich seinen Kopf zu mir runterzog und meine Lippen hart auf seine presste.

kapitel 22

Kaden gab ein gedämpftes Geräusch von sich, das ich als überraschte Zustimmung deutete. Ich fuhr mit der einen Hand über seinen Hinterkopf, die andere legte ich in seinen Nacken. Dann strich ich mit meiner Zunge sanft über seine.

Als er stöhnte, fühlte ich es in meinem ganzen Körper.

Mein Gott, ich wollte Kaden. So sehr, wie ich noch nie etwas in meinem Leben gewollt hatte.

Gemeinsam stolperten wir ins Hotelzimmer. Kaden schlug die Tür geräuschvoll hinter uns zu. Für einen Moment löste er seine Lippen von meinen, um mich ansehen zu können. Seine Augen waren dunkler denn je, und ich konnte in ihnen nichts als Leidenschaft und pures Verlangen erkennen. Mein Herz klopfte so heftig, dass mein gesamter Körper davon erschüttert wurde. In der nächsten Sekunde hielt Kaden meinen Kopf in seinen Händen und küsste mich, bis mir schwindelig wurde. Die Kappe rutschte von seinem Kopf, doch er scherte sich nicht darum.

Ich wollte Kaden spüren, seine Haut erkunden und jedes einzelne seiner Tattoos küssen. Aber dafür hatte er eindeutig zu viel an. Viel zu viel. Ich fuhr mit den Händen über seinen Rücken und knüllte den Saum seines Shirts zwischen meinen Fingern. Innerhalb weniger Sekunden hatte ich es ihm über den Kopf gezogen und achtlos beiseite geworfen. Ich verteilte ein paar sanfte Küsse auf seinem Brustkorb, die ihn leise aufseufzen ließen, dann lehnte ich mich etwas zurück und nahm seinen Körper genauer in Augenschein.

Er war so gut gebaut, wie ich es in Erinnerung hatte. Und dieses Mal konnte ich hinschauen, so lange ich wollte, ohne mich dafür zu schämen. Und ich konnte ihn berühren. Seine Muskeln spannten sich an, als ich über seinen Oberkörper tastete, erst zögerlich, dann entschlossener. Auf seinem Bauch verharrte ich einen Moment länger, während ich überlegte, ob ich meine Hände noch tiefer wandern lassen sollte. Wieso eigentlich nicht?

»Oh Gott, Allie«, stieß Kaden plötzlich hervor und krallte seine Hand in mein Haar. Er zog meinen Kopf nach hinten und fing wieder an, mich zu küssen. Seine Zunge tanzte sanft und zugleich stürmisch mit meiner und sandte ein so heftiges Prickeln durch meinen Körper, dass meine Knie unter mir nachzugeben drohten. Kaden schien es ähnlich zu gehen, denn er legte seine Hände um meine Taille und dirigierte mich mit taumelnden Schritten in Richtung Bett. Unser Kuss endete erst, als er sich rückwärts darauf fallen ließ und mich mit nach unten riss. Nun saß ich rittlings auf ihm, und es machte mir nicht einmal etwas aus, dass ich unter dem Bademantel nackt war.

Kaden blickte zwischen halb geschlossenen Lidern zu mir hoch, bevor seine Hände ihren Weg durch den weichen Stoff fanden und sich auf meine nackte Haut legten. Er streichelte über meine Oberschenkel, vor und zurück, und ein wohliger Schauer lief durch meinen ganzen Körper. Ich stützte mich mit einem Arm neben seinem Kopf ab und beugte mich über ihn. Ich küsste seine stoppeligen Wangen, verfolgte eine Spur entlang seines Kiefers, bis hin zu seinem Hals, wo ich mich aufhielt, bis Kaden einen tief aus der Brust kommenden Laut ausstieß.

»Du bringst mich um«, keuchte er und fuhr mit seinen Händen weiter meinen Körper hinauf, vorbei am Knoten des Bademantels, bis unter meiner Brust. Dort hielt er inne und strich direkt darunter mit seinen Fingern entlang.

Ich biss sanft in seinen Hals und begann, meine Hüften zu bewegen. Ich konnte seine Erregung spüren. Der Stoff seiner Jeans fühlte sich rau an meiner Haut an, und ich wünschte ihn mir augenblicklich fort. Ich fuhr mit der Hand nach unten, doch noch bevor ich seinen Gürtel zu fassen bekam, wurde ich herumgewirbelt und mit dem Rücken auf die Matratze gedrückt.

Kadens Gesicht war ganz nah über meinem, ich konnte seinen Atem auf meinen Lippen spüren. Er roch nach Minze und nach Kaden und machte mich süchtig nach mehr.

»Allie ... Deshalb bin ich nicht hergekommen.«

Sofort brachte ich ihn mit meinem Mund zum Schweigen. Ich küsste ihn, bis ich keine Luft mehr bekam, krallte meine Finger in seine Schultern und zog ihn, so dicht es ging, zu mir herunter.

Ich wollte ihn nicht einfach nur – ich brauchte ihn, und zwar mit jeder Faser meines Körpers.

Wieder löste Kaden sich von mir und sagte atemlos: »Ich werde nicht mit dir schlafen. Nicht so.«

Jetzt konnte ich nicht anders, als frustriert aufzustöhnen.

Kaden grinste schief. »Es ist schön zu wissen, dass du mich willst, aber ich glaube nicht, dass jetzt ... der richtige Zeitpunkt ist. Du bist nicht zurechnungsfähig.«

Obwohl mein Körper ihn dafür hasste, wusste ich, dass Kaden recht hatte. Ich lockerte meinen Griff um seine Schultern und strich sanft seinen Rücken hinab.

Kaden schloss die Augen, sein Atem stockte. »Wenn du so weitermachst, werde ich es mir vielleicht noch einmal überlegen«, murmelte er und vergrub sein Gesicht an meinem Schlüsselbein. Seine Bartstoppeln kratzten über meine nackte Haut, ein Gefühl, das mich vollkommen verrückt machte. Er küsste mich dort, und dann spürte ich seine Zähne. Ich seufzte leise. Er wusste wirklich, was er da tat.

Ich hörte auf, seinen Rücken zu streicheln, und Kaden hob seinen Kopf, um mich anzusehen. Sein Blick war verschleiert, aber aufmerksam, als er über mein Gesicht huschte. Ich lag zwischen seinen Armen und fühlte mich von ihm umfangen. Egal, was um uns herum geschah, ich wusste, dass ich hier sicher war. Zum ersten Mal, seit meine Mutter mich angerufen hatte, war mir wieder warm. So, so warm. Ich drehte meinen Kopf leicht und betrachtete mein Lieblingstattoo. Vorsichtig strich ich über die Liedzeilen, fuhr jedes einzelne Wort nach, bis sich seine Muskeln unter meinen Fingern anspannten.

»Ich liebe deine Tätowierungen«, murmelte ich und wandte mich den Kreisen auf seinem anderen Arm zu. »Nicht, weil ich einen Fetisch für Typen mit Tattoos habe, sondern weil ihre Bedeutungen so kraftvoll sind.« Als ich den Morsecode sah, musste ich lächeln. Jetzt, wo ich Rachel kennengelernt hatte, verstand ich so viel besser, was es mit diesem Tattoo auf sich hatte.

»Es gefällt mir, wie du ständig draufstarrst und jedes Mal rot wirst, wenn ich dich dabei erwische.«

Seine Mundwinkel zuckten. Vorsichtig hob ich die Finger an seine Lippen und fuhr die Linien seines Mundes nach. Sein Blick verdunkelte sich, doch dann rollte Kaden sich plötzlich von mir herunter und legte sich neben mich. Er stützte den Kopf auf die Hand ab und sah mich nachdenklich an. Immer wieder zuckte sein Blick zur Schleife des Bademantels.

»Kannst du dir vielleicht was anziehen? Es fällt mir echt schwer, mich zu konzentrieren.«

Ich rollte mich auch auf die Seite, sodass wir einander direkt gegenüberlagen. »Bist du dir sicher, dass du mir einen Korb geben willst?«

Seine Kiefermuskeln spannten sich an. »Allie.«

»Kaden.«

Einen Moment lang sagte er gar nichts, und ich konnte sehen, wie es in ihm arbeitete. Dann stieß er einen Laut aus, der halb Lachen, halb Stöhnen war. »Ich habe dir keinen Korb gegeben, Bubbles. Ich habe lediglich gesagt, dass ich nicht mit dir schlafen werde.«

In der nächsten Sekunde hatte er sich wieder auf mich gerollt. Mit einer Hand öffnete er den Bademantel, und ich hielt den Atem an, als er mich mit flammendem Blick in Augenschein nahm.

»Das schließt andere Dinge nicht aus.«

Kaden küsste meinen Mund, meinen Hals und glitt dann mit seinen Lippen weiter hinab. Bei meinen Brüsten hielt er inne und schob den Stoff noch etwas weiter auseinander, bis sie entblößt vor ihm lagen. Er sah mich an, in seinen Augen eine eindeutige Frage, doch ich konnte nur auf meine Lippe beißen. Kaden genügte das als Antwort, und er senkte seinen Kopf, um sanfte Küsse auf meinem Oberkörper zu verteilten. Wie von selbst drückte ich den Rücken durch und konnte schwören, sein Grinsen auf meiner Haut zu spüren, bevor er meine Brustwarze mit seinen Lippen umschloss. Ich stöhnte leise. Seine eine Hand fuhr an meinem Körper hinab, bis er bei meiner Hüfte angelangt war und sie fest in die Matratze drückte. Seine Berührung war die perfekte Mischung aus kraftvoller Dominanz und unerträglicher Sanftheit. Meine Brüste begannen, sich schwer und voll anzufühlen, und ich sehnte mich nach Erlösung. Ich sehnte mich nach *ihm*, obwohl ich wusste, dass es der denkbar schlechteste Zeitpunkt war, unsere Regeln über Bord zu werfen. Aber ich würde den schönen Moment nicht kaputtmachen, indem ich in Gedanken zerkaute, was das hier zu bedeuten hatte. Dafür fühlte es sich viel zu gut an.

»Wenn du so weitermachst, werde ich mich auf dich stürzen, ganz gleich, ob du es willst oder nicht«, keuchte ich.

Kaden liebkoste meine Brust mit seiner Zunge, bevor er durch dichte, schwarze Wimpern zu mir aufblickte. »Von wollen oder nicht wollen kann keine Rede sein.«

»Soll heißen?«, fragte ich atemlos.

Ich spürte es auf meiner Haut, als seine Lippen sich verzogen. In meinem Bauch kribbelte es heftig. »Soll heißen, dass meine Selbstbeherrschung Grenzen hat.«

Ich wusste nicht, was er mir genau damit sagen wollte, hoffte aber inständig, dass es bedeutete, er würde das zu Ende bringen, was er begonnen hatte. Als hätte er meine Gedanken gelesen, wanderte seine Hand über meinen Hüftknochen und nach innen. Doch anstatt mich dort zu berühren, wo ich es mir am meisten wünschte, fuhr er mit seinen Fingern über meinen Oberschenkel hinab bis zu meinem Knie, wo er kurz verharrte. Schließlich legte er sie zurück an die Innenseite meines Schenkels und schob ihn mit leichtem Druck nach außen. Sein Atem streifte meine Brüste. Mein eigener Atem ging abgehackt, und als Kaden die empfindliche Haut meiner Leiste streichelte, stöhnte ich so laut, dass es von den Wänden widerhallte.

»Willst du, dass ich dich anbettele?«, fragte ich mit zitternder Stimme und nahm sein Gesicht zwischen meine Hände, damit er mich ansah.

In seinen Augen erkannte ich nichts als Begierde. Es war offensichtlich, dass er sich zusammenreißen musste, um sich nicht gleich all das zu nehmen, was er eigentlich wollte.

»Das wäre mal eine nette Alternative, findest du nicht?«, raunte er, und ich spürte erneut seine Bartstoppeln, diesmal direkt an meinen Brüsten.

»Weniger reden, mehr …« Ich vergaß, was ich sagen wollte, als er seine Hand endlich an die richtige Stelle führte. Mir stockte der Atem, und ich umklammerte seinen Arm.

»Mehr was?«, knurrte er.

»Mehr … davon«, keuchte ich, als er seinen Daumen über meine empfindlichste Stelle kreisen ließ.

Ich war kurz davor, zu explodieren. Kaden nahm erneut meine Brustwarze in den Mund und saugte daran. Ich drängte mich ihm entgegen, und als er zustimmend stöhnte, spürte ich das in meinem ganzen Körper. Sein Daumen bewegte sich schneller, und ich warf den Kopf in den Nacken. Ich begann, Sterne zu sehen. In der Sekunde, als mich die Empfindungen vollends überrollten, küsste Kaden mich stürmisch – und fing so den heiseren Schrei auf, der sich den Weg aus meiner Kehle bahnte.

Völlig atemlos sank ich in das Kissen zurück. Mein Körper war schlaff, meine Glieder unfassbar schwer. Kaden zog seine Hand zurück und richtete den Bademantel. Ich sah ihm träge blinzelnd dabei zu, wie er den Gürtel zu einer Schleife band. Danach ließ er sich neben mich fallen.

»Regel nur so halb gebrochen«, wisperte ich und drehte den Kopf zu ihm. »Ein guter Kompromiss, oder?« Plötzlich überkam mich eine gewaltige Müdigkeit, und ich hatte Mühe, meine Augen offenzuhalten. Es war, als ob das ganze Adrenalin auf einmal aus meinen Körper verschwunden wäre.

»Die zweitbeste Übereinkunft, die ich jemals getroffen habe«, stimmte er mir leise zu.

Ich kam nicht mehr dazu, ihn danach zu fragen, was er damit meinte. Mein Atem ging bereits wieder regelmäßig. Ich fühlte bloß noch seine Hand auf meinem Haar, dann schlief ich ein.

Ein Klopfen weckte mich. Ich setzte mich im Bett auf und rieb mir die Augen. Ein Blick aus dem Fenster verriet mir, dass es inzwischen dämmerte.

Die Tür des Hotelzimmers stand offen, und ich beobachtete, wie Kaden einen mit Essen beladenen Teewagen annahm und dem Service-Mitarbeiter etwas in die Hand drückte. Er hatte sein Shirt wieder übergezogen, allerdings war sein Haar derart zerzaust, dass er noch nicht lange auf den Beinen sein konnte.

Kaden zog den Wagen ins Zimmer und schloss die Tür. Der Geruch von gebratenem Fleisch stieg mir in die Nase, und ich streckte mich seufzend. Meine Glieder waren noch immer schwer, und ich schien jede Bewegung nur in Zeitlupe ausführen zu können – aber es ging mir blendend. Das musste an Kadens Anwesenheit liegen. Ich fühlte mich nicht mehr so unvollkommen, und auch die Wut über die Lüge meiner Mutter war wie verflogen. An ihre Stelle war ein aufregendes Kribbeln getreten, das meinen ganzen Körper erfüllte.

Kaden nahm die Hauben von den verschiedenen Tellern und Platten und schnupperte an den Gerichten. Sofort begann mein Magen, laut zu knurren. Mit einem belustigten Funkeln in den Augen drehte sich Kaden um. Als sich unsere Blicke trafen, musste ich an all das denken, was sein Mund und seine Finger vor nur wenigen Stunden mit mir angestellt hatten. Mir wurde heiß, und ein Pochen machte sich zwischen meinen Beinen breit. Ich sah hastig weg. Die Gefahr, dass ich die Kontrolle verlieren und Kaden einfach anspringen könnte, war mir zu groß.

»Nicht.« Er kam um das Bett herum und kniete sich auf die Matratze, die durch sein Gewicht nach unten gedrückt wurde. Dann legte er zwei Finger unter mein Kinn und hob es an. »Lass das.«

»Was?«, fragte ich heiser.

»Du weißt genau, *was.*« Er beugte sich vor und lehnte seine Stirn gegen meine. »Zieh dich nicht vor mir zurück.«

Ich schloss die Augen. Kaden bewegte sich nicht vom Fleck, und nach einem Moment schluckte ich schwer und nickte langsam. Ich stoppte den Versuch, meine inneren Mauern wieder hochzuziehen, und genoss den Moment der Nähe. Vorsichtig beugte ich mich vor und streifte seine Lippen mit meinen. Kaden seufzte und strich mit seinem Daumen über meine Wange.

»Könntest du dir jetzt vielleicht etwas anziehen? Alles, woran ich denken kann, ist dein nackter Körper unter diesem Stück Stoff«, raunte er und zupfte leicht an der Schleife meines Bademantels.

Ich nickte lächelnd und rutschte an ihm vorbei aus dem Bett. Kadens Blick brannte auf meinem Rücken, und es kostete mich all meine Willenskraft, um mich nicht doch wieder zu ihm umzudrehen. Stattdessen klaubte ich eine Leggings, einen grünen Oversized-Sweater und Unterwäsche aus meiner Reisetasche und verschwand im Bad. Dort streifte ich den Bademantel von meinen Schultern. Meine Haut war empfindlich, und ich meinte, noch immer Kadens Lippen auf meinen Brüsten zu fühlen. Ich vergrub mein Gesicht in den Händen.

Es war nicht so, dass ich es bereute. Ganz im Gegenteil. Mir machte nur die Tatsache Angst, dass ich mir vorhin noch so viel mehr von ihm gewünscht hatte. Hätte er nicht eine Grenze gezogen, wäre ich aufs Ganze gegangen. So sehr wollte ich ihn.

Das war überhaupt nicht gut.

Kaden besaß die beunruhigende Fähigkeit, all meine Mauern durchbrechen zu können, egal wie fest oder hoch sie waren. Wie eine verfluchte Abrissbirne. Und dass mir jetzt Miley Cyrus' *Wrecking Ball* durch den Kopf jagte, half auch nicht wirklich weiter.

Ich streifte mir meine Klamotten über, wobei ich so neben

mir war, dass ich den Pullover erst mal falsch herum anzog. Mit einem Augenrollen drehte ich ihn um, dann fuhr ich mir noch ein paar Mal durch die zerzausten Haare, bevor ich mich bereit dazu fühlte, das Badezimmer zu verlassen.

Kaden hatte die Teller vom Servierwagen auf dem runden Tisch am Fenster gestellt und schenkte uns gerade Wein ein. Als er mich bemerkte, hob er die Flasche demonstrativ hoch. »Ich dachte, wir hauen mal so richtig auf die Kacke, wenn das Ganze schon auf die Rechnung deiner Mom geht.«

Ich lächelte. »Das klingt fabelhaft.«

»Freut mich, dass dir mein Plan gefällt. Komm.« Er nickte zu dem freien Stuhl am Tisch, und ich durchquerte den Raum in wenigen Schritten, um mich gegenüber von ihm zu setzen.

Amüsiert betrachtete ich das viele Essen. Es gab gebratenes Fleisch, Reis, eine Auswahl an gedünstetem Gemüse und sogar Käsekuchen mit Heidelbeer-Topping.

»Dein Magen hat im Schlaf geknurrt, also war ich so frei und habe den Zimmerservice gerufen«, erklärte Kaden und hob sein Weinglas.

Zögerlich tat ich es ihm nach. Ich konnte seinen Gesichtsausdruck nicht deuten. Obwohl er mich breit angrinste, lag darin auch etwas Schwermütiges, Nachdenkliches.

»Wieso bist du hier, Kaden?« Ich machte meinem Spitznamen alle Ehre. Die Frage war wieder mal völlig unwillkürlich aus mir herausgeplatzt. Dabei wollte ich diesen Moment auf keinen Fall zerstören.

Kaden verzog keine Miene, sondern sah mich nur weiterhin mit diesem merkwürdigen Blick an. »Du hast mich gebraucht. Also bin ich hergekommen. So was machen Freunde füreinander, oder nicht?«

Natürlich. Ich senkte die Augen und starrte auf das Essen. Ich kam nicht drum herum, über das nachzudenken, was wir in der kurzen Zeit, in der wir uns kannten, schon alles miteinander geteilt hatten. Ich wusste, dass wir mehr als nur Freunde waren, und ich war mir eigentlich ziemlich sicher, dass Kaden das auch so sah, aber …

»Allie«, unterbrach er meine Gedanken. Er beugte sich über den Tisch. »Wir haben so viel anderen Kram, mit dem wir klarkommen müssen. Das hat erst einmal Priorität, oder?«

Er hatte recht. Natürlich hatte er recht. Also nickte ich und zwang ein Lächeln auf meine Lippen. Kaden erwiderte es breit und hob erneut sein Glas. »Ich würde sagen, wir stoßen auf … Freiheit an.«

Ich stieß mit meinem Glas gegen seins. »Für Freiheit bin ich immer zu haben.«

Wir tranken und machten uns dann über die Teller mit Essen her. Ich futterte, bis ich keinen Bissen mehr herunterbekam und an nichts anderes mehr denken konnte als daran, wie voll mein Bauch war. Im Gegensatz zu Kaden, der wie immer sehr strategisch vorgegangen war, hatte ich alles durcheinandergegessen – selbst den Käsekuchen. Als wir auch den Wein bis zum letzten Tropfen ausgetrunken hatten, ließen wir den Zimmerservice kommen, um das Geschirr und den kleinen Wagen wieder abholen zu lassen.

»Ich glaube, ich werde nie wieder etwas essen können«, murmelte ich und hielt mir den runden Bauch. Wenn Kaden jetzt mit mir hätte schlafen wollen – ich wäre nicht dazu in der Lage gewesen. So rein körperlich gesehen.

Er umrundete den Tisch und trat zu dem bodentiefen Fenster, das auf einen Balkon hinausführte. Er öffnete die Tür und verschwand nach draußen, nur um eine Sekunde später wieder reinzukommen und sich eine der übergroßen Decken vom Bett zu schnappen. Er warf einen Blick über die Schulter und bedeutete mir mit dem Kinn, ihm zu folgen.

Ich trat zu ihm nach draußen. Inzwischen war es später Abend und ziemlich kalt. Ich schlang die Arme um meinen Körper und sah mich um. Der Ausblick war nicht toll – nur Häuser, Straßen und in der Ferne ein Industriegebiet –, aber immerhin befanden wir uns in einer der obersten Etagen des Hotels, sodass die Welt einem von hier beinahe so klein erschien, wie von unserer Aussichtsplattform in Woodshill.

»Ich kann verstehen, wieso du es hier nicht so schön findest«, meinte Kaden nach ein paar Minuten.

Er breitete einen Teil der Decke auf der kleinen, kahlen Bank aus, die an der Balustrade stand, und ließ sich darauf nieder.

»Früher habe ich Denver oder zumindest den Vorort, in dem wir gelebt haben geliebt. Aber je älter ich wurde … desto weniger gut ging es mir hier. Und desto unglücklicher wurde ich.« Ich setzte mich neben ihn und zog die Knie an. Kaden legte die andere Hälfte der Decke um meine Schultern, und ich lächelte ihm dankbar zu. »Vielleicht würde ich diesen Ort mögen, wenn meine Jugend anders verlaufen wäre. Oder ich mich mit meinen Eltern besser verstanden hätte. Ich weiß es nicht.«

»Ich kann mir nicht ausmalen, wie das für dich gewesen sein muss, Bubbles«, murmelte er. »Du passt hier überhaupt nicht hin.« Er machte eine Pause und schluckte mehrmals. Die Stille zwischen uns war angespannt, und ich spürte, dass auch er mir gleich etwas anvertrauen würde. »Aber ich weiß, wie es sich anfühlt, nicht verstanden zu werden. Was es mit einem anstellt, wenn man sich mit seiner Familie in keiner Weise verbunden fühlt.«

»Sprichst du von deinem Vater?«, fragte ich vorsichtig. Gleichzeitig entspannte ich mich ein bisschen. Kaden zuzuhören würde mir leichter fallen, als weiter über meine eigenen Probleme zu sprechen.

Kaden nickte langsam. Sein Blick war auf einen Punkt in der Ferne fixiert. »Er hat sich schon immer besser mit meinem Bruder verstanden. Nach der Scheidung ist Alex die meiste Zeit bei ihm geblieben, während ich bei Mom war. Du hast uns ja erlebt – ich hätte mir kein besseres Zuhause vorstellen können. Dad dagegen ist ein typischer Geschäftsmann … Immer auf seinen eigenen Vorteil bedacht und ziemlich gefühlskalt. Er und deine Eltern würden sich wahrscheinlich blendend verstehen. Er denkt nur an die Firma. Alles, was ihn je interessiert hat, war, aus Alex und mir perfekte Geschäftsmänner zu machen. Früher schien er geradezu besessen davon, er wollte unbedingt, dass wir beide in seine Fußstapfen treten. Nach der Scheidung ist es sogar noch schlimmer geworden, sodass ich mich immer weiter von ihm zurückzog. Und irgendwann hatte sich unsere Familie komplett gespalten, ohne dass ich es wirklich realisiert hatte.« Er atmete hörbar aus. »Ich hatte meinem Vater einfach überhaupt nichts mehr zu sagen. Und als ich dann auch noch den eigentlichen Grund für die Scheidung erfahren habe …«

Er brach ab. Da unsere Arme sich berührten, konnte ich spüren, wie sich seine Muskeln anspannten, als er die Hände zu Fäusten ballte. Er schwieg für ein paar Minuten. Ich ließ ihm die Zeit, die er brauchte.

»Er hatte eine Affäre«, stieß Kaden schließlich hervor. »Er hat Mom für seine Sekretärin verlassen. Ich wäre beinahe auf ihn losgegangen, als er es uns gesagt hat.«

»Aber das bist du nicht«, sagte ich ruhig. Kaden konnte aufbrausend und impulsiv sein, aber so blöd war er nicht.

Er schüttelte den Kopf und fuhr sich durch die Haare. »Hätte Alex mich nicht zurückgehalten, hätte ich mehr als das getan.«

Jetzt konnte ich nicht anders – ich legte meine Hand behutsam auf sein Knie. Er sah mich an, und in seinen Augen war so viel Schmerz und Trauer, dass ich am liebsten weggeschaut und das Thema gewechselt hätte. Doch das wäre nicht fair gewesen. Nicht nachdem, was Kaden an diesem Tag alles für mich getan hatte.

»Einzig Mom und … und später dann meine Ex haben mich davon abgehalten, völlig verbittert zu werden«, erzählte Kaden.

Spätestens seit Kadens Reaktion auf die Mix-CD in seinem Auto und Spencers Kommentar im *Hillhouse* war mir klar gewesen, dass es jemand Wichtiges in Kadens Leben gegeben haben musste. Doch das war das erste Mal, dass er seine Exfreundin von sich aus erwähnte.

»Was dabei bloß schiefgelaufen ist«, meinte ich scherzeshalber, und Kaden zwang sich zu einem Lächeln, das kein bisschen echt wirkte.

»Bevor Kendra mich verlassen hatte, war ich tatsächlich recht … nett«, sagte er mit einer Grimasse.

»Sie hat dir viel bedeutet?«, fragte ich und ignorierte das dumpfe Pochen in meinem Brustkorb.

Kaden runzelte die Stirn. »Ich war sechzehn, als ich mit ihr zusammengekommen bin, von daher würde ich jetzt nicht unbedingt von der großen Liebe sprechen. Aber sie war meine erste Freundin. Nach unserer Trennung fühlte es sich an, als würde ich in einen tiefen Abgrund stürzen. Zumal wir nicht im Guten auseinander gegangen sind … Zum Ende hin wurde es ziemlich hässlich.«

Unwillkürlich hob ich meine Finger von seinem Bein und fuhr die Ringe auf seinem Oberarm nach, einen nach dem anderen.

»Die ersten sind breiter, weil der Schmerz da am größten war. Irgendwann wurde er dann weniger und die Kreise auch«, wiederholte ich murmelnd seine eigenen Worte und dachte an die Nacht zurück, in der er mir von der Bedeutung seiner Tattoos erzählt hatte.

Kaden legte seine Hand auf meine. Ich wollte aufblicken, aber ich konnte nicht. Ich war auf all das hier nicht vorbereitet gewesen. Dass wir uns einander öffneten und Dinge aus unserer Vergangenheit miteinander teilten. Es machte mir Angst. Langsam zog ich meine Hand unter seiner hervor und lehnte mich zurück. »Danke, dass du mir davon erzählt hast«, sagte ich und starrte in den Himmel, der mittlerweile eine Mischung aus Lila und Dunkelblau war.

»Du bist die erste Person, der ich davon erzähle.«

Ich runzelte die Stirn. »Aber Spencer hat öfters Kommentare darüber fallenlassen«, sagte ich verwirrt.

»Weil er mich schon kannte, als ich noch mit Kendra zusammen war«, sagte Kaden leise. »Aber ansonsten habe ich noch nie mit jemandem darüber gesprochen.«

Jetzt musste ich ihn doch ansehen. »Danke.«

»Hör auf, dich ständig bei mir zu bedanken, Bubbles.«

»Okay. Trotzdem danke.«

»Wir sind beide so richtig verkorkst, oder?«

»Dem kann ich nur zustimmen, Mr White.«

Zwischen uns breitete sich eine Stille aus, die nicht unangenehm war. Wir verdauten beide das Gesagte und waren in Gedanken versunken.

»Ich glaube, du solltest morgen zu dieser Feier gehen«, meinte Kaden nach einer Weile und zog die Decke über unseren Schultern zurecht.

Ich meinte, mich verhört zu haben. »Was? Auf gar keinen Fall.«

»Bestimmt rechnet deine Mom nicht damit, dich dort zu sehen. Und schon gar nicht, dass du in Begleitung kommst.«

»Ich habe keine … Oh.« Der Groschen fiel, und ich starrte

Kaden an. Panik wallte in mir auf. »Aber du musst zurück nach Hause! *Wir* müssen zurück nach Hausc, was ist mit Rachel und Chads Kindern? Und überhaupt – ich habe nichts zum Anziehen dabei. Mom wird durchdrehen, wenn ich mit meinen normalen Klamotten dort hinkomme.«

Kaden beugte sich langsam vor und hielt mich mit seinem dunklen Blick vom Weiterreden ab. Er sah mir in die Augen, tief und unendlich lange, und suchte dort nach der Erlaubnis, die ich ihm sofort bereitwillig gab. Dann überbrückte er die letzten Zentimeter zwischen uns und legte seine Lippen fest auf meine. Der Kuss war langsam und innig, und ich fühlte ihn bis in die Zehenspitzen. Kaden stöhnte leise, und der Laut vibrierte durch meinen gesamten Körper.

Er löste sich ein Stück von mir, küsste meine Mundwinkel, meine Wangen, bevor er sich wieder meinen Lippen zuwandte und diese zwischen seine Zähne zog, um sanft daran zu knabbern.

Als Kaden seine Lippen ein letztes Mal auf meine Stirn drückte und sich dann ganz von mir trennte, war meine Panik verflogen.

»Ich denke, du solltest mit mir zu dieser Gala gehen, um deiner Mom zu zeigen, dass wir uns nicht von ihr unterkriegen lassen. Du lässt dir nichts mehr von ihr sagen, Bubbles. Du bist dein eigener Mensch, und du triffst deine eigenen Entscheidungen – genau das würdest du ihr damit zeigen.«

Als Kaden »wir« sagte, setzte mein Herz für einen Schlag aus. Gleich darauf erfüllte ein Kribbeln meinen Bauchraum, das nichts mit Verlangen zu tun hatte. Ich öffnete meine Augen und sah ihn benommen an.

»Ich glaube, du hast recht«, murmelte ich.

»Ich habe immer recht«, gab er zurück.

»Du bist ein sehr selbstgefälliger Mann, Kaden.«

»Wieso soll ich falsche Bescheidenheit vorgaukeln, wenn wir beide wissen, wie großartig ich bin?«, fragte er und stand auf. Er hob seine Arme über den Kopf und streckte sich.

Ich tat es ihm nach. Wir waren eine ganze Weile draußen gewesen. Inzwischen war der Himmel in vollkommene Dunkelheit gehüllt und die Luft feucht und kalt. Es wurde Zeit, schlafen zu gehen. Falls mir das in Kadens Gegenwart überhaupt gelingen sollte.

kapitel 23

Ich blickte in den Spiegel und stöhnte auf. Ich sah genauso aus, wie ich mich fühlte.

Ein einziges Fiasko.

Ich zupfte am Saum des schwarzen Rocks herum, der mir plötzlich überhaupt nicht mehr so hübsch schien wie in Woodshill, als ich ihn eingepackt hatte. Auch die transparente, mit schwarzen Punkten verzierte Strumpfhose wirkte plötzlich einfach nur kindisch. Kombiniert mit dem grob gestrickten blauen Pullover, der eine Schulter freiließ, eignete sich das gesamte Outfit definitiv nicht für eine Abendveranstaltung bei den Harpers. Ich fand es schön, und unter normalen Umständen würde ich mich auch pudelwohl darin fühlen. Aber ich wusste, dass Mom die Nase rümpfen würde, wenn sie mich so sah.

»Bist du bald fertig?«, erklang es durch die Tür, und ich seufzte. Kaden fragte das bereits zum dritten Mal. Es wurde Zeit, dass ich endlich dieses Badezimmer verließ.

Die Nacht hatten wir gemeinsam im Bett verbracht, aber wir waren beide derart erschöpft gewesen, dass wir sofort eingeschlafen waren. Am Morgen gemeinsam aufzuwachen und zu frühstücken, hatte sich ziemlich normal angefühlt, zumal Kaden sich mal wieder über meine Kaffee-Vorlieben lustig gemacht hatte.

Doch die Stimmung zwischen uns hatte sich verändert, das war deutlich spürbar. Es fiel mir schwer, ihn länger als ein paar Sekunden anzusehen, ohne dabei an das zu denken, was er gestern mit mir angestellt hatte. Ständig erwischte ich mich dabei, ihn berühren zu wollen. Und ich sehnte mich nach mehr.

Deshalb war mir seine Idee, ihm ein paar Ecken von Denver zu zeigen, gerade recht gekommen. Auf den Straßen war vergleichsweise wenig los. Die meisten Bewohner waren vermutlich mit ihren Familien und den Vorbereitungen für Thanksgiving beschäftigt, also konnte ich ihn in Ruhe herumführen. Allerdings merkten wir beide schnell, dass uns Woodshill besser gefiel. Uns fehlte die frische Luft, ebenso die schöne Landschaft. Hier machte alles einen kargen, kalten Eindruck.

Am späten Nachmittag waren wir wieder ins Hotel gekommen und hatten uns die neueste Folge von *Game of Thrones* auf dem gigantisch großen Hotelfernseher angesehen. Danach hatte ich langsam angefangen, mich zurechtzumachen. Es war ziemlich schwierig, mit meinen wenigen Reiseutensilien ein vernünftiges Makeup, geschweige denn eine anständige Frisur hinzubekommen. Darüber, was meine Mutter über mein Outfit sagen würde, wollte ich gar nicht nachdenken. Normalerweise suchte sie für solche Anlässe wochenlang nach den richtigen Kleidern, ließ sich sogar Designerstücke schicken, die mehr als meine Jahresmiete bei Kaden kosteten. Die Sachen, die ich nun trug, waren zwar hübsch, aber hauptsächlich vom Discounter oder günstigen Online-Shops.

Ich atmete tief durch. Auch wenn ich Angst vor ihrer Reaktion hatte – mein Outfit war ein weiteres Symbol meiner Unabhängigkeit, und das sollte Mom ruhig als solches sehen.

»Allie, ich weiß, was du anhast – ich habe die Sachen mit dir zusammen gepackt. Du brauchst also kein Drama machen und den Moment herauszögern«, kam es ungeduldig von der anderen Seite der Tür, und ich rollte mit den Augen.

Ich zupfte noch schnell ein paar Strähnen aus meiner Hochsteckfrisur, damit sie nicht so streng aussah, und schloss dann die Tür auf.

»Es macht dich nervös, wenn das Bad zugeschlossen ist, oder?«, fragte ich grinsend und trat zu ihm in den Flur.

Kaden starrte mich mit leicht geweiteten Augen an und ließ seinen Blick wortlos über meinen Körper schweifen. Er schluckte ein paar Mal und öffnete den Mund, um etwas zu sagen – allerdings kam nichts heraus. Was für eine ungewohnte Abwechslung.

Auch er sah wirklich gut aus. Er trug ein petrolblaues Hemd, dazu eine braune Hose, die an einigen Stellen abgenutzt aussah – auf eine gute Weise –, und seine dunklen Engineer-Boots. So wäre ich überall mit ihm hingegangen. Nur eine Sache störte mich.

Ich machte einen Schritt nach vorne und griff nach seinen Hemdärmeln.

»Was tust du da?«, fragte Kaden, als ich begann, die Knöpfe zu öffnen. Ich sah zu ihm hoch. Seine Augen funkelten.

»Ich möchte, dass man sie sieht«, sagte ich und krempelte den Stoff erst an seinem linken, dann an seinem rechten Arm bis kurz unterhalb der Ellenbogen hoch.

»Du möchtest also tatsächlich, dass deine Mom einen Herzinfarkt bekommt«, kommentierte er trocken.

Ich zog meine Hand zurück und strich dabei flüchtig über die Liedzeilen auf seinem Unterarm, bevor ich zurücktrat, um mein Werk in Augenschein zu nehmen.

»Jetzt ist alles perfekt«, stellte ich entschieden fest.

Als Kaden mein Lächeln erwiderte, setzte das Kribbeln in meinem Bauch augenblicklich wieder ein. »Das ist es.«

Seit fünf Minuten standen wir mit dem Taxi am Anfang der Straße, wo ich den Fahrer gebeten hatte, anzuhalten. Ich schüttelte meine Hände, weil sie zu zittern begonnen hatten, doch das schien nicht zu helfen.

Die ganze Aktion war eine Schnapsidee. Ich würde mich total zum Affen machen. Andererseits, war das nicht Sinn und Zweck der Sache? Ich wollte doch, dass unmissverständlich klar wurde, dass ich nicht mehr Moms Marionette war und es mir egal war, was sie oder ihre sogenannten Freunde von mir dachten.

»Bist du langsam fertig oder sollen wir noch eine Runde drehen?«, fragte Kaden neben mir, und ich schüttelte sofort den Kopf.

Ich war bereit, mich diesen Leuten zu stellen. Und ich war nicht allein. Bevor ich es mir anders überlegen konnte, drückte ich die Autotür auf und stieg aus. Es war frisch, aber noch aushaltbar. Auf meine Lederjacke hatte ich zum Glück nicht verzichtet. Ich verschränkte die Arme vor meinem Körper und wartete auf Kaden, der ein paar Worte mit dem Fahrer wechselte.

Als er zu mir trat, blickte ich ihn fragend an.

»Ich habe ihm nur gesagt, er soll auf Abruf bereitstehen, damit wir jederzeit verschwinden können«, meinte er und kam zu mir auf den Gehweg. »Also, welches Haus … Okay, die Frage ist echt überflüssig.«

Wo die Gala stattfand, war bereits aus der Entfernung erkennbar. Teure Autos hielten auf der Straße, und Gäste bahnten sich ihren Weg über die Auffahrt vorbei an dem großen Springbrunnen und den pompösen Skulpturen zum hell erleuchteten Eingang unseres Hauses.

Wieder brauchte ich einen Moment, um mich zu sammeln. Als ich schließlich gemeinsam mit Kaden unser Grundstück betrat, versuchte ich, die unzähligen bekannten Gesichter nicht zu beachten, sondern schnurstracks zum Eingang zu gehen. Irgendwann fasste Kaden mich beim Arm und zwang mich dazu, mich seinem Tempo anzupassen, statt im Eilschritt zu laufen. Er beugte sich zu mir runter und murmelte in mein Ohr: »Das wird schon.«

Ich hoffte inständig, dass er damit recht behielt.

Drinnen angekommen wurden wir von Bediensteten in schwarzen Anzügen höflich begrüßt, die uns die Jacken abnahmen und damit, wie ich wusste, in den Keller liefen. Dort befand sich eine große Garderobe eigens für Anlässe wie diesen.

Ein Kellner bot uns Champagner an, und wie von selbst griff ich nach einem Glas. Kaden tat es mir nach. Wie immer roch er zunächst an dem Getränk, und als ihn Spritzer der perlenden Flüssigkeit ins Gesicht trafen, kniff er die Augen zusammen.

»Manchmal erinnerst du mich an eine Katze.«

Kadens Mundwinkel zuckten. »Eine Katze? Was Besseres fällt dir nicht ein?«

»Es gibt nichts Besseres«, erwiderte ich geistesabwesend und beobachtete, wie immer mehr Menschen das Foyer betraten. Sie begrüßten sich überschwänglich, redeten wild durcheinander und gaben Floskeln von sich, die mir einen unangenehmen Schauer nach dem anderen über den Rücken jagten.

Alle hatten sich in Schale geworfen – Kaden und ich stachen mit unseren Outfits ziemlich hervor. Doch auch wenn sie teilweise wunderschön aussahen, beneidete ich keine der Frauen in diesem Raum. Ich wusste nämlich genau, wie es sich anfühlte, den ganzen Abend in einem zu engen Kleid zu verbringen und nicht mehr als ein paar Häppchen zu sich nehmen zu können. Dieses Problem würde ich heute nicht haben.

»Crystal?«, erklang eine hohe Stimme hinter mir, und ich erstarrte. Wie ein Roboter drehte ich mich um.

Vor mir stand Brianna Mellery, mit der ich auf die Highschool gegangen war. Sie sah aus, als hätte sie sich für die Filmpremiere eines Hollywoodstreifens herausgeputzt und nicht für eine Benefizgala. Die Schuhe und das goldene Kleid, das sie trug, mussten ein Vermögen gekostet haben.

»Brianna«, sagte ich höflich und bemühte mich darum, dass mein Lächeln nicht allzu falsch wirkte. Früher waren Brianna und ich recht gut befreundet gewesen und waren oft gemeinsam auf Partys gegangen. Wir hatten uns sogar ähnlich gesehen mit unseren blonden Haaren und knappen Kleidern. Inzwischen konnte ich allerdings keine einzige Gemeinsamkeit zwischen uns mehr erkennen.

»Ich kann nicht glauben, dich hier zu sehen«, flötete sie und beugte sich zu mir, um mir Küsschen auf beide Wangen zu geben. »Du siehst … anders aus. So *casual*. Gefällt mir.«

Ich hob eine Augenbraue. Als ob.

»Und du hast jemanden mitgebracht!«, fuhr sie in schrillem Ton fort und musterte Kaden von oben bis unten. Sie verschlang ihn förmlich mit ihren Augen.

Kaden nickte höflich. »Ich bin Kaden.« Als Brianna sich vorbeugen wollte, um auch ihm Küsschen auf die Wangen zu geben, fügte er hinzu: »Crystals Freund.«

Ich musste für eine Sekunde mindestens genauso perplex ausgesehen haben wie Brianna.

»Wie wunderbar.« Brianna hielt sich die Hand vor den Mund und stieß ein affektiertes Kichern aus. »Da ziehst du in ein Dörfchen am anderen Ende der Welt und kommst mit so einem Mann wieder. Das muss ich unbedingt Lindsay erzählen. Ich wollte sowieso gerade zu ihr – aber nachher musst du uns unbedingt *alles* von deinem Studium berichten!«

Mit diesen Worten stolzierte sie davon.

Ich starrte ihr nach, und als sie schließlich außer Sicht- und Hörweite war, wandte ich mich an Kaden: »Crystals Freund?«

Er hob entwaffnet die Hände. »Reiner Selbstschutz. Ich wollte nicht, dass sie mich möglicherweise als Freiwild betrachtet und in eine Ecke zerrt, um sonst was mit mir anzustellen. Das Mädchen hatte Klauen.«

Lachen konnte ich leider nicht. »Du weißt schon, dass sie das jetzt überall rumerzählt?«

Kaden schmunzelte. »Damit habe ich kein Problem.«

»Wenn du meinst.«

»Du etwa?«, fragte er leise.

Ich antwortete nicht sofort, sondern sah mich im Raum um. Obwohl es noch früh am Abend war, hatten sich die meisten Gäste schon eingefunden. Einige warfen empörte Blicke in meine und Kadens Richtung, andere versuchten, es nicht allzu offensichtlich zu machen, dass sie über uns tuschelten. Ich hatte gewusst, dass es so werden würde. Und mir war auch klar gewesen, welche Schlüsse die Leute ziehen würden, wenn sie mich und Kaden zusammen auf dieser Feier sahen.

Ich nahm einen großen Schluck. »Nein, habe ich nicht«, sagte ich schließlich, wobei meine Stimme nicht so fest klang, wie ich es mir wünschte.

Ich spürte Kadens Hand auf meinem Rücken. Er ließ sie ein paarmal auf und ab fahren, was mich wohl beruhigen sollte, allerdings leider genau den gegenteiligen Effekt hatte: Ich musste an das Gefühl seiner Hände auf meiner nackten Haut denken, und mir wurde sofort heiß.

Zum Glück entdeckte ich in diesem Moment meinen Vater, was mir wieder die nötige Abkühlung verpasste. Selbst in einem schlichten schwarzen Anzug strahlte er unbedingte Autorität und Erhabenheit aus. Er stand an einem der Stehtische und unterhielt sich mit einem Mann, der sich wenig später einer anderen Gruppe zuwandte. Kurzerhand nahm ich Kaden beim Arm und zog ihn mit mir zu ihm. Dad setzte gerade sein Champagnerglas an, um zu trinken, als er uns erblickte. Seine Augen weiteten sich, doch er überspielte seine Überraschung gleich darauf mit einem schmallippigen Lächeln.

»Wie schön, dass du es doch noch einrichten konntest.« Er sah mich nicht einmal an, sondern ließ stattdessen seinen Blick an Kaden hoch und runter wandern.

»Das ist mein Mitbewohner Kaden«, sagte ich und versuchte, mich von seinen zusammengezogenen Augenbrauen nicht verunsichern zu lassen. »Kaden, das ist mein Vater.«

»Nicholas Harper«, stellte Dad sich vor und reichte Kaden die Hand. Sie schlugen ein und sahen sich dabei auf diese typisch männliche abwägende Weise an.

»Freut mich, Sie kennenzulernen, Sir«, erwiderte Kaden.

»Sie wohnen mit meiner Tochter zusammen?«

»Dad!«, rief ich. Hitze kroch meinen Hals hinauf.

»Das tue ich, Sir. Sie wohnt in einem Zimmer in meiner Wohnung zur Untermiete.« Kadens Stimme war fest, seine Haltung selbstbewusst, aber locker. Falls er sich eingeschüchtert fühlte, ließ er es sich kein bisschen anmerken.

Niemals hätte ich gedacht, einmal in eine solche Lage zu geraten. Früher hatte Dad sich nicht dafür interessiert, was ich tat oder mit wem ich Zeit verbrachte. Unter der Woche hatte er gearbeitet wie ein Verrückter, am Wochenende war ich ständig unterwegs gewesen. Mir wurde erst in diesem Moment so richtig bewusst, dass wir jahrelang aneinander vorbeigelebt hatten und uns gar nicht wirklich kannten.

»Nicholas! Ich habe überall nach Ihnen gesucht.« Ein älterer Mann war neben Dad getreten und hatte ihm eine Hand auf die Schulter gelegt.

»Francis!«, entgegnete Dad erfreut. »Schön, dass Sie es einrichten konnten. Kann ich Ihnen einen Wein anbieten? Wobei, soweit ich mich erinnere, waren Sie immer mehr für Scotch zu haben, richtig?«

Mein Vater nickte uns noch einmal zu, bevor er seinen Geschäftspartner in Richtung der Bar lotste.

»Das lief doch gar nicht schlecht«, meinte Kaden und stützte sich mit den Armen auf dem Stehtisch vor uns ab.

»Mh hm«, machte ich, da ich nicht so richtig wusste, was ich von dieser Begegnung halten sollte. Ja, Dad hatte Kaden kennengelernt – aber hatte er auch realisiert, das ich nicht gekommen war, um ihm und Mom einen Gefallen zu tun, sondern genau das Gegenteil der Fall war? Ich dachte, mein Outfit und Kadens zur Schau gestellte Tattoos würden die Nachricht eindeutig genug rüberbringen, aber da hatte ich mich wohl geirrt. Mit gerunzelter Stirn stellte ich das Champagnerglas ab und rieb mit dem Finger über den Rand, bis es quietschte.

In der nächsten Stunde hielten die Vorsitzenden der diesjährigen Wohltätigkeitsorganisation ihre Begrüßungsreden, wovon ich allerdings kaum etwas mitbekam. Zum einen traten immer wieder Bekannte von früher an uns heran, die mich überschwänglich begrüßten und Kaden neugierig beäugten. Zum anderen versuchte Kaden alles, um uns den Aufenthalt so erträglich wie möglich zu machen. Am amüsantesten fand ich, wie er sich für einige der Gäste die wildesten Skandale ausdachte, in die sie verwickelt sein könnten.

»Das dort ist Alexander McTalman«, sagte er mit einem Nicken in Richtung eines älteren Herrn, den ich nicht kannte. Er war hünenhaft groß, trug einen karierten Anzug und kratzte sich gerade unauffällig den Schritt. »Er ist ein schottischer Lord, der verärgert darüber ist, heute keinen Kilt tragen zu können. Wie man sieht, fühlt er sich ziemlich eingeengt.«

»Deine Fantasie ist erstaunlich«, sagte ich mit vollem Mund. Wir hatten vor uns auf dem Tisch einen ganzen Berg von Häppchen gebunkert, weil wir bis zum richtigen Essen nicht mehr warten konnten.

»Das dort drüben ist Sabrina Miller-Fishbury. Sie ist die Vorsitzende des Golfclubs für minderjährige Straftäter und hat eine Affäre mit Lord McTalman.« Das Haar der Frau, auf die er deutete, war so streng zurückgekämmt, dass die Haut ihres Gesichts straff gezogen wurde. Eine Art natürliches Lifting, das ich meiner Mutter mal als Alternative zu den Massen an Botox vorschlagen sollte, die sie sich regelmäßig spritzen ließ. »Doch Mrs Miller-Fishbury hängt in einer Ehe mit Mr Fishbury fest, der sie nicht mehr besonders glücklich macht, seit sein Haarwuchsmittel versagt hat.«

Ich folgte Kadens Blick zu einem ziemlich kleinen Mann, auf dessen Kopf man eindeutig Toupet von natürlichem Haar unterscheiden konnte. Ich lachte laut und presste mir sofort die Hand auf den Mund, weil ich die Aufmerksamkeit mehrerer Leute auf mich gezogen hatte.

»Du bist dran«, meinte Kaden und grinste zufrieden.

Er machte das Beste aus unserer Situation und beschwerte sich nicht, obwohl ich mir sicher war, dass er eigentlich lieber ganz woanders wäre. Ich war ihm so dankbar, dass ich sogar bereit war, bei seinem albernen Spiel mitzumachen. Ich sah mich um auf der Suche nach meinem nächsten Opfer, die erfundene Geschichte schon auf meinen Lippen –

Da sah ich ihn.

Und mein Herz setzte aus.

Die Art und Weise, wie er sich hielt, das geradlinige, starke Profil. Sein welliges braunes Haar, das von ein paar grauen

Strähnen durchzogen war. Ich hätte Russel Anderson überall wiedererkannt.

Ich bekam keine Luft mehr. Schwarze Punkte tanzten vor meinen Augen, und ich musste mich am Tisch festhalten, damit ich nicht das Gleichgewicht verlor.

Unsere Blicke trafen sich. Für einen kurzen Moment wirkte er überrascht, dann breitete sich ein erfreutes Lächeln auf seinem Gesicht aus.

Mir wurde schlecht.

Er wechselte ein Wort mit seinem Gegenüber und schüttelte seine Hand, bevor er sich umdrehte und auf uns zukam.

Ich würde mich jeden Moment übergeben.

»Allie?«, fragte Kaden, doch ich hörte ihn gar nicht wirklich.

Er kam näher. Und dann stand er vor mir. Sein herbes Aftershave stieg mir in die Nase, und ich musste ein Würgen unterdrücken.

»Crystal.«

Ich zuckte heftig zusammen. Ich wollte ihm ins Gesicht spucken, ihn schlagen und treten, doch wie immer in seiner Gegenwart war ich vollkommen paralysiert. Ich konnte nicht verhindern, dass er sich vorbeugte und mir zur Begrüßung einen Kuss auf die Wange drückte. Sein Mund verharrte dicht an meinem Ohr. Er atmete tief ein. »Wie schön, dich zu sehen.«

Ich presste meine Lippen zusammen. Ohne etwas zu erwidern, starrte ich geradeaus, die Hände zu Fäusten geballt. Ich wollte sein überhebliches Lächeln nicht sehen. Oder wie er seine Augen gierig über meinen Körper schweifen ließ, so, wie er es immer tat.

»Das Studium tut dir gut«, stellte er zufrieden fest.

Ich schwieg. Kaden trat einen Schritt näher an mich heran und legte mir die Hand auf den Rücken.

»Und wen haben wir da?«, fragte Anderson, seine Stimme triefend vor Missbilligung.

Das riss mich aus meiner Trance, und ich blickte endlich auf. »Das ist mein Freund, Kaden White.« Ich konnte mir selbst nicht erklären, wie ich es schaffte, diese Worte ruhig und mit fester Stimme auszusprechen. Irgendetwas in mir musste auf Autopilot umgeschaltet haben. »Kaden, das ist …«

»Russell Anderson. Ein alter Freund der Familie«, kam Anderson mir zuvor und nickte Kaden knapp zu, statt ihm die Hand zu reichen.

Ich spürte, wie Kaden sich neben mir anspannte. Er zog mich ein Stück näher an sich heran und gab mir Halt, ohne zu wissen, wer dieser Mann war und was allein seine Anwesenheit in mir auslöste. Oder dass gerade mein schlimmster Albtraum wahr wurde.

Im nächsten Moment knackten die Lautsprecher, und die Stimme meiner Mutter ertönte. Sie erzählte etwas über die Organisation, an die die diesjährigen Spenden gehen würden, und wie sehr sie ihr persönlich am Herzen lag.

Doch mein Blick lag weiterhin auf Anderson. Ich konnte es nicht fassen, dass er tatsächlich die Frechheit besaß, hier zu erscheinen. Mit mir zu sprechen. Mich anzufassen. Im Haus meiner Eltern.

Wie hatten sie ihn überhaupt hier reinlassen können, nach allem, was er mir angetan hatte?

»Und ganz besonders freut es mich«, fuhr meine Mutter in ihrer fröhlichen Vortragsstimme fort, »dass mir heute die Ehre zuteilwird, einen ganz besonderen Menschen auszuzeichnen. Nicht nur unterstützt er die Stiftung mit großem Engagement, sondern er ist bereits seit langer Zeit ein enger Freund der Familie.« Sie machte eine theatralische Pause. »Meine Damen und Herren, ich darf Sie um einen herzlichen Applaus für unseren diesjährigen Hauptspender ... ach, was rede ich? Sie kennen ihn selbstverständlich alle! Russell – wo steckst du?«

Mir klappte der Mund auf.

Anderson wandte sich mir zu. Er ließ seine Hand langsam über meine Hüfte streichen und raunte: »Es war schön, dich wiederzusehen, Crystal. Vielleicht können wir beim nächsten Mal ein bisschen mehr Zeit füreinander freischaufeln.«

Dann drehte er sich um, richtete seine Krawatte und bahnte sich mit einem strahlenden Lächeln den Weg durch die Gäste hoch auf das Podest an die Seite meiner Mutter.

Ich spürte, wie meine Beine unter mir nachzugeben drohten, und griff nach Kadens Arm.

»Bring mich hier weg«, keuchte ich. »Bitte, bring mich hier weg.«

Kaden schaltete sofort, legte seinen Arm um mich und schob mich sanft, aber bestimmt zur Haustür. Andersons aalglatte Stimme folgte uns den gesamten Weg. Es sei ihm eine Ehre, die Auszeichnung zu bekommen, aber er würde sie im Namen all der Bedürftigen annehmen ...

Mein Magen krampfte sich schmerzhaft zusammen, und nur mit Mühe konnte ich verhindern, mich mitten ins Foyer zu übergeben.

Erst vor der Tür wagte ich es, wieder einzuatmen. Ich inhalierte die frische Luft wie eine Ertrinkende. Kaden führte mich zügig über die Auffahrt und runter von unserem Grundstück, die fragenden und teilweise bestürzten Blicke der umherstehenden Leute ignorierend. Auf der Straße angekommen lockerte er seinen Griff etwas, und ich ließ mich auf den Gehsteig sinken. Kaden sagte etwas, doch ich hörte nur Andersons Stimme in meinem Kopf, wie er meinen Namen sagte, flüsterte, raunte.

Mein Puls raste. Ich hatte einfach keine Kraft mehr.

Kadens Gesicht erschien vor meinem. Er hockte vor mir und berührte sanft meine Knie. Ich stieß seine Hände weg. Ich konnte mich jetzt von niemandem anfassen lassen.

Kaden gab mir die Zeit, die ich brauchte, ließ mich aber zu keiner Sekunde aus den Augen.

»Was hat dieses Arschloch dir angetan?«, wisperte er schließlich.

Ich antwortete nicht. Er umfasste mein Gesicht mit seinen großen Händen, doch anstatt mich wie sonst geborgen bei ihm zu fühlen, machte mir die Berührung Angst, und ich sträubte mich dagegen.

»Allie, du musst mit mir reden«, sagte Kaden eindringlich. »Hat er … hat er dir wehgetan?« Er presste die Worte hervor, als würde es ihm körperlichen Schmerz bereiten, sie laut auszusprechen.

Ich wusste, welche Frage er mir wirklich stellte. Sofort schüttelte ich den Kopf.

»Ich glaube dir nicht.«

Ich zwang mich, Kaden anzusehen. Sein Blick war flehend, fast panisch, und seine Hände zitterten an meinen Wangen.

»Er hat nicht mit mir geschlafen«, war alles, was ich sagte, bevor ich mich erhob und nach unserem Taxi Ausschau hielt. Die Mauern, die ich schon damals um meine Seele herum errichtet hatte, waren wieder da. Und sie hinderten mich daran, zu erzählen, was wirklich geschehen war.

Es dauerte nicht lange, bis das Taxi erschien. Kaden half mir, einzusteigen, und sagte dem Fahrer dann, dass er kurz warten sollte. Er verschwand und kam fünf Minuten später mit unseren Jacken zurück. Meine eigene legte er mir über die Schultern, seine breitete er über meinen Beinen aus. Je weiter wir uns von meinem Elternhaus entfernten, desto leichter fiel es mir, zu atmen. Kadens Berührungen konnte ich dennoch nicht ertragen. Es ging einfach nicht. Es war zu viel, alles war zu viel.

Im Hotel angekommen, verschwand ich sofort ins Bad und unter die Dusche. Ich wusch meinen Körper mit der kompletten Packung Duschgel, rieb mich wieder und immer wieder ein, doch die schrecklichen Erinnerungen konnte ich damit nicht vertreiben. Als ich schließlich das Wasser abdrehte, war das ganze Bad mit Dampf erfüllt. Ich stellte mich vor den großen Spiegel am Waschbecken und wischte mit einer zitternden Hand einen Streifen frei, sodass ich mich sehen konnte.

Das leichenblasse Mädchen, das mit vor Panik geweiteten Augen zurückstarrte, kannte ich sehr gut. Ich hatte es monatelang jeden Tag im Spiegel gesehen.

Ich versuchte, nicht zu hyperventilieren.

Es war keine große Sache, dass ich Anderson heute getroffen hatte. Ich war einfach nicht darauf vorbereitet gewesen. Unsere letzte Begegnung lag mittlerweile beinahe drei Jahre zurück – Mom hatte stets dafür gesorgt, dass wir uns nicht über den Weg liefen. Sie musste wirklich geglaubt haben, dass ich heute Abend nicht auftauchen würde. Sonst hätte sie ihn niemals eingeladen. Da war ich mir sicher. Eine andere Erklärung konnte es nicht geben. Oder?

Ich hüllte mich in den Bademantel, putzte akribisch meine Zähne und zog anschließend meine Leggings und ein weites schwarzes T-Shirt an. Während ich meine Haare föhnte, beruhigte ich mich allmählich.

»Allie?«, hörte ich Kaden leise auf der anderen Seite der Tür sagen.

Ich atmete tief durch. Ich war schon ewig hier drinnen, viel länger würde ich mich nicht vor ihm verstecken können. Probehalber setzte ich ein Lächeln auf. Es wirkte zu gezwungen. Wieder probierte ich es. Diesmal war ich zufriedener mit dem

Ergebnis. So würde ich Kaden gegenübertreten können. Ich hoffte, er würde es mir abnehmen. Sonst wüsste ich nicht, wie ich mit der Situation umgehen sollte. Er hätte mich niemals in diesem Zustand sehen dürfen.

Vorsichtig trat ich ins Schlafzimmer. Er saß auf dem Bett, den Kopf in beiden Händen vergraben. Als er mich hörte, blickte er auf. Er wirkte mehr als nur besorgt.

Ich lächelte.

»Hör auf damit«, befahl er verärgert.

Mein Lächeln verrutschte nur ein kleines Stück. »Ich weiß nicht, was du meinst.« Ich ging zu meiner Tasche und ließ mir einige Zeit damit, meine Klamotten darin zu verstauen.

»Allie, lass den Scheiß.«

Ich kramte weiter in meiner Tasche. »Es ist alles gut, Kaden. Ich war einfach ein bisschen überfordert.«

Er stieß ein Knurren aus und hatte mit wenigen Schritten den Raum durchquert. Ich wurde bei den Schultern gepackt und herumgewirbelt. Ich öffnete den Mund, um zu protestieren – doch dann bemerkte ich, wie wütend er aussah.

»Du sagst mir jetzt verflucht nochmal, was das gerade eben war«, presste er hervor.

»Lass mich los.«

»Nein.«

»Kaden, lass mich sofort los«, fauchte ich und versuchte, ihn mit beiden Händen von mir zu stoßen.

»Nein«, wiederholte er, und dieses Mal war seine Stimme bedrohlich leise. »Du machst jetzt nicht dicht. Nicht nach den letzten Monaten, nicht nachdem ich dir meine Mutter vorgestellt habe, nicht nach letzter Nacht und schon gar nicht nach heute.« Mit einem Ruck zog er mich noch näher zu sich, sodass seine Nasenspitze nur noch Millimeter von meiner entfernt war. »Hast du mich verstanden?«

Natürlich verstand ich ihn. Aber Kaden hatte keine Ahnung, was er da von mir verlangte. Es *ging* nicht, und je eher er das akzeptierte, desto besser. Kopfschüttelnd versuchte ich erneut, mich aus seinem Griff zu befreien.

Er hielt mich nur noch fester.

»Mein Gott, was willst du von mir?«, schrie ich. Ich schlug mit beiden Händen gegen seinen Brustkorb.

»Die Wahrheit«, gab Kaden ruhig zurück, ohne sich auch nur einen Millimeter zu bewegen. »Ich will wissen, was dieser Scheißkerl mit dir gemacht hat. Wieso du ihn angesehen hast, als wäre er der Teufel höchstpersönlich. Ich will wissen, was zwischen euch passiert ist, dass du es nicht im selben Raum mit ihm aushältst, ohne vollkommen durchzudrehen, ich will wissen ...«

»Hör auf«, unterbrach ich ihn. Mir war ganz schwindelig, so sehr raste mein Puls.

»Ich denke überhaupt nicht dran. Ich war dabei, als er dich begrüßt hat. Ich musste mich zusammenreißen, ihm nicht alle Zähne einzuschlagen. Wie er dich angesehen hat, war einfach nur ...«

»Halt den Mund«, flehte ich und presste mir die Hände auf die Ohren.

»Was hat er dir nur angetan?« Kadens Stimme war nur noch ein Flüstern. Er hielt mich weiterhin fest, aber inzwischen strich er mit seinen Daumen sanft über meine nackten Arme. »Erzähl es mir, Allie.«

Ich spürte förmlich, wie die Mauern um mich herum nachgaben. Und so sehr ich es auch versuchte – ich konnte die Erinnerungen nicht länger zurückdrängen. Wie eine Sturzflut brachen sie über mich ein, eine nach der anderen, und ich schluchzte verzweifelt auf. Meine Knie gaben unter mir nach, doch Kaden war da und hielt mich fest. Gemeinsam rutschte er mit mir an der Wand entlang auf den Boden. Heiße Tränen rannen über meine Wangen, und ich klammere mich an ihm fest, als die Bilder von damals, die ich so lange verdrängt hatte, wieder da waren – und mit ihnen die Panik, die Angst, die Hilflosigkeit. Die Einsamkeit.

Ich weinte und weinte und weinte.

Kaden streichelte über meine Haare, murmelte sanfte, beruhigende Worte in mein Ohr und drückte mich so fest an sich, als würde er mich mit aller Macht zusammenhalten wollen.

Irgendwann kamen keine Tränen mehr. Ich lag zwischen Kadens Beinen, die Knie angezogen und den Kopf gegen seine Brust gelehnt. Sein gleichmäßiger Atem und seine starken Arme um meinen zitternden Körper gaben mir ein Gefühl, wie ich es noch nie zuvor gekannt hatte – von unerschütterlicher Beständigkeit.

Und dann begann ich, zu erzählen.

»Alles fing an, kurz nachdem ich sechzehn geworden war«, murmelte ich an sein Hemd, das von meinen Tränen ganz feucht war. »Anderson war ein neuer Vertragspartner von Dad und hat ziemlich viel Zeit bei uns verbracht, da sich meine Eltern gut mit ihm verstanden haben. Er hat enorme Summen in unsere Firma investiert.« Ich erinnerte mich daran, wie Dad an dem Tag, als der Vertrag unterzeichnet wurde, geradezu euphorisch nach Hause kam und uns alle in ein schweineteures Restaurant zum Essen ausführte. »Ich konnte ihn eigentlich gut leiden – er hat meinem Vater geholfen, zu expandieren. Und wenn mein Vater glücklich war, war meine Mutter glücklich, wovon am Ende auch ich profitierte.«

Wie um mich zum Weitersprechen zu ermutigen, strich Kaden mit einer Hand beruhigend über meinen Rücken. Ich holte Luft und fuhr fort.

»Zunächst fiel mir gar nicht auf, was er tat. Dass er mich oft im Vorbeigehen berührte, mir näher kam, als es vielleicht angebracht war. Dann dachte ich, ich würde mir seine Annäherungsversuche nur einbilden, und dass das Zufälle sein mussten. Anfangs war es ja auch recht harmlos. Doch dann wurde er immer … hartnäckiger, seine Berührungen immer verbotener. Wenn ich Hausaufgaben machte, beugte er sich über mich und roch an meinem Haar, oder …« Meine Stimme versagte für einen Moment, und ich musste mich räuspern. »Oder er ließ seine Lippen an meinem Ohr entlangstreifen, wenn er mich – wie auch Mom immer zur Begrüßung – auf die Wangen küsste. Er flüsterte dabei oft schmutzige Dinge, die mich rot werden ließen, nur um dann anschließend Witze darüber zu machen, wie leicht ich aus dem Konzept zu bringen wäre.«

Ich schluckte schwer.

»Es war eine schleichende Art von … Missbrauch. Als ich ihm schließlich sagte, er solle damit aufhören, drohte er, meinem Vater die Verträge zu kündigen, was riesige Auswirkungen auf das gesamte Geschäft gehabt hätte. Ich hatte … ich hatte Angst, dass ich die Existenzgrundlage meiner Eltern kaputtmachen könnte.«

Kadens Hände hielten inne und ich spürte, wie sein Körper sich anspannte. Er wollte etwas sagen, aber ich sprach schnell weiter.

»Also habe ich mich nicht gewehrt. Und so abartig es klingt – irgendwann habe ich mich sogar daran gewöhnt. An seine ständige Nähe, seine schleimigen Komplimente. An seine Hände, die inzwischen manchmal unter meinen Rock wanderten, seinen erfreuten Blick, wenn Mom mir mal wieder ein neues Kleid gekauft hatte.« Ich musste ein Würgen unterdrücken. »An einem Abend waren er und ein paar Freunde meiner

Eltern abends noch auf ein paar Drinks bei uns. Er schlich sich in mein Zimmer.«

An meinem Rücken ballte Kaden die Hände zu Fäusten.

»Er hat angefangen, mich zu küssen, doch ich habe ihn von mir gestoßen«, brachte ich hervor. »Er ging, aber er war nicht besonders amüsiert. Danach wurden seine Annäherungen nur noch penetranter. Er wusste, dass meine Eltern keinen Verdacht hegten, und ließ mich gar nicht mehr in Ruhe. Irgendwann hatte ich nur noch seine Stimme in meinem Kopf, meinte, seine Anwesenheit überall zu spüren. Ich habe mich nicht mehr nach Hause getraut.« Meine Augen begannen, zu brennen, doch ich hielt die Tränen zurück. »Ich konnte nicht mehr schlafen, nicht mehr essen. Ich blieb in der Schule, so lange es ging, dann versteckte ich mich in der Mall oder bei Freunden. Manchmal setzte ich mich auch einfach ins Kino und blieb dort, bis die allerletzte Vorstellung vorbei war. Als ich eines Tages vor Erschöpfung zusammenbrach, zwang mich meine Mutter, ihr zu erzählen, was los war.«

Ich machte eine Pause und atmete mehrmals ein und aus. Es fiel mir schwer, darüber zu sprechen. Ich hatte mich noch nie jemandem auf diese Weise anvertraut.

»Ich erzählte ihr von den Dingen, die Anderson tat und sagte, und sie wirkte bestürzt. Sie fragte mich, ob er …« Ich räusperte mich erneut. »Ob er mich vergewaltigt hätte, und ich verneinte. Dann fragte sie, ob er mich zu etwas anderem gezwungen hätte. Auch das verneinte ich. Er hatte mir ja nie wirklich wehgetan … Er hat sich mir bloß auf eine leise, ekelerregende Art aufgedrängt.«

Kaden schien die Luft anzuhalten, und ich hob meinen Kopf von seiner Brust, um ihn anzusehen. Seine Lippen waren fest zusammengepresst, und seine Augen leuchteten vor Zorn.

»Du hast meine Mutter kennengelernt. Sie würde niemals

zulassen, dass etwas Dads Geschäfte oder das Ansehen unserer Familie ruiniert. Sie hat gesagt, dass ich mir keine Sorgen machen sollte und sie mir neue, nicht so freizügige Kleidung kaufen würde.«

Kaden atmete zischend ein und seine Finger gruben sich in meinen Rücken, ohne dass er es zu merken schien. Ein Muskel an seinem Kiefer zuckte. »Das hat sie nicht getan.«

Ich seufzte. »Doch. Ich habe ihr erzählt, wie unwohl ich mich fühlte und dass ich Angst vor Anderson hatte. Angst, dass er sich noch mal in mein Zimmer schlich und ich ihn dann nicht mehr abwehren konnte. Ich wollte zur Polizei gehen und ihn anzeigen. Aber Mom ließ mich nicht. Sie sagte, mir würde niemand glauben – ich hatte keine blauen Flecke oder irgendetwas. Sie sagte, ich würde am Ende als Lügnerin dastehen. Als Lügnerin, die ihre gesamte Familie mit sich in den Abgrund gezogen hat. Sie sagte, sie würde eine Lösung finden und dafür sorgen, dass ich Anderson nicht mehr sehen musste. Und so war es dann auch … bis heute Abend.«

»Du hast in Kauf genommen, dass dieser Wichser auf freiem Fuß bleibt, damit deine Eltern keinen Schaden nehmen«, sagte Kaden mit finsterem Gesichtsausdruck.

Ich zuckte kraftlos mit den Schultern. »Ich hatte keine Wahl.«

»Du warst ein verdammtes Kind, Allie«, entgegnete er mit vor Wut bebender Stimme.

Einen Moment lang lauschte ich einfach nur Kadens schnellem Herzschlag. Es kostete mich einiges an Überwindung, weiterzusprechen.

»Ich habe weiterhin alles versucht, um so wenig Zeit wie möglich zu Hause verbringen zu müssen. Vor allem an den Wochenenden. Selbst Dad ist das aufgefallen, aber da er von der ganzen Sache ja nichts erfahren durfte, zog ich mich von ihm zurück.« Ich lachte bitter. »Und Mom … Ihr konnte ich irgendwann nicht mehr ins Gesicht sehen. Sie hat Russell mit einer Anzeige gedroht, woraufhin er noch mehr Geld in die Firma gesteckt hat. Sie hat sich von ihm für unser Schweigen bezahlen lassen.«

Jetzt zuckte Kaden heftig zusammen. Für den Bruchteil einer Sekunde flackerte in seinen Augen etwas ungemein Dunkles auf, doch bevor ich den Finger drauflegen konnte, war es wieder verschwunden und er hatte mich an sich gezogen, noch dichter als zuvor.

»Es tut mir so leid, dass du das alles durchmachen musstest«, murmelte er in mein Haar.

»Eigentlich dachte ich, dass ich es verarbeitet hätte … Ich meine, ich bin mit Kerlen ausgegangen und hab einiges probiert. Aber ihn heute zu sehen und meine Mutter auf diese Weise von ihm sprechen zu hören, hat die Wunden wieder aufgerissen.« Ich sah Andersons Gesicht vor mir, sein anzügliches Lächeln. Ich erschauderte. »Mom wollte unbedingt, dass ich heute Abend zur Gala komme. Dabei hat sie gewusst, dass er da sein würde. Wer die Auszeichnung erhält, wird Wochen vorher entschieden. Sie hat mich absichtlich ins offene Messer laufen lassen.«

Kaden schüttelte langsam den Kopf. »Ich kann mir nicht vorstellen, dass so viel Bosheit in einem einzigen Menschen steckt.«

»Ich will das alles einfach hinter mir lassen und endlich damit abschließen«, sagte ich und stieß einen Seufzer aus.

Ich war so müde. Und auch wenn gerade ein riesiges Gewicht von meinen Schultern genommen worden war, indem ich mich Kaden anvertraut hatte – ich fühlte mich verletzlicher als jemals zuvor.

»Ich möchte nach Hause«, murmelte ich nach einer Weile. »Nach Woodshill, meine ich.«

Denn das war mein Zuhause – es gab nichts, das mich noch hier hielt.

Kaden rückte ein Stück von mir ab und strich mir das Haar aus dem Gesicht. Sein Blick war noch immer finster und schwer. »Wenn es das ist, was du willst, nehmen wir den nächsten Flieger.«

kapitel 24

Wir wurden von einer strahlenden Rachel begrüßt, als wir am frühen Morgen in die Auffahrt zu Kadens Elternhaus bogen. Kaden hatte mich gefragt, ob ich etwas dagegen hätte, wenn wir noch einen kurzen Stopp bei seiner Mutter einlegen würden. Schließlich hatte er den Feiertag nicht gemeinsam mit ihr verbringen können.

Rachel öffnete meine Beifahrertür, bevor wir überhaupt richtig geparkt hatten, und nahm mich wortlos in den Arm. Sie war taktvoll genug, mein aufgedunsenes Gesicht und die dunklen Ringe unter meinen Augen nicht zu kommentieren, und warf Kaden lediglich einen langen Blick zu.

Im Wohnzimmer war der Tisch bereits gedeckt, und ich ließ mich erleichtert auf einen Stuhl sinken. Die letzten paar Tage waren nervenaufreibend gewesen. Ich musste dringend zur Ruhe kommen. Die paar Minuten, die ich im Flieger an Kadens Schulter gedöst hatte, waren bei Weitem nicht genug gewesen.

»Chads Kinder scheinen mich ganz in Ordnung zu finden«, meinte Rachel, während sie uns Kaffee eingoss.

»Das klingt gut«, sagte Kaden.

»Wie alt sind die beiden denn?«, fragte ich und schenkte mir etwas Milch ein.

»Dreizehn und siebzehn.« Rachel setzte sich mir gegenüber

an den Tisch. »Ich war verdammt aufgeregt, das kann ich euch sagen.«

Es fühlte sich an wie das Normalste der Welt, hier in diesem Haus zu sitzen und mit Kaden und seiner Mutter zu frühstücken. Sie beide gaben mir das Gefühl, willkommen zu sein und dazuzugehören. Umso mehr bedauerte ich, ihr gemeinsames Thanksgiving derart zerstört zu haben.

»Tut mir leid, dass ich euch solche Umstände bereitet habe.« Ich musste das einfach loswerden, andernfalls wäre ich noch geplatzt. »Das habe ich nicht gewollt.«

Kaden neben mir brummte und verdrehte die Augen.

»Mach dir keine Gedanken. Es war ein Notfall, und Chad hat sehr verständnisvoll reagiert. Ich freue mich, dass es deinem Vater gutgeht«, sagte Rachel warm und griff über den Tisch hinweg nach meiner Hand, um sie flüchtig zu drücken. »Außerdem hat das Essen gerade mal für uns vier gereicht. Ich hatte ganz vergessen, wieviel Teenager verdrücken können.« Ihr Lachen erfüllte den Raum. »Das nächste Mal muss ich besser planen.«

Ich war mir sicher, dass sie das nur aus reiner Höflichkeit behauptete, aber trotzdem war ich dankbar für ihre Worte. Ich sah zu Kaden, der finster in seinen Kaffee starrte. Seit letzter Nacht war er angespannt, sein Gesicht hatte sich seit unserem Gespräch kein einziges Mal aufgehellt. Auf der gesamten Rückreise hatte er kaum ein Wort mit mir gewechselt. Ich konnte verstehen, dass er meine Geschichte erst einmal verdauen musste. Mir wäre es nicht anders ergangen. Aber dass er sich so von mir zurückzog, tat weh. Zumal ich gehofft hatte … nein. Ich verbot mir, den Gedanken zu Ende zu führen.

Rachels Blick wanderte neugierig zwischen Kaden und mir hin und her, doch sie kommentierte die seltsame Stimmung zwischen uns nicht. Stattdessen begann sie, mir von ihrer ersten

Begegnung mit Chad zu erzählen, die im Wartezimmer ihres Zahnarztes stattgefunden hatte. Rachel und Chad hatten beide nach derselben Zeitschrift gegriffen und dann nicht aufhören können, einander anzulächeln. Als Chad von der Sprechstundenhilfe aufgerufen wurde, reichte er Rachel im Vorbeigehen die Zeitschrift – mit seiner Telefonnummer auf der Titelseite. Es klang unfassbar romantisch.

Nach dem Frühstück verschwand Kaden nach oben, um seine Sachen zusammenzusuchen, während ich seiner Mom dabei half, den Tisch abzuräumen und die Lebensmittel in der offenen Küche zu verstauen.

»Er hat sich solche Sorgen um dich gemacht, Allie«, sagte Rachel plötzlich und nahm den Käse entgegen, den ich ihr reichte. »Ich habe ihn noch nie so erlebt. Er konnte gar nicht stillsitzen.«

Was sollte ich darauf antworten? Vorgestern hatte ich schließlich noch beteuert, nur mit Kaden befreundet zu sein. Doch inzwischen konnte ich meine Gefühle nicht mehr leugnen. Ich empfand mehr für ihn. Viel mehr. Aber jetzt war nicht der richtige Zeitpunkt, um mir darüber Gedanken zu machen, was das zu bedeuten hatte.

»Es macht mich sehr glücklich, ihn so zu erleben«, fuhr Rachel fort und lächelte mich an. Ich wollte gerade fragen, was sie damit meinte, als mich ein Räuspern herumfahren ließ. Kaden stand mit seiner Umhängetasche im Eingangsbereich der Küche.

»Ich gehe mich noch kurz frisch machen«, sagte ich und ließ die beiden allein. Meine Wangen waren ganz warm geworden.

Im Gästebad spritzte ich mir kaltes Wasser ins Gesicht. Danach presste ich mir die nassen Handflächen gegen die Wangen und versuchte, meine Gefühle wieder einigermaßen in den Griff zu bekommen. So konnte es nicht weitergehen. Ich konnte nicht jedes Mal weiche Knie bekommen, wenn Kaden in meiner Nähe war. Wir wohnten schließlich zusammen. Und egal, was zwischen uns geschehen würde – als Freund wollte ich ihn auf keinen Fall verlieren.

Ich atmete ein letztes Mal tief durch und ging zurück in die Küche, um mich von Rachel zu verabschieden. Ein leises Murmeln drang bis zum Flur vor. Ich blieb stehen.

»Da hast du etwas missverstanden.« Kadens Stimme klang kalt.

Rachel lachte. »Denkst du, ich habe keine Augen im Kopf? Ich sehe doch, wie ihr miteinander umgeht.«

»Mag schon sein, dass da etwas funkt, aber mehr als Freundschaft ist das nicht, Mom.«

Das Herz sackte mir in die Hose.

»Und warum, wenn ich fragen darf?«

»Darfst du nicht.«

Kadens Mutter gab einen wüsten Fluch von sich. Jetzt wusste ich, von wem er sein schmutziges Mundwerk hatte. »Ich bin deine Mutter – ich darf fragen, was ich …«

»Sie schleppt einfach zu viel mit sich herum, okay?«, flüsterte Kaden eindringlich. »Damit komme ich nicht klar. Und damit will ich auch überhaupt nicht klarkommen. Ich kann mich nicht ständig um jemanden kümmern, der an jedem Scheiß zu zerbrechen droht.«

»Oh, Kaden. Sie ist nicht Kendra, Schatz.«

»Lass einfach gut sein, Mom.«

Seine Worte waren wie ein Schlag in meinen Magen. Ich schnappte hörbar nach Luft, und sofort hielten die Stimmen inne. Hastig beugte ich mich runter und schlüpfte in meine Stiefel, als Kaden und Rachel aus der Küche kamen und zu mir in den Flur traten. Ich blickte auf und brachte ein schmales Lächeln zustande.

Kaden verabschiedete sich von seiner Mutter, und ich tat es ihm gleich. Ich bedankte mich ein letztes Mal für alles. Danach stieg ich wie betäubt in den Jeep und winkte Rachel, während Kaden den Wagen von der Auffahrt lenkte.

Die ganze Fahrt über täuschte ich einen tiefen Schlaf vor.

Während Kaden den Wagen parkte, tat ich, als würde ich aufwachen. Wir gingen schweigend nach oben, und als er die Tür zu unserer Wohnung öffnete, breitete sich trotz des pochenden Schmerzes in meinem Herzen ein Glücksgefühl in mir aus. Ich war so froh, wieder zu Hause zu sein. Hier fühlte sich alles … richtig an. Als gehörte ich genau hier hin. An diesen einen Ort.

»Möchtest du duschen? Ansonsten würde ich zuerst gehen«, sagte Kaden und legte seine Tasche im Flur ab. Er streifte sich die Schuhe von den Füßen und hielt mir die Hand hin, damit ich ihm meine Jacke gab. Ich tat, als hätte ich seine stumme Aufforderung nicht gesehen.

»Du kannst zuerst«, sagte ich und ging an ihm vorbei in mein Zimmer. Ich schloss die Tür leise hinter mir und stellte meine Reisetasche auf dem Boden ab. Einen Moment später hörte ich, wie die Dusche anging.

Wie ferngesteuert machte ich mich daran, meine Sachen auszupacken. Ich schmiss die Schmutzwäsche in meinen Wäschekorb und fing an, mein Zimmer bis zur hintersten Ecke aufzuräumen. Ich musste mich beschäftigen, egal womit.

Die letzten Tage waren eine reine Gefühlsachterbahn gewesen, und ich hatte es einzig und allein Kaden zu verdanken, dass ich innerlich nicht völlig zerbrochen war. Er war zu mir gekommen, als ich ihn am dringendsten brauchte, hatte mir zugehört und mich gehalten. Ich dachte, er wollte, dass ich mich ihm öffnete und ihm meine Geschichte anvertraute. Ich dachte, er würde nicht weglaufen, wenn er wusste, wieviel Ballast ich wirklich mit mir herumschleppte. Ich dachte, er würde etwas für mich empfinden, so wie ich für ihn.

Aber jetzt wusste ich, dass dem nicht so war.

Ich fragte mich, was Kaden am meisten abschreckte. Was Anderson mir alles angetan hatte? Dass ich auf meine Mom gehört und geschwiegen hatte? Oder mein Zusammenbruch am gestrigen Abend?

Aber es nützte nichts, sich darüber den Kopf zu zerbrechen.

Kaden wollte mich nicht. Das wusste ich jetzt. Das, was zwischen uns im Hotel geschehen war, hatte ihm nichts bedeutet.

Ich war selbst schuld. Schließlich hatte Kaden nie ein Geheimnis daraus gemacht, dass Gefühle für ihn tabu waren und er keine Beziehung suchte. Ich selbst war vor ein paar Tagen noch überzeugt gewesen, dass wir die Sache zwischen uns beenden mussten, bevor mehr daraus wurde und wir die Kontrolle verloren. Aber ich hätte mir keine Gedanken machen müssen – Kaden hatte nie vorgehabt, *mehr* aus uns werden zu lassen. Und jetzt konnte ich ihm noch viel weniger einen Vorwurf machen – niemand wollte jemanden, der so viele Probleme mit sich herumschleppte.

Trotzdem fühlte es sich an, als schlössen sich kalte Klauen um mein Herz, die fest zudrückten.

kapitel 25

Die restlichen Ferientage schleppten sich nur so dahin. Zwischendurch meldete sich Dawn bei mir, um mir von ihrem Thanksgiving zu berichten. Ihr Exfreund war aufgetaucht, gemeinsam mit seiner neuen Freundin, was für Dawn richtig schlimm gewesen war – ich war also nicht die Einzige, die eine miese Zeit gehabt hatte. Heute würde sie zurück nach Woodshill kommen, und ich konnte es kaum erwarten, sie endlich wiederzusehen. Ich war mein Bett nämlich langsam leid, und auch die Serien, mit denen ich mich abzulenken versuchte, gingen mir allmählich aus.

Kaden und ich waren uns in den letzten Tagen aus dem Weg gegangen. Nicht einmal den Kaffee teilten wir. Jeder kochte sich seine eigene Kanne – was für uns einen echten Rückschritt bedeutete. Ich hatte ihn in der gesamten Zeit genau zweimal zu Gesicht bekommen, und da war er gerade dabei gewesen, die Wohnung zu verlassen.

Die Funkstille schmerzte mich. In der ersten Nacht war es mir ziemlich schwergefallen, nicht aufzustehen und zu ihm zu gehen – ob er mich wollte oder nicht. Ich vermisste ihn und sehnte mich nach seiner Nähe. Doch gleichzeitig wusste ich, dass der kalte Entzug eindeutig der richtige Weg für uns war. Wir hatten dringend Abstand nötig.

Und ich musste dringend aus dieser Wohnung raus, wenn

auch nur für ein paar Stunden. Als Dawn mir schrieb, dass sie im Wohnheim war und ich vorbeikommen könnte, pfiff ich sogar auf mein Aussehen und ließ meine gemütlichen Sachen an. Wir würden uns gegenseitig von unseren Ferien berichten und dabei eine Menge Süßigkeiten verdrücken. Momentan konnte ich mir nichts Schöneres vorstellen.

Kaden und Spencer saßen im Wohnzimmer und spielten Playstation. Ich runzelte die Stirn. Ich hatte gar nicht mitbekommen, dass Spencer da war.

»Hey Allie«, rief er fröhlich und wedelte mir mit seinem Controller zu.

»Na Spence, wie geht's dir?«, gab ich zurück und klaubte meinen Schlüssel vom Küchentresen.

»Kann nicht klagen – oh verdammte Scheiße!«

»Wer mit dem Controller Quatsch macht, verliert«, sagte Kaden trocken und lehnte sich auf dem Sofa zurück.

Schön, dass es ihm so gutging. Arschloch. Ich versuchte, mir nicht anmerken zu lassen, wie sehr mich sein Verhalten verletzte. Er hätte mich wenigstens begrüßen können. Oder mein Outfit kommentieren. Oh Mann, wenn mir selbst seine bissigen Bemerkungen fehlten, sollte ich vielleicht zum Neurologen gehen und meine Nervenzellen untersuchen lassen. Irgendetwas in meinem Hirn funktionierte nämlich ganz offensichtlich nicht richtig.

»Gehst du zu Dawn?«, fragte Spencer und legte den Controller nun ganz beiseite, um mich anzusehen. Wäre ich nicht so sauer auf Kaden gewesen, hätte mich das hoffnungsvolle Leuchten in seinen Augen zum Lachen gebracht. »Ist sie wieder da?«

»Ja. Wir haben einiges nachzuholen.«

Spencer nickte. »Grüß sie von mir.«

»Mache ich.« Ich wandte mich zum Gehen.

»Viel Spaß, Allie.«

Mitten in der Bewegung hielt ich inne und sah über meine Schulter zu Kaden. Sein Blick war auf den Fernseher gehaftet und flackerte nur einmal kurz zu mir.

Ich seufzte leise. »Euch auch.«

Das Wohnheim war zwar nicht mehr ausgestorben, aber trotzdem immer noch ziemlich still. Ich konnte mich sogar durch die verwinkelten, schmalen Gänge bewegen, ohne ständig mit jemandem zusammenzustoßen – wenn das mal keine Premiere war.

Ich klopfte ein paarmal gegen Dawns Zimmertür, und nach nur wenigen Sekunden wurde sie aufgerissen.

Verwirrt hielt ich inne und blinzelte.

Vor mir stand nicht Dawn. Das war Sawyer. Kadens Nicht-Freundin, mit der ich an meinem ersten Wochenende in Woodshill aneinandergeraten war und die ich seither nicht mehr in der Nähe unserer Wohnung gesehen hatte.

»Was machst du denn hier?«, platzte ich verwundert hervor.

Sawyer sah nicht überrascht aus, mich zu sehen, sondern verdrehte nur die Augen. »Ich wohne hier«, sagte sie und machte Platz, damit ich eintreten konnte. »Leider. Wenn du sie dazu bringst, mit dem Heulen aufzuhören, gebe ich dir Geld.« Sie beugte sich runter und schnürte ihre Doc Martens. Dann rauschte sie an mir vorbei und knallte die Tür hinter sich zu.

Verdutzt starrte ich ihr hinterher. Sawyer war also die seltsame Mitbewohnerin, der Dawn stets aus dem Weg zu gehen versuchte. Verrückt.

Ich schüttelte den Kopf. Darüber konnte ich später immer noch rätseln. Jetzt musste ich mich erst mal um Dawn kümmern.

Sie lag zusammengerollt auf dem Bett und hatte die Decke wie einen schützenden Kokon um sich herum gezogen.

»Dawn?«, fragte ich vorsichtig.

»Die spinnt«, drang es undeutlich durch die Decke. Dann hob sich eine Ecke, und ein Teil von Dawns Gesicht kam zum Vorschein. Sie sah so aus, wie ich mich seit Thanksgiving fühlte. Nicht blendend. »Ich heule überhaupt nicht.«

Ich kniete mich vor das Bett und strich ihr eine kastanienrote Strähne aus der Stirn. »Bist du einfach nur müde?«

Sie schüttelte den Kopf, und der gesamte Deckenhaufen bewegte sich mit ihr. Fast musste ich lachen.

»Nein. Ich verstecke mich lediglich.«

»Vor wem?«, fragte ich.

»Vor der Welt.«

Ich nickte und streifte mir meine Schuhe von den Füßen. »Ist in deinem Versteck noch Platz?«

Sofort rutschte sie zur Seite und hob die Decke an, damit ich mit darunter schlüpfen konnte. Nachdem ich mich neben sie gelegt hatte, zog sie die Decke über unsere Köpfe.

»Nett hast du's hier«, scherzte ich.

Dawn brummte. Ihre Wangen waren gerötet, aber sie sah nicht aus, als hätte sie geweint. Eher, als wäre sie stinksauer.

»Was ist los, Dawn?«

Sie seufzte. »Es war ein Desaster. Bringt der Idiot einfach seine Neue mit zum Essen bei *meinem* Vater. Ich hätte ihn am liebsten umgebracht.«

»Er ist und bleibt ein Arschloch«, stimmte ich zu.

Sie erzählte mir von jenem Abend. Wie ihr ein Glas heruntergefallen war, als er plötzlich in der Küche stand – mit *ihr* im Arm. Und wie seine Eltern sie die ganze Zeit über mitleidig angesehen hatten, was Dawn bloß noch wütender gemacht hatte.

»Und wir Rothaarigen neigen dazu, unsere Gefühle ganz offen zur Schau zu tragen, nämlich mit unserer Gesichtsfarbe«, murrte sie. »Noch nie in meinem Leben habe ich so ein schlimmes Thanksgiving erlebt. Hoffentlich war deins besser.«

Am liebsten hätte ich Dawn alles erzählt – auch von Anderson und meinem Zusammenbruch. Doch obwohl ich im Leben noch nie eine Freundin gehabt hatte, der ich so sehr vertraute – ich konnte nicht. So weit war ich noch nicht. Also beschränkte ich mich auf Moms Anruf. Und natürlich auf Kaden, der mir nachgereist war und mich zur Gala begleitet hatte.

Als ich fertig war, seufzte Dawn. »Dieser Kerl ist so vernarrt in dich.« Sie wickelte sich eine Haarsträhne um den Finger.

»Leider nicht«, gab ich im selben Tonfall zurück, ehe ich mich zurückhalten konnte.

Sofort richtete Dawn sich ein Stück auf »Heißt das etwa, dass *du* Gefühle für ihn hast?«

Ich schluckte. »Ja.«

»Aber das ist doch toll, Allie!«

»Ich habe mitangehört, wie er zu seiner Mom gesagt hat, ich würde zu viel Ballast mit mir rumschleppen«, sagte ich schnell, bevor sie sich zu sehr freute.

Dawn starrte mich mit offenem Mund an. »Wie bitte?«

»Er hat gesagt, dass er keine Lust hat auf jemanden, der an jeder Kleinigkeit zu zerbrechen droht.« Es tat weh, seine Worte laut zu wiederholen.

Dawn ließ sich langsam wieder zurücksinken und schob anschließend die Decke von unseren Gesichtern, damit wir Luft holen konnten.

»So ein Wichser.«

Ich schnaubte. »Das kannst du laut sagen.«

»SO EIN …«

»Dawn!«, unterbrach ich sie lachend und rollte mich auf die Seite. Wir grinsten uns breit an.

Den restlichen Nachmittag aßen wir Schokolade und vertrauten uns Dinge aus unserer Vergangenheit an. Ich erfuhr mehr über Dawns enges Verhältnis zu ihrem Vater und erstmals auch etwas über ihre Mutter, die sie bereits vor Jahren verlassen hatte. Außerdem erzählte mir Dawn von ihrem Exfreund, dass er immer für sie da und ihr eine enorme Stütze gewesen war – bis er sie betrogen hatte. Ich erzählte ihr im Gegenzug von meinen Eltern, und dass ich endlich genug Mut geschöpft hatte, um mich von ihnen loszusagen.

Obwohl ich Dawn noch nicht alles anvertrauen konnte, und sie mir sicher auch nicht, fühlte ich mich gut. Die gemeinsamen Stunden hatten uns wieder etwas enger zusammengeschweißt. Wir waren definitiv auf dem richtigen Weg. Dawn und ich gegen die Welt.

»Ich finde, wir sollten aufhören, uns zu verstecken, und stattdessen anfangen, die Welt zu erobern«, meinte Dawn irgendwann.

Inzwischen lag sie auf dem Rücken, ihre Beine an der Wand beim Bett hinaufgestreckt. Ich dagegen hatte es mir auf dem Bauch bequem gemacht.

»Die Welt erobern?« Ich hob eine Augenbraue. »Meinst du wirklich, wir sind schon so weit?«

»Naja, ich meinte jetzt nicht von heute auf morgen. Aber wir könnten – ich weiß nicht – etwas unternehmen. Unser Mojo wieder aufbauen.« Sie wackelte mit den Zehen, und erst jetzt fiel mir auf, dass ihre beiden Socken nicht zueinander gehörten.

»Mojo? So ein Kräuter-Glücksbringer-Beutel?« Ich setzte mich auf. »Hast du so etwas etwa?«

»Ich glaube, dann meinte ich doch eher Karma. Dieses Schicksalszeug, das einem tolle Dinge verspricht, wenn man nett ist.«

»Du willst der Welt also zeigen, wie fabelhaft wir sind, damit sie auch mal fabelhaft zu uns ist?«

»Ich glaube, ich hab zu viel Schokolade gegessen. Ich kann nicht mehr klar denken. Aber ja, so in etwa.« Dawn sah mich grinsend an. »Also, bist du dabei?«

Und wie ich dabei war.

Zum ersten Mal, seit ich Dawn kannte, waren wir gleich groß – allerdings nur, weil sie die höchsten Absätze trug, die ich je in meinem Leben gesehen hatte, und ich gezwungenermaßen mit meinen flachen Stiefeln Vorlieb nehmen musste. Dawns Füße waren viel kleiner als meine, weshalb ich in ihrer Schuhsammlung leider nicht fündig geworden war. Dafür hatte sie mir eines ihrer Oberteile mit tiefem Ausschnitt geliehen. Da ich größer war als sie, saß es ziemlich knapp. Aber das war mir egal.

Wir waren fabelhaft, und die Welt inklusive ihrer hinterhältigen Mütter, verlogenen Exfreunde und bindungsgestörten Kadens konnte uns den Buckel runterrutschen.

Heute würden wir ausgehen und auf alles pfeifen. Es ging nicht darum, dass wir uns betäuben wollten, so wie ich das früher immer getan hatte. Ganz im Gegenteil. Dawn und ich wollten Spaß haben und feiern. Und das hatten wir auch dringend nötig, nachdem wir fast den ganzen Tag Trübsal geblasen hatten.

Wir kamen genau zum richtigen Zeitpunkt beim *Hillhouse* an. Die Schlange war kurz, und wir mussten nicht lange anstehen. Drinnen standen einige Leute in Gruppen herum oder tanzten, aber es war keineswegs unangenehm voll. Wir bestellten uns Cocktails und ergatterten sogar einen der guten Plätze an einem der Tische weiter hinten im Club, wo wir auf gutes Karma anstießen.

»Nächstes Jahr verbringen wir Thanksgiving einfach gemeinsam«, schlug Dawn vor.

Ich nickte energisch. »Eine bessere Idee hattest du noch nie.«

»Wir sind halt richtig … Scheiße.«

»Jetzt«, gab ich verwirrt zurück, »kann ich dir nicht mehr so ganz folgen.«

»Nicht umdrehen«, zischte Dawn und starrte mich aus ihren Rehaugen an.

Hätte sie gesagt, ich solle mir anschauen, wie hübsch ihr Cocktail verziert war, wäre ich mit Sicherheit darauf reingefallen.

So drehte ich mich natürlich sofort um.

Soeben hatten Monica, Ethan, Spencer und Kaden den Raum betreten. Ich wollte schnell den Blick abwenden und so tun, als hätte ich sie nicht gesehen, doch da hatte Monica uns schon entdeckt und begonnen, schnurstracks auf uns zuzusteuern.

»Sollen wir gehen?«, fragte Dawn, doch ich schüttelte den Kopf.

»Wir wohnen zusammen. Da wird ein gemeinsamer Abend keinen großen Unterschied machen«, sagte ich leise und kaute auf meinem Strohhalm herum.

»Na, ihr beiden? Wie geht's euch?«, fragte Monica, als sie mit den Jungs im Schlepptau bei unserer gemütlichen Sitzecke angelangt war.

»Großartig«, sagte Dawn und erdolchte Kaden mit ihren Blicken. Kaden schien es nicht zu bemerken. Für den Bruchteil einer Sekunde fixierte er meinen Ausschnitt, bevor er sofort wieder wegsah.

»Fabelhaft«, stimmte ich meiner Freundin zu, und wir mussten beide kichern.

Ethan beäugte die vollen Gläser vor uns auf dem Tisch. »Habt ihr schon einen sitzen?«

»Nein, wir hatten nur reichlich Schokolade«, sagte Dawn stolz.

»Hat Allie meine Grüße ausgerichtet?«, fragte Spencer und setzte sich ohne Aufforderung auf den Stuhl neben sie. Sofort wurden ihre Wangen rot.

»Das habe ich leider vergessen. Sorry, Spence«, meinte ich entschuldigend. Monica kletterte auf den Stuhl auf Dawns anderer Seite, und Ethan setzte sich ihr gegenüber. Für Kaden blieb also nur noch der Platz neben mir. Erstklassig. Er zögerte einen Moment, als wäre er unschlüssig, ob er sich setzen konnte. Ich nahm ihm die Entscheidung ab und erhob mich, ohne ihn eines Blickes zu würdigen.

»Ich gehe tanzen«, verkündete ich und verschwand in Richtung der Tanzfläche.

Meinen Cocktail ließ ich stehen. Mir war nicht nach Alkohol. Ich konnte das nicht. Ich konnte nicht in Kadens Nähe sein und so tun, als wäre nichts gewesen. Vor allem, seit mir bewusst geworden war, dass ich etwas für ihn empfand. Ich brauchte dringend Abstand von ihm, wenn diese Gefühle wieder verschwinden sollten. Aber leider war das nicht ganz so leicht, wenn man zusammenwohnte. Und dieselben Freunde hatte. Wir alle waren inzwischen fest zusammengewachsen, das wollte ich auf keinen Fall kaputt machen.

Statt wie angekündigt tanzen zu gehen, setzte ich mich auf die entgegengesetzte Seite der Bar, wo mich die anderen nicht sehen konnten. Ich bestellte mir ein Wasser und rührte mit dem Strohhalm lustlos darin herum, sodass die Eiswürfel klirrend gegen den Rand stießen. Ich ließ einen schlechten Song nach dem anderen über mich ergehen und wimmelte zwei Typen ab, die mich in ein Gespräch verwickeln wollten.

Nach einer Weile tauchte Spencer neben mir auf. »Allie?«, fragte er zaghaft. Ein wachsamer Blick lag in seinen Augen, und er lehnte sich neben meinem Drehstuhl seitlich an den Tresen. Er trug wieder eines seiner karierten Hemden, das heute komplett offen stand, und darunter ein schwarzes Shirt. Seine dunklen Haare hatte er nach oben gestylt. Nicht zum ersten Mal fiel mir auf, dass er – objektiv betrachtet – ziemlich attraktiv war.

»Hey«, sagte ich gezwungen fröhlich und nippte an meinem Wasser, als wäre es harter Schnaps. In Wirklichkeit bekam ich einfach nichts runter.

»Was ist los?«, fragte er und sah mich forschend an. Als ich nicht antwortete, fuhr er fort: »Komm schon, Allie. Ich bin nicht blind. Kaden geht es mies und dir auch. Irgendwas ist passiert.«

»Dann frag doch ihn«, fauchte ich, bereute aber noch im selben Moment meinen Tonfall. Ich schüttelte den Kopf. »Tut mir leid. Du kannst nichts dafür.«

Er grinste schief. »Kein Ding. Willst du drüber reden?«

Wieder schüttelte ich den Kopf.

»Okay«, meinte Spencer und stützte sich mit den Ellenbogen auf dem Bartresen ab. »Dann rede ich eben. Seit du bei ihm eingezogen bist, hat Kaden sich verändert. Ich habe ihn noch nie so locker erlebt, und ich kenne ihn schon eine ganze Weile. Er ist viel entspannter – für seine Verhältnisse – und nicht mehr so aggressiv.«

»Das liegt mit Sicherheit nicht an mir«, murmelte ich.

»Doch, tut es, und das weißt du auch«, widersprach er mir. »Das war doch nur eine Frage der Zeit mit euch beiden. Ihr solltet jetzt langsam mal euren Scheiß gebacken bekommen, damit nicht alle um euch herum darunter leiden müssen.«

»Ich …«

»Nein«, unterbrach er mich. Sein Blick war eindringlich. »Hör zu, Allie. Kaden hat eine Menge Mist erlebt und braucht länger, bis er mal jemanden an sich heranlässt. Du hast es schon ziemlich weit geschafft. Ich schaue ganz sicher nicht noch mal dabei zu, wie er die einzige Sache zerstört, die ihn glücklich macht.«

Er hielt mir seine Hand hin. Perplex starrte ich ihn an.

»Entweder du kommst jetzt mit, oder ich erzähle allen, die ich kenne, dass du beim Anblick einer Pizza geheult hast.« Ich wusste, dass Spencer es ernst meinte. Nicht nur, was die Pizza-Geschichte anging, sondern auch, wenn er sagte, dass er Kaden damit nicht davonkommen lassen würde.

Und wenn ich ehrlich war, dann wollte ich ja auch, dass zwischen Kaden und mir wieder alles in Ordnung kam. Nur hatte ich keinen blassen Schimmer, wie wir das bewerkstelligen sollten.

Ich schob das Wasser zur Seite und legte meine Hand in Spencers, der mich mit einem vielsagenden Blick auf die Tanzfläche führte. In der Mitte blieb er plötzlich stehen, schlang seinen Arm um meine Taille und zog mich an sich.

»Was zur Hölle?« Ich legte sofort meine Hände auf seinen Brustkorb, um ihn von mir zu drücken.

»Vertrau mir«, sagte er bloß und begann dann, sich im Takt der Musik zu bewegen. Von hier aus konnten uns die anderen mit Sicherheit sehen.

»Ist das dein Ernst? Du willst ihn *eifersüchtig* machen?«, fragte ich lachend. Spencers Berührung war nicht fordernd, sondern freundschaftlich, und ich entspannte mich ein bisschen. Meine Hände ließ ich auf seinem Oberkörper liegen.

»Zehn«, murmelte er und zog mich noch ein Stück näher an sich heran.

Ich wagte es nicht, mich umzusehen. »Spencer, das ist lächerlich.«

»Neun«, fuhr er ungerührt fort und führte mich grinsend in eine Drehung.

Kaden würde niemals auf so ein bescheuertes Alphatiergehabe reagieren. Schließlich hatte er nicht mal mit der Wimper gezuckt, als Scott und ich damals miteinander getanzt hatten. Und das war eindeutig heißer gewesen als Spencers und meine Vorführung im Moment.

»Acht.«

Wobei damals auch noch nichts zwischen uns passiert war.

»Sieben.«

Ich musste endlich aufhören, mir Hoffnung zu machen. Kaden wollte mich nicht, und er würde mich auch nie wollen. Ich hatte gehört, was er zu seiner Mutter gesagt hatte, zu der er immer und ohne Ausnahme ehrlich war. Eine noch eindeutigere Antwort konnte ich nicht bekommen.

»Sechs.« Spencer strich mir das Haar aus dem Gesicht und senkte seinen Kopf ein Stück nach unten. Er lachte auf, als hätte ich etwas unfassbar Witziges gesagt, bevor er mich wieder an sich zog. Meine Güte, er war gut. Das sollte er mal mit Dawn machen, dann würde sie ihm sofort aus der Hand fressen.

»Fü…«

Wie aus dem Nichts stand plötzlich Kaden neben uns.

Alles geschah viel zu schnell. Er riss Spencer von mir weg, stieß ihn nach hinten und stürzte sich auf ihn.

»Was soll die Scheiße, Mann?«, knurrte er und packte Spencer mit beiden Händen am Hemd.

Anstatt auch nur den winzigsten Anflug von Beunruhigung zu zeigen, grinste dieser bloß träge. »Nur weil du sie wie Müll behandelst, Kaden, heißt das nicht, dass sie für den Rest von uns tabu ist.«

Kaden holte aus und schlug Spencer ins Gesicht. Er taumelte zu Boden.

»Kaden!«, rief ich bestürzt und schlang von hinten meine

Arme um ihn, bevor er sich erneut auf seinen Freund stürzen konnte.

Kaden bebte vor Wut, als er seine Hand ausschüttelte und laut fluchte. Die Umstehenden wurden unruhig und starrten ihn verängstigt an. Von Weitem sah ich, wie zwei Türsteher entschlossen anrückten.

»Geht«, zischte Spencer und rappelte sich auf. Sein rechtes Auge fing bereits jetzt an, zu schwellen. Er legte seine Hand darauf und zuckte vor Schmerz zusammen. »Haut endlich ab.«

»Spence …«, murmelte Kaden, doch Spencer hob die Hand, um ihn vom Weiterreden abzuhalten.

»Alles gut, Mann. Ich hätte es nicht so übertreiben müssen.« Er versuchte, zu lächeln, brachte allerdings nur eine schmerzverzerrte Grimasse zustande. Dann sagte er ein letztes Mal eindringlich: »Jetzt geht schon.«

Kaden schien aus seiner Schockstarre zu erwachen. Er fasste mich bei der Hand und zog mich mit sich in Richtung des Notausgangs. Hoffentlich würden die Türsteher uns nicht nachkommen. Ich traute mich nicht, über meine Schulter zu blicken.

Kalter Wind peitschte mir ins Gesicht, als ich hinter Kaden durch die schwere Metalltür ins Freie trat.

In großen Schritten lief er über den Parkplatz und raufte sich das Haar. »Verfluchte Scheiße!«

Seine Stimme hallte durch die Nacht.

»Kaden«, fing ich zaghaft an, doch er wirbelte herum und hob die Hand. Ich hatte ihn noch nie so aufgebracht erlebt.

»Nein«, knurrte er.

»Kaden, bitte …«

»Lass mich in Ruhe, Allie. Lass es einfach gut sein, verdammt.« Er drehte sich um und rannte beinahe die letzten

Meter zu seinem Jeep. Ohne auf mich zu achten, stieg er ein und startete den Motor.

Und bevor ich mich versah, war er mit quietschenden Reifen davongefahren.

kapitel 26

Für einen Moment erwog ich, zurück in die Bar zu gehen, doch dafür war ich zu wütend. Also stapfte ich nach Hause. Zum ersten Mal, seit ich Kaden und Rachel in Portland belauscht hatte, war ich nicht traurig. Neben kochend heißem Zorn war in mir kein Platz für eine weitere Emotion, schon gar nicht, als ich auch noch den Jeep vor unserem Wohnhaus stehen sah.

Dieser verdammte Arsch hatte mich tatsächlich auf dem Parkplatz stehen gelassen, nur um dann auf direktem Weg nach Hause zu fahren. Und das nach der Kacke, die er im Club abgezogen hatte …

Ich raste nach oben, zwei Stufen auf einmal nehmend. Ich war so aufgebracht, dass meine Hand zittere und ich erst beim vierten Mal mit dem Schlüssel ins Schlüsselloch traf und die Tür aufbekam.

Aus Kadens Zimmer drang laute Musik. Am liebsten hätte ich sofort losgeschrien, auch wenn ich wusste, dass er mich nicht hören würde. Ich war so sauer.

Ich pfefferte meine Schuhe in die Garderobe und zerstörte dabei Kadens penibles Ordnungssystem. Meine Jacke landete auf dem Boden und meine Tasche auf der Couch im Wohnzimmer.

Mit zu Fäusten geballten Händen stapfte ich auf sein Zimmer zu. Ich zögerte keinen Moment, sondern stieß die Tür mit voller Wucht auf. Ohne Kaden eines Blickes zu würdigen, steuerte ich auf die Stereoanlage zu und drückte wahllos auf ein paar Knöpfe. Nichts passierte. Ich schrie frustriert auf, bückte mich und riss kurzerhand den Stecker aus der Steckdose. Augenblicklich wurde es still.

Ich fuhr zu Kaden herum. »Willst du mich eigentlich verarschen?«, fuhr ich ihn an.

Er saß auf seinem Bett, nach vorn gebeugt, mit den Armen auf den Oberschenkeln. Auf seiner rechten Hand lag etwas, das aussah wie ein Beutel Tiefkühlgemüse.

Er sagte nichts, sondern starrte stur zu Boden.

»Ich habe dich was gefragt«, sagte ich noch lauter.

»Das habe ich gehört.« Seine Stimme war völlig emotionslos.

»Was zum Teufel stimmt nicht mit dir?«

Er schwieg und sah mich weiterhin nicht an.

Ich wusste nicht, wohin mit meiner Wut. Am liebsten hätte ich ihn einfach nur geschüttelt. Das, was er gerade tat, verletzte mich viel mehr als die Worte, die er zu seiner Mutter gesagt hatte. Ich verdiente es nicht, so behandelt zu werden.

»Wieso tust du das?«, fragte ich. »Ich weiß, dass das mit uns alles ein bisschen viel war, okay? Und es tut mir leid, dass du in mein ganzes Drama hineingeraten bist. Aber du wolltest, dass ich dir alles erzähle. Wenn du damit jetzt nicht klarkommst, ist das dein Problem. Und es ist kein Grund, so fies zu sein. Damit machst du alles kaputt, Kaden. Einfach alles.«

»Und wenn ich genau das will?«, fragte er leise.

»Warum solltest du?«, fauchte ich.

Kaden betrachtete den Beutel auf seiner Hand. »Ich kenne es nicht anders.«

»Das ist der größte Schwachsinn, den ich jemals gehört habe.« Mein Ton war, ohne es zu beabsichtigen, völlig ruhig geworden.

Plötzlich stand Kaden auf. Er ließ den Beutel auf den Boden fallen und trat in einem einzigen, langsamen Schritt auf mich zu.

»Ich bin ein Arschloch, Allie«, sagte er beunruhigend leise, und sein dunkler Blick war unergründlich. »Ein riesengroßes Arschloch, das sogar seinen besten Freund schlägt. Gewöhn dich endlich dran. Das wird sich nicht ändern.«

Ich schnaubte. »Du hast Spencer nicht geschlagen, weil du ein Arschloch bist. Du hast ihn geschlagen, weil du es nicht erträgst, mich mit einem anderen Kerl zu sehen.«

»Ja«, sagte er schroff.

»Du kommst nicht damit klar, weil du irgendwas erlebt hast, über das du nie redest, und …« Ich hielt inne und starrte ihn an. »Was hast du gerade gesagt?«

Er machte einen weiteren Schritt auf mich zu. »Ja.«

Ich wich zurück. Damit hatte ich nicht gerechnet. »Was soll das jetzt schon wieder heißen?«

Kaden atmete hörbar aus. Er rieb sich mit den Händen ein paarmal über das Gesicht und schüttelte dabei den Kopf. Dann hielt er inne und blieb für einen Moment regungslos stehen. Als er seine Hände schließlich sinken ließ, war sein Gesichtsausdruck plötzlich nicht mehr unnahbar und verschlossen, sondern ganz … liebevoll.

»Ja, Allie. Ja, dich und Spencer so zu sehen hat mich wahnsinnig gemacht. Ja, ich bin verunsichert, und das alles jagt mir eine Heidenangst ein. Ja, ich habe mich seit Kendra auf niemanden mehr eingelassen, und ja, ich hasse es, dass du in mir das Bedürfnis weckst, dir alles von mir zu zeigen und zu geben.«

Mir stockte unwillkürlich der Atem. Das Blut rauschte in meinen Ohren, als ich Kaden mit offenem Mund anstarrte, unfähig, zu reagieren.

»Du bringst mich total aus dem Konzept. Ich wollte nie wieder jemanden an mich heranlassen, aber du hast es trotzdem irgendwie geschafft. Du machst mich wahnsinnig mit deinem Geplapper, und manchmal würde ich dir am liebsten den Mund zukleben.« Er fuhr sich in einer ruppigen Bewegung über den Hinterkopf. »Ich bin kein netter Kerl, und ich will dich nicht in meinen Mist verwickeln, weil ich weiß, dass du selbst genug um die Ohren hast … aber Gott verdammt, Allie«, stieß er hervor. »Ich bin verrückt nach dir.«

Er legte seine Hand zaghaft an meine Wange. Seine Finger zitterten, und ich merkte, wie sehr er sich gerade zurückhielt. Seine Daumen strichen über meine Haut, eine Berührung, die ich in meinem gesamten Körper spürte. Er holte tief Luft. »Ich bin vollkommen verrückt nach dir.«

»Aber … aber du hast deiner Mom gesagt …« Meine Stimme versagte, so intensiv war sein Blick. Ich schluckte schwer. Kaden war wie ein Wirbelsturm, der mich jeden Moment mitreißen würde.

»Was hätte ich denn zu ihr sagen sollen? Ich wusste ja selbst nicht, was das zwischen uns ist«, raunte er. »Du kennst meine Mom nicht. Sie hätte niemals locker gelassen. Aber zu denken, dass ich dich nicht will, weil du eine schlimme Vergangenheit hast … Allie, das ist Schwachsinn. Für mich bist du jetzt noch viel stärker. Ich bewundere dich für deinen Mut, deine Stärke und dein Vertrauen zu mir.«

»Du konntest mich danach nicht einmal richtig ansehen«, sagte ich verwirrt. Ich hatte mich noch immer nicht vom Fleck bewegt.

»Weil ich Angst hatte, dass es mit meiner Selbstbeherrschung dann vorbei gewesen wäre. Du hast keine Ahnung, wie schwer es mir gefallen ist, in den letzten Nächten nicht zu dir zu kommen. Ich wollte dich so sehr …« Kaden sah mich eindringlich an, sein Blick löste sich keine Sekunde von meinem Gesicht. »Und mir ist klargeworden, dass ich gerne derjenige bin, der dich zusammenhält, wenn du auseinanderfällst.«

»Du machst Witze«, stammelte ich.

»Ich bin ein Mistkerl und glaube auch nicht, dass da noch Hoffnung für mich besteht. Aber ich bin gerne der Mistkerl, der für dich da ist. Der mit dir wandern geht, wenn du es nicht mehr in der Wohnung aushältst. Oder mit dir nach Denver zu deinen verrückten Eltern fährt.«

Dieses Gespräch hatte sich in eine völlig andere Richtung entwickelt, als ich es erwartet hatte. Ich hatte mich auf einen Kaden gefasst gemacht, der verschlossen und unnahbar war, doch jetzt stand er vor mir und sagte all diese Dinge, die mein Herz schneller und schneller und schneller schlagen ließen.

»Woher soll ich wissen, dass du morgen nicht ganz anders empfindest? Was ist mit deinen Regeln?«, brachte ich heiser hervor. Für einen kurzen Moment überlegte ich ernsthaft, mich umzudrehen und wegzulaufen, so heftig und überwältigend waren die Empfindungen, die Kadens Worte in mir auslösten. Doch Kaden erstickte meine Panik im Keim, als er seinen Kopf neigte und mit seinen Lippen meine Wangen streifte.

»Scheiß auf die Regeln, Allie«, flüsterte er. »Die waren zum Scheitern verurteilt, als ich dich zum ersten Mal gesehen habe.«

kapitel 27

Er küsste mich nicht.

Stattdessen verharrte er mit den Lippen an meiner Wange und schien auf meine Antwort zu warten. Leider war ich längst nicht mehr dazu imstande, einen vernünftigen Gedanken zu fassen, schon gar nicht, wenn er mir so nahe war.

Mein Puls raste, und ich konnte kaum noch atmen, so sehr sehnte ich mich nach seiner Berührung. Es tat beinahe weh.

»Du bist verrückt nach mir?«, wisperte ich ungläubig.

»Ziemlich verrückt. Obwohl ich manchmal selbst an meiner Zurechnungsfähigkeit zweifle. Zum Beispiel, wenn ich an dein ekliges Kaffeezeug denke oder die Stinkkerzen oder die Taylor-Swift-CDs … Wenn ich es mir recht überlege …«

Ich ließ ihn nicht weitersprechen, sondern schlang die Arme um seinen Hals und küsste ihn.

Kaden gab einen überraschten Laut von sich und erstarrte für einen kurzen Moment, als wäre das das Letzte gewesen, womit er gerechnet hätte. Dann legte er seine Hände auf meinen Rücken, nicht fest, sondern ganz behutsam, als könnte ich zerbrechen, wenn er mich zu grob anfasste, und küsste mich zurück.

Es war ein langsamer, inniger Kuss, und das Kribbeln, das er in mir hervorrief, erfüllte mich von den Haarspitzen bis in die Zehen.

Kaden hatte mir so gefehlt.

Vorsichtig drang er mit seiner Zunge in meinen Mund und berührte meine. Ich seufzte. Ich brauchte mehr, viel mehr. Ich presste mich der Länge nach an ihn. Tief aus Kadens Brust kam ein Stöhnen, aber er blieb vorsichtig, zog sogar seine Zunge wieder zurück. Jetzt war unser Kuss fast unschuldig, was ich überhaupt nicht gut fand. Ich wollte ihn schon so lange – dieses Mal würden wir zu Ende bringen, was wir schon vor so langer Zeit begonnen hatten.

Bestimmt schob ich meine Hände unter Kadens Shirt. Sofort erstarrte er und löste seine Lippen von meinen. Sein Atem ging schwer, als er sagte: »Ich weiß nicht, ob jetzt …«

»Wenn du diesen Satz beendest, werde ich dir wehtun«, murmelte ich gegen seine Lippen und fuhr mit den Fingern über seinen Rücken.

Er holte zischend Luft und schloss die Augen.

»Du sagst mir ständig, ich soll nicht so viel nachdenken. Und ich kann dir versichern, dass denken gerade das Letzte ist, was ich will.«

Ich küsste seinen Hals und knabberte an seiner Haut, bis sein Atem stoßweise kam.

»Ich bin auch verrückt nach dir, Kaden«, flüsterte ich. »Egal, was ich für eine Vergangenheit habe, und egal, was du für eine hast. Nichts wird daran etwas ändern können.«

Ich sah auf und direkt in seine hungrigen Augen. Und plötzlich war es um seine Selbstbeherrschung geschehen. Ich wusste nicht, wer von uns sich zuerst bewegt hatte, aber auf einmal prallten wir der Länge nach aneinander, seine eine Hand in meinem Haar, die andere auf meinem Rücken. Er drückte mich an sich, bis mir die Luft wegblieb, und ich krallte meine Finger in seine Schultern. Dann hob er mich hoch, als würde ich nichts wiegen, und ich schlang wie von selbst meine Beine um seine Hüften und klammerte mich an ihm fest.

Kaden stöhnte, und der Laut drang in jeden noch so kleinen Winkel meines Körpers vor. Sein Mund fand meinen erneut, und unser Kuss wurde tiefer. Inniger. Diesmal hielt er sich kein Stück zurück. Hätte ich gestanden, hätten meine Knie ziemlich sicher nachgegeben, so zittrig machte mich seine Nähe.

Er trug mich durch das Zimmer. Irgendetwas polterte zu Boden, und wir stießen mindestens eine Lampe um, doch ich scherte mich nicht darum. Es zählte nur noch Kaden, der mich endlich in seinen Armen hielt.

Vor dem Bett blieb er stehen. Ich löste meine Beine von seinen Hüften, und Kaden ließ mich langsam an sich hinabgleiten, bis ich vor ihm stand. Zwischen unseren Körpern war kein Millimeter Luft zu viel, und in Kadens Augen loderte Begierde. Ich sah zu ihm auf. Ein Schauer lief über meinen Rücken. Langsam ließ er seine Hände an meinen Hüften hinauf und unter mein Oberteil gleiten. Ich stöhnte, als seine Finger endlich meine nackte Haut berührten. Kaden schob das Shirt nach oben, und ich hob meine Arme, sodass er es mir über den Kopf streifen konnte. Achtlos schmiss er es hinter sich und wandte sich meinem BH zu, den er mit einem einzigen Handgriff öffnete. Ich versuchte, nicht darüber nachzudenken, wie oft er Gelegenheit gehabt hatte, das zu üben. Meine Brustwarzen richteten sich auf, doch Kaden sah noch immer nur in meine Augen und nicht auf meinen Körper.

Da lag so viel in seinem Ausdruck. All die unausgesprochenen Worte der letzten Tage, jedes Gefühl, das er versucht hatte, zu verdrängen. Ich konnte sehen, wie sehr er mich wollte. Und ich wollte ihn, wie ich noch nie zuvor jemanden gewollt hatte.

Zitternd holte ich Luft, als er den Blick schließlich an mir hinabwandern ließ. Zwar hatte er mich im Hotel bereits berührt und gesehen, aber da war ich in einen riesigen Bademantel gehüllt gewesen.

Meine Wangen glühten.

Kaden neigte den Kopf und beugte sich zu mir. Sein Atem strich über mein Schlüsselbein, und all meine Nervenenden standen unter Strom, als seine Lippen endlich meine Haut berühren. Er küsste mich, wieder und immer wieder, und ließ seine Zunge über meine Haut streifen.

»Du bist wunderschön«, flüsterte er rau. »So schön.«

Er glitt weiter nach unten, küsste und knabberte an der empfindlichen Haut meiner Brüste. Ich hielt den Atem an, aber das hatte vermutlich keinen Sinn. Kaden wusste ganz genau, was er gerade mit mir anstellte. Als seine Lippen sich auf meine Brustwarze legten, gab ich auf. Ich ließ den Kopf in den Nacken fallen und schloss meine Augen. Er saugte an mir, und ein Laut drang aus meiner Kehle, wie ich ihn noch nie von mir gegeben hatte.

Kadens Hand fuhr meinen Rücken entlang, bis er bei meinem Hintern angelangt war. Er packte zu und kreiste gleichzeitig mit seiner Zunge um meine Brustwarze.

Ich vergrub meine Hände in seinen Haaren, als Kaden in die Hocke ging und seine Lippen immer weiter an mir hinabgleiten ließ. Am Bund meiner Jeans machte er halt, öffnete den Knopf mit geschickten Fingern und streifte sie mir bis zu den Knöcheln runter. Ich stieg heraus.

Kaden sah durch seine dunklen, dichten Wimpern zu mir herauf. Sein Atem ging genauso schnell wie meiner. Noch nie in meinem Leben hatte ich mich so begehrt gefühlt.

»Du hast zu viel an«, brachte ich atemlos hervor und zupfte an seinem Kragen. Ein träges Halblächeln breitete sich auf seinem Gesicht aus. Ganz langsam erhob er sich, ohne den Blick von mir zu nehmen. Dann zog er sich in einer fließenden Bewegung das Shirt über seinen Kopf.

Ich hatte im Gegensatz zu Kaden keine Willensstärke und

schaute sofort hin. Auch wenn ich ihn schon mehrmals oberkörperfrei gesehen hatte, ließ ich meinen Blick hungrig über seine perfekten Bauchmuskeln und die Spur aus Härchen wandern, die sich von seinem Nabel weiter nach unten zog. Als ich die Ausbeulung in seiner Hose entdeckte, stockte mir der Atem.

»Weißt du eigentlich, wie oft ich nachts an dich gedacht habe?«, raunte er. Unerträglich langsam griff er nach unten, öffnete den Knopf und schälte sich aus der Jeans. »Ich wollte dich seit dem Augenblick, als du in diesen verdammten Shorts in meiner Wohnung aufgetaucht bist.«

Ich schluckte schwer, unfähig, etwas zu erwidern. Wie von selbst fanden meine Lippen seine, und ich hoffte, ihm mit meinem Kuss das zu zeigen, was ich nicht aussprechen konnte. Kaden legte seine Hände an meine Taille und hob mich hoch. In der nächsten Sekunde lag ich auf dem Bett, und Kaden schob seinen Körper über meinen, die Arme rechts und links von meinem Kopf, seine Beine zwischen meinen. Der dünne Stoff unserer Unterwäsche war alles, was uns jetzt noch trennte. Ich schlang meine Beine um Kadens Hüften und drängte mich ihm entgegen. Als ich seine harte Erregung spürte, zitterte ich.

Kaden ließ sich Zeit – er streichelte mich, küsste, saugte und leckte jeden Zentimeter meiner Haut.

»Oh Gott«, seufzte ich.

Ich spürte es an meinem Bauch, als er lächelte. Dann hakten sich seine Finger unter den Bund meines Höschens. Ich hob meinen Kopf. Kaden blickte mit dunklen Karamell-Augen zu mir herauf.

»Bist du dir sicher, Allie?« Seine Stimme war tief und rau.

»Ich bin keine Jungfrau mehr«, sagte ich leise.

»Das hab ich nicht gefragt.« Er zupfte am Bund meines Slips. Dann setzte er sich zurück, fasste mit beiden Händen um meine Hüfte und hob mich in seinen Schoß. Ich keuchte auf, als ich ihn genau da spürte, wo ich ihn am dringendsten brauchte, und schlang meine Arme um seinen Hals. »Ich will wissen, ob du dir sicher bist, was *uns* angeht. Nur weil es nicht dein erstes Mal ist, ist es nicht weniger wichtig.«

Und er behauptete von sich, ein Arschloch zu sein.

Ich schluckte schwer und spürte, wie sich meine Kehle zuschnürte. Wenn ich noch einen winzigen Zweifel gehabt hätte, ob das, was wir taten, richtig war, dann wäre dieser spätestens jetzt verschwunden. Für Kaden hatte das hier eine ebenso große Bedeutung wie für mich. Er vertraute mir. Und ich vertraute ihm. Deshalb gab es nur eine Antwort auf seine Frage.

Ich strich ihm sanft durchs Haar. »Ja«, flüsterte ich. »Ich bin mir sicher. Ich will das hier. Und ich vertraue dir.«

Das genügte ihm. In einer zügigen Bewegung ließ er mich zurück aufs Bett sinken und streifte mir mein Höschen von den Beinen. Seine Finger streichelten die Innenseiten meiner Schenkel, dann schob er sie auseinander, und in der nächsten Sekunde spürte ich seinen Mund auf meiner Mitte.

Kadens Zunge berührte meine empfindlichste Stelle, und ich keuchte auf. Ich krallte mich mit einer Hand in der Decke, mit der anderen in Kadens Haaren fest, während er mir mit seinem Mund die Sinne raubte, bis ich meinte, Sterne vor den Augen zu sehen.

»Kaden«, brachte ich hervor. Ich seufzte seinen Namen, immer und immer wieder.

Seine Zunge glitt in neckenden, kreisenden Bewegungen über mich. Er umfasste meine Schenkel und hielt mich fest. So hatte ich mich noch nie gefühlt. Es war, als würde er allein mit seinem Mund mein Innerstes nach außen kehren. Ich drückte den Rücken durch, beinahe verzweifelt, als seine Küsse noch heißer, noch intensiver wurden.

Und dann hörte er plötzlich auf. Ich stöhnte frustriert und wollte gerade protestieren, als er begann, eine Spur von Küssen auf meinem Körper zu verteilen, von der Innenseite meiner Schenkel, über meinen Bauch, meine Brüste, bis zu meiner Stirn.

»Du machst mich wahnsinnig«, flüsterte ich an seinen Lippen und berührte seine Bauchmuskeln, die unter meiner Berührung zuckten. Ich fuhr mit meinen Händen über seine Haut, erkundete seinen Körper und schlang die Beine um seine Hüften. Ich wollte ihn so unbedingt spüren.

Kaden stieß einen tiefen, kehligen Laut aus, als ich mich gegen ihn presste und begann, meine Hüfte zu bewegen.

»Du hast zu viel an.«

Ich hatte nicht mal Zeit zu blinzeln, so schnell hatte sich Kaden von mir gerollt und seine Boxershorts ausgezogen. Ich ließ meinen Blick über seinen nackten Körper wandern, über seine Muskeln, seine Tattoos, weiter runter ... Er war atemberaubend. Einfach perfekt. Und ich empfand überhaupt keine Angst, als er sich streckte, um ein Kondom aus seinem Nachtschrank zu fischen. Ich sah ihm dabei zu, wie er es sich überstreifte, und fühlte mich selbstbewusst und gewollt, als ich erkannte, welchen Effekt ich auf ihn hatte.

Dann war sein Körper wieder über meinem, und Kaden streichelte zärtlich über meine Wange. »Wir können jederzeit aufhören«, murmelte er. »Jederzeit. Okay?«

Ich nickte und legte meine Hände auf seine Schultern, um ihn wieder zu mir herunterzuziehen.

»Ich muss es dich sagen hören, Allie.« Ich spürte, wie er über mir bebte.

»Okay, Kaden«, flüsterte ich und sah ihn an. »Ich will dich so sehr, dass es wehtut. Bitte komm endlich her.«

Er verlagerte sein Gewicht auf einen Arm und senkte sich

auf mich. Er küsste mich leidenschaftlich, und gleichzeitig spürte ich ihn an meinem Eingang. Ich spreizte die Beine noch weiter und keuchte laut auf, als er begann, sich in mich zu schieben.

Augenblicklich hielt er inne. »Alles okay?«

Ich nickte, und weil ich fürchtete, dass ihm das wieder nicht Antwort genug sein könnte, schlang ich ein Bein um seine Hüfte, um ihn tiefer in mich zu ziehen.

»Oh, verdammt«, stöhnte Kaden dicht an meinem Ohr. »Oh, verdammt, Allie.«

Und dann drang er ganz in mich ein.

Ich stöhnte auf und krallte meine Finger in Kadens Arme. Kaden umfasste das Bein, das ich um ihn geschlungen hatte. Ganz langsam zog er sich aus mir zurück, nur um in der nächsten Sekunde wieder zuzustoßen.

Lust breitete sich so heiß und schnell in mir aus, dass es sich anfühlte, als stünde mein ganzer Körper in Flammen. Ich wünschte mir, dass das hier mein erstes Mal sein könnte, und tröstete mich mit der Tatsache, dass es das zumindest in einer Hinsicht war – ich hatte mich so noch nie jemandem geöffnet, noch nie jemandem so viel von mir gegeben.

Ich legte meine Hände auf Kadens Hüfte und wölbte mich ihm entgegen, bewegte mich im selben, unnachgiebigen Rhythmus wie er. Kaden stöhnte rau, und seine Finger drückten sich fest in meine Haut. Noch immer waren seine Bewegungen langsam und beherrscht. Doch er sollte sich nicht zurückhalten. Ich wollte sehen, wie er losließ und die Kontrolle verlor. Also wisperte ich an seinen Lippen: »Ich zerbreche nicht, Kaden. Nimm mich richtig.«

Als hätte er nur darauf gewartet, dass ich das sagte, drang ein Grollen aus seiner Brust und er stieß endlich richtig zu, härter, schneller. Tiefer. Ich stöhnte, kratzte mit den Fingernägeln über seinen Rücken und drängte mich gegen ihn. Kaden ließ seinen Kopf sinken, und ich spürte seinen feuchten Atem an der Kuhle meines Schlüsselbeins.

Unsere Bewegungen wurden schneller, und in mir baute sich ein Druck auf, der größer als alles andere war, das ich jemals empfunden hatte.

»Du fühlst dich … unbeschreiblich an«, brachte Kaden hervor und presste seinen Mund an meinen Hals. Seine Hand griff nach meiner und hielt sie über meinem Kopf auf der Matratze fest. Unsere Finger verschränkten sich, als Kaden noch tiefer in mich eindrang.

»Kaden!«, stöhnte ich ein letztes Mal, bevor eine Welle von rohen, ungefilterten Empfindungen über mich hinwegschwappte.

Ich klammerte mich verzweifelt an ihn, wusste nicht, was ich anderes tun sollte, als der Orgasmus meinen Körper erschütterte. Kadens Hüften prallten gegen meine, inzwischen ohne Rhythmus oder Raffinesse. Jeder seiner Stöße schickte eine weitere Welle durch mich hindurch. Es hörte gar nicht mehr auf.

Kaden stöhnte meinen Namen und löste seine Hand aus meiner, um meinen Nacken zu umfassen. Er vergrub sein Gesicht an meiner Halsbeuge und stieß ein letztes Mal zu, bevor ein Schauder durch seinen Körper lief und seine Hüften zu zucken begannen.

Es dauerte eine Weile, bis mein Puls sich wieder beruhigt hatte. Ich fühlte Kadens Herz direkt an meinem schlagen und schloss die Augen. Ich wusste nicht, wie viel Zeit verging. Irgendwann rollte Kaden sich von mir und legte sich neben mich. Er stützte sich auf einen Ellenbogen auf und sah mich aus warmen Augen an. Dann beugte er sich vor und gab mir einen zärtlichen Kuss.

»Das war … einfach wundervoll«, flüsterte ich heiser, als er sich von mir gelöst hatte. Ich strich mit meinen Händen über seine Brust, seine Schultern und seine starken Arme, weil ich nicht aufhören konnte, ihn zu berühren.

»Und wie es das war.« Er küsste mich erneut, langsam und innig, und versprach mir damit so viel mehr als bloß eine körperliche Verbindung. Plötzlich war es alles zu viel, ich wusste nicht mehr, wohin mit den ganzen Gefühlen. Und dann passierte es.

Ich musste weinen.

Obwohl Kaden es bemerkte, machte er sich nicht über mich lustig. Stattdessen liebkoste er mein Gesicht, küsste meine Tränen fort und vertrieb mit seiner kraftvollen Präsenz all meine dunklen Erinnerungen, um Platz für neue zu schaffen.

kapitel 28

Ich wachte auf, und das Erste, was ich wahrnahm, war Kadens Geruch. Das Zweite war die Tatsache, dass Kaden mich anscheinend seit gestern Abend nicht mehr losgelassen hatte. Er lag hinter mir, sein Arm über meinem Bauch, sein Gesicht an meiner Schulter, und unsere Beine waren so ineinander und in die Decke verschlungen, dass ich mich kein Stück bewegen konnte. Ich schloss die Augen und genoss es, seinen ruhigen, regelmäßigen Atem an meinem Nacken zu fühlen.

Wer hätte gedacht, dass Kaden White gerne kuschelte?

Ein aufgeregtes Flattern breitete sich in meinem Brustkorb aus, und ich lächelte stumm ins Kissen. Das hier fühlte sich verdammt gut an. Richtig. Alles an uns passte auf eine erstaunlich perfekte Weise zusammen. Nach letzter Nacht fühlte ich mich ihm noch viel verbundener. Das lag nicht nur am Sex – der weltbewegend gewesen war –, sondern vor allem daran, dass wir endlich beide unsere Schilde abgelegt hatten. Kaden wusste alles von mir, und er wollte mich trotzdem. Eine Stimme in meinem Hinterkopf ermahnte mich, vorsichtig zu sein, aber ich ignorierte sie geflissentlich.

»Deine Gedanken sind so laut, dass ich nicht weiterschlafen kann«, brummte Kaden hinter mir. »Hör auf damit.«

Ich kicherte ins Kissen.

Seine Reaktion darauf war, dass er sich noch enger gegen

mich drückte und mit der Hand meinen Körper hinauffuhr, bis kurz unterhalb meiner Brust. Seine Finger strichen über meine Rippen, und seine Lippen pressten sich auf die Stelle hinter meinem Ohr.

Ich erschauerte.

»Ich habe eine Schwäche für dein Lachen«, murmelte er verschlafen und vergrub seine Nase für einen Moment in mein Haar. »Wenn ich ehrlich bin, habe ich eine ziemliche Schwäche für alles an dir.«

Wieder lachte ich. »Das trifft sich gut. Ich kann dich nämlich auch ganz gut leiden.«

Innerhalb einer Sekunde hatte er mich auf den Rücken geworfen und war über mir. Sein Haar war zerzaust und sein Gesicht auf eine bezaubernde Art zerknittert. Meist wachte Kaden vor mir auf, von daher war dieser Anblick für mich eine echte Premiere.

»Du kannst mich ganz gut leiden?« Er hob eine Braue. Seine Augen funkelten mich unheilvoll an.

Abwägend bewegte ich den Kopf hin und her. »Auf einer Skala von eins bis zehn stehst du bei einer soliden Sieben.«

»Sieben?«, wiederholte er ungläubig.

Bei seinem entgeisterten Ausdruck musste ich laut lachen.

»Oh, Bubbles. Das war ein Fehler«, knurrte er, packte meine Hände und hielt sie über meinem Kopf fest. Dann kam er mit seinem Gesicht ganz dicht an meines heran. Ich hörte auf, zu lachen, und sah ihn erwartungsvoll an. Er stupste seine Nase gegen meine und ließ dann seine Lippen erst über mein Gesicht und schließlich meinen Hals hinabwandern. Seine Bartstoppeln kratzten mich, was mich auf gute Weise wahnsinnig machte, und mein Körper reagierte sofort. Ich war augenblicklich Wachs in seinen Händen. Nun war Kaden derjenige, der leise lachte.

»Dann wollen wir aus der Sieben mal eine Zehn machen«, sagte er rau.

Und genau das tat er in den nächsten Stunden.

Bereits am späten Nachmittag wusste ich, dass ich diesen Tag auf der Liste meiner Lieblingstage vermerken würde. Er teilte sich den ersten Platz mit dem, den wir vor Thanksgiving zusammen in Portland verbracht hatten.

Damit hatte Kaden es geschafft, meinen fünften Geburtstag, an dem Mom, Dad und ich nach Disney World gefahren waren, quasi doppelt vom Thron zu stoßen. Und das sollte etwas heißen.

Kaden und ich waren den gesamten Tag über unzertrennlich. Von unserem Morgen im Bett über die gemeinsame Dusche, bei der wir das komplette Bad unter Wasser setzten, und dem gemütlichen Mittag auf der Couch, wo wir uns die neuesten Folgen unserer Lieblingsserien ansahen.

Jetzt lehnte ich an Kadens Oberkörper, nur mit einem von seinen Shirts und Unterwäsche bekleidet. Kadens Kinn ruhte auf meinem Kopf, und ab und zu ließ ich meinen Kopf nach hinten gegen seine Schulter fallen, nur um seine leuchtenden Augen sehen zu können. Allein ihm beim Fernsehen zuzugucken, löste in mir eine kribbelnde Wärme aus.

Oh Mann. Es war wirklich um mich geschehen.

Die Türklingel unterbrach meine Schwärmerei. Das musste unser Essen sein. Ich wollte aufstehen, um es entgegenzunehmen, doch Kaden hielt mich mit beiden Händen an der Hüfte fest und zog mich zurück aufs Sofa.

»So sehr mir der Anblick auch gefällt, ich würde dich nur ungerne halbnackt an die Tür lassen.« Er grinste und drückte mir einen schnellen Kuss auf den Mund, dann sprang er auf, schnappte sich sein Portemonnaie vom Tisch und ging zur

Tür. Wie auf Kommando knurrte mein Magen. Nach unseren körperlichen Aktivitäten war ich völlig ausgehungert. Glücklicherweise hatte Kaden so viel Essen beim Asiaten bestellt, dass wir uns davon wahrscheinlich die gesamte nächste Woche ernähren konnten.

Ich hörte, wie Kaden die Tür öffnete. Doch anstatt des üblichen Wortwechsels (»Hallo« – »Das macht soundso viel« – »Das ist für Sie« – »Guten Appetit«), folgte Stille. Ich streckte mich über die Lehne der Couch, sah aber nur Kaden, der sich gegen den Türrahmen gelehnt hatte.

»Hey«, sagte er. »Willst du reinkommen?«

»Ob ich reinkommen will?« Alarmiert setzte ich mich auf. Das war Dawn. Und sie klang ziemlich aufgebracht. »Du bescheuerter Mistkerl! Das hier ist für Allie. Und für Spencers blaues Auge.«

Kaden stieß einen überraschten Laut aus, und fast gleichzeitig stöhnte Dawn schmerzerfüllt auf. Sofort war ich auf den Beinen und hechtete zur Tür.

Bei dem, was ich dort vorfand, klappte mir der Mund auf.

Kaden hielt sich das Kinn und starrte auf Dawn, die auf der Stelle hüpfte und ihre eine Hand mit der anderen umklammerte. Tränen standen in ihren Augen.

»Dawn?«, fragte ich erschrocken, woraufhin ihr Blick an Kaden vorbei zu mir schoss.

Sie öffnete ihren Mund und schloss ihn wieder. »Ihr wollt mich doch auf den Arm nehmen«, sagte sie und fixierte dabei meine nackten Beine und Kadens T-Shirt. Sie blinzelte mehrmals, dann sah sie mir direkt in die Augen. »*Du* willst mich doch auf den Arm nehmen.«

»Es … ist kompliziert«, seufzte ich und schaute mir Kadens gerötetes Kinn aus der Nähe an. Er starrte noch immer fassungslos auf Dawn.

»Du hast mich geschlagen«, sagte er, als würde er das erst jetzt registrieren.

»Und mir dabei vermutlich die Hand gebrochen«, presste meine Freundin hervor und sah sich vorsichtig ihre Faust an. Sie war bereits jetzt angeschwollen, und die beiden ersten Fingerknöchel waren ziemlich gerötet. Ich verzog das Gesicht. Das musste verdammt wehtun.

»Sie hat mich geschlagen«, wiederholte Kaden an mich gewandt. Hätte ich mir nicht solche Sorgen um Dawn gemacht, hätte ich angesichts seines geschockten Gesichtsausdrucks lachen müssen. »Ich glaube, dabei hat sie sich selbst mehr verletzt als dich«, sagte ich sanft. Ich ging zu Dawn, legte ihr einen Arm um die Schulter und zog sie sanft in die Wohnung. »Das müssen wir auf jeden Fall kühlen.«

»Ich war einfach so wütend, weil er sich dir gegenüber so unglaublich scheiße verhalten hat. Und dann hast du dich nicht gemeldet, und ich dachte … egal. Auf jeden Fall hat er es verdient«, fauchte sie und zuckte gleich darauf vor Schmerz zusammen. Ich sah, wie eine Träne sich aus ihrem Augenwinkel löste. Dawn wischte sie wüst weg.

In schnellen Schritten lief ich zum Kühlschrank und holte einen Beutel mit Tortellini aus dem Gefrierfach. Ich wickelte ein Handtuch darum und ging zurück zu Dawn, die unentschlossen mitten in unserem Wohnzimmer stand, als traute sie sich nicht, sich zu setzen.

Sie musterte mich von oben bis unten. »Geht es dir gut?«, fragte sie leise. Typisch Dawn. Sie hatte sich gerade vermutlich die Finger gebrochen, fragte aber *mich*, wie es mir ging.

»Blendend«, sagte ich und merkte, wie sich schon wieder dieses selige Lächeln auf mein Gesicht schlich, was in dieser Situation so was von nicht angebracht war. Verhindern konnte ich es trotzdem nicht. Blöde Hormone.

»Also war er lieb zu dir, nachdem ihr gestern verschwunden seid?«, hakte sie nach.

»Ja. Sehr lieb sogar. Er behauptet immer, ein Arschloch zu sein, aber in Wirklichkeit …«

»Ich kann euch hören – ich stehe hier«, sagte Kaden trocken.

Ich ignorierte ihn und legte das kühle Handtuch vorsichtig um Dawns Hand. Sie zuckte heftig zusammen, und sofort schossen ihr die Tränen wieder in die Augen.

»Wir müssen ins Krankenhaus«, murmelte ich.

»Zeig mal her«, meinte Kaden und trat zu uns. Vorsichtig griff er nach Dawns Hand, wobei mir auffiel, dass seine eigene nicht einmal ansatzweise so schlimm aussah wie ihre. Sie war zwar ziemlich blau, aber kaum geschwollen. Wahrscheinlich waren seine Knochen bereits einiges gewöhnt. Dawn hingegen sah nicht so aus, als hätte sie jemals in ihrem Leben irgendjemanden verprügelt.

»Das sieht echt übel aus.« Er hob den Kopf und sah mich an. »Du hast recht, das muss geröntgt werden.«

Sofort hastete ich in mein Zimmer und zog mir die erstbesten Sachen über, die ich in die Finger bekam. In Windeseile packte ich meine Tasche und stieg in meine Boots. Für Dawn kramte ich einen dicken, flauschigen Cardigan aus meinem Schrank, den ich ihr, zurück im Wohnzimmer, um die Schultern legte. Kaden hatte sich währenddessen auch einen Pullover und eine Jogginghose übergestreift und seine Cap auf das zerzauste Haar gesetzt.

Als wir zum Auto gingen, zuckte Dawn bei jedem Schritt zusammen. Ich hoffte inständig, dass sie sich nichts gebrochen hatte. Das hätte ich mir niemals verziehen.

»Spencer kann sein Auge kaum noch öffnen.« Ich sah vom Rücksitz, wie Dawn Kaden von der Seite kritisch beäugte.

Kaden seufzte leise. »Ich weiß.«

»Hast du mit ihm gesprochen?«, fragte ich überrascht.

Über den Rückspiegel warf Kaden mir einen amüsierten Blick zu. »Ich habe mit ihm telefoniert.«

»Wann hast du das denn geschafft?«

»Letzte Nacht, nachdem du eingeschlafen bist.«

Ich lehnte mich im Sitz zurück. Eigentlich hätte mich das nicht überraschen dürfen. Denn entgegen dem, was Kaden selbst ständig von sich behauptete, war er kein Mistkerl, sondern kümmerte sich um seine Freunde.

»Keine weiteren Details«, schaltete Dawn sich ein und hielt sich die Ohren zu. Gleich darauf wimmerte sie vor Schmerz und ließ die Hände wieder sinken. »Wieso ist deine Hand eigentlich nicht gebrochen?«

»Ich weiß, wie man richtig zuschlägt«, gab Kaden zurück.

»Das musst du mir unbedingt beibringen. Damit ich dich beim nächsten Mal richtig verprügeln kann.«

Zum Glück lockerte das die Stimmung etwas. Kaden gab sich auf dem Weg zum Krankenhaus große Mühe, Hubbel zu meiden und nicht ruckartig zu bremsen, aber auf Woodshills Straßen war das schwierig. Ich zuckte jedes Mal aus Mitgefühl zusammen, wenn ich sah, welche Schmerzen Dawn hatte.

In der Notaufnahme füllten wir schnell die nötigen Formulare aus, damit Dawn untersucht werden konnte. Der Warteraum war brechend voll, und es fiel mir schwer, ruhig auf dem Stuhl sitzen zu bleiben. Am liebsten wäre ich im Gang hin- und hergelaufen, aber ich wusste, dass ich Dawn damit keine große Unterstützung sein würde. Wir warteten und warteten und sahen quasi dabei zu, wie ihre Finger immer weiter anschwollen, bis sie Zeige- und Mittelfinger gar nicht mehr bewegen konnte.

»Alles wird gut«, wiederholte ich zum gefühlt hundertsten Mal.

Dawn und Kaden wechselten einen Blick über meinen Kopf hinweg.

»Das sagt sie nur, um sich selbst zu beruhigen«, flüsterte Kaden übertrieben laut.

»Ja, und weil sie ein schlechtes Gewissen hat.« Dawn nickte zustimmend. »Schließlich war euer Streit der Grund, warum ich dich geschlagen habe. Naja, oder zumindest zu sechzig Prozent der Grund.«

»Und die anderen vierzig Prozent waren wegen Spencer?«

Sie nickte langsam. »Irgendjemand musste ja sein geschwollenes Gesicht rächen.«

»Das ist sehr ehrenhaft von dir«, sagte ich und griff nach ihrer gesunden Hand. Wir verschränkten unsere Finger ineinander. Dawn war die beste Freundin, die ich jemals gehabt hatte. Und auch wenn ich sie am liebsten dafür durchschütteln würde, dass sie sich meinetwegen verletzt hatte, wussten wir beide ganz genau, dass ich für sie nichts anderes getan hätte.

»Wenn dein Ex mir mal unter die Augen treten sollte, dann verpasse ich ihm auch eine«, versprach ich ihr.

Sie zog eine Grimasse. »Das wäre ganz großartig, aber lass dir vorher bloß von Kaden zeigen, wie man es richtig macht. Sonst endest du so wie ich.«

»Ms Edwards?«, rief eine Schwester durch den Raum. »Sie können in Behandlungszimmer drei.«

Dawn und ich erhoben uns gleichzeitig.

»Du musst nicht mitkommen«, meinte Dawn mit einem Blick auf Kaden.

»Erzähl keinen Quatsch. Natürlich komme ich mit«, widersprach ich. Ich drehte mich zu Kaden um und überlegte für einen Moment, ob ich ihn zum Abschied küssen sollte. Schließlich hatten wir noch nicht darüber gesprochen, was genau das zwischen uns war. Doch Kaden nahm mir die Entscheidung ab. Er griff nach meiner Hand und zog mich mit einem solchen Ruck zu sich, dass ich mich nur in letzter Sekunde an der Rückenlehne seines Stuhls festhalten konnte, um nicht direkt in seinem Schoß zu landen.

Er drehte den Kopf zu mir und murmelte an meinen Lippen: »Ich warte hier auf euch.« Dann küsste er mich, kurz, aber fest. Mein Gesicht glühte, als ich mich aufrichtete und Dawn aus dem Wartezimmer folgte.

Auf dem Flur krallte sie die Finger ihrer gesunden Hand in meinen Arm. »Er hat dich geküsst.«

»Und das war nicht das Einzige, was er mit mir gemacht hat«, flüsterte ich ihr ins Ohr.

Nun lief sie scharlachrot an. »Einerseits will ich fragen, andererseits hat Scott mich inzwischen mit so vielen Details aus seinem Sexleben versorgt, dass mein Bedarf nach mehr eigentlich gedeckt ist.«

»Es war grandios. Auch ganz ohne Massageöl«, säuselte ich und imitierte dabei Scotts Tonfall. Die Schwester, die vor uns herlief und uns zum Behandlungszimmer führte, warf mir einen amüsierten Blick über ihre Schulter zu. Sofort presste ich meine Lippen aufeinander, und Dawn lachte laut.

In der nächsten Stunde wurde Dawns Hand geröntgt, und es stellte sich heraus, dass glücklicherweise keine Knochen gebrochen waren. Ihr Zeigefinger war bloß geprellt, was schnell wieder abheilen würde. Ihren Mittelfinger hatte es leider schlimmer erwischt: Im Knochen hatte sich ein kleiner Riss gebildet, der für die heftigen Schmerzen und die Schwellung verantwortlich war. Die Schwester legte Dawn einen stabilen Verband an, den sie in den nächsten zwei Wochen tragen musste, und ein Arzt gab ihr ein Rezept für Schmerzmittel. Er sagte, dass Dawn keine bleibenden Schäden zu erwarten hätte und alles vollständig verheilen würde. In drei Wochen sollte sie zur

Nachuntersuchung kommen und bis dahin ihre Finger möglichst schonen.

»Zum Glück ist nichts gebrochen. Wie hätte ich das denn erklären sollen«, seufzte Dawn, als wir das Behandlungszimmer verließen. Sie lehnte kurz ihren Kopf an meine Schulter. »Bitte sag Spencer nichts davon. Das wäre mir unendlich peinlich.«

»Meine Lippen sind versiegelt«, versprach ich ihr und unterstrich meine Aussage sogar mit der dazugehörigen Geste, doch Dawn sah gar nicht richtig hin. Stattdessen starrte sie ins Wartezimmer. Ich folgte ihrem Blick und war überrascht, Spencer auf dem Stuhl neben Kaden sitzen zu sehen. Kaden hatte sich nach vorne gebeugt und ließ die Hände zwischen seinen Beinen baumeln. Er sagte etwas, ohne Spencer anzusehen, woraufhin dieser lachte, ihm auf den Rücken klopfte und sich dann mit verschränkten Armen zurücklehnte. Sein rechtes Auge sah wirklich schlimm aus, blau und lila und fast vollständig zugeschwollen. Es tat beinahe weh hinzusehen.

Warum war er hier? Hatte Kaden ihn angerufen?

Als hätte er meine Gedanken gehört, hob Kaden den Kopf. Ein Lächeln breitete sich auf seinem Gesicht aus, das augenblicklich wieder verschwand, als er den Verband an Dawns Hand registrierte.

Wir gingen zu den beiden. Neben mir trat Dawn von einem Bein aufs andere. Ich hatte sie noch nie so betreten gesehen.

»Wie wir aussehen«, murmelte sie und hob ihre verbundene Hand. »Wie eine Schlägerbande.«

Spencer grinste, was mit seinem geschwollenen Auge ziemlich furchteinflößend aussah. »Wie eine ziemlich erfolglose Schlägerbande. Und Allie ist unsere Mistress oder so. Sie ist schließlich die einzige ohne Verletzung.«

»Spence«, knurrte Kaden zwischen zusammengebissenen Zähnen.

»Ich könnte natürlich auch nachhelfen und dir ein paar blaue Flecken verpassen, damit du zur Gang gehören kannst. Wie sieht's aus?«

Kadens Faust traf ihn hart am Oberarm.

»Oh, verdammt, Alter! Musste das sein?«, stöhnte Spencer und rieb sich besagte Stelle.

»Ja«, gaben wir drei im Chor zurück.

Gleich darauf brachen wir alle in Gelächter aus.

kapitel 29

Ich langweilte mich zu Tode. Unser Dozent hatte ganz offensichtlich das Gegenteil von Motivation gefrühstückt und las uns nur irgendwelche uninteressanten geschichtlichen Fakten von einer vorgefertigten Präsentation ab. Normalerweise war Film und Fernsehen eines meiner Lieblingsseminare, heute aber leider an Eintönigkeit nicht zu überbieten.

Kaden, der ein paar Reihen vor mir am Rand saß, schien es genau wie mir zu gehen. Immer, wenn ich verstohlen zu ihm linste, spielte er mit seinem Handy oder starrte genervt an die Decke des stickigen Seminarraums. Ich versuchte, ihn nicht allzu offensichtlich anzustarren, aber wie immer machten es mir seine Arme ziemlich schwer. Das T-Shirt, das er heute trug, stellte seine Muskeln wunderbar zur Schau, vor allem, wenn er die Arme vor seinem Körper oder hinter seinem Kopf verschränkte. Zu wissen, wie es sich anfühlte, wenn sie sich um meinen nackten Körper schlangen, ließ mich beinahe auf die Tischplatte sabbern.

Plötzlich leuchtete mein Handy auf.

Hör auf, mich so anzustarren.

Ich grinste und blickte auf, doch Kaden folgte scheinbar aufmerksam der Präsentation des Dozenten.

Wieso sollte ich?, tippte ich in das Textfeld und drückte auf Senden.

Seine Antwort kam sofort.

Weil du sicher nicht willst, dass ich vor allen Leuten über dich herfalle.

Mir wurde warm. Mit hochgezogenen Augenbrauen sah ich zu Kaden, und diesmal erwischte ich ihn dabei, wie er mich anstarrte.

Wer sagt, dass ich das nicht will?

Ich sah, wie er unruhig auf seinem Platz hin- und herrutschte, als er meine SMS las.

Guck, was du angerichtet hast.

Ich grinste.

Wenn du willst, kümmere ich mich nachher darum.

Er lachte auf, presste sich aber gleich darauf die Hand vor den Mund, um nicht die Aufmerksamkeit des Dozenten auf sich zu ziehen.

Wieso kommst du nicht rüber und kümmerst dich jetzt um mich?

Ich glaube nicht, dass sich die anderen besonders an diesem Anblick erfreuen würden.

Bubbles, wer würde sich nicht an deinem nackten Hintern erfreuen?

Ich spürte, wie die Hitze sich von meinen Wangen in meinem ganzen Körper ausbreitete. Nur mit aller Macht konnte ich mich davon abhalten, Kaden anzusehen.

Mein nackter Hintern gehört nur dir, tippte ich. Ich betrachtete den Text und zog die Nase kraus. Nein, das war nun wirklich zu viel des Guten. Ich löschte die Nachricht, sperrte mein Handy und legte es zurück in meine Federtasche. Gleich darauf leuchtete es erneut auf.

Ich wette, du hast gerade etwas richtig Schmutziges getippt, Bubbles.

Habe ich nicht.

Und ob. Das habe ich an deiner Nase gesehen. Du ziehst sie kraus, wenn du dich schämst.

Tatsächlich? Du scheinst ja einiges über mich zu wissen.

Ja. Unter anderem auch, dass du total drauf abfährst, deine Nägel in meinem Rücken zu vergraben, wenn du kommst.

Ich verschluckte mich, das Handy fiel mir aus der Hand und knallte auf den Tisch. Ich murmelte eine Entschuldigung zu unserem Dozenten, der mir einen bösen Blick zuwarf. Wieder leuchtete mein Display.

Echt, ich habe schon Kratzer.

Ich schaltete mein Handy aus und stopfte es mit hochrotem Kopf zurück in meine Tasche, in die hinterste Ecke, um nicht in Versuchung zu kommen, noch mal darauf zu schauen.

Als ich nach der Stunde den Raum verließ, war Kaden sofort hinter mir. Er fasste nach meiner Hand und verschränkte seine Finger mit meinen. Das hatte er in den letzten Tagen oft getan. Überhaupt berührte er mich, wann immer sich ihm die Gelegenheit bot, egal, wer um uns herum stand und es sehen konnte.

Mir gefiel das. Sehr.

»Ich will dich. Jetzt«, raunte er, als wir gemeinsam nach draußen gingen, und streifte mit den Lippen meine Schläfe.

»Das trifft sich schlecht. Ich habe nämlich anderweitige Pläne.«

»Du bist nur sauer, weil du meinetwegen rot geworden bist.«

»Das … stimmt überhaupt nicht«, sagte ich lahm und entzog mich seinem Griff. Wir waren auf dem Parkplatz angekommen. Scharen von Leuten strömten an uns vorbei in Richtung Mensa. Für uns war es das letzte Seminar des Tages gewesen, aber ich hatte noch einen Berg an Hausaufgaben, die ich noch vor dem Wochenende erledigen wollte.

»Komm her«, murmelte Kaden und drängte mich in der nächsten Sekunde gegen seinen Jeep. Ich fühlte das kühle Metall der Beifahrertür an meinem Rücken. Kaden schlang seine Hände um meine Taille und drückte sich an mich. Dann küsste er mich leidenschaftlich. Seine Zunge strich über meine, er zog meine Lippe zwischen seine Zähne und knabberte daran, bis ich wohlig seufzte. Seine Hand fuhr unter mein Sweatshirt und traf auf nackte Haut. Ein angenehmer Schauer rieselte durch meinen Körper.

»Kaden«, brachte ich mühsam beherrscht hervor. »Wir sind in der Öffentlichkeit.«

Er brummte an meinem Mund. »Du kannst froh sein, heil aus diesem Seminarraum gekommen zu sein.«

Ich lächelte und schob ihn sanft von mir. Seine Augen waren dunkel, und sein Atem ging schnell. In den letzten Tagen hatte ich viel über ihn herausgefunden, vor allem aber, dass er *immer* und *überall* zu *allem* bereit war.

»Wollen wir vielleicht wandern gehen?«, fragte ich leise.

Wieder brummte er.

»Ich muss nachher auf jeden Fall noch einen Aufsatz anfangen, aber ich würde unheimlich gern auf den Berg. Und … andere Dinge können wir danach angehen«, schlug ich vor.

Das ließ sich Kaden nicht zweimal sagen. Im Nu hatte er mich auf den Beifahrersitz verfrachtet und war losgefahren. Allerdings kamen wir nicht dazu, unseren Plan in die Tat umzusetzen. Das heißt, wir kamen nicht dazu, zu wandern oder überhaupt aus dem Wagen zu steigen. Stattdessen standen wir am Rande des Mounts, das einzige Auto weit und breit. Ich hatte ihn bloß flüchtig küssen wollen, doch Kaden war kein Kerl, dem man einen kurzen Kuss aufdrücken konnte. Augenblicklich hatte er seine Hand in meinem Haar vergraben und meinen Mund so hart an seinen gepresst, dass ich stöhnen musste. Und dann war ich irgendwie rittlings auf seinem Schoß gelandet.

Ich klammerte mich an seinen Schultern fest, während er mit seiner anderen Hand unter mein Sweatshirt und das darunterliegende Top fuhr.

»Ich dachte, wir wollten wandern«, seufzte ich in seinen Mund.

»Du wolltest wandern«, korrigierte er mich und bewegte seine Hüfte, bis seine Erektion gegen den Stoff meiner Hose drückte. Sofort schob ich mich ihm entgegen. »Ich wollte bloß dich.«

Ich lehnte mich ein Stück zurück und sah in seine warmen Augen. Inzwischen waren sie mir so vertraut, war *er* mir so vertraut.

»Du hast mich«, flüsterte ich und streichelte seine stoppeligen Wangen. »Du hast mich mit Haut und Haaren.«

Seine Augen weiteten sich ein Stück. Dann vergrub er sein Gesicht an meinem Schlüsselbein. Er murmelte etwas, und obwohl ich ihn nicht verstand, wusste ich, was er mir sagen wollte.

Ich fuhr mit meiner Hand seinen Nacken hoch, über seinen Hinterkopf und wieder zurück. Mit einem Finger hob ich sein Kinn an, damit er mich wieder ansah.

»Komm her«, flüsterte er heiser.

»Ich bin doch schon da.«

»Das meine ich nicht.« Kaden streichelte über meine Taille, weiter hinab, bis er beim Bund meiner Hose angelangt war. Sie war aus einem elastischen Stoff und eignete sich gut fürs Wandern – oder dafür, von Kaden in einer geschickten Bewegung ausgezogen zu werden. Ich war ziemlich beeindruckt – so was musste man im Innenraum eines Autos erst mal hinkriegen.

Ich nestelte an Kadens Gürtel herum und gab einen triumphierenden Laut von mir, als ich ihn endlich aufbekam und dann hektisch versuchte, die Hose samt Boxershorts so weit wie nötig hinabzuschieben. Kaden lachte atemlos und griff nach unten, um mir zu helfen. Dann küsste er mich erneut. Gierig und innig, als gäbe es nichts anderes, wonach er sich in seinem Leben sehnte, und als hätte er Angst, dass mich ihm jemand im nächsten Moment wieder wegnehmen könnte.

Er raubte mir damit den Verstand.

»Komm her«, murmelte er wieder. Wann er es geschafft hatte, ein Kondom überzuziehen, wusste ich nicht, aber das war mir auch egal. Ich stöhnte laut, als er mich auf sich zog und quälend langsam in mich glitt.

Einen Moment lang sahen wir uns nur schwer atmend an. Dann umfasste Kaden meine Hüfte. Ich hob mein Becken, dann ließ ich mich wieder auf ihn sinken. Wieder und wieder und wieder, und Kaden half mir dabei, einen Rhythmus für uns zu finden, obwohl ich ganz genau spürte, wie schwer es ihm fiel, sich zurückzuhalten und mir die Kontrolle zu überlassen.

Ich starrte Kaden in die Augen, als wir uns miteinander bewegten und unsere Körper gegenseitig in Flammen setzen. Keiner von uns schaute auch nur eine einzige Sekunde weg. Wir waren süchtig nacheinander.

Unsere Bewegungen wurden schneller, verzweifelter, und unser lautes Keuchen erfüllte den Wagen.

Irgendwann stöhnte Kaden meinen Namen. Er schlang seinen Arm um meinen Rücken, seine andere Hand vergrub er in meinem Haar. Dann begann er, seine Hüften gegen meine zu pressen, und traf augenblicklich jenen Punkt, der mich völlig um den Verstand brachte. Ich kam wenig später, seinen Namen auf meinen Lippen, und Kaden folgte mir gleich darauf. Völlig entkräftet sackte ich auf ihm zusammen. Meine Gliedmaßen fühlten sich wie Gummi an, und auch mein Bewusstsein schien unheimlich träge. Bloß Kadens Küsse an meinem Schlüsselbein und seine Berührungen an meinem Rücken hielten mich in der Wirklichkeit. Ich lächelte an seiner Halsbeuge.

»Das gefällt mir viel besser«, murmelte Kaden.

Ich löste mich schwerfällig von ihm und sah ihn fragend an.

»Dich zum Lächeln statt zum Weinen zu bringen meine ich«, murmelte er und runzelte dann die Stirn, als könnte er selbst nicht so richtig glauben, dass er das gerade laut ausgesprochen hatte.

Ich lehnte meine Stirn gegen seine und lächelte noch breiter.

kapitel 30

Danach beschlossen Kaden und ich, aufs Wandern zu verzichten und direkt nach Hause zu fahren. Inzwischen war es später Nachmittag. Die Wolken hatten sich verdichtet, und ein feiner Nieselregen prasselte auf die Frontscheibe des Jeeps.

Während der Fahrt lehnte ich meinen Kopf an Kadens Schulter und hielt seine Hand, die auf meinem Oberschenkel lag.

Ich liebte seine Hände. Sie waren groß, seine Finger schlank mit etwas breiteren Fingerknöcheln. Inzwischen erinnerte nur noch eine kleine dunkelgelbe Stelle an den Vorfall im *Hillhouse*, und ich streichelte sanft mit meinem Daumen darüber.

Als wir zu Hause ankamen, regnete es in Strömen. Ich rannte über den Parkplatz und hielt dabei meine Jacke über den Kopf, aber leider half das nicht viel. Alleine der kurze Weg zum Eingang genügte, um mich komplett zu durchnässen. Kaden lachte, als ich mehrmals hintereinander laut fluchte. Ihm war der Regen völlig egal.

Ich hatte die Haustür noch nicht ganz geöffnet, da drängte Kaden sich schon an mir vorbei. Er griff nach meiner Hand und zog mich hinter sich die Treppe hoch. Ich lachte leise, als ich mich daran erinnerte, dass er mich in einem solchen Tempo schon mal durch dieses Treppenhaus gezerrt hatte.

»Hast du wieder vor, eine Macke in die Wand zu machen?«

Er drehte sich zu mir um und grinste. Kurzerhand schlang er die Arme um meine Taille und hob mich hoch, obwohl wir noch nicht in unserem Stockwerk angekommen waren. Er küsste mich wild, was ein elektrisches Prickeln durch meinen gesamten Körper sandte.

»Ich brauche dringend eine Dusche«, murmelte Kaden und trug mich den Rest der Stufen hoch. Das war mir recht – sein Kuss hatte nämlich meine Knie ganz weich werden lassen.

»Ich auch.« Ich lächelte an seinen Lippen.

»Ich hatte gehofft, dass du das sagst.«

Oben angekommen ließ er mich runter und griff wieder nach meiner Hand. Er machte so große und schnelle Schritte, dass ich das letzte Stück bis zu unserer Wohnung beinahe rennen musste. Lachend bogen wir um die Ecke.

Kaden blieb so plötzlich stehen, dass ich mit voller Wucht in ihn hineinlief.

Er ließ meine Hand los. Sie fiel schlaff herunter. Es war, als wäre er von einer Sekunde auf die andere zu Stein erstarrt.

»Kaden, was …«

»*Verschwinde.*«

Noch nie zuvor hatte ich ihn in diesem Tonfall mit jemandem sprechen gehört. Unsicher machte ich einen Schritt nach vorne.

Neben unserer Wohnungstür stand ein Typ lässig an die Wand gelehnt, in Anzughose und weißem Hemd, das passende Sakko über eine Schulter geworfen. Seine dunkelblonden Haare waren locker zurückgestylt, und er betrachtete uns mit einem arrogant-amüsierten Schmunzeln, das ihn mir augenblicklich unsympathisch machte.

Obwohl er auf den Bildern in Rachels Haus noch ein kleiner Junge gewesen war, erkannte ich ihn sofort.

Er sah Kaden ziemlich ähnlich. Und gleichzeitig auch nicht. Seine Gesichtszüge waren ebenfalls weich, und er hatte die gleichen braunen Augen – allerdings konnte ich darin nichts von der Wärme und der Offenheit entdecken, die Kaden und seine Mutter ausstrahlten.

»Ich meine es ernst«, sagte Kaden in drohendem Tonfall. »Verschwinde.«

Jeder Muskel seines Körpers war angespannt, selbst den Atem schien er angehalten zu haben. Er wirkte wie eine Statue, so starr wie er dort stand. Allmählich bekam ich es mit der Angst zu tun.

»Freut mich auch, dich zu sehen, Bruderherz«, sagte Alex, ohne Anstalten zu machen, seinen Platz an der Wand aufzugeben. Im Gegensatz zu Kaden wirkte er völlig entspannt. Sein Blick glitt über Kaden hinweg und dann an mir herab. Er lächelte mich an, entblößte gerade, viel zu weiße Zähne. Das Lächeln eines üblen Herzensbrechers, eindeutig. »Wen haben wir denn da?«

Das schien Kaden aus seiner Schockstarre zu befreien. Er zuckte zusammen, packte mich am Oberarm und zog mich mit sich zur Wohnungstür. Sein Griff war fest und tat mir weh, aber ich beschwerte mich nicht. Ich vertraute Kaden, und wenn er so reagierte, dann hatte das einen Grund.

Er ließ mich erst los, nachdem er die Wohnungstür aufgeschlossen und mich vor sich in den Flur geschoben hatte.

»Es geht um Dad, Kaden. Er will Anteile der Firma verkaufen.« Alex stand noch immer in derselben Position da. Er hob nicht einmal seine Stimme. Anscheinend war er es gewohnt, dass man ihm zuhörte.

»Was interessiert mich das?«, fragte Kaden schroff und pfefferte seine Jacke am Garderobenständer vorbei. Ich bückte mich und hängte sie auf.

»Es sind die Anteile, die er dir seit deinem einundzwanzigsten Geburtstag überschreiben will. Du weißt, dass er seit

Ewigkeiten versucht, dich ins Boot zu holen. Aber wenn du sie nicht willst, wird er sie verkaufen.«

Kaden wollte die Tür ohne ein weiteres Wort zuknallen, doch Alex war schneller. Sein Fuß schoss blitzschnell nach vorne und verhinderte so, dass sie ins Schloss fiel. Mit der flachen Hand drückte er sie wieder auf.

»Unterschreib einfach den Papierkram, dann bist du mich los«, sagte er erstaunlich sanft. »Bitte.«

Kaden schien abzuwägen, das Gesicht noch immer völlig starr. Sein Blick fiel auf mich, und er schluckte schwer. Er kam zu mir und beugte sich zu mir runter, bis sein Mund kurz über meinem Ohr war. »Bitte geh in dein Zimmer.«

Sofort wollte ich protestieren, doch Kaden griff erneut nach meinem Arm und packte ihn fest. »Bitte, Allie.«

Ich presste meine Lippen aufeinander und nickte. Dann streifte ich meine Schuhe von den Füßen und ging zu meinem Zimmer. Ich warf einen letzten Blick über meine Schulter und sah, wie Kaden beiseitetrat und seinem Bruder mit einem Nicken signalisierte, dass er hereinkommen sollte. Alex lief direkt ins Wohnzimmer, als wäre er schon öfter hier gewesen. Im Vorbeigehen zwinkerte er mir zu, aber anstatt Schmetterlinge in meinen Bauch zu schicken, wie es bei Kadens Lächeln immer der Fall war, jagte er mir einen eiskalten Schauer über den Rücken. Mit einem mulmigen Gefühl im Magen schloss ich die Tür.

Wenn Kaden nicht wollte, dass ich dabei war, wenn er geschäftliche Dinge mit seinem Bruder besprach, würde ich das respektieren. Auch wenn es mir schwerfiel, ihn in einem solchen Zustand allein zu lassen.

Was war zwischen den beiden vorgefallen? Kaden hatte mir zwar einige Dinge anvertraut, aber gerade eben hatte ich beobachtet, wie sich zwei Brüder gegenüberstanden, zwischen denen sehr viel mehr passiert sein musste als bloß die Scheidung ihrer Eltern. In Kadens Gesicht hatte der blanke Hass gestanden. Und Angst.

Aber wovor?

Zehn Minuten vergingen, dann zwanzig. Ich lief in meinem Zimmer hin und her, viel zu unruhig, um irgendwas für die Uni machen zu können. Als sich nach einer halben Stunde in der Wohnung noch immer nichts regte, hielt ich es nicht länger aus.

Ich öffnete die Tür vorsichtig einen Spaltbreit, und obwohl ich die beiden nicht sehen konnte, verstand ich jedes ihrer Worte.

»Halt deine Fresse, Alex, oder ich polier sie dir, bis du keine Zähne mehr hast«, zischte Kaden. Den Namen seines Bruders spie er geradezu aus.

»Es wird Zeit, dass du drüber hinwegkommst. Seit der Sache sind wie viele Jahre vergangen? Zwei? Drei?«, fuhr Alex ungerührt fort. »Das mit euch beiden war doch ohnehin nichts Ernstes.«

Ich hörte, wie etwas polterte.

»Großer Gott, du widerst mich an.« Ich verstand Kaden kaum, so wutverzerrt war seine Stimme.

»Was willst du eigentlich von mir? Ich habe Fehler gemacht, okay. Aber ich habe dazu gestanden und werde sie nicht wiederholen – warum reicht dir das nicht?«

»Du hast zu deinen Fehlern gestanden? Wann denn bitte? Das muss ich versäumt haben«, zischte Kaden.

»Wir haben damals eine Entscheidung gefällt, die unsere Familie geschützt hat. Das weißt du genauso gut wie ich.«

Kaden schnaubte verächtlich.

»Und wärst du nicht so stolz, müsstest du nicht in so einer … Bruchbude wie dieser hier hausen und dir keine Untermieter suchen, um die Miete zahlen zu können«, fuhr Alex fort.

»Ich werde keinen Cent dieser verfluchten Dreckskohle annehmen.«

Mir stockte der Atem. Kaden hatte gesagt, dass sein Vater ihm die Unterstützung verweigerte – dass er sein Geld nicht wollte, hatte er nie erwähnt.

Nun war Alex derjenige, der schnaubte. »Dein Stolz wird dir früher oder später das Genick brechen, Kaden. Zerstör doch nicht deine Zukunft, nur weil es mit der einen Frau nicht geklappt hat …«

Ein dumpfer Schlag ertönte. Ich war mir sicher, dass das Kaden gewesen war und er mit der Faust auf den Wohnzimmertisch geschlagen hatte. »Das hat nichts mit Kendra zu tun. Halt sie da raus.«

»Womit denn dann? Mit deiner Neuen?« Er lachte humorlos auf.

»Ich schwöre es, Alex, wenn du auch nur in ihre Nähe kommst, werde ich …«

»Bist du deshalb hergezogen? Weil hier niemand Bescheid weiß?«

Kaden knurrte leise.

»Die Kleine weiß es nicht, oder?«, hakte Alex nach. »Vielleicht sollte ich die Gelegenheit nutzen, um sie aufzuklären …«

Etwas polterte laut zu Boden. Sofort warf ich meine Vorsätze über Bord und riss die Tür auf. Ich eilte ins Wohnzimmer. Kaden stand mit bebenden Schultern vor seinem Bruder, der auf der Couch saß und völlig unbeeindruckt dreinschaute.

»Ich denke, es wäre besser, wenn du verschwindest«, sagte ich kalt.

»Ach, wie niedlich.« Alex blickte zwischen Kaden und mir hin und her. Ein langsames Lächeln breitete sich auf seinem Gesicht aus, als er seinen Blick erneut an meinem Körper entlangwandern ließ. Plötzlich fühlte ich mich schmutzig. Ich kannte dieses Gefühl, das seine Augen in mir auslösten. Ich kannte es viel zu gut.

»Verschwinde aus unserer Wohnung, oder ich rufe die Polizei«, drohte ich und konnte ein Zittern in meiner Stimme nicht unterdrücken.

In aller Seelenruhe kramte Alex den Papierkram vom Tisch und erhob sich. Ich lief zur Tür und öffnete sie demonstrativ so weit es ging. Einen deutlicheren Hinweis konnte ich ihm nicht geben. Er folgte mir. Kurz bevor er ins Treppenhaus trat, drehte er sich noch mal zu mir um.

»Auf Wiedersehen«, sagte er leise.

Ich wandte meinen Blick ab. Mir war schlecht.

Als er endlich draußen war, knallte ich die Tür zu und schloss sie von innen ab. Atemlos ließ ich mich gegen das kühle Holz sinken. Ich brauchte einen Moment, um die Übelkeit zurückzudrängen. Erst danach ging ich zurück ins Wohnzimmer. Kaden stand noch immer an derselben Stelle.

»Er ist weg«, sagte ich sanft und legte meine Hand auf seine Schulter.

Er zuckte heftig zusammen und fuhr zu mir herum. Er sah so wütend aus, dass ich einen unwillkürlichen Schritt zurück machte und meine Hand wieder sinken ließ. Ich öffnete den Mund, doch mir fehlten die Worte.

So hatte ich ihn noch nie gesehen.

Bevor ich wusste was geschah, hatte Kaden auf dem Absatz kehrtgemacht und war in seinem Zimmer verschwunden. Ich kniff die Augen zusammen, als er die Tür geräuschvoll hinter sich zuknallte.

Instinktiv wusste ich, dass er einen Moment für sich brauchte. Obwohl es mir unheimlich schwerfiel, ihm nicht zu folgen und in den Arm zu nehmen, so wie er es in Denver bei mir getan hatte, ging ich zurück in mein Zimmer. Ich räumte auf, putzte mein Regal und sortierte meine Ordner neu. Als ich nichts mehr fand, das ich optimieren konnte, setzte ich mich ins Wohnzimmer und wartete. Ich erwog sogar, Kaden und mir etwas zu kochen, aber ich war mir ziemlich sicher, dass er im Moment keinen Wert auf Gesellschaft legte, und wollte nicht den Eindruck erwecken, dass ich seinen Wunsch, allein zu sein, nicht akzeptierte. Also wartete ich weiter.

Ich sah mir eine Realitysendung nach der anderen an, konnte mich aber nicht auf die Handlung konzentrieren. Zwischendurch spielte ich an meinem Handy herum und überlegte, ob ich Spencer bitten sollte, herzukommen. Ich verwarf den Gedanken.

Als Kaden endlich aus seinem Zimmer kam, sah er nicht einmal in meine Richtung. Stattdessen lief er geradewegs zur Tür. Ich erhob mich und folgte ihm in den Flur.

»Wo gehst du hin?«, fragte ich vorsichtig.

Er schlüpfte in seine Engineer-Boots und ignorierte meine Frage. Gleich darauf nahm er seinen Schlüssel und stopfte ihn in seine hintere Hosentasche. Er wollte die Tür öffnen, doch ich hatte sie abgeschlossen. Kaden stieß einen Fluch aus und kramte seinen Schlüssel wieder hervor.

»Kaden, wohin gehst du?«, wiederholte ich mit brüchiger Stimme.

Er fuhr zu mir herum. Er sah noch immer so wütend aus. »Ich bin dir keine Rechenschaft schuldig, Allie.«

Und dann stürmte er aus der Wohnung.

Kaden kam nicht nach Hause. Die Zeit schien langsamer als sonst zu vergehen. Jede Stunde fühlte sich an wie mehrere Tage.

Es war unerträglich.

Ich stand kurz davor, bei Spencer oder sogar Monica anzurufen und die beiden zu fragen, ob sie eine Ahnung hatten, wo er steckte. Allerdings verwarf ich die Idee schnell wieder – ich wollte keineswegs eine dieser irren Frauen sein, die ihrem Freund keinerlei Freiraum gaben. Und so aufgewühlt, wie Kaden war, benötigte er diesen jetzt mehr als sonst. Da war ich mir sicher.

Hatte ich überhaupt ein Recht darauf, zu fragen, wohin er verschwunden war? Wir hatten nie darüber gesprochen, ob wir jetzt offiziell ein Paar waren. Ein solches Gespräch hatte ich in meinem Leben noch nie geführt, ich wusste nicht einmal, ob man so etwas überhaupt machte. So wie es sich zwischen Kaden und mir in den letzten Tagen angefühlt hatte, schien alles klar. Für mich gab es nur ihn, und ich dachte eigentlich, dass es ihm mit mir ähnlich ging.

Doch egal ob es für das, was wir für einander waren, eine Bezeichnung gab oder nicht – ich verdiente es, zu wissen, wo er war. Ich verdiente es, dass er sich meldete und mir Bescheid gab, wenn er die Nacht woanders verbrachte.

Ich machte mir solche Sorgen um ihn und stand kurz davor, loszuheulen.

Nach Mitternacht hielt ich es nicht länger aus und schrieb ihm eine SMS. Eine Antwort bekam ich nicht. Also verbrachte ich den Rest der Nacht auf der Couch, fiel in einen unruhigen Halbschlaf und fuhr jedes Mal hoch, wenn in der Wohnung auch nur das leiseste Geräusch ertönte.

Aber Kaden kam nicht nach Hause.

kapitel 31

Als ich mich am nächsten Morgen zur Uni schleppte – ungeschminkt und mit tiefen Augenringen – war Kaden immer noch nicht in der Wohnung aufgetaucht und hatte auch nicht auf meine Nachricht geantwortet. Ich war krank vor Sorge. Nicht zu wissen, was mit ihm war, machte mich wahnsinnig. Und es tat weh, dass er mir nach allem, was ich ihm von mir erzählt hatte, offensichtlich nicht dasselbe Vertrauen entgegenbrachte. Auf der anderen Seite verstand ich ihn. Ich wusste besser als jeder andere, wie schwer es war, sich vollkommen zu öffnen.

Obwohl ich den Schmerz und die beißende Leere in meinem Inneren kaum aushalten konnte, bemühte ich mich darum, mir nichts anmerken zu lassen. Meinen Freunden sagte ich, dass ich erkältet wäre und deshalb so fertig aussähe, was bei dem wechselhaften Wetter der letzten Tage eine durchaus glaubwürdige Ausrede war. Ich wollte nicht, dass sie anfingen, wild zu spekulieren. Was zwischen mir und Kaden vorgefallen war, ging niemanden etwas an.

Als wir uns mittags in der Mensa trafen, bekam ich keinen Bissen runter und gab schließlich Scott mein Essen.

»Danke, Süße«, seufzte er und zog den Teller näher an sich heran. »Du weißt, wie man einen Mann glücklich macht.« Er biss genüsslich in den Burrito und drückte ihn dabei so fest zusammen, dass ein Großteil der Sauce auf der anderen Seite raustropfte. Dawn verzog angewidert das Gesicht und schob ihren Teller vor mich, damit ich ihr Fleisch in kleine Stücke schnitt. Das war für uns im Laufe der letzten Woche zur Routine geworden, ebenso wie meine darauffolgende obligatorische Frage: »Wie geht's deinen Fingern?«

»Tagsüber geht es eigentlich immer ganz gut, nur nachts brauche ich noch Schmerzmittel. Und wenn ich zu viel am Laptop gearbeitet habe.« Sie nahm den Teller wieder entgegen. »Danke.«

»Was musst du denn am Laptop arbeiten?«, fragte Scott mit vollem Mund. »Die nächsten Prüfungen und Deadlines sind doch erst in ein paar Wochen.«

Dawn versuchte vergeblich, mit der Gabel in der linken Hand eine Rigatoni-Nudel aufzuspießen. Sie knurre frustriert. »Nichts für die Uni.«

Scott und ich sahen sie erwartungsvoll an. Sie starrte nur feindselig die Nudel an.

»Sondern?«, hakte Scott nach.

»Sondern für was anderes«, sagte Dawn. Sie knallte die Gabel auf den Tisch und schob sich die Nudel mit den Fingern in den Mund.

Scott schnaubte. »Jetzt sei doch nicht so krypt…«

»Allie«, unterbrach Dawn ihn und wandte sich an mich. »Wie geht's eigentlich deinem Loverboy?«

Ich zuckte zusammen. Auch weil ich ein schlechtes Gewissen hatte, dass ich ihr noch nicht von dem Vorfall gestern erzählt hatte. Ich war kurz davor gewesen, sie anzurufen, als ich es vor Sorge um Kaden kaum mehr alleine in der Wohnung ausgehalten hatte. Aber Dawn war bereits in unser Drama involviert gewesen – mit mittelmäßig gutem Ausgang. Ich wollte keinesfalls, dass sie sich wegen mir doch noch einen Knochen brach.

Also sagte ich bloß: »Alles bestens.« Und sie schien mir zu glauben.

Am Nachmittag traute ich mich nicht nach Hause – zu groß war meine Angst, Kaden dort nicht anzutreffen. Ich zögerte den Moment hinaus, spazierte erst ziellos über den Campus und ging dann in die Bibliothek, wo ich mir Fachliteratur auslieh, die ich für meine Essays benötigte, und sogar begann, eine Präsentation auszuarbeiten, die erst in ein paar Wochen eingereicht werden musste – das Ausmaß meiner Verzweiflung war wirklich beunruhigend. Als die Bibliothek schloss, blieb mir nichts anderes übrig, als zurück in die Wohnung zu gehen.

Mein Herz stolperte, als ich Kadens Jeep auf dem Parkplatz stehen sah. Auf der Treppe nahm ich zwei Stufen auf einmal und stürzte förmlich durch die Tür.

Ich hielt jäh inne. Das Blut wich mir so schnell aus dem Gesicht, dass mir schwindelig wurde und ich eine Hand zur Wand ausstreckte, um mich abzustützen.

Mitten im Flur stand ein Koffer, direkt daneben ein paar Kartons. Umzugskartons, aus denen Dinge herausragten, die mir ungemein vertraut vorkamen. Beispielsweise mein grob gehäkelter Überwurf. Oder der Bilderrahmen mit dem Foto, das Dawn und ich am Tag meines Einzugs geschossen hatten.

Mein Herz schien für ein paar Schläge auszusetzen. Dann hüpfte es heftig, begann zu rasen, nur um gleich darauf wieder auszusetzen. Ich brach in kalten Schweiß aus.

Ich bahnte mir meinen Weg an den Kartons vorbei in die Wohnung. Meine Zimmertür stand offen, irgendetwas rumpelte laut. Kurz darauf erschien Kaden im Türrahmen, einen weiteren Karton in den Händen. Er widmete mich keines Blickes, als er an mir vorbeilief und den Karton zu den beiden anderen im Flur stellte.

»W–was … was machst du da?«, krächzte ich. Meine Kehle war wie zugeschnürt.

Kaden ignorierte mich und ging zurück in mein Zimmer. Als er mit meiner Nachttischlampe wieder herauskam, stellte ich mich ihm in den Weg. Ich war kurz davor, zu hyperventilieren.

»Kaden, was machst du da?«, fragte ich, diesmal deutlich lauter.

Jetzt sah er mich an. Seine Augen waren kalt und gefühllos, seine Körperhaltung abweisend.

»Hiermit kündige ich dir das Zimmer«, sagte er tonlos. »Fristlos.«

Für einen Moment ergaben seine Worte keinerlei Sinn. Ich realisierte erst, was er gesagt hatte, als er versuchte, sich samt Lampe an mir vorbeizuschieben. Ich packte ihn beim Arm und zwang ihn, sich zu mir zu drehen.

»Was soll das?« Meine Stimme zitterte. Das hier fühlte sich an, als würde mir jemand den Boden unter den Füßen wegziehen. Jede Sekunde würde ich fallen.

»Wir haben keinen Mietvertrag abgeschlossen. Wenn ich sage, dass du gehst, dann gehst du. Also nimm deine Sachen und verschwinde.« Der gleichgültige Ton, in dem er das sagte, ließ mich erschaudern. Das hier war nicht mein Kaden. Das war ein Roboter, eiskalt und ohne Gefühle.

»Warum bist du so?«, flüsterte ich und umfasste auch seinen anderen Arm. Er schüttelte meine Berührung grob ab und stellte die Lampe hin. Als er sich umdrehte, um wieder in mein Zimmer zu gehen, versperrte ich ihm den Weg.

»Allie«, knurrte er zwischen zusammengebissenen Zähnen. Das klang schon eher nach Kaden.

»Ich will wissen, was dein Bruder zu dir gesagt hat, dass du denkst, mich aus deinem Leben streichen zu müssen«, forderte ich, und auch wenn ich kurz davor war, zusammenzubrechen, war meine Stimme fest. »Worüber habt ihr gesprochen?«

»Ich will nicht darüber reden.«

»Du kannst mit mir über alles reden, Kaden. Genau so, wie du es mir angeboten hast«, sagte ich nun viel sanfter. »Bitte, schließ mich nicht aus.«

Er sah mich an. Sein Kiefer war angespannt, an seiner Schläfe pochte eine Ader. »Nein.«

»Ich dachte, so was hätten wir längst hinter uns. Ich dachte, wir vertrauen einander.«

»Da hast du falsch gedacht.«

Ich packte ihn bei den Schultern. »Willst du mich verarschen, Kaden? Gestern sagst du mir, wie gut es sich anfühlt, mich glücklich zu machen, und heute schmeißt du mich ohne Grund aus der Wohnung?«

»Es war ein Fehler. Das alles war ein riesiger Fehler.« Er sagte das leise, als würde er sich selbst davon überzeugen wollen, dass er richtig handelte.

»Das mit uns war kein Fehler«, widersprach ich ihm. Ich musste unbedingt zu ihm durchdringen. »Das mit uns ist das Beste, das mir jemals passiert ist – dir geht es doch auch so, oder nicht? Warum hast du zugelassen, dass dir jemand etwas anderes einredet?«

Er schloss die Augen und schluckte schwer.

Ich fuhr mit den Händen über seine Schultern, seinen Hals und weiter hoch, bis ich seine Wangen umfassen konnte. »Ich bin nicht wie Kendra«, versicherte ich ihm eindringlich. »Ich werde nicht einfach verschwinden, Kaden.«

Anscheinend hatte ich das Falsche gesagt. Kaden fuhr zusammen und packte mich dann unsanft bei den Handgelenken. Er riss meine Hände von seinem Gesicht und trat einen Schritt zurück.

»Das mit uns«, sagte er langsam, »war der größte Fehler meines Lebens.«

In mir zerbrach etwas. Ich schnappte nach Luft. Doch Kaden war noch nicht fertig.

»Halt dich von mir fern, Allie. Ich meine es ernst. Ich kann diesen Scheiß momentan nicht gebrauchen.«

Meine Hände kribbelten, so dringend verspürte ich das Bedürfnis, ihm eine Ohrfeige zu verpassen. Aber diese Blöße würde ich mir nicht geben.

Stattdessen spürte ich, wie ich zumachte.

Es war genau wie damals – der Schmerz und die Angst wurden so groß, so überwältigend und unerträglich, dass ich genau zwei Optionen hatte: Ich konnte daran zerbrechen. Oder ich konnte alles, jede einzelne Empfindung, in die hinterste Ecke meines Herzens schieben und zulassen, dass da nichts mehr war außer Kälte. Mich selbst betäuben, bevor der Schmerz es tat.

»Du willst, dass ich gehe?«, fragte ich. Meine Stimme war ruhig, keine Spur von der Trauer oder der Wut, die mein Innerstes erschütterten.

Kaden nickte einmal. »Ja.«

»Du willst das mit uns tatsächlich auf diese Art beenden? Indem du mich aus der Wohnung schmeißt?« Ich hakte nach. Brauchte Gewissheit.

»Die Regeln standen von Anfang an fest, Allie.«

Meine Zähne knirschten, so fest biss ich sie zusammen. »Und sie waren von Anfang an zum Scheitern verurteilt – deine Worte.«

»Ich sage viel, wenn ich meinen Willen bekommen will.«

»Schwachsinn«, fauchte ich. »Tu nicht so, als hättest du das nur gesagt, damit ich dich ranlasse. Da hätte es weitaus effektivere Methoden gegeben.«

Kaden atmete ruckartig aus. »Wieso machst du es mir so schwer?«

»Weil ich verdammt noch mal keines der Mädchen bin, die du aufreißt, nur um sie dann wie Müll liegen zu lassen. Ich bin das Mädchen, das in deinen Armen gelegen hat und dir ihre schmerzvolle Vergangenheit anvertraut hat. Ich bin diejenige …«

Kaden legte eine Hand auf meinen Mund. »Nicht.«

Ich stieß sie weg. »Du kannst nicht einfach Schluss mit mir machen, nur weil du Angst hast, mir von deiner Vergangenheit zu erzählen. Ich weiß, wie schwer das ist, Kaden. Glaub mir. Aber ich habe es trotzdem getan.«

»Und genau das ist mein Problem!«, schrie er und rieb sich mit beiden Händen über das Gesicht.

Ich erstarrte. Meine Finger fühlten sich plötzlich taub an. »Was hast du gerade gesagt?«

»Allie, bitte, ich kann das nicht. Ich habe es versucht … es geht einfach nicht.« Er schluckte. »Ich kann einfach nicht mit dir zusammen sein. Es liegt nicht an dir, sondern an …«

»Ist es wegen Anderson? Wegen der Sache mit meiner Mom?«, flüsterte ich.

Er schüttelte den Kopf und atmete hörbar aus. »Es gibt da einfach Dinge, die … vorgefallen sind. Dinge, die dich zerstören würden, wenn du davon erfährst. Es geht nicht. Ich kann niemals mit jemandem wie dir zusammen sein.«

Seine Worte zerschmetterten mich. Ich wich vor ihm zurück.

Etwas Dunkles flackerte in seinen Augen auf. »Und früher oder später wäre es sowieso in die Brüche gegangen, glaub mir. Es ist besser so.«

Ich unterdrückte die Tränen, während sich alle meine Schutzmauern gleichzeitig aufrichteten. Dann sah ich Kaden in die Augen und versuchte, so viel Verachtung wie möglich in meinen Blick zu legen.

»Ich bin keine Frau, die irgendjemandem hinterherläuft, Kaden. So gut solltest du mich inzwischen kennen.« Ich straffte die Schultern. »Wenn du willst, dass ich gehe, dann tue ich das. Aber glaub nicht, dass ich jemals wieder zurückkomme.«

Unendlich lange Sekunden verstrichen, bis er schließlich nickte. »Damit kann ich leben.«

Also tat ich es. Ich drehte mich um und ging, obwohl mein Herz so wehtat, dass ich kaum einen Fuß vor den anderen setzen konnte.

kapitel 32

Dawn öffnete die Tür und sah mich überrascht an. Sie begann, etwas zu sagen, doch dann glitt ihr Blick über das Kissen in meiner Hand und den Koffer, der neben mir auf dem Boden stand. Sie presste die Lippen zusammen und trat sofort beiseite, um mich ins Zimmer zu lassen. Sawyer schien wie immer nicht da zu sein, was mir aber eigentlich egal war.

Mir war alles egal.

Dawn stellte keine Fragen. Sie zog den Koffer ins Zimmer und stellte ihn neben ihre Kommode, dann nahm sie mich vorsichtig bei der Hand und führte mich zu ihrem Bett. Sie sagte etwas, doch in meinen Ohren rauschte es so laut, dass ich sie nicht richtig verstand. Dawn verschwand aus dem Zimmer.

Ich saß auf ihrem Bett, baumelte mit den Beinen und starrte dabei meine Socken an. Auf ihnen waren lauter bunte Eulen. Ich hatte sie nur gekauft, weil ich gewusst hatte, wie sehr Mom sie gehasst hätte.

Dawn kehrte wenig später zurück und stelle zwei Tassen mit dampfendem Tee auf dem Nachttisch ab. Sie schlug die Bettdecke zurück und half mir dabei, nach hinten zu rutschen und es mir gemütlich zu machen. Dann setzte sie sich neben mich, und ich legte meinen Kopf in ihren Schoß.

Sie begann, über bedeutungslose Dinge zu reden. Über Kanye West, der sich wieder mal peinlich auf Twitter aufgeführt hatte. Über das neue Buch ihrer Lieblingsautorin. Über Sawyer, die verdächtig lange keinen Kerl mehr mitgebracht hatte. Über Dawns Pläne, dieses Jahr endlich mal die Weihnachtsmarmelade ihrer Oma nachzukochen.

Und schließlich gab ich auf. Ich drückte mein Gesicht an Dawns Bein, krallte meine Finger in ihren Pulli und ließ die Tränen zu.

Ich weinte stundenlang. Dawn bewegte sich nicht vom Fleck. Sie zog die Decke über mich und strich sanft über meine Haare, murmelte beruhigende Worte, als mein Körper von Schluchzern durchgeschüttelt wurde, so heftig, dass ich würgen musste.

Irgendwann war ich zu erschöpft, um viel mehr zu tun, als stumm an die Wand zu starren. Ich fühlte mich, als hätte mir jemand jedes Organ einzeln herausgerissen und dann achtlos wieder zurückgestopft.

Alles tat mir weh.

Irgendwann konnte ich meine Augen nicht mehr offenhalten, und fiel in einen tiefen Schlaf.

Schlafen entwickelte sich im Laufe der Woche zum Höhepunkt meines Tages. Es waren die einzigen Stunden, in denen der überwältigende Schmerz unterbrochen wurde. Ich konnte nichts essen, und sogar zu trinken fiel mir schwer. Ich verließ Dawns Bett nur, um aufs Klo zu gehen. Zur Uni ging ich nicht. Kaden dort zu sehen, hätte mich vermutlich umgebracht.

Dawn war ein Engel. Sie brachte mir Notizen der einzelnen Vorlesungen und kopierte Scotts Aufzeichnungen aus den Seminaren, die wir nicht gemeinsam besuchten. Sawyer tauchte glücklicherweise nur sporadisch im Wohnheim auf. An einem Nachmittag stürzte sie ziemlich aufgebracht ins Zimmer, doch als sie mich sah, wurde ihre Miene sofort ausdruckslos. Gleich darauf war sie mit einem gefüllten Rucksack in der Hand wieder verschwunden.

Am Samstag kam Dawn mit Scott im Schlepptau. Die beiden hatten Pizza mitgebracht. Ich hatte solchen Hunger, doch als Scott den Karton öffnete, breitete sich ein flaues Gefühl in meinem Magen aus. Einfach alles verband ich mit Kaden. Es war lächerlich und schrecklich, aber ich konnte nichts dagegen tun. Obwohl ich in den letzten Tagen mehr geschlafen hatte als je zuvor, fühlte ich mich ausgelaugt und leer.

Zum ersten Mal in meinem Leben war ich verliebt. Und zum ersten Mal in meinem Leben hatte man mir das Herz gebrochen. Ich hatte keinen blassen Schimmer, wie ich darüber hinwegkommen sollte. Zumal ich obdachlos war. Ich wusste nicht, was ich ohne Dawn tun würde.

Ständig war ich abhängig von jemandem – erst von meinen Eltern, dann von Kaden und jetzt von ihr. Sosehr ich in den letzten Tagen versucht hatte, alles zu verdrängen – eine Sache war klar und deutlich zu mir durchgedrungen: Ich musste für mein Leben Verantwortung übernehmen. Es war an der Zeit, dass ich mich aufraffte.

»Ich brauche eine Wohnung.«

Das waren die ersten Worte, die ich von mir gab, seit ich vor Dawns Tür erschienen war. Ich starrte eine Weile auf den ausgeblichenen Zimmerteppich und hob dann den Blick, um meine Freunde anzusehen. »Ich brauche eine Wohnung.«

Scotts Mund öffnete und schloss sich. Anscheinend hatte er nicht damit gerechnet, dass heute der Tag war, an dem ich mein Schweigen brechen würde. Auch Dawn schien überrascht. Sie legte ihr Pizzastück zurück auf den Teller in ihrem Schoß.

»Du kannst so lange hierbleiben, wie du willst. Die kontrollieren hier ziemlich selten, und wenn, dann tun wir einfach so, als wärst du meine Mitbewohnerin. Ich meine, Sawyer ist eh nie hier«, plapperte sie drauf los. Ich konnte sehen, wie sehr sie sich darüber freute, dass ich etwas gesagt hatte. »Vor allem seit sie mal in letzter Sekunde einen Kerl unter ihrem Bett verstecken musste.«

Scott beäugte Sawyers Zimmerhälfte, die das krasse Gegenteil von Dawns war – statt Regalen voller Bücher und mit bunten Bildern tapezierten Wänden hatte sie alles in schwarz-weiß und ziemlich minimalistisch gehalten. »Aber da ist ein Bettkasten drunter«, bemerkte Scott.

Dawn nickte energisch. »Genau. Und jetzt stell dir bitte einen Schrank von eins neunzig da drin vor. Zusammengefaltet wie ein T-Shirt.«

Ich spürte meine Mundwinkel zucken. Ganz leicht nur, aber Dawn und Scott hatten es beide gesehen.

»Süße?« fragte Scott vorsichtig, jedoch nicht so behutsam, dass ich mir lächerlich vorkommen musste.

»Mh?«

»Möchtest du reden?«, fragte er weiter.

Ich dachte eine Weile darüber nach. Der Schmerz war ein kleines bisschen abgeflaut, aber in mir fühlte sich alles kalt und taub an.

»Ich weiß nicht«, sagte ich ehrlich und rieb über meinen Brustkorb. Mein Herz stolperte vor sich hin.

»Wir sind auf jeden Fall für dich da. Immer. Nur, dass du Bescheid weißt.«

Dawn nickte so heftig, dass ihr die Haare um den Kopf flogen.

Ich atmete ein paar Mal tief durch und starrte wieder auf den Teppich. In meinem Leben hatte ich einiges durchgemacht. Ich hatte mich jahrelang völlig alleine gefühlt, nie in der Lage dazu, mich irgendwem anzuvertrauen. Meine Freundschaften waren allesamt oberflächlicher Natur gewesen, was daran gelegen hatte, dass ich mit Menschen bis dahin keine guten Erfahrungen gemacht hatte und sie deshalb generell eher auf Abstand hielt.

Seit ich in Woodshill wohnte, war alles anders. Ich hatte mich verändert, war ein ganz anderer Mensch geworden. Und hatte mich noch nie so sehr wie ich selbst gefühlt. Ganz gleich, wie sehr Kaden mich verletzt hatte. Ich hatte aus meinen Fehlern gelernt und wusste jetzt, dass es besser war, über Probleme zu sprechen statt sie zu unterdrücken. Denn irgendwann holten sie einen ein, und zwar mit einer solchen Wucht, dass man vollends daran zu zerbrechen drohte.

Ich wollte nie wieder zerbrechen.

Also rutschte ich vom Bett, setzte mich zu Dawn und Scott auf den Boden und fing an, zu erzählen. Mich ihnen zu öffnen, kostete mich eine wahnsinnige Kraft. Ich war so sehr ans Schweigen gewöhnt. Aber ich tat es.

Ich erzählte ihnen von meinen Eltern und meinem Leben in Denver. Von Anderson, wenn auch nur eine Kurzversion. Von der furchtbaren Begegnung an Thanksgiving. Auch von Kadens Bruder erzählte ich ihnen. Und schließlich davon, wie Kaden von einem Moment auf den anderen völlig verändert gewesen war, obwohl wir uns gerade erst so nahe gewesen waren. Während ich sprach – stockend und holprig – merkte ich, wie richtig es sich anfühlte, Dawn und Scott davon zu erzählen. Ich vertraute ihnen.

Als ich fertig war, kroch Dawn über den Boden zu mir und schloss mich in ihre Arme. Scott griff nach meiner Hand und drückte sie fest.

»Okay. Erstens«, begann Dawn mit fester Stimme und fasste mich trotz des Verbands an ihrer rechten Hand bei den Schultern. »Ich glaube, alles geschieht aus einem Grund, Allie. Wäre das alles nicht geschehen, würdest du niemals hier mit uns sitzen. Wir hätten uns niemals getroffen. Du hättest vielleicht nie den Mut gefunden, deine Träume zu verfolgen – wärst nicht auf die Idee gekommen, deiner Mutter die Meinung zu sagen oder Lehrerin zu werden. Du hättest dich nicht verliebt.«

Ich erwiderte Dawns Blick und nickte langsam.

»Und zweitens«, fuhr sie fort, »hört sich das für mich ganz klar so an, dass du nicht die Einzige bist, die Dinge aus ihrer Vergangenheit zu verarbeiten hat. Kaden scheint auch ganz schön was mit sich rumzuschleppen.«

Ich kaute auf meiner Lippe herum.

»Was auch immer es ist, es ist kein Grund, Allie einfach aus der Wohnung zu schmeißen. Ehrlich gesagt macht mich das ziemlich wütend«, meinte Scott und runzelte die Stirn, als wäre das eine völlig neue Empfindung für ihn.

»Er hat zu mir gesagt, dass er niemals mit jemandem wie mir zusammen sein kann.« Ich musste mich räuspern, weil meine Stimme zu versagen drohte. »Ich hab ihn angefleht, mir zu sagen, warum. Was zwischen ihm und seinem Bruder vorgefallen ist. Aber er wollte es mir nicht sagen.«

»Was soll das denn heißen? Mit jemandem wie dir?«, fauchte Dawn und setzte sich ruckartig auf. »Ich sollte ihn nochmal schlagen. Eine gute Hand habe ich noch. Und zwei Füße.«

Ich konnte nicht mal lächeln. Stattdessen zuckte ich hilflos mit den Schultern. Kadens Worte liefen wie in einer Endlosschleife durch meinen Kopf.

»Die Regeln standen von Anfang an fest.« Ich stieß ein ironisches Lachen aus.

Scott schüttelte den Kopf. »Der Typ hat echt Mist gebaut. Hat er sich denn bei dir gemeldet?«

Ich stutzte. Mein Handy hatte ich die ganze Woche nicht in die Hand genommen. Meine Tage hatten nur aus Schlafen und Dawns Ablenkungsversuchen bestanden.

»Keine Ahnung.«

Sofort griff Dawn nach meiner Tasche und drückte sie mir in die Hand. Ich wusste nicht, wieso mein Herz plötzlich so zu rasen anfing. Ob Kaden sich gemeldet hatte oder nicht, spielte überhaupt keine Rolle. Es würde nichts an der Tatsache ändern, dass er mich zutiefst verletzt hatte.

Aber ich hätte mir keine Gedanken machen müssen. Nachdem Dawn mir ihr Ladegerät gereicht und ich das Handy eingeschaltet hatte, leuchtete mir nur ein einziger Name entgegen: Spencer.

»Natürlich«, murmelte ich. Spencer wurde bestimmt von Kaden geschickt, um sich um meine restlichen Sachen zu kümmern. Ich sperrte das Handy wieder und schob es beiseite.

»Ich habe keine Ahnung, was ich jetzt machen soll. Ich meine, ich kann nicht ewig hier wohnen bleiben, so sehr ich dich für das Angebot liebe, Dawn. Ich will nicht, dass du wegen mir deinen Wohnheimplatz riskierst.«

Dawn grinste schief. »Wir könnten dann einfach zusammen unter der Brücke schlafen. Wäre bestimmt lustig.«

Jetzt musste ich wider Erwarten doch lächeln.

»Zunächst einmal gucken wir jetzt nach Wohnungen. In eine WG willst du sicherlich erst mal nicht mehr, oder, Allie?« Scott sah mich erwartungsvoll an und tippte blind auf seinem Smartphone herum.

Dass die beiden mich nicht mit Mitleid überhäuften, sondern die Situation pragmatisch angingen und durchdachten, erleichterte mich ungemein.

»Nein«, sagte ich entschlossen. »Keine WGs mehr. Außer wenn ich mir selbst meinen Mitbewohner aussuchen kann. Von meinem Ersparten ist immer noch ein großer Teil übrig, und ich habe auch noch ein Sparkonto von meinen Eltern, auf das ich im Notfall zugreifen kann.« Zwar sträubte sich alles in mir, auch nur einen Cent davon anzurühren, aber ich würde mitten im Semester kein Wohnheimzimmer mehr bekommen – alle Plätze waren belegt, die Wartelisten endlos.

»Gut. Ich würde sagen, wir machen eine Liste mit Wohnungen, die wir uns in den nächsten Tagen anschauen werden. Dawn, Allie, ihr klickt euch durch die Anzeigen im Netz. Ich werde die schwarzen Bretter in den einzelnen Fakultäten abklappern.« Scott stand auf und fuhr sich durchs blonde Haar. Bis eben war es perfekt gestylt gewesen. Jetzt stand es in alle Richtungen ab und passte überhaupt nicht zu dem ernsten Ausdruck auf seinem Gesicht.

»Ich glaube, Grace aus meinem Kurs für kreatives Schreiben ist gerade mit ihrem Freund zusammengezogen. Vielleicht ist ihre Wohnung ja noch frei«, sagte Dawn nachdenklich und nahm ihren Laptop auf den Schoß. »Ich werde ihr gleich schreiben.«

»Sehr gut!« Scott reckte die Daumen in die Höhe und zog sich seine Jacke über. »Ich schicke euch Bilder, falls ich etwas sehe, damit ihr gleich anrufen könnt.«

»Ich kann mitkommen!«, protestierte ich und machte Anstalten, mich zu erheben. Sofort fasste Dawn mich bei der Schulter.

»Ich will ehrlich sein, Süße«, meinte Scott und presste kurz seine Lippen zusammen. Dann holte er tief Luft. »Du siehst ziemlich beschissen aus.«

»Das hättest du auch netter ausdrücken können«, schalt Dawn ihn und sah dann mich an. Beim Anblick der Jogginghose, die ich bereits seit einer Woche trug, und dem dazugehörigen Schlabbershirt zog sie ihre Nase kraus. »Wobei du tatsächlich schon mal besser ausgesehen hast.«

Wieso war ich eben noch so dankbar für die beiden gewesen?

»Wir sagen dir das nicht damit du dich schlecht fühlst, sondern damit du deinen Hintern wieder hochbekommst. Wir hätten dich auch noch ein paar Tage leiden lassen, aber du bist von selbst aus dem Bett gekrochen. Also los!« Scott klatschte in die Hände. »Auf in den Kampf, Allie.« Er lief zur Tür und zwinkerte mir noch einmal zu, bevor er verschwand.

Ich seufzte tief und streckte mich. Meine Glieder fühlten sich schwer und schlaff an. Ich roch vorsichtig an meinem Shirt. Ugh.

»Ich bin wirklich richtig eklig, oder?«, fragte ich Dawn.

»Nur ein bisschen.« Sie schenkte mir ein unschuldiges Lächeln und hielt sich mit zwei Fingern die Nase zu.

Ich holte tief Luft.

Dann erhob ich mich.

Auf in den Kampf.

kapitel 33

Ich tat etwas, das längst überfällig war. Ich rief meine Mutter an.

Zumindest versuchte ich es. Aber seit einer geschlagenen Stunde scheiterte ich daran, nicht jedes Mal sofort wieder aufzulegen, sobald ich ihre Nummer gewählt hatte.

Dawn war extra für eine Weile spazieren gegangen, damit ich in Ruhe telefonieren konnte, aber irgendwie brachte ich es einfach nicht über mich. Ich wusste ja nicht einmal, was genau ich Mom überhaupt sagen wollte. Zwischen uns stand so viel, dass ein ›Hey, danke, dass du mir die letzten Jahre zur Hölle gemacht hast‹ bei Weitem nicht ausgereicht hätte.

Außerdem dachte ich seit Tagen über Dawns Worte nach. Ohne die Sache mit Anderson und das abscheuliche Verhalten meiner Mutter wäre ich womöglich nie nach Woodshill gezogen. Und ohne diesen Neuanfang hätte ich niemals diese wunderbaren Freunde gefunden. Ich hätte mich niemals verliebt – so etwas hatte ich vor meinem Umzug für unmöglich gehalten. Und ich hätte nicht so viel über mich selbst gelernt und wäre nicht so sehr über mich hinausgewachsen. Ohne all das wäre ich nicht die Person, die ich heute war. Und eigentlich konnte ich diese Person ganz gut leiden. Ich glaubte nämlich, dass sie sich auf dem richtigen Weg befand.

Ich holte tief Luft und drückte mit zusammengekniffenen

Augen die Wahlwiederholung. Langsam hob ich den Hörer an mein Ohr, mein Herz klopfte wie verrückt.

Mom hob ab. Ich hielt den Atem an.

»Crystal.« Bei der Art, wie sie meinen Namen aussprach, lief mir ein Schauer über den Rücken. »Ich wusste, dass du früher oder später anrufen würdest.«

Auch wenn ich am liebsten augenblicklich durchs Telefon gesprungen wäre und sie geschüttelt hätte, ignorierte ich ihre spitze Bemerkung.

»Hallo, Mutter«, sagte ich mit gezwungener Höflichkeit und knüllte Dawns Decke mit einer Hand zusammen. Mein Puls ging rasend schnell. »Wie geht es dir?«

Kleine Schritte, ermahnte ich mich. Ich durfte nicht gleich mit allem herausplatzen, was sich in den vergangenen Jahren in mir aufgestaut hatte.

»Wie soll es mir schon gehen? Du hast mich auf meiner eigenen Gala bloßgestellt! Tauchst da auf mit diesem … diesem *Punk,* und …«

Ihre nächsten Worte blendete ich aus. Eine ungewohnte Ruhe überkam mich. Ich wusste plötzlich, dass ich es schaffen würde. Ich war stark genug hierfür.

»Mom«, fuhr ich leise dazwischen.

»Unterbrich mich nicht, Crystal. Du hast mir eine Frage gestellt, dann kannst du dir auch die Antwort anhören.«

»Ich habe nicht angerufen, um mich von dir anmachen zu lassen.« Ich legte mich auf den Rücken und starrte an die Decke. Dawn hatte dort eine Weltkarte hingeklebt, auf der die jeweiligen Kontinente im Dunkeln in verschiedenen Farben leuchteten.

»Was verschafft mir dann die Ehre?«, fragte sie pikiert.

»Du hast fest damit gerechnet, dass ich zur Gala komme, nicht wahr?« Ich wartete geduldig auf eine Antwort.

Ich bekam keine.

»Wenn du mit mir gerechnet hast, wie du selbst in Denver gesagt hast … wie konntest du dann zulassen, dass Russell dorthin kommt?«

Ich hörte sie scharf einatmen.

»Ich habe erst nicht darüber nachdenken wollen, weißt du«, sagte ich und wickelte mir eine Haarsträhne um den Finger. »Ich wollte endlich mit dem Thema abschließen. Aber je mehr ich darüber nachgedacht habe … Wie konntest du das tun, Mom?«

Ich hörte ihren abgehackten Atemzügen am anderen Ende der Leitung zu und wartete, ob sie sich zu einer Antwort herablassen würde. Doch wieder sagte sie kein Wort.

Ich klärte meine belegte Stimme. »Russell hat mich nicht vergewaltigt. Aber er hat mich missbraucht. Er hat einen bleibenden Schaden auf meiner Seele hinterlassen. Ich habe dir alles erzählt, habe mich dir anvertraut. Und was tust du? Du lädst diesen Mann in unser Haus ein und gibst ihm vor meinen Augen eine Auszeichnung.« Ich legte meinen Arm über meine Augen. Weinen würde ich nicht. Ich wollte nur einen Abschluss. Ich wollte ihr klarmachen, was ihr Verhalten mit mir angerichtet hatte, damit sie endlich verstand, weshalb ich geflüchtet war und einen Neuanfang gesucht hatte. »Wie konntest du mir das alles nur antun, Mom? Ich bin deine Tochter. Du hättest mich beschützen müssen, aber stattdessen hast du mich ins offene Messer rennen lassen.«

Jetzt schnaubte meine Mutter.

»Du denkst also, dass mir das alles leichtgefallen ist?«, fragte sie mit bebender Stimme.

»So hat es gewirkt, ja«, gab ich zu.

»Du hast keine Ahnung, wie viel Überwindung es mich gekostet hat, diesen Mann in meinem Haus zu dulden!«, zischte sie.

»Warum hast du dann nichts dagegen unternommen?«

Eine Weile lang war sie wieder still.

»Er hat Unmengen Geld gespendet, Crystal«, sagte sie schließlich leise. »Auch dieses Jahr für die Wohltätigkeitsorganisation. Ich hatte keine Wahl. Du weißt doch, wie das in unseren Kreisen läuft.«

Ich lachte tonlos auf. Im selben Moment öffnete sich die Zimmertür einen Spalt und Dawn spähte hinein. Als sie sah, dass ich das Handy am Ohr hatte, wollte sie sich zurückziehen, doch ich winkte sie hinein. Ich wollte sie nicht aus ihrem eigenen Zimmer verbannen. Und außerdem hatte ich das Gefühl, mit ihr an meiner Seite nicht ganz so klein zu sein.

Ich setzte mich auf und deutete auf den Platz neben mir. Dawn kam der stummen Bitte nach und kletterte leise aufs Bett. Ihr Blick war besorgt.

»Ich weiß, wie es läuft. Natürlich, Mom. Aber das bedeutet nicht, dass ich mir keine Hilfe von dir gewünscht hätte.«

»Ich habe ihn dir vom Leib gehalten, Crystal. Ich habe alles in meiner Macht Stehende getan, damit er …«

»Hättest du alles in deiner Macht Stehende getan, dann wäre dieses Schwein überhaupt nicht in unser Haus gekommen«, unterbrach ich sie mit fester Stimme. »Du hättest getan, was jede normale Mutter tun würde, und hättest diesen Widerling hinter Gitter gebracht. Stattdessen hast du mich gezwungen, mich züchtiger anzuziehen, und das schmutzige Geld angenommen, dass er dir fürs Schweigen gegeben hat. Du hast mich mit meiner Angst und meiner Panik völlig alleingelassen.«

Ich hörte sie scharf einatmen, aber ich war noch nicht fertig.

»Ich will nicht länger in der Vergangenheit festhängen, Mom. Wirklich nicht. Ich bin nach Woodshill gezogen, um einen frischen Start zu bekommen. Nicht, weil ich dir und Dad das Leben schwermachen wollte. Ich wollte einfach wieder frei atmen können. Aber ich habe jetzt gemerkt, dass ich das nicht kann, solange diese Sache noch zwischen uns steht.«

In der Leitung war es plötzlich totenstill.

»Ich versuche, dir zu verzeihen. Ich versuche, die Sache mit Russell zu verarbeiten und mir hier ein Leben aufzubauen. Das kann ich aber nicht, wenn du dich weiterhin in meine Entscheidungen einmischst.«

Ich brauchte einen Moment, um die Tränen zurückzukämpfen. Dawn griff nach meiner Hand und drückte sie fest.

»Ich wollte dir nie absichtlich wehtun, Crystal, sondern bloß das Beste für unsere Familie«, sagte meine Mutter, und ich wusste, dass das die einzige Entschuldigung war, die ich von ihr bekommen würde. Mehr war nicht drin, so gut kannte ich sie. Aber immerhin war ich das losgeworden, was ich ihr schon vor Jahren hätte sagen sollen.

»Du hast mich verletzt, Mom. Sehr sogar. Und an Thanksgiving hast du wieder mal bewiesen, dass meine Gefühle dir völlig egal sind. Du hast zugelassen, dass ich auf diese Feier gehe, obwohl du wusstest, dass er da sein würde. Dein Gesicht vor deinen Freunden zu wahren, war dir mehr wert als das Wohlergehen deiner Tochter.«

Sie holte sofort tief Luft, um mir zu widersprechen – aber die Worte blieben aus. Dawn sah mich fragend an, und ich hob unschlüssig die Achseln, weil Mom gar nichts mehr sagte.

»Ich habe dich wohl endgültig von zu Hause verjagt, nicht wahr?«, fragte sie irgendwann. Ich konnte sie förmlich vor mir sehen, wie sie mit überschlagenen Beinen kerzengerade irgendwo in diesem Haus saß, das schon lange nicht mehr mein Zuhause war.

»Ich habe nicht vor, in der nächsten Zeit zurück nach Denver zu kehren, Mom. Ich fühle mich hier in Woodshill wirklich sehr wohl.«

»Du gehörst in eine Großstadt, Crystal«, sagte sie schnaubend. »Nicht in ein Dorf, wo alle mit rostigen Trucks rumfahren.«

Beinahe hätte ich über ihre Worte gelacht.

»Ich bin nicht mehr Crystal, Mom. Das bin ich schon seit einigen Monaten nicht mehr. Meine Freunde hier nennen mich Allie. Vielleicht kannst du ja irgendwann akzeptieren, dass ich mir hier gerade ein Leben aufbaue, das mich glücklich macht«, sagte ich leise. Das waren die Worte, die ich mir vor dem Anruf in meinem Kopf zurechtgelegt hatte. »Ich will euch nicht aus meinem Leben verbannen, Mom. Das tut weder euch noch mir gut – aber wenn ihr nicht anfangt, zu akzeptieren, wer ich bin, bleibt mir keine andere Wahl.«

Dawn drückte meine Finger so fest, dass meine Gelenke knackten.

»Ich kann diesen Weg, den du eingeschlagen hast, nicht akzeptieren. Egal was du von mir denkst, ich wünsche mir nur das Beste für dich. Und das ist meiner Ansicht nach eindeutig nicht Woodshill und schon gar nicht ein tätowierter Taugenichts, der dich auf die falsche Bahn bringt.«

Ihre Worte versetzten mir einen schmerzhaften Stich.

»Wenn sie gemein wird, leg einfach auf, Allie«, flüsterte Dawn und machte die passende Geste.

»Ich bin nicht mehr von dir und Dad abhängig. Wenn ihr an meinem Leben teilhaben wollt, dann müsst ihr es wohl oder übel akzeptieren. Ihr könnt mich auch gerne besuchen kommen – oder eben nicht. Das bleibt euch überlassen. Ich werde auf jeden Fall nicht zurückkommen. In Woodshill fühle ich mich mehr zu Hause als an jedem anderen Ort.« Mal abgesehen von der Tatsache, dass man mir hier das Herz gebrochen hatte. »Und jetzt muss ich auflegen. Ich habe noch ein paar Dinge zu erledigen.«

Ich hörte Mom scharf einatmen.

»Bis dann, Mom. Wenn du magst, dann grüß Dad von mir«, sagte ich in einem einigermaßen versöhnlichen Tonfall.

»Bis dann, Cr…« Sie stoppte mittendrin. »Bis dann, Allie.«

Dann tönte das Freizeichen in meinen Ohren. Langsam ließ ich das Handy sinken.

»Ich bin sehr stolz auf dich«, verkündete Dawn und lächelte mich breit an.

»Klingt es blöd, wenn ich sage, ich auch?«

Jetzt schüttelte meine Freundin energisch den Kopf, wobei ihr Lächeln kein Stück verrutschte. »Ganz und gar nicht.«

Und obwohl ich völlig aufgewühlt und verschwitzt war und mein Puls total raste, erwiderte ich ihr Lächeln. Ich hatte es endlich geschafft. Ich hatte meiner Mutter gesagt, was ich wirklich dachte, und mich von ihr befreit. Nun lag es an ihr, zu entscheiden, ob es eine gemeinsame Zukunft für uns gab.

kapitel 34

Mitten im Semester eine akzeptable Wohnung zu finden, war eindeutig leichter als zum Beginn. Die meisten Besichtigungen verliefen okay. Wir sahen uns die Wohnungen zu zweit und manchmal sogar zu dritt an, weshalb sich die skurrilen Situationen auf ein Minimum beschränkten. Einmal wurden Dawn und ich blöd angemacht und gefragt, ob wir uns nicht mal küssen wollten, was wir höflich verneinten.

Es war anstrengend, all meine Kurse zu besuchen und zwischendurch von einer Wohnung zur nächsten zu fahren und bei den Vermietern vorzusprechen, aber die Ablenkung tat mir gut.

Manchmal schreckte ich zusammen und bekam Herzrasen, wenn ich auf dem Campus einen Typen mit Cap sah oder jemanden, der einen ähnlichen Pullover trug wie Kaden. Er war es nie.

Nur in unserem gemeinsamen Seminar begegnete ich ihm. Ich hatte kurz in Erwägung gezogen, den Kurs abzubrechen und nächstes Semester einfach noch mal zu belegen, den Gedanken dann aber verworfen. Film und Fernsehen war eines meiner liebsten Seminare – das würde ich nicht wegen Kaden wegwerfen. Ich würde mich nicht vor ihm verstecken, nur weil er sich einredete, dass er nicht mit mir zusammen sein konnte.

Ich versuchte, Kaden aus dem Weg zu gehen. Ich kam möglichst spät zum Kurs, verließ den Raum als erste und konzentrierte mich während der Stunde eisern auf den Vortrag des Dozenten, um auch ja nicht in Versuchung zu kommen, Kaden anzusehen. Ich tat einfach, als existierte er nicht.

Die Aufgabe der heutigen Stunde war, Filme und Personen verschiedenen Produktionskategorien und -zeiträumen zuzuordnen. Wir sollten nach vorne kommen und unsere Zettel in die jeweils zutreffende Spalte auf dem Whiteboard pinnen. Durchaus machbar, wenn man sich das Skript sorgfältig durchgelesen hatte. Ich griff nach einem Magneten, um meinen ersten Zettel ans Board zu heften – als ich jemanden direkt hinter mir spürte. Ich wusste sofort, dass es Kaden war. Ich nahm seinen Duft wahr, der mir in den letzten Monaten so vertraut geworden war, fühlte die Wärme, die von ihm ausging, und eine verräterische Gänsehaut breitete sich auf meinen Armen aus. Sein Arm schob sich über meiner Schulter an mir vorbei, und er befestigte einen Zettel.

Ich erstarrte.

»Können wir reden?« Kadens Atem streifte mein Ohr, so dicht stand er bei mir.

Ich wollte mich umdrehen, um zurück zu meinem Platz zu gehen, doch Kaden hielt mich am Ellenbogen fest. Es kostete mich all meine Kraft, ihn nicht anzusehen. Stattdessen starrte ich krampfhaft auf seine Hand an meinem Arm. Mir war schwindelig, so schnell ging mein Puls. Selbst durch meinen Pullover fühlte es sich an, als würde Kaden meine nackte Haut berühren. Es war zu viel, viel zu intensiv. Seine Berührung löste die unterschiedlichsten Gefühle in mir aus. Ich wollte die Arme um seinen Hals schlingen und anfangen, loszuheulen, ihm aber auch ins Gesicht schlagen und die Nase brechen. Ich wollte mich von ihm losreißen, ihn aber gleichzeitig nie wieder loslassen. Wie jedes Mal, wenn er mich berührte, fühlte es sich an, als würde das letzte fehlende Puzzleteil an die richtige Stelle gelegt werden.

Es geht nicht. Ich kann niemals mit jemandem wie dir zusammen sein, hörte ich ihn in meinem Kopf sagen.

Ohne ihm in die Augen zu sehen, entzog ich ihm vorsichtig meinen Arm. Ich ging zurück zu meinem Platz und begann mit hämmerndem Herzen, die Tabelle vom Board fein säuberlich abzuschreiben. Kaden verließ wenig später den Raum.

Nach unserem letzten Seminar setzten Scott und ich uns in das Café auf dem Campus, wo wir warten wollten, bis auch Dawn für heute fertig war. Ich hatte abends noch einen Besichtigungstermin, bei dem die beiden auf jeden Fall wieder dabei sein wollten. Ich wusste nicht, was ich ohne sie gemacht hätte. Mir selbst wäre es nicht gelungen, so viele Besichtigungen zu organisieren, aber inzwischen hatte ich mir schon sechs Wohnungen angeschaut, von denen mir zwei wirklich gut gefallen hatten. Hoffnungsvoll hatte ich die Bewerbungsformulare ausgefüllt, aber es stellte sich heraus, dass es schwieriger als gedacht war, einen Vermieter davon zu überzeugen, dass man eine geeignete Mieterin war. Eine der beiden Wohnungen war mir bereits abgesagt worden, bei der anderen wartete ich seit Tagen auf eine Rückmeldung.

Ich versuchte, nicht allzu große Hoffnungen auf die Wohnung heute Abend zu setzen – aber die Bilder, die ich im Internet angeschaut hatte, waren toll gewesen.

Scott und ich schlängelten uns mit unseren Latte macchiatos die knarzende Treppe des Cafés hinauf. Oben waren alle Fensterplätze wie immer bereits besetzt, aber wir entdeckten einen kleinen freien Tisch in der Mitte.

Wir saßen noch nicht richtig, da hatte Scott bereits in seinen Donut gebissen. Er stöhnte genüsslich.

»Lecker?«, fragte ich lachend.

Er leckte sich die Schokolade von den Lippen. »Ziemlich. Willst du abbeißen?«

Ich schüttelte den Kopf.

»Du musst mehr essen, Allie.« Er wedelte mit dem Donut vor meinem Gesicht rum, bis ich schließlich keine andere Wahl hatte, als mich nach vorne zu lehnen und abzubeißen. Das Ding war sogar mit Schokolade gefüllt. »Ziemlich lecker« war eine totale Untertreibung.

»Sehr brav«, lobte Scott mich mit vollem Mund. »Ich will nicht, dass du noch mehr abnimmst.«

»Ich mache das ja nicht mit Absicht«, murrte ich. Das war die Wahrheit. Ich bekam nach wie vor einfach kaum etwas runter, Appetit hatte ich auf gar nichts. Das einzige, was ich regelmäßig zu mir nahm, war Kaffee, aber auch nur, weil ich sonst vor Müdigkeit und Erschöpfung wahrscheinlich überall eingeschlafen wäre. Mein »Zombie-Zustand«, wie Dawn ihn liebevoll nannte, war zwar nicht mehr ganz so schlimm wie nach Kadens Rausschmiss, aber er hinterließ weiterhin seine Spuren.

»Wie war Film und Fernsehen?«

Ich seufzte. Eigentlich wollte ich die Begegnung mit Kaden verdrängen, aber irgendwie hatte Scott einen Riecher für solche Sachen. »Er hat mich angesprochen. Hat gefragt, ob wir reden könnten.«

»Und? Kannst du?«, fragte Scott mit erhobenen Brauen. Er leckte die Füllung aus seinem Donut und sah fasziniert dabei zu, wie seine Zunge fast komplett in dem Teigröllchen verschwand.

»Ich glaube, ich kann nie wieder mit ihm reden.«

»Aber vielleicht hat er dir etwas Wichtiges zu sagen.«

»Was denn? Dass ich meine Tampons im Bad vergessen

habe?«, fragte ich etwas zu laut, und die Mädels am Nebentisch drehten sich mit erschrockenen Gesichtern zu uns um. Ich murmelte eine Entschuldigung und versteckte mich sogleich hinter meinem Glas.

»Allie?«

Ich drehte mich um und sah Monica auf uns zukommen, Spencer und Ethan im Schlepptau. Inzwischen sah Spencers Auge wieder ganz normal aus.

»Hey«, hörte ich mich selbst sagen.

»Ist bei euch noch was frei?«, fragte Monica zaghaft und deutete mit dem Daumen über ihren Rücken. »Irgendwie sind alle anderen Tische voll.«

Als hätte ich Nein sagen können. Ich nickte und zwang mich, zu lächeln. Monica, Ethan und Spencer konnten nichts für Kadens Verhalten. Sie waren immer freundlich zu mir gewesen. Und auch wenn wir zukünftig nicht mehr so viel Zeit miteinander verbringen würden, würde es sich nicht vermeiden lassen, dass wir uns ab und an über den Weg liefen.

»Wie geht es dir?«, fragte Monica.

»Gut.« Drei Augenbrauenpaare hoben sich gleichzeitig. »Ganz okay, schätze ich«, setzte ich murmelnd hinterher, weil es nicht mehr ganz so offensichtlich gelogen war.

»Also Kaden geht es ganz mies«, platzte Monica heraus.

Ethan stöhnte auf. »Baby, ich denke nicht, dass …«, fing er an, aber Scott unterbrach ihn.

»Schön. Was Anderes hat er nämlich nicht verdient.« Er sagte das ganz ruhig und mit einem höflichen Lächeln.

Monica funkelte ihn irritiert an, beugte sich dann aber über den Tisch zu mir, sodass ihre Haare beinahe in meinem Kaffee landete. In letzter Sekunde hielt Ethan ihren bunten Zopf hoch und legte ihn ihr auf den Rücken.

»Kaden kann einfach niemanden an sich ranlassen, das weißt

du doch, Allie. Und wenn er es doch mal tut, dann kriegt er im nächsten Moment Panik und stößt einen wieder von sich. Das hat er mit uns allen schon gemacht. Stimmt's, Jungs?« Sie sah sich zu Spencer und Ethan um, die neben ihr saßen.

Ethan seufzte und wollte etwas erwidern, doch Monica warf ihm einen so drohenden Blick zu, dass er sich in letzter Sekunde umentschied und stattdessen energisch nickte. Spencer verschränkte lediglich die Arme vor der Brust. Er sah nicht besonders glücklich aus.

»Dann sollte der Junge dringend einen Therapeuten aufsuchen.« Scott war wütend. Ich legte ihm eine Hand auf den Arm, damit er sich beruhigte.

»Ist schon okay. Die Sache hat sich erledigt.« Die Worte fühlten sich wie Plastik in meinem Mund an. Falsch und unecht.

»Allie, wir wissen beide, dass das kompletter Bullshit ist.« Spencer hob den Kopf. Er runzelte die Stirn und lehnte sich mit den Ellenbogen auf dem Tisch nach vorne. »Seit Alex hier war, ist Kaden völlig fertig.«

Monica schnappte nach Luft. »Alex war hier? Wieso wusste ich davon nichts?«

»Weil Kaden nicht will, dass jeder Bescheid weiß.«

»Das erklärt einiges, Mann.« Ethan fuhr sich durchs Haar und legte seinen Arm dann auf Monicas Rückenlehne ab.

Scott schnaubte. »Was erklärt das denn bitte? Der böse Bruder kommt vorbei, und die logische Schlussfolgerung ist, dass Kaden Allie aus der Wohnung schmeißt? Sorry, Leute, aber das reicht mir nicht. Bei Weitem nicht.« Ich hatte Scott noch nie so wütend erlebt.

»Wir … wir müssen es ihr sagen«, murmelte Monica und sah Spencer fragend an.

Dieser schüttelte augenblicklich den Kopf.

»Sie verdient Antworten, Spence«, stimmte Ethan seiner Freundin zu.

»Könntet ihr mir vielleicht einmal sagen, wovon ihr sprecht?« Verwirrt sah ich zwischen ihnen hin und her. Mein Blick blieb bei Spencer hängen.

Dieser stöhnte gequält und sah aus, als wäre er in diesem Moment lieber ganz woanders. »Kaden und sein Bruder haben nicht ... die stabilste Beziehung, sagen wir es einfach mal so.«

»Das hat er mir erzählt. Von der Scheidung und seinem Vater und der Firma. Auch von Alex.« Ich erinnerte mich an jede einzelne Geschichte, die Kaden mir über seine Familie erzählt hatte. Dass er nie mit seinem Vater zurechtgekommen war und dieser nie verstanden hatte, dass Kadens Interessen nicht wie die seines Bruders bei der Firma lagen, sondern anderswo. Und dass er sich deshalb auch immer mehr von Alex entfernt hatte, bis die beiden schließlich nichts mehr zu verbinden schien.

»Als Kaden achtzehn war, hat seine damalige Freundin ihn verlassen«, sagte Spencer.

»Kendra«, sagte ich leise und nickte.

»Was hat das mit ... Oh.« Scotts Augen weiteten sich. »Hat sein Bruder ihm etwa die Freundin ausgespannt?«

Spencer schnaubte. »Nein. Er hat sie vergewaltigt.«

Ich verschluckte mich an meinem Kaffee und hustete laut. Scott musste mir auf den Rücken klopfen, damit ich wieder zu Luft kam.

»Was?«

»Alex hat Kendra nach einer Party vergewaltigt.«

»Oh Gott«, brachte ich hervor.

Spencers Kiefer spannte sich an, und es schien ihn einige Überwindung zu kosten, weiterzusprechen. »Kendra hat Kaden verlassen, weil er ihr nicht geglaubt hat. Er hat sich auf die Seite seines Bruders gestellt, der natürlich alles abgestritten hat. Kaden hatte damals schon nicht mehr so viel Kontakt zu Alex, du weißt ja, dass die Scheidung ihrer Eltern die beiden ziemlich auseinandergetrieben hat. Aber trotzdem war Alex immer noch der große Bruder, den Kaden als Junge jahrelang angehimmelt und bewundert hatte. Und Kaden war der felsenfesten Überzeugung, dass dieser niemals ein Mädchen – und schon gar nicht das Mädchen, mit dem Kaden ausging – vergewaltigen würde. Zwischen Kendra und Kaden hat es ziemlich hässlich geendet.« Spencer senkte seinen Blick auf die Tischplatte und zerdrückte mit dem Zeigefinger ein paar Zuckerkrümel. »Erst viel später kam raus, dass Kendra die Wahrheit gesagt hatte. Für Kaden ist damals eine Welt zusammengebrochen.«

Die Luft entwich mir hörbar, und ich krallte mich in Scotts Arm fest. Er legte seine Hand auf meine und drückte sie.

»Der Vorfall konnte durch eine Menge Geld vertuscht werden. Sonst wäre die Firma von Kadens Vater mit Sicherheit den Bach runtergegangen«, fuhr Spencer fort. »So einen Imageschaden kannst du nicht mehr gutmachen.«

Ich zuckte zusammen. In Gedanken wiederholte ich das Gespräch, das ich zwischen Alex und Kaden belauscht hatte. Alles ergab plötzlich so viel mehr Sinn. Kein Wunder, dass Kaden seinen Bruder derart verabscheute.

»Kaden macht sich noch immer schwere Vorwürfe, dass er Kendra nicht gleich geglaubt hat. Und auch wenn er es niemals zugeben würde: Er hat wahnsinnige Angst, jemanden noch einmal so zu verletzen und zu enttäuschen. Ich glaube, dass er sich deshalb selbst dieses … Verbot erteilt hat, Leute an sich heranzulassen. Er hält sich lieber ganz von ihnen fern. Aber du siehst ja, was das mit ihm gemacht hat.«

»Aber er hätte doch mit mir darüber reden können«, sagte ich leise.

Monica seufzte. »Ich glaube, er wusste einfach nicht, wie. Und er hatte bestimmt Angst, dich zu verlieren.«

Ich dachte über ihre Worte nach. Es stimmte. Was seine Gefühle anging, war Kaden verschlossener als irgendjemand sonst. Dazu kam, dass die Sache mit Kendra und Alex keine Geschichte war, die man mal eben bei einer Tasse Kaffee erzählen konnte – schon gar nicht, wenn man mit meiner Vergangenheit vertraut war. Mich von sich zu stoßen, war vermutlich die einzige Möglichkeit, die er für sich in dieser Situation gesehen hatte.

»Das ist wirklich schrecklich. Das meine ich ernst. Aber es rechtfertigt trotzdem nicht, was er dir angetan hat, Allie«, holte Scott mich zurück in die Wirklichkeit.

»Menschen machen Fehler«, sagte Monica, ohne Scott anzusehen. »Ich bin fest davon überzeugt, dass er es bereut. Es geht ihm wirklich schlecht, Allie. Er ist nur noch in seiner Wohnung und redet mit niemandem außer Spencer.«

»Mit mir redet er auch nicht.«

»Was macht ihr dann die ganze Zeit?«, fragte Ethan verwirrt.

Spencer hob die Schultern. »Zocken.«

»Mehr nicht?«

Er schüttelte den Kopf. »Wenn er nicht reden will, respektiere ich das. Ich glaube, er braucht einfach etwas Zeit, um alles zu verdauen.«

»Wir müssen los«, sagte Scott leise. »Dawn hat gleich Schluss.«

»Wohin fahrt ihr?«, fragte Monica neugierig. Ihr fröhlicher Tonfall klang sehr bemüht, aber ich wusste sehr zu schätzen, dass sie wenigstens versuchte, die Stimmung etwas zu aufzulockern.

»Wohnungsbesichtigung Nummer sieben.«

Monica öffnete den Mund, doch Ethan kam ihr zuvor: »Du schaust dir echt Wohnungen an?«

»Natürlich schaut sie sich Wohnungen an. Allie lässt sich nicht hängen, nur weil ein gefühlsverwirrter Typ beschlossen hat, dass er sie nicht mehr um sich haben will«, sagte Scott aufgebracht.

Ehrlicherweise hatte ich genau das die gesamte vorletzte Woche getan. Aber das brauchten die drei ja nicht wissen.

»Vielleicht solltest du erst mal abwarten, was …«, fing Monica an.

»Nein«, unterbrach ich sie sanft und versuchte mich an einem Lächeln. In meiner Brust zog und zerrte es wie verrückt. »Kaden bedeutet mir viel – aber abgesehen davon, dass ich meine Wohnsituation nicht von jemandem abhängig machen kann, der so sprunghaft mit seinen Gefühlen umgeht … Die Sache ist für mich abgeschlossen, Monica.«

Ich erhob mich und versuchte, tief und ruhig zu atmen. Alles in mir schrie nach Kaden. Ich wollte ihn sehen, wollte ihn in die Arme schließen und von ihm hören, was seine Freunde mir gerade erzählt hatten – aber das ging nicht. Es ging einfach nicht.

»Danke, dass ihr es mir erzählt habt.« Im Vorbeigehen drückte ich Spencers Schulter und lächelte Ethan und Monica an.

Spencer fasste nach meiner Hand auf seiner Schulter und drückte sie. Er sah zu mir hoch. »Sag Bescheid, wenn du Hilfe beim Umzug brauchst. Das ist das Mindeste.«

»Danke, Spence.«

kapitel 35

Wohnung Nummer sieben war in echt noch wundervoller als auf den Bildern. Sie lag eine knappe Viertelstunde vom Campus entfernt in einer schönen Anlage, in der ältere Leute und Familien, aber auch Studenten zu wohnen schienen. Alles machte einen gepflegten Eindruck, von den Grünflächen vor den Eingängen, über den kleinen Park nebenan bis zum Treppenhaus. Und die Wohnung war ein Traum. Sie war durchgängig mit dunklem Parkett ausgelegt, das den Räumen in Kombination mit den weißen Wänden einen rustikalen, aber dennoch sehr modernen Touch verlieh. In dem weitläufigen Wohnzimmer bestand eine Wand aus grobem Backstein, was mir gerade in Verbindung mit den hellen Holzrahmen der Fenster und Türen sehr gefiel. Eigentlich fehlte nur noch ein Kamin, dann hätte der Raum allein fast wie ein gemütliches kleines Haus gewirkt. Die Küche war klein, dafür aber wie der Großteil der restlichen Wohnung bereits möbliert, und das Badezimmer hatte die Vermieterin gerade frisch sanieren lassen. Es gab sowohl eine Badewanne als auch eine Dusche. Gegenüber vom Wohnzimmer waren zwei ungefähr gleich große Schlafzimmer. Das eine Zimmer hatte größere Fenster – also reservierte ich es mir in Gedanken bereits.

Strahlend sah ich mich um, aber meine Euphorie wurde durch den Gedanken gedämpft, dass mir eine Wohnung bereits abgesagt worden war. Warum sollte ich ausgerechnet hier mehr Erfolg haben? Um Wohnungen wie diese prügelten sich die Leute.

Zum Glück fand diese Besichtigung nicht mit einem Makler statt, sondern die Vermieterin persönlich führte uns durch die Räume. Sie war eine nette alte Frau, die uns von ihrem Enkel erzählte, der Handwerker war und dabei geholfen hatte, alles auf Vordermann zu bringen. Scott fragte sie über den Enkel aus, während Dawn und ich eine weitere Runde drehten.

»Die will ich«, sagte ich meiner Freundin und hakte mich bei ihr unter. »Hier fühlt es sich richtig an.«

Ich verspürte ein ähnliches Gefühl wie damals, als ich zum ersten Mal in Kadens Wohnung gestanden hatte – nur ohne bissige Kommentare und finstere Blicke.

»Ich wünschte, ich hätte den Platz im Wohnheim nicht bis Ende des Jahres«, seufzte Dawn und deutete auf das Sofa, das in der Mitte vom Wohnzimmer stand. Ein weicher Teppich lag davor, auf dem ein Tisch stand aus dem gleichen Holz wie der Boden. »Das sieht sehr viel bequemer aus als dein Schlafsofa.«

Der Gedanke an mein geliebtes Schlafsofa versetzte mir einen schmerzhaften Stich. Es stand noch immer in meinem alten Zimmer. Scott hatte mir bereits angeboten, meine restlichen Sachen bei Kaden abzuholen, wofür ich unheimlich dankbar war. Ein Teil von mir wünschte sich nichts sehnlicher, als mit Kaden zu reden, die Geschichte von Kendra und seinem Bruder aus seinem Mund zu hören. Aber ich wusste ganz genau, dass er mich nur durcheinanderbringen würde, und das konnte ich mir jetzt nicht erlauben. Ich brauchte eine Wohnung. Und ich hatte einen Plan. Ich wollte zurück in die richtige Bahn finden, Sicherheit und Beständigkeit haben – Dinge, die Kaden mir nicht geben konnte. Sosehr ich mir wünschte, dass es anders zwischen uns gelaufen wäre, jetzt musste ich erst einmal an mich denken. Ich wollte endlich auf eigenen Beinen stehen. Freiheit war schließlich der Grund gewesen, weshalb ich überhaupt erst nach Woodshill gezogen war.

Wir hörten Mrs Collins lauthals lachen und gingen neugierig zurück in den Flur. »Sie sind mir ja einer, Scott!«

Dawn und ich wechselten einen belustigten Blick.

»Sie wollen hier aber nicht einziehen, nicht wahr?«, fragte Mrs Collins und sah mit strahlenden Augen an Scott hoch. Anscheinend hatte er all seinen Charme eingesetzt, um die alte Dame um den Finger zu wickeln.

»Nein, aber ich werde meine Freundin Allie sicher ganz häufig besuchen«, gab Scott herzlich zurück. Er lächelte hingebungsvoll.

»Also, wer solch bezaubernde Freunde hat, kann nur ein anständiger Mensch sein«, sagte sie an mich gerichtet. »Wenn Sie wollen, dann gehört die Wohnung Ihnen.« Ich konnte nichts tun, als sie mit offenem Mund anzustarren.

Scott schaltete blitzschnell.

»Was sie sagen will, ist, dass sie sie auf jeden Fall nimmt. An so eine schöne Wohnung kommt man nicht allzu häufig, Mrs Collins. Haben Sie die Einrichtung selbst ausgesucht? Sie müssen Innenarchitektin sein, so perfekt passt hier alles zusammen!«

In jeder anderen Situation hätte ich vermutlich gewürgt, weil Scott so sehr schleimte. Aber in diesem Moment konnte ich nur aufgeregt von einem Bein aufs andere hüpfen.

»Er ist ein Meister der Verführung«, murmelte Dawn in mein Ohr und klang dabei zu gleichen Teilen angeekelt und bewundernd. »Selbst bei Omas.«

Ich grinste breit.

Wenig später setzten wir uns mit Mrs Collins an den Küchentisch, und sie zeigte uns den Mietvertrag. Ich nannte ihr meine persönlichen Daten, und wir sprachen über die Kaution, die bis zum Ende der Woche fällig war. Der Betrag war hoch, was an den neuen Möbeln im Wohnzimmer und der Küche lag, aber das würde ich stemmen können, zumal ich noch die Kaution von Kaden zurückbekäme. In absehbarer Zeit würde ich wohl wieder Nachhilfe geben müssen, um die Kosten eigenständig zu tragen, aber da an den schwarzen Brettern in der Uni wöchentlich neue Gesuche hingen, machte mir auch das keine Sorgen.

Ich würde es schaffen.

Mrs Collins sagte, dass sie einverstanden wäre, wenn ich mir einen Untermieter für das zweite Zimmer suchte. Ich sollte mir nur bewusst sein, dass ich die volle Verantwortung tragen würde, wenn ein Schaden in der Wohnung entstand.

Als wir uns verabschiedeten, umarmte ich sie. Ich wusste, dass das nicht sonderlich professionell war, aber sie hatte mir den Tag gerettet. Und nicht nur das. Mit den Wohnungsschlüsseln, die sie mir in die Hand drückte, gab sie mir meine Freiheit zurück.

Das war unbezahlbar.

Da ich ihr Bett keine Nacht länger als nötig in Beschlag nehmen wollte, schafften Dawn und ich schon am nächsten Tag meine Sachen in die neue Wohnung. Ich war froh, dass sie größtenteils möbliert war und ich mir zumindest darüber keine Gedanken machen musste.

Scott und Spencer brachten mir die Sachen, die noch bei Kaden gewesen waren. Ich vermied es, sie darüber auszufragen, und sie waren taktvoll genug, den Elefanten im Raum nicht anzusprechen. Die Situation war bereits unangenehm genug.

Im Laufe des Nachmittags hatten wir das Schlafzimmer eingeräumt. Sogar die Vorhänge hingen dank Spencer und Scott.

Das Einzige, was wieder zusammengebaut werden musste, war mein Schlafsofa. Ich wusste nicht, wie, aber die Kommode hatten sie anscheinend im Ganzen in Spencers Wagen bekommen. Auch Monica schaute kurz vorbei und half mir, die einzelnen Räume zu dekorieren. Außerdem hatte sie einen Berg ihrer Pancakes mitgebracht, bei deren Anblick ich zum allerersten Mal seit Kadens Rausschmiss wieder Appetit bekam.

Später wollte Scott auf meine neue Wohnung anstoßen. Zwar fand ich in der Küche keine Sektgläser, aber dafür Becher mit Katzendruck und niedlichen Aufschriften wie »Beste Oma der Welt«. Anscheinend hatte Mrs Collins Enkel ein Andenken zurückgelassen, nachdem er mit Renovieren fertig war.

Wir stießen auf die zusammengebauten Möbel an und machten uns danach daran, meinen Koffer und die Umzugskartons auszuräumen. Mein Herz pochte schmerzhaft, als ich sah, wie lieblos Kaden alles durcheinander geschmissen hatte. Der Rahmen mit dem Bild von Dawn und mir hatte sogar einen Riss. Dawn nahm es mir aus der Hand und reichte mir stattdessen den Beste-Oma-der-Welt-Becher, damit ich einen großen Schluck Sekt nehmen konnte.

Am Abend waren meine Lichterketten an der Backsteinwand über dem Sofa aufgehängt, und im Wohnzimmer sowie in der Küche brannten Duftkerzen. Ich saß auf dem flauschigen Teppich vor der Couch, direkt zwischen Dawns Beinen. Sie hatte es sich auf dem Sofa bequem gemacht. Spencer saß neben ihr und auf der anderen Seite Scott, der wie wild mit Micah simste. Monica war bereits vor einer Weile gegangen, weil sie noch für eine Prüfung lernen musste und sich danach mit Ethan traf, aber wir hatten beschlossen, zur Feier des Tages noch eine zweite Flasche Sekt zu öffnen.

»Ich bin müde«, meinte Dawn schläfrig und gähnte.

»Glaube ich dir. Tut mir echt leid, dass ich mich so bei dir breitgemacht habe.« Ich legte meinen Kopf in den Nacken und sah zu meiner Freundin hoch. Sie strich mir das Haar aus der Stirn und grinste.

»Du hast dich echt ziemlich breitgemacht. Aber immerhin hast du nicht geschnarcht. Das gibt Pluspunkte.«

»Echt? Vielen Dank.« Ich nickte anerkennend.

»Ich schnarche auch nicht«, kam es von Spencer, und ich lachte.

Dawn verdrehte die Augen. »Du bekommst keine Pluspunkte.«

»Warum nicht? Ich bin großartig, wenn ich schlafe. Ich nehme wenig Platz in Anspruch, schnarche nicht und verzichte sogar auf Klamotten ...«

»Und dass du nackt schläfst, soll mich beeindrucken, weil ...?«, fragte Dawn gelangweilt.

»Oh, Dawn«, seufzte Spencer mit einem verschlagenen Grinsen. »Wenn du dir das nicht denken kannst, dann weiß ich auch nicht mehr, was ich noch mit dir anfangen soll.«

Ohne von seinem Handy aufzublicken, hob Scott seinen Becher, um Spencer zuzuprosten.

»Ewww. Definitiv keine Pluspunkte!« Dawn lief rot an und vergrub die Nase in ihrem Becher.

»Also von mir bekommst du einen ganzen Batzen, Spence«, sagte ich nach einer Weile. »Ehrlich. Vielen Dank für alles.« Die Worte kamen von Herzen. Leute wie Spencer traf man im Leben nicht oft – die für ihre Freunde alles in Kauf nahmen, sich sogar von ihnen schlagen ließen. Er war loyal, hilfsbereit, und auch wenn er oft Späße machte und jeden auf die Schippe nahm – allen voran meine beste Freundin –, so war er doch ernst und gefühlvoll, wenn es darauf ankam.

»Kein Problem. Ich hoffe einfach, ihr regelt euren Scheiß bald.«

Dazu fiel mir keine passende Antwort ein, also mied ich seinen Blick und schwieg.

Den Rest des Abends verbrachten Dawn und ich damit, bunte Ausschreibungen für das Zimmer zu basteln, die wir ans schwarze Brett hängen wollten. Scott inserierte die Wohnung online, nachdem ich ihm die Anforderungen, die ich an einen potenziellen Mitbewohner stellte, genannt hatte. Spencer gab dabei hilfreichen Input wie »Bitte melde dich nur, wenn du ein rosa Einhorn bist« oder »Sherlock Holmes, ich werde mit Freude dein John Watson sein und die Wohnung in 221B Baker Street umbenennen«. Ich musste so lachen, dass mir der Sekt durch die Nase hochkam.

Als ich die drei am Ende des Abends verabschiedete und zum ersten Mal alleine in meiner Wohnung war, wusste ich nicht genau, ob ich lieber tanzen oder heulen wollte. Ich fühlte mich großartig, weil ich ein wunderbares Zuhause gefunden hatte. Aber gleichzeitig tat etwas in meinem Inneren verdammt weh. Also entschied ich mich schließlich für eine Mischung aus beidem.

Danach war ich so aufgewühlt, dass ich keinen klaren Gedanken mehr fassen konnte. Durch den Sekt bestärkt, griff ich nach meinem Telefon. Ich tippte wie wild darauf herum, warf es aufs Sofa, nahm es noch mal in die Hand, nur um es gleich wieder so weit wie möglich weg von mir zu schmeißen, damit ich nichts tat, was ich später bereuen würde.

Doch meine Selbstbeherrschung bröckelte.

Ich sprang auf, schnappte es mir wieder, und ehe ich mich von etwas anderem überzeugen konnte, wählte ich Kadens Nummer.

Wenn man alleine war und zu viel Zeit hatte, stellte der Kopf die merkwürdigsten Sachen mit einem an. Es schien mir das Richtigste und zugleich das Blödeste, das ich jemals getan hatte, und beinahe hätte ich laut gekichert.

Aber ich musste einfach seine Stimme hören. Ich vermisste ihn so sehr. Sein Lachen, selbst sein Gebrumme.

Er nahm nach dem ersten Klingeln ab. »Bubbles?«

Oh Gott. Ich hätte das besser durchdenken müssen. Mir schossen augenblicklich die Tränen in die Augen, während ich gleichzeitig das dringende Bedürfnis verspürte, ihm Taylor Swifts *I Almost Do* in die Ohren zu grölen. Oder auch *Attack* von Thirty Seconds To Mars.

»Ist alles in Ordnung?« Kadens tiefe Stimme war leise, fast ein Wispern. Ich wollte danach greifen und sie fest um mich wickeln, wie eine warme, dicke Decke.

Ich nahm all meinen Mut zusammen. »Wieso hast du es mir nicht gesagt?«, flüsterte ich. »Wieso hast du mir nicht von der Sache mit Alex erzählt?«

Ich hörte ihn scharf einatmen. Eine Weile lang sagte er nichts, und ich drückte mein Gesicht in eines der pastellfarbenen Sofakissen, um mich davon abzuhalten, die Stille zwischen uns mit meinen eigenen Worten zu füllen – Worten, die ich nicht würde zurücknehmen können, wenn ich sie einmal gesagt hatte. Aber auch wenn ich fast daran erstickte – ich hatte genug von mir gegeben. Jetzt war er an der Reihe.

»Kann ich vorbeikommen?«, fragte Kaden schließlich.

»Ich glaube nicht, dass das eine gute Idee ist«, murmelte ich ins Kissen.

Wieder holte Kaden tief Luft. »Du verdienst eine Erklärung, Allie. Bitte. Lass mich dir alles erklären. Persönlich.«

Ich war nicht nüchtern. Wahrscheinlich würde ich das morgen fürchterlich bereuen. Aber ich wollte ihn so unbedingt sehen, musste endlich seine Seite der Geschichte hören. Also sagte ich bloß: »Einverstanden.«

Es dauerte keine zehn Minuten, bis es leise klopfte. Als ich mich erhob, wurde mir ein bisschen schwindelig. Ob das an Kaden oder an dem Sekt lag, konnte ich nicht sagen. Ich musste mehrmals tief Luft holen, bevor ich die Tür öffnete.

Kaden sah … müde aus. Unter seinen Karamellaugen waren tiefdunkle Schatten, die ich bisher noch nie an ihm gesehen hatte – normalerweise war er einer der ausgeschlafensten Menschen, die ich kannte. Er trug eine blaue Cap verkehrt herum auf seinem Kopf und roch genau so, wie ich es in Erinnerung hatte. Und er trug meinen Pullover. Okay, streng genommen war es nicht mein Pullover, aber es war der, den er mir stets für unsere Wanderungen geliehen hatte. Ich hatte in den letzten Wochen mit aller Macht versucht, die Erinnerungen an unsere gemeinsame Zeit zu verdrängen, aber jetzt brachen die Bilder über mich ein. Nur mit Mühe konnte ich mich davon abhalten, ihm um den Hals zu fallen und meine Nase an seinem Schlüsselbein zu vergraben.

Stattdessen umklammerte ich die Türklinke.

Kadens Gefühle schienen allerdings genauso verrückt zu spielen wie meine. Seine Augen leuchteten auf, als er mich sah. Doch dann erinnerte er sich offensichtlich daran, weshalb er hier war, und sein Blick wurde finster und resigniert.

Ich trat beiseite und bat ihn mit einer Handbewegung herein.

»Willkommen in der Casa de Harper«, sagte ich trocken. Mit diesen Worten hatte er mich damals in seiner Wohnung willkommen geheißen.

Ich bereute meinen schlechten Witz sofort, als Kaden zusammenzuckte. Er tat, als hätte er mich nicht gehört, vergrub die Hände im Sweatshirt und folgte mir ins Wohnzimmer.

»Setz dich«, sagte ich höflich und deutete auf das Sofa. »Möchtest du was trinken?«

»Was hast du denn da?«

»Sekt?«, fragte ich mehr, als dass ich es sagte. »Wobei, nein. Den haben wir vorhin ausgetrunken. Leitungswasser?«

Kadens Mundwinkel zuckten für eine Sekunde. »Leitungswasser klingt perfekt.«

Ich füllte einen der Katzenbecher und stellte ihn vor Kaden auf den Wohnzimmertisch. Dann setzte ich mich möglichst weit von ihm entfernt auf das Sofa.

»Eine schöne Wohnung«, merkte Kaden an und nippte an seinem Wasser.

»Woher wusstest du eigentlich, wo sie ist?«, fragte ich verwundert. Der Gedanke kam mir erst jetzt.

»Dein Zeug hat vorhin nicht in Spencers Auto gepasst, also haben wir den Jeep genommen.«

Meine Schultern verspannten sich. »Du hast meine Möbel hergefahren?«

Kaden nickte. »Ich hoffe, das war okay.«

Er hatte meine Möbel hergefahren. Ich wusste nicht, was ich mit dieser Information anfangen sollte, also starrte ich ihn bloß an. Mein Blick wanderte von seinen Augen zu seiner vollen Unterlippe, über seine Schultern und seine Arme und wieder hoch zu seinen zusammengezogenen Augenbrauen. Jeder Muskel seines Körpers schien völlig angespannt, als kostete es Kaden genauso viel Kraft wie mich, am anderen Ende des Sofas zu sitzen, statt nahe bei mir.

Ich wollte ihn noch immer, da brauchte ich mir nichts vormachen, auch wenn er mich zutiefst verletzt hatte. Ich sehnte mich nach seiner Berührung, so sehr, dass es sich in meinem Innern anfühlte, als bewegten sich alle meine Organe in entgegengesetzte Richtungen. Meine Finger in ein Kissen auf meinem Schoß gekrallt und meinen Blick starr auf eine der Kerzen auf dem Tisch gerichtet, bemühte ich mich darum, meinen Puls unter Kontrolle zu bekommen. Erst dann traute ich mir zu, Kaden wieder anzusehen.

»Also.« Ich räusperte mich. »Du wolltest reden.«

Der Blick, den er auf mich richtete, raubte mir den Atem. Er war voll von Schmerz und Sehnsucht und intensivierte alle Gefühle, die auch ich in mir hatte.

»Allie«, flüsterte Kaden rau. Er schüttelte den Kopf und schluckte schwer. Dann ballte er die Fäuste und erhob sich.

Ich starrte ihn an und wagte es nicht, mich zu bewegen.

Er kam langsam auf mich zu. Direkt vor mir ging er in die Hocke und schob meine Knie sanft auseinander. Ich hielt den Atem an.

»Kaden.«

»Ich will nur reden. Wirklich.« Er kniete sich hin und stützte die Hände zu meinen Seiten ab. Seine Arme berührten meine Oberschenkel. »Ich kann mich bloß nicht konzentrieren, wenn du am anderen Ende des Raumes bist …« Er räusperte sich. »Ist es so in Ordnung für dich?«

Ich nickte, bevor ich auch nur einen klaren Gedanken fassen konnte. Ich hatte seine Nähe vermisst. Es fühlte sich richtig an, ihn so dicht bei mir zu haben. Genau genommen war mein Körper der festen Überzeugung, dass es nicht nah genug war, doch mein Kopf schrie laut und empört, dass ich mich zusammenreißen sollte. Die beiden schienen sich nicht wirklich einig zu sein. Also verharrte ich in meiner Position und umklammerte das Kissen auf meinem Schoß wie einen Rettungsanker.

»Zuerst möchte ich mich für mein Verhalten entschuldigen«, fing er stockend an. Er schluckte hart. »Es war falsch, dich so zu behandeln, und ich bereue es zutiefst. Aber an dem Tag … ich war mir sicher, dass ich die richtige Entscheidung getroffen hatte.«

»Sag mir, warum«, flüsterte ich leise.

Kaden atmete mehrmals tief durch. Ich sah, wie seine Arme sich anspannten, spürte es sogar an meinen Beinen. Das Sofa knirschte, so sehr presste er seine Hände in den Stoff. »Vor knapp drei Jahren war ich ein Wochenende mit Spencer an der Küste. Da musst du übrigens auch mal hin. Dort ist alles naturbelassen, steile Gebirge, die sich über dem Pazifik erheben, schäumende Brandungen und Strände, viel schöner als in jedem Film und …«

»Kaden«, unterbrach ich ihn vorsichtig. »Wir wollten nicht über Oregons Küste sprechen.«

Er schüttelte sich kurz, als wollte er so seine Gedanken ordnen. »Jetzt weiß ich, warum du immer so viel brabbelst.«

Ich sah ihn einfach nur an und wartete, bis er sich wieder gesammelt hatte. Es kostete ihn offensichtlich eine wahnsinnige Überwindung, sich mir anzuvertrauen. Mehrmals öffnete er den Mund, nur um sich dann mit der Zunge über die Lippen zu fahren und ihn wieder zu schließen.

»Nachdem ich wiederkam«, fuhr er schließlich fort, »besuchte ich Kendra. Ich hatte sie eine Woche nicht gesehen und war … ich habe mich gefreut, wieder zu Hause zu sein, und habe ihr das …« Er räusperte sich. »Ich habe ihr zeigen wollen, wie sehr sie mir gefehlt hat, wenn du verstehst, was ich meine.«

Ich nickte langsam. Ein flaues Gefühl breitete sich in meinem Magen aus.

»Sie ist völlig durchgedreht, Allie. Sie hat mich weggestoßen, hat hyperventiliert und geweint. Ich habe sofort aufgehört und sie gefragt, was los sei.« Jetzt redete Kaden schnell, seine Worte überschlugen sich beinahe. »Ich dachte, sie hätte wieder eine ihrer Phasen. Wir waren schon zwei Jahre lang zusammen, und ich kannte ihre Launen. Ich dachte, sie wäre beleidigt darüber, dass Spencer und ich ohne sie gefahren waren. Zumindest dachte ich das, bis …« Er verstummte und senkte den Kopf.

»Bis was?«, flüsterte ich.

Er sah mich an. »Bis sie an Ort und Stelle mit mir Schluss gemacht hat. Einfach so.«

Ich nickte langsam und ermutigte ihn, weiterzuerzählen.

»Ich wusste instinktiv, dass da was nicht stimmte. Und ich fand, dass sie mir nach zwei Jahren, die wir miteinander verbracht hatten, eine Erklärung schuldig war. Als sie mir immer wieder ausgewichen ist und mich schließlich nicht einmal mehr anschauen wollte, wurde ich wütend. Ich hab sie an den Schultern gepackt, um sie dazu zu bringen, mich anzusehen.« Kadens Augen waren fast schwarz, sein Gesicht voller Schmerz. »Als ich sie angefasst habe, hat sie plötzlich angefangen, zu schreien. Ohrenbetäubend laut, und sie hat gar nicht mehr damit aufgehört.« Er schluckte hart. »Ihre Eltern sind ins Zimmer gestürmt und wollten wissen, was das für eine Party gewesen wäre, auf die ich Kendra mitgenommen und was ich dort mit ihr angestellt hätte. Ich hatte keine Ahnung wovon sie sprachen, schließlich hatte ich Kendra seit Tagen nicht gesehen. Ich fing an, mich mit ihren Eltern zu streiten, und sie schmissen mich aus dem Haus.«

Wieder machte Kaden eine Pause. Wir schienen beide die Luft anzuhalten. Mein Griff ums Kissen lockerte sich und fast hätte ich nach ihm gegriffen. Aber ich konnte nicht. Noch nicht.

»Wie ging es weiter?«

»Noch am selben Tag bin ich zu ihrer besten Freundin gefahren. Ich wollte herausfinden, was Kendra während meiner Abwesenheit gemacht hat. Mia hat sich erst geweigert, mit mir zu reden, aber als ich nicht nachgab, erzählte sie mir, dass sie und Kendra von ein paar College-Typen auf eine Party eingeladen worden waren. Kendra wäre dort irgendwann verschwunden und erst am nächsten Morgen vor Mias Haustür wieder aufgetaucht, völlig hysterisch und verängstigt. Sie hatte keine Strumpfhose mehr an und Druckstellen an ihren Armen.«

»Oh nein«, murmelte ich bestürzt.

»Ich glaube, uns war beiden klar, was passiert war, nur dass sich keiner von uns traute, es laut auszusprechen. Ich bin wie ein Irrer zu dem Typen gefahren, der die Party geschmissen hatte. Doch der wusste nicht mal, von wem ich sprach.« Kaden lachte tonlos. »Dann habe ich Kendras Eltern angefleht, mich noch mal zu ihr zu lassen. Kendra hatte nach wie vor nicht erzählt, was passiert war, und ich glaube, die beiden waren ziemlich verzweifelt, also ließen sie mich noch mal hoch. Ich redete auf Kendra ein, versicherte ihr, dass sie mir vertrauen könnte, dass wir das gemeinsam schaffen würden. Sie starrte die ganze Zeit nur stur an mir vorbei an ihre Wand. Aber ich ließ nicht locker. Ich musste es einfach aus ihrem Mund hören. Obwohl ich mich dafür hasste, habe ich sie ganz direkt gefragt, ob sie jemand vergewaltigt hätte.« Kaden musste sich räuspern. »Und dann hat sie ›Ja‹ gesagt.«

Mir stockte der Atem, obwohl ich die Geschichte bereits kannte.

»Ich habe sie gefragt, ob sie sich im Krankenhaus hatte untersuchen lassen, und sie verneinte. Dann habe ich sie angebettelt, mir zu sagen, wer es gewesen war. Ein Fremder? Oder kannte sie ihn? Aber sie hat nur den Kopf geschüttelt und ist immer weiter vor mir zurückgewichen, als würde *ich* ihr Angst machen. Ich habe mich noch nie in meinem Leben derart hilflos gefühlt.« Kaden ballte die Fäuste. »Schließlich habe ich ihre Eltern dazu geholt. Es hat eine Zeitlang gedauert, aber letztendlich hat sie sich uns anvertraut und zugegeben, wer dafür verantwortlich war.«

»Alex«, wisperte ich, und Kaden zuckte heftig zusammen.

Wie als wäre er aus einer Trance erwacht, hob er den Kopf und sah mich an. Er nickte langsam.

»Sein Name fiel völlig unvermittelt. Wäre die Situation nicht so ernst gewesen, hätte ich gedacht, dass sie mich auf den Arm nehmen will.«

Ich schluckte schwer und merkte, wie trocken meine Kehle während seiner Erzählung geworden war.

»Nachdem sie es einmal laut gesagt hatte, wiederholte sie Alex' Namen immer und immer wieder. Ich konnte sie nur anstarren. Ich konnte nicht verstehen, wieso sie das sagte. Ich glaubte ihr nicht. Ich *konnte* ihr nicht glauben, egal wie verzweifelt sie wirkte, egal wie sehr sie beteuerte, die Wahrheit zu sagen. Kendra hatte immer gern im Mittelpunkt gestanden. Ich nahm an, dass es ihr auch diesmal darum ging.« Er schüttelte den Kopf. »Für mich klang das wie eine Folge von irgendeine schlechten Krimiserie. Alex war mein Bruder. Ich hätte meine Hand für ihn ins Feuer gelegt. Gleich am selben Tag bin ich zu ihm gefahren. Er versicherte mir natürlich, dass er nicht auf der Party gewesen war. Ich glaubte ihm.« Kaden lachte bitter. In seinen Augen erkannte ich, wie sehr ihm diese Erinnerungen wehtaten und wie sehr er sich selbst für seine Taten verachtete. »Natürlich glaubte ich ihm. Und als die Vorwürfe lauter wurden, habe ich mich klar auf Alex' Seite gestellt. Kendras Eltern hassten mich, ebenso unser gemeinsamer Freundeskreis. Alle sagten mir, mit dem Bruder eines Vergewaltigers wollten sie nichts zu tun haben. Bis auf Spencer haben sich alle von mir abgewandt. Es war einfach … wie ein schlimmer Traum, der nicht enden wollte. Alex konnte jedes Mädchen haben, das er wollte. Ich war der festen Überzeugung, dass er sich nie im Leben jemandem aufzwingen würde, am allerwenigsten der Freundin seines kleinen Bruders. Außerdem sagte mein Dad mir, dass Alex in jener Nacht das Haus nicht verlassen hatte.«

Seine Stimme brach. Er klang so verzweifelt und so verletzt, dass ich nicht anders konnte. Ich strich vorsichtig über seinen Arm.

»Was ist dann passiert?«, flüsterte ich.

Kadens Augen wurden wenn möglich noch dunkler. »Kendras Eltern wollten Alex anzeigen, doch mein Dad unterbreitete ihnen ein Angebot. Ich brauche dir nicht zu erzählen, was man mit Geld alles kaufen kann …« Eine Weile lang sah er mich einfach an. »Mein Vater konnte sich keine schlechte Presse erlauben. Sein Unternehmen war zu dem Zeitpunkt nicht besonders gut gestellt – jegliche Schlagzeilen in diese Richtung hätten den Bankrott der Firma bedeutet. Und ich glaubte ihm. Ich glaube, ich hätte für Alex sogar vor Gericht ausgesagt, wäre es zu einem Prozess gekommen, so verblendet war ich. Kendras Eltern nahmen das Geld glücklicherweise an, und sie unterzeichnete eine Verschwiegenheitsvereinbarung.«

Mir wurde schlecht. Ich wusste genau, was in Kendra vorgegangen sein musste.

»Alex hat mir versichert, dass er es nicht getan hat. Er hat mir geschworen, mir in die Augen geblickt und so getan, als wüsste er nicht, wovon ich spreche, als ich ihn danach gefragt habe. Er … er hat mir einfach ins Gesicht gelogen.«

Ich traute mich kaum, die nächste Frage zu stellen. »Wie hast du die Wahrheit erfahren?«

Kaden presste die Lippen zusammen und brauchte einen Moment, bis er weitersprechen konnte. »Ich habe ein Gespräch zwischen Dad und Alex belauscht. Mein Vater fragte ihn, ob er wenigstens verhütet hat oder ob er Großvater wird.«

Ich schlug mir die Hand vor den Mund.

»Ich habe rot gesehen und bin auf Alex losgegangen. Ich habe auf ihn eingeschlagen und konnte nicht mehr aufhören. Er hat sich entschuldigt, immer und immer wieder, dann behauptet, sie hätte sich total an ihn rangemacht und es ja auch gewollt … Danach bin ich sofort zu Kendra gefahren, aber sie wollte mich nicht sehen. Ich habe versucht, mich bei ihr zu entschuldigen, es ihr zu erklären, aber sie hat Monate gebraucht, bis sie mich überhaupt wieder ansehen konnte, geschweige denn mit mir reden. Sie hat mir verziehen, aber mir klargemacht, dass sie mich nie wieder mit denselben Augen wie zuvor sehen würde. Die Sache mit Alex hat uns in Trümmer zerlegt. Nicht nur unsere Beziehung, sondern auch unsere Freundschaft.«

»Aber nichts davon ist deine Schuld, Kaden«, sagte ich eindringlich und rutschte ein Stück vor, um ihm näher sein zu können.

Er blickte auf. Seine Stirn war tief gefurcht, sein Gesichtsausdruck bitter. »Ich bin nicht schuld an seinen Fehlern. Aber ich habe mit dazu beigetragen, dass der Vorfall vertuscht werden konnte. Ich habe dieses miese Schwein davonkommen lassen. Weil ich meinem Bruder und Vater blind vertraut habe, wie ein naiver Idiot.«

»Aber du warst nicht derjenige, der gelogen hat. Es ist nachvollziehbar, dass du dich auf die Seite deiner Familie gestellt hast. Daran war nichts falsch«, sagte ich aufgebracht. Dann stutzte ich. »Moment mal … deshalb hast du mich rausgeworfen?«

Kaden biss die Zähne fest zusammen.

»Weil du dachtest, ich würde dich verantwortlich für das machen, was mit Kendra geschehen ist?«

»Was dir passiert ist, Allie …«, fing Kaden mit schwerer Stimme an. »Die Sache ist auch vertuscht worden. Wie könnte ich mit dir zusammen sein, obwohl ich ganz genau weiß, dass ich dasselbe getan habe?«

Ich wollte das Wort erheben und ihm widersprechen, doch er hob eine Hand.

»Ich habe miterlebt, wie schlimm diese Erinnerungen noch heute für dich sind. Niemand verdient so etwas. Das ist nicht gerecht. Das, was dir geschehen ist, ist nicht gerecht. Und ich … ich habe einen verdammten Vergewaltiger in Schutz genommen!«

»Aber das macht dich doch nicht mitschuldig!«, rief ich frustriert. Merkte Kaden denn nicht, dass das, was er sagte, völliger Schwachsinn war? »Du wusstest doch überhaupt nicht, dass er es getan hat.«

»Ich hätte seine Geschichte mehr hinterfragen müssen.«

»Kaden …«

»Du hast so hart gekämpft, um wieder frei atmen zu können, Allie. Wie könnte ich dir das antun? Jedes Mal, wenn du mich ansiehst, würdest du *ihn* in mir erkennen.«

Ich rutschte vom Sofa, mitten auf seinen Schoß. Seine Arme verharrten auf dem Rand der Couch. Er war wie versteinert.

»Nichts davon ist deine Schuld, Kaden«, sagte ich noch mal. Ich schlang meine Arme um ihn und hielt ihn fest.

»Wie kannst du das sagen?«

Ich lehnte mich ein Stück zurück, um ihm tief in die Augen blicken zu können. Er sollte jedes einzelne Wort begreifen, das ich zu ihm sagte.

»Weil ich dich kenne. Ich weiß nicht, wie du früher warst und ob ich anders denken würde, wenn Kendra meine Freundin gewesen wäre. Aber ich kenne den Mann, der du geworden bist. Und an dem ist nichts schlecht. Der Mann, den ich kennengelernt habe, geht durchs Feuer für seine Freunde. Der Mann, den ich kenne, fliegt an einem Feiertag tausend Meilen, um bei seiner Freundin zu sein, wenn es ihr schlecht geht. Ich kenne dich, Kaden. Und ich würde dich niemals verantwortlich machen für das, was geschehen ist.«

Er schloss die Augen. In der nächsten Sekunde umfing

er mich mit seinen Armen und drückte mich an sich. Seine Schultern bebten, und er vergrub sein Gesicht an meiner Schulter. Ich strich ihm sanft über den Rücken und murmelte beruhigende Worte an seine Schläfe, versicherte ihm immer und immer wieder, dass nichts davon seine Schuld war. Ich hielt ihn einfach nur fest und versuchte, die Dämonen seiner Vergangenheit zu vertreiben, so wie er es für mich getan hatte.

Ohne es bemerkt zu haben, lagen wir irgendwann auf dem Boden. Kaden hatte noch immer seine Arme um meine Taille geschlungen und sein Gesicht an meinem Hals vergraben. Doch sein Körper zitterte nicht mehr, und sein Atem ging ruhig und gleichmäßig.

»Du bist die Beste.«

Ich hob leicht den Kopf. »Hm?«

»Als wir damals im Hotel waren, und wir … uns auf einen Kompromiss geeinigt haben, da hab ich danach zu dir gesagt, dass das die zweitbeste Übereinkunft war, die ich jemals getroffen habe.«

Er löste sich von mir und setzte sich auf. Sein Gesicht war gerötet, aber er wirkte nicht mehr so verzweifelt wie zuvor, sondern fast erleichtert. Als hätte ihm jemand eine riesige Last von den Schultern genommen.

»Das Beste, das ich jemals getan habe, war, dich in meine Wohnung aufzunehmen, Bubbles.« Er strich mir eine Haarsträhne aus dem Gesicht.

»Trotzdem hast du mich rausgeworfen«, erinnerte ich ihn, versuchte aber, dabei nicht vorwurfsvoll zu klingen. Nach dem, was er mir gerade anvertraut hatte, konnte ich es nicht über mich bringen, wütend auf ihn zu sein. Ihn so leiden zu sehen – es hatte mir fast erneut das Herz gebrochen.

»Das dagegen war mein größter Fehler.«

»Dem stimme ich zu, Mr White.«

»Es tut mir leid, dass ich dir so wehgetan habe, Bubbles. Und dass ich uns zerstört habe. Ich …« Er sah mich entschlossen an. »Ich werde das alles wiedergutmachen. Bis wir beide wieder heil sind.«

Ich erwiderte seinen Blick, allerdings um einiges weniger entschlossen.

Die Dinge hatten sich geändert. Ich wusste jetzt, dass der Grund für Kadens Verhalten nicht bei mir, sondern in seiner Vergangenheit zu suchen war. Kaden würde Zeit brauchen, um damit abzuschließen, das war mir klar. Und es würde nicht einfach werden, für uns beide nicht. Ich wusste nur zu gut, wieviel Kraft ein solcher Prozess kostete.

Aber hier ging es um Kaden – um den Typen, in den ich mich mit Haut und Haaren verliebt hatte. Wenn er es allein nicht schaffte, dann würde ich aus allen Kraftreserven schöpfen, die ich besaß, und sie ihm zuteilwerden lassen. Wir würden das schaffen.

»So kaputt sind wir gar nicht, Kaden. Gib mir einfach ein bisschen Zeit«, sagte ich sanft.

Das Lächeln, das Kaden mir schenkte, wäre alles wert gewesen. Einfach alles.

»Okay. Und in der Zwischenzeit werde ich dafür sorgen, dass du wieder lächeln kannst.«

kapitel 36

Der erste Morgen in meiner neuen Wohnung war toll. Zumindest bis ich realisierte, dass ich keine Kaffeemaschine besaß, was meine Stimmung etwas dämpfte. Ich versuchte, die Müdigkeit stattdessen mit einer Dusche zu vertreiben, hatte allerdings nicht den Mut, das Wasser auf eiskalt zu stellen. Der Erfolg fiel deshalb eher mäßig aus.

Kaden war letzte Nacht wieder zurück nach Hause gefahren. Wir hielten das für die richtige Entscheidung. Zwar hätte ich ihn am liebsten nie wieder aus dieser Wohnung gelassen, aber wie er sich mir gegenüber verhalten hatte, tat mir noch immer weh. Das und unsere jetzige Wohnsituation hatten unserer Beziehung einen klaren Schnitt verpasst. Ich wusste, dass wir es schaffen konnten, aber wir würden beide Zeit brauchen.

Ich zog mir gerade meinen Lidstrich, als es klingelte. Verwundert warf ich einen Blick auf mein Handy, um nachzusehen, ob Dawn womöglich auf dem Weg zur Uni hier vorbeikommen und mit mir gemeinsam zum Campus gehen wollte. Auf dem Display wurden keine neuen Nachrichten angezeigt. Ich lief zur Gegensprechanlage und hob ab, doch am anderen Ende rauschte es bloß. Auch durch den Türspion konnte ich niemanden sehen. Vorsichtshalber öffnete ich die Tür einen Spaltbreit – und quietschte laut.

Auf der Fußmatte stand eine Kaffeemaschine. Und als ich

in die Hocke ging, um sie näher zu betrachten, sah ich, dass es nicht bloß irgendeine war. Es war eindeutig Kadens Kaffeemaschine. Die abgebrochene Ecke an der Tropfschale war ein eindeutiges Indiz und ging auf mein Konto. Ich hatte sie, kurz nachdem ich bei Kaden eingezogen war, sauber machen wollen und prompt fallen gelassen. Kaden hatte mich deshalb die ganze darauffolgende Woche jeden Morgen düster angebrummt. Damals hatte es mich wahnsinnig gemacht. Jetzt spürte ich bei dem Anblick ein aufgeregtes Kribbeln in meinem Bauch.

Neben der Maschine stand ein blauer Karton. Ich öffnete ihn stirnrunzelnd und konnte einen kleinen Freudenschrei nicht unterdrücken. Darin befanden sich zahlreiche Fläschchen Coffee Creamer in den verschiedensten Geschmacksrichtungen. Von Minze über Vanille und Kokos war alles dabei. Das würde mir für Monate reichen.

Ich schloss sowohl die Kaffeemaschine als auch den Karton in die Arme wie alte Freunde und schmiegte meine Wange daran. Dann brachte ich sie in die Küche und suchte nach einer freien Steckdose. Nur wenig später füllte ich einen meiner neuen Becher mit köstlich duftendem frischen Kaffee und – weil ich mich nicht entscheiden konnte – tröpfelte gleich zwei verschiedene Creamer hinein. Ich machte ein Selfie von mir, wie ich die Tasse an meine Lippen hielt und genüsslich die Augen schloss, und schickte es nur mit einem Smiley als Kommentar an Kaden.

Die Antwort kam keine Minute später:

Welche Geschmacksrichtung?

Ich lächelte und nippte an meinem Kaffee, während ich die Antwort mit einer Hand tippte.

Kokos und Karamell.

Selten so etwas Widerliches gehört.

Das breite Grinsen auf meinem Gesicht würde ich wahrscheinlich den ganzen Tag nicht mehr loswerden.

Die zweite Überraschung erwartete mich, als ich an mein Auto kam. Die Temperaturen waren seit ein paar Tagen kontinuierlich unter dem Nullpunkt gewesen, und ich bereitete mich innerlich bereits darauf vor, die Scheiben freikratzen zu müssen – als ich sah, dass das jemand schon für mich erledigt hatte. Ich zog meinen Schal vom Gesicht und starrte verwirrt auf den Wagen. Erst einen Moment später kam ich auf die Idee, dass es Kaden gewesen sein könnte, der mir hier zuvorgekommen war. Mein Verdacht bestätigte sich, als ich ein viereckiges Päckchen auf der Motorhaube vorfand.

Ich stieg in den Wagen und riss ungeduldig die etwas missglückte Schleife und das Papier herunter. Mehrmals blinzelte ich. In meinem Schoß lagen CDs. Unzählige CDs, alle aus Kadens Wagen. Ich wusste, wie viel Kaden seine Platten bedeuteten. Er hatte mal erzählt, dass er sie nie verlieh. Eine nach der anderen hob ich sie hoch und betrachtete sie. Einige der Bands hatte ich erst durch Kaden kennen (und lieben) gelernt, von anderen waren wir beide schon seit Langem große Fans.

Ich schluckte schwer. Auf jeder einzelnen CD gab es mindestens einen oder sogar mehrere Songs, die Kaden und mich verband. Als ich am Ende des Stapels angekommen war, fand ich einen Zettel, auf dem genau diese Lieder aufgelistet waren. Aber er hatte am Ende der Liste noch ein paar weitere Titel hinzugefügt, die ich noch nicht kannte – und das waren die Songs, die ich mir auf dem Weg zum Campus anhörte.

Es stellte sich schnell heraus, dass das keine so gute Idee war. Als ich schließlich auf den Parkplatz bog, war ich kurz davor, in Tränen auszubrechen.

Die Texte waren wunderschön und berührend, und am liebsten wäre ich sofort umgedreht und zu Kaden gefahren. Ich wusste nicht, ob ich ihm schreiben sollte oder nicht. Schließlich waren wir ... Wir hatten nicht gesagt, was wir im Moment waren. Eigentlich müsste mich dieses Zwischen-Stühlen-Sitzen völlig aus dem Konzept bringen und verunsichern, doch seltsamerweise fühlte ich mich so ruhig und zuversichtlich wie nie. Mit Kaden fühlte ich mich einfach komplett, und wenn ich an die Texte der Lieder auf seiner Liste dachte, glaubte ich wieder daran, dass es ihm mit mir ähnlich ging.

In der Pause aß ich mit Dawn und Scott gemeinsam zu Mittag. Ich erzählte ihnen von Kadens Besuch in der letzten Nacht, wobei ich die allzu privaten Details ausließ – ich erklärte ihnen lediglich, er hätte sich bei mir entschuldigt, und berichtete von seinen Absichten, die Sache mit uns wieder gutzumachen.

»Hm«, machte Scott, als ich fertig war.

»Das klingt unheimlich romantisch und irgendwie nicht nach Kaden«, meinte Dawn nachdenklich. Sie schien Probleme zu haben, den Kaden aus meiner Erzählung mit dem Kaden zusammenzubringen, den sie kannte.

»Er hat mir seine Kaffeemaschine geschenkt. Als ich mich heute Morgen fertiggemacht habe, stand sie auf einmal vor meiner Tür. Und er hat mein Auto freigekratzt. Und mir seine CDs auf die Motorhaube gelegt. Als Geschenk verpackt. Mit einer Schleife«, sprudelte es aus mir hervor.

Dawn stützte das Kinn in die Hand. »So schön«, seufzte sie verträumt. »Wie in einem Film.«

»Ich finde nicht, dass du jetzt schon weich werden solltest, Allie«, meinte Scott und wedelte mit seiner Gabel vor meiner Nase herum. »Hätte Micah so einen Scheiß gebaut, dann müsste er mit deutlich mehr als ein bisschen Musik und Kaffee um die Ecke kommen.«

Das versetzte meinem Hochgefühl einen Dämpfer. Wenn man es so ausdrückte, war an Kadens Gesten überhaupt nichts Besonderes mehr.

Ein Kribbeln jagte meinen Rücken hinauf, und im selben Moment sagte Dawn: »Nicht umdrehen, Allie.«

»Du kannst so etwas nicht ständig sagen und glauben, dass ich auf dich höre. Beim nächsten Mal deute lieber auf dein Essen oder auf Scott, weil natürlich werde ich jetzt …«

Zwei Hände legten sich auf meine Schultern und ich erstarrte. Vorsichtig legte ich den Kopf in den Nacken und blickte in Kadens amüsiertes Gesicht.

»Wie ich höre, blubberst du schon wieder«, sagte er schmunzelnd.

»Was machst du denn hier? Hast du nicht gerade Kommunikationswissenschaften?«, platzte es aus mir hervor und sofort schämte ich mich dafür. Ich klang wie eine Stalkerin. Oder eine kontrollierende Freundin. Oder Exfreundin. Oder was auch immer ich gerade für ihn war.

Kaden rieb sich über den Nacken. »Ich hatte einen Termin bei meinem Tätowierer.«

»Hast du dir etwas Neues stechen lassen?«

Er nickte, noch immer dieses schiefe, unheilvolle Grinsen im Gesicht.

»Wo? Und was?«, fragte ich weiter. Wie immer, wenn ich an seine Tattoos dachte, fing mein Herz ziemlich an zu rumpeln.

»Das wüsstest du wohl gerne, hm?« Seine Augen blitzten amüsiert.

»Etwa ein Portrait von Allies Gesicht auf deinem Hintern?«, fragte Scott, und Dawn und ich prusteten los.

»Nein. Wobei das gar keine schlechte Idee ist …«

»Bring ihn nicht auf dumme Gedanken«, meinte ich an Scott gewandt.

Kaden lachte leise und beugte sich wieder über mich. »Ich muss wieder los. Ich wollte nur schnell Nachtisch vorbeibringen.«

Er stellte eine kleine, dampfende Schüssel vor mich, aus der mir ein himmlischer Schokoladengeruch entgegenströmte. Ich beugte mich vor und schnupperte daran. Kaden hatte mir tatsächlich einen warmen Brownie gebracht.

Mit hochgezogener Braue sah ich zu Scott, doch der hatte keine Augen für mich. Stattdessen starrte er verblüfft auf die Tüte, die Kaden ihm entgegenhielt. Schließlich nahm er sie zögerlich entgegen, öffnete sie und sah hinein. »Du hast mir einen Donut gekauft?«, fragte er völlig verwirrt.

»Ja. Und für Dawn«, meinte Kaden und schob ihr die zweite Tüte über den Tisch zu, »einen Muffin mit Blaubeeren.«

»Ich mag keine –«

»Ich weiß. Ist Schokolade. So, ich muss los«, unterbrach er sie. Im nächsten Moment lehnte er sich vor, und ich versteifte mich. Für eine Sekunde dachte ich, er würde mich küssen. Doch er beugte sich an meinem Gesicht vorbei, bis sein Mund dicht an meinem Ohr verharrte. »Ich werde niemals genug von deinem Strahlen bekommen, Allie. Du bist wunderschön.«

Er richtete sich auf und nickte Scott und Dawn zu, bevor er die Mensa verließ.

»Also ich verzeihe ihm«, meinte Dawn und biss herzhaft in ihren Muffin. Vereinzelte Schokokrümel blieben an ihren Lippen hängen.

Scott starrte seinen Donut an, als hätte er ein neues Lebewesen entdeckt. »Ich will ihn wirklich hassen, aber ich glaube, das kann ich nicht, wenn er mir Donuts bringt.«

Ich teilte den Brownie mit meinem Kaffeelöffel in kleine Stücke und schob mir eines davon in den Mund. Dann deutete ich mit dem Löffel auf Scott. »Jetzt weißt du, wie es mir geht.«

»Aber was machen wir denn jetzt?«, fragte Dawn.

»Unseren Nachtisch essen?« Der Brownie hatte sogar einen flüssigen Kern. Ich seufzte verzückt. Kaffee, Musik, Schokolade. Eins musste man Kaden lassen: Er wusste, wie man das Herz einer Frau – und ihrer Freunde – eroberte.

»Aber das heißt nicht, dass die Mitbewohnersuche eingestellt ist, oder?«, fragte Dawn. »Ich meine, wir haben die Zettel schon überall aufgehängt.«

Das stimmte. Und für Ende der Woche hatten wir eine offene Besichtigung angesetzt, zu der jeder kommen konnte, der sich das Zimmer in meiner Wohnung ansehen wollte.

»Das eine hat ja nichts mit dem anderen zu tun.« Scott puhlte mit einem Finger die Füllung aus seinem Donut, was faszinierenderweise eklig und niedlich zugleich war. Nachdem er seinen Finger abgeleckt hatte, gestikulierte er wild herum. »Nur, weil die beiden sich ausgesprochen haben, muss das ja nicht bedeuten, dass sie wieder zusammen wohnen müssen. Vielleicht tut euch diese Unabhängigkeit ja ganz gut.«

Er hatte vollkommen recht. Die Sache mit Kaden und mir hatte nichts mit unseren Wohnungen zu tun. Und mal ganz abgesehen davon, dass ich das eine Zimmer überhaupt nicht brauchte, lag die Miete über meinem angesetzten Budget. Ich würde mir also auf jeden Fall einen Mitbewohner oder eine Mitbewohnerin suchen – ganz gleich, wie köstlich unser Nachtisch schmeckte.

Der Rest der Woche verlief ähnlich. Ich fand morgens eine kleine Überraschung auf meiner Fußmatte, mein Auto war freigekratzt, und Kaden brachte mir und meinen Freunden

Nachtisch. Abends rief er mich an, um mich zu fragen, wie es mir ging und wie mein Tag war. Er hielt sein Versprechen und brachte mich täglich zum Lächeln.

Nie küsste er mich oder berührte mich auf eine intime Art, was mich bereits nach Tag zwei ziemlich wahnsinnig machte. Ich sehnte mich so sehr nach seiner Nähe, dabei war ich es ja, die ihn um Zeit gebeten hatte. Ich war nach wie vor der Überzeugung, dass wir die Dinge nicht überstürzen durften, aber jede seiner Gesten war so liebevoll, dass ich kaum wusste, wohin mit meinen Gefühlen. Wenn er nach den kurzen Besuchen in der Mittagspause wieder verschwand, musste ich mich jedes Mal davon abhalten, ihm nicht hinterherzulaufen.

Als ich am Donnerstag nach Hause kam, fand ich erneut ein Paket auf meiner Fußmatte vor. Der Karton war groß und schwer, und ich hievte ihn nur mit Mühe auf meinen Wohnzimmertisch.

Ich legte Jacke und Schal achtlos im Flur ab und machte mich dann mit vor Vorfreude kribbelnden Fingern daran, das Paket zu öffnen. Ich konnte es nicht erwarten, zu sehen, was Kaden sich diesmal hatte einfallen lassen.

Und ich wurde nicht enttäuscht.

Meine hastigen Bewegungen wurden langsamer, als ich erkannte, was sich in dem Karton befand. Ganz vorsichtig griff ich hinein und schob die Styroporstückchen beiseite.

Es waren Bilderrahmen. Bilderrahmen in unterschiedlichen Größen und Farben mit bunten Musterungen und aus verschiedenen Materialen. Doch die Rahmen waren nicht das Schönste – sondern die Bilder, die sich darin befanden.

Es gab ein paar kleinere Rahmen, in denen Selfies, die ich mit Dawn gemacht hatte, sowie Fotos von Dawn, Scott und mir waren. Auf einem hatte ich meine Zunge in Scotts Ohr gesteckt, während Dawn mit zwei Fingern ihren Mund breit zog und schielte. Scott machte ein verzücktes Gesicht, als wäre meine Zunge in seinem Ohr ein reiner Hochgenuss. Es war das verrückteste Bild, das wir jemals gemacht hatten, und ein einziger Blick darauf genügte, um mich zum Lachen zu bringen.

Dann gab es noch drei mittelgroße Rahmen. Im ersten steckte ein schwarzweißes Foto von Kaden, Spencer und mir, das Monica gemacht hatte. Ich hatte auf dem Rücken gelegen, den Kopf über den Sofarand gehängt und die Beine in die Höhe gestreckt. Was genau ich damals getan hatte, wusste ich nicht mehr, aber obwohl die Position nicht besonders gemütlich gewesen sein konnte, sah ich ziemlich glücklich aus. Kaden dagegen betrachtete mich mit zusammengezogenen Brauen und vor der Brust verschränkten Armen, während Spencer in die Kamera lächelte und sich als einziger darüber im Klaren zu sein schien, dass wir in jenem Moment fotografiert wurden.

Das zweite Bild war von Kaden und mir. Ich wusste nicht genau, wer es gemacht hatte, aber ich streckte die Zunge raus, und Kaden lachte. Der Fotograf hatte genau im richtigen Moment auf den Auslöser gedrückt, stellte ich fest. Mit einem warmen Kribbeln im Bauch betrachtete ich Kadens Lachfältchen.

Im dritten Rahmen war das Bild, das ich von Kaden und mir in Portland geschossen hatte. Wir hielten uns jeder das Cover einer Vinylplatte vors Gesicht, um die Illusion zu erwecken, bei dem Gesicht auf dem Cover handele es sich um unser eigenes. Ich erinnerte mich noch daran, wie sehr wir hinter den Platten gelacht hatten. An diesen Tag würde ich mich immer gerne zurückerinnern. Vorsichtig strich ich mit den Fingern über das Bild.

Erst danach holte ich den größten Rahmen aus dem Karton. Er war massiv und schwer, als ich ihn richtigherum drehte und auf meinen Schoß legte. Mit angehaltenem Atem betrachtete ich das Bild.

Ich war schräg von hinten zu sehen, wie ich auf unserer Aussichtsplattform saß und ins Tal schaute. Meine Haare wurden vom Wind zur Seite geweht, der Himmel im Hintergrund war eine Mischung aus Rot, Lila und Orange. Ich hatte mich auf meine Arme zurückgelehnt, meine Haltung war locker und wirkte befreit.

Kaden hatte das Foto bearbeitet, sodass die Sättigung der Farben kräftig war, zumindest an mir. Denn obwohl ich den grauen Pullover trug, stach meine gesamte Silhouette deutlich von dem unscharfen Hintergrund hervor.

Direkt über mir stand in geschwungenen Buchstaben ein Wort.

Freiheit.

Mir stockte der Atem. Kaden hatte das Gefühl, das ich jedes Mal empfand, sobald wir uns auf dem Berg befanden, auf einem Bild eingefangen. Und ich hatte es nicht mal gemerkt. Er musste gewusst haben, wie viel mir die Augenblicke dort oben bedeuteten.

Meine Augen brannten wie verrückt, gleichzeitig musste ich lachen, weil ich so glücklich war. Dieses Geschenk war so unfassbar aufmerksam und durchdacht und lieb und großartig, dass ich nicht anders konnte, als mir jedes einzelne der Fotos noch einmal anzuschauen. Ich strich über die einzelnen Rahmen und hätte sie am liebsten alle augenblicklich aufgehängt.

Doch zuerst wollte ich Kaden anrufen. Instinktiv griff ich nach meinem Handy und wählte seine Nummer.

»Bubbles.« Inzwischen liebte ich es, wenn er mich so nannte. Obwohl dieser Spitzname total bescheuert war, brachte er mich jedes Mal zum Lächeln und sorgte für ein Flattern in meinem Bauch.

»Danke für die Bilder. Sie sind wunderschön.« Meine Stimme klang genauso, wie ich mich fühlte. Ergriffen. Aufgeregt. Glücklich.

»Du heulst«, stellte Kaden fest und ich meinte herauszuhören, dass er grinste. »Dabei wollte ich dich doch zum Lächeln bringen. Ist das ein gutes oder schlechtes Zeichen?«

Jetzt musste ich lachen. »Zu hundert Prozent gut. Aber eigentlich kannst du mir nicht so viele Bilderrahmen vor die Tür stellen und mich dann die ganze Arbeit allein machen lassen. Was meinst du?«

Ich hörte es im Hintergrund rascheln. Gleich darauf rumpelte etwas geräuschvoll, und Kaden fluchte laut. »Ich bin so schnell aufgestanden, dass ich gestolpert bin.«

Lachend wischte ich über meine feuchten Augenwinkel.

»Ich verletze mich hier, und dir fällt nichts anderes ein, als zu lachen«, murrte Kaden, aber ich hörte, dass er sich über meinen Anruf freute. »Ich bin in zehn Minuten bei dir?«

Es klang wie eine Frage, und ich nickte mehrmals, bis mir klar wurde, dass er mich überhaupt nicht sehen konnte.

»Ich freue mich auf dich«, sagte ich und meinte es von ganzem Herzen.

Als es klingelte, musste ich mich zusammenreißen, um nicht zur Tür zu rennen. Ich war trotzdem völlig atemlos, als ich ihm öffnete.

Kaden lächelte mich schief an und hob einen Werkzeugkasten hoch. Er ging an mir vorbei direkt ins Wohnzimmer, wo er sich einmal um seine eigene Achse drehte. »Also«, fing er an. »Wo soll die Fotowand entstehen?«

Ich folgte ihm langsam.

Eigentlich wollte ich mich auf ihn stürzen, ihn in mein Schlafzimmer zerren und küssen, bis er keine Luft mehr bekam.

»Bubbles?« Seine tiefe Stimme riss mich aus meinen Gedanken, und ich blickte mit heißen Wangen zu ihm auf.

»Ja?«

»Du hast nicht zugehört.«

»Tut mir leid.«

»Wie wäre es hier?«, wiederholte er seine Frage und lief zur Wand direkt hinter dem Sofa. An dieser Stelle würde ich die Bilder jeden Tag sehen können, genau wie meine Freunde, wenn sie mich besuchten. Wobei … was, wenn mein neuer Mitbewohner oder meine neue Mitbewohnerin sich dadurch ausgegrenzt fühlte? Immerhin wären es erst einmal nur Bilder von meinem Freundeskreis.

»Ich weiß nicht«, sagte ich zögernd. »Vielleicht eher im Schlafzimmer?«

»Du willst sie nicht ins Schlafzimmer hängen, also werde ich sie da auch nicht anbringen«, sagte Kaden bestimmt.

»Woher weißt du das?«

»Ich kenne dich«, murmelte er und nahm einen Zollstock aus dem Werkzeugkasten. Er maß die Abstände aus, nahm die Breite und Höhe der Wand. Er drehte sich zu mir und musterte mich. »Ich würde sagen, wir bringen sie ein Stück weiter oben an. Sonst stößt man mit dem Kopf dagegen, wenn man sich anlehnen möchte. Was meinst du?«

Ich nickte mehrmals. Das schien logisch.

»Weißt du schon, in welcher Reihenfolge du sie haben möchtest?«

Ich betrachtete die Bilder und versuchte, in meinem Kopf ein paar Varianten durchzuspielen. »Ich glaube, möglichst durcheinander, statt geordnet in einer Reihe.«

Kaden nickte. »Ich würde sagen, du probierst ein bisschen rum, während ich passende Nägel raussuche.«

Ich folgte seinem Vorschlag und verteilte die Bilder auf dem

Boden. Das große stach so heraus, es sollte auf jeden Fall in der Mitte sein. Die Bilder meiner Freunde mischte ich mit denen von Kaden, Spencer und mir, und ich brauchte zwar ein paar Anläufe, fand aber schließlich eine Lösung, die mir gut gefiel.

»Schau mal«, meinte ich zu Kaden. Er trat hinter mich und sah sich über meine Schulter die Anordnung der Bilder an. Sofort beschleunigte sich mein Herzschlag.

»Cool. Ich würde die Abstände vielleicht noch ein wenig größer lassen«, überlegte er laut. »Die Wand ist ziemlich breit, und es könnte sonst gequetscht aussehen.«

»Ich vertraue dir.« Ich lehnte den Kopf zurück und sah ihn an.

Eine Sekunde lang wirkte er perplex, aber dann lächelte er mich zufrieden an. Gleich darauf machte er sich an die Arbeit. Er kletterte auf die Couch und hämmerte Nägel in die Wand, während ich ihm die dazugehörigen Bilder reichte. Nachdem er das zweite Bild hingehängt hatte und mit einer Wasserwaage überprüft hatte, ob es gerade war, bat Kaden mich, den Hammer kurz zu halten, damit er sich den Strickpullover ausziehen konnte. Als er ihn sich über den Kopf zog, rutschte auch das Shirt hoch, das er darunter trug. Beim Anblick seiner Bauchmuskeln schoss sofort Hitze durch meinen Körper. Ich biss auf meine Wangeninnenseite, um mich davon abzuhalten, meine Hand nach ihm auszustrecken. Der Moment war viel zu schnell vorbei. Kaden warf seinen Pullover auf das Sofa, und ich gab ihm den Hammer wieder zurück, damit er weitermachen konnte. Sofort setzte er den nächsten Nagel an. Sein Ärmel rutschte ein Stück nach oben.

»Halt.«

Das Wort kam über meine Lippen, ohne dass ich es gewollt hatte. Wie von selbst stand ich auf und starrte auf Kadens erhobenen Arm. Als er seinen Fehler bemerkte, spannten sich seine Schultern an. Sofort wollte er seinen Arm senken, doch ich packte ihn und drehte ihn, damit ich die Innenseite seines Bizeps betrachten konnte. Dort war ein schwarzer Schriftzug, den ich noch nicht kannte.

Not broken, just bent.

Ich hob den Finger und strich über die Linien. Kaden zuckte zusammen, rührte sich sonst aber kein Stück vom Fleck.

»Was ist das?«, flüsterte ich und hob den Blick. Kaden wirkte fast verunsichert.

»Deine Worte«, antwortete er genauso leise. Seine Augen waren dunkel und voller Gefühl. »Die Worte, die dafür gesorgt haben, dass ich wieder an mich glaube. Die Worte, die mich völlig um den Verstand gebracht haben, weil ich nicht fassen konnte, dass mich tatsächlich jemand so sehen kann, wie du es tust.« Seine Stimme versagte, und er schluckte schwer.

Ich erinnerte mich an jenen Tag beim Wasserfall. An unser Gespräch, an all die versteckten Signale, die er mir gesendet hatte. An alles, was er mir und ich ihm anvertraut hatte.

Du bist nicht kaputt, Kaden. Bloß ein bisschen verbogen. Das ist nichts, was man nicht wieder hinbekommt.

»Du hast dir … das sind meine Worte. Auf deiner Haut«, brachte ich hervor und starrte wieder auf die geschwungenen Wörter. Die Haut um den Schriftzug war noch leicht gerötet.

»Alles an dir geht mir unter die Haut, Allie.« Ganz langsam stieg Kaden vom Sofa und stellte sich vor mich. Sein Kehlkopf hüpfte beim Schlucken, und mein Blick flog zwischen seinen verheißungsvollen Augen, dem Tattoo und seinen Lippen hin und her. »Ich gebe mir echt Mühe beim Langsam-angehen-Lassen, Bubbles. Aber wenn du mich weiterhin so ansiehst … kann ich für nichts garantieren.«

Ich konnte nicht aufhören. Ich wollte nicht aufhören. Und

in diesem Moment hatte ich nur ein einziges Bedürfnis – Kaden zu zeigen, wie sehr er mir gefehlt hatte.

»Bitte, Kaden«, sagte ich mit schwerer Stimme.

Er stieß ein Geräusch aus, das tief aus seinem Inneren gekommen sein musste, und riss mich an sich. Seine Lippen prallten auf meine, seine Arme umklammerten mich. Es war beinahe schmerzhaft, so fest hielt er mich, aber ich ließ es zu. Er seufzte tief, als meine Lippen sich für ihn öffneten und ich meine Zunge in seinen Mund gleiten ließ. Meine Beine gaben nach, aber Kaden fing mich auf, und wir sanken gemeinsam aufs Sofa. Ich klammerte mich an ihn, legte alles, was ich zu geben hatte, in meinen Kuss: die Momente voller Schmerz, die überwältigende Einsamkeit, das Glück, das er mich spüren ließ, und all das Sehnen der letzten Tage und Nächte. Einfach alles.

Kaden umfasste stöhnend meinen Nacken, beinahe fühlte es sich an, als wollte er mich mit Haut und Haaren verschlingen. Trotzdem war es nicht genug. Mit ihm würde es nie genug sein. Ich ließ meine Hände seinen Körper erkunden, und es fühlte sich an, als wäre es das erste Mal, so aufgeregt wummerte mein Herz. Unser Kuss wurde sanfter, aber nicht weniger verzweifelt. Kaden murmelte Worte an meiner Haut und küsste meine Wangen, meine Stirn, meinen Hals.

»Ich liebe dich.«

Ich erstarrte unter ihm.

»Was hast du gerade gesagt?«, flüsterte ich kaum hörbar.

»Ich liebe dich«, raunte er an meinen Lippen. »Ich liebe dich so sehr, dass es beinahe wehtut.«

Ich fuhr mit den Fingern entlang der ausgeprägten Linien seines Kiefers. Sein Gewicht lag schwer auf mir. Am liebsten hätte ich ihn noch dichter an mich gezogen, aber als ich begann, an seinem Shirt zu zerren, nahm er meine Hand und hielt sie über meinem Kopf fest.

Er hob seinen Blick und sah mir lange in die Augen. Ich weiß nicht, was er darin erkannte, aber plötzlich erschien ein schiefes Grinsen auf seinem Gesicht. Er sah fast ein bisschen schüchtern aus. »Wow, Bubbles. Endlich hab ich dich mal effektiv zum Schweigen gebracht.«

Ich merkte, dass er versuchte, die aufgeladene Stimmung aufzulockern. Nach einem kurzen Moment, in dem ich versuchte, meine Atmung wieder unter Kontrolle zu bringen, sagte ich trocken: »Ich wusste nicht, dass es wehtut, mich zu lieben.«

Seine Mundwinkel zuckten. »Wenn du wüsstest.«

»Wie weh?«, fragte ich. Es war als Witz gemeint gewesen, aber zu meiner Überraschung begann Kaden tatsächlich, nach den richtigen Worten zu suchen. Gebannt hörte ich ihm zu.

»Als würde mein ganzer Körper in Flammen stehen. Aber irgendwie auf eine ziemlich gute Weise. Alles zieht sich in mir zusammen und wird gleichzeitig auseinandergerissen, wenn ich dich sehe oder rieche oder … Ich bin echt mies im Beschreiben von so was.« Jetzt grinste er gefährlich. Er senkte seinen Kopf und zog meine Unterlippe zwischen seine Zähne. »Hier drin bin ich besser.«

Wieder küsste er mich. Sein Gewicht lag schwer auf mir, aber ich hätte ihn am liebsten noch dichter an mich gezogen. Ich zerrte an seinem Shirt.

Im nächsten Moment löste er sich von mir und setzte sich auf. Er hielt mich dabei die ganze Zeit fest, sodass ich rittlings auf seinem Schoß landete. Unsere Nasenspitzen berührten sich, und Kadens Augen funkelten mich von ganz nah an.

»Ich habe noch so viel geplant«, meinte er.

Verwundert legte ich den Kopf schräg. »Noch mehr Geschenke?«

»Natürlich, Bubbles.«

»Gut zu wissen. Ich habe mich nämlich inzwischen daran gewöhnt, mittags einen Nachtisch serviert zu bekommen.« Ich wackelte mit den Brauen, so wie Scott es ständig tat.

»Für morgen habe ich mir etwas ganz Besonderes ausgedacht«, fuhr Kaden fort und lehnte sich zurück. Er legte seine Hände auf meine Hüften und zog mich noch dichter zu sich, wenn das überhaupt möglich war.

»Und deswegen willst du jetzt gehen«, stellte ich nüchtern fest.

»Nein«, sagte er überrascht. »Es sei denn, du schmeißt mich raus.«

Ich schüttelte langsam den Kopf.

»Gut. Also … Da ich für morgen etwas Großes geplant habe, würde ich heute gerne …« Er strich in einer sanften Bewegung mein Shirt glatt, sodass es meinen Bauch wieder ganz bedeckte. Ich hatte gar nicht gemerkt, dass es nach oben gerutscht war.

»Du möchtest es langsam angehen lassen.«

Kaden nickte einmal kurz. Dann zog er eine Grimasse. »Wobei von ›möchten‹ hier keine Rede sein kann. Aber ich will es mir verdienen.« Seine Stimme klang belegt, und sein Halblächeln war ziemlich traurig.

»Ich weiß, dass es dir leidtut, Kaden«, sagte ich sanft und berührte seine Wange. »Und ich verzeihe dir. Das habe ich längst.«

Er schmiegte sich in die Berührung. »Dann warte mal bloß morgen ab.«

»Gibt es wieder Brownies?«, fragte ich hoffnungsvoll.

Kaden schüttelte den Kopf. »Besser. Viel besser.«

Was auch immer besser sein würde als warme Brownies mit flüssigem Kern – ich freute mich schon drauf.

kapitel 37

Als mein Wecker am nächsten Morgen klingelte, hechtete ich förmlich zur Tür und riss sie auf. Nichts. Enttäuscht schloss ich sie wieder.

Der Tag in der Uni zog sich in die Länge. Am Mittag begann es, zu schneien, und zwei Anwärter für das Zimmer sagten mir den Besichtigungstermin ab, weil sie von weiter außerhalb kamen und sich nicht zutrauten, bei Glätte nach Woodshill zu fahren. Ich konnte es ihnen nicht verdenken.

»Das war der Nächste«, seufzte ich und hielt mein Handy in die Höhe.

»Wie viele sind noch übrig?«, fragte Scott und betrat mit mir den Vorlesungssaal.

»Sechs, glaube ich«, seufzte ich. Und ob davon überhaupt jemand infrage käme, musste sich auch erst noch zeigen. Ich erinnerte mich an meinen Start in Woodshill und welch merkwürdigen Gestalten ich damals bei der Wohnungssuche begegnet war. Wobei ich diesmal einen deutlich besseren Ausgangspunkt hatte.

»Irgendjemand von denen wird schon passen. Und wenn nicht, werfen wir sie hochkant wieder raus.«

Wir setzten uns wie immer in eine der hinteren Reihen, wo man nicht Gefahr lief, spontan von der Dozentin aufgerufen zu werden.

Lächelnd nahm ich meine Tasche von der Schulter und legte sie auf den Sitz neben mir. »Und wenn du es nicht machst, dann erledigt das Dawn.«

Scott sah mich von der Seite an. »Soll das heißen, ihre Finger sind wieder heil?«

Ich nickte. »Deshalb ist sie auch nicht da. Heute ist ihr letzter Kontrolltermin. Ich habe ihr meinen Ersatzschlüssel gegeben, damit sie danach gleich zu mir kann.«

»Sehr gut. Ich freue mich schon aufs Casting.« Er rieb sich die Hände und setzte einen teuflischen Blick auf.

Ich war mir noch nicht so sicher, ob ich mich freuen oder fürchten sollte. Mit Sicherheit würde es lustig werden, Scott und Dawn mit dabei zu haben, und für eine zweite Meinung würde ich mehr als dankbar sein. Aber was wäre, wenn keiner der Bewerber auch nur ansatzweise zu mir passte?

Während der Vorlesung schwenkten meine Gedanken – wie so oft in letzter Zeit – zu Kaden. Ich wartete nervös auf die große Sache, die er mir für heute angekündigt hatte.

Bis jetzt war noch gar nichts geschehen. Ich hatte ihn nicht mal zu Gesicht bekommen, und geschrieben oder angerufen hatte er auch nicht. Aber ich vertraute Kaden und würde deshalb weiter geduldig sein, so schwer es mir auch fiel.

»Du bist so verliebt, dass einem schlecht vom Zusehen wird«, murmelte Scott leise in mein Ohr, damit Mrs Falcony uns nicht hörte.

Ich senkte grinsend den Blick auf meinen Block.

»Du streitest es ja nicht mal ab.«

Ich zuckte mit den Schultern. »Wieso sollte ich? Ich kann nichts mehr dagegen unternehmen.«

»Er legt sich wirklich ziemlich für dich ins Zeug.«

»Er hat mir gestern sein neues Tattoo gezeigt«, flüsterte ich aufgeregt.

»Uuund? Ich nehme an, es ist nicht dein Gesicht auf seinem Hintern«, Scott hob die Brauen erwartungsvoll und wedelte mit der Hand, damit ich weiter erzählte.

»Er hat sich einen Satz tätowiert, der …«, ich musste kurz nach den richtigen Worten suchen, »der uns beiden sehr viel bedeutet. Ich hatte ihn mal zu ihm gesagt, in einem besonderen Moment.«

Scott pfiff leise durch die Zähne. »Der Typ weiß echt, wie der Hase läuft.«

»Sag ich doch«, flüsterte ich zurück und musste schon wieder lächeln.

»Wenn auch der Herr und die Dame dort hinten uns die Ehre erweisen würden, aufzupassen, könnte ich mit der nächsten Folie weitermachen«, ermahnte Mrs Falcony uns laut. Der halbe Saal drehte sich zu uns um, und Scott und ich versanken augenblicklich tief in unseren Stühlen. Die Frau musste ein Gehör wie Daredevil haben, wenn sie uns aus dieser Entfernung hatte sprechen hören.

Nach der Vorlesung fuhren wir zu mir. Wobei man das, was wir machten, nicht wirklich als »fahren« bezeichnen konnte. Wir krochen eher über die Straße. Es schneite noch immer, und auch wenn der Schnee nicht liegen blieb, ließ der Matsch einige Fahrzeuge ins Schlittern geraten. Wir brauchten zwar länger als sonst, aber irgendwann kamen Scott und ich heil an meiner Wohnung an. Wir unterhielten uns gerade über das Essay, das Mrs Falcony uns soeben aufgedrückt hatte, als Scott meinen Arm packte und abrupt im Hausflur stehen blieb.

Sofort schoss mein Kopf herum, und ich sah den Karton vor meiner Wohnungstür. Er war groß, viel größer als die anderen. Ich eilte das letzte Stück Flur entlang und besah ihn mir neugierig von allen Seiten. Oben drauf klebte ein Zettel, den ich ablöste und rumdrehte.

»Erst aufmachen, wenn ich dabei bin!«, las ich laut vor.

Was sollte das denn bedeuten? Kaden hatte nichts davon erwähnt, dass er heute vorbeikommen wollte. Wie lange würde ich warten müssen, bis ich erfuhr, was da drin war? Was so etwas anging, war ich kein sehr geduldiger Mensch – und das wusste Kaden ganz genau.

»Wieso stellt er dir ein Geschenk hierhin, wenn du es nicht öffnen darfst?« Scott klang enttäuscht.

»Keine Ahnung«, murmelte ich. Das hatte sicherlich mit Kadens großer Überraschung zu tun. Ich versuchte, den Karton anzuheben, scheiterte aber kläglich. Er war schwer – richtig schwer.

»Du nimmst links, ich rechts«, meinte Scott und griff durch die kleine Öffnung an der Seite.

Gemeinsam schafften wir das Teil in den Flur meiner Wohnung, wo wir es stöhnend an den Rand schoben. Ich sah Dawns Schuhe im Flur und ihre Jacke auf meiner Kommode, aber bevor ich rufen konnte, kam sie uns schon aus dem Wohnzimmer entgegengestürmt.

»Guckt mal, ihr beiden!« Sie hielt uns ihre nackte Hand entgegen und wackelte mit den Fingern. »Ich bin frei!«

»Oh, zeig her.« Ich sah mir ihre Gelenke aus der Nähe an. Keine Schwellung war mehr zu erkennen, und auch bewegen konnte sie jeden Finger gleichmäßig.

»Alles wieder heil.« Sie strahlte übers ganze Gesicht und steckte mich damit förmlich an. Erst dann fiel ihr Blick auf den Karton. Sie runzelte die Stirn. »Was ist das?«

»Kadens letzte Überraschung für Allie«, antwortete Scott.

»Der stand aber vorhin noch nicht draußen, als ich gekommen bin«, meinte Dawn. Dann leuchteten ihre Augen auf. »Hoffentlich ist wieder was für uns mit dabei!« Sie wollte gerade nach der einen Ecke des Paketbands greifen, um es abzuziehen, als sie das Schild entdeckte. »Ach, Mann. So ein Spielverderber. Bestimmt sind lauter Sexspielzeuge drin.«

»So viele Toys braucht kein Mensch«, entgegnete Scott. »Das Teil ist echt schwer. Versuch mal, es anzuheben.«

Dawn probierte ihr Glück, war aber ähnlich erfolgreich wie ich. »Meine Fresse, was hat der da reingetan?«

Gemeinsam trugen Scott und ich den Karton aus dem Flur in mein Schlafzimmer, damit er nicht im Weg stand, wenn die Wohnungsbesichtigung losging. Ein lautes Rascheln ertönte, als wir ihn abstellten.

»Vielleicht ist es ja eine Sexschaukel?«, schlug Scott vor.

»Selbst wenn. Ich werde sicher keine Sexschaukel in dieser Wohnung aufstellen.« Ich scheuchte die beiden aus dem Schlafzimmer.

»Aber den Platz hättest du. Micah und ich haben mal …«

»Nein!«, rief Dawn im selben Moment, als ich laut »Stopp!« sagte.

Scott verschränkte die Arme und wollte sich gerade aufs Sofa setzen, als sein Blick auf die Bilderrahmen an der Wand fiel. Er pfiff anerkennend und trat näher.

»Die Fotos sind ja wunderschön. Vor allem das dort.« Er zeigte auf das größte, auf dem nur ich zu sehen war. »Sind die von Kaden?«

Ich nickte. »Sie lagen gestern vor meiner Tür.«

»Okay, ich glaube, ich bin jetzt auch ein bisschen verliebt.«

»Die Bilder sind wirklich wunderschön«, stimmte Dawn zu. »Mein Favorit ist das dort.« Sie zeigte auf das Foto, wo ich Scotts Ohr anleckte.

Ich kicherte. »Ja, das gefällt mir auch ganz gut.«

»Nur, weil mein Schmalz so lecker war, gib's zu.« Scott schmatzte laut, und Dawn und ich schüttelten uns vor Lachen und Ekel.

Wir räumten das Wohnzimmer noch ein bisschen auf und saugten das freie Zimmer, damit es möglichst präsentabel aussah. Dabei sangen wir lautstark Musical-Songs und tanzten wie Verrückte durch die Wohnung. So viel gelacht hatte ich schon lange nicht mehr – und wieder einmal merkte ich, dass ich mich gerade wirklich auf dem richtigen Weg befand. Alles würde gut werden.

Der erste Anwärter kam eine Viertelstunde zu früh. Ich drückte auf den Türsummer und bat ihn herein. Er hieß Isaac, studierte gefühlt zweihundert Fächer gleichzeitig und war mit seiner Hornbrille und der Fliege, die er um den Hals trug, auf nerdige Weise attraktiv. Scott war gleich Feuer und Flamme und machte hinter Isaacs Rücken obszöne Gesten, die mich zum Lachen und Dawn zum Rotwerden brachten. Es dauerte nicht lange, bis es ein zweites und drittes Mal an der Tür klingelte. Bald war die Wohnung gefüllt mit Leuten, die durch die Zimmer schlenderten, mir Fragen stellten und – da war ich mir eigentlich sicher – in Gedanken bereits das freie Zimmer einrichteten.

Wieder klingelte es, und ich überließ es Dawn, an die Tür zu gehen, während ich Isaac und die anderen über Kaution und Nebenkosten der Wohnung informierte.

»Allie?«, rief Dawn aus dem Flur.

»Ich übernehme«, meinte Scott sofort und begann, vom Enkel der netten Vermieterin zu erzählen, der hier gerade erst alles renoviert hatte.

Ich lief zu Dawn in den Flur und hielt abrupt inne.

Kaden stand im Türrahmen, meinen Zettel vom schwarzen Brett in der Hand.

»Ich habe gehört, hier soll heute eine Besichtigung für ein Zimmer stattfinden. Ich würde mich gerne bewerben.«

Mein Mund klappte auf und wieder zu. Ich wollte etwas

sagen, aber die Wörter kamen einfach nicht. Stattdessen wanderte mein Blick an Kaden hinab, und ich stieß einen kleinen Schrei aus. Direkt neben Kaden auf der Fußmatte stand eine Transportbox.

»W – was ist das?« Ich sah ihn mit aufgerissenen Augen an.

»Das ist dein heutiges Geschenk.« Kaden grinste mich an. »Aber um es aufzumachen, müsstest du mich reinlassen und an der Besichtigung teilnehmen lassen.«

»Nein.« Das war das erste Wort, das mir wieder einfiel.

»Wie, nein?«

»Nein – wir können nicht zusammenziehen! Du ... wir wollten es langsam angehen lassen, weißt du nicht mehr?«, stammelte ich und wich zurück, als er die Transportbox vom Boden hob und damit meinen Flur betrat. Dawn ignorierte er komplett, seine Augen waren nur auf mich fixiert.

»Lass mich das verflixte Zimmer wenigstens mal ansehen.« Mit diesen Worten schob er sich an mir vorbei in Richtung Wohnzimmer.

»Er ist verrückt«, murmelte ich und sah ihm hinterher.

»Nach dir«, ergänzte Dawn mit einem vielsagenden Blick.

»Ist das gut oder schlecht?«, fragte ich meine Freundin, doch sie lächelte nur.

»Sag du es mir.«

Ich wusste spontan keine Antwort darauf.

»Hat jemand von euch eine Katzenallergie?«, hörte ich Kaden plötzlich laut sagen. »Dann verschwindet besser.«

Was zur Hölle?

Ich eilte über den Flur und konnte gerade noch sehen, wie Kaden die Box in der Mitte des freien Zimmers abstellte. Eines der Mädchen hatte bereits die Nase gerümpft und war verschwunden. Wenig später hörte ich, wie die Wohnungstür ins Schloss fiel. Ein weiterer Bewerber folgte ihr.

Kaden hockte sich auf den Boden und öffnete die Transportbox in einer geübten Bewegung.

Ich konnte nichts anderes tun, als ihm mit offenem Mund dabei zuzusehen. »Du willst mich doch auf den Arm nehmen«, brachte ich hervor.

»Pscht, du verschreckst Spidey.« Kadens Stimme war jetzt ganz sanft und tief.

»Spidey?«

»Eigentlich habe ich ihn Spiderman Junior genannt, aber Spidey klingt niedlicher. Komm schon, Kleiner.« Kaden rieb seine Finger aneinander und schnalzte leise mit der Zunge.

Das konnte unmöglich sein Ernst sein.

»Kaden«, warnte ich.

»Was denn?« Er sah mich stirnrunzelnd an. »Du hast doch immer gesagt, dass du eine Katze willst.«

»Ich … Was?«

»Du hast mir ständig gesagt, dass du eine Katze willst. Also dachte ich, ich schenke dir Spidey. Der jetzt blöderweise gerade schläft. Na gut.« Kaden stand auf und klopfte sich die Hände an seiner Jeans ab. »Dann führ mich mal rum, so ganz offiziell.«

Ich starrte ihn nur an. »Das kann unmöglich dein Ernst sein«, sprach ich meinen Gedanken von eben laut aus.

Plötzlich verschwand das Grinsen von seinem Gesicht. »Die Wohnung, in der ich momentan wohne, ist total leer. Ich brauche dringend einen Tapetenwechsel.«

Ich schüttelte den Kopf. Er war tatsächlich vollkommen verrückt. Aber gut, ich würde das Spiel mitspielen. »Das hier ist das Zimmer. Es ist nicht möbliert, du müsstest dich also um deinen eigenen Kram kümmern.«

»Kein Problem. Ich habe noch ein paar Möbel in meiner alten Wohnung«, schoss Kaden zurück, als hätte er einen Text einstudiert. Ich lief mit ihm ins Wohnzimmer, wo inzwischen auch die anderen Anwärter standen und sich von Scott Geschichten zu den Fotos erzählen ließen.

»Hier ist das Wohnzimmer«, erklärte ich unnötigerweise und betrachtete Kaden dabei, wie er alles in Augenschein nahm, als sähe er es zum ersten Mal.

»Schöne Fotowand«, sagte er und kniff die Augen ein Stück zusammen. »Das dort oben gefällt mir besonders gut.« Er deutete auf das Bild von mir, und wieder konnte ich nur den Kopf schütteln.

Die anderen Interessenten beäugten Kaden schräg von der Seite. Er merkte es und rieb sich flüchtig den Hinterkopf. Dann seufzte er und hob den Blick, um in der Runde jeden einmal anzusehen. »Also, Leute, ich will ehrlich sein«, fing er an und machte einen Schritt auf die Jungs und das eine übrig gebliebene Mädchen zu. »Ich kenne Allie Harper. Ich habe mir die letzten Monate eine Wohnung mit ihr geteilt. Und ich kann euch sagen, dass das ziemlich hart war. Sie ist keine Vorzeigemitbewohnerin, auch wenn sie euch das weismachen will mit ihrem niedlichen Lächeln und dem Dekoscheiß, der hier überall rumsteht.«

»Kaden«, zischte ich.

Er hob die Hand. »Nein, im Ernst. Allie, du gibst keine besonders gute Mitbewohnerin ab.«

»Und warum, wenn ich fragen darf?« Ich stemmte die Hände in die Hüften. Gott, war das peinlich. Am liebsten hätte ich ihm den Mund zugeklebt.

Nebenbei nahm ich wahr, wie Dawn auf dem Sofa Platz nahm und Scott mit sich nach unten zerrte. Die anderen Interessenten schwiegen betreten.

»Also, erstens – du heulst bei jeder Kleinigkeit. Echt,«, er wandte sich wieder an die Fremden. »Einmal hat sie geheult, als ich ihr eine Pizza mitgebracht habe.«

»Das war doch nur …«

»Zweitens«, unterbrach er mich, »singt sie unter der Dusche. Schief und schrecklich.«

»Du bist doch völlig durchgeknallt, Kaden!« Meine Wangen wurden heiß, und ich ballte die Hände zu Fäusten. »Das muss ich mir wirklich nicht geben.«

Er konnte doch unmöglich glauben, dass das die richtige Masche war, um mich dazu zu bringen, ihn hier einziehen zu lassen.

»Drittens«, fuhr er ungerührt fort, »fährt sie voll auf eklige Gerüche ab, die nie zusammenpassen. Macht euch also drauf gefasst, dass es hier zu jeder Tages- und Nachtzeit stinkt wie in einer Süßwarenfabrik. Es ist ein Geruch für schlimme Kopfschmerzen.«

»Es gibt Schlimmeres«, warf Isaac ein und lächelte mich schüchtern an. Ich lächelte dankbar zurück.

Kaden machte einen Schritt auf ihn zu und funkelte ihn von oben herab an. »Du wirst hier auf keinen Fall einziehen. Schon gar nicht, wenn du sie so anguckst. Schieb dir deinen Dackelblick sonst wohin, und verzieh dich, Alter.«

»Kaden, ich glaube, du hast da etwas missverstanden!« Mein Puls hämmerte in meinen Ohren. »Nur weil wir uns versöhnt haben, heißt das nicht, dass du hier einfach reinschneien und meine Suche nach einem Mitbewohner boykottieren kannst.«

»Das will ich doch auch gar nicht«, gab er zurück.

Ich hob beide Brauen und verschränkte die Arme vor der Brust.

»Na gut, eigentlich will ich genau das. Aber doch nur«, er räusperte sich, »weil ich weiß, was für ein gutes Team wir sind. Ich glaube nicht, dass du mit jemand anderem besser dran wärst. Außerdem haben wir uns wieder versöhnt, und ich werde ab sofort wahrscheinlich öfter hier sein – ein Mitbewohner würde uns auf die Dauer doch nur auf die Nerven gehen.«

Ich schüttelte den Kopf. »Du kannst nicht schon wieder meine Pläne durcheinanderwerfen, nur weil sie nicht deinen Vorstellungen entsprechen«, sagte ich leise und hoffte, dass die anderen weghörten.

Kaden machte einen Schritt auf mich zu. Kurz sah es so aus, als wollte er nach mir greifen, dann ließ er die Hände aber wieder sinken. »Ich weiß, ich habe das alles ziemlich versaut. Aber bitte, Allie. Bitte gib mir eine Chance.«

Ich seufzte. Wem machte ich hier eigentlich etwas vor?

Mein Blick kreuzte Isaacs, der interessiert zwischen Kaden und mir hin- und herwanderte. Nach einer Weile schüttelte er den Kopf, formte mit den Lippen ein »Sorry« in meine Richtung und verließ die Wohnung. Ein anderer Typ folgte ihm und wir hörten, wie sich die Wohnungstür ein weiteres Mal schloss.

»Hat noch jemand vor, sich an meine Freundin ranzumachen?«, fragte Kaden in die Runde.

Ich erstarrte. Dawn stieß ein Quieken aus, und auch Scott atmete scharf ein.

Ich machte einen Schritt auf Kaden zu. »Wie hast du mich gerade genannt?«

Als ihm seine Worte von eben bewusst wurden, schien er plötzlich nicht mehr so selbstsicher wie noch wenige Sekunden zuvor. »Eigentlich wollte ich das alles anders machen. Ich hatte nicht mit so viel Publikum gerechnet. Und Spidey sollte mit einer Schleife um den Hals auf dich zu springen, laut mauzen und so um den Finger wickeln. Und dann wollte ich mich noch ein letztes Mal entschuldigen und dich fragen, ob du … Naja, was soll's.«

»Das ist ja schrecklicher als eine Seifenoper. Ich verzichte«, stöhnte das Mädchen und warf sich das Haar über die Schulter. Dann verließ auch sie die Wohnung.

Jetzt war nur noch ein Kerl übrig, der verwirrt zwischen Kaden, mir, Dawn und Scott hin und her schaute.

»Also ich habe nichts gegen Seifenopern«, sagte er mutig. Als Kaden ihn mit einem dunklen Blick bedachte, wich er allerdings einen Schritt zurück.

»Du findest schon noch eine andere Wohnung. Sei nicht so verzweifelt«, sagte Dawn und schlug ihm freundschaftlich auf die Schulter. Sie fasste ihn bei den Ellenbogen und deutete auch Scott an, ihr nach draußen zu folgen.

Dann waren Kaden und ich allein.

Kaden grinste und wirkte äußerst zufrieden mit der Gesamtsituation. Ich hingegen stand nach wie vor mit offenem Mund da und starrte ihn an.

»Guck mal, wer aufgewacht ist.« Er ging in die Hocke und rieb zwei Finger aneinander. Ich folgte seinem Blick und sah ein rotes Wollknäuel aus dem freien Zimmer kommen. Ganz vorsichtig tapste Spidey zwei Schritte vorwärts und drückte die Nase auf den Boden. Er schien sich nicht sicher zu sein, wie er die Wohnung finden sollte und verharrte auf der Schwelle zum Wohnzimmer.

»Du hast mir eine Katze gekauft«, stellte ich benommen fest.

»Ja, habe ich. Das Ganze ist bereits mit deiner Vermieterin abgeklärt. Ich war auch mit dem Kleinen gestern beim Impfen.« Kaden versuchte, den Kater ins Wohnzimmer zu locken, aber der schien sich nicht zu trauen. Schlussendlich gab er auf und erhob sich. »Du darfst den Karton jetzt übrigens öffnen. Wo ist er?«

Ich war noch immer so perplex, dass ich nur stumm auf meine Schlafzimmertür deuten konnte. Kaden zog mich hinter sich her. Er schnappte sich meinen Schreibtischstuhl und nahm darauf Platz, so wie er es früher auch immer getan hatte. Ich dagegen wandte mich dem Karton zu, schlicht und einfach, weil ich nicht wusste, was ich sonst in dieser Situation hätte tun sollen. Ich riss das Paketband ab und klappte den Deckel zur Seite. Meine Brauen schossen in die Höhe. Wenn das tatsächlich Sextoys waren, dann hatte Kaden sich aber die ganz Ungewöhnlichen herausgesucht. Im Karton lagen Bälle und Federn, mehrere Plastikvögel und –mäuse. Und jede Menge …

»Katzenstreu?«, platzte es aus mir heraus. »Du schenkst mir Katzenstreu? Das ist mein letztes Geschenk?«

»Nicht nur irgendein Katzenstreu. Das ist Katzenstreu in denselben Duftrichtungen wie deine ekligen Duftkerzen.«

Tatsächlich. Auf dem ersten Sack stand »Karamell«, auf dem zweiten »Kokos«. Ich konnte nicht anders. Ich prustete lauthals los. Ich lachte so sehr, dass mir Tränen in die Augen schossen.

Nur verschwommen nahm ich wahr, dass Kaden sich erhoben hatte und auf mich zukam. Dicht neben mir blieb er stehen und berührte mich zaghaft an der Hüfte, was meinen Lachanfall abrupt enden ließ.

»Eigentlich wollte ich dir das Tattoo erst heute zeigen, und die Katze sollte eigentlich die Bewerber verscheuchen … aber ich weiß auch nicht, was ich mir dabei gedacht habe. Eigentlich habe ich recht früh gelernt, dass man bei dir lieber keine Pläne machen sollte. Du bringst mich nämlich sowieso dazu, all meine Pläne und Regeln über Bord zu werfen.«

Ich sah Kaden an. Seine Lachfältchen, die markanten Gesichtszüge und die Bartstoppeln. Und seine warmen Augen und geschwungenen Lippen, die mich um den Verstand bringen konnten.

»Die Tage ohne dich waren schlimm, Bubbles. Einfach alles hat sich falsch angefühlt«, sagte Kaden rau. »Dein Lachen hat mir gefehlt. Deine Fähigkeit, *mich* zum Lachen zu bringen. Wie du es schaffst, aus mir den Menschen zu machen, der ich sein will.«

»Du hast mir auch gefehlt. Aber glaubst du wirklich, dass es richtig ist, gleich wieder aufs Ganze zu gehen?« Ich hoffte so sehr, dass es funktionieren konnte. Aber die Angst saß noch immer in meinen Knochen. Ich vertraute Kaden … aber vertraute er mir genug?

»Es wird dunklere Tage geben«, sagte er, als hätte er meine Gedanken gelesen. »Tage, an denen ich daran erinnert werden muss, wie es sein kann. Aber ich verspreche dir, dass ich alles in meiner Macht Stehende tun werde, damit die helleren Tage überwiegen.«

Etwas kitzelte mich an meinem Bein, und erschrocken blickte ich nach unten. Ich musste grinsen. Spidey schnüffelte an meinem Fuß. Der kleine Kater sah aus wie ein geplatztes Sofakissen. Sein zerzaustes Fell war rot getigert, die eine Seite seines Gesichts war eingedrückt – anscheinend hatte er darauf gelegen. Kaden beugte sich runter und streichelte seinen flauschigen Kopf. Sofort schmiegte sich der Kater in die Berührung und fing an, zu schnurren.

»Also, Bubbles.« Kaden blickte zu mir auf. »Was sagst du?«

Ich hockte mich zu den beiden auf den Boden. Vorsichtig hielt ich Spidey meine Hand hin und ließ ihn daran schnuppern. Sofort rieb er sich an meinen Fingern und sein leises Brummen wärmte mich von Innen. Nach einer Weile blickte ich Kaden an.

»Es wird Regeln geben.«

epilog

Drei Wochen später

Ich betrachtete mein Outfit und zupfte kritisch an den Ärmeln meines Kleides.

Kaden trat hinter mich und umschlang meine Taille. Seine warmen Hände legten sich um meinen Körper, und er drückte einen Kuss auf die Stelle hinter meinem Ohr.

»Du denkst schon wieder zu viel nach«, murmelte er. Er strich sanft über meinen Bauch und ließ seine Finger dann langsam weiter nach unten fahren. Sofort fing ich seine Hände ab.

»Dawn und Scott werden ausflippen, wenn sie es sehen.« Ich hob meinen rechten Arm. Schmunzelnd schob Kaden meinen Ärmel nach oben und legte das Tattoo frei, das ich mir vorgestern auf den Unterarm hatte stechen lassen.

Not broken, just bent.

Er lächelte und führte mein Handgelenk an seinen Mund. Er verteilte erst dort Küsse und arbeitete sich langsam weiter hoch.

»Also ich finde ja, die ganze Welt muss das gesehen haben«, raunte er an meiner Haut, und mein Atem stockte.

»Sie werden uns für vollkommen durchgeknallt halten, Kaden.«

»So ganz Unrecht haben sie damit ja auch nicht«, sagte er und knabberte an meinem Hals.

»Ich habe mir ein verdammtes Tattoo stechen lassen. Weil ich irre bin. Weil du irre bist – wir sind vollkommen wahnsinnig, nach so kurzer Zeit zusammenzuziehen!« Ich bedeckte meinen Arm wieder und trat aufgeregt von einem Bein aufs andere. »Ehrlich, Kaden, wenn meine Eltern hiervon wüssten, dann würden sie vollkommen ausrasten.«

Er machte einen Schritt zurück und ließ mich los. »Das klingt, als würdest du geradezu nach einem Grund suchen, warum das alles phänomenal schieflaufen könnte, Bubbles.«

»Aber es ist die Wahrheit.«

Kaden hob eine Braue. »Vorher haben wir auch zusammengewohnt. Wieso sollte es uns interessieren, was die anderen darüber denken? Das geht niemanden etwas an – nur uns.«

Bevor ich zu einer weiteren Antwort ansetzen konnte, beugte er sich vor und küsste mich. Augenblicklich verpuffte meine Aufregung, und ich schlang die Arme um seinen Hals. Er bewegte seinen Mund langsam und gefühlvoll auf meinem, aber nach ein paar Sekunden löste ich mich sanft von ihm. Wenn wir jetzt nicht aufhörten, würden wir es niemals aus diesem Zimmer schaffen.

»Du kannst mich nicht immer küssen, wenn ich durchdrehe.«

Er hob eine Braue, seine Augen noch immer geschlossen. »Wieso nicht? Das funktioniert doch blendend.«

Ich wollte ihn boxen, doch er hielt mich lachend fest. Dann zog er mich noch dichter an sich heran und vergrub das Gesicht in meinem Haar.

»Du bereust es doch nicht, oder?«

Ich wollte ihm ins Gesicht sehen, aber er ließ es nicht zu, dass ich mich auch nur einen Millimeter von ihm weg bewegte. Ich strich seinen Rücken hinauf. »Natürlich nicht. Ich bereue überhaupt nichts.«

Ich meinte jedes Wort aus tiefstem Herzen. Wenn ich in mich hineinhorchte, merkte ich, dass es mir gleichgültig war, was meine Eltern von unserer Wohnung oder meinem Tattoo dachten.

Zum ersten Mal in meinem Leben war ich richtig glücklich. So glücklich, dass ich jedes Mal, wenn ich länger darüber nachdachte, anfing, zu heulen.

»Gut«, gab Kaden in unheilvollem Tonfall zurück, und ehe ich wusste, wie mir geschah, hatte er mich hochgehoben und über seine Schulter geworfen. Ich gab ein ziemlich undamenhaftes Geräusch von mir und schlug ihm auf den Rücken.

»Ich habe ein Kleid an, Kaden! Lass mich sofort runter«, rief ich.

»Die anderen warten schon ewig auf dich. Und wenn du weiterhin nach möglichen Gründen für die Apokalypse unserer Beziehung suchst, kommen wir nie hier raus. Also …« Er beendete den Satz mit einem saftigen Klaps auf meinen Hintern. Ich quiekte und revanchierte mich, indem ich mich streckte und in seine Seite kniff. Er atmete lachend ein und lief beinahe gegen den Türrahmen. Erst als er die Schlafzimmertür hinter sich geschlossen hatte, ließ er mich wieder runter und grinste mich zufrieden an. Ich überlegte gerade noch, ihm auch mal so richtig auf den Hintern zu hauen, aber Dawn kam auf mich zu und unterbrach meine Gedanken mit einer festen Umarmung.

»Endlich«, seufzte sie. Anschließend hielt sie mich bei den Oberarmen gefasst und blickte mir eindringlich in die Augen, als suchte sie nach einem Hinweis auf meine seelische Verfassung. »Wolltest du dich wieder vor der Welt verstecken?«

Ich sah mich in unserem geschmückten Wohnzimmer um, betrachtete die Girlanden und die bunten Lichterketten, die Dawn mir nachträglich zum Einzug geschenkt hatte. Ich betrachtete den Tisch, der mit köstlich aussehendem Fingerfood beladen war, bis hin zum Sofa, wo Scott gerade über etwas lachte, das Micah ihm ins Ohr geflüstert hatte. Wir hatten ihn heute zum ersten Mal persönlich getroffen, ihn aber alle augenblicklich ins Herz geschlossen.

Spencer stand in der Küche und diskutierte gerade lauthals mit Monica darüber, wie lange seine selbst belegte Pizza noch im Backofen bleiben musste. Ethan stand schmunzelnd daneben und schüttelte den Kopf.

Wie von selbst glitt mein Blick zu Kaden, der sich gerade einen Weintraubenspieß vom Tisch klaubte und ertappt dreinblickte, als ich ihn mit hochgezogenen Augenbrauen angrinste. Ein leises Miauen erklang, und Spidey schob seinen Kopf langsam unter der Couch hervor. Kaden bückte sich, um ihn auf den Arm zu nehmen. Inzwischen war der Kater schon fast doppelt so groß wie die Fernbedienung unseres Fernsehers. Kaden kraulte ihn unterm Kinn, und als Spidey zu schnurren anfing, breitete sich ein warmes Lächeln auf seinem Gesicht aus. Mein Herz fühlte sich schwer und leicht zugleich an, und ein vertrautes Kribbeln breitete sich in meinem Körper aus, das ich bis in die Zehenspitzen fühlte.

»Nein«, antwortete ich wahrheitsgemäß auf Dawns Frage. »Ganz und gar nicht.«

Ich hatte mich jahrelang versteckt und hinter einer Fassade gelebt. Das hatte zu dem Zeitpunkt aufgehört, als ich hierher gezogen war. Ich hatte nach Freiheit gesucht und so viel mehr gefunden. Natürlich gab es schwere Tage – die würde es immer geben. Aber in Momenten wie diesen, in denen mein Herz schier überzulaufen schien, wusste ich, dass es das wert war.

Es war alles wert.

danksagung

Begin Again ist mein Glücksbuch. Von der Idee, übers Schreiben, bis hin zur Verlagssuche, hat sich bei diesem Buch einfach alles magisch angefühlt.

Zuerst möchte ich meinen brillanten Agentinnen Kristina Langenbuch Gerez und Gesa Weiß danken, dass sie ein Zuhause für mein Verlagsdebüt gefunden haben. Insbesondere Gesa – danke für deinen Zuspruch, deine Arbeit an *Begin Again* und dafür, dass ich zu jeder Tages- und Nachtzeit anrufen darf.

Ich danke dem gesamten Team bei LYX, dass sie mich so liebevoll in ihren Reihen aufgenommen haben, ganz besonders meiner sagenhaften Lektorin Stephanie Bubley. Ohne dich wären Allie und Kaden nicht das, was sie heute sind. Danke, dass du der Geschichte Form gegeben, und so intensiv mit mir an ihr gearbeitet hast. Du bist toll!

Ich danke meinen Testleserinnen Laura Kneidl, Isabell Hofzumahaus und Yvonne Schmidt, die mich mit ihrem Feedback angespornt haben. Yvo – ohne dich wäre ich ein Nervenbündel. Danke, dass du mir den Kopf wäschst, wenn ich durchdrehe. Das gleiche gilt für Andreas Dutter, der mich versteht wie kein Zweiter.

An meine Uni-Mädels: Danke, dass ihr mir den Alltag versüßt. Ohne euch hätte ich nur halb so viel Spaß an meinem Doppelleben.

Ebenso danke ich meinen Mädels Kim Nina Ocker und Bianca Iosivoni, die das Schreiben zu keiner einsamen Tätigkeit werden lassen und immer da sind, um gemeinsam nach Male Models auf Pinterest zu suchen (zu Inspirationszwecken, versteht sich).

Besonderer Dank gilt meinem wunderbaren Mann Christian, der schon zur Schulzeit an Regalen in der Buchhandlung vorbeigelaufen ist und gesagt hat: »Da wird irgendwann dein Buch stehen.« Danke, dass du alles tust, damit ich schreiben kann, und Berge mit mir besteigst.

Und zum Schluss bedanke ich mich bei all jenen, die ihre Vorfreude und Begeisterung für *Begin Again* auf Twitter, Instagram oder ihren fabelhaften Blogs geteilt haben – danke, dass ihr dieser Geschichte eine Chance gegeben habt. Ich freue mich schon darauf, die nächste mit euch zu teilen!

leseprobe

mona kasten

trust again

Es war eine Schnapsidee gewesen, im Coffeeshop schreiben zu wollen. Der absolute Reinfall.

Ich starrte den Typen an, der vor mir stand und mich ansah, als würde er auf eine Antwort auf das warten, was er gerade zu mir gesagt hatte. Keine Ahnung, weshalb er davon ausging, dass ich ihn verstanden hatte. Vielleicht glaubte er, ich hätte die wundersame Begabung, Lippen zu lesen? Meine Kopfhörer hatten den ungefähren Durchmesser einer Pizza und wogen in etwa zehn Pfund. Ich hatte extra ein bisschen mehr Geld investiert, damit auch wirklich kein Geräusch zu mir durchdrang, wenn ich mich beim Arbeiten konzentrieren musste.

Genau deswegen hasste ich es eigentlich, an öffentlichen Orten zu schreiben. Zum einen, weil der Lautstärkepegel nur mit schalldichten Kopfhörern zu ertragen war, und zum anderen, weil man ständig von irgendwelchen Leuten angesprochen oder -gerempelt wurde. Ersteres war jetzt gerade der Fall gewesen.

Der Typ war hübsch, keine Frage. Er hatte rotbraunes Haar und schöne braune Augen. Mit seinen Jeans und dem eng anliegenden Shirt, das seine Schultern umspannte, war er wirklich nett anzusehen. Und auch, wenn ich mich geschmeichelt fühlte, breitete sich ein ziemlich unangenehmes Gefühl in mir aus.

Langsam hob ich die rechte Muschel meiner übergroßen Kopfhörer vom Ohr.

»Wie bitte?«, fragte ich und neigte den Kopf zur Seite, um ihn besser verstehen zu können. In meinem linken Ohr tönte noch immer Halsey in voller Lautstärke.

Der Typ sah durch halb gesenkte Lider auf mich herab. »Du bist freitags oft hier«, sagte er und deutete mit dem Kinn auf mich. »Bist mir schon ein paar Mal aufgefallen.«

»Ja. Hier gibt es guten Kaffee«, murmelte ich. Ich hatte echt keine Lust, mich zu unterhalten. Schon gar nicht mit einem Kerl, der mich so ansah, als würde er sich etwas von mir erhoffen. Und als würde er die Möglichkeit, dass er es nicht bekommen könnte, gar nicht in Betracht ziehen.

Jetzt neigte auch er den Kopf zur Seite. Das Lächeln wurde breiter. »Du trinkst keinen Kaffee. Meistens bestellst du dir eine heiße Schokolade. Aber bald wird es wieder wärmer. Ich bin gespannt, worauf deine Wahl dann fällt.«

Meine Handinnenflächen wurden feucht, und ich schluckte schwer. Allmählich wurde mir der Kerl unheimlich. Immerhin war ich keine der Personen, die sich um die Plätze bei der riesigen Fensterfront prügelten, sondern saß meistens in der oberen Etage des Cafés *Patriot*, ganz weit hinten in einer Ecke mit dem Rücken zum Innenraum. Dieser Platz mit dem kleinen runden Tisch und den abgenutzten Stühlen war wie ein Versteck für mich. Ich hätte nie gedacht, jemand könnte mich dort beobachten.

Es war gruselig.

Beobachtete er mich schon länger? Oh Gott … hatte er womöglich gesehen, woran ich arbeitete?

»Ich würde es gerne herausfinden«, fuhr der Typ fort, seine Stimme eine Oktave tiefer.

Im Ernst. Er versuchte, die Nummer mit der tiefen Stimme und dem Schlafzimmerblick bei mir abzuziehen. Wäre ich ein anderes Mädchen gewesen, hätte es vielleicht funktioniert. Aber ich mied die Gesellschaft des männlichen Geschlechts seit knappen neun Monaten wie die Pest.

»Ich weiß das Angebot zu schätzen«, begann ich und strich meinen Pony zur Seite. »Aber ich glaube nicht, dass das eine gute Idee ist.«

»Ach, komm«, erwiderte er sofort und zog sich den freien Stuhl vom Nachbartisch in meine Ecke. Er setzte sich verkehrt herum darauf und stützte die Arme auf die Lehne. »Ich bin ein guter Zuhörer.«

Mein Blick huschte für einen kurzen Moment zu meinem Laptop. Das, was dort stand, war nicht für fremde Augen bestimmt – zumindest jetzt noch nicht.

Mit einer ruckartigen Bewegung drang Grover in mich ein, und ich stöhnte laut. Der animalische Laut, den er dabei ausstieß, ließ mich jetzt schon beinahe kommen.

Nein, das war wirklich nicht für die Augen dieses gruseligen Fremden bestimmt.

»Welches Fach?«, fragte der Typ und nickte auf meinen Laptop.

In einer scheinbar beiläufigen Bewegung klappte ich den Bildschirm zu, schob die kabellosen Kopfhörer in meinen Nacken und nahm beide Hände, um meine Haare vorsichtig unter ihnen hervorzuziehen. Dann griff ich meine Tasche vom Boden und hob sie auf den Schoß, um Watson – so hatte ich den gigantischen Laptop getauft, als ich ihn vor knapp drei Jahren gekauft hatte – wieder zu verstauen. Er war riesig mit seinen schätzungsweise einhundert Zoll und wog dementsprechend viel.

Der Typ fasste mich sanft am Arm.

»Hey, alles klar. Ich wollte dich nicht verscheuchen, bin schon weg«, sagte er nun in einem beinahe schüchternen Tonfall. »Du sahst nur so ausgeschlossen aus, und da dachte ich …« Er zuckte unbeholfen mit den Schultern. Okay, jetzt war er nicht mehr ganz so unheimlich.

»Ich finde dich echt nett …« Ich überlegte fieberhaft, ob er mir seinen Namen bereits verraten hatte.

»Cooper«, half er mir aus.

»Cooper«, wiederholte ich mit einem Lächeln. »Wirklich, du wirkst wie ein lieber Kerl, aber ich muss jetzt los. Ich habe noch einiges zu tun und kann mich hier irgendwie nicht konzentrieren.«

Ich befreite meinen Arm aus seinem Griff und verstaute das Akkukabel im vorderen Fach der Laptoptasche.

»Wir könnten es irgendwann wiederholen. Wenn du nicht mehr so viel zu tun hast«, schlug Cooper vor.

Ich unterdrückte ein Seufzen und erhob mich. »Ich bin nicht … interessiert. Tut mir leid.«

Cooper war ebenfalls aufgestanden und seine Augen weiteten sich ein Stück. Dann grinste er plötzlich. »Bist du lesbisch?«

Ich blinzelte perplex. »Wie bitte?«

»Ist echt okay. Das hättest du doch gleich sagen können.«

Innerhalb weniger Sekunden rutschten Coopers zuvor gesammelte Pluspunkte in ein gewaltiges Minus.

»Ich nehme alles zurück, Cooper. Du bist überhaupt kein netter Kerl«, stieß ich hervor und sammelte kopfschüttelnd meine restlichen Habseligkeiten ein. Zum Schluss schulterte ich die schwere Tasche.

»Es ist völlig in Ordnung, aufs eigene Geschlecht zu stehen.« Er sprach in einem beschwichtigenden Tonfall auf mich ein. »Das ist nichts, wofür du dich schämen solltest.«

Allmählich glühte mein Gesicht. »Nicht dass meine sexuelle Orientierung hierbei irgendeine Rolle spielt, aber nur, weil ich nicht mit dir ausgehen will, heißt das noch lange nicht, dass ich nicht auf Männer stehe«, zischte ich und drängte mich an ihm vorbei. Schneller, als es mit der Tasche hätte möglich sein sollen, hastete ich die Treppe herunter und stürmte nach draußen.

Tief sog ich die frische Februarluft ein. Es war noch immer ziemlich kalt, und beim Ausatmen traten kleine Wölkchen aus meinem Mund. Ich kramte die gestrickte, khakifarbene Wollmütze aus meiner Jackentasche und schob sie mir über den Kopf, bis sie meine Ohren vor dem schneidenden Wind in Woodshill schützte. Nachdem ich auch meinen Schal so gut wie über das ganze Gesicht gezogen hatte, ging ich im Kopf meine Möglichkeiten durch.

Ins Wohnheim konnte ich noch nicht zurückkehren, weil meine Mitbewohnerin Sawyer wieder einmal Männerbesuch hatte. Das *Patriot* fiel ab sofort als Schreiblocation flach. Solange dieser Widerling noch da war, brachten mich keine zehn Lamas dahin zurück.

Die Unibibliothek würde heute erst um zehn schließen, aber für das, woran ich gerade arbeitete, war sie nicht besonders gut geeignet. Zu viele Menschen, die einem im Vorbeigehen auf den Bildschirm guckten.

Ich vergrub die Hände in den Taschen und traf mit den Fingern auf kühles Metall. Meine düsteren Gedanken lichteten sich augenblicklich. Natürlich!

Vor knapp drei Monaten war meine beste Freundin Allie in ihre neue Wohnung gezogen, die eine knappe Viertelstunde vom Campus entfernt lag. Gleich bei ihrem Einzug hatte sie mir ihren Zweitschlüssel gegeben. Zum einen, weil ich offizielle Tante ihres Katers Spidey war und ihn während ihrer Abwesenheit manchmal füttern musste, und zum anderen, weil Allie über Sawyers rege Aktivitäten im Bilde war. Sie hatte mir angeboten, zu ihr zu kommen, sollte ich mal wieder ausgesperrt werden.

Sofort holte ich mein Handy aus der Tasche und klingelte bei ihr durch. Nachdem ich sie nicht erreichte, schrieb ich ihr eine kurze Nachricht, in der ich meinen Besuch ankündigte.

Allie wohnte mit ihrem Freund Kaden in einer sehr schönen Gegend. Die Grünanlagen waren an diesem Tag noch von Frost bedeckt, aber ich war mir sicher, dass sie in den kommenden Monaten vor Farbe geradezu strahlen würden. Das Wohnhaus lag in der Nähe eines kleinen Parks, und selbst von hier hatte man gute Sicht auf den Mount Wilson und die umliegenden Täler.

Ich schloss die Haustür auf und stieg die Stufen bis in den zweiten Stock hinauf. Inzwischen hatte ich so viel Zeit bei Allie verbracht, dass ich den Weg beinahe besser kannte, als den zu meinem Wohnheimzimmer. Man musste die Wohnungstür immer ein bisschen anziehen und sich dann schwer dagegenstemmen, damit sie sich öffnen ließ. Gleich als ich in den Flur trat, hörte ich Spideys vertrautes Miauen.

»Hallo?«, rief ich vom Flur aus. Ich stellte die Tasche ab und öffnete meine Jacke. Noch immer unschlüssig, ob überhaupt jemand da war, trat ich vorsichtigen Schrittes in Richtung Wohnzimmer.

Stille.

Einzig Spideys leises Brummen war zu hören, als er sich an meinen Beinen rieb. Vorsichtig ließ ich die Hand über seinen rot getigerten Rücken gleiten. Augenblicklich breitete sich ein seliges Lächeln auf meinen Lippen aus und ich schulterte Watson wieder, um es mir auf dem Sofa im Wohnzimmer gemütlich zu machen. Doch was dann geschah, war schlimmer als jedes Worst-Case-Szenario, das ich mir für diesen Tag noch hätte ausdenken können.

Penis.

Das war das, was mir als Erstes ins Auge sprang.

Ein ziemlich großer, und nebenbei bemerkt auch eindeutig einsatzbereiter Penis befand sich in meinem Blickfeld. Ich riss die Augen auf und starrte an Kaden hoch, der meinen Blick mit offenem Mund erwiderte. Die Sekunden verstrichen, und ich wollte wirklich nicht hingucken – aber er war nun mal nackt. Und meine Augen taten irgendwie, was sie wollten. Sofort kniff ich sie fest zusammen.

Gott, ich wünschte, ich könnte spontan erblinden.

»Kaden?«, erklang die Stimme meiner besten Freundin aus dem Schlafzimmer.

Das war dann wohl mein Stichwort.

Ich machte auf dem Absatz kehrt und rannte so schnell aus der Wohnung, wie ich nur konnte. Kaden rief mir noch etwas hinterher, aber ich sah zu, dass ich Land gewann. Meine Schritte hallten im Treppenhaus wider, die Absätze meiner Ankle Boots knallten auf den Granit, und plötzlich rannte ich mit voller Wucht in jemanden hinein.

Der Stoß haute mich um, und ein heftiger Schmerz durchlief mein Gesicht. Ich taumelte rückwärts und griff ziellos in der Luft umher, um Halt zu finden. Da! Ich bekam den Typen zu fassen. Doch statt mir Halt zu geben, stieß dieser ein Ächzen aus und taumelte genauso heftig. Er entschied sich dafür, mich niederzureißen, statt auf mich zu fallen. Sehr nett, wie ich fand.

Während ich versuchte, mich aufzurichten, verpasste ich diesem Tag in meinem imaginären Kalender ein dickes, rotes Kreuz.

Autsch. Vermutlich war meine Nase gebrochen. Meine Nase, meine Knie und vielleicht auch ein paar Rippen.

»Ich wünsche mir zwar schon ziemlich lange, dass du dich auf mich stürzt, aber so wörtlich habe ich das eigentlich nie gemeint«, erklang es unter mir, und ich hielt die Luft an.

Der Tag bekam gleich zwei rote Kreuze. Dazu einen fetten schwarzen Kreis und ein Emoji. Am besten das kleine Äffchen, das sich die Augen zuhält.

Mit einem Arm strich ich mir die roten, wirren Strähnen aus der Stirn, um wieder sehen zu können.

Strahlende, dunkelblaue Augen erwiderten meinen Blick.

Dieses amüsierte, schelmische Funkeln war mir mehr als vertraut. Ebenso die samtige Stimme, die zuckenden Mundwinkel und die schwarzen Haaren, die meistens taten, was sie wollten.

Spencer.

Ich war mitten in meinen besten-schlimmsten Albtraum hineingerannt. Der einzige Kerl, der es innerhalb der letzten neun Monate geschafft hatte, mein eigens auferlegtes Zölibat manchmal infrage zu stellen.

»Ich glaube, meine Nase ist gebrochen«, stöhnte ich und blies mir eine Ponyfranse aus dem Auge. Selbst dieser kleine Lufthauch lies meinen Nasenrücken pochen.

Eine Hand hob sich von meiner Hüfte zu meinem Gesicht und betastete vorsichtig besagtes Körperteil. Meine Haut fing an zu kribbeln, selbst durch das schmerzende Pochen hindurch.

»Nichts gebrochen.« Die Gewissheit seiner Worte machte mich stutzig.

»Woher weißt du das?«, fragte ich interessiert.

Seine Hand legte sich wieder auf meine Hüfte, als gehörte sie genau dorthin. Vertraut. Selbstsicher. Und ich schaffte es einfach nicht, wieder aufzustehen.

»Ich habe mir die Nase schon mal gebrochen«, erklärte Spencer und drehte den Kopf zur Seite, sodass ich sein Gesicht im Profil sehen konnte. »Siehst du?«

Tatsächlich. Ein ganz, ganz leichter Hubbel war auf dem oberen Nasenrücken zu erkennen. Mein Blick machte sich wieder selbstständig und fuhr die starke Linie seines Kinns entlang, bis zu seinem Mund und wieder zurück nach oben. In meinem Brustkorb regte sich etwas, und endlich erwachte ich aus meiner Starre. Vorsichtig stieß ich mich vom Boden ab und erhob mich.

»Sorry. Ich wollte dich nicht umrennen.«

Auch er stand auf, noch immer dieses Beinahelächeln in den Mundwinkeln. Als er endlich hochgekommen war, hielt er den Unterarm vor den Bauch und verneigte sich leicht vor mir. »Es war mir eine Ehre, Dawn.«

Er richtete sich auf und sah von oben auf mich herab. Spencer war groß – viel größer als ich, was bei meinen mickrigen eins achtundfünfzig kein großes Kunststück war.

»Wenn du jemals wieder jemanden als persönliche Wand gebrauchen kannst, melde dich bei mir. Meine Nummer hast du.« Jetzt grinste er und gab eine Reihe gerader, ebenmäßiger Zähne preis.

Wieder regte sich etwas in meinem Oberkörper, diesmal ein verräterisches Kitzeln in meinem Bauchraum.

Verflucht sei Spencer Cosgrove.

Als ich ihn zum ersten Mal gesehen hatte, war mir ein Wort durch den Kopf gejagt: Scheiße.

Da ich ihn für Kaden hielt, der Allie damals nicht besonders freundlich behandelt hatte, hatte ich ihm einen ordentlichen Einlauf verpasst. Ein schiefes Grinsen hatte sich auf seinem Gesicht ausgebreitet, und dann waren es plötzlich zwei Worte gewesen, die mir durch den Kopf geschossen waren: Verfluchte Superscheiße.

Allie hatte das Missverständnis hastig aufgeklärt. Dabei wäre ich gern noch etwas länger wütend auf ihn gewesen. Es hätte mir einen wunderbaren Vorwand gegeben, das Offensichtliche zu ignorieren. Nämlich, dass Spencer heiß war.

Er war heißer, als es gesund für sein Umfeld war. Ich *wollte* ihn nicht scharf finden, aber es war eine Tatsache, die nicht mal ich abstreiten konnte. So sehr ich mich auch bemühte.

»Dawn?«, hakte Spencer nach und runzelte leicht die Stirn. »Alles in Ordnung? Du hast dir den Kopf doch nicht allzu schlimm an meiner stählernen Brust angeschlagen, oder?«

Es war klar, dass er Witze machte, so wie über alles, was ihm in die Quere kam. Spencer war nicht besonders breit gebaut. Das tat seiner Attraktivität allerdings keinen Abbruch – eher im Gegenteil. Er hatte den schlanken, sehnigen Körper eines Läufers und war perfekt gebaut. Nicht zu breit, nicht zu schlank. Genau dazwischen. Einfach … argh.

»Ich bin froh, dass es dein starker Körper gewesen ist, in den ich gerannt bin, und nicht die Wand«, antwortete ich ein bisschen zu atemlos und sah mich nach Watson um. Er musste bei unserem Sturz hart aufgekommen sein. Hoffentlich war durch die innere Polsterung der Tasche das Schlimmste verhindert worden. Ich besaß nicht genügend Geld für einen neuen Laptop.

»Warst du gerade bei Allie?«, fragte Spencer weiter, und sein Arm schob sich in mein Blickfeld. Er hatte Watson aufgehoben und strich mit der anderen Hand ein paar Schmutzflecken von der schwarzen Laptoptasche.

Seine Frage rüttelte eine Erinnerung in meinem Kopf wach. Ich starrte ihn mit geweiteten Augen an.

»Du kannst da nicht hoch!« Ich schüttelte heftig den Kopf. Meine Haare wirbelten umher, eine Strähne blieb zwischen meinen Lippen kleben. Ich pustete sie wieder aus.

Spencer runzelte erneut die Stirn. »Kaden und ich waren für ein Projekt verabredet.«

Ich wollte ihm sagen, dass die beiden beschäftigt waren, oder es irgendwie anders nett umschreiben, aber stattdessen platzte nur ein einziges Wort aus mir heraus.

»Penis.«

Er blinzelte. »Was?«

Und als wäre ich eine gesprungene CD, brachte ich wieder nur dasselbe Wort hervor, diesmal sogar etwas lauter.

»Penis!«

Die Situation erinnerte mich an das Penis-Spiel, bei dem derjenige, der das Wort in der Öffentlichkeit am lautesten ausrief, gewann.

»Ich kann dir Cosgrove Junior gerne zeigen, aber da wäre ein privater Rahmen irgendwie angebrachter, findest du nicht?« Er erwiderte meinen Blick und zuckte dann gleichgültig mit den Schultern. »Aber gut, wenn du willst, dann eben hier. Früher oder später wäre es ohnehin dazu gekommen.« Spencer griff nach unten und nestelte an seinem Gürtel herum.

Sofort packte ich seine Hände und zerrte sie fort.

»Nicht dein Penis, du Idiot«, zischte ich. »Kaden war nackt, als ich in die Wohnung geplatzt bin. Ich glaube … die beiden haben gerade keine Zeit für uns.«

Spencer presste die Lippen fest aufeinander. Seine Schultern fingen an zu beben.

»Lach ruhig«, sagte ich verbissen und ließ seine Hände abrupt los.

Spencer warf den Kopf in den Nacken und lachte laut. Es klang heiser und volltönend. Sein Lachen erfüllte das ganze Treppenhaus und trieb mir einen angenehmen Schauer über den Rücken. Ich hasste ihn ein bisschen dafür.

Frustriert seufzte ich und stellte den schweren Laptop auf dem Boden ab. »Heute ist nicht mein Tag.«

»Was musst du denn machen?«, fragte Spencer, nachdem sein Lachen zu einem schiefen Grinsen abgeflaut war.

»Ich muss noch ein bisschen arbeiten und habe keine Ahnung, wo ich jetzt hinsoll«, antwortete ich.

»Wieso gehst du nicht zurück ins Wohnheim?«, fragte er und spielte mit am Reißverschluss seiner schwarzen Jacke. Er drehte ihn in seiner Hand, zog ihn ein Stück auf und wieder zu. So war es immer mit Spencer. Er konnte nicht stillstehen.

»Sawyer ist … beschäftigt. Also bin ich in ein Café, aber da konnte ich mich irgendwie nicht konzentrieren, und dann bin ich hergekommen, weil ich dachte, dass Allie und Kaden nicht da wären«, wich ich aus.

Spencer gluckste. »Sag nicht, du hast Sawyer auch beim …«

Ruckartig hob ich den Kopf. »Nein, habe ich nicht.«

Seine Augen blitzten auf, und ich sah ihm deutlich an, dass er mir kein Wort glaubte. »Du kannst mit zu mir kommen«

Ich wollte protestieren, aber dann fiel mir ein, dass ich noch nie bei Spencer gewesen war. Wir bewegten uns im selben Freundeskreis und verbrachten an den Wochenenden viel Zeit miteinander, aber unsere Treffen fanden nie bei ihm statt. Wenn ich ehrlich war, war ich ein bisschen neugierig, weshalb er uns nie zu sich nach Hause einlud.

Trotzdem konnte ich nicht mit ihm gehen. Tief in mir sträubte sich etwas dagegen, Zeit mit ihm alleine zu verbringen. Das taten wir nicht häufig, und wenn es dazu kam, dann musste ich mich zusammenreißen, ihn nicht zu lange anzustarren. In Gegenwart unserer Freunde fiel mir das leichter.

»Ich weiß nicht.«

Er beugte sich dicht zu mir.

»Warum nicht?«, fragte er, und sein Blick fuhr nachdenklich über mein Gesicht. Er war nah, viel zu nah. Mein Herz machte einen Sprung, obwohl es das nicht tun sollte. Bei niemandem. Ich hatte es ihm inständig verboten. Scheiß Verräterherz. Da hegte und pflegte ich es gesund, und dann tat es so etwas.